Dietrich Weichold

Der Flug des Jagdfalken

W0193431

Ich zôch mir einen valken mêre danne ein jâr.
dô ich in gezamete, als ich in wolte hân,
und ich im sîn gevidere mit golde wol bewant,
er huop sich ûf vil hôhe und floug in anderiu lant.
(Der von Kürenberg, »Falkenlied«)

Inhalt

Vorwort 9

  I. Hohenentringen 1434–1435 15

 II. Innsbruck 1435–1451 109

III. In den österreichischen Vorlanden 1451–1452 . . . 161

IV. Prag 1453 172

 V. Rhodos und Palästina 1454–1455 196

VI. Frankreich, Spanien, Portugal 1455–1456 305

VII. Ceuta 1456 378

VIII. Andalusien und das Emirat Granada 1457 422

Nachwort 488

1. Reise 491

2. Reise 492

Danksagung 493

Vorwort

Hoch an der Wand des Schlosses in Hohenentringen, im großen Saal des Restaurants, kann der Gast die Wappen von fünf Familien betrachten, die, wie man darunter lesen kann, 1417 mit hundert Kindern das Schloss bewohnt haben sollen. Obwohl es die fünf Familien mit ihren vielen Kindern tatsächlich gab, handelt es sich dabei um eine romantische Legende. Denn 1417 waren noch lange nicht alle dieser hundert Kinder geboren, sondern dürften erst in den nächsten fünfundzwanzig Jahren nach und nach auf die Welt gekommen sein. Die fünfte der Familien, welcher Georg von Ehingen entstammt, von dem hier erzählt werden soll, wurde zum Beispiel im Jahr 1417 erst gegründet.

Alle fünf Familien sind längst ausgestorben, vier von ihnen sind im Lauf der Geschichte völlig vergessen worden, weil sie keine interessanten Spuren in der Weltgeschichte hinterlassen haben.

Doch mit den Ehingern verhält es sich anders. Vom Leben Rudolfs von Ehingen ist sehr viel überliefert, auch von den vier Söhnen, die das Erwachsenenalter erreicht haben, vor allem von seinem Jüngsten, Georg, genannt Jörg, der 1428 auf Hohenentringen geboren wurde, 1508 in Kilchberg starb und dessen Bildnis in einem Fenster der Tübinger Stiftskirche zu bewundern ist. Nach seinen Reisen als Ritter diente er Graf Eberhard im Bart, indem er tatkräftig bei der Gründung der Universität Tübingen mitgewirkt hat.

Sein Vater, Rudolf von Ehingen (1377–1467), verbrachte seine jungen Jahre an Fürstenhöfen in Österreich und Ungarn, bei den Grafen von Zilly und König Sigismund (1368–1437). Mit

vierzig Jahren war er bereits ein verdienter Beamter und Diplomat, war schon zu Wohlstand gekommen und wäre sicher auch noch länger in österreichisch-ungarischen Diensten geblieben, hätte er nicht von seinem älteren Vetter Hug ein verlockendes Angebot bekommen. Neben vier anderen Familien lebte dieser Hug mit seiner Frau auf Hohenentringen und blieb kinderlos. Da Hug vermeiden wollte, dass sein Besitz nach seinem Tod unter den anderen Familien verteilt wür-

de, wie es dem damaligen Brauch entsprochen hätte, sondern
ihn den Ehingern erhalten wollte, ließ er seinen Vetter Rudolf
wissen, dass er vorhabe, ihm seinen Anteil an Hohenentringen zu überlassen, ein großes Gut, das jedes Jahr eine be-
trächtliche Summe einbrachte. Aber nicht einfach so! Diese
Schenkung war an die Bedingung geknüpft, dass er sich dort
niederlassen und heiraten würde. Hug hatte für seinen Vetter
bereits drei mögliche Bräute ausgesucht, adlige Jungfrauen,

alle drei Töchter eines Herrn von Waldeck, der Truchsess am Hof der Heimerdinger in Ditzingen war. Von denen hatte er sich eine auszusuchen.

Rudolf, der mit seinen fast dreißig Jahren viel von der Welt gesehen und wohl auch mit Frauen erlebt haben mochte, ging auf diesen Handel sofort ein. Er kehrte mit einem beträchtlichen Vermögen nach Württemberg zurück und heiratete Agnes von Waldeck, die nicht nur höfische Bildung hatte, sondern seinem Vermögen auch eine ansehnliche Mitgift beisteuerte. Die Hochzeit wurde 1417 gefeiert. Im selben Jahr starb Hug von Ehingen und vermachte Rudolf auch noch seine übrigen Güter.

Weiteren Zuwachs bekam Rudolfs Vermögen wenige Jahre später, als sein Onkel Wolf von Ehingen starb und ihm Hab und Gut hinterließ. (Wolf von Ehingen war ebenfalls in österreichischen Diensten zu Ehren und Reichtum gekommen. Dass er im Stephansdom in Wien begraben liegt, zeugt davon, dass er eine sehr hohe Wertschätzung genoss.)

Rudolf war aber nicht nur ein vom Glück begünstigter Erbe, sondern wusste seine Güter auch klug zu mehren. Trotzdem lebte er verhältnismäßig bescheiden und gab sein Geld häufig für wohltätige Zwecke aus. Ein Beispiel dafür ist der Bau der Pfarrkirche in Entringen. 1452 ließ er die alte Kirche, die zu klein und baufällig geworden war, abreißen und eine neue erbauen, die bis auf eine zwischenzeitliche Erneuerung des Turmhelms ihre Form bis heute bewahrt hat.

Als Ratgeber des Pfalzgrafen Ludwig, der im Uracher Schloss saß, war er ständig im ganzen Land unterwegs, bekam 1455 die Vormundschaft über den jungen Grafen Eberhard übertragen und war, bis er sich aus dem öffentlichen Leben zurückzog, um sich um sein Seelenheil zu kümmern, ein geschätzter Diener Württembergs.

Hier soll die Geschichte seines jüngsten Sohnes, Georgs von Ehingen (1428–1508), erzählt werden, der im Alter eine biografische Schrift verfasste mit dem Titel: »Reisen nach der Ritterschaft«.

»Ich Jörg von Ehingen, Ritter, bin in meiner jugend geschickt worden, als ain knab, an hoff gen Yszbruck. Da zuo mal hielte hoff da selbst ain junger fürst von Österrych, hertzog Sigmunt genant; hett ain künigin von Schotland zuo ellichem gemahel. Also ward ich geordnet, der künigin zu dienen.«

(Ich Jörg von Ehingen, Ritter, bin in meiner Jugend als Knabe an den Hof nach Innsbruck geschickt worden. Damals hielt ein junger österreichischer Fürst, Herzog Sigismund genannt, dort Hof. Er hatte eine Königin von Schottland zur Gemahlin. Und so wurde mir aufgetragen, der Königin zu dienen.)

So beginnt sein Bericht.

Seine Kindheit und Jugend sparte er aus. Da er aber zum Ritter erzogen wurde, kann man mit Sicherheit annehmen, dass er schon mit sieben Jahren nach Innsbruck geschickt wurde. Über seine ersten Lebensjahre gibt es von ihm nichts zu lesen. Aber manches lässt sich aus der Lokalität, der Kultur und den Sitten jener Zeit erschließen, sodass sich doch ein Bild von seiner Kindheit und Jugend zeichnen lässt.

I.

Hohenentringen 1434–1435

Am Berg unter Hohenentringen, der wie ein Sporn aus dem Schönbuchtrauf nach Westen ragt, wird mit Äxten und Sägen gearbeitet. Die Axtschläge hallen durch den frühen Oktobermorgen. In rhythmischem Hin und Her frisst sich eine Säge durch harte Buchenstämme. Dann und wann erschallt ein Warnruf, bevor ein Baum fällt. Mit dumpfem Aufprall trifft der Stamm den Boden, der Baum rutscht ein paar Meter den Steilhang hinab, bis sich seine Krone im Buschwerk verfängt.

Die Bauern kennen die Gefahr. Vorsichtig treten sie heran, hacken die dünnen Äste ab und ziehen sie auf die Seite, ehe sie die starke Krone zersägen.

Brennholz für die fünf Burgherren. Oben im Wald wäre das leichter zu schlagen. Doch der Berg soll gerodet werden, blank und trotzig soll er wieder aussehen wie in alten Zeiten. Brennholz schlagen und gleichzeitig die Wehrhaftigkeit des Schlosses verbessern. Die Männer sehen diese Erschwernis ihrer Arbeit nicht ein. Hohenentringen ist noch nie eingenommen worden, schon lange hat es in der näheren Umgebung keinen Krieg mehr gegeben, es scheint Frieden im Land zu herrschen, und sollten doch einmal Feinde anrücken, würden sie das Schloss niemals von unten angreifen. Dazu ist der Berg viel zu steil. Denkbar wäre ein Angriff allenfalls von den Feldern her, die auf der Höhe hinter der Burg liegen. Dort könnte man ein ganzes Heer aufstellen.

Hohenentringen ist schon lang nicht mehr die wehrhafte Burg vergangener Jahrhunderte, trotz Halsgraben und Zugbrücke. Feindlichen Kanonen, wie sie immer mehr eingesetzt werden, würde der Torturm keine Stunde standhalten. Und so hat sich, was den Menschen im Tal noch als Burg erscheinen mag, längst zu einem großen Anwesen gewandelt, das sich von einem großen Bauernhof nur dadurch unterscheidet, dass die Insassen ihre Felder nicht selbst bestellen. Das macht die Dienstbarkeit, die fronpflichtigen Bauern des Dorfs.

Als Festung ist Hohenentringen so unnütz wie die Burg Müneck über dem Nachbardorf Breitenholz, die schon lange aufgegeben wurde und als Steinbruch dient.

Warum also den Hang roden? Wenn es die Herren selbst machen müssten, würden sie es sicher bleiben lassen. Die paar Bauern, die sich am Hang abplagen müssen, sehen den einzigen Lichtblick bei ihrer Fron darin, dass sie das Holz nicht weit transportieren müssen. Es hinaufzuschaffen ist zwar eine Schinderei. Aber das sind sie gewohnt, denn die Hänge des Schönbuchs sind überall steil. Und wenn sie angewiesen werden, das Brennholz für die Burg in abgelegenen Waldstücken zu schlagen, kostet es sie oft mehrere Tage. Dann frisst schon der Weg viel kostbare Zeit, in der sie sich lieber auf ihren Feldern um ihr Auskommen kümmern würden. Dem Anschein nach tun sie nun zwar geduldig, was man ihnen befohlen hat, aber sie murren.

Der Älteste von ihnen, ein hagerer Mann Mitte dreißig, richtet sich stöhnend auf und legt einen Handrücken auf sein schmerzendes Kreuz, während er sich mit der anderen auf den Stiel seiner Axt stützt. Dabei schaut er auf das Dorf hinunter, von dem sie kurz vor Sonnenaufgang heraufgekommen sind. Der spitze Helm des Kirchturms ragt aus dem Nebel, die Häuser oberhalb der Kirche kann man erahnen, sonst liegt das ganze Tal noch unter einer dichten grauen Decke.

Er steht am Rand der gerodeten Fläche, wo sie als Erstes ein paar Haselnuss- und Holunderbüsche umgesägt haben. Auf einmal sieht er ein Kind neben sich, einen schlanken Jungen von fünf, sechs Jahren, braune Augen, honigblondes gewelltes Haar. Der Junge schaut ihm ins Gesicht, dann auf die Axt und den umgelegten Haselnussstrauch. Dann sieht er ihn wieder an, als wollte er etwas fragen und traute sich nicht.

»Was willst du?«

»Einen Stecken«, sagt der Junge und zeigt mit ausgebreiteten Armen an, wie lang er sein soll. Ohne etwas zu sagen, hackt der Bauer einen daumenstarken Haselnussstock ab und reicht ihn ihm.

»Noch einen, aber bloß so«, sagte der Junge und deutet an, dass diesmal ein zwei Spannen langes Stück genügt. Als er auch das bekommen hat, dreht er sich wortlos um und macht sich daran, den Berg hochzusteigen. Mit kaltem Blick schaut ihm der Bauer nach und ruft schließlich: »Wie heißt du?«

»Jörg.«

»Und weiter?«

»Von Ehingen.«

»Saudummes Geschwätz. Wo bist du auf die Welt gekommen?«

»Auf Hohenentringen.«

»Und wo wohnst du?«

»Auf Hohenentringen.«

»Na, also: Jörg von Entringen, würd ich sagen.«

Als der Junge außer Hörweite ist, meint einer der anderen Männer: »Hast du ein freches Maul! Hoffentlich sagt er das nicht seinem Vater.«

Gleichgültiges Achselzucken. »Glaub ich nicht. Ob er den in dem Gewusel dort oben überhaupt finden würde?«

»Wenn der überhaupt daheim ist. Er reitet doch die ganze Zeit im Land herum, sagen sie.«

»Er wär ja auch blöd, wenn er's nicht tät. Wenn ich der Ehinger wär, würd ich auch lieber für den Pfalzgrafen von Schloss zu Schloss reiten, als dort oben im Dreck rumhocken.«

»Und der tut das nicht um Gottes Lohn. Herumreiten und dafür auch noch Geld einstreichen, das tät ich auch gern.«

Der andere brummt zustimmend. Dann arbeiten sie schweigend weiter, bis der Älteste seine Axt in einen Stamm schlägt und sie dort stecken lässt. Das Signal zum Vesper.

Fünf Bauern sitzen nebeneinander auf einem Baumstamm. Jeder isst ein großes Stück trockenes Roggenbrot und ein kleines Scheibchen Speck. Dazu trinken sie stark verwässerten Apfelmost.

»Wie viele sind's jetzt dort oben?«, nimmt einer das Gespräch wieder auf.

»Das weiß doch niemand. Am End wissen's die selber nicht. Wer soll das auch wissen!«

»Der Pfarrer vielleicht. Der kann sie doch in der Kirche zählen.«

»Aber die kommen doch nie alle. Die sind auch manchmal krank. Wenigstens da geht's denen nicht besser als uns.«

»Oder liegen im Kindbett.«

»Vor zwei Jahren habe ich mit einem von den Knechten geredet, als wir den Weg zum Schloss hinauf richten mussten. Der hat was von ungefähr fünfzig Kindern gesagt. Aber ob die alle noch leben? Dort oben stirbt es sich doch genauso wie bei uns im Dorf. Ein kalter Winter, und es fehlen wieder ein paar.«

Schweigen. Jeder denkt an den vergangenen kalten, entbehrungsreichen Winter und hofft, dass der kommende milder sein möge.

»Würd's euch dort oben gefallen?«

Die einen zucken resigniert mit den Achseln, die andern nicken.

»Schon«, sagt einer laut. »Aber nicht mit vier anderen Familien zusammen.«

Zustimmendes Nicken.

»Ich glaube, der Ehinger macht's schon richtig, wenn er für den Pfalzgrafen in der Weltgeschichte herumreitet.«

»Ja. Aber ich möcht mal wissen, was er da so treibt.«

»Geschäfte der Herren halt.«

»Und er muss auch noch nach seinen Gütern schauen. Der hat ja noch viel mehr als das Bisschen hier.«

»Das Bisschen! Ich wollt', ich hätt' die Hälfte von seinem Anteil dort oben. Das wär ein schöneres Leben.«

Dann arbeiten sie weiter. Eine junge Buche um die andere fällt, Haselnuss- und Holunderbüsche werden umgesägt, bis die gerodete Fläche so groß ist, dass man sie meilenweit erkennen kann. An einem Tag werden sie nicht den ganzen Steilhang schaffen, nicht einmal in einer Woche. Aber sie beginnen am Spätvormittag damit, einen Teil des geschlagenen Holzes den Berg hochzuziehen.

»Was oben ist, ist oben. Dann sehen sie schon einmal, was wir schaffen, und wir haben drunten im Dorf Ruhe vor ihnen. Es langt ja schon, wenn man wegen den Herrschaften sonntags kaum in die Kirche passt.«

»Ja, ich würd auch mal gern vorn beim Altar stehen und nicht bloß unter der Tür.«

»Hm, die sind halt immer vorne dran, in diesem und im nächsten Leben.«

's Jergle, wie er genannt wird, wird also kaum seinem Vater sofort über den Weg laufen. Und wenn, würde er ihm sicher nicht erzählen, was der Bauer zu ihm gesagt hat. Denn von den Gemeinen, den unfreien Bauern und Taglöhnern, soll er sich fernhalten und nur mit ihnen reden, wenn es unbedingt sein muss. Ein leicht zu befolgendes Gebot. Denn welchen Anlass sollte es für den Jungen schon geben?

Aber da ist noch etwas, weshalb er bei seinem Vater in Ungnade fallen könnte. Man hat den Kindern verboten, am Berg unterhalb der Mauern herumzuklettern. Dort fließt das Abwasser hinunter, die Brühe aus der Waschküche, die Jauche aus den Ställen und das, was aus dem Abort und den Nachtgeschirren über die Mauer geht. Manchmal steigt der Gestank bis in die Burg hinauf, besonders im Sommer, wenn die Sonne steil auf den Berg fällt.

Also: Wenn sein Vater trotz allem erfahren würde, dass er einen Gemeinen angebettelt hat, und auch noch dort unten, würde es eine Maulschelle geben, die sich gewaschen hat. 's Jergle wird also den Ausflug für sich behalten wie so vieles, was er seinen Eltern und Geschwistern nicht mitteilen mag. Er sieht zu, dass er schnell wieder oben ist, ehe ihn jemand vermisst und nach ihm fragt.

Durch steiles Gelände hindurch, das noch nicht gerodet ist, gelangt er zu einem schmalen Weg, der ihn zu einem Zugang zum Schlosshof führt. Vorsichtig öffnet er das Törchen und horcht, ob die Luft rein ist. Er hat Glück. Niemand scheint in unmittelbarer Nähe zu sein, und die ganze Hundemeute, die im angrenzenden Zwinger gehalten wird, liegt an der Ostseite unter der Zugbrücke und wartet auf die Fütterung. Über ein paar Sandsteinstufen gelangt er auf die Höhe des Burghofs. Als er aber zwischen Waschhaus und Kräutergarten weitergehen will, sieht er Frau Agnes, seine Mutter, und zwei seiner Geschwister vor der Tür des Herrschaftsgebäudes stehen. Schnell duckt er sich hinter die niedrige Ummauerung des kleinen Kräutergartens und wartet, bis sie weg sind. Dann rennt er flugs in die Scheune und sucht sich einen Garbenstrick. Damit bindet er seine beiden Stöcke übers Kreuz zusammen. Zufrieden betrachtet er sein Werk und geht zum Scheunentor hinaus.

Nach ein paar Schritten sieht er sich plötzlich seiner Mutter gegenüber und erschrickt. Die ist doch gerade ins Haus gegangen? Sie merkt nicht, dass er erschrocken ist. Sie sieht nur, was er vor sich herträgt.

»Jergle, hast du ein Kreuz gemacht? Willsch nach Bebenhausen ins Kloster?«

»Nein. Das ist doch ein Schwert! Ich werd einmal ein Ritter.«

»Um Gottes willen, Bub!« Frau Agnes seufzt tief und bekreuzigt sich.

's Jergle hat nun sein Haselnussschwert und fantasiert. Er hat im Laufschritt die Zugbrücke überquert, einen Ausfall gegen die Belagerer gemacht und will sogleich ihre Reihen lichten. Fest hat er das Heft in der Hand und lässt die Klinge durch die Luft sausen, dass es nur so pfeift. Er haut so stark ins Leere, dass sich sein ganzer Oberkörper jedem Schlag hinterherdreht. Seine Schwertstreiche brauchen Widerstand, fühlt er. Er sucht Gegner und findet sie in den Kardendisteln, die unweit der Burg mannshoch am Feldrain stehen. Mit wütenden Schlägen hin und her schlägt er ihnen die Köpfe ab und kann nicht genug kriegen. Wenn er nur weit genug ausholt und blitzschnelle Streiche führt, schneidet er glatt durch ihre Hälse, sodass ihre Rüstungen zerbersten und die Köpfe nur so durch die Luft fliegen. Er tobt sich aus. Erst an den Kardendisteln, dann an Brennnesseln. Mit tiefer angesetzten Hieben mäht er eine Schneise in die feindliche Schar der Brennnesselritter. Er vergisst alles um sich herum.

»Aha, der große Held«, hört er es plötzlich hinter sich spotten.

Mit noch erhobenem Haselnussschwert dreht er sich um. Sein älterer Bruder Wolf steht hinter ihm und grinst höhnisch. Die rechte Hand hat er hinter seinem Rücken versteckt.

»Was hast du da? Ein Schwertlein?«

's Jergle nickt etwas verschämt.

»Dann kannst du ja mit mir fechten.«

Er zieht einen krummen Buchenast vor, so dick wie ein Handgelenk, dessen Ende gegabelt ist. Keine ritterliche Waffe!

»Das gilt nicht.«

»Was gilt oder nicht, isch dem Feind egal.«

Damit holt Wolf aus und schlägt nach seinem Bruder, den er um einen halben Kopf überragt. 's Jergle hält dagegen. Er kann den ersten Schlag abwehren, obwohl ihm Wolf sein Schwert fast aus der Hand schlägt. Er weicht einen Schritt zurück und richtet dabei seine Schwertspitze mit ausgestrecktem Arm auf den Bauch seines Gegners. Der aber lacht nur.

»Stich doch zu, trau dich doch«, fordert er Jergle heraus.

's Jergle sticht zu, aber ins Leere. Wolf hat einen Schritt zurück gemacht, erwischt mit seiner Gabel Jergles Schwert und drückt es nach unten. Dabei kommt er ihm näher, lässt den Buchenast los und packt ihn mit beiden Händen an der Schulter. Er stellt ihm ein Bein, sodass er strauchelt, und gibt ihm einen Stoß mit dem Knie, dass er rücklings im Brennnesselfeld landet.

»Zum Ritter langt's nicht. Geh halt ins Kloster«, höhnt Wolf und geht weg.

Mühsam rappelt sich 's Jergle auf. Sein Hals, seine Hände und Waden brennen, und mit jeder Bewegung, die er macht, kommt er noch mehr mit den beißenden Blättern in Berührung. Aber das muss er aushalten. Anders kommt er nicht hoch. Als er wieder auf den Beinen steht, sieht er Wolf gerade noch hinter einer Bodenwelle verschwinden.

Beim Träumen ertappt und mit einem Schlag hart in die Wirklichkeit zurückgeholt, fühlt er sich gedemütigt und schämt sich. Seine Haut brennt an den Handgelenken, am Hals, in den Kniekehlen, an den Waden. Er möchte zum nächsten Brunnen rennen. Aber da müsste er Wolf überholen. Er fürchtet sich vor seinem Spott und geht ihm nur langsam nach, bis er die Viehtränke passiert hat und über die Zugbrücke verschwunden ist. Dann erst rennt er an den Trog, hängt seine nackten Beine ins eiskalte Wasser, spritzt sich den Hals nass und reibt und reibt, bis das Brennen endlich nachlässt. Er friert. Am liebsten würde er jetzt zum Schloss zurückgehen und sich im großen Saal vor den Kamin setzen. Aber da müsste er sich durch die Kinderschar durchschlängeln, die im Schlosshof irgendwelche albernen Spiele spielt, er müsste an der alten Magd Stine vorbei, die im Freien auf ihrem Schemel Geflügel rupft oder Hasen das Fell abzieht, und auch Veit, den Pferdeknecht, den er eigentlich sehr mag, will er jetzt nicht sehen. Niemanden will er sehen. Er will nicht gefragt werden, warum er so nass ist.

So geht er eine Weile ziellos über den Weinbergen auf Schloss Roseck zu. Von Nordwesten bläst ihm ein starker Wind in den Rücken. Er fröstelt und läuft ein Stück, um warm zu werden. Dann kommt er zu dem kleinen Steinbruch, wo die Wengerter eine ganze Schicht Steine auf die Seite geräumt haben, um an die bröselige bunte Erde zu kommen, unter die sie den Dung für ihre Rebstöcke mengen. Dort bleibt er stehen. Er bückt sich nach einem Gesteinsbrocken, den er mit beiden Händen kaum umfassen kann, hebt ihn hoch über seinen Kopf und schleudert ihn über die Kante. Er schaut ihm nach, wie er ein Stück bergab rollt, dann gegen einen anderen Brocken stößt und liegen bleibt. Er schickt ihm weitere Brocken nach, und noch einen, und wieder einen. Er versucht, kleinere Steine mit einer Hand zu stoßen. Er freut sich jedes Mal, wenn ein Stein auf einen anderen trifft, ihn mit hellem Schlag zerspringen lässt oder selbst zerbricht. Er verliert sich in diesem Spiel, bis seine Kraft erlahmt und seine Arme zu schmerzen beginnen. Dann geht er zum Schloss zurück. Zwar ist er müde, aber er hat seine Kraft gespürt, er fühlt sich besser.

An der Stelle, wo Wolf ihn in die Brennnesseln gestoßen hat, findet er sein Haselnussschwert und hebt es auf. Einen Moment lang sieht er es an, als wollte er es wegwerfen, nimmt es aber dann mit und versteckt es in einem Holunderbusch bei der Viehtränke.

Inzwischen ist die Sonne untergegangen. Ein paar Atemzüge lang leuchtet noch ein roter Streifen über dem westlichen Horizont. Dann fallen Schloss und Umgebung ins Dunkel.

Das kahle Zimmer neben der Küche, in dem sie zu Abend essen, ist nur von zwei rußenden Pechfackeln beleuchtet. Durch die offene Tür kommt etwas Wärme von der Kochstelle herein. Wenn's Jergle es schafft, setzt er sich abends immer in die Nähe der Tür, am liebsten mit dem Rücken zu ihr, um sich vorm Schlafengehen noch ein wenig aufzuwärmen. Was aber auch Wolf stets versucht. Wer zuerst kommt, ergattert den wärmsten Platz, und der Verlierer versucht, möglichst nahe dabeizusitzen. Aber diesmal ist es anders. Als Wolf an den Tisch kommt und meint, den umkämpften Lieblingsplatz erobert zu haben, sieht er 's Jergle am entgegengesetzten Ende des Tisches zwischen ihren älteren Brüdern Diepolt und Burckart sitzen. Im ersten Moment ist er überrascht. Dann begreift er die Lage.

»Wo hockst denn du heute?«

Übertriebenes Erstaunen tönt aus seiner Frage. 's Jergle tut, als hätte er sie nicht gehört.

»Beißt es noch?«, stichelt Wolf weiter.

's Jergle antwortet nicht. Er spürt, dass er rot wird. Aber so hell, dass es einer sehen würde, leuchten die zwei Fackeln glücklicherweise nicht.

»Was beißt?«, fragt Diepolt.

»Nichts«, antwortet Wolf und winkt ab.

Als alle neun Kinder am Tisch versammelt sind, fordert Mutter Agnes den ältesten Sohn auf, in Abwesenheit des Vaters das Tischgebet zu sprechen. Diepolt ist sich der Ehre bewusst und betet laut und inbrünstig. Gott, der Herr, möge die Mahlzeit segnen. Dann brechen alle ein Stück vom Roggenbrot ab und warten darauf, dass die Köchin die Hauptspeise aufträgt, auf die sich alle freuen. Man hat ein Schwein geschlachtet. Es gibt Kesselfleisch mit Sauerkraut.

Die große Schüssel macht die Runde, jeder schöpft seinen Teil heraus. Wolf schaut länger in die Schüssel als die anderen, ehe er mit seinem Holzlöffel zulangt.

»Jetzt mach doch«, drängt ihn Ludwig, der neben ihm sitzt.

»Warte doch. Ich muss aufpassen, dass ich unserem Ritter nicht das fetteste Stück wegnehme. Sonst wird nichts aus dem.«

Als Ludwig ihn fragend anschaut, zeigt er hämisch grinsend über den Tisch auf 's Jergle.

Frau Agnes macht ein strenges Gesicht und gebietet Ruhe. Man isst schweigend.

Kaum hat 's Jergle den Löffel gewischt, will er vom Tisch aufstehen.

»Halt«, sagt die Mutter. »Wir danken. Sprich das Gebet.«

Es bleibt ihm nichts übrig, als sich wieder zu setzen, gesenkten Haupts die Hände zu falten und in andächtigem Ton das Dankgebet zu sprechen. Anders duldet es die Mutter nicht. Aber seine Gedanken sind nicht dabei. Das Amen der Familienrunde ist noch nicht ganz verklungen, da springt er auf und verlässt den Tisch. Frau Agnes wirft einen fragenden Blick auf Wolf. Doch der rührt keine Miene.

In absoluter Dunkelheit findet 's Jergle in die Bubenkammer, wo sich alle Brüder ein breites Lager teilen. Splitternackt schlafen sie auf einer dicken Lage Stroh, die von vernähten Leintüchern zusammengehalten wird.

Er legt alle Kleider ab und schlüpft im hintersten Winkel unter die Decke, obwohl es dort, direkt an der Wand, am kältesten ist. Es ist überall sehr kalt in der Kammer. Jetzt schon, im Oktober, sehen sie oft ihren Atem über sich stehen, wenn sie morgens aufwachen. Aber er weiß, dass Wolf lieber an der Türseite schläft, weil er jeden Morgen nach dem Aufwachen sofort aus der Kammer stürmt. Der Geruch von sechs nackten Leibern, ihre Ausdünstungen und der Gestank der Nachtgeschirre sind ihm zu viel.

's Jergle legt sich auf den Rücken und schließt die Augen. Es ist absolut still um ihn herum. Er wartet gespannt, wer als Nächster in die Kammer kommt. Aber er nimmt es nicht mehr richtig wahr. Nach den Anstrengungen des Nachmittags und der üppigen Mahlzeit schläft er schnell ein. Er merkt nur noch, dass sein Nebenmann viel größer ist als er, weil die Decke so spannt. Das muss Diepolt sein, oder Burckart.

Gleichgültig. Zufrieden schläft er weiter.

Die Mägde, Knechte, Köchinnen und Küchenhilfen sind Jergle gleichgültig. Sie gehören einfach so zum Schloss wie das spärliche Mobiliar. Nur mit Veit, dem alten Pferdeknecht, verbindet ihn etwas. Sein Vater brachte Veit mit, als er sich auf dem Schloss niederließ, was dem Stallknecht unter dem Gesinde besonderes Ansehen verleiht. Nur er kann berichten, was »der Herr Rudolf« an vornehmen Höfen erlebt und geleistet hat, und er tut das auch gern, wenn man ihn darum bittet.

's Jergle ist oft im Pferdestall. Er mag den Geruch und die Wärme der Tiere. Immer wieder geht er deshalb zu Veit und will ihm helfen, die Rösser zu striegeln und zu füttern. Das Striegeln geht noch nicht so gut, dazu ist 's Jergle zu klein. Und die Pferde sind sehr groß. Vor allem das Lieblingsross seines Vaters, ein dunkelbrauner Kaltblutwallach mit breiter Brust, hat es ihm angetan. Er hat eine schwarze Mähne und einen zackigen weißen Fleck zwischen den Augen, weshalb er Stern genannt wird. Er ist so groß, dass 's Jergle kaum seinen Rücken erreichen kann.

»Du musst fast noch ein bisschen wachsen«, sagt Veit gutmütig lächelnd und holt ihm einen Melkschemel aus dem Kuhstall.

's Jergle stellt sich darauf und lehnt sich gegen die Flanke des Rosses. Er spürt seine Wärme und atmet seinen Geruch ein. Mit langen Strichen striegelt er seinen Rücken, bis Veit ihm sagt, dass es nun genug sei und er sich auch um Brust und Hinterteil kümmern solle. Auch das macht er gründlich und setzt sich schließlich nieder und poliert die großen Hufe, bis sie glänzen.

Das tut er immer wieder, und nicht nur an Vaters Lieblingsross. Nur Ausmisten mag er nicht. Eigentlich würde er auch das tun. Nur fürchtet er, dass Wolf ihn auslachen würde, falls er es sieht. Und Veit erwartet nicht einmal, dass der junge Herr eine Mistgabel in die Hand nimmt. Ausmisten ist Sache des Knechts.

's Jergle begleitet Veit, als er die Pferde zur Tränke führt. »Das Wasser vom Brunnen im Hof tät nicht langen?«, will er wissen.

»Schon, aber wir müssten es heraufziehen. Viel z' viel Gschäft.«

»Ist das wahr, dass es da einen Gang gibt?«

»Ja, so heißt es. In zwanzig Fuß Tiefe.«

»Lässt du mich mal hinunter?«

»Ja, wie denn?«

»Mit einem Seil.«

Veit schüttelt energisch den Kopf.

»Warum nicht? Bitte!«

»Was meinst du, was dein Vater sagen würde?«

»Der ist doch nicht da. Der ist schon wieder beim Pfalzgrafen.«

»Aber er würde es erfahren, bei den vielen Leuten hier. Meinst du, die würden alle 's Maul halten? Nie und nimmer.«

Damit ist das Gespräch zunächst beendet. Die Pferde trinken und werden wieder in den Stall gebracht. Ehe 's Jergle aus dem Stall geht, hat er aber noch eine Frage: »Und den anderen Gang. Gibt's den auch?«

»Ins Dorf nunter?«

's Jergle nickt und schickt hinterher: »Weißt du, wo der rauskommt?«

»In dem Haus hinter der Kirche, sagen sie.«

»Und den gibt's wirklich?«

»Ich glaub's fast nicht. Wo soll der auch anfangen?«

»Im Keller vielleicht.«

»Vielleicht. Ich glaub's zwar nicht, aber 's könnt schon sein. Wer weiß?«

Der letzte Satz klingt dem Jungen in den Ohren: Es könnte sein, dass es einen unterirdischen Gang ins Dorf hinab gibt. Den will er suchen, und den anderen, der in den Brunnenschacht führt, natürlich auch. Mit seinen Brüdern mag er nicht darüber sprechen. Die Gänge sollen sein Geheimnis sein. Aber er spricht darüber mit seinem Freund Hans von Gültlingen, der ungefähr sein Alter hat.

»Ich sag dir ein Geheimnis. Du darfst es aber niemand sagen. Niemand! Schwörst du mir das?«

Er erzählt ihm von dem Gang, der vom Brunnenschacht irgendwo in den Keller führt. Es gäbe ja niemanden, der einen in einem Korb den Brunnenschacht hinunterlassen würde, sodass man von dort aus in den Keller gehen könnte. Das sei ja viel zu gefährlich. Aber anders herum, durch den Keller zum Schacht, das müsste doch gehen. Und vielleicht würde man im Keller sogar zwei Eingänge finden. Hans ist Feuer und Flamme. »Und wenn wir den Gang gefunden haben, was dann?«

»Welchen?«

»Den ins Dorf.«

's Jergle zuckt mit den Achseln.

»Dann erzählen wir's allen«, sagt Hans in verfrühter Vorfreude.

Das genügt für den Moment.

Der Himmel ist grau verhangen. Schon am Nachmittag wird es dunkel im Schloss. Vor den Türen zum Saal, zur Küche und den Stuben der verschiedenen Familien stecken brennende Pechfackeln in den Halterungen. Hans nimmt eine Fackel an sich und die beiden schleichen die Treppe hinab. Sie hören Schritte und bleiben stehen. Aber es sind nur drei kleine Mädchen von den Hailfingern, die an ihnen vorbeigehen, als sei es selbstverständlich, dass zwei Jungen mit einer Fackel die Treppe hinuntersteigen. Die Buben wissen, dass der Keller nicht abgeschlossen ist. Warum sollte man ihn auch zusperren? Niemand steigt gern in das finstere Gewölbe hinab, weder die Herrschaften noch die Knechte. Und wenn die Mägde zum Wein- oder Mostholen hinuntergeschickt werden, bekreuzigen sie sich, singen fromme Lieder und rufen ihre Schutzheiligen an.

Die Türangeln quietschen. Sie öffnen die Tür nur so weit, dass sie gerade durchschlüpfen können. Als sie hinter ihnen ins Schloss fällt, stehen sie einen Moment regungslos da und lauschen. Nichts zu hören, gar nichts. Der Fackelschein bricht sich im Kellerhals, dahinter braune Dunkelheit. Zögernd steigen sie Stufe um Stufe hinunter. Die Treppe kommt ihnen endlos vor. Die Luft wird schlecht. Es riecht nach feuchtem Moder. Schließlich stehen sie im Gewölbe. Der Boden ist uneben. An den felsigen Stellen glitzert die Feuchtigkeit, daneben dunkle nasse Erde und Pfützen. Rechts und links von ihnen liegen große Wein- und Mostfässer in den Lagern. Wo soll hier ein Gang beginnen?

»Vielleicht dort«, flüstert 's Jergle und zeigt auf die Stirn-wand, die man gerade noch erahnen kann. Aber da ist nur eine Wand aus großen Steinquadern.

»Vielleicht hinter den Fässern.«

Hinter den Fässern ist nicht viel Platz, gerade genug, dass sie sich hintereinander durchzwängen können. Sie spüren, dass die feuchte Erde an ihren Schuhen klebt, und streifen mit ihren Kleidern die feuchte Mauer entlang, deren Kälte sie auf der Haut spüren. Bis zu den Knöcheln treten sie in Pfüt-zen. Plötzlich quiekt es laut und plätschert. Ratten! Hans lässt vor Schreck die Fackel fallen, sie rollt unters Fasslager und er-lischt. Noch für einen Moment hören sie die Ratten rascheln, quieken, plätschern. Dann ist es ebenso still wie dunkel. Sie hören nur ihren eigenen Atem.

»Und jetzt? Sollen wir schreien?«, fragt Hans.

»Nein. Das hört doch keiner. Gehen wir einfach rück-wärts.«

Schritt für Schritt, zögerlich, finden sie langsam an die Stirnwand zurück, tasten sich an den Fasslagern entlang zur Treppe vor und steigen dann erleichtert hinauf.

Keiner von beiden redet von seiner Angst. Und schnell sind sie sich einig: Es muss eine zweite Suche stattfinden.

»Aber diesmal nehmen wir auch Kerzen mit.«

»Und jeder einen Knüppel«, sagt Hans entschieden.

»Einen Knüppel?«

»Ja, wegen den Ratten.«

Am nächsten Tag, wieder gegen Abend, als sie wieder da-mit rechnen können, dass niemand mehr in den Keller geht, steigen sie hinunter. Beherzt, sie sind ja bewaffnet, gehen sie vor bis an die Stirnwand des Gewölbes und drücken sich tas-tend hinter den Fässern an der Wand entlang bis zur Treppe. Gespannt tasten sie die Wand ab. Die Mauersteine fühlen sich alle gleich an, einer neben dem andern, es gibt keine Vertie-fung, keine Nische. Aber als sie schon fast wieder an der Treppe sind, wird der Boden uneben. Es ist, als durchquerten sie einen flachen Graben von etwa zwei Schritt Breite. Der Abstand zwischen Fasslager und Wand ist aber so gering, dass sie den Boden an dieser Stelle nicht ausleuchten können.

»Von der anderen Seite.«

»Das ist das dritte Fass von vorn.«

Im Gang zwischen den Fassreihen gehen sie auf die Knie und halten ihre Fackel unter das dritte Fass.

»Schau mal. Lauter Brocken.«

Ihre Fackel wirft ein schwaches Licht in eine runde Senke, die in der Mitte mehr als einen Fuß tief ist. Sie sehen nicht gut. Die Fackel blendet sie. Um besser sehen zu können, zünden sie eine dicke Kerze an und versuchen, sie mit einem ihrer Knüppel voranzuschieben.

»Pass auf, dass sie nicht kippt.«

»Zünd die andere auch noch an.«

Deutlich erkennen sie, dass die Senke mit großen Feldsteinen angefüllt ist. Überall sonst besteht der Boden aus gestampftem Lehm oder natürlichen Steinplatten.

»Verstopft. Aber hier ging es hinein.« Darin sind sie sich einig.

»Schade. Den gibt's nicht mehr.«

Mit dem Knüppel löschen sie die Kerzen und verlassen den Keller, einerseits enttäuscht, andererseits aber auch stolz, weil sie doch etwas herausgefunden haben.

»Aber der andere, der könnt im Torturm anfangen. Und der ist vielleicht noch offen«, sagt 's Jergle.

Ein paar Tage später eröffnet er seinem Vater, dass er in den Torturm steigen will, der südlich an die Zugbrücke anschließt.

»Warum?«

»Wir suchen den Gang ins Dorf.«

»Und du glaubst, dass es den gibt?«

»Vielleicht.«

Herr Rudolf überlegt nicht lang. Zwar glaubt er nicht, dass es diesen Gang gibt. Er kennt schließlich die unzähligen Legenden, die von solchen Gängen erzählt werden, und weiß, dass man noch nie einen gefunden hat. Aber es gefällt ihm, dass Georg, sein Lieblingssohn, der ihm ähnelt wie kein anderer, dass dieser Junge mit seinen sechs Jahren einen solchen Gang finden will, dass er mutig genug ist, um in diesen Turm zu steigen, den seines Wissens in den letzten Jahrzehnten niemand betreten hat.

»Du ganz allein?«

»Nein. Mit'm Hans.«

»Da kann es Ratten geben.«

»Weiß ich.«

»Und Eulen, vielleicht auch Elstern und Krähen.«

»Macht nix.«

»Veit soll auf euch aufpassen.«

»Wir wollen aber alleine …«

»Schon gut. Er passt draußen auf und holt euch raus, falls ihr nicht wiederkommt.«

Veit ist zu dieser Aufgabe gerne bereit.

»'s könnt schon sein, dass es den Gang tatsächlich gibt«, sagt er in bedächtiger Einfalt.

Ohne Veits Hilfe könnten sie den Turm nicht aufschließen. Das Schloss ist eingerostet, und es kostet ein paar Hammerschläge und viel Petroleum, bis sich das Schloss bewegen lässt. Die Tür liegt fünf Stufen über dem Niveau der Zugbrücke. Das Stockwerk darüber ist ein runder Raum mit Balkenboden. Von den Schießscharten aus könnte man mit Bogen und Armbrust feindlichen Angreifern gut zusetzen. Aber es hat nie Angreifer gegeben und gibt auch jetzt keine.

Die beiden Buben steigen gerade so weit hoch, dass sie einen Blick hineinwerfen können. Es riecht scharf nach Vogelkot. Sie schrecken zwei große Vögel auf, die so schnell durch die Schießscharten ins Freie flattern, dass sie sie nicht einmal erkennen können.

»Jetzt gehen wir hinunter«, ruft 's Jergle Veit zu.

»Ist gut. Ich warte.«

Der runden Mauer entlang führen schmale Steinstufen in die Tiefe hinab. Die Lichtstrahlen, die durch die Schießscharten hereinfallen, beleuchten nur die obere Hälfte des ersten Kellergeschosses. Wer auf den schmalen Stufen ausrutschen oder das Gleichgewicht verlieren würde, würde meterweit hinunterfallen und sich die Knochen brechen. 's Jergle und Hans drücken sich an die Mauer und steigen hinab, indem sie vorsichtig einen Fuß vor den andern setzen. Was sie vorfinden, ist ein leerer dunkler Raum mit einem weißen Niederschlag an den Wänden. An zwei Stellen sind Eisenringe in die Mauer eingelassen, an denen noch ein paar Kettenglieder hängen.

»Da ist mal einer gelegen und verschmachtet«, bemerkt 's Jergle. Das klingt sachlich. Dass es ihm graust wie noch nie, weiß er zu verbergen. Hans geht es wohl ebenso. Er sagt kein Wort, aber die Flamme seiner Fackel lässt erkennen, dass ihm die Hände zittern. Doch umkehren geht nicht. Jeder hält den andern für mutiger, als er selbst ist, beißt die Zähne zusammen und schließt sich dem Freund an. Sie stützen einander wie zwei Garben, die man schief aneinandergelehnt hat.

Sie müssen noch weiter hinunter, wenn sie den Anfang eines unterirdischen Gangs finden wollen. Sie steigen weiter hinab, jeder im Schutz des anderen.

Die untere Treppe ist noch schmäler. Und es ist noch dunkler als im ersten Kellergeschoss. Feuchter wird es, die Stufen immer glitschiger. Sie beleuchten jede mit ihren Fackeln, ehe sie sich ihr anvertrauen. Dreißig Stufen zählen sie, bis sie auf gestampftem Boden stehen.

Kein Loch ist im Boden, keine Lücke in der Mauer, es gibt keine Tür, keine Öffnung. Das sehen sie auf den ersten Blick.

»Wieder nix.«

»Au, guck«, sagt Hans mit Schrecken in der Stimme und zeigt auf eine flache Nische.

Von einem Eisenring in der Wand hängt eine Kette bis zum Boden. Sie endet in einer Armfessel, in der ein knöcherner Arm mit Knochenhand und ein paar Stoff- und Lederfetzen stecken. Sie halten die Luft an und starren auf den grausigen Fund. Eine Weile stehen sie stumm da.

Dann dreht sich 's Jergle wortlos um und steigt vorsichtig wieder hinauf. Hans folgt ihm. Sie sind froh, als sich die Tür zum Torturm wieder hinter ihnen schließt.

»Lang seid ihr nicht drin gewesen«, sagt Veit etwas verwundert.

»Da war ja auch nichts.«

»Das hätte mich auch gewundert.«

Aber der grausige Fund regt ihre Fantasie an, und sie reden, wenn sie unter sich sind, ständig davon. Wer war das? Was hat der getan? Wer hat ihn dort so elend verrecken lassen? Diese Fragen lassen ihnen keine Ruhe.

Am nächsten Sonntag sitzt 's Jergle beim Essen neben seinem Vater. Nach dem Dankgebet wird er von ihm angesprochen.

»Wart ihr jetzt schon unten im Turm?«

's Jergle nickt. Die Brüder horchen auf.

»Und?«

»Nichts.«

»Gar nichts? Jetzt erzähl doch.«

»Kein Gang, nirgends.«

Rudolf wundert sich über die Einsilbigkeit seines Jüngsten.

»Dann war die ganze Anstrengung umsonst?«

's Jergle nickt. Die Brüder verstehen nicht genau, worum es geht. Aber mindestens Diepolt und Burckart kennen die Legende von dem unterirdischen Gang ins Dorf. Allerdings haben sie nie danach gesucht. Ihr herablassendes Grinsen steckt auch Wolf an.

»Unser mutiger Ritter ist wegen nichts und wieder nichts im Torturm drunten gewesen?«, höhnt er.

»Und du, du hättest dich gar nicht dort hinunter getraut. Du hättest die Hose verschissen.« Dem Jergle reicht es mit den Bosheiten des Bruders.

Wolf lacht nur albern.

»Und im Keller unten waren wir auch und wissen jetzt, wo der Gang zum Brunnen war. Unter dem dritten Fass nämlich, ganz nahe bei der Treppe.«

Vater Rudolf horcht auf.

»Aber man sieht doch gar nichts.«

»Doch. Unter dem dritten Fass war ein Loch im Boden. Da haben sie einfach Steine hineingeschmissen.«

»Das ist ja vielleicht ein wichtiger Fund. Deswegen würd ich nicht im Keller rumkriechen«, sagt Wolf hämisch.

»Und außerdem haben wir noch etwas gefunden«, behauptet sich 's Jergle darauf, »im Torturm.«

»Ja, Rattenscheiße.«

»Nein. Ein Verlies.«

Jetzt genießt 's Jergle volle Aufmerksamkeit von allen Seiten.

»Im mittleren Stock Eisenringe in der Wand und unten im Dunklen eine Leiche.«

»Das glaubst du doch selber nicht.«

»Doch. Eine Knochenhand und ein Arm. Dort unten ist einer elend verreckt.«

»Glaubt Ihr das, Vater?«, fragt Wolf.

Rudolf macht ein ernstes Gesicht und nickt.

's Jergle ergreift die Gelegenheit, alle seine Fragen loszuwerden.

»Vater, wer war das? Wer hat den dort eingesperrt?«

»Ich weiß es nicht. Das muss lange her sein. Es war sicher ein Feind, der gefangen genommen wurde.«

»Aber du hast doch gesagt, dass Hohenentringen nie angegriffen worden ist?«

»Schon. Aber Feinde hat es trotzdem gegeben, oder Verbrecher, Mörder, Diebe, Wegelagerer.«

's Jergle starrt vor sich hin. Er sieht immer noch den Eisenring mit der Knochenhand vor sich.

»Und die hat man einfach in den Turm geschmissen?«

Rudolf nickt nur.

»War es dort unten immer so dunkel?«

Rudolf nickt wieder.

»Und hat man denen etwas zu essen gebracht, und Wasser?«

»Nein. Das glaube ich nicht.«

»Dann ist der verhungert und verdurstet?«

Nachdenkliches Schweigen. Den einen und andern verschüttelt es. Und dann fragt 's Jergle nach dem, was ihn am meisten umtreibt: »Warum sind nur noch ein paar Knochen da?«

Rudolf sagt nur ein einziges Wort: »Ratten.«

Alle erschaudern und sind still.

Am Spätvormittag sitzt ein halbes Dutzend Kinder über seine Wachstäfelchen gebeugt um den großen Tisch herum. Die Tür zur Küche steht offen, ein bisschen Wärme kommt herein und bringt Bratenduft mit. Agnes von Waldeck unterrichtet die Kinder, die lesen und schreiben lernen wollen, und beaufsichtigt gleichzeitig die Köchin und die Mägde. Ein ganzes Ferkel wird am Spieß über der Feuerstelle gedreht, und Frau Agnes wirft immer wieder einen Blick durch die Tür.

»Langsam weiterdrehen, immer langsam weiterdrehen«, weist sie mehrmals das Küchenmädchen an, das auf einem Schemel am Feuer sitzt. Dann wendet sie sich wieder den Kindern zu. Sie trägt eine Ohrenhaube und ein langes graues Kleid. Es ist sehr weit, kann aber ihren Zustand nicht verhüllen. Sie ist hochschwanger. Unter ihren vollen Brüsten wölbt sich ihr Bauch. Immer wieder zuckt es schmerzhaft in ihrem Gesicht, und sie fasst mit beiden Händen an ihren Leib, als müsste sie ihn zusammenhalten. Die Kinder am Tisch sehen es wohl, aber reagieren nicht darauf. Sie sind es gewohnt. Jedes von ihnen hat seine Mutter schon mehrmals in diesem Zustand erlebt.

Und Frau Agnes beherrscht sich und leitet die Kinder geduldig an, so wie sie es gewohnt sind. »Drück nicht so auf. Du kratzt ja das ganze Wachs aus dem Rahmen«, sagt sie zu Hans, der neben seinem Freund Jergle sitzt. Dem zarten Mädchen gegenüber lautet ihre Anweisung: »Ein bisschen mehr musst du schon aufdrücken, sonst kann das niemand lesen.« Und dem jüngsten Kind, das erst seit Kurzem zum Lernen kommt, muss sie noch zeigen, wie es den Griffel halten soll.

's Jergle hingegen kann schon ganz gut lesen und schreiben. Er ist am längsten dabei. Er hat schon alle Buchstaben gelernt, als seine älteren Geschwister noch hier saßen, und darf manchmal schon etwas abschreiben, während seine Mutter den anderen die Buchstaben erklärt.

»Das ist ein H wie Hailfingen und Hohenentringen. Himmel, Heiland und Herrgott schreibt man auch so«, erklärt sie, oder »G wie Gott oder Gültlingen. J wie Jörg, aber auch wie Jesus oder Jerusalem. S wie Schloss, T wie Turm und Thomas, A wie Anfang oder Adam.«

Für jeden Buchstaben gibt es ein Merkwort oder mehrere, Bezeichnungen für etwas, das die Kinder gut kennen, oder Wörter, die sie beim Gebet hören oder wenn Frau Agnes ihnen in der Kirche die Bilder erklärt. Auch den Namen der vielen Heiligen werden die Buchstaben zugeordnet: Agnes, Barbara, Benedikt, Christophorus, David, Daniel, Elisabeth, Erhard, Florian usw. Zu jedem Buchstaben sagt sie ihnen wenigstens einen Namen.

Hans kann sich das nicht alles merken. Immer holt er sich beim Jergle Hilfe. Manchmal schämt er sich ein bisschen, dass er nicht so gut mitkommt, und hilft sich mit der Bemerkung: »Deine Mutter weiß das ja alles. Meine nicht.«

Seine Mutter, die Gültlingerin, kann zwar ein bisschen lesen, aber schreiben hat sie nie gelernt – wie die meisten Schlossbewohner. Wo die Eltern kaum lesen können, sind die Kinder auch nicht sehr eifrig bei der Sache. Die meisten von ihnen finden oft eine Ausrede, damit sie wegbleiben können, und merken dann, wenn sie im Winter aus lauter Langeweile wieder mitmachen wollen, dass sie etwas versäumt haben und die andern schon wieder viel Neues können. Das ist beschämend. Es liegt ihnen einfach nicht, sagen sie sich, und finden sich trotzig damit ab, vielleicht erst später einmal richtig lesen zu lernen, wenn sie es wirklich brauchen sollten, wenn sie Güter geerbt hätten, so Gott will. Wozu denn sonst? Die spärlichen Kenntnisse ihrer Eltern reichen auch nur dazu, die Schrift auf den Grabplatten an der Kirche zu entziffern, und das mit Mühe. Das ist kein großer Gewinn, warum sollte einen das also interessieren? Und Bücher gibt es nur im Kloster, und das Latein der Bibel würden sie ohnehin nicht verstehen. Auch schreiben müssen sie nicht unbedingt können, wie sie meinen. Wozu auch? Das Geschriebene ist nicht ihre Welt, sondern Sache der Mönche, der Berufsschreiber und Notare auf den Schlössern. Und sollten sie doch einmal eine Urkunde verstehen oder gar selbst aufsetzen müssen, dann hätten sie bestimmt einen Vertrauten, meinen sie, der ihnen die Angelegenheit verständlich macht und den Streit an ihrer statt ausficht oder schlichtet. So einen wie den Ehinger, den Herrn Rudolf, der aber so hoch über ihnen steht, dass sie nicht im Entferntesten daran denken können, ihm gleichzukommen.

Genau darin unterscheidet sich die Familie der Ehinger von den anderen. Diepolt und Burckart, Jergles älteste Brüder, waren eifrige Schüler ihrer Mutter und lernten gut. Diepolt kann jetzt schon, mit nur sechzehn Jahren, seinen Vater bei der Verwaltung der Güter unterstützen und begleitet ihn oft auf seinen Ritten. Burckart wird mit ihm gleichziehen, wenn er ein paar Jahre älter ist.

Und 's Jergle will unbedingt so wie sein Vater werden und lernt mit großem Fleiß. An manchen Regentagen, wenn der Wind durch die Fenster hereinpfeift, sitzt er mit seinem Wachstäfelchen am Tisch, solange das Licht reicht, und ritzt einen Buchstaben nach dem anderen ins Wachs. Immer wieder bittet er seine Mutter, ihm etwas vorzuschreiben, was er laut vorlesen und abschreiben kann.

»Gut, Bub, aus dir wird mal was«, bestärkt Frau Agnes seinen Eifer, auch weil sie weiß, dass sie damit ihren Gatten hoch erfreut, ist doch 's Jergle, der ihm so ähnlich sieht, sein Lieblingssohn, »ein richtiger Ehinger«, wie er zu sagen pflegt.

Wolf, nur zwei Jahre älter als 's Jergle, sieht es mit Eifersucht. Auch er wird immer noch von seiner Mutter unterrichtet. Aber der Erfolg stellt sich bei ihm nicht so leicht ein wie bei seinem jüngeren Bruder. Und selbst wenn er so mühelos lernen würde wie 's Jergle – er sieht seinem Vater einfach nicht so ähnlich. So bleibt ihm nur der Neid. »Dich sollen sie möglichst bald ins Kloster schicken. Dann sind wir dich los«, hat er schon zu seinem kleinen Bruder gesagt und ihn heimlich beschimpft als »Mammasuggele«. Und manchmal stellt er ihm nach, sobald er ihn nur zum Tor hinausgehen sieht.

Wenn 's Jergle aber am Tisch sitzt, seinen Freund neben sich hat, immer noch etwas dazulernen kann und dafür gelobt wird, kann er seinen groben Bruder vergessen. Und besonders freut er sich aufs Lesen und Schreiben, weil ihm die Burgl gegenübersitzt, Notburga von Gültlingen, die Schwester seines Freundes, ein Jahr jünger als er und das schönste Mädchen im Schloss. Auch wenn er sie zwei oder drei Tage nicht gesehen hat, braucht er nur die Augen zu schließen, um ihr Gesicht zu sehen: die mandelförmigen dunklen Augen mit den langen Wimpern, die hohe Stirn, die fein geschnittene, gerade Nase, die roten Lippen und das Kinn mit dem Grübchen. Das ist sein Geheimnis, davon sagt er keinem was, nicht einmal Hans.

Während seine Mutter unter der Tür zur Küche steht und dafür sorgt, dass der Haferbrei rechtzeitig aufgesetzt wird, schaut er ganz versonnen zu, wie Burgl zaghaft Lettern ins Wachs ritzt. Mit ihrer zarten Hand umklammert sie den Griffel so stark, dass ihre Fingerspitzen weiß werden, und nach jedem geraden Strich, der ihr gelungen ist, atmet sie hörbar auf. Schließlich hat sie ein ganzes Wort geschrieben, lehnt sich zurück und betrachtet ihr Werk. Ein zufriedenes Lächeln spielt um ihre Mundwinkel, ihre Augen lachen. Plötzlich schaut sie auf und sieht dem Jergle direkt ins Gesicht. Schnell blickt er auf seine Wachstafel nieder, setzt den Griffel an und schreibt das letzte Wort des angefangenen Satzes. »Jesus hat uns geliebt«, steht auf seinem Täfelchen.

Reglos sitzt er da und schaut sie an. Ihre dunklen Augen erinnern ihn an die Frau auf der Wandmalerei im Saal, an die Fürstin oder Königin mit der Bänderhaube und dem Falken, deren geheimnisvolles Gesicht er so schön findet. Als er seine Mutter fragte, wer die Frau sei, sagte sie nur, das sei irgendeine stolze Frau. So stolz wie die dürfe man nicht sein. Das sei eine Sünde. Das hat er nicht verstanden und bestaunt das Bild immer wieder, aber nur, wenn es seine Mutter nicht sieht. Burgls Gesicht ist ebenso schön wie das der hohen Frau, und wie er so vor sich hin träumt, verschwimmen ihm die beiden Gesichter in eins. Er ist ganz benommen. Da gibt ihm Hans kichernd einen leichten Stoß mit dem Ellbogen. Sofort versucht er wieder, sich auf sein Wachstäfelchen zu konzentrieren, und beginnt einen neuen Satz.

Doch er kann es nicht lassen, noch einmal hinüberzuspicken. Er lässt das Kinn auf der Brust und schielt zu Burgl hinüber – und wird ertappt. Auch sie hat den Kopf gesenkt, ihre Locken hängen leicht in die Stirn, und darunter hervor blitzen ihre Augen. Sie lächelt breit, weil sie ihn überrascht hat. Doch auch sie hält den Blickkontakt nicht aus. Schnell senkt sie die Lider, kann aber ein leise gluckerndes Kichern nicht unterdrücken. Was niemand bemerkt – außer Hans. Diesmal stößt er mit seinem Knie gegen Jergles Oberschenkel.

»Was willsch?«, fragt 's Jergle und gibt sich gereizt, als wüsste er nicht genau, worum es geht.

»Nachher«, flüstert Hans.

Und da ist auch Frau Agnes schon wieder am Tisch und zeigt ihnen, wie man Gott Vater und Heiliger Geist schreibt. Dann geht sie um den Tisch herum und schaut sich an, was jedes Kind geschrieben hat. Sie lobt und tadelt, und am Ende kommt sie zu ihrem Sohn und liest, was auf seinem Täfelchen steht.

»Ja, geliebt hat Jesus Christus uns auch. Aber schau mal, ich habe »erlöst« vorgeschrieben. Das hättest du schreiben sollen.«

Nun kichert Hans, und Frau Agnes schaut stirnrunzelnd auf ihn hinunter, ohne etwas zu sagen.

Nach dem Unterricht rennen Hans und 's Jergle die Treppe hinunter und auf den Schlosshof hinaus.

»Warum hat die Burgl auf einmal gekichert?«

»Weiß ich doch nicht«, sagt 's Jergle, aber er wird rot dabei.

»Aha, du bist in sie verliebt. Du bist in die Burgl verliebt. Ich weiß es. Ich hab's gemerkt.«

»Blödsinn. Ich bin nicht verliebt, und schon gar nicht in die.«

»Und warum schaust du sie dann immer an?«

»Ich schau sie nicht immer an.«

»Doch. Tust du.«

»Na, du musst es ja wissen.«

»Ich weiß es auch.«

Und weil 's Jergle nicht weiterweiß, fängt er mit Hans zu raufen an. Sie fassen einander an den Schultern. Jeder will den andern niederringen, was aber keinem gelingt. Unter dem Gegacker aufgescheuchter Hühner geht es hin und her. Am Ende stehen sie atemlos mit roten Backen an der westlichen Mauer und schauen ins Land hinaus.

»Du hast es gut. Deine Mutter kann alles«, sagt Hans wieder einmal.

»Schon.«

's Jergle weiß nicht, was sonst er darauf antworten soll, und eine Weile sagt keiner etwas.

»Warum heißen die anderen Frauen sie die Truchsessin?«

»Weiß nicht. Vielleicht, weil mein Großvater Truchsess ist.«

»Was ist das?«

»Weiß ich auch nicht genau. Der ist bei einem Grafen oder Herzog in einem Schloss. Das ist viel größer und schöner als das hier. Und dort macht er alles.«

»Warst du schon einmal dort?«

's Jergle schüttelt den Kopf. »Viel zu weit. Da kommt man an einem Tag nicht hin.«

»Und was macht der dort? Kocht er und schlachtet er?«

»Nein, der ist doch kein Koch. Aber er sagt denen, was sie tun müssen.«

»Ach so. So wie deine Mutter. Die weiß ja auch immer, wie man alles machen muss.«

»Wer sagt das?«

»Meine Mutter und die Hailfingerinnen. Die sagen doch dauernd, sie müssen die Ehingerin etwas fragen. Und die sind auch ganz froh, dass deine Mutter uns Lesen und Schreiben beibringen kann. Das könnten die nicht. Ich sag ja, du hast's gut.«

Darauf erwidert 's Jergle nichts. Er wird abgelenkt vom Schrei eines Bussards, der sich im warmen Aufwind über ihnen hochschraubt.

»Da, ein Bussard«, sagt er freudig erregt.

»Hab ich schon oft gesehen«, antwortet Hans gelangweilt.

»Ich finde Bussarde schön. Du nicht?«

Hans zuckt gleichgültig mit den Achseln.

»Ich wollt, ich könnt so fliegen«, schwärmt 's Jergle mit unverminderter Begeisterung.

»Und dann?«

»Dann würd ich fortfliegen.«

Es ist schon wieder so weit. Vater Rudolf hält sich auf dem Schloss auf und nimmt mit den Seinen die Mahlzeiten im großen Saal ein. 's Jergle weiß, was das bedeutet. Die Schreikammer, die gegenüber der Stube liegt, in der die Ehinger gewöhnlich essen, ist aufgeschlossen worden. Die Mägde haben sie ausgefegt und die Dielen feucht gewischt. Das große Bett hat ein frisches Leintuch bekommen. In der Küche liegt ein großer Vorrat an Reisig und Buchenholz für ein großes Feuer, das man über Stunden, vielleicht eine Nacht und einen Tag lang oder noch länger in Gang halten muss. Töpfe für heißes Wasser werden geputzt, die größten Schüsseln bereitgestellt, alles unter der Aufsicht der Hebamme, die man herbeigerufen hat.

Hans merkt beim Spiel im Schlosshof, dass 's Jergle etwas bedrückt.

»Was ist mit dir? Was hast du?«, fragt er den Freund.

»Meine Mutter kommt wieder in die Schreikammer.«

»Meine auch bald wieder«, antwortet Hans mit ernstem Gesicht, als redete er von der Eiseskälte, die jeden Winter unabwendbar das Leben im Schloss lähmt.

Die Buben wissen, was es geschlagen hat, wenn die Hebamme vom Dorf heraufkommt und sie dann aus dem Bereich um die Küche herum verbannt werden. Die Hebamme ist eine hagere Frau mit ernstem Gesicht, die nur mit Frauen und Mägden zu sprechen scheint, die nach ihren Anweisungen in unruhiger Hast die Vorbereitungen treffen. Und sie spricht die Litanei vor, mit der die heilige Margarete und die heilige Dorothea um Hilfe bei der Entbindung gebeten werden.

Seit 's Jergle denken kann, ist kein Jahr ohne drei oder vier Geburten vergangen. Jedes Mal sind die kleineren Kinder aus dem Schloss verbannt worden und haben in der Scheune schlafen müssen. Da ist etwas vorgegangen, was sie nicht sehen sollten und ihnen doch Angst machte. Und keine Mutter hat ihnen jemals erklärt, warum so viel Aufregung herrschte, warum sie die Schmerzensschreie der Gebärenden hören mussten und warum oft der Priester geholt werden musste, wenn das Neugeborene tot zur Welt kam. Am allerschlimmsten ist der Morgen gewesen, an dem nach dem Schreien Todesstille ins Schloss einkehrte, weil eine werdende Mutter die Geburt nicht überlebt hatte.

Jetzt sitzen Hans und Jergle wieder einmal vor der Scheune, und es graut ihnen davor, dass bald die Schreie aus der Kammer dringen und sogar im Schlosshof zu hören sein werden, den ganzen Tag und die halbe Nacht. Sie haben sie nie ertragen können, sie haben sie nie hören wollen, sind weggelaufen, aber doch wieder zurückgekommen, in der Hoffnung, dass die Schreie verstummt wären. Aber oft waren sie nicht verstummt, manchmal nach einem ganzen Tag und noch länger nicht. Beide, 's Jergle und der Hans, plagen schlimme Erinnerungen an solche Tage und Nächte. Und dabei haben sie immer gewusst, dass dieses angsteinflößende Geschehen auch mit ihnen selbst etwas zu tun hatte. Es war qualvoll, von den Frauen ausgesperrt zu werden und doch hören zu müssen, dass die eigene Mutter, die sich noch am Tag zuvor liebevoll um sie gekümmert hatte, um ihr Leben und das eines Geschwisterchens kämpfte.

In einer solchen Nacht vor knapp einem Jahr, als eine der Hailfingerinnen ein Kind zur Welt brachte, haben sie nicht einschlafen können und sind ins Treppenhaus geschlichen, um heimlich zu lauschen. Die Dielen haben unter hastigen Schritten geknarrt, selbst die gedämpften Anweisungen, die sie nicht verstehen konnten, haben sie spüren lassen, dass es um Leben und Tod ging. Und dann haben die Frauen auf einmal angefangen, laut und schrill zu singen: »O Kind, ob lebend oder tot, komm heraus, denn Christus ruft dich ans Licht.«

Dieses klagende Geschrei hat sie furchtbar erschreckt. Es ist nicht auszuhalten gewesen, und sie sind ohne Rücksicht auf den Lärm schnell die Treppe hinuntergerannt und haben sich im hintersten Winkel der Scheune versteckt.

Hans schaut 's Jergle nachdenklich an.

»Ihr seid schon neun. Zu was braucht ihr noch ein Geschwister?«

»Ich weiß nicht. Ich brauch keins mehr. Wenn das Letzte nicht tot auf die Welt gekommen wär, dann wären wir sogar schon zehn. Mir tät's langen.«

»Mir auch. Sieben Geschwister reichen mir haufeng'nug. Und wir wären ja auch schon zehn. Aber eins war gleich tot, und die Zwillinge letztes Jahr, die sind nicht mal einen Monat alt geworden.« Schweigend starrt er eine Weile ins Leere. »Warum kriegen die Frauen so viele Kinder, wenn sie doch dabei sterben können? Wollen die das?«

's Jergle zuckt mit den Achseln.

»Weiß nicht. Ist halt so.«

Sie hoffen, dass die Frauen am nächsten Morgen die Weiberzeche feiern, indem sie leicht angeheitert bei Brot, Käse und Wein in der Küche sitzen und für die Wöchnerin eine stärkende Brühe kochen. So wie vor zwei Jahren, als Stine nach einer anstrengenden Nacht so viel getrunken hatte, dass sie am Küchentisch einschlief und den ganzen Tag nicht mehr aufwachte. Hoffentlich wird es wieder so.

Hans kritzelt mit einem Stück Holz etwas in den Dreck, was wie ein dicker Bauch und zwei Brüste aussieht. Zum Jergle sagt er: »Deine Mutter ist aber gar nicht so dick. Meinst du wirklich, dass …«

»Ich weiß es von meinem Vater. Er hat uns erklärt, warum wir gerade nicht in der Stube essen. Deshalb ist er ja auch da und ist nicht zum Pfalzgrafen nach Urach geritten.«

»Meine Mutter sieht aber dicker aus als deine«, bemerkt Hans, der immer noch auf sein Gekritzel schaut.

»Kann schon sein. Ist auch gleichgültig. Wenn nur schon alles vorbei wäre.«

So schnell ist es aber nicht vorbei. Kurz vor Sonnenuntergang treibt der Nordwestwind dunkle Wolken daher und es beginnt zu schneien. Eine Magd kommt aus dem Schloss, hinter ihr eine ganze Kinderschar. Die Jüngsten sind drei, die Ältesten acht oder neun. Sie sollen alle in der Scheune schlafen. Die Magd gibt ihnen Decken und Schaffelle. »Rutscht zusammen, dann friert ihr nicht«, sagt sie zu ihnen, als sei es in der Scheune viel kälter als im Schloss.

's Jergle und Hans ergattern eine große Wolldecke und ein Schaffell.

»Wir bleiben in der Nähe vom Tor«, schlägt 's Jergle vor. Hans stimmt zu.

Kaum haben sie sich eingerichtet, wird es dunkel. In der Scheune wird geflüstert, eines der jüngsten Kinder weint vor Angst und wird von einem älteren Geschwister getröstet, es wird auch gekichert. Mit der Zeit wird es immer ruhiger. Am Ende ist es ganz still.

Hans kann trotzdem nicht einschlafen. Leise steht er auf und geht ans Scheunentor. Durch eine Ritze sieht er hinaus. Hinter den Fenstern des Schlosses flackert ein schwacher Schein. Er lauscht, hört aber nichts. Der Schnee schluckt alle Geräusche. Er tastet sich zum Jergle zurück und schlüpft unter die Wolldecke.

»Und? Hast du was gehört?«

»Nein. Es ist ganz still.«

Sie versuchen zu schlafen. Rücken an Rücken liegen sie mit angezogenen Beinen in ihrem Lager, fühlen sich weit von den anderen entfernt und sind froh aneinander.

's Jergle fährt auf. Er hat etwas gehört. Der Schein einer Fackel dringt durch eine Ritze im Scheunentor. Jetzt hört er es wieder. Jemand muss im Pferdestall sein. Ein Pferd schnaubt laut, leises Wiehern. Schnell steht er auf und schlüpft aus dem Tor. Zwei Knechte stehen mit Fackeln im Schnee, der ihnen inzwischen bis über die Knöchel reicht.

Veit führt zwei gesattelte Pferde aus dem Stall. 's Jergle springt zu ihm hin.

»Veit, was ist los? Warum die Pferde?«

»Ich soll den Priester holen.«

»Meine Mutter?«

»Ich weiß nicht.«

»Was ist mit meiner Mutter?«

»Ich weiß nicht. Vielleicht ist es nur das Kind. Geh wieder hinein. Man lässt dich nicht ins Schloss, und mitnehmen kann ich dich auch nicht.«

Damit steigt Veit auf das eine Ross, das andere führt er am Zügel mit sich und reitet in die Dunkelheit hinaus. Der Schnee dämpft jedes Geräusch. 's Jergle schaut ihm nach, bis ihn die Dunkelheit verschluckt hat. Als er sich umdreht, steht Hans hinter ihm. Er hat ihn bis jetzt nicht bemerkt.

»Den Priester. Er holt den Priester. Er muss ihn holen«, stammelt 's Jergle und spürt, wie ihm die Tränen über die Wangen laufen.

»Fürs Kind, hat Veit doch gesagt. Hoffentlich bloß fürs Kind«, sagt Hans und legt ihm den Arm um die Schultern. »Komm, wir gehen wieder hinein.«

Sie liegen nebeneinander auf dem Rücken, hellwach. Keiner rührt sich, keiner redet, jeder hört den Atem des anderen. Ab und zu hustet eines der Kinder oder dreht sich von einer Seite auf die andere, Rascheln im Stroh, ein Murmeln im Schlaf, ein leises Schnarchen – sonst hören sie nichts. Die Zeit steht still.

's Jergle wartet auf Veit und den Priester. Jetzt müssten sie doch endlich ankommen. Langsam müsste es doch wieder hell werden? 's Jergle lauscht und schläft trotzdem ein. Plötzlich ein Schrei – oder nicht? Hat er geträumt? Nein, ein Schrei dringt zu ihm herüber. Nicht laut, er würde ihn überhören, wenn er nicht so gespannt wäre, wenn er nicht solche Angst um seine Mutter hätte.

Er kann nicht mehr liegen bleiben, er setzt sich auf, stützt die Ellbogen auf die Knie und hält sich die Ohren zu. Er spürt Hans neben sich, der ihm wieder den Arm um die Schultern legt und einfach da ist. Leise und schnell flüstert 's Jergle ein Ave Maria, und noch eines und wieder eines, wie es die Frauen tun, wenn sie bei schwerem Gewitter im Saal zusammensitzen. Drei Ave, dann ein Vaterunser, dann wieder ein Ave. Er sieht seine Mutter vor sich, die mit gesenktem Haupt vor dem Fenster sitzt und gegen das Gewitter anbetet. Sein Flüstern geht in Murmeln über, bis er schließlich verstummt und eingeschlafen ist. In seinem Traum überstürzen sich die Bilder: die Mutter im Gebet, der Vater, wie er mit ihm und den Geschwistern zur Dorfkirche hinuntergeht. Die Mutter ist nicht dabei. Die Totenglocke läutet. Aber es wird kein Sarg vorangetragen. Sein Vater schickt Veit ins Schloss zurück.

Aber Veit kommt nicht wieder. Wo ist er? Er ist im Zwinger bei den großen Hunden. Ihr tiefes Gebell ist zu hören. 's Jergle wacht auf. Alle Hunde bellen, auch die Bracken. Er steht auf, geht ans Scheunentor und lauscht. Die Hunde beruhigen sich. Es kommt jemand, den sie kennen. Er hört, wie das Tor geöffnet wird. Zaumzeug klirrt. Pferde schnauben. Veit muss zurück sein. 's Jergle tritt hinaus in den Schnee. Es schneit immer noch.

Im Schein der Fackel, die Veit mit sich führt, erkennt er den Geistlichen, der schon mehrmals in solch einer Nacht im Schloss war. Der schaut ihn nicht einmal an. Er steigt vom Pferd, das von Veit gehalten wird, und geht wortlos ins Schloss.

»Halt ihn einen Moment«, sagt Veit und reicht Jergle die Zügel. Dann steigt er ab und öffnet die Stalltür. Veit und der Geistliche müssen schnell geritten sein. Die Rösser dampfen.

»Jetzt kannst du mir helfen«, sagt Veit.

Jergle ist alles recht, wenn er nur etwas tun kann. Er muss nicht ins Dunkel der Scheune zurück und endlos warten. Er führt das Ross in den Stall, versorgt es mit etwas Hafer und steigt auf einen Schemel und reibt es mit Stroh trocken. Auch Hans kommt dazu.

Als die Pferde versorgt sind, stehen sie eine Weile im Schlosshof. 's Jergle zittert vor Kälte, ohne es zu merken. Mit offenem Mund steht er da und lauscht. Es ist absolut still. Kein Lichtschein hinter den Fenstern, Dunkelheit, Nacht.

»Komm, wir schlafen jetzt«, sagt Hans und zieht seinen Freund am Arm zum Scheunentor.

Das Rascheln, Tuscheln, Kichern und Reden der anderen Kinder weckt sie auf. 's Jergle bekommt kaum die Augen auf, aber die Angst treibt ihn hoch. Warum hat man den Priester geholt? Er steht auf, vergisst sogar Hans und verlässt die Scheune. Die Sonne ist längst aufgegangen und taucht das Schloss in gleißendes Licht, das ihm in die Augen sticht.

Das Tor steht offen. Veit hält vor dem Pferdestall zwei gesattelte Rösser bereit. 's Jergle geht schnell auf ihn zu. Ehe er etwas fragen kann, macht Veit eine beschwichtigende Handbewegung.

»Nur das Kind – es ist tot.«

's Jergle atmet auf. »Sie lebt noch, sie lebt noch«, sagt er und fällt Hans, der ihm inzwischen nachgekommen ist, um den Hals.

Der Geistliche kommt mit wehendem Mantel über den Hof geeilt und schwingt sich aufs Pferd. Wozu diese Eile? Ungehalten herrscht er Veit an: »Und das sag deinem Herrn. Das nächste Mal soll er mich rufen lassen, bevor eine Hexe das Kind tauft – oder gar nicht.«

Zornig reißt er das Pferd herum und trabt aus dem Schlosshof. Veit steigt schnell auf, um ihm zu folgen.

Die beiden Jungen verstehen nicht, was der Priester gemeint hat, und schauen verdutzt den Reitern nach. Sie öffnen die Haustür und horchen. Es ist still.

»Komm, wir gehen hinauf in die Küche«, sagt 's Jergle und schaut Hans unsicher an. Der nickt ihm zu.

Da geht oben eine Tür auf, und die Hebamme kommt ihnen entgegen. Mit der einen Hand hält sie das Wolltuch zusammen, das sie sich um Kopf und Schultern gelegt hat, mit der anderen drückt sie das Bündel mit dem toten Neugeborenen an ihre Seite, das sie mitnimmt, um es zu bestatten. Schweigend geht sie an den beiden Jungen vorbei, die sie erschrocken anschauen.

Am nächsten Morgen darf 's Jergle seine Mutter wiedersehen. Immer noch erschöpft und bleich liegt sie in den dicken Kissen. Sie kommt ihm alt vor, so alt wie die Großmutter. Aber sie lächelt und streckt die Hand nach ihm aus.

»Mutter, ich bin so froh …«, ist alles, was er herausbringt.

»Mein lieber Jörg«, sagt sie.

Und als er ein Weilchen an ihrem Bett gesessen ist, schafft er es, ihr davon zu erzählen, was der Geistliche gesagt hat, und zu fragen: »Wieso kam der zu spät?«

»Weil das Kind schon getauft war.«

»Von wem?«

»Von der Hebamme.«

»Ist die Hebamme eine Hexe?«

»Nein. Warum fragst du so etwas?«

»Wegen dem Priester. Er hat gesagt, dass eine Hexe das Kind getauft hat.«

Frau Agnes atmet tief ein, schließt die Augen und schüttelt den Kopf. 's Jergle sieht, dass Tränen unter ihren Lidern hervortreten.

»Wie kann er so etwas sagen!«, sagt sie leise. »Das Kind ist gerettet.«

Tot und doch gerettet? Das kann er noch nicht verstehen. Aber er fragt nicht.

Rudolf löst einen großen Schlüssel von seinem Gürtel, schaut Diepolt an und sagt: »Du musst mir helfen.«

's Jergle kennt den Schlüssel. Es ist der Schlüssel für die Waffenkammer, den sein Vater immer bei sich trägt. Und er weiß auch, wobei Diepolt ihm helfen soll.

Als die beiden den Tisch verlassen, steht auch er auf und heftet sich an ihre Fersen. Sie gehen durch einen langen Gang, den eine kleine Tür aus dicken Eichenbohlen abschließt. Geräuschvoll dreht sich der Schlüssel im Schloss, die Türangeln quietschen, Rudolf und Diepolt ziehen den Kopf ein und gehen durch den niederen Türbogen. 's Jergle folgt ihnen schnell, was nicht nötig wäre, denn sie lassen die Tür offen, und Rudolf freut sich sogar, wenn sein Lieblingssohn zuschauen möchte, wie er sich mit Diepolts Hilfe rüstet.

Er muss ins Dorf hinunter und dann nach Breitenholz reiten, um Frondienste einzufordern und die Bauern wegen ausstehender Lieferungen von Korn, Fleisch, Geflügel und Wein zu mahnen. Dabei geht es nie sehr freundlich zu, sodass er sich dort lieber gerüstet zeigt. Schon durch sein Auftreten will er sich Respekt verschaffen. Zudem macht ständig räuberisches Gesindel die Gegend unsicher, Pferdediebe, die schon manch einen Reiter allein wegen seines Rosses umgebracht haben. »Zum Schloss herauf traut sich kaum einer von der Sorte«, sagt er, »aber dort unten kann man keinem trauen.«

Massig sitzt Rudolf auf dem einzigen Stuhl in der Kammer und lässt sich von Diepolt die Sporen anlegen. Er muss darauf vertrauen, dass sein Ältester sie ihm richtig anlegt. Er kann sie nicht sehen. Wegen seiner Leibesfülle sieht er nur die Spitzen seiner überlangen Schuhe, die doppelt so lang sind, als nötig wäre. Auch sie sind, wie Ross, Schwert und Brustpanzer, Zeichen seines Standes. Mit angelegten Sporen steht er auf und zwängt sich in ein dick gepolstertes Lederwams, das ihm recht eng geworden ist. Er stöhnt dabei und klopft sich auf Brust und Bauch, während Diepolt Mühe hat, das Wams auf seinem Rücken zuzuschnüren. 's Jergle nimmt solange den leichten, glänzenden Brustpanzer vom Boden auf, in dem er sich verzerrt gespiegelt sieht, was ihm immer wieder Spaß macht.

Er reicht ihn seinem Bruder. Rudolf breitet die Arme aus und Diepolt hängt ihm den Panzer über den Oberkörper. Dann dreht sich Rudolf, damit ihm Diepolt die Schnallen unter den Armen schließen kann. Fehlen für den Ausritt nur noch die Arm- und Beinschienen und der schwarz-gelbe Waffenrock der Ehinger. 's Jergle reicht seinem Vater den Schwertgurt und zieht aus dem Schwertständer das Kurzschwert, das sein Vater immer mit sich führt, wenn er das Schloss verlässt. Dazu braucht er beide Hände.

Rudolf macht es große Freude, dass sich sein Lieblingssohn für Waffen interessiert, und er sagt mit Anerkennung in der Stimme: »Du wirst einmal ein richtiger Ritter.«

Zu seinen anderen Söhnen hat er das noch nie gesagt, weil er bei ihnen dieses besondere Interesse an Waffen vermisst.

Während Rudolf der Schwertgurt angelegt wird, betrachtet 's Jergle die Schwerter, die nebeneinander im Ständer aufgereiht sind. Am hinteren Ende steckt der große Zweihänder, der ihm von den Zehen bis zur Nase reicht. Einmal durfte er ihn halten, aber er war viel zu lang und schwer für ihn. Nur mit großer Mühe und beiden Händen konnte er ihn einen Moment auf Brusthöhe waagrecht halten.

Er will groß und stark werden, damit er so eine Waffe mit Leichtigkeit führen kann, damit er mit der großen Lanze umgehen kann, die in der Ecke lehnt, und sich mit Schild, Schwert und Rüstung aufs Pferd schwingen. Er bestaunt die Topfhelme und Schilde und vor allem den großen schwarzen Schild mit dem goldenen Sparren, den Wappenschild seiner Familie.

Die meisten Waffen sind vor langer Zeit das letzte Mal benutzt worden. Nicht so die scharfen Spieße und die Armbrüste mit ihren spitzen Bolzen, die ständig zur Jagd herausgeholt werden. Wie damit Wild erlegt wird, hat er aber noch nie miterleben dürfen. Davon kann er nur träumen.

Was ihm aber besonders wilde Träume in den Kopf setzt, ist ein orientalischer Krummdolch, den einer seiner Urururahnen aus dem Heiligen Land mitgebracht haben soll. Golden ist seine Scheide, mit Rubinen und Smaragden verziert, und der dunkle Turmalin, der den Griffknauf ziert, soll besonders wertvoll sein. Einmal durfte er den Dolch aus der Scheide ziehen und konnte sich in der scharfen Damaszenerklinge spiegeln. Wenn er ihn nur sieht, erinnert er sich an Geschichten, die von der Fahrt ins Heilige Land erzählen, von langen Ritten, von Kämpfen, von köstlichen Speisen und seltenen Tieren – Geschichten, die er nicht ganz verstanden hat, aber nicht vergessen kann. Er weiß nur, dass es dort gefährliche Tiere gibt, geflügelte Löwen, Drachen mit drei Köpfen und Elefanten, die größer als der ganze Pferdestall sind. Und ebenso sicher weiß er, dass er einmal als Ritter ins Heilige Land reiten will wie seine Urahnen.

Ebenso gern wie in den Pferdestall geht 's Jergle zu den Hunden in den Zwinger hinunter, der die ganze Ost- und Südseite des Schlosses umschließt. Man erzählt von Bären, die vor langer Zeit in diesem schmalen Graben unter der Zugbrücke gehalten worden seien. Aber genau weiß das niemand. Jetzt ist der Zwinger der Ort, wo die Hunde untergebracht sind: vier große Sauhunde für die Wildschwein- und Hirschhatz, und zehn Bracken, die man auf der Jagd nach Rehwild, Hasen, Füchsen und Federwild einsetzt.

Die Sauhunde werden von den Bracken getrennt gehalten. Ihren Zwinger darf 's Jergle nicht betreten. Sie sind so groß, dass er sich kaum vorstellen kann, dass es Raubtiere gibt, die größer sind, obwohl ihm sein Vater ja von den geflügelten Löwen und Drachen erzählt hat, die manch ein Kreuzfahrer gesehen haben will. Greif, der dunkelgraue Rüde mit den gelben Augen, ist so groß, dass er Veit die Mütze vom Kopf ziehen kann, wenn er sich auf die Hinterbeine stellt. Und mit seiner Kraft kann er ein erlegtes Reh hundert Schritte zu seinem Herrn schleifen, ohne einmal abzusetzen, hat man den Kindern erzählt. Immer wenn Veit diesen Zwinger sauber macht, steht 's Jergle vor der Gittertür und schaut atemlos zu, wie die Riesenhunde an dem Knecht schnuppern, wie er sie mit der Schaufel auf die Seite schubst und sie bei seiner Arbeit nicht aus den Augen lässt. So sehr dem Jergle diese Tiere gefallen, machen sie ihm doch Angst. Selbst Veit hat großen Respekt vor ihnen. Er atmet immer erleichtert auf, wenn er die Gittertür zu diesen Mordsviechern, wie er sie nennt, wieder hinter sich zusperren kann.

Aber an der Brackenmeute hat 's Jergle eine große Freude. Zu ihr darf er hinein und genießt es, wenn sich die Tiere um ihn herumdrängeln und fast übereinandersteigen, weil sie gestreichelt werden wollen. Bunt ist die Meute. Es gibt schwarze Bracken, rehbraune und weiße mit braunen Ohren und Flecken. Ein solcher ist sein Lieblingshund Merlin. Er ist erst zwei Jahre alt und noch verspielt. 's Jergle hält immer einen Leckerbissen für ihn bereit, den er sich aus der Hand fressen lässt, wenn die Meute ihre Ration schon bekommen hat, ein Stück Schweinelunge oder eine Milz. Merlin kommt in großen Sprüngen zu ihm heran, sobald er in den Zwinger hinuntersteigt, steigt an ihm hoch und leckt ihm das ganze Gesicht ab, ehe er sich recht dagegen wehren kann. Er weicht nicht von seiner Seite, bis er wieder geht. 's Jergle liebt ihn und betrachtet ihn als seinen Hund. Aber er darf ihn nie aus dem Zwinger holen. Merlin muss drinbleiben.

's Jergle würde gern einmal zusehen, wie die Meute ein Reh oder einen Hirsch hetzt. Aber dazu ist er noch zu jung. Die Erziehung zum adligen Herrn, der Jagdrecht hat, wird erst später beginnen. »Warte noch zwei, drei Jahre. Dann kannst du uns begleiten«, sagt sein Vater zu ihm. Aber das ist kein Trost. Wenn sein Vater und die anderen Schlossherren die Hunde aus dem Zwinger holen und zur Hatz ausreiten, schaut er ihnen sehnsuchtsvoll nach. Ein Treiber führt drei oder vier Bracken an der Leine und kann sie gut halten. Jeder der Sauhunde aber hat seinen eigenen Führer, der ihn kaum beherrschen kann. 's Jergle lauscht auf das wilde Gebell und Gekläff, bis sie außer Hörweite sind. Er meint immer, dass er seinen Merlin heraushört. Aufgeregt wartet er auf das Ende der Jagd, wenn die Meute müde und ausgezehrt von der Hatz zurückkommt. Manche Hunde sind verwundet, manche so erschöpft, dass sie den Kopf hängen lassen. Sie hecheln nicht einmal mehr. Gierig fressen und saufen sie ihre Näpfe leer, legen sich auf die Seite, schlafen wie tot oder lecken ihre Wunden.

Ihm bleibt nichts weiter, als mit den anderen Kinder zusammen das erlegte Wild zu bewundern, das im Schlosshof ausgelegt wird: die Hasen, denen die Hunde das Genick durchgebissen haben, die gerissenen Rehe und die Hirsche und Wildschweine, die mit dem Spieß erlegt worden sind, tote Tiere mit großen Wunden und blutigem Fell. Er träumt davon, einmal dabei zu sein und einen Hirsch oder Keiler mit einer Lanze zur Strecke zu bringen, und bettelt manchmal darum, auf die Jagd mitgenommen zu werden.

»In das edle Weidwerk wird man dich einst an einem Hof richtig einführen«, erklärt ihm dann sein Vater. Wann und wo das sein wird, sagt er ihm nicht, und 's Jergle kann sich nicht vorstellen, was denn mit »einst an einem Hof« gemeint ist.

Wenn das Wild dann abgezogen und ausgeweidet wird, gehen die meisten Kinder weg. 's Jergle aber bleibt dabei und schaut interessiert zu, wie das gemacht wird, niemals ohne dabei einen Leckerbissen für Merlin auf die Seite zu schaffen.

»Pass nur gut auf, dann weißt du später schon etwas«, sagt sein Vater. »Auch das Ausweiden gehört zur Jagd.«

Die Schlossherren und ihre älteren Söhne legen selbst Hand an. Es wird streng darauf geachtet, dass die Regeln der Kunst nicht verletzt werden. Edles Wild dürfen die Knechte nicht ausnehmen. Ihnen bleibt es überlassen, sich um die Eingeweide und die abgezogenen Felle zu kümmern. Ein Knecht darf höchstens dann einmal zupacken, wenn es dem Herrn nicht gelingt, einem Hirsch oder Rehbock die Schädeldecke mit der Trophäe sauber abzusägen.

In die Jägerei wird 's Jergle also noch lange nicht eingewiesen. Aber er darf Vögeln nachstellen. Zwar lassen ihn seine großen Brüder nicht an den großen Vogelherd, an dem sie Amseln, Drosseln, Tauben und andere größere Vögel zur Bereicherung der Küche fangen. Aber kaum ist der Schnee weggetaut und die Sonne scheint ein bisschen, da bettelt 's Jergle so lange, bis ihm Burckart hilft, einen kleinen Vogelherd zu bauen. Am Waldrand, nicht weit vom Schloss weg, steht nun ein kleines Versteck aus Tannen- und Buchenreisig, in das 's Jergle und sein Freund gerade hineinpassen. Dort vertreiben sie sich an den ersten warmen Tagen die Zeit.

An ein paar Stöcken, die sie in den Boden gerammt haben, ist ein Netz befestigt, das sich mit einem beherzten Zug an einer Schnur schnell über den kleinen Platz werfen lässt, den sie eingeebnet haben. Dort steht der Lockvogel, entweder in einem kleinen Käfig oder an einen Zweig angebunden.

Vögel aller Art, Amseln, Drosseln, Stare und auch kleinere wie Meisen, Ammern, Finken und Rotkehlchen hält man im Schloss in Käfigen. Sie sind überall verteilt und erfreuen Frauen und Kinder mit ihrem Gesang. Vor allem hängen sie in der Kemenate, damit sich die Frauen an ihrem Gezwitscher erfreuen können. Und wenn man zum Vogelherd geht, nimmt man einen Käfig oder zwei mit und setzt die Sänger als Lockvögel ein.

's Jergle will aber noch mehr. »Machst du mir eine Leimrute?«, fragt er seinen Bruder Burckart, der für seine Bitten am zugänglichsten ist.

Und Burckart, der auch für sich selbst eine Leimrute anfertigt, macht sich ans Werk. Er zerstößt Mistelbeeren und vermischt ihren klebrigen Saft mit Honig. Damit bestreicht er einen dünnen Birkenzweig. Vorsichtig reicht er ihn seinem Bruder. »Pass ja auf, dass du damit nicht irgendwo streifst. Sonst bleibt die Rute hängen. Und ich mach nicht noch eine!«

's Jergle hält die Rute wie ein heißes Eisen von sich weg und bewegt sich vorsichtig ins Freie. Hans trägt einen Käfig mit einem Grünfinken. So ziehen sie am frühen Morgen los zum Vogelfang. Zuerst binden sie die Leimrute an einem Pflock fest, der außerhalb des Vogelherds eingeschlagen ist. Dann streuen sie Hanfsamen und Haferkörner auf den Vogelherd, hängen das Netz auf und platzieren den Käfig mit dem Lockvogel mitten auf dem Vogelherd.

Die Buben sitzen in ihrem Versteck und warten. Bis auf die Schreie zweier Bussarde, die über ihnen kreisen, ist es sehr still am Waldrand. Mal krächzt ein Eichelhäher, mal pocht ein Specht. Aber von kleineren Vögeln ist nichts zu hören. Ihr Lockvogel schweigt. Die Zeit wird lang.

Endlich fällt eine Kohlmeise ein. Sie hüpft mitten in den Vogelherd hinein und pickt die Hanfkörner auf.

's Jergle greift nach der Schnur, aber Hans legt ihm die Hand auf den Arm und schüttelt den Kopf. Dabei hält er den Daumen hoch. Wegen nur eines Vogels lohnt es sich nicht, das Netz über den Fangplatz zu werfen. Die Meise pickt weiter, hüpft dann auf die Leimrute und bleibt kleben. Sie flattert und pfeift aufgeregt. So wird sie die Artgenossen eher vertreiben als anlocken. Die Buben kriechen aus ihrem Versteck. Sie lösen die Meise von der Leimrute und sperren sie zu ihrem Lockvogel. Dann legen sie sich wieder auf die Lauer.

Und sie haben Glück. In niedrigem, schwirrendem Flug kommen zwei Rebhühner heran, lassen sich nieder und fangen an, die ausgelegten Körner zu fressen. Die Buben zittern vor Aufregung. Das darf jetzt nicht schiefgehen. Sie warten, bis beide Vögel fast in der Mitte des Fangplatzes sind. Dann reißen sie an der Leine, das Netz breitet sich aus, und die beiden Rebhühner, die auffliegen wollten, sind darin gefangen.

's Jergle und Hans jubeln. Sie werfen sich auf das Netz und packen die beiden wild flatternden Vögel, so wie sie sie gerade in die Hand bekommen.

»Und wie jetzt umbringen?«, fragt Hans.

»So, wie es die Stine immer mit den Hühnern macht«, antwortet 's Jergle, drückt den Körper des Rebhuhns mit der einen Hand auf den Boden, erfasst mit der anderen seinen Kopf und dreht ihm den Hals um. Hans macht es ihm nach. Die Vögel regen sich nicht mehr.

Sie fühlen sich als große Jäger, platzen fast vor Stolz und brechen umgehend ihre Jagd ab. Sie ziehen das Netz auf die Seite und lassen es liegen. Jeder nimmt sein Rebhuhn an den Füßen hoch, und sie würden am liebsten losrennen, wenn sie nicht auch noch den Käfig mit den beiden kleinen Vögeln mitzunehmen hätten.

Halb gehen sie, halb rennen sie zum Schloss zurück. Die Meise und der Fink in dem kleinen Käfig schlagen verängstigt mit den Flügeln und zwitschern aufgeregt.

Als sie in den Schlosshof kommen, sitzt die Küchenmagd Stine vor der Scheune und rupft zwei Enten.

»Schau mal. Kannst du die für uns braten?«, fragt 's Jergle stolz und hält ihr die beiden Rebhühner hin.

Sie schaut mürrisch drein, zusätzliche Arbeit mag sie nicht. Es ist ja wirklich genügend zu tun. Aber wenn der Sohn des Herrn etwas will, traut sie sich nicht, nein zu sagen. So deutet sie mit einer knappen Handbewegung an, dass die Buben die Rebhühner neben ihr auf den Boden legen sollen.

»Wann sind die fertig?«

»Zu Mittag.«

»Vorher nicht?«

Kopfschütteln.

»Bitte!«

»Es dauert halt, bis sie gar sind.«

»Bitte noch vor dem Mittagessen.«

»Kurz vorher, eher geht's nicht. Und nur, wenn ich's schaffe.«

Dann bringen sie die Singvögel ins Haus. Sie stecken den Finken in einen größeren Käfig, in dem schon einige Artgenossen sind.

»Und was machen wir mit der Meise?«, fragt Hans.

»Sollen wir sie nicht in die Kemenate stellen, dorthin, wo deine Mutter immer sitzt?«

»Du meinst die Burgl«, sagt Hans und grinst ihn an.

»Ach, was«, wehrt 's Jergle ab, kann aber seine Verlegenheit nicht ganz verbergen.

In der Kemenate sitzen drei Frauen: die Mütter der beiden Buben und eine Hailfingerin. Alle mit ihren jüngeren Töchtern. Auch Burgl ist darunter. Überrascht sehen sie die beiden Jungen mit dem Käfig hereinkommen.

»Schaut, was wir gefangen haben. Ich glaube, das ist eine Meise«, sagt Hans und hält den Käfig hoch, während 's Jergle verlegen unter der Tür stehen bleibt.

»Schön. Ihr seid ja schon richtige Jäger«, loben sie die Frauen. »Und was wollt ihr mit dem schönen Vögelchen machen?«

»Wir stellen den Käfig hier hin«, sagt Hans und stellt ihn neben seine Mutter.

»Wie kommen wir zu der Ehre?«

»'s Jergle will's so«, sagt Hans und dreht sich nach seinem Freund um. Der hat aber schon längst den Rückzug angetreten. Achselzucken und Gelächter der Frauen und Mädchen. Nur Burgl lacht nicht, sondern schaut mit versonnenem Lächeln das Vögelchen an. Sie weiß, dass es eigentlich ihr gehört.

Kurz bevor das Mittagessen aufgetragen wird, sitzen die beiden Jungen am Tisch. Vor ihnen ein Krug mit Wasser und zwei Becher, ein Fladen Roggenbrot und ein gebratenes Rebhuhn. Sie essen mit vollen Backen, und das Fett trieft ihnen übers Kinn. Reden können sie nicht, schauen aber einander mit strahlenden Augen an. Als 's Jergle schon fast nicht mehr kann und trotzdem dabei ist, ein Stück Brust vom Knochen zu lösen, steht plötzlich seine Mutter vor ihm.

»Was ist denn das?«

»Haben wir gefangen«, erklärt 's Jergle mit vollem Mund.

»Hast du ein Tischgebet gesprochen?«

Ihr Sohn schaut verdutzt drein und schüttelt kauend den Kopf.

Ohne ein Wort zu sagen, gibt ihm seine Mutter eine schallende Ohrfeige, rafft mit beiden Händen zusammen, was von seiner Mahlzeit noch übrig ist, und wirft es in der Küche ins Feuer, Hans bleibt der Bissen im Hals stecken. Erst als die Ehingerin nicht mehr da ist, wendet er sich dem Jergle zu, dem die Tränen herunterlaufen.

»Komm, ich hab ja noch was. Wir teilen«, versucht er ihn zu trösten.

Aber 's Jergle schüttelt den Kopf. Er weiß, dass er hätte beten sollen. Aber die heftige Reaktion seiner Mutter hat ihn erschreckt und verletzt.

Frau Agnes sieht es nicht gerne, dass Rudolf den Sechsjährigen immer wieder in die Waffenkammer mitnimmt. Es macht ihr solche Angst, dass sie es wagt, ihren Gemahl dafür zu tadeln.

»Warum tut Ihr das? Wollt Ihr einen Ritter aus ihm machen? Soll er im Kampf sterben?«

»Er wird so wenig im Kampf sterben, wie ich im Kampf gestorben bin.«

»Er lernt lesen und schreiben mit Leichtigkeit. Er soll ein Gelehrter werden, das ist seine Bestimmung.«

»Ja, soll er, er mag meinethalben auch ein Gelehrter werden, am besten ein Rechtsgelehrter. Aber er wird mir nicht ins Kloster gehen, da sei Gott der Allmächtige vor – und ich, sein Vater.«

Frau Agnes erinnert sich an das Haselnussschwert, das sie für ein Kreuz hielt, und seufzt.

»Ich nehme ihn in nächster Zeit bei meinen Geschäften mit, und Ihr werdet dann schon sehen, was er will.«

Dagegen weiß Frau Agnes nichts zu sagen, und der Gedanke, dass sie dem Einfluss des Vaters auf den Sechsjährigen nichts entgegensetzen kann, macht sie traurig.

Graf Ludwig hat Rudolf beauftragt, mit dem Abt des Klosters Bebenhausen über Holzrechte im Schönbuch zu verhandeln. Rudolf verspricht sich eine kurze Verhandlung. Den Abt, Heinrich von Hailfingen, der ein entfernter Verwandter ist, kennt er gut, was wohl auch der Grund ist, warum Graf Ludwig ihn auf diese Mission schickt. Es dürfte wenig Widerstand geben, weil der Adel am längeren Hebel sitzt. Denn das Kloster hat nicht mehr so viele Laienbrüder wie früher und kann den Wald nicht mehr allein bewirtschaften. Nicht, dass es keine Männer mehr gäbe, die ins Kloster eintreten würden. Ausschlaggebend ist vielmehr, dass die Ordensregeln der Zisterzienser als sehr streng gelten und die selbst auferlegte Schweigsamkeit manchen abschreckt. Überdies ist die Waldeinsamkeit des Klosters Bebenhausen nicht jedermanns Sache. Manch einer tritt lieber in ein Kloster ein, das in der Nähe einer größeren Stadt an einer Handelsstraße oder einem Pilgerweg liegt, sodass ständig Reisende dort einkehren. Dort haben auch Mönche eine Chance auf lebhaften Kontakt mit den Menschen. Bebenhausen hingegen liegt abgeschieden im Wald und nur einen kurzen Ritt von Tübingen entfernt. Wer es von Stuttgart kommend nach Bebenhausen geschafft hat, der schafft es auch vollends nach Tübingen ohne einen weiteren Halt. Da bleibt es sehr ruhig im Kloster. So still mag es nicht jeder. Deshalb werden die Laienbrüder immer weniger, womit es an Arbeitskräften mangelt. Graf Ludwig und Rudolf werden ihre Untergebenen in den Wald schicken müssen, wenn die Waldpflege in der Weise weitergeführt werden soll, wie es der jahrhundertealten Kultur der Zisterzienser entspricht. Und wer die Arbeit verrichtet – oder verrichten lässt –, hat auch Anspruch auf den Gewinn. Das soll Rudolf dem Abt unterbreiten.

Es ist ein sonniger Junimorgen, als Rudolf sein Kaltblut satteln lässt. 's Jergle kommt dazu. Als er seinen Vater zum Ritt gerüstet über den Schlosshof kommen sieht, läuft er zu ihm hin.

»Wohin reitet Ihr?«

»Durch den Wald zum Kloster.«

»Darf ich mit?«

Rudolf wollte eigentlich allein reiten und überlegt kurz. »Es wird nicht sehr lange dauern«, sagt er dann vor sich hin und wendet sich gleich wieder dem Jungen zu. »Wenn du mich begleiten willst, gerne. Aber du wirst vielleicht im Freien warten müssen, während ich mit dem Abt rede. Willst du das?«

Der Junge strahlt seinen Vater an und nickt eifrig. »Darf ich selbst reiten?«, will er wissen.

Der Vater schüttelt den Kopf. »Der Weg ist zu schlecht. Es geht quer durch den Wald. Du sitzt besser bei mir.«

So reiten sie los. Der schwere Mann mit umgegürtetem Kurzschwert im Sattel und vor ihm der schlanke Junge, der sich lässig mit einer Hand an der dunklen Mähne festhält. Eine kleine Weile führt sie ihr Weg nach Süden, rechts unter ihnen die Weinberge, links neben ihnen die grünen Felder. Dann halten sie sich östlich und durchqueren den lichten Wald der Schönbuchterrasse. Überall hat man die Buchen in etwas mehr als Mannshöhe gekappt, sodass an den kurzen Stämmen das Reisig sprosst, das man zum Anfeuern braucht, das als Baumaterial für Wände dient und oft auch auf die Wege gelegt wird, damit die Ochsenkarren nicht zu tief in den Morast einsinken. Es sind Stöcke, Baumkrüppel. Manche dieser kurzen Stämme sind abgeerntet und stehen kahl da, als seien sie tot. Andere, die schon wieder ausgetrieben haben, tragen einen Schopf aus frischem Grün. Zwischen diesen Stöcken sprießt junges Gras.

Bald geht es zwischen hochgewachsenen Buchen und Eichen hindurch, und dann reiten sie steil bergab, eine Keuperklinge hinunter.

»Wo ist der Weg?«

»Hier gibt es keinen. Wir müssen unseren eigenen finden.«

Sich ohne Weg und Steg durch den Wald zu bewegen, ist Jergle nicht ganz geheuer. Er ist froh, dass er den Bauch seines Vaters im Rücken fühlt, selbst wenn er sich leicht vorbeugt und sich mit beiden Händen an der Pferdemähne festhält.

Immer wieder müssen sie nieder hängenden Ästen ausweichen, ab und zu liegt Altholz im Weg. Immer steiler wird ihr Weg, der Grund wird immer feuchter. Das Ross schnaubt. Seine Vorderhufe kommen wieder und wieder ins Rutschen. Es wiehert. Rudolf hält an und beruhigt das Tier. Sie steigen ab. Der Vater führt das Ross bis auf die Talsohle hinunter, der Sohn läuft hinterher.

»Hier gibt es wieder einen Weg.«

»Wo?«

»Immer dem Bach entlang.«

Aber auch das ist kein einfacher Ritt. Die Talaue ist schmal und sumpfig, der Grund unzuverlässig. Leicht könnte das Ross straucheln, wenn es mit einem Vorderbein plötzlich zu tief einsinken würde. Sie müssen sich am Rand der Talaue entlangbewegen, auf dem schmalen Saum, der trocken und noch eben ist. Zwischen Erlen geht es hindurch, die stellenweise in so dichten Gruppen stehen, dass man um sie herumreiten muss und das Pferd wieder Buchenlaub unter den Hufen spürt.

»Wie weit ist es noch?«

»Noch zweimal so weit.«

Bequem ist ihr Ritt immer noch nicht, aber sie kommen jetzt schneller voran.

Und dann öffnet sich das Tal. An einer seichten Stelle überqueren sie den Bach. Dann endlich geht es in leichtem Trab über fast ebene Wiesen. So hat sich der Junge den Ritt vorgestellt. Jetzt genießt er ihn. Er könnte jubeln.

Nach einer Weile wird das Tal noch weiter, und schon liegt das Kloster vor ihnen. Im Sonnenlicht des frühen Nachmittags hebt es sich von den bewaldeten Hügeln ab: die langen hohen Außenmauern mit dem überdachten Wehrgang, der viereckige Torturm mit dem spitzen Dach, die große Dachfläche des Sommerrefektoriums und die Kirche mit den filigranen Formen des gotischen Dachreiters. So schöne Gebäude hat s' Jergle noch nie gesehen.

In seinen sechs Lebensjahren hat er außer Hohenentringen, Entringen und Breitenholz noch keine Häuser oder Kirchen von Nahem gesehen. Zu den Dörfern, die man vom Schloss aus sehen kann, ist es sehr weit, und die Größe der Herrenberger Stiftskirche, die ihm seine Mutter am Horizont gezeigt hat, kann er ja von Hohenentringen aus nicht erfassen. Die Dorfkirche, die sie sonntags besuchen, ist klein, eng und düster.

Er ist überwältigt. So groß und stattlich hat er sich das Kloster nicht vorgestellt. Er hatte sich überhaupt keine Vorstellung gemacht. Wie auch? Er hat nur ab und zu einen Geistlichen gesehen, der anlässlich einer Nottaufe oder letzten Ölung aufs Schloss kam. Manchmal aus dem Dorf, manchmal aus dem Kloster, wie er hörte. Dass diese Geistlichen in einer so schönen und heiteren Umgebung leben, hätte er nie gedacht. Den Spott seines Bruders, »Geh halt ins

Kloster!«, kann er nicht mehr verstehen. Was soll verächtlich daran sein, in so prächtigen Gebäuden zu leben? Er bringt nur ein Wort heraus: »Schön.«

Sein Vater lächelt. »Ja, sehr schön, und innen noch schöner.«

's Jergle ist gespannt und kann es kaum erwarten, am Tor anzukommen. Als würden sie bereits erwartet, geht es auf. Ein Mönch in weißer Kutte murmelt einen Gruß, greift nach dem Zaumzeug und führt sie den südlichen Wehrgang entlang den Weg zum Abtshaus hoch. Auch der Klang der beschlagenen Hufe auf dem Kopfsteinpflaster ist etwas Neues für den Jungen. Staunend betrachtet er im Hinaufreiten die hohen spitzen Fenster des Sommerrefektoriums mit ihrem zierlichen Maßwerk.

Es ist alles so edel hier, so sauber, kein Morast, keine Pferdeäpfel, kein Schweinekot, kein Gestank. So muss es im Himmel sein.

Vor dem Heuhaus, das sich an die südliche Klostermauer anlehnt, steigen sie ab. Das Ross wird an einem Eisenring angebunden und bekommt einen Futtersack vorgehängt.

Nun gibt der Mönch Rudolf einen Wink und geht die paar Schritte zum Haus des Abts voraus.

»Warte hier«, sagt Rudolf zu seinem Sohn und verschwindet hinter einer schweren Eichentür.

Kurz danach öffnet sich die Tür wieder und sein Vater kommt in Begleitung des Abts heraus. 's Jergle freut sich schon, weil er meint, das sei nun wirklich schnell gegangen. Aber er wird enttäuscht. Sein Vater wirft ihm nur einen flüchtigen Blick zu und entfernt sich von ihm. Ins Gespräch vertieft, begeben sich die beiden Herren durch das dunkle Ostportal ins Innere des Klosters.

's Jergle rührt sich nicht von der Stelle. Er traut sich nicht herumzulaufen. Alles ist zu neu für ihn. Ein Klosterbruder geht wortlos an ihm vorüber, nickt ihm kurz zu und verschwindet hinter einer Tür. Nach einer Weile gehen zwei

Klosterbrüder mit Spaten, Hacken und Rechen an ihm vorbei. Er grüßt sie laut und freundlich. Aber auch sie nicken ihm nur ernst zu und sagen nichts. Sie reden auch nicht miteinander. Das beschäftigt ihn sehr. Was bedrückt sie? Sollte man in so einer schönen Umgebung nicht fröhlich sein? Keine menschliche Stimme ist zu vernehmen, totenstill ist es. Nur ein schwaches Rauschen des Winds, ab und zu ein Vogelruf. Dann wieder Stille. Das ist er nicht gewohnt. Es wird ihm unheimlich.

Wenn das Ross nicht wäre, würde er sich fürchten. Aber er kann sich buchstäblich an das Pferd halten. Mit beiden Armen umfängt er seinen Hals, tätschelt ihn, redet mit dem Tier, fährt ihm kosend mit der Hand über die Nüstern und reckt sich hoch, um die Fliegen zu verscheuchen, die seine Augen umschwirren. Aber auch das kann ihn nur eine gewisse Zeit lang beruhigen. Am liebsten würde er nach seinem Vater rufen, weiß aber, dass er das nicht darf. Fast hält er diese unheimliche Stille nicht mehr aus.

Da endlich kommt ein Mönch auf ihn zu und sagt zu ihm: »Komm mit ins Refektorium.«

Das versteht er zwar nicht, aber er ist froh, dass sich jemand um ihn kümmert. Und dann kommt die große Überraschung. Er wird in einen weiten, hohen Saal geführt, geräumiger und höher als die Dorfkirche und viel schöner. Die Sonnenstrahlen, die durch die getönten Fensterscheiben fallen, hüllen alles in ein warmes Licht. Die Wände sind bunt bemalt. Drei schlanke Säulen tragen ein zierliches Rippengewölbe, dessen Fächer mit bunten Pflanzen und Vögeln bemalt sind. Er bleibt mit offenem Mund stehen und kommt aus dem Staunen nicht heraus.

An der gegenüberliegenden Stirnwand, vor dunkler Vertäfelung, sitzen sein Vater und der Abt an einem gedeckten Tisch und essen. Sie winken ihn herbei. Der Abt begrüßt ihn freundlich und stellt die Ähnlichkeit von Vater und Sohn fest.

»Wie Euch aus dem Gesicht geschnitten.«

Rudolf erzählt voller Stolz, dass 's Jergle schon etwas lesen und schreiben kann. »Seine Mutter träumt davon, dass er ein Gelehrter wird«, fügt er hinzu.

»Dann kann er zu uns kommen. Willst du, mein Sohn?«

's Jergle kann nicht antworten. Hier soll er leben? Ob er das will? Und warum redet der Abt ihn mit mein Sohn an? Verlegen blickt er vor sich nieder.

»Du musst jetzt nicht antworten. Greif doch zu«, sagt der Abt freundlich und schiebt ihm das Brot zu.

Es ist Weizenbrot, Weißbrot, wie es auf Hohenentringen nur an den höchsten Festtagen gegessen wird. Er bricht sich ein großes Stück ab.

»Und nimm dir auch Fleisch. Oder magst du einen Fisch essen?«

's Jergle schüttelt den Kopf. Fisch gab es bei ihnen noch nie. Er greift nach einem Hühnerbein. Das kennt er. Und dann nach einer Schweinebacke. Zum Nachtisch darf er sich getrocknete Apfel- und Birnenschnitze und Nüsse nehmen. So gut hat er lange nicht gegessen.

Was sein Vater und der Abt reden, versteht er nicht. Aber er langweilt sich nicht, weil er immer wieder etwas Neues entdeckt.

Während der gesamten Mahlzeit werden sie von einem Klosterbruder bedient, der den Männern Wein nachschenkt, Fleisch zerteilt und die leer gegessenen Platten abräumt. Er spricht nicht, sieht niemanden an, verzieht keine Miene und ist so leise, als sei er gar nicht da. Nicht einmal seine Schritte sind zu hören, obwohl jedes andere noch so schwache Geräusch von den Wänden widerhallt.

's Jergle ist froh, als sie aufbrechen. Die Sonne steht schon recht niedrig. Sie müssen sich beeilen.

Sein Vater Rudolf ist gut gelaunt und gesprächig. Die Verhandlungen sind wohl in seinem Sinn verlaufen.

»Hat es dir im Kloster gefallen?«

's Jergle nickt nur.

»War es nicht schön? Wir haben doch gut gegessen.«

»Schon.«

»Es hat dir also nicht gefallen?«

»Doch. Aber … ich weiß nicht, die sind so … die sind alle so ernst, so traurig.«

»Nein. Wieso denn?«

»Die schwätzen nichts. Warum schwätzen die nichts?«

»Weil Geschwätzigkeit nicht gottgefällig ist, meinen sie.«

»Und wenn wir schwätzen?«

»Wir dürfen.«

»Und die nicht? Warum denn?«

»Die Mönche haben unserem Herrgott und unserem Heiland versprochen, dass sie vor allem beten und arbeiten. Und sie meinen, dass viel Gerede dabei stört.«

's Jergle denkt eine Weile nach und sagt dann: »Zu denen gehe ich nicht.«

Dass sein Vater zufrieden lächelt, sieht er nicht.

Die Buchen sind schon grün, auf den Feldern blüht es, die Wiesen sind voll von Wiesenschaumkraut, Margariten und Salbei. Hans und Jergle lauern seit dem frühen Morgen an ihrem kleinen Vogelherd. Gegen Mittag brennt die Sonne in ihr Versteck, sie werden träge, die Jagdlust lässt nach, Hunger und Durst melden sich. Aber sie können zufrieden sein, denn ihre Strecke ist schon beträchtlich: drei Rebhühner, ein Fasan, vier Drosseln und drei Stare haben sie schon gefangen.

»Fangt, so viel ihr könnt«, hat Frau Agnes gesagt und Burckart und Wolf mit derselben Anweisung zum großen Vogelherd geschickt.

Ein großes Fest steht bevor. Kraft von Hailfingen heiratet, und viele Gäste werden erwartet. Die Burgfrauen haben die Festvorbereitungen Frau Agnes, der Truchsessin, in die Hände gelegt, die sich geehrt fühlt und in ihrem Element ist.

Sie hat schon ein großes Festzelt aufstellen lassen, das den größten Teil des Schlosshofes einnimmt. Außerhalb, gleich bei der Zugbrücke, sind Feuergruben ausgehoben worden, über denen ein Mastochse und drei Schweine am Spieß gedreht werden sollen. Auf den Wiesen stehen Zelte, wo die Gäste unterkommen werden. Ziegen, Lämmer und Kaninchen warten in den Ställen auf den Metzger, darunter der Mastochse, den man auf dem Viehmarkt in Herrenberg gekauft hat. Die Weinhändler aus Tübingen und Rottenburg sollen guten Traminer liefern, damit wenigstens bei diesem großen Fest etwas Besseres getrunken wird als nur Most oder der saure Wein von den Schönbuchhängen. Die Herrschaften und ihre Gäste sollen so fürstlich tafeln wie die Bischöfe.

Die Bauern mussten fünfhundert Eier, hundert Hühner und zwanzig Gänse liefern, und bei der Jagd vor ein paar Tagen fielen sechs Rehböcke, drei Hirsche und vier junge Wildschweine. Und immer noch werden Rehe und Hirsche in die Fangnetze getrieben. Außerdem sollen die Bebenhäuser Zisterzienser pünktlich zum Fest Karpfen, Forellen und Hechte aus ihren Fischteichen bringen.

Die beiden Jungen kriechen aus ihrem Versteck. Sie binden die toten Vögel an den Füßen zusammen, um sie leichter heimtragen zu können, packen ihren Käfig mit dem Lockvogel und machen sich auf den Rückweg.

»Meinst du, das reicht deiner Mutter?«

»Ist doch viel. Und wenn nicht, können wir es ja morgen noch einmal versuchen.«

Im Schlosshof legen sie ihre Beute an dem Schemel ab, auf dem sonst die Küchenmagd Stine sitzt und Geflügel rupft.

Allem Anschein nach war sie schon recht fleißig. Auf dem Boden liegt ein ganzer Haufen Hühner- und Gänsefedern. Als sie sich nach ihr umschauen, sehen sie, wie sie in aller Ruhe hinter einem Pfau herläuft, der majestätisch über den Hof stolziert. Mit ein paar Schritten hin und her bugsiert sie ihn in eine Ecke, greift resolut zu und hat den wüst kreischenden Vogel unterm Arm.

»Was macht die mit dem Pfau?«

Gebannt beobachten die Buben, wie die Magd den Pfau mit einem Arm an sich klemmt und ihm mit der freien Hand den Hals zudrückt. Sein Kreischen erstickt. Noch einen Moment versucht der Vogel sich zu befreien, dann erschlaffen seine Füße. Er rührt sich nicht mehr.

»Unser Pfau!«, ruft 's Jergle aufgebracht.

Wenigstens eine Schwanzfeder will er von ihm haben und rennt zu Stine hin.

»Nichts gibt's!«

»Warum?«

»Frag deine Frau Mutter.«

Die Buben folgen der Magd, als sie den Pfau in die Küche trägt. Frau Agnes begutachtet den toten Vogel.

»Gut gemacht, Stine. Keine einzige Feder gekrümmt. Selbst das Krönlein ist nicht geknickt. Der taugt fürs Festmahl.«

»Mutter, kriegen wir zwei Schwanzfedern?«

»Nein, mein Sohn. Die müssen dranbleiben, für das Festessen.«

Mit großen Augen schauen die beiden Buben zu, wie Agnes ein dünnes scharfes Messer zur Hand nimmt und den Pfau mit äußerster Vorsicht aus seinem Federbalg schält.

»Und da kommt er wieder hinein, wenn er gebraten ist«, erklärt sie. »Jetzt wäre es schön, wenn wir auch noch einen Reiher oder einen Schwan hätten.«

»Wozu denn?«

»Bei einer Hochzeit muss man auch etwas Besonderes auftragen.«

Das will's Jergle unbedingt sehen. Aber auf diesen besonderen Gang muss er lange warten. Bereits in der Nacht vor dem Fest hat man in den Feuergruben dicke Buchenscheite abgebrannt, sodass man schon in der Morgendämmerung drei Schweine und den Mastochsen über der Glut drehen kann. In der Küche wird schon seit Tagen bis tief in die Nacht gekocht, gebacken und gebraten. Große Platten und Teller mit gebratenen Vögeln, vom Rotkehlchen bis zum Rebhuhn, stehen mit Dörrobst und in Wein gekochten Zwiebeln bereit, ebenso gebratene Hühner, Gänse und Kaninchen. Überall duftet es, dass einem das Wasser im Mund zusammenläuft.

's Jergle steht an der westlichen Mauer und schaut aufs Dorf hinunter. Es ist die erste Hochzeit, die er bewusst miterlebt, und er wartet gespannt darauf, was dieser besondere Tag bringen wird.

Das Glockengeläut schallt bis zu ihm hoch. Und dann sieht er, wie ein festlich bunter Reiterzug das Dorf verlässt und langsam und gemessen seinen Weg nimmt, erst geradewegs auf das Schloss zu, dann etwas nach Norden ausholend, wobei er in einem Hohlweg verschwindet. Aber die Leute aus dem Dorf, Männer, Frauen, Kinder, die alle zum Fest geladen sind, behalten den direkten Weg bei und steigen in ganzen Gruppen den steilen Fußweg herauf, der zu der kleinen Ausfalltür neben dem Waschhaus führt. Sie drängen in den Schlosshof und bestaunen das große Zelt, das ihnen im ersten Moment den Blick aufs Schloss verstellt. Durch den Korridor zwischen Zelt und Schloss strömen sie hinaus auf die Wiesen und stellen sich zum Spalier auf.

Als die Letzten noch durch den Schlosshof hasten, hört man schon, wie die Ersten das Hochzeitspaar bejubeln. Der Jubel wird immer lauter, und endlich dröhnt die Zugbrücke unter den Hufschlägen. Das farbenprächtig gekleidete Brautpaar reitet bis zum Eingang des Zelts. Der Bräutigam steigt ab. Er trägt einen hellroten und einen weißen Beinling mit einem dunkelroten Hosenlatz und großer gelber Schamkapsel. Seine weiße Schecke mit gelben Puffärmeln leuchtet unter seinem purpurroten Umhang hervor, und purpurrot ist auch sein roter Stoffhut, den eine lange weiße Feder ziert. Die Braut, die ihren weißen Zelter im Damensitz reitet, ist blau-weiß gekleidet. Sie trägt ein ausgeschnittenes Samtkleid mit Schleppe. Auf ihrem dunkelblonden Haar, das von einem Goldnetz zusammengehalten wird, sitzt ein Blumenkranz, von dem ein dünner Schleier über ihr Gesicht fällt. Er hebt sie galant vom Pferd, bietet ihr den Arm und führt sie ins Zelt. Wegen seiner Schnabelschuhe von standesgemäßer Überlänge setzt er vorsichtig einen Fuß vor den andern und hält dabei sein Kinn hoch, was das Jergle an den Gockel auf dem Misthaufen erinnert. Er wendet sich schnell ab, weil er einfach lachen muss.

Die meisten Kinder sitzen auf Bänken, die man dem Haus entlang aufgestellt hat, und warten auf ihren Anteil am Festmahl. 's Jergle ist nicht hungrig, er hat schon zwei Hühnerbeine und einen weißen Wecken gegessen, als die Hochzeitsgesellschaft noch in der Kirche war. Und vor lauter Neugier würde er jetzt ohnehin nichts hinunterbringen. Er trennt sich von den andern. Er lässt sogar Hans zurück und stellt sich an den Eingang des Zelts. Gespannt beobachtet er die Hochzeitsgesellschaft.

Am Kopf der Tafel lässt sich das Brautpaar nieder und winkt gönnerhaft den Gästen zu, die nach und nach ihre Plätze einnehmen. Er sieht seine Eltern in ihren farbenprächtigen Kleidern direkt neben dem Brautvater sitzen. Sein Vater trägt einen schwarz gefassten gelben Umhang und ein schwarzgelbes Barett, seine Mutter eine spitze Schleierhaube und ein hochgeschlossenes, dunkelblaues Samtkleid mit weiten Ärmeln. Jedes Paar hat sich mit anderen Farben geschmückt, sodass eine berauschende Farbenpracht die Hochzeitstafel umgibt.

Die Tische sind mit Buchenlaub und Blumen dekoriert, große Weinkrüge und Zinnbecher laden zum Trinken ein, und an jedem Platz liegt ein Brotfladen als Unterlage für die üppigen Fleischportionen, die im Laufe des Banketts aufeinander folgen werden.

Die Väter des Brautpaars bringen Trinksprüche aus, ein Hoch nach dem anderen erschallt, mit Blicken und Zuprosten fordern die Männer einander zum Trinken auf, sodass die Tischdiener alle Hände voll zu tun haben, die Becher schnell genug nachzufüllen und keinen auf dem Trockenen sitzen zu lassen.

Leichte Speisen werden aufgetragen: kleine Vögel, Kaninchenschenkel, Hühnerbeine, Schweineohren, Lamm-, Schweine- und Rinderzunge, Leber und Nieren, Hahnenkämme, dazu Weizenbrot, Kringel, Wecken, Brezeln, geröstete Zwiebeln und Dörrobst.

Musikanten treten auf, eine ganze Gruppe mit Fiedeln, Flöten, Schalmeien, Sackpfeifen und Trommeln. Es wird gesungen, gespielt und dazwischen immer wieder getrunken.

Dann legt die Musik eine Pause ein. Heiteres Stimmengewirr im Zelt. 's Jergle beobachtet, wie seine Mutter das Zelt verlässt, kurz danach wiederkommt und den Musikanten einen Wink gibt. Sie halten ihre Instrumente bereit. Und dann geschieht es: Mit einem Tusch begrüßen sie die beiden Diener, die den Pfauenbraten hereintragen. Der ganze Pfau sitzt mit erhobenem Kopf auf einer glänzenden Platte, sein goldener Schnabel ist geöffnet, und heraus züngelt deutlich sichtbar eine kleine Flamme. Sie stellen das Schaugericht vor dem Brautpaar ab, verbeugen sich und verschwinden wieder. Rufe der Überraschung und Bewunderung erfüllen das Zelt, alles klatscht in die Hände. Das Brautpaar wendet sich Frau

Agnes zu und applaudiert ihr, sie nimmt die Huldigung bescheiden entgegen, indem sie die Augen senkt und fast unmerklich nickt.

Das Flämmlein im Pfauenschnabel erlischt. Für einen kurzen Moment ist es still. Dann greift der Bräutigam zum Messer, hebt den Federbalg leicht an, schneidet das erste Bratenstück ab und legt es seiner Braut vor. Aller Augen sind auf sie gerichtet. Sie schneidet von ihrem Stück ein winziges Stückchen ab, kostet es und klatscht dreimal hoheitsvoll in die Hände, wobei sie Frau Agnes wieder anschaut.

»Aah«, raunt es durch die Menge. Und dann geht alles ganz schnell: Stück für Stück verteilt der Bräutigam den Pfau. Ehe auch nur jeder enge Verwandte der Hochzeiter einen kleinen Bissen abbekommen hat, hängt der Pfauenhals wie ein leerer Schlauch auf der Seite, und schon ist die ganze Pracht dahin. Bei Weitem nicht jeder Gast bekommt etwas von der Köstlichkeit, aber jeder kann nun erzählen, dass aus dem goldenen Schnabel sogar ein Flämmlein züngelte. Man hat bewiesen, was man sich leisten kann und wie viel Kultur man hat.

's Jergle hat nun gesehen, was seine Mutter mit dem Pfau gemacht hat. Er ist stolz auf sie, und seine Neugier ist befriedigt. Weil ihn die Zecherei im Zelt langweilt, geht er über die Zugbrücke zu den Knechten hinaus, die immer noch an den Bratspießen stehen. Man sieht schon die Rippen und das Rückgrat des Ochsen, und von den Hinterkeulen der Schweine ist auch nicht mehr viel da.

Das ganze Dorf scheint sich um die Bratspieße herum zu drängen. Hier gibt es keine schönen Farben. Braun und grau sind die Leute gekleidet, allenfalls ein schmutzig-weißes Hemd hellt das Bild auf. Ein Gewirr von Stimmen ertönt: »Für mich noch ein Stück, aber nicht so klein wie das letzte!« – »Das ist nur Fett, das kannst du selber essen!« – »Warum gibst du der so ein großes Stück und mir so wenig? Hast wohl mit ihr was vor?« – »Jetzt sei nicht so knickerig, das ist ja nicht dein Schwein, was du da verteilst.«

Fett läuft über Kinne und Backen, Hände werden an grobem Hemdenstoff und schmutzigen Beinlingen abgewischt, es wird geschmatzt, gerülpst und gefurzt, wie es 's Jergle noch nie erlebt hat. Etwas abseits von den Bratspießen sind Fässer aufgestellt, von Männern umlagert, die sich hastig Wein und Bier in den Hals kippen und schon zu schwanken beginnen. Und es dauert nicht mehr lange, bis die Ersten auf der Wiese liegen.

Auf einmal steht der Bauer vor ihm, der ihm die Haselnussstecken zugeschnitten hat. Er schwankt schon leicht, seine Augen sind glasig. In der einen Hand hält er einen großen Holzbecher, in der anderen einen von Fett triefenden Schweinefuß, mit dem er auf 's Jergle zeigt.

»Du gehörst doch dort hinein. Was willst du hier draußen? Willst du uns hier auch noch alles wegfressen? Hau ab! Geh zu deinen feinen Leuten.«

's Jergle wendet sich ab. Er denkt an seinen Vater, der ihm verboten hat, mit solchen Leuten zu reden, und versteht nun, warum. Ihr Benehmen ist hässlich. Und sie stecken voller Missgunst. Er begreift nicht, warum sie nicht fröhlich sind, wenn sie mitfeiern dürfen, und warum sie sich gegenseitig auf die Seite stoßen, obwohl doch für alle genug da ist. Und warum stürzen diese Männer einen Becher nach dem andern hinab? So großen Durst kann doch niemand haben.

Er will zum großen Zelt zurück.

Als er sich auf der Zugbrücke noch einmal umdreht, sieht er einen Reiter durchs Getümmel kommen, der einen merkwürdig geformten Sack auf dem Rücken trägt. Er schaut ihm entgegen. Der Reiter lenkt sein Pferd direkt an ihm vorbei über die Zugbrücke, so nahe, dass er sein Pferd riechen kann.

Es ist eine alte Stute mit einem schlechten Fell. Der Reiter hat keine Sporen und trägt abgetragene Kleidung, seine grün-rot gestreiften Beinlinge haben überall Löcher. Aber mit seinem grünen Barett mit der langen Pfauenfeder und seinem rotbraunen Umhang macht er einen heiteren Eindruck.

Veit steht vor dem Pferdestall und hat ihn offensichtlich erwartet. Er nimmt ihm das Pferd ab. »Das ist ein Sänger«, erklärt er dem Jungen. »Dein Vater hat ihn herbestellt.«

Sofort rennt 's Jergle an den Zelteingang und wird Zeuge, wie der Sänger das Zelt mit einer Verbeugung betritt und mit Applaus begrüßt wird. Sein Vater erhebt sich und begrüßt ihn im Namen der Festgesellschaft.

»Reinhard von Neuffen wird uns mit Mären und Liedern erfreuen. Aber zunächst möge er sich von seinem Ritt erholen und sich stärken. Lasst uns auf ihn trinken!« Applaus, und schon sind die Tischdiener wieder mit Nachschenken beschäftigt.

Man weist dem Sänger am Tafelende einen Platz zu, wo auch die Musikanten verköstigt werden. Dort wird er wie ein alter Bekannter begrüßt. Man serviert ihm ein großes Stück Schweinebraten und einen Krug Wein. Die Musikanten und der Sänger prosten einander zu und lassen es sich schmecken.

Für alle wird ein neuer Gang aufgetragen: Eiersuppe, Wild- und Fischpasteten, danach mit Honig und Dörrobst gesüßter Weizenbrei.

Dann klatscht Rudolf in die Hände und ruft: »Nun möge uns der Neuffener etwas zum Besten geben.«

Reinhard von Neuffen rückt seinen Stuhl zurecht, sodass er von allen Seiten gesehen werden kann, und öffnet seinen Sack. Er zieht eine kleine Harfe heraus, streicht über die Saiten und stimmt sie nach, ehe er sich in Position setzt und beginnt.

's Jergle lauscht gebannt. Etwas so Schönes hat er noch nie gehört. Wenn zwischendurch die Musikanten aufspielen, kann er es kaum erwarten, dass der Sänger wieder an der Reihe ist. Seine Frühlingslieder gefallen ihm, weil er sie nach dem langen Winter verstehen kann. Nur die Liebeslieder findet er ein wenig langweilig, auch wenn die Melodien schön sind und ihn der Klang der Harfe fasziniert. Trotzdem verliert er das Interesse, bis Reinhard von Neuffen ein Lied in einer Sprache singt, bei der er sehr aufpassen muss, wenn er alles verstehen will. Er singt etwas von einem Falken.

Ich zôch mir einen valken mêre danne ein jâr.
Dô ich in gezamete, als ich in wolte hân,
und ich im sîn gevidere mit golde wol bewant,
er huop sich ûf vil hôhe und vlouc in ándèriu lant.

Sît sach ich den valken schône vliegen,
er vuorte an sînem vuoze sîdîne riemen,
und was im sîn gevidere alrôt guldîn.
Got sende sî zesamene, die gerne gelíep wéllen sîn!

Da horcht 's Jergle auf. Mühsam setzt er sich den Sinn des Liedes noch einmal zusammen:

Ich zog mir einen Falken, länger als ein Jahr.
Als ich ihn abgerichtet hatte, so wie ich ihn haben wollte,
und ich sein Gefieder mit Goldfäden
schön umwunden hatte,
stieg er sehr hoch auf und flog in ein fremdes Land.

Seither sah ich den Falken elegant dahinfliegen:
sein Fuß war mit seidenen Bändern geschmückt,
sein ganzes Gefieder war rotgolden.
Gott möge die zusammenführen, die in Liebe
vereint sein wollen.

Er sieht die Wandmalerei im Schloss vor sich, das Bild der Edelfrau, das er so oft bestaunt hat. Das sei eine hohe Frau mit einem Falken, hat ihm sein Vater erklärt, die mit diesem Vogel auf die Beizjagd gehe. Aber eine Frau wie seine Mutter oder eine der anderen Schlossfrauen auf der Jagd, und dann noch mit einem Falken, das hat er sich nicht vorstellen können. Wo sie doch überhaupt nie mit auf die Jagd gehen und alles, was damit zu tun hat, den Männern überlassen. So ist ihm das Bild ein Rätsel geblieben. Er möchte es dem Sänger gerne zeigen. Vielleicht weiß er mehr darüber. 's Jergle steht in seiner Nähe und lauert auf eine Gelegenheit, ihn ansprechen zu können. Doch der Sänger ist so beschäftigt, dass er nicht weiß, wie er es anstellen soll. Vielleicht morgen – das Fest soll ja drei Tage dauern. Er geht schlafen.

's Jergle ist früh aufgewacht. Sein erster Gedanke gilt dem Sänger und dem Falkenlied. Leise kriecht er zwischen seinen Brüdern unter der Decke hervor und schleicht sich mit den Kleidern unterm Arm aus der Bubenkammer. Vor der Tür zieht er sich an. Es ist noch sehr still im Schloss, aber es wehen bereits köstliche Düfte durch die Gänge. Das macht Appetit.

Ohne jemandem zu begegnen, geht er direkt in die Küche. Dort sieht es aus, als sei die ganze Nacht gekocht und gebraten worden. Überall stehen Platten mit Gebratenem, Gerauchtem, Speck, Schinken, Würste, Geflügel, Käse. Die Mägde sehen kaum von ihrer Arbeit auf.

Nur Stine sagt: »Wenn du Hunger hast, hier«, und zeigt auf ein halbes gebratenes Perlhuhn. Dazu legt sie ihm einen Fladen Roggenbrot auf den Tisch und stellt ihm einen Becher Molke hin. Da er gestern vor lauter Aufregung nur wenig gegessen hat, fällt er heißhungrig darüber her, schlingt Fleisch und Brot hinunter und ist froh, dass seine Mutter ihm dabei nicht zusieht.

Auf dem Schlosshof ist noch kein Leben, das Zelt ist noch enttäuschend leer. Vielleicht kann er den Sänger bei den

Zelten, in denen die Gäste schlafen, antreffen. Von der Zug-brücke aus sieht er, dass die großen Bratspieße schon wieder gedreht werden, zwei Schweine und ein Kalb sind schon ge-bräunt. Zischend tropft das Fett ins Feuer. Obwohl es noch recht früh ist, stehen ein paar Bauern drumherum und war-ten ungeduldig maulend darauf, dass endlich angeschnitten wird. Sie halten Krüge und Becher in den Händen und haben am frühen Morgen schon dem Wein zugesprochen, wenn nicht die ganze Nacht durchgezecht. Der eine oder andere schwankt, da und dort liegt einer wie tot im Gras.

An denen möchte 's Jergle nicht vorbeigehen. Er dreht um, holt sich ein paar Fleischreste aus der Küche und steigt in den Zwinger zu den Hunden hinunter. Dort vertreibt er sich die Zeit, bis er hört, dass im Schlosshof die Sackpfeife geblasen wird.

Schnell geht er dem Klang nach und erblickt den Sack-pfeifer, der auf der westlichen Mauer sitzt und für ein paar Mädchen aufspielt, die vor ihm einen Reigen tanzen. Auf den ersten Blick will er sich enttäuscht abwenden, entdeckt dann aber Burgl unter ihnen. Er bleibt stehen und beobachtet den Reigen aus gutem Abstand, bis Burgl ihn erblickt und ihm fröhlich zulächelt. Da läuft er weg. Wieder geht er in die Kü-che und holt sich ein Stück Käse.

Am frühen Nachmittag hat sich das Zelt endlich gefüllt. Das Hochzeitspaar sitzt wieder oben an der Tafel. Die Jung-vermählte zeigt ihr Haar nun nicht mehr. Es ist unter einem Hennin, einer hohen spitzen Schleierhaube verborgen, die die hohe Stirn der jungen Frau zwei Köpfe hoch überragt.

Nach dem ersten Gang steht die ganze Gesellschaft auf und begibt sich zum Tanz auf eine Wiese hinaus. Da endlich erblickt 's Jergle den Sänger, wie er am Rand steht und den Musikanten zusieht. Er stellt sich neben ihn und lauert. Aber kaum verklingt die Musik, wendet sich der Sänger einem der Musikanten zu. Und auch als die ganze Gesellschaft ins Zelt zurückkehrt, befindet er sich in guter Unterhaltung. 's Jergle geht drei Schritte hinter ihm und setzt sich im Zelt in seine unmittelbare Nähe.

»Nun wollen wir wieder Reinhard von Neuffen hören«, sagt sein Vater, der auch heute den Zeremonienmeister spielt.

Der Sänger beginnt mit einem lustigen Lied Oswald von Wolkensteins, das offensichtlich sehr bekannt ist. Er bekommt viel Applaus und muss noch ein solches singen, und dann noch eins. Jergle kommt sein Auftritt endlos vor. Schließlich wird der Sänger von den Musikanten abgelöst und verlässt das Zelt. 's Jergle heftet sich an seine Fersen.

Plötzlich dreht sich der Sänger um und schaut auf 's Jergle herunter. »Läufst du mir nach?«

's Jergle erschrickt und bringt kein Wort heraus. Er schüttelt nur den Kopf.

»Ich hab es doch gemerkt. Du läufst mir schon den ganzen Tag hinterher. Wie heißt du?«

»Jörg von Ehingen.«

»Willst du etwas von mir?«

»Nein.«

»Das glaub ich dir nicht. Du willst doch etwas von mir. Heraus mit der Sprache.«

»Es ist … wegen dem Lied … dem mit dem Falken, den du großgezogen hast.«

»Ach, das Falkenlied!«, sagt der Sänger lachend und zitiert: »*Ich zôch mir einen valken mêre danne ein jâr.* Das meinst du doch?«

Jetzt kehrt Jergles Mut zurück.

»Ja, das Lied, wo du den Falken großgezogen hast und er dir abgehauen ist. Hast du jetzt einen neuen?«

Der Sänger lächelt freundlich, schüttelt den Kopf und seufzt.

»Ach nein! Schön wärs. Ich habe keinen Falken. So reich bin ich nicht.«

»Aber du hast doch vorgesungen, dass du einmal einen hattest.«

»Das ist doch nur ein Lied, und es erzählt nicht von mir, sondern von einer Frau.«

»Hat die jetzt einen neuen Falken?«

Jergles Neugier gefällt dem Sänger.

»Hör zu«, beginnt er seine Erklärung. »Eigentlich geht es gar nicht um einen Falken, sondern um einen jungen Mann, einen Jüngling, wahrscheinlich einen Knappen. Der Knappe lebte bei einer vornehmen Frau am Hof. Dort lernte er, wie man sich bei Hof benimmt, Tischsitten und so was, und er wurde dort zum Ritter ausgebildet. Und dann, als man ihn zum Ritter geschlagen hatte, da ging er weg.«

»Warum? Hat es ihm dort nicht gefallen?«

»Das weiß ich nicht. Ich weiß nur, dass er sich als Ritter bewähren musste. Er musste wegreiten, in den Kampf, in den Krieg, was weiß ich. Und sie musste zurückbleiben und war traurig, weil sie ihn sehr mochte.«

»War sie in ihn verliebt?«

»Vielleicht.«

»Aha.«

»Warum willst du das alles wissen?«

»Wegen dem Bild. Wir haben ein Bild von einer Frau mit einem Falken. Hast du es noch nicht gesehen?«

»Nein. Willst du es mir zeigen?«

»Ja, komm mit. Dann zeig ich's dir.«

's Jergle führt den Sänger in den Saal vor das Bild.

»Das ist es.«

»Wunderbar«, staunt der Sänger. »Ganz erstaunlich. Das ist ein ganz altes Bild, viel älter als hundert Jahre.«

»Weißt du, wer das ist?«

»Nein. Aber es muss eine Fürstin oder sogar eine Königin sein, so stolz wie sie da sitzt und ihren Falken hält.«

»Mein Vater hat gesagt, dass sie mit ihm auf die Jagd gegangen ist.«

»Ja, bestimmt. Früher sind vornehme Frauen mit Falken auf die Jagd geritten. Das war so. Vielleicht hat der Maler, der das Bild gemacht hat, sogar das Falkenlied gekannt und deswegen die Frau hier hingemalt.«

’s Jergle ist begeistert. Er fügt hinzu:

»Und vielleicht hat hier eine solche Frau gewohnt.«

»Nein, das wohl nicht. Es ist wohl so gewesen: Die Herrschaften, die damals hier wohnten, kannten das Lied. Einer wie ich hatte es ihnen vorgesungen. Und dann ließen sie das Bild an die Wand malen.«

’s Jergle steht mit leuchtenden Augen davor. Jetzt kann er sich eine ganze Geschichte dazu ausdenken.

»Schön, dass du es mir gezeigt hast. Vielen Dank«, macht sich der Sänger vom Jergle los. »Aber jetzt muss ich wieder zum Fest und etwas zum Besten geben.«

Er klopft dem Jungen freundlich auf die Schulter und lässt ihn vor dem Bild stehen. Nach ein paar Schritten dreht er sich noch einmal um und sagt spaßhaft: »Vielleicht wirst du auch einmal so ein Falke, wenn du groß bist. Du kommst ja aus einer vornehmen Familie.«

Eine ganze Weile noch betrachtet ’s Jergle das Bild. Dann aber muss er die Geschichte unbedingt weitererzählen und geht zum Fest hinunter, wo er seinen Freund Hans findet. Ganz aufgeregt erzählt er ihm die ganze Geschichte. Nur die letzte Bemerkung des Sängers, die behält er für sich.

An einem warmen Juliabend stehen Jergles Eltern an der westlichen Mauer und schauen ins Land hinaus. Nach einem heißen Sonnentag genießen sie die leichte Abkühlung und auch die Ruhe. Es ist einer der wenigen Momente, wo sie tagsüber unter sich sein können. Die Weinberge am Schönbuchtrauf über Breitenholz und Kayh erglühen in rotgoldenem Licht. Flach einfallende Sonnenstrahlen lassen die reifen Getreidefelder des Gäus aufleuchten, ehe sie in der Dämmerung matte Farben annehmen und allmählich grau werden. Rudolf und Agnes sind ganz in den Anblick versunken.

»Jörg macht mir große Freude. Er liest schon fast fließend und schreibt sehr gut«, sagt Agnes in die Stille hinein.

»Freut Euch an ihm, solange er noch da ist. Im Herbst wird er sieben«, antwortet Rudolf in sachlichem Ton.

Das trifft Agnes wie eine Ohrfeige. Sie schnappt nach Luft. »Ihr werdet ihn aber nicht jetzt schon fortschicken wollen!« Sie schreit fast.

»Er wird sieben. Ich habe schon nach Innsbruck geschrieben.« Damit stellt Rudolf seine Frau vor vollendete Tatsachen.

»Innsbruck! So weit weg!« Agnes ist fassungslos. »Warum schickt Ihr ihn nicht zu meiner Familie. Da wäre er in der Nähe.«

»Es geht gerade darum, dass er nicht in der Nähe ist«, erklärt Rudolf, als müsste er ihr die Regeln ritterlicher Erziehung erst bekannt machen. »Ein Ritter muss sich in der Fremde bewähren, von Kindesbeinen an. Er soll an den Hof von Herzog Sigismund und dort höfische Zucht und Ritterlichkeit lernen.«

»Warum um alles in der Welt wollt Ihr ihn zum Ritter machen? Reicht es denn nicht, wenn er hier bleibt und Rechtsgelehrter wird?«

»Auch das könnte er hier nicht werden. Das wisst Ihr so gut wie ich. Er müsste uns auf jeden Fall verlassen.«

»Aber doch jetzt noch nicht. Ihr nehmt mir mein Kind weg«, klagt sie mit tränenerstickter Stimme.

»Er ist mein Sohn. Und wenn Ihr Euren Willen hättet, würdet Ihr ihn nicht nur mir, sondern auch der Welt wegnehmen und ihn ins Kloster schicken. Dort wäre er nicht mehr mein Sohn und hätte keine Familie.«

»Er wäre in der Gemeinschaft der Heiligen. Die Kirche wäre seine Familie.«

Rudolf ist zwar ein frommer Mann, der sich sehr um sein Seelenheil sorgt, hat aber als Ratgeber und Verhandlungsführer des Pfalzgrafen so viel mit der Geistlichkeit zu tun gehabt, dass er innerlich großen Abstand von ihr gewonnen hat. Sein Ton wird härter.

»Er ist mein Sohn, er ist ein Ehinger. Und keiner meiner Söhne wird in ein Kloster eintreten, kein Ehinger wird dies tun, das ist mein fester Wille. Ich bin vermögend genug, Jörg als Ritter reich auszustatten, wenn die Zeit gekommen ist. Er soll in meine Fußstapfen treten.«

»Mir ist angst um sein Leben«, sagt Agnes unter Tränen. »Der Herrgott hat uns schon fünf Kinder genommen. Ich möchte nicht auch noch Jörg verlieren.«

»Pah«, macht Rudolf, stellt sich breitbeinig vor seine Frau und breitet selbstgefällig die Arme aus. »Seht mich an! Habe ich als Ritter Schaden genommen, als ich damals mit gegen die Hussiten zog? Und es waren harte Kämpfe!«

Die Antwort lässt einen Moment auf sich warten. Agnes unterdrückt ihr Schluchzen und entgegnet ihm: »Das waren andere Zeiten! Ihr kennt doch die Kanonen und Steinflinten, mit denen heutzutage Krieg geführt wird, besser als ich. Wie soll ein Ritter gegen eine Kanone kämpfen? Schwerter und Lanzen gegen Schießpulver?«

Auf diese Frage antwortet Rudolf nicht. Er faltet die Hände und sieht seiner Frau in die Augen.

»Ihr verliert ihn nicht«, sagt er mit großer Überzeugung. »Ich bete jeden Tag für ihn, ich lasse Messen lesen, ich gebe den Armen. Gott wird mich erhören.«

Agnes sieht ihr Gottvertrauen auf die Probe gestellt und schweigt.

»Diepolt, Burckart und Wolf bleiben euch doch. Liebt Ihr sie denn nicht?«

»Natürlich liebe ich sie. Aber Jörg ist meine ganze Freude.«

»Wie auch meine. Und deshalb will ich, dass sein Leben so verläuft, wie meines bisher verlaufen ist. Es ist immer ein gutes Leben gewesen, und ich habe nichts zu bereuen.«

Agnes wird blass. Ihre Mundwinkel zucken. Sie atmet tief ein und versucht, ihre Gefühle hinter einer sachlichen Frage zu verstecken.

»Werdet Ihr ihn nach Innsbruck geleiten?«

»Ihr wisst, dass sich das nicht schickt. Nein. Gott hat es so gefügt, dass die Tiroler einen Boten nach Rottenburg schicken. Wenn er zurückreitet, nimmt er Jörg mit.«

»Wann?«

»Noch ehe es recht kalt wird. Ende September.«

Wieder zucken ihre Mundwinkel.

»Und Jörg? Habt Ihr schon mit ihm gesprochen?«

»Er wird es rechtzeitig erfahren – und zwar von mir selbst.«

Agnes' Fassung ist dahin. Sie wendet den Blick ab, dreht sich um und geht wortlos ins Haus. Rudolf sieht ihr nach, bis sie im Haus verschwunden ist. Dann schnaubt er durch die Nase, als wollte er eine Fliege von seinem Schnurrbart vertreiben, dreht sich um und sieht in die Dämmerung hinaus.

»Weiber!«, schimpft er vor sich hin.

In der folgenden Woche reitet Rudolf in Diepolts Begleitung für drei Tage weg. Er habe in Urach und Tübingen zu tun, schnappt 's Jergle auf. Er ist wieder dabei, als sich die beiden rüsten, und fragt seinen Vater, wann er ihn endlich auch begleiten darf.

»Bald, mein Lieber, bald. Übe dich inzwischen in der Tugend der Geduld.«

's Jergle nickt mit ernstem Gesicht und sagt nichts mehr. Wie immer zieht er das Kurzschwert aus dem Ständer und reicht es seinem Vater, der es mit gütigem Lächeln entgegennimmt. Dann begleitet er Vater und Bruder zum Pferdestall, wo Veit die Pferde schon gesattelt bereithält.

Diepolt schwingt sich in seiner leichten Rüstung aufs Pferd, ohne den Steigbügel zu benutzen, und sagt etwas herablassend: »Das musst du dann auch lernen, wenn es so weit ist.«

Natürlich will s' Jergle das lernen. Aber was heißt: »wenn es so weit ist«?

Rudolf steigt auf, wendet sein Ross zur Zugbrücke hin und sagt im Losreiten: »Freu dich, bis wir wiederkommen. Es wird eine Überraschung für dich geben.«

Damit gibt er seinem Ross die Sporen und die beiden Reiter traben in Richtung Roseck davon.

Geduld fällt Jergle schwer, vor allem, weil er sich auf etwas freuen soll, von dem er gar nichts weiß. Die Frage danach lässt ihn nicht los. Seiner Mutter darf er damit nicht kommen, das weiß er. Sie würde ihn für seine Neugier noch bestrafen. Seine Brüder wissen sicher nichts, und außerdem hütet er sich davor, ihre Missgunst zu wecken. Nicht einmal mit Hans spricht er darüber, weil er fürchtet, dass auch er neidisch werden könnte. Er ist so aufgeregt, dass er selbst im Unterricht, wenn er Burgl gegenübersitzt, die Frage ständig hin und her wälzt und sich immer wieder verschreibt.

»Was ist mit dir los? Du machst einen Fehler nach dem anderen. Pass besser auf, was du hinschreibst«, wird er von seiner Mutter getadelt. Einmal zieht sie ihn sogar am Ohr, und wenn er sich nicht vor Burgl genieren würde, würde er schmerzvoll das Gesicht verziehen.

Nach dem Unterricht weicht er allen aus, auch Hans. Er holt ein paar Fleischreste aus der Küche und steigt in den Hundezwinger hinunter. Er spielt mit Merlin und versucht, ihn abzurichten. Er soll sitzen, flach liegen, sich auf den Rü-

cken drehen oder auf den Hinterbeinen stehen. Damit kann
's Jergle einen ganzen Nachmittag zubringen.

Am dritten Tag kann er seine Neugier nicht mehr zügeln.
Nach dem Unterricht steht er auf der Zugbrücke und hält
nach seinem Vater Ausschau, und nach dem Essen schon
wieder. Aber niemand kommt auf das Schloss zu geritten.
So verbringt er den Nachmittag bei Veit im Pferdestall. Dort
wird er es am ehesten merken, wenn sein Vater zurückkommt, denkt er.

Als sie am Spätnachmittag mit den Rössern an der Tränke sind, hört er dumpfes Pferdegetrappel näherkommen. Sie
sind es! Endlich. Sein Vater trabt auf seinem Kaltblut heran, und eine Pferdelänge hinter ihm folgt Diepolt auf seinem
Schimmel und führt einen Rappen mit sich. Sie reiten an Veit
und Jergle vorbei, ohne sie eines Blickes zu würdigen. 's Jergle
vergisst, dass er Veit helfen wollte und läuft den beiden nach.

»Vater!«, jubelt er, als er über die Zugbrücke rennt.

Rudolf steigt vom Pferd, schaut ihn streng an und sagt:
»Geh zurück zur Tränke und hilf Veit mit den Pferden.«

's Jergle muss schlucken. Niedergeschlagen geht er zurück, wartet, nimmt zwei Pferde am Halfter und führt sie
zum Stall zurück.

Sein Vater steht im Schlosshof und tätschelt das Pferd, das
sie mitgebracht haben. 's Jergle führt seine Pferde an ihm vorbei in den Stall und bringt sie in ihre Boxen. Dann geht er zu
seinem Vater hinaus. Er erwartet einen Tadel und traut sich
nicht, ihm in die Augen zu schauen. Aber sein Vater ist ganz
freundlich.

»Komm her, mein Sohn«, sagt er, und ehe 's Jergle begreift, was los ist, fühlt er sich unter den Achseln gefasst,
hochgehoben und sitzt auf dem Rappen. »Er heißt Maltes
und gehört dir.«

Er kann es nicht fassen. Er bekommt ein eigenes Pferd. Er
lässt einen Freudenschrei los. Er fasst in die buschige Mähne

und tätschelt den Hals des Tiers. Dann steigt er ab, um das ganze Pferd betrachten zu können. Es ist ganz schwarz, etwas kleiner als die anderen, hat eine breite Brust und einen langen Schweif. Seine Mähne fällt ihm ins Gesicht, sodass 's Jergle sie auf die Seite streichen muss, damit er die Augen recht sehen kann.

»Danke, lieber Vater«, bringt er heraus und kann kein Auge von Maltes lassen.

»Du wirst ihn lieben. Er ist ein Zelter mit ruhigem Gang, ein Reisepferd, auf dem du stundenlang reiten kannst.«

»Darf ich dich dann auf ihm begleiten?«

»Auf meinen nächsten Ritten ja. Aber im Herbst wirst du ohne mich eine lange Reise antreten.«

Jergle bleibt der Mund offen stehen. Mit großen Augen schaut er seinen Vater an.

»Ohne Euch? Warum?«

»Willst du ein Ritter werden?«

»Ja«, sagt er eifrig, kann aber seinen Schrecken nicht verbergen.

»Dann musst du uns verlassen, wenn du sieben wirst. Du sollst an einem vornehmen Hof erzogen werden, genauso wie ich einst.«

Auf 's Jergle stürzt so viel ein, dass er nichts sagen kann. Er will so werden wie sein Vater. Dazu muss er allein weg von hier? Aber vielleicht sogar an einen Königshof? Zu einer Königin mit einem Falken? Er ganz allein? Das kann er sich nicht vorstellen.

»Du willst doch ein Ritter werden?«

Er nickt – halbherzig, verwirrt. Er spürt einen dicken Kloß im Hals, den er nicht hinunterschlucken kann.

»Jörg von Ehingen wird am Hof von Sigismund von Österreich erzogen werden, in Innsbruck in Tirol«, verkündet ihm sein Vater. 's Jergle kennt den Tonfall. So hat Vaters Stimme geklungen, als er bei der Hochzeit die Musikanten und den Sänger aufgerufen hat und die sofort getan haben, was er befohlen hat. Es gibt keine Widerrede, so viel ist klar.

»Und nun führst du Maltes in den Stall und versorgst ihn.«

's Jergle fasst Maltes am Halfter und führt ihn in den Stall. Schon unter der Tür laufen ihm die Tränen herunter. Solange er sein Pferd versorgt, hört er nicht auf zu weinen. Veit hört ihn schluchzen. Er hat auch gehört, was sein Herr dem Kind verkündet hat.

»Armer Kerle«, sagt er leise und streicht Jergle im Vorbeigehen übers Haar.

An diesem Abend liegt er lange wach. Unruhig wälzt er sich zwischen Burckart und Diepolt hin und her, die schon längst eingeschlafen sind. Immer wieder brummt einer der beiden, weil er ihn angestoßen hat. Er wollte, einer würde aufwachen und mit ihm reden. Aber sie schlafen tief und fest.

Er kann sich nichts vorstellen, was er noch nie gesehen hat. Er weiß nur, dass er alles, was er kennt, zurücklassen muss und ganz allein bei fremden Menschen leben muss. Alles ist ungewiss, fremd, leer.

Er versucht an eine Königin zu denken, aber sie bekommt kein Gesicht. Und wenn er sich einen prächtigen Königshof vorstellen möchte, wie er ihn aus Erzählungen kennt, dann stellen sich bei ihm nur Bilder von der Hochzeit ein. Dann fallen ihm der Sänger und der Sackpfeifer ein. Und dann sieht er Burgl, wie sie im Reigen mittanzt. Und es schmerzt.

Als er endlich eingeschlafen ist, überstürzen sich die Bilder in seinen Träumen. Die Frau auf dem Wandgemälde wird lebendig, sie verwandelt sich in Burgl, dann aber auch in seine Mutter, und er sieht, wie er wegreitet und Hans und Burgl zurückbleiben. Ein paar Mal wacht er mit nassen Augen auf.

Am nächsten Vormittag steht er im Saal und hat sich in das Wandbild hineingeträumt. Gedankenverloren fantasiert er, wie er die Königin auf der Beizjagd begleitet, wie er an ihrer Seite reitet und er dem Falken die Kappe abnehmen darf. Da legen sich zwei Hände auf seine Schulter. Er erschrickt und fühlt sich ertappt. Seine Mutter steht hinter ihm.

»Jörg«, sagt sie nur, »mein Jörg.«

Er dreht sich zu ihr um, sie umarmt ihn und drückt ihn an sich, wie sie es noch nie getan hat. Sie küsst ihn auf die Stirn, und als er zu ihr aufschaut, sieht er Tränen in ihren Augen.

»Wann muss ich gehen?«

»Noch diesen Sommer hab ich dich, dann …« Sie kann nicht weiterreden.

»Ich komme doch bald wieder?«

Sie schluchzt so, dass sie kaum sprechen kann.

»Du wirst wiederkommen. Irgendwann«, bringt sie schließlich heraus und drückt ihn wieder an sich. Er hält still, obwohl er es kaum aushalten kann, dass seine Mutter seinetwegen weint. Am liebsten würde er sich losreißen und im hintersten Winkel des Pferdestalls verstecken. Aber er bleibt stehen, bis sie sich von ihm löst. Noch einmal küsst sie ihn auf die Stirn. Dann richtet sie sich auf, trocknet ihre Tränen und wendet sich ab. Sie geht in die Küche, um nach dem Rechten zu sehen.

»Geh hinunter und kümmere dich um dein Pferd«, sagt sie noch im Weggehen. Sie ahnt, dass Maltes sein einzig wirklicher Trost ist.

Mit Veits Hilfe sattelt er seinen Zelter und reitet allein vom Hof, obwohl er das nicht darf. Zur Roseck hinüber will er reiten und weiter, bis er über den Weinbergen von Unterjesingen steht und zur Wurmlinger Kapelle hinüberschauen kann. Die Hügel des Schönbuchs, der Blick übers Gäu zu den Schwarzwaldhöhen hinüber, das Ammertal, die blaue Bergkette der Alb, all das ist für ihn so selbstverständlich gewesen, dass er es nie bewusst betrachtet hat. Aber jetzt, wo er weiß, dass er fort muss, nimmt er alles deutlich wahr. Und es schmerzt wieder.

Er treibt Maltes an, bis er sich fühlt, als würde er mit seinem Pferd verschmelzen. Er genießt den Ritt auf dem locker schwingenden Pferderücken. Er ist wie berauscht. Erst als er über die Weinberge ins Ammertal hinunterschaut, erfasst ihn die Wirklichkeit wieder und er spürt den Kloß im Hals, den er nicht hinunterschlucken kann. Er wendet und reitet schnell nach Hohenentringen zurück. Maltes ist nassgeschwitzt. Er muss ihn trockenreiben. Er hat zu tun. Das lenkt ihn ab, wenigstens für eine kurze Weile.

Es vergeht kein Tag, ohne dass 's Jergle seinen Maltes aus dem Stall holt und vom Schlosshof reitet. Oft wird er von Diepolt oder Burckart begleitet, denen Vater Rudolf aufgetragen hat, sich um Jergles Reitkünste zu kümmern.

»Er muss fest im Sattel sitzen, auch in steilem Gelände. Er muss durchs Wasser und über Steine reiten können – im Schritt, im Tölt, im Trab und im Galopp. Macht euch an die Arbeit mit ihm.«

Nachmittagelang reiten sie quer durch den Schönbuch, bergauf und bergab, überqueren Bäche, leiten ihre Pferde auch durch das Bachbett und in manchen Weiher hinein.

Mit jeder Woche fühlt sich 's Jergle sicherer im Sattel: Das Reiten und die Pferdepflege machen ihm großen Spaß. Maltes ist morgens sein erster Gedanke, er kann ihn nicht früh genug aus dem Stall holen und vergisst alles um sich her. Erst gegen Abend, wenn er ihn versorgt hat und vom Reiten müde ist, holen ihn die Gedanken an den Abschied ein und er wird bedrückt und schweigsam.

Den Unterricht besucht er nicht mehr regelmäßig, was seine Mutter durchgehen lässt. Er kann doch schon viel mehr als die anderen, und sie weiß, dass sie ihn ohnehin bald nicht mehr unterrichten kann. Damit hat sie sich abfinden müssen.

Hans sieht er zwar noch jeden Tag, aber nur kurz. Hans hat kein Pferd zur Verfügung, und es gibt niemand, der ihm das Reiten beibringen würde. Während 's Jergle ihn immer noch als seinen besten Freund betrachtet und in der Zeit, die ihm nach dem Reiten bleibt, auf ihn zugeht wie immer, gibt sich Hans immer zurückhaltender und trauriger. Wenn 's Jergle mit seinen Brüdern durch den Wald reitet, ist er für Hans unerreichbar, und so unerreichbar wird er für ihn bald immer sein. Hans gibt seinen Freund verloren.

»Ich weiß nicht, ob ich noch hierher komme, wenn du fort bist«, sagt er, als sie einmal am Vogelherd sitzen.

»Du musst dir einfach einen suchen, der mitkommt«, redet 's Jergle schnell an ihm vorbei, weil er nicht an die Trennung denken will.

»Das ist leicht gesagt.«

Dann schweigen sie.

Als 's Jergle wieder einmal seinem Vater und Diepolt in die Waffenkammer folgt, wird er gefragt: »Möchtest du mitkommen? Wir reiten nur nach Tübingen hinunter.«

Er ist Feuer und Flamme. Schnell sattelt er Maltes und platzt schier vor Stolz und Freude, als er zwischen Vater und Bruder die Zugbrücke hinter sich lässt.

In flottem Trab reiten sie auf die Roseck zu und nehmen dann einen Weg, der zwischen steilen grasigen Hängen ins Ammertal hinunterführt. Sie durchqueren das kleine Weinbauerndorf, das dort zwischen steilen Weingärten und dem Talgrund liegt. Sich auf den welligen Ausläufern der Schönbuchhänge haltend, vermeiden sie die sumpfigen Talwiesen, in denen Reiher und Störche stehen, und sehen bald Tübingen am Ende des Spitzbergs liegen. Wuchtig und unbezwinglich thront auf dem Bergsporn die Burg, deren West-

und Nordflanke über den Dächern der Stadt riesig wirken. Die Stadt ist durch zwei Mauern befestigt, eine äußere mit kleinen Bastionen und dicht dahinter die höhere, innere mit einem überdachten Wehrgang. Die hohen Türme am Haag- und Schmiedtor setzen deutliche Akzente und verstärken den Eindruck der Wehrhaftigkeit.

An manchen Stellen versperren hohe Schwarzerlen und Pappeln den Blick der Heranreitenden, bis sie an die schmalste Stelle des Tals kommen, wo eine Brücke über die Ammer führt. Über eine zweite Brücke überqueren sie den Wassergraben und gelangen zum Schmiedtor.

Der Wächter mit der Hellebarde kennt Rudolf und grüßt ihn mit einer tiefen Verbeugung. Aber er hat sich noch nicht einmal wieder ganz aufgerichtet, da streckt er schon die Hand aus, um das Weggeld in Empfang zu nehmen. Niemand kommt in die Stadt, ohne zu bezahlen.

Ohne den Wächter eines Blickes zu würdigen, entrichtet Rudolf seinen Tribut und reitet mit seinen Söhnen hoch erhobenen Hauptes in die Stadt hinein. Für die Bettler, die ihm die Hände entgegenstrecken, hat er heute kein Auge.

's Jergle schaut sich um. Die Häuser unmittelbar an der Stadtmauer sind klein und aus Holz gebaut wie die im Dorf. Die Straße ist breiter als die Dorfgassen, aber ebenso voller grauem Schlamm und großer schmutziger Pfützen. Die Pferde sinken bis zu den Fesseln ein. Gleich hinter den ersten Häusern quert ein Rinnsal die Straße, das sie durchreiten.

Vor den kleinen Häusern in den Gassen links und rechts sind kniehohe Wälle aufgeschichtet, auf denen man trockenen Fußes gehen kann, wenigstens ein Stück weit. Hühner, Schweine und Hunde laufen auf der Straße herum und fressen in den Winkeln und am Straßenrand den Unrat, den man hinausgeworfen hat. Die Stadt stinkt.

An einem Steinhaus steht das Tor offen und gibt den Blick auf eine Schmiede frei, in der ein Pferd beschlagen wird. Aus einem anderen Tor erklingen Hammerschläge. In einem nahen Haus hört man eine Säge. Ein Gerber kratzt, von Hunden umgeben, vor seinem Haus am Ammerkanal eine Sauhaut sauber. Überall wird gearbeitet.

's Jergle bestaunt das Treiben und möchte gerne anhalten und zuschauen. Aber daran ist nicht zu denken. Weiter geht es in die Stadt hinein, und mit jedem Schritt, den sie vorwärts reiten, scheint sich die Burg noch weiter über die Häuser zu erheben.

Als sie sich am Ende der Straße links halten, sehen sie das Kornhaus vor sich liegen, ein stattliches Steinhaus. Dahinter verengt sich die Gasse, über der sich die hohen Häuser einander zuzuneigen scheinen. Es sind Steinhäuser von mehreren Stockwerken, und die Straße ist gepflastert.

Sie reiten eine enge Gasse hinan, in die kein Sonnenstrahl fällt. Zu Jergles Überraschung breitet sich an ihrem Ende linker Hand der Marktplatz aus, der in der prallen Sonne liegt. Er bestaunt die hohen Steinhäuser, die den Platz umgeben. An seiner Westseite wird ein riesiges Bauwerk erstellt.

»Vater, bauen die eine Kirche?«

»Nein, hier nicht. Das wird das neue Kauf- und Rathaus.«

Am Marktbrunnen steigen sie kurz ab und tränken die Pferde.

Überall klingen die Hammerschläge der Steinmetzen. Rufe erschallen, wenn wieder ein großer Quader an der Zange hängt und mit dem Flaschenzug hochgezogen werden kann. Zwei Ochsenfuhrwerke karren Sand und Kalk heran. In großen Kübeln wird Mörtel angerührt und eimerweise zu den Maurern auf dem Gerüst hochgezogen. Dahinter erkennt man schon die Arkaden und darüber die Wand des ersten Stockwerks mit breiten Lücken für die Fenster.

»Das wird ja größer als unser Schloss«, bemerkt Diepolt.

»Ja, und viel prächtiger«, bestätigt Rudolf.

Dem Jergle stehen Mund und Augen offen. So etwas hat er noch nie gesehen.

Sie steigen auf und reiten quer über den Marktplatz zur Burgsteige hinauf. Je näher sie der Burg kommen, umso heller und sauberer wird die Gasse. Vor der Zugbrücke hält Rudolf einen Moment an.

»Schau dich um. So eine schöne Aussicht hast du nicht überall.«

Zum ersten Mal sieht 's Jergle das Neckartal unter sich liegen und dahinter den Rammert, die Härten und die Alb. Und alles im Mittagslicht eines Sommertags.

Er ist begeistert und wird neugierig auf die Welt, die hinterm Horizont liegt.

Das Burgtor ist verschlossen. Diepolt reitet heran und klopft. Ein Schlüssel knirscht in einem schweren Schloss, dann wird die Tür geöffnet.

Auch hier erweist der Wächter seine Reverenz und lässt sie, ohne nachzufragen, über das Kopfsteinpflaster zum eigentlichen Burgtor hochreiten. Ihre Hufschläge hallen durch den Torgang, dann öffnet sich der weite Burghof vor ihnen. Rote Dächer, weiße Wände und in hellem Ocker gestrichenes Balkenwerk, ein heiteres Bild – 's Jergle kommt aus dem Staunen nicht heraus.

Während Rudolf mit einem Schreiber zusammen dem Grafen bei der Beurkundung eines Lehens behilflich ist, werden Diepolt und 's Jergle gut verpflegt. Dann stehen sie an einem Fenster und schauen ins Neckartal hinunter. Neckarauf- und abwärts sind Fuhrwerke unterwegs, ganze Gruppen von Bauern schneiden Korn, Ochsengespanne ziehen hoch beladene Erntewägen.

Als die Sonne schon schräg steht, brechen sie wieder auf. Vom Weg zum unteren Burgtor schauen sie über die Dächer der Stadt weg, die vom Stumpf eines Kirchturms überragt werden.

»Der Kirchturm hat ja gar keine Spitze«, wundert sich 's Jergle.

»Die wird er schon noch bekommen«, erklärt Rudolf. »Aber erst muss das Schiff noch fertig gebaut werden. Das kostet viel Zeit und Geld und wird noch lange dauern.«

»Und wie lange dauert es?«

»Ich weiß es nicht. Aber bis dahin ist das Rathaus längst fertig.«

Nach dem schönen, sonnigen Nachmittag auf der Burg findet 's Jergle die engen, schattigen Gassen nicht mehr so reizvoll wie am Vormittag, und als sie auf das Schmiedtor zureiten, ekeln ihn der Dreck und der Gestank an. Der Hof auf Hohenentringen ist auch nicht ganz sauber, aber in solchem Schmutz und Morast leben sie dort oben doch nicht.

Aber je weiter sie sich von Tübingen wegbewegen, umso schöner wird die Erinnerung an den großen Marktplatz, die Burgsteige, die Burg und die herrliche Aussicht. Die obere Stadt glänzt hell in seiner Erinnerung, und er erzählt seiner Mutter voller Begeisterung, was er an diesem Tag zu sehen bekommen hat.

»Ich will einmal in so einer schönen Burg leben oder in einer Stadt mit Steinhäusern und gepflasterten Straßen«, verkündet er.

»Wenn es Gottes Wille ist, wird es so sein. Bete darum«, sagt sie mit ernster Miene, was er kaum wahrnimmt. Aufgeregt erzählt er weiter.

Erst als es dämmert und er müde wird, klingt seine Begeisterung ab und er wird schweigsam. In die vielen Eindrücke mischt sich wieder die Angst vor dem Abschied.

Kurz nach Sonnenaufgang brechen sie auf, voran der Herold, dem drei Knappen folgen, und Jergle, der Knabe, der Neuling. Beim Frühstück hat man nicht viel gesprochen. Trotzdem hat es ein paar ermunternde Worte für ihn gegeben:

Jetzt sei die Kinderzeit endlich vorbei, nun gehe es hinaus in die Welt und er werde schon auf dem Ritt nach Innsbruck sehen, wie schön und bunt sie sei. Und er brauche sich nicht zu fürchten, man wolle gut auf ihn achthaben.

Als sie in Rottenburg aufbrechen und die erste halbe Stunde am Neckar entlangreiten, lässt 's Jergle die Zügel schleifen, weil er den Blick nicht vom Schönbuchrand lassen kann. Maltes folgt einfach den anderen Pferden, und so kann er Hohenentringen suchen. Aber es liegt hinter einer bewaldeten Höhe verborgen. Wenigstens die Roseck kann er noch einmal sehen, und die Weinberge darunter, und kann kein Auge davon abwenden, ehe der ganze Schönbuchrand hinter der Wurmlinger Kapelle verschwindet.

Dass etwas unwiederbringlich vorbei war, hatte er schon gefühlt, als er von Hohenentringen nach Rottenburg gebracht wurde. Sein Vater und Diepolt galoppierten vorneweg, und er musste sich anstrengen, ihnen hinterherzukommen. Es blieb ihm kaum die Möglichkeit zurückzusehen und seiner Mutter zuzuwinken, die auf der Zugbrücke stand und ihm nachsah. In dem kurzen Moment, in dem er sich umwandte und ihr zuwinkte, preschten Vater und Bruder so weit vor, dass er Maltes grob mit den Hacken zusetzen musste, um zu ihnen aufzuholen. Erst im Tal unten hielten sie an und warteten auf ihn. Geredet wurde nicht. Sofort ritten sie weiter, quer durchs Ammertal auf Wurmlingen zu, dann in leichtem Trab nach Rottenburg hinüber.

Dort wurde er von den Bekannten seines Vaters als der künftige Ritter begrüßt, der jetzt in die Welt hinaus ginge. Plötzlich so viel Aufmerksamkeit zu erfahren, verwirrte ihn. Er wusste nicht, was er sagen sollte. Mit zusammengepressten Lippen nickte er zuversichtlich, obwohl er wieder den dicken Kloß im Hals sitzen hatte und fürchtete, dass ihm die Tränen kommen würden.

Alle hatten in den letzten Tagen von dem vielen Neuen geredet, das er jetzt erleben würde, auch Hans, der ihn beneidete und seine Traurigkeit nicht nachempfinden konnte.

»Du hast Glück, du darfst an einen herzoglichen Hof, und ich muss hierbleiben.« Hans begriff einfach nicht, dass diese Aussicht für 's Jergle nicht nur das große Glück war.

»Aber du willst doch dorthin?«

»Schon, irgendwann einmal. Aber jetzt möchte ich lieber noch hierbleiben.«

»Dann sag es doch einfach deinem Vater.«

Jörg schüttelte nur den Kopf.

»Es geht nicht. Wenn ich ein Ritter werden will, muss ich jetzt fort. Komm doch mit.«

Dabei wusste er wohl, dass das unmöglich war. Die Gültlinger waren nie außer Landes gewesen und hatten auch nie an vornehmen Höfen gedient. Einen Siebenjährigen weit wegzuschicken und ihn jahrelang nicht wiederzusehen, kam für diese bodenständige Familie gar nicht in Frage.

»So vornehm sind wir nicht«, hatte Hans' Vater einmal bei Tisch gesagt, als von Jergles Abschied die Rede war. Und das hatte ihm Hans erzählt.

's Jergle hat sich von allen verabschiedet, nur von Hans nicht. Der war wie vom Erdboden verschluckt. Seine Mutter sagte, sie wisse nicht, wo er sei. Aber das klang nicht glaubhaft. Sie war viel zu ruhig dabei. Hans hatte sich wohl versteckt, weil er den Abschied nicht erleben wollte.

's Jergle denkt an ihn und an Burgl, die er zurücklässt, an Veit, an Merlin und die anderen Bracken. Er wünschte, er säße jetzt mit Hans im Vogelherd und lauerte auf Rebhühner. Aber mit jedem Pferdeschritt rückt die vertraute Welt – die einzige, die er kennt – weiter in die Vergangenheit zurück, und er weiß nicht, was vor ihm liegt.

Geredet wird auf den Pferderücken nicht viel. Ab und zu ruft einer der Knappen den anderen etwas zu, was 's Jergle kaum verstehen kann. Der Dialekt der Tiroler klingt ihm hart in den Ohren, manchmal klingt es, als kratze sie ihre eigene Sprache im Hals. Nur einer von ihnen redet etwas anders, der jüngste Knappe, der vielleicht gerade so alt ist wie Diepolt. Er kommt aus Freiburg. Das sei eine große schöne Stadt hinterm Schwarzwald, viel größer als Tübingen und auch schöner, hat er ihm erklärt. 's Jergle kann sich das nicht vorstellen.

Als sie an Tübingen vorbeireiten, wendet sich auch noch einer der Tiroler ihm zu und sagt etwas von einem kleinen Nest, womit er wohl Tübingen meint, und etwas von Innsbruck, was er aber nicht verstehen kann. Tübingen mit seiner stolzen Burg soll nur ein kleines Nest sein? Das kann er nicht glauben.

Bei Kirchentellinsfurt verlassen sie das Neckartal, lassen Reutlingen rechts liegen und halten auf Metzingen zu. Die Achalm und dahinter die Alb scheinen Jergle bis zum Himmel emporzuragen, und als sie um die Mittagszeit Dettingen passieren und das sich verengende Tal nach Urach hinaufreiten, denkt er an seinen Vater, der so oft nach Urach reitet. Dass das so weit ist!

Hohenurach taucht auf, auf der Spitze eines steilen, kegelförmigen Bergs. Er kann kaum fassen, dass ganz dort oben eine Burg steht. Als der Freiburger sieht, dass er immer wieder dort hinaufschauen muss, meint er: »Das ist nicht sehr hoch. Da kriegst du noch ganz anderes zu sehen.«

Am Nachmittag stehen sie vor den Mauern der kleinen Stadt, die an ihrer Süd- und Ostseite von einem kleinen aufgestauten See umgeben ist. Über eine Brücke gelangen sie ans Tor. Der Herold zeigt den Wächtern den Begleitbrief, darauf werden sie eingelassen und zum Schloss geleitet.

Es ist das erste Mal, dass 's Jergle sein Pferd nicht selbst versorgen muss. Es wird ihm von einem Knecht abgenommen und weggeführt. Im ersten Moment will er ihm nachlaufen. Aber dann sieht er, wie auch die anderen ihre Pferde Fremden übergeben, und bleibt unsicher stehen.

Ein freundlicher älterer Mann kommt auf ihn zu und spricht ihn an, das tut ihm gut.

»Und du bist der Jörg von Hohenentringen, oder nicht?«

's Jergle nickt.

»Dein Vater hat dich bei seinem letzten Besuch angekündigt. Dann komm nur herein, du wirst müde und hungrig sein.«

Mit den anderen zusammen wird er in einen großen Saal geführt, in dem sie bewirtet werden. Sein Durst ist groß, aber viel essen kann er nicht. Dazu ist er zu erschöpft. Diese Tagesreise ist viel länger gewesen als alle seine bisherigen Ausritte. Mehr als ein paar Bissen Brot und etwas Käse bringt er nicht hinunter und ist ganz froh, dass man ihm gleich eine Kammer zeigt, in der er sich hinlegen kann. Er schläft sofort ein.

Als er mitten in der Nacht aufwacht, weiß er nicht, wo er ist. Niemand liegt neben ihm, niemand schnauft oder schnarcht, es ist absolut still um ihn herum. Das macht ihm Angst. Er bekommt Sehnsucht nach seinen Brüdern und weint sich in den Schlaf.

Am nächsten Morgen führt der Weg ein enges, schattiges Tal bergan, das zwischen steilen bewaldeten Hängen liegt. Das kommt ihm vertraut vor und erinnert ihn an den Schönbuch, obwohl es hier steile Felsen gibt und der Aufstieg viel länger ist.

Plötzlich hört der Wald auf. Sie haben die Hochfläche erreicht. Karges Acker- und Weideland, so weit das Auge reicht. Auf einer flachen Kuppe machen sie Rast. Er schaut zurück und ist überrascht, wie weit sich das Land vor seinem Blick ausbreitet. Wo liegt Hohenentringen? Er traut sich nicht zu fragen.

Sie setzen sich ins Gras und jeder bekommt ein Stück Brot und eine Scheibe Speck.

»Die Pferde sollen sich ein wenig ausruhen. Wir haben noch einen langen Ritt vor uns«, sagt der Herold.

's Jergle ist hungrig und langt jetzt richtig zu.

»Ja, stärk dich, heute brauchst du noch Kraft«, sagt der Freiburger zu ihm. Die anderen grinsen. Sie sind nicht unfreundlich, aber etwas wortkarg.

»Bist noch nie so weit von daheim weggewesen?«, fragt der Freiburger.

»Nein.«

»Ich weiß noch gut, wie es bei mir war. Das ist jetzt gerade zehn Jahre her. Ich wär am liebsten umgekehrt.«

»Musstest du auch nach Innsbruck?«

»Ja, freilich, Freiburg, Rottenburg, Innsbruck – das ist ja alles österreichisch und gehört zusammen. Und mein Vater wollte halt, dass ich an einen recht vornehmen Hof komm. Und der Hof in Rottenburg ist halt recht klein.«

»Da hätte mich mein Vater nie hingeschickt, auch wenn dort der Kaiser wäre. Er sagt, man muss weit von daheim weg, wenn man etwas werden will.«

Der Freiburger nickt. So hatte wohl auch sein Vater gesprochen.

»Du heißt Jörg, hab ich gehört. Ich heiße Friedhelm, du kannst Frieder zu mir sagen.«

Das freut ihn. Jetzt hat er endlich einen, den er ansprechen kann. Und er hat doch so viele Fragen.

Es geht über die Alb nach Südosten. Lange flache Anhöhen mit weitem Blick, Buchenwälder, dazwischen steiniges Ackerland, da und dort eine Schafherde auf der Wacholderheide, kleine Dörfer, die sie alle umreiten – stundenlang dasselbe Bild.

»Wie weit ist es noch?«, traut sich 's Jergle schließlich zu fragen.

»Bis kurz vor Sonnenuntergang«, heißt es, und dabei steht die Sonne noch recht hoch.

Im Ehinger Franziskanerkloster geht es ihm nicht anders als in Urach. Vor Müdigkeit kann er nur wenige Bissen zu sich nehmen, und kaum hat er sich hingelegt, fällt er in einen tiefen Schlaf. In dieser Nacht wacht er nicht auf.

An den nächsten beiden Tagen geht es von Ehingen über Biberach nach Weingarten. Sie reiten langsam. Die Pferde sollen geschont werden, damit sie den Arlberg gut schaffen, sagt der Herold.

»Am Arlberg geht's hoch hinauf, ein paarmal so hoch wie auf die Alb«, erklärt Frieder.

Das übersteigt Jergles Fantasie. Erst als der Bodensee in klarem Herbstwetter vor ihnen liegt und er dahinter die Berge des Appenzeller Lands mit ihren schneebedeckten Gipfeln sieht, bekommt er eine Ahnung von dem Gebirge, das sie durchqueren müssen.

»Da liegt ja Schnee«, sagt er ganz erstaunt.

»Ja, immer – ewiger Schnee, so kalt ist es auf den hohen Bergen«, sagt man ihm.

Aber zunächst geht es nach Bregenz hinunter, wo sie bei den Zisterziensern im Kloster Mehrerau übernachten und gut bewirtet werden.

Bei ihrem Aufbruch verhüllt der Morgennebel See und Berge. Erst gegen Mittag dringt die Sonne durch, und der Blick wird frei auf die heitere Ebene des Rheintals. Breit ist der Weg und bequem. Aber die Berge, die sich auf beiden Seiten auftürmen, bedrücken Jergle. Er ist so angespannt, dass er den bequemen Ritt gar nicht genießen kann. Wie kommt man über solche Berge, auf denen Schnee liegt? Er ist doch noch nie durch hohen Schnee geritten.

»Wie hoch liegt der Schnee?«, fragt er schließlich.

»Wo?«

»Auf dem Berg, über den wir müssen.«

»Wir müssen über keinen Berg.«

Als er das hört, macht er so ein dummes Gesicht, dass Frieder lachen muss.

»Wir reiten zwischen den hohen Bergen durch. Da gibt es einen Pass. Wirst schon sehen.«

»Aber müssen wir nicht über den Arlberg?«

»Doch. Aber der Arlberg ist kein Berg. Das ist ein Pass, ein langer steiler Weg. Wirst schon sehen.«

Was 's Jergle beruhigt, ist mehr Frieders Tonfall als das, was er sagt. Wie soll er sich einen langen steilen Weg vorstellen, der ein paarmal so lang ist wie der Aufstieg auf die Alb? Er ist gespannt.

Als sie in Feldkirch bei den Dominikanermönchen untergekommen sind, klopft ihm der Herold ermutigend auf die Schulter und sagt: »Jetzt hast du die erste Hälfte geschafft. Noch mal sechs Tage, und wir sind in Innsbruck. Dort darfst du dich dann erst einmal richtig ausruhen.«

Nach dem bequemen Tagesritt ist er nicht mehr so müde und genießt die Mahlzeit, die ihnen die Mönche vorsetzen: Rübensuppe, Brot und ein Stück Fleisch.

In dieser Nacht schlafen alle Knappen in einer Kammer. Die älteren beiden haben sich vom Wein reichlich nachschenken lassen und schnarchen. 's Jergle liegt neben Frieder und fasst nun endlich Mut, ihn auszufragen.

»Gefällt es dir in Innsbruck?«

»Ja. Schon. Man muss halt viel lernen.«

»Was denn?«

»Reiten, schwimmen, fechten, mit der Armbrust schießen, ein Stück Wild zerlegen, solche Sachen halt.«

»Da freu ich mich drauf.«

»Ja, das macht Spaß. Aber du musst auch die Herrschaft bei Tisch bedienen, und das ist nicht so leicht, und wenn du beim Ankleiden helfen musst, da musst du ganz schön aufpassen, dass du nichts falsch machst. Die höfischen Sitten, die sind gar nicht so einfach.«

»Warst du schon einmal mit auf der Jagd?«

»Ja, schon oft. Und eine Gebirgsjagd ist etwas anderes als im Schwarzwald oder dort, wo du herkommst.«

Diese Aussicht begeistert ’s Jergle. Vielleicht erlebt er in Innsbruck alles, wovon er geträumt hat.

»Hat die Herzogin auch einen Falken?«, fragt er ganz aufgeregt.

»Die Herzogin ist vor drei Jahren gestorben. Ich glaube nicht, dass sie je einen Falken hatte. Aber es gibt einen Falkner am Hof, der Raubvögel abrichtet.«

»Auch Falken?«

»Auch Falken. Warum willst du das wissen?«

Da erzählt ihm ’s Jergle von dem Bild und was er darüber gehört hat: »Früher sind vornehme Frauen mit Falken auf die Jagd geritten. Das hat mir ein Sänger berichtet.«

»Kann schon sein. Aber ich habe noch nie eine Frau auf der Jagd gesehen. Ich glaube, die Frauen bleiben lieber im Schloss und sticken oder so – kannst du eigentlich lesen?«

»Ja. Meine Mutter hat sogar gesagt, dass ich gut lesen kann.«

»Und auch schreiben?«

Er nickt stolz.

»Dann hast du es leichter als ich. Das hab ich alles erst in Innsbruck lernen müssen, neben allem anderen.«

»Von wem?«

»Von einem Kaplan.«

’s Jergle schließt zufrieden die Augen. Dass er schon etwas kann, was manch einer am Hof erst lernen muss, macht ihm Mut. Demgegenüber ist die Enttäuschung, dass es keine Königin gibt, die er auf die Beizjagd begleiten kann, nicht so groß.

Hinter Bludenz begegnen ihnen immer wieder ganze Gruppen von Reitern, die Packpferde und Maulesel mit sich führen. Man sieht schon auf große Entfernung, wie sie das Klostertal herunterkommen. Und jedes Mal hofft's Jergle, dass sie nicht so hoch hinaufreiten müssen wie die herunterkommen, aber immer führt ihr Weg gerade dort hinauf.

Als am Horizont die Spitze der Valluga emporragt, sagt Frieder: »Brauchst keine Angst zu haben, an dem Berg reiten wir nur vorbei.«

Das Bergpanorama wird immer gewaltiger. 's Jergle würde am liebsten anhalten und sich sattsehen. Er kann nicht verstehen, warum die anderen kaum einen Blick dafür übrig haben und stur voranreiten. So muss er ständig auf den schmalen Saumpfad sehen und auf Frieder achten, der sein Vordermann ist. Über eine lange Strecke sieht er nichts als Maltes Kopf, das Hinterteil von Frieders Pferd und den schlechten, steinigen Saumpfad, der endlose Kehren macht. Langsam und stetig kommen sie voran.

Auf einmal verzweigt sich der Pfad und ist nicht mehr ganz so steil. Die Pferde laufen etwas schneller. Und wie 's Jergle nun an Frieder und den anderen vorbeischauen kann, erblickt er eine große Hütte, vor der mehrere Pferde angebunden sind: ihr Tagesziel, die Saumstation.

Hier wird man nicht so freundlich aufgenommen wie in den Klöstern. Jeder muss sich selbst um sein Tier kümmern. Die Kost ist karg, das Strohlager unbequem, über zwanzig Männer schlafen in einem Raum. Die ganze Nacht pfeift der Wind durch die Ritzen der Bretterwand und es ist kalt.

Kaum aufgewacht, tritt 's Jergle ins Freie hinaus und ist von dem Ausblick überwältigt. Die Bergwiesen liegen unter einer Reifschicht, die Geröllfelder weiter oben unter Neuschnee. Er fröstelt, aber er spürt es kaum, so fasziniert ihn die Aussicht auf die Bergketten.

Hinter ihm tritt der Herold aus der Hütte und schaut sich prüfend um. Vor allem betrachtet er den westlichen Himmel, wo sich am Horizont Schäfchenwolken zeigen. Er drängt zum Aufbruch. »Das Wetter sieht nicht gut aus«, bemerkt er mit besorgtem Gesicht.

Sie steigen auf.

»Jetzt geht es den Arlberg hoch«, sagt Frieder. »Es ist besser, du reitest heute vor mir, dann kann ich auf dich aufpassen.«

's Jergle schaut ihn verdutzt an.

»Wenn wir in den Wolken sind«, fügt Frieder erklärend hinzu.

Nebel hat 's Jergle im Schönbuch oft erlebt, aber in den Wolken war er noch nie. Da wird ihm bange. Am Vormittag verläuft der Ritt wie am Tag zuvor, nur scheinen die entgegenkommenden Reiter und Wanderer fast aus dem Himmel herunterzukommen, so steil steigt der Pfad an.

Sie reiten gegen die Sonne, die wohltut. Bis um die Mittagszeit wird es immer wärmer. Aber dann fällt ihnen ganz plötzlich ein kalter Westwind in den Rücken, dessen Böen so laut sind, dass sie sich kaum verständigen können. Es wird schlagartig kälter. Sie halten kurz an. Vom Tal zieht eine Wolkenwand herauf.

»Also, dicht beieinanderbleiben. Keiner darf seinen Vordermann aus den Augen verlieren«, befiehlt der Herold.

Kaum haben sie sich wieder in Bewegung gesetzt, sind sie in den Wolken. In Serpentinen geht es steil hinauf. Wie weit, wie lange, wohin? Schon nach wenigen Kehren vergisst 's Jergle seine Fragen, weil er zu tun hat, wenn er seinen Vordermann nicht im Nebel verlieren will. Er ist froh, als sich der Nebel bald wieder auflöst. Die Bergspitzen liegen nun in den Wolken, es fängt an zu regnen. Kein Schutz weit und breit. Sie werden nass bis auf die Haut.

Auf der Passhöhe reiten sie durch knöcheltiefen Neuschnee. Die Wolken reißen da und dort auf, und weiter voraus, unter ihnen, erblicken sie St. Anton, das schon wieder im Grünen liegt.

Dass man nun den Zielort sehen kann, gibt Jergle Auftrieb, was ihm bei dem schwierigen Ritt abwärts hilft. Sie kommen früher im Quartier an als all die Tage zuvor, sind aber samt ihren Pferden viel erschöpfter.

»Jetzt hast du die schwierigste Strecke hinter dir. Jetzt geht es nur noch drei Tage abwärts, und du wirst sehen, es ist eine schöne Strecke«, sagt der Herold und klopft Jergle anerkennend auf die Schulter.

Dreizehn Tage, nachdem er Hohenentringen hinter sich lassen musste, kommt er in Innsbruck an, das für die nächsten Jahre seine Heimat sein wird.

11.

Innsbruck 1435–1451

Nach dem letzten langen Tagesritt den Inn entlang ist Jörg so erschöpft, dass er bis zum Mittag schläft. Schon beim Abendessen sind ihm fast die Augen zugefallen, und er hat kaum noch wahrgenommen, wo man ihn zum Schlafen hingebracht hat. So findet er sich nicht gleich zurecht, als er in einer Kammer aufwacht, die gut dreimal so groß ist wie die Bubenkammer auf Hohenentringen. Durch ein Fenster hoch in der Wand fällt ein Sonnenstrahl herein und beleuchtet zwei verlassene Lagerstätten, jede größer als das Bubenbett zu Hause. Er ist allein.

Am Fußende findet er seine Kleider und schlüpft hinein. Er horcht. Schritte auf knarrenden Dielen und Gesprächsfetzen in dem rauen Dialekt, den er kaum versteht. Am liebsten würde er sich wieder hinlegen und weiterschlafen. Aber er hat Hunger.

Er öffnet die schwere Bohlentür, die in den Angeln quietscht, und tritt auf einen dunklen Gang hinaus, an dessen Ende er eine Wendeltreppe sieht. An die kann er sich schwach erinnern. Von der Treppe fällt sein Blick durch ein schießschartenartiges Fenster in den Burghof. Er muss auf der Höhe des ersten Stockwerks sein. Er geht hinunter und tritt direkt in den Speisesaal, wo er schon am Vorabend gewesen ist.

Zwei Frauen kommen aus der Küche und bringen Brotfladen und dampfende Schüsseln. »Da, setz dich«, sagt die eine freundlich zu ihm und weist ihm einen Platz an.

Aber er traut sich nicht. Noch ist niemand außer ihm da, weshalb er unsicher mitten im Raum stehen bleibt. Hinter ihm geht eine Tür, und als er sich umdreht, steht ihm ein Junge gegenüber, der ungefähr so alt ist wie er selbst. Er ist ein wenig kleiner, aber kräftiger gebaut. Er trägt eine runde, randlose Kappe aus dunkelrotem Filz, unter der sein braungelocktes Haar bis auf die Schultern fällt. Unter starken Augenbrauen schaut er Jörg mit kritischem Blick an. Breitbeinig steht er da und stemmt seine Fäuste lässig in die Hüften.

»Du bist also der neue Page«, sagt er und mustert Jörg, als sei der ein Pferd auf dem Markt.

Jörg versteht ihn nicht genau und schaut ihn verdutzt an.

»Ob du der neue Page bist«, wiederholt der Junge laut, indem er jede Silbe betont.

Jörg nickt.

»Wie heißt du?«

»Jörg von Ehingen.«

»Ehingen? Wo ist denn das?«

»In Schwaben.«

»Und wo ist das?«

»Weit weg. Wir sind über den Arlberg gekommen. Und vorher hab ich den Bodensee gesehen.«

Der Junge schaut verdutzt. Schwaben? Arlberg? Bodensee? Davon hat er noch nie etwas gehört. Aber das will er nicht zugeben.

»Wie redest du eigentlich?«, fragt er stattdessen forsch.

Jörg zuckt mit den Achseln. Was soll er sagen? So reden alle zu Hause. Etwas anderes hat er nie gehört. »Halt wie daheim«, sagt er unsicher.

»Ist Ehingen so groß wie Innsbruck?«, setzt der Junge neu an.

»Ich glaube nicht.«

Nun lächelt er verächtlich.

»Dieses Schwaben ist also kein Land wie Tirol, oder?«

»Nein.«

»Wie viele Ritter kämpfen für euch?«

»Keine. Aber die Bauern bestellen unsere Felder.«

»Pah, Bauern! Davon haben wir Tausende – ist dein Vater ein Graf?«

»Nein.«

»Was dann?«

»Ein Ritter.«

Der Junge lacht verächtlich. »Dann kannst du mein Pferd versorgen.«

Jörg weiß nicht, was er darauf sagen soll, und schweigt. Verlegen senkt er den Blick und sieht dabei, dass der Junge überlange Schuhe mit hochgebogenen Spitzen trägt, wie er sie nur beim Grafen auf der Tübinger Burg und bei Kraft von Hailfingens Hochzeit gesehen hat.

Der Junge sagt nun nichts mehr, sein Interesse an dem Unbekannten scheint erloschen.

Jetzt erst wird sich Jörg seiner schmutzigen Reisekleidung bewusst und nimmt die saubere dunkelgrüne Schecke mit weiten Ärmeln wahr, die der Junge trägt. Sie hat sogar einen Pelzbesatz.

Er ist froh, dass es auf einmal im Saal lebendig wird. Die drei Knappen kommen zur Tür herein, allen voran Frieder, der ihm freundschaftlich den Arm um die Schulter legt.

»Hast du dich ausgeruht?« Indem er Jörg immer noch seitlich an sich drückt, sagt er zu dem Jungen am Tisch: »Der war wirklich tapfer. Zwei Wochen lang ist er den ganzen Tag mit uns geritten, von morgens bis abends, ohne einen Tag Ruhe. Aber das ist ein harter Bursche. Hat die Zähne zusammengebissen und sich nichts anmerken lassen.«

Der Junge zeigt keine Reaktion.

»So einen langen Ritt habt Ihr noch nie gemacht«, setzt Frieder hinzu.

Als Jörg die Anrede »Ihr« hört, begreift er vollends, wer ihn da so unfreundlich gemustert hat. Frieder hat ihm Sigismund, den Sohn des Herzogs, schon unterwegs angekündigt, aber nur gesagt, dass er acht oder neun Jahre alt sei. »Vielleicht werdet ihr gute Freunde«, hat er sogar gemeint. Aber danach sieht es gar nicht aus.

Sigismund zuckt verächtlich mit den Achseln und verlässt den Saal.

»Komm, setz dich zu uns«, lädt Frieder Jörg ein. »Das ist Sigismund. Ist ein armer Kerl. Seine Mutter ist vor drei Jahren gestorben, und von seinem Vater hat er nie viel gesehen.«

»Und wer ist dann für ihn da?«

»Seine Großtante, der Burgkaplan und der Waffenmeister. Aber die sind für uns genauso da. Die wirst du heute noch kennenlernen.«

Dann schließt sich die Runde um den Tisch, indem sich zwei weitere Knappen und drei Pagen hinzugesellen.

»Jetzt esst schon, ihr müsst bald für die Herrschaften auftragen«, sagt eine der Frauen, die den Tisch gedeckt hat, wobei sie vor allem die Pagen anschaut.

Frieder stößt Jörg leicht mit dem Ellbogen an und sagt leise: »Das ist Edelgard, die Köchin, mit der musst du dich gutstellen.«

Während des Essens wird Jörg allen vorgestellt, und die Knappen erzählen von dem Ritt von Rottenburg nach Innsbruck. Noch ehe die Tafel aufgehoben wird, hat Jörg alle Tischgenossen kennengelernt, auch wenn er ihre Namen vielleicht noch verwechseln wird. Von der Reise her weiß er schon, dass die andern beiden Knappen Anselm und Leo heißen. Sie sind mit neunzehn Jahren die Ältesten.

Frieder, Hermann und Gebhard sind zwei Jahre jünger. Die Pagen führt Otfrid mit seinen dreizehn Jahren an, ihm folgen Notker mit elf und Magnus mit neun Jahren. Außer Frieder und Jörg reden alle denselben Dialekt, und Jörg hat Mühe, ihren Gesprächen zu folgen.

Gleich nach dem Essen führt Frieder ihn durch die Burg und zeigt ihm, wo die Waffenkammer liegt, aber auch die Burgkapelle und die Kemenate.

»Hier kommst du nur hinein, wenn du gerufen wirst«, sagt er vor der Kemenatentür.

»Was muss ich denn da drin tun?«

»Wenn du gut lesen kannst, bist du hier gefragt. Die Frauen lassen sich gerne unterhalten. Hast du nicht gesagt, dass du gut lesen kannst?«

»Ja, aber vorlesen? Ich weiß nicht.«

»Streng dich damit an, dann geht es dir gut«, rät ihm Frieder.

Jörg will vor allem den Pferdestall sehen und seinen Maltes besuchen. Sobald er den scharfen Stallgeruch in der Nase hat, verliert er seine Befangenheit und bewegt sich frei und ungezwungen. Er sieht, dass Maltes zwar gut versorgt ist, seine Box aber ausgemistet werden muss. Sofort greift er nach der Schaufel und macht sich ans Werk.

»Wo hast du so zupacken gelernt?«, fragt ihn der Stallmeister, der ihn still beobachtet hat.

»Daheim, beim Veit, unserem Pferdeknecht. Da hab ich oft geholfen«, sagt Jörg selbstbewusst.

»Du hast ein schönes Pferd mitgebracht.«

»Ja, Maltes heißt er und hat mich von daheim bis hierher getragen.«

»Das ist der neue Page, Jörg von Ehingen, und das ist Heinrich, der Stallmeister«, macht Frieder die beiden miteinander bekannt.

»Das freut mich«, sagt der Stallmeister. »Dann mach mal weiter.« Damit lässt er die beiden allein.

»Ich glaube, bei dem hast du schon gewonnen«, bemerkt Frieder. »Heinrich hat mit manchem, der sich im Stall dumm anstellt, seine liebe Not. Dem gefällt's, wenn einer am ersten Tag gleich Hand anlegt.«

»Und wo sind die Falken?«, fragt Jörg, als er fertig ist.

»Die zeig ich dir gleich.«

Aber dazu kommt es nicht. Der Page Magnus kommt atemlos angerannt und meldet, dass die Herrin nach Jörg gefragt hat und im Saal auf ihn wartet.

»Wer ist die Herrin?«

»Hedwig von Sachsen, eine Großtante des Herzogs. Man spricht sie einfach mit Herrin an. Und jetzt geh schnell. Sie wartet nicht gerne.«

Magnus eilt voraus, bleibt vor der Saaltür stehen und sagt: »Geh nur hinein.«

Gespannt auf die Herrin, die in den nächsten Jahren seine Mutter ersetzen wird, betritt er den Saal. An einem Fenster dreht ihm eine Frauengestalt den Rücken zu.

»Ich habe dich kommen sehen«, sagt sie mit wohlklingender Stimme, wobei sie sich ihm zuwendet. Sie trägt ein dunkelgrünes Samtkleid mit goldenen Bordüren, das fast bis unters Kinn geschlossen ist, so fein, wie es Jörg nur auf der Hailfinger-Hochzeit gesehen hat. Der Schleier, der ihr von einem weißen Doppelhennin auf Schultern und Rücken fällt, umhüllt ein rundes, fast faltenloses Gesicht mit roten Wangen und einem leichten Doppelkinn. Ihre Stirn ist glatt, nur an den Augenwinkeln zeigen sich Lachfalten, die dem Gesicht einen freundlichen Ausdruck verleihen. Unter einer Großtante hat sich Jörg eine ältere Dame vorgestellt, aber die Frau, die vor ihm steht, scheint nicht viel älter als seine Mutter zu sein. Das nimmt ihm etwas von seiner Anspannung, obwohl ihre vornehme Eleganz ihn gehörig einschüchtert.

Sie musterte Jörg von oben bis unten. Ihr voller Mund und ihre Augen lächeln.

»Jörg von Ehingen, unser neuer Page. Gut, gut.«

Sie streckt ihm ihre Hand entgegen, die er sofort drücken will. Aber geschickt fasst sie ihn am Handgelenk, schaut seine

Fingernägel an, dann seine Handflächen und sagt schließlich in aller Freundlichkeit: »Du bist ein hübscher Junge. Aber du bist schmutzig und riechst wie ein verschwitztes Ross. Wir werden dich erst einmal baden müssen. Komm.«

Er folgt ihr in ein Zimmer neben der Küche, in dem ein großer Holzzuber steht.

»Zieh dich aus«, befiehlt sie.

Jörg hat sich im Leben noch nie vor fremden Leuten ausgezogen. In der Hoffnung, dass man ihn jetzt allein lässt, streift er sich ganz langsam das Hemd über den Kopf. Da geht die Tür auf und eine junge Küchenmagd bringt einen Eimer warmes Wasser herein. Jörg erstarrt.

»Jetzt zieh dich doch aus. Wir haben nicht den ganzen Tag Zeit«, drängt ihn die Herrin.

Er dreht ihr den Rücken zu und legt seine Unterkleider ab.

»Komm, jetzt hab dich nicht so. Du glaubst doch nicht, ich hätte noch nie einen nackten Jungen von vorn gesehen.« Dabei lacht sie.

Und schon wieder kommt die Küchenmagd mit dem Eimer herein, dann noch zweimal, bis der Zuber voll ist. Jörg versucht jedes Mal, ihr den Rücken zuzudrehen, und hört, wie sie leise kichert.

»So, und nun hinein mit dir. Wenn du sauber bist, kommst du dann zu mir«, weist ihn die Herrin an und geht.

Da sitzt er nun im Zuber und könnte das warme Bad genießen. Aber er blickt sich unsicher nach etwas um, womit er sich bedecken könnte, falls jemand hereinkommt. Und schon wieder geht die Tür auf. Eine junge Magd erscheint, bückt sich flink und rafft seine Kleider zusammen.

»Halt, das sind meine …«

»Gewesen«, fällt sie ihm ins Wort. »Die kommen jetzt weg. Ins Feuer mit ihnen!«

Und schon ist sie wieder draußen. Halb verwirrt, halb verzweifelt sitzt er im warmen Wasser und kann sich nicht vorstellen, wie er Kleider bekommt, ohne nackt an diesen Mädchen vorbeigehen zu müssen.

Da erschallt draußen im Gang fröhliches Lachen, die Tür springt auf und herein kommen zwei junge vollbusige Mägde mit Schwamm, Bürste und Seife.

»So, junger Mann«, sagt die eine. »Jetzt stehen wir mal auf und lassen uns abseifen.«

Jörg steht auf, zieht verschämt die Schultern hoch, kneift die Pobacken zusammen und bedeckt sein Geschlecht mit beiden Händen. Lautes Gelächter.

»Erst mal den Rücken, dann die Brust und den Bauch«, sagt die andere beruhigend langsam, fasst ihn aber energisch an der Schulter und dreht ihn so, wie sie ihn haben will. Als sie ihm mit dem Schwamm den Rücken abgewaschen hat, nimmt sie ihn am Handgelenk und hebt seinen Arm hoch. Jörg leistet halbherzigen Widerstand.

»Jetzt stell dich nicht so an. Sonst kommen wir doch gar nicht unter die Achseln. – Gut, erst die eine Seite, dann die andere Seite. Brav, brav. Du bist doch ein guter Junge.« Dann drückt sie ihm den Schwamm in die Hand und sagt fröhlich: »Und dein Ärschlein und das hübsche Ding da vorne darfst du selber saubermachen.«

Da wird er ganz rot im Gesicht, was die beiden Mädchen amüsiert. Sie lachen, als hätte jemand eine lustige Geschichte erzählt.

»So, und jetzt darfst du dich hinsetzen.«

Sie bürsten seine Hände, waschen ihm den Kopf und schneiden sein Haar, sodass es nur bis zu den Ohrläppchen reicht. Dann holt die eine noch einen Eimer lauwarmes Wasser.

»Und nun musst du wieder aufstehen, damit wir dich sauberspülen können«, sagt sie. »Sonst haben wir das ganze Dreckwasser im Handtuch.«

Da steht er auf und bedeckt sich nicht mehr. Er will nicht wieder ausgelacht werden.

»Und? War das schlimm?«, fragt die eine mit freundlichem Lächeln und reicht ihm ein großes weiches Tuch, mit dem er sich abtrocknen darf.

»Und was soll ich jetzt anziehen?«

»Die Herrin wartet auf dich in der Kleiderkammer.«

Er schaut sie fragend an.

»Ja, bis in die Kleiderkammer darfst du das Tuch mitnehmen«, sagt sie zu seiner Erleichterung. »Komm, ich bring dich hin.«

Jörg hüllt sich in das Tuch, hält es verkrampft mit beiden Händen fest und folgt ihr mit zwei Schritten Abstand in den kühlen Gang hinaus. Ausgerechnet auf der Treppe zum Obergeschoss kommt ihm Sigismund entgegen, der die Situation sofort erfasst. Er tut, als wollte er an Jörg vorbeigehen, ohne ihn eines Blickes zu würdigen, und stellt ihm im Vorbeigehen einen Fuß. Jörg strauchelt und lässt mit einer Hand das Tuch los, um sich am Geländer festzuhalten. Da reißt ihm Sigismund das Tuch aus der Hand und rennt hämisch lachend die Treppe hinunter.

Die Magd dreht sich um. Zornesfalten treten zwischen ihre Augenbrauen.

»Dieser gemeine Kerl«, zischt sie leise. »Komm, schnell weiter. Ich schau auch weg.«

»Warum macht er so was?«, fragt Jörg bestürzt.

»Das weiß der liebe Himmel. Ich glaube, der ist halt so.«

Als Jörg nackt die Kleiderkammer betritt, zieht die Herrin verwundert lächelnd die Augenbrauen hoch.

»Na so was! So schnell genierst du dich nicht mehr?«

Ehe er die richtigen Worte gefunden hat, hat seine Begleiterin den ärgerlichen Vorfall berichtet. Die Herrin sagt nichts darauf, sie seufzt nur. Aber ihre Augen verengen sich, und sie zieht ihre Mundwinkel leicht hinunter. Stumm schüttelt sie den Kopf.

Dann mustert sie Jörg von oben bis unten, und er weiß nicht, wo er hinsehen soll.

»Jetzt gefällst du mir schon besser. Und du riechst jetzt auch gut«, sagt sie lächelnd und reicht ihm ein paar silbergraue Beinlinge und einen blauen Hosenlatz mit Gürtel.

»Schlüpf schnell hinein, dann sehen wir weiter.«

Bis zum Nabel bekleidet, fühlt er sich gleich besser. Er spürt den feinen Stoff an seinen Beinen, und das Hemd, das er gereicht bekommt, ist nicht so rau wie sein altes. Als er auch noch die dunkelblaue Schecke angezogen hat und an sich hinuntersieht, kennt er sich fast nicht mehr. Besonders freut er sich über die sich vorne verbreiternden Kuhmaulschuhe, die in elegantem Schwarz glänzen. Aber er bleibt steif stehen, schaut mit ausgebreiteten Armen an sich hinunter und weiß nicht gleich, wie er sich in dieser ungewohnten Montur bewegen soll.

»So, jetzt geh mal hin und her, genauso wie du immer gegangen bist. Denk nicht daran, dass du etwas Neues anhast, sonst stolperst du noch über deine eigenen Füße.«

Er probiert es, auch wenn es ihm schwer fällt. Nach den ersten paar Schritten zieht er angespannt die Brauen hoch und wirft ihr einen schüchternen Blick zu. Aber als er ihr gutmütiges Lächeln wahrnimmt, wird er sicherer. Eine ganze Weile lässt sie ihn quer durch das große Zimmer gehen, immer wieder hin und her. Als er sich schon fragt, wie lange das so gehen soll, sagt sie endlich: »Gut so. Das ist alles für heute. Schau dich bis zum Abend in der Burg um, damit du auch weißt, wo du jetzt bist.«

Und das ist genau das, was er tun möchte. Sofort steigt er auf den Wehrgang und geht um die ganze Burg herum. Er sieht den breiten Fluss mit seinem türkisfarbenen Wasser, er sieht das weite Tal und die hohen Berge, die es umgeben. Er ist von dem Ausblick überwältigt. Und doch ist ihm diese Weite unheimlich. Daheim auf Hohenentringen schien alles viel näher zu liegen, selbst die Schwarzwaldhöhen im

Westen. Die Landschaft, die seine Heimat war, hatte etwas Beschauliches und Behagliches an sich. Aber in dieser Weite hier, die ihm fremd und wild vorkommt, fühlt er sich auf einmal verloren und sehnt sich nach Hause zurück. Und die Bosheit, die er heute schon von Sigismund erfahren musste, macht ihm Angst. Wie soll das weitergehen?

Wie gelähmt steht er allein auf der Mauer, starrt ziellos ins Tal hinaus und spürt wieder den Kloß im Hals, der immer härter drückt und sich nicht hinunterschlucken lässt. Als schließlich Tränen seinen Blick trüben, geht er hinunter in die Kammer, wo er geschlafen hat, und legt sich auf sein Lager. Dort bleibt er allein, bis es Zeit für das Abendbrot ist und man ihn sucht.

Am nächsten Tag hat er das erste Mal Unterricht. In dem Saal, in den man ihn schickt, bietet sich ihm eine vertraute Szene. An einem großen viereckigen Eichentisch unter einem Fenster sitzt eine Schülergruppe: die drei Pagen, die Knappen Hermann und Gerhard und des Herzogs Sohn, Sigismund. Alle haben ihr Wachstäfelchen vor sich und schauen, dankbar für die Unterbrechung, von ihren Übungen auf. Nur Sigismund wirft ihm einen geringschätzigen Blick zu.

Am Tisch steht ein kleiner, hagerer Mönch in brauner Kutte. Er macht drei Schritte auf Jörg zu, schaut ihn mit gütigen Augen an und drückt ihm fest die Hand.

»Willkommen, mein Sohn. Ich bin Pater Vinzenz. Hier setz dich her. Man hat mir gesagt, du könnest schon schreiben.«

Damit reicht er Jörg ein Wachstäfelchen mit Griffel und fordert ihn auf, seinen Namen und Heimatort aufzuschreiben. Das hat Jörg schon so oft geschrieben, dass es ihm flott von der Hand geht. Pater Vinzenz nickt anerkennend.

»Gut. Wer hat dich schreiben gelehrt?«

»Meine Mutter. Und lesen auch.«

»Schön. Dann lies das hier vor.«

Mit diesen Worten reicht er ihm ein beschriftetes Pergament. Jörg liest langsam, bleibt aber trotzdem hängen, auch weil er den Text nicht versteht.

»Hast du verstanden, was du vorgelesen hast?«

»Nein.«

»Du solltest es auch nur lesen, nicht verstehen. Und dafür hast du gut gelesen«, sagt der Pater schmunzelnd. »Jetzt nimm dein Täfelchen und schreib es ab.«

Ohne auch nur einmal aufzusehen, kratzt Jörg einen Buchstaben nach dem anderen ins Wachs, seufzt dann erleichtert auf und gibt dem Pater sein Werk zu lesen.

»Sehr gut, wirklich. Ich glaube fast, du solltest schon mit der Feder schreiben.«

Jörg strahlt vor Freude.

»Aber für heute bleibt es noch bei der Wachstafel. Gut, machen wir alle zusammen weiter.«

Er geht herum, lobt, kritisiert, lässt den einen und anderen ein Wort noch einmal abschreiben und sagt dann: »Und nun diktiere ich euch noch ein paar Wörter.«

Jörg, der darauf gefasst ist, wie bei seiner Mutter Heiliger Geist, Dreieinigkeit, ewiges Leben und dergleichen schreiben zu müssen, ist angenehm überrascht, weil es hier um ganz andere Wörter geht: Höfischkeit, Herrschaft, Dienstbarkeit, Lehenspflicht, Turnier, Tjost, Zweikampf. Er merkt, dass in dieser Schule ein anderer Wind weht.

Bereits am nächsten Tag gibt ihm Pater Vinzenz ein altes Stück Pergament, von dem offensichtlich ein Text abgekratzt worden ist. Darauf soll er mit der Feder schreiben. Er soll einen kurzen lateinischen Text abschreiben, sodass ihm nichts bleibt, als genau hinzusehen und Buchstabe um Buchstabe zu übertragen. Er schreibt zwar keine falschen Buchstaben hin, aber die Tücke der Feder macht ihm zu schaffen. Mal hat er zu viel Tinte im Federkiel und macht Kleckse, mal zu wenig, und die Feder spreizt sich nur und kratzt über das Pergament, weil er zu stark aufdrückt.

»Ja, das braucht lange Übung«, sagt der Pater weise und gibt ihm jeden Tag eine kleine Aufgabe zum Üben. Dass Jörg etwas machen darf, woran sie noch lange nicht denken können, ist den anderen gleichgültig. Geduldig schreiben sie nach wie vor auf Wachstäfelchen. Nur Sigismund, der von Pater Vinzenz am meisten kritisiert wird, beobachtet ihn eifersüchtig aus dem Augenwinkel.

»Pass auf, dass der Sigismund dir nicht wieder eins auswischt. Der kann's nicht haben, wenn einer besser ist als er«, warnt ihn Otfrid.

Verwundert schaut Jörg ihn an.

»Woher weißt du, dass …« Er weiß nicht, wie er sich ausdrücken soll.

»So was erfährt man schnell. Die Wände hier haben Ohren«, erklärt der lachend.

Jeden Nachmittag unterstehen die Pagen dem Waffenmeister Hubertus. Als Jörg das erste Mal seinen Dienst in der Waffenkammer antritt, steht der Meister breitbeinig unter der offenen Tür. Er ist ungefähr so alt wie Jörgs Vater, aber nicht so groß und dick, sondern ein breitschultriger Kämpfer mit starken Armen, dessen schwarz-gelbe Schecke Jörg an den Schild seiner Familie erinnert. Sein hartes Gesicht mit den hohen Jochbeinen und leicht eingefallenen Wangen macht Jörg Angst. Die Pagen bleiben wortlos vor ihm stehen. Der Waffenmeister zieht die Stirn kraus und schiebt die Unterlippe vor, als würde er nachdenken, und sagt dann tonlos: »Du bist also der Neue.«

Er tritt auf die Seite und befiehlt den Pagen mit einer Handbewegung, in die Waffenkammer einzutreten. Er deutet auf ein paar Lappen, die auf dem Boden liegen, und sagt: »Harnische polieren.« Dann verschwindet er.

Otfrid und Magnus werfen sich vielsagende Blicke zu, und Notker raunt ihm zu: »Streng dich ja an.«

Die Waffenkammer ist größer als der Saal auf Hohenentringen und übervoll. Jörg würde sich am liebsten darin umsehen. Doch als sich seine drei Kameraden sofort ans Werk machen, greift auch er nach einem Lappen und versucht, einen Brustharnisch blank zu bekommen. Die ungewohnte Arbeit ist sehr ermüdend.

»Achte ja auf die Schulterstücke und Armschienen. Da ist er besonders kritisch«, rät ihm Notker.

Sie polieren und polieren, ohne zu reden. Ab und zu hört man ein Seufzen und Stöhnen und das Schlagen von Metall auf Metall. Der Nachmittag scheint nicht enden zu wollen. Als Jörg den Lappen kaum mehr halten kann, kommt Meister Hubertus endlich zurück.

Wortlos geht er zuerst auf Jörg zu. Der hält gespannt die Luft an, als seine Arbeit geprüft wird, und atmet erleichtert auf, als endlich die anderen drankommen.

Meister Hubertus dreht die Armschienen, die Otfrid poliert hat, in seinen Händen herum, lässt sie plötzlich fallen und verpasst ihm eine schallende Ohrfeige.

»Kein Glanz! Und so einer will nächstes Jahr Knappe werden. Du polierst die Armschiene so lange, bis sie glänzt. Und zwar jetzt. Und ihr könnt gehen.«

Obwohl die drei Pagen Otfrid nur ungern allein lassen, machen sie sich sofort aus dem Staub.

»Und morgen, was ihr heute nicht geschafft habt«, ruft ihnen der Waffenmeister so unfreundlich nach, als hätten sie den Nachmittag vertrödelt.

Wären alle Lehrer so unfreundlich wie Meister Hubertus, könnten die Pagen ihre Lehrzeit kaum ertragen. Aber seine barsche Strenge findet ihr Gegengewicht in der fürsorglichen Zuwendung, die Bernhard, der Falkner und Jäger, die Buben fühlen lässt. Und auch Hedwig von Sachsen, die Herrin, behandelt sie mit humorvollem Verständnis.

Bernhard ist ein kleiner, drahtiger Mann mit schmalem Gesicht und schütterem roten Bart, der leise und wenig redet, ohne wortkarg zu sein. Er bringt den Pagen bei, wie man die Hundemeute versorgt und richtig einsetzt, er unterweist sie im Umgang mit den Greifvögeln, den Falken und vor allem dem Steinadler, und nimmt sie manchmal mit ins Hochgebirge, wenn er den Auftrag hat, eine Gams oder ein Hirschkalb für die Küche zu schießen. Auf eine solche Jagd nimmt er immer nur einen Pagen mit – und seinen Lieblingshund, eine weißbraune Bracke, die Jörg an seinen Merlin erinnert.

Langsam, stetig Schritt für Schritt, steigen sie steile Hänge hinauf, bis Innsbruck und der Fluss weit unter ihnen liegen. Jörg hat oft Mühe, mit Bernhard Schritt zu halten, und ist froh, wenn sie endlich dort angekommen sind, wo der Jäger zum Schuss zu kommen hofft. Jörg darf die Armbrust spannen und den Bolzen auflegen. Und dann warten sie oft stundenlang, bis das Wild sich zeigt.

Bernhards Zielsicherheit fasziniert Jörg immer wieder, seine ruhige Art, wie er anlegt, kurz den Atem anhält und den Bolzen über unglaubliche Entfernungen hinweg genau ins Herz des Tieres schießt. Es fällt tot um oder macht nur noch ein paar unsichere Sprünge durch das steile Gelände, ehe es zusammenbricht.

Jörg darf beim Aufbrechen des Wilds mit anfassen. Endlich kann er sich selbst einmal an der Kunst versuchen, die er so oft auf dem heimischen Schlosshof beobachtet hat. Bernhard gefällt es, wie geschickt er sich anstellt, und zeigt ihm zum Beispiel, wie wenige Schnitte es braucht, damit das Gekröse aus einem aufgebrochenen Reh oder Hirschkalb herausfällt, oder wie man es vermeidet, dass Gallensaft den

Geschmack der Leber verdirbt. Und oft, wenn das Gelände sehr schwierig ist, zerlegen sie zusammen die Jagdbeute, um sie leichter ins Tal tragen zu können.

Im Lauf der Jahre wird Jörg im Umgang mit erlegtem Wild immer geschickter, was ihn auch auf seine Pflicht als Vorschneider bei Tisch vorbereitet. Bernhard bringt ihm auch das Armbrustschießen bei und erlaubt ihm, als er schon etwas größer ist, ein Reh zu schießen. Über diese besondere Erlaubnis reden sie aber nicht, um unter den Pagen keinen Neid aufkommen zu lassen. Denn nicht jedem würde Bernhard seine Armbrust in die Hand drücken.

»Jagt Ihr denn nur im Hochgebirge?«, erkundigt sich Jörg eines Tages.

»Der alte Herzog hat früher manchmal Hetzjagden in den Wäldern des Inntals veranstaltet. Jetzt mag er nicht mehr dem Wild hinterherhetzen. Und ich bin froh darum. Hetzjagden sind meine Sache nicht.«

Was Jörgs Herz besonders hoch schlagen lässt, ist die Falknerei. In einer abgeteilten Ecke des Burggrabens sitzen der Steinadler und zwei Falken auf ihren Pflöcken, wertvolle Vögel, mit denen eigentlich nur Herzog Friedrich jagen darf. Doch da er meistens außer Haus ist, hat er so wenig Zeit zum Jagen, dass Bernhard mit den Greifvögeln jagen muss, um sie in Übung zu halten. Und ein Tag, an dem Jörg mit zur Beizjagd gehen darf, überstrahlt für ihn eine ganze harte Woche unter Meister Hubertus' Knute.

Als er das erste Mal den Falken auf der Hand halten und ihm die Kappe abnehmen darf, steht ihm vor Freude fast das Herz still. Und die erste Jagd mit dem Steinadler, der sich fast lautlos vom Handschuh des Falkners löst, mit wenigen Schwingenschlägen hinabsegelt und einen Fuchs greift, wird er sein Lebtag nicht vergessen.

Aber seine große Liebe gilt doch den beiden Falken, die er ab und zu füttern darf. Dann steht er verträumt vor den

Vögeln und stellt sich vor, wie er, eine hohe Frau auf die Beizjagd begleitend, ihr den Falken reicht, den er auf dem Ritt vom Schloss ins Jagdrevier für sie getragen hat. Manchmal bleibt er dort so lange stehen, dass man ihn rufen muss. Aber nur im Graben bei den Falken gibt er sich so verträumt. Sonst stellt er sich so geschickt an, dass er schon als Page zum Jäger ausgebildet wird.

Leider ist es nicht die Jagd, die den Alltag des Pagen Jörg bestimmt. Die meiste Zeit hat er es mit Meister Hubertus zu tun. Anfangs, als er noch nicht stark genug ist, um ein Schwert zu führen, verbringt er viele Stunden mit Putzen, Polieren und Ausbessern in der Waffenkammer und wird so mit den Waffen vertraut. Und gleichzeitig wird er ständig körperlich gefordert. Meister Hubertus lässt die Pagen Stangen, Seile, Leitern und Mauern hochklettern.

»Hoch, schneller, noch einmal«, brüllt er sie an. Dann lässt er sie im Burghof bis zur Erschöpfung hin und her laufen.

»Los, schneller, wie die Hasen will ich euch laufen sehen. Lauft, als sei der Teufel hinter euch her.«

Besonders hart geht er mit den Jungen am Inn um. Wenn das Hochwasser des Frühjahrs vorbei ist, führt er sie zu den Tümpeln, die sich auf beiden Seiten des Flusslaufs gebildet haben, und jagt sie dort ins kalte Wasser.

»Seid nicht so zimperlich, rein mit euch. Untertauchen! Ein paar Atemzüge lang will ich keinen von euch sehen!«, brüllt er sie an und bleibt mit einem langen Ast am Ufer stehen, um jeden zurückzujagen, der zu früh ins Trockene flüchten will.

Jörg zittert am ganzen Leib, die Zähne klappern. Aber er gehorcht. Alle strengen sich an und lassen die Strapazen klaglos über sich ergehen. Denn sie wissen, dass sie die eiskalten Bäder erst hinter sich haben werden, wenn sie schwimmen gelernt haben.

Als Pagen haben die Jungen laufen, klettern und schwimmen gelernt und sind dabei widerstandsfähig und hart geworden. Sie haben gelernt, Schmerzen zu ertragen und sich bei körperlichen Strapazen völlig zu verausgaben. Als Jörg vierzehn Jahre alt ist, endet seine Pagenzeit. Er wird nun Knappe.

Nun beginnt der ritterliche Reitunterricht. Seinen Maltes hat Jörg noch immer, aber es war ihm in all den Jahren wenig Zeit zum Ausreiten geblieben. Oft, wenn er dazu Zeit gehabt hätte, war er zu erschöpft gewesen. Fast täglich ist er in den Stall gegangen und hat nachgesehen, ob es Maltes gut ging und ob er gut versorgt war. Und da es der Stallmeister nie an etwas hat fehlen lassen, hat er Maltes nur streicheln können oder ihn halt losgebunden und eine Weile im Burghof herumgeführt. Geritten ist er also wenig und freut sich nun darauf, auf seinem Maltes ins Tal hinaus zu reiten.

Doch daraus wird nichts. Auch beim Reitunterricht kennt Meister Hubertus keine Gnade.

»Auf seinem eigenen Pferd kann jeder Bauer reiten«, sagt er. »Ein Ritter muss jedes fremde Pferd beherrschen können.«

Mit diesen Worten weist er Jörg einen riesigen Wallach zu. Nicht einmal Stern, den Kaltblutwallach seines Vaters, hat er so groß in Erinnerung. Nach zwei Tagen aber hat er sich an ihn gewöhnt. Da wird ihm der Sattel weggenommen. Er muss sehen, wie er aufs Pferd kommt.

»Später musst du in voller Rüstung ohne Steigbügel aufsteigen können. Sonst bist du kein Ritter«, sagt Meister Hubertus trocken.

Als Jörg es nach zahllosen, unermüdlichen Versuchen endlich geschafft hat, bekommt er ein Holzschild und ein Holzschwert gereicht.

»Und nun musst du das Ross mit Schenkeldruck lenken; ein Ritter hat nun mal keine Hand frei«, heißt es.

Jörg weiß nicht, wie er das machen soll. Hilflos sitzt er mit den Spielzeugwaffen auf dem Pferd, das Meister Hubertus aus dem Burghof führt, ohne ihm zu sagen, wie er es denn anstellen soll.

»Das merkst du schon.«

Beim ersten Mal merkt er es aber nicht. Das Pferd läuft dorthin, wonach ihm der Sinn steht: an den Fluss hinunter. Dort bleibt es, während sein Reiter immer noch hilflos auf seinem Rücken sitzt, einfach stehen und fängt an zu saufen. Meister Hubertus kommt angeritten und führt das Pferd samt seinem hilflosen Reiter in die Burg zurück. Jörg schämt sich so sehr, dass ihm fast die Tränen kommen. Von Meister Hubertus hört er kein Wort. Und auch er bleibt stumm, als er im Burghof absteigt und das Pferd in den Stall führt.

Aber er lernt. Von Mal zu Mal geht es besser, und statt des Holzschwerts bekommt er eines Tages eine Lanze in die Hand wie die anderen Knappen auch.

Es geht hinaus zum Turnierplatz am Inn, wo Meister Hubertus eine große Attrappe aufgestellt hat, eine Ritterfigur mit Schwert und Keule. Die gilt es mit der Lanze umzustoßen.

Ohne eine genauere Anweisung sollen die Knappen die Holzfigur umstoßen. Sie kommen nacheinander an die Reihe, Jörg als der Jüngste zuletzt.

Notker muss als Erster sein Glück versuchen. Im vollem Galopp, mit der Lanze in der Armbeuge, rast er auf seinen hölzernen Gegner zu. Holz trifft auf Holz, es kracht, aber die Attrappe fällt nicht um. Knarrend dreht sie sich, erhebt im Schwung eine Keule und fegt Notker damit vom Ross. Notker schreit auf, was Meister Hubertus mit sarkastischem Lachen quittiert.

Magnus wird davon so eingeschüchtert, dass er zu langsam heranreitet. Vom Ross gefegt wird er nicht, krümmt sich aber unter dem Schmerz, den die Keule des Holzritters ihm zugefügt hat. Da gibt Jörg seinem Pferd die Sporen, obwohl ihm eigentlich das Herz in die Hose gerutscht ist. Aber auch er entkommt der Keule nicht. Dass er nicht vom Pferd fällt, verdankt er nur seiner Geschwindigkeit und dem Schenkeldruck, mit dem er sich an den Pferderücken geklammert hat.

Meister Hubertus tritt an die Figur heran und markiert mit einem Stück Holzkohle genau die Stelle, die sie mit der Lanze treffen müssen.

»Diesen Punkt müsst ihr treffen. Dann werft ihr diesen Holzkameraden um.«

Jeder versucht es noch einmal, und diesmal bleiben alle drei im Sattel.

Schon fühlen sie Erleichterung und meinen, die Anstrengung hinter sich zu haben, da beordert Meister Hubertus sie in die Waffenkammer. Jeder bekommt einen so genannten Krötenkopf verpasst, einen geschlossenen Topfhelm, der das ganze Gesicht schützt und nur durch einen Schlitz auf Augenhöhe den Blick auf das Ziel freigibt.

»Ihr reitet auf den Gegner zu, zielt mit der Lanze genau und reißt im allerletzten Moment den Kopf hoch, sodass ihr nur den Himmel seht. Wenn im Turnier oder im ernsten Kampf die Lanzen brechen, darf kein Splitter durch den Schlitz ins Auge springen. Sonst seid ihr blind. Also: Seht euch vor.«

Damit geht es auf den Turnierplatz zurück. Und es läuft wieder wie anfangs: Schläge in den Rücken, Stürze auf den harten Boden, sarkastische Bemerkungen des Lehrmeisters. Am Abend dieses Tages tun ihnen alle Knochen weh, aber sie haben, wie Meister Hubertus trocken anmerkt, etwas fürs Leben gelernt.

Ein paar Tage üben sie sich im Schwerterkampf zu Fuß. Notker ficht gegen Magnus. Die beiden sind einander ebenbürtig. Jörg aber wird Sigismund gegenübergestellt. Vom Körperbau und Alter her sind auch sie einander ebenbürtig, aber im wahrsten Sinne des Wortes, vom Stand her, nicht.

So findet Sigismund es unter seiner Würde, dass er als künftiger Herzog mit dem Sohn eines Ritters kämpfen soll. »Und ich soll mit Jörg von Nirgendwo fechten, dem Kind eines Lehnsmanns, eines Bauernherrn«, äußert er laut seinen Unmut, als ihn Meister Hubertus Jörg gegenüberstellt.

Meister Hubertus ignoriert ihn und gibt das Kommando zum Kampf. Sie schlagen und umkreisen einander, und was bei den anderen ein Übungskampf bleibt, gerät bei ihnen zu einem ernsten Kräftemessen. Jörg versucht sich zu behaupten, ohne Sigismund zu verletzen, während dieser rücksichtslos alles daransetzt, um seinen Gegner zu bezwingen, koste es, was es wolle. Während Jörg sein Schwert sofort sinken lässt, wenn es ihm gelungen ist, Sigismund das seine aus der Hand zu schlagen, lässt dieser es nie genug sein. Er setzt Jörg nach und versucht, ihn mit der flachen Schwertklinge zu schlagen.

»Halt, genug. Das ist kein ehrenhaftes Kämpfen mehr«, geht Meister Hubertus dann dazwischen. Und jedes Mal wirft Sigismund zornig sein Schwert auf den Boden und läuft weg.

Jeder dieser Kämpfe kostet Jörg viel Kraft und Mut. Er vermeidet es, dabei Sigismund in die Augen zu schauen, die ihn voller Missgunst und Verachtung beobachten. Stattdessen konzentriert er sich streng auf die schwertführende Hand seines Gegenübers, was ihn zu schnellen Reaktionen befähigt. Er hütet sich, die Regeln eines fairen Kampfes zu verletzen.

Dann, eines Morgens, ruft Meister Hubertus die Knappen und Sigismund in die Waffenkammer. Jeder wird mit einem Ringpanzer, Arm- und Beinschienen ausgerüstet und bekommt einen Turnierhelm. Jeder muss sich einen Schild und eine Lanze aussuchen. Und dann geht es wieder zum

Turnierplatz hinaus, wo die Turnierschranke bereits aufgestellt ist.

»Hier reitet ihr gegeneinander, der eine links, der andere rechts der Schranke. In der Mitte trefft ihr aufeinander, und jeder versucht, seinen Gegner mit der Lanze vom Pferd zu stechen. Und denkt daran: Im letzten Moment, ehe die Lanzen splittern, schaut ihr in den Himmel.«

Jörg würde alles lieber tun als gegen Sigismund zu reiten. Aber daran kommt er nicht vorbei. Wenigstens sind sie nicht das erste Kämpferpaar. So kann er den Kampfverlauf der anderen Paare genau beobachten, ehe er sich selbst an der Schranke aufstellen muss.

Er hängt seine Lanze im Haken des Turniersattels ein und wartet auf das Kommando. Dann, als sei der Teufel hinter ihm her, gibt er seinem Pferd die Sporen und lenkt es so eng an der Schranke entlang, dass sein Fuß immer wieder daran streift.

»Ich muss ihn direkt von vorn erwischen, hoch am Brustharnisch«, sagt er sich und hält beim Anstürmen die Lanze so hoch, als wollte er Sigismund gegen den Hals oder gar in den Schlitz des Helms stechen.

Kurz vor dem kritischen Moment nimmt er wahr, dass Sigismund leicht den Kopf hebt, um die feindliche Lanzenspitze nicht aus den Augen zu verlieren. Da senkt er sie, zielt eine Handbreit über die Stelle, wo das Brustbein seines Gegners liegen muss, reißt den Kopf hoch und lässt es krachen. Er selbst spürt einen heftigen Stoß in die Seite, der ihn aber nicht aus dem Sattel hebt, und galoppiert ans Ende der Turnierbahn. Im Wenden sieht er seinen Gegner rücklings auf dem Boden liegen, während das herrenlose Pferd locker um das andere Ende der Turnierschranke läuft.

Meister Hubertus klatscht in die Hände, nur er – die Knappen wagen es nicht, der Niederlage des künftigen Herzogs zu applaudieren. Er, Jörg von Nirgendwo, hat gewonnen, aber nicht ohne Blessuren. Seine Rippen, in die Sigismund seinen Stoß gesetzt hat, schmerzen tagelang, sodass er kaum tief atmen kann und ihm das Lachen vergeht.

Wenn sich Jörg am Ende solcher Tage erschöpft schlafen legt und die Anstrengungen und Blessuren am ganzen Körper spürt, fällt ihn immer noch das Heimweh an. Dann träumt er von den Hunden im Zwinger, vom Vogelherd, von Veit im Pferdestall, von Hans und Burgl und vor allem von seiner Mutter. Dann würde er am liebsten aufs Pferd steigen und den ganzen langen Weg nach Hohenentringen zurückreiten. Er würde gerne seinem Vater bei der Verwaltung der Güter behilflich sein, so wie Diepolt und Burckart. Er würde gerne an der Seite seines Vaters nach Urach reiten. Er würde gerne in Schwaben bleiben und kein Ritter werden. Was er stattdessen werden will, weiß er aber nicht genau und kann nicht darüber nachdenken. Dazu ist er zu müde.

Sigismunds offen gezeigte Missgunst bedrückt ihn besonders. Er kann sie nicht verstehen. Was hat er ihm denn getan? Was steckt hinter dieser Feindseligkeit? Darauf findet er keine Antwort und er sieht auch keinen Weg, Sigismund umzustimmen. Er könnte ihn höchstens die Zweikämpfe gewinnen lassen. Aber das würde Meister Hubertus kaum entgehen und neue Schwierigkeiten heraufbeschwören. Er kann nur hoffen, dass er nach seiner Ausbildung zum Ritter Sigismund aus dem Weg gehen kann. Das aber wird erst in ein paar Jahren der Fall sein.

Über sein Heimweh spricht er mit niemandem, obwohl er ahnt, dass es den anderen Pagen und Knappen ähnlich ergeht. Jeder von ihnen ist manchmal wortkarg, verschlossen und traurig, sei er auch sonst noch so lebhaft und fröhlich.

Eine Reise nach Hause ist undenkbar. Aber er bekommt immer wieder Nachrichten aus Schwaben, denn zwischen den österreichischen Vorlanden und Tirol wird eine rege

Verbindung aufrechterhalten. In gewisser Regelmäßigkeit kommen Boten über den Arlberg und bringen ihm Neuigkeiten von seiner Familie mit. So fühlt er sich anfangs noch mit Hohenentringen verbunden, mehr noch: Hohenentringen bleibt der Ort seiner Träume, den er aufsucht, wenn er erschöpft und geschunden auf seinem Lager liegt.

Er erfährt, dass Geschwister auf die Welt gekommen sind, aber er bekommt auch traurige Nachrichten, wenn wieder eines gestorben ist. Teilweise kennt er sie kaum, weil sie noch Säuglinge oder Kleinkinder waren, als er Hohenentringen verließ.

Dann aber reißt diese innere Verbindung ab. Mit einem Schlag. Unwiederbringlich.

Er erhält Nachricht vom Tod seiner Mutter, die bei der neunzehnten Geburt gestorben ist. Jahrelang hat er sie nicht gesehen, und nur das Bild, wie sie auf der Zugbrücke steht und ihm nachwinkt, sieht er noch deutlich wie am ersten Tag, während die anderen Erinnerungen nur noch schwach sind und in den folgenden Jahren langsam verschwimmen.

Nach Frau Agnes' Tod sieht sich sein Vater nicht mehr an das alte Versprechen gegenüber seinem Onkel Hug gebunden, als Familienvater auf Hohenentringen zu leben, weshalb er seinen Anteil verkauft und das Schloss in Kilchberg erwirbt.

Damit verliert Hohenentringen seine Bedeutung, auch für Jörg. Es kann nicht mehr sein Traumort sein. Es gibt keine Rückkehr mehr. Völlig offen und unbestimmt liegt seine Zukunft vor ihm, und er weiß nur, dass er sich dafür gut rüsten muss.

Ohne dass es abzusehen gewesen wäre, wird Jörgs Leben in Innsbruck von heute auf morgen leichter, als Sigismund plötzlich aus seinem Gesichtskreis verschwindet. Sein Vater, der Herzog, stirbt, wodurch er Vollwaise wird, allerdings auch rechtmäßiger Herzog von Tirol. Sein älterer Cousin, Herzog Friedrich V. von der Steiermark, übernimmt – keineswegs selbstlos – die Vormundschaft, holt ihn zu sich nach Graz und hält ihn dort an seinem Hof jahrelang gefangen. Als Sigismund sechzehn Jahre alt ist, versucht sein Cousin sogar, die Volljährigkeitserklärung zu verzögern, was aber die Tiroler Städte und Stände gegen ihn aufbringt. Es kommt zu einer dreijährigen, teilweise kriegerischen Auseinandersetzung, bis der Steiermärker nachgeben muss und Sigismund als neunzehnjähriger Herzog nach Innsbruck zurückkehrt – als wohlerzogener junger Mann, der sehr vom Sekretär seines Vormunds, dem Italiener Enea Silvio Piccolomini beeinflusst war. (Piccolomini wird später als Papst Pius II. Oberhaupt der katholischen Kirche.)

Allerdings lässt der Vormund nicht zu, dass sein Mündel Sigismund ebenso mächtig wird, wie es sein Vater war. Er spricht ihm die österreichischen Vorlande im deutschen Südwesten ab, indem er dort seinen eigenen Bruder, Albrecht VI., als Erzherzog einsetzt. Dieser richtet seinen Hof in Rottenburg am Neckar ein, was für Jörgs späteres Leben von Bedeutung sein wird.

Zunächst aber ist Jörg nach wie vor Knappe am Innsbrucker Hof, den jetzt die Herrin, Hedwig von Sachsen, führt. Seine Erziehung zum Höfling wird fortgesetzt, das Leben am Hof geht weiter – mit dem einzigen Unterschied, dass er sich nicht mehr mit den Eifersüchteleien und Anfeindungen Sigismunds auseinandersetzen muss.

Er wird weiterhin in ritterlichem Kampf ausgebildet und erwirbt sich nach seiner Knappenzeit als Junker Jörg in zahlreichen Turnieren den Ruf eines Meisters der Tjost, dessen Lanzenstöße jeden Gegner aus dem Sattel heben. Die Hofdamen sind stolz, wenn er die Turnierschranke entlanggaloppiert und sie an seiner Lanze oder seinem Helm das bunte

Tüchlein mit ihren Farben sehen, das allen Zuschauern zeigt, dass er ihnen diese Tjost widmet.

Junker Jörg ist der einzige Höfling, der häufig bei den Damen in der Kemenate anzutreffen ist. Und das seit seinem zehnten Lebensjahr.

Es begann an einem dunklen Herbstnachmittag, als er mit den anderen Pagen zusammen in der Waffenkammer saß. Wieder polierten sie Brustpanzer und Helme, wieder fürchteten sie sich vor Meister Hubertus' kritischem Blick und seiner harten Hand. Da kam eine Magd herein, was die drei sehr verwunderte. Eine Frau hatten sie noch nie in der Waffenkammer gesehen.

»Du bist Jörg?«, wandte sich die Magd ihm zu. »Komm mit. Die Herrin lässt dich rufen.«

Jörg wusste nicht, wie ihm geschah. Mit verwundertem Gesicht stand er von seinem Schemel auf und hielt immer noch seinen Lappen und einen Helm in den Händen.

»Nun leg das schon weg und komm mit«, sagte die Magd und fasste ihn am Oberarm.

Achselzuckend warf er seinen Kameraden noch einen Blick zu und folgte ihr durch die kühlen Gänge in die Kemenate.

Ein helles Kaminfeuer verbreitete wohlige Wärme in dem Raum. An den Wänden brannten zwei Fackeln. Die Herrin, Hedwig von Sachsen, saß mit drei Hofdamen nahe am Feuer und lächelte ihm entgegen. Er verbeugte sich stumm.

»Jörg, wir haben von Pater Vinzenz gehört, dass du gut lesen kannst. Wir suchen einen jungen Mann, der uns an den Winterabenden die Zeit verkürzt und uns vorliest. Möchtest du das für uns tun?«

Jörg konnte vor lauter Aufregung gar nichts sagen. Er schluckte und nickte nur.

Da reichte ihm die Herrin ein Pergament.

»Setz dich dort unter die Fackel, damit du es hell genug hast.«

Jörg setzte sich auf einen Schemel und rückte das Pergament ins Licht.

»Graserin im kühlen Tau, nackt die Füße, weiß und zart, schuf mir Lust im Erlengrund mit der Sichel, braun behaart, als ich half, das Gatter heben, vor die Öffnung rücken; hab den Zapfen in der Kerbe festgepflockt, damit das Kind keine Angst hat, dass die Gänslein ihm entwischen.«

Und so ging es noch weiter und weiter.

Er verstand nicht, was er da las. Irgendetwas von einem Mädchen, das im Frühjahr Gras zupft, um die Gänse zu füttern. Warum lächelten die Frauen so? Was gefiel ihnen denn daran? Wie dem auch war, er las weiter vor, bis die Damen entzückt in die Hände klatschten.

Man gab ihm einen anderen Text, eine Rittergeschichte in Versen, aus der er lange vorlesen musste, bis er müde wurde und sich immer wieder verlas. Da dankte man ihm, und er wurde freundlich entlassen. Er erinnerte sich daran, was ihm Frieder gesagt hatte – »Streng dich an, dann geht es dir gut« – und war ganz aufgeregt. Er hatte das Gefühl, dass nun etwas ganz Neues begann.

Und so war es auch. Oft rief man ihn gegen Abend in die Kemenate, denn es gab niemanden, von dem sich die hohen Damen lieber hätten vorlesen lassen. Er trug ihnen aus Ritterepen vor, was er besonders mochte, weil er sich in diesen Geschichten träumerisch verlieren konnte.

Aber immer wieder musste er auch Liebesgedichte vortragen, Tagelieder, die vom Trennungsschmerz nach einer heimlichen Liebesnacht handelten und die er noch gar nicht verstehen konnte – Was war denn schlimm daran, wenn man morgens vom Hornruf des Wächters geweckt wurde? – und andere Lieder, die zum Beispiel eine schöne Frau beschrieben – Hatten Frauen wirklich eine schneeweiße Haut und rubinrote oder gar honigsüße Lippen? – Er las einfach vor, was man ihm vorlegte, und freute sich, wenn die Damen sich amüsierten. Und wenn er in einem solchen Text doch einmal steckenblieb oder sich verlas, was allerdings nur selten vorkam, erntete er besonders fröhliches Gelächter und lachte mit.

Nur ging das nicht allzu lange so. Als ihm gegen Ende seiner Pagenzeit die Stimme brach und der erste Flaum über seiner Oberlippe spross, dämmerte ihm nach und nach die Bedeutung dieser Verse, von denen die Damen so angetan waren. Es wurde ihm immer unangenehmer, solche Gedichte vortragen zu müssen, was er sich aber nicht anmerken ließ. Manchmal tat er es aber auch gerne – wie es eben gerade seiner Laune entsprach.

Je älter er wurde, umso öfter musterte er die Damen heimlich, wenn er gerade nicht vorlas und sie sich selbst unterhielten, und fragte sich, welche den besungenen Schönheiten in den Gedichten wohl am meisten ähnelte. Rosalind, die Kammerzofe, die kaum älter war als er? Oder war es Reingard, die schwarzhaarige Tirolerin, deren dunkelbraune Augen ihn an Burgl erinnerten, und deren Mund so honigsüß erschien? Welche hatte denn nun solch schneeweiß glänzende Haut und welche die schlankste Hand? Selbstvergessen heftete er seinen Blick auf sie, und wenn es passierte, dass eine ihm ganz plötzlich in die Augen schaute, senkte er den Blick und wurde rot.

Die Herrin beobachtete seine Veränderung mit humorvollem Verständnis und sorgte für unverfänglichen Vorlesestoff. Aber manchmal wurde er auch in die Kemenate gerufen, wenn die Herrin nicht da war. Und dann wünschte sich doch die eine oder andere Dame, dass er diese berühmten und allseits beliebten Liebeslieder Oswalds von Wolkenstein vorlas.

»Nun, da die wilden Vögel schon gepaart sind, voller Zärtlichkeit, was sollen da die jungen Leute noch fackeln (wo der Mai doch naht!) beim Küssen, Kosen schöner Mädchen?

Schmatz, lass dich vernaschen! Setz deinen jungen Körper ein – diskret, mit Lust!«

Als er schließlich »*zuo den manbaren jaren*« herangewachsen ist und sich groß, kräftig und schlank mit bewundernswerter Gewandtheit am Hof bewegt, nimmt er manchen Augenaufschlag wahr, wenn er bei Tisch, über ein Stück Wildbret gebeugt, seinem ehrenvollen Amt als Vorschneider nachkommt. Ein Höfling mit feinen Sitten ist er geworden, der einen perfekten Tischdiener und Vorschneider abgibt. Deshalb hat die Herrin ihn zu ihrem persönlichen Vorschneider auserwählt. Er trägt ihr und ihren Hofdamen die Speisen auf, er schneidet das Fleisch vor, er zerlegt das Geflügel, filetiert die Fische, reicht den Damen die silberne Wasserschüssel zum Händewaschen und liest ihnen jeden Wunsch von den Augen ab. Junker Jörg versieht diesen Dienst sehr gerne, erntet er doch dabei viel Lob und Anerkennung.

Reingard, die schwarzhaarige Tirolerin, hält gern ihre Hände auf dem Tisch und streift sacht seine Hand, wenn er ihr vorlegt, während alle andern dabei ihre Hände züchtig in den Schoß legen. Zudem lässt sich Reingard von ihm Wasser und Wein nachgießen, auch wenn ihr Durst längst gelöscht sein müsste, so scheint es ihm. Ist es wirklich so oder bildet er es sich nur ein? In letzter Zeit begegnet er ihr immer wieder auf den Treppen und in den Gängen der Burg. Anderen Damen eigentlich nicht.

Unruhig liegt er nachts in seiner Kammer. Er sehnt sich nach etwas, das er gar nicht benennen kann. Habe ich mich verliebt, fragt er sich. Habe ich mich in Reingard verliebt, die doch viel älter ist als ich, mindestens fünf Jahre? Frauen sind doch immer viel jünger als ihre Männer. Das weiß er von seinen Eltern und den anderen Ehepaaren auf Hohenentringen. Warum denke ich nicht an Rosalind, die wenigstens gleichaltrig ist? Er versucht, sich Rosalind vorzustellen, aber er fühlt nichts dabei. Nur wenn er an Reingard denkt, übermannt ihn ein seltsames Gefühl, das ihn einerseits plagt, er andererseits aber auch nicht mehr missen möchte.

Und so kommt es, dass er im letzten Licht eines schönen Sommerabends, als er die Treppe zu seiner Kammer hochsteigt, Reingard begegnet. Sie stellt sich ihm in den Weg, legt ihm lächelnd ihren Zeigefinger auf den Mund – psst! –, fasst ihn an der Hand und führt ihn leisen Schritts flink in ihre Kammer, was er willig geschehen lässt.

Im Halbdunkel schaut sie lächelnd zu ihm auf, streift ihm sein Hemd ab, stellt sich auf die Zehenspitzen, um ihn leicht ins Ohrläppchen zu beißen, und flüstert dann: »*Nun, da die wilden Vögel schon gepaart sind, voller Zärtlichkeit …*«

Er kennt die Verse so gut wie sie. Schon oft hat er sie vorgetragen, und so antwortet er lächelnd: »*Setz deinen jungen Körper ein, diskret, mit Lust!*« Und tut es.

Als er nach tiefem Schlaf aufwacht und das erste graue Licht in die Kammer fällt, spürt er, wie sie sich ihm zuwendet.

»*Das Licht macht schon die Nacht zum Tag. Wach auf, mein Schatz!*«, flüstert sie.

Und er antwortet: »*Und sie begann zu kosen, ihn aus dem Schlaf zu holen, sich fest an ihn zu schmiegen, voll Lust an ihn zu pressen.*«

Sie kichert und sagt: »Du bist ja schon wach.« Dann fährt sie fort: »*Voll Lust an ihn zu pressen, dass ihm die Glieder knacken* – du weißt, wie es weitergeht?«

»Nein, ich weiß es nicht.«

»Doch, du weißt es.«

»Ich kann mich nicht erinnern.«

»Willst du nicht oder kannst du nicht?«

»Mich erinnern?«

»Nein, das mein ich nicht. Willst du nicht oder kannst du nicht?«

»Wenn ich genau nachdenke, erinnere ich mich doch. Heißt es nicht: *Er kam zu sich und gleich begann das Liebesspiel?*«

»Dein Gedächtnis muss ich einfach bewundern«, sagt sie, kichert leise und legt sich auf ihn.

Er verlässt ihre Kammer tatsächlich erst, als der Wächter ins Horn stößt.

Jetzt weiß er es. Er hat sich in Reingard verliebt. Tag und Nacht denkt er nur noch an sie. Aber er darf es nicht zeigen, was ihm schwerfällt. Ihr hingegen scheint es leichtzufallen. Sie macht ihm geradezu vor, wie man eine Maske trägt. Keine Berührung seiner Hand mehr bei Tisch, keine Begegnungen in den Gängen oder auf dem Burghof. Sie weicht ihm aus, wo sie nur kann. Und muss sie in Begleitung anderer Damen doch direkt an ihm vorbeigehen, weil es unumgänglich ist, blickt sie so kalt wie ein Fisch, sodass er sich fragen muss, ob sie ihn noch liebt.

Aber wenn sie sich unbeobachtet weiß, bei Tisch oder wenn er in der Kemenate vorliest, wirft sie ihm einen vielsagenden Blick zu, spitzt ganz leicht die Lippen und signalisiert ihm mit einer fast unmerklichen Kopfbewegung, dass sie ihn in der Nacht erwartet.

Ihre perfekte Maskerade befremdet ihn, er beginnt, an ihrer Liebe zu zweifeln, und kann diese Gedanken eines Nachts nicht mehr bei sich behalten.

»Wie kannst du so kühl sein, wenn wir uns begegnen? Früher hast du bei Tisch meine Hand berührt. Jetzt schaust du mich nicht einmal mehr an. Liebst du mich nicht mehr?«

Da streicht sie ihm zärtlich über den Kopf und sagt: »Ach, du dummer Junge. Wie süß du bist!«

»Ich bin nicht süß«, antwortet er verärgert. »Ich möchte wissen, ob du mich so sehr liebst wie ich dich.«

»Ich weiß nicht, wie sehr du mich liebst. Kann ich denn in dein Herz schauen? Das muss ich aber auch nicht. Wenn du nur hier bei mir liegst.«

Damit umarmt sie ihn lachend, küsst ihn und legt sich auf ihn.

Dass sein Befremden sie amüsiert und dass sie so gelassen sein kann, gibt ihm einen kleinen Stich ins Herz. Er fühlt auch deutlich, dass sie die vielen Nächte, in denen er ihr fernbleiben muss, viel leichter erträgt als er. Immer häufiger stellt er ihr diese Frage, und jedes Mal antwortet sie nur mit Kosenamen und erstickt seine Fragen in ihren Küssen. Und wieder, für ein paar Stunden, verdrängt dann die Leidenschaft seine Zweifel.

So geht es lange Zeit, bis Sigismunds Rückkehr nach Innsbruck sich ankündigt. Als Herzog von Tirol will er nun sein rechtmäßiges Erbe antreten. Junker Jörg sieht dieser Veränderung mit gemischten Gefühlen entgegen. Zwar hat auch er gehört, welch weiser Mann den Herzog erzogen hat, und muss sicher von ihm keine Schikanen mehr befürchten. Aber er braucht ihn auch nicht. Die Jahre, in denen Hedwig von Sachsen den Hof geführt hat, sind sehr schön gewesen, hat doch die Abwesenheit eines mächtigen Hausherrn die Stellung der Junker am Hof etwas aufgewertet.

Als Sigismund mit großem Gefolge in den Burghof einreitet, hält sich Jörg im Hintergrund. Durch ein kleines Fenster im Treppenhaus beobachtet er seinen Einzug. Der voranreitende Herold, die Bannerträger, die Fanfarenbläser, die ganze Pracht, mit welcher der neunzehnjährige Herzog seine Macht zur Schau stellt, überraschen ihn nicht. Ebenso wenig, dass er sich in Aussicht seiner hohen Stellung schon eine pausbackige Leibesfülle zugelegt hat, die ihn etwas älter wirken lässt. Das hatte sich Jörg nicht anders vorgestellt. Aber sehr überrascht ihn, dass einer der Gefolgsleute – kaum steht sein Pferd – aus dem Sattel springt, geradewegs auf das Spalier der Hofdamen zusteuert und Reingard nicht etwa nur umarmt, sondern geradezu auffängt, als sie ihm entgegenspringt und sich in seine Arme wirft. Jörg spürt sein Herz schneller schlagen.

Wer ist dieser Mann? Hatte Reingard früher einen Geliebten, der heute an den Hof zurückkehrt? Er ist gekränkt, er spürt Wut in sich aufsteigen und nimmt sich vor, diesen Kerl beim Festturnier mit solcher Wucht aus dem Sattel zu stoßen, dass er aus eigener Kraft nicht mehr aufstehen kann.

Dem Festmahl sieht er mit wildem Groll entgegen. Wie soll er mit ruhiger Hand Reingard das Fleisch vorschneiden, wenn dieser Kerl neben ihr sitzt? Aber so weit kommt es gar nicht. Reingard geht ihm plötzlich nicht mehr aus dem Weg, sondern führt diesen Mann an ihrer Hand geradewegs auf ihn zu, als hätte sie ihn gesucht, und stellt ihn vor: »Mein Bruder, Markgraf Hans von Meran.«

Jörg ist erleichtert. Reingards Geliebter ist der also nicht. Aber gleichzeitig muss er auch begreifen, dass Reingard, als Schwester eines Markgrafen, höher gestellt ist als er, Junker Jörg, der Sohn eines Ritters, der selbst noch nicht einmal Ritter ist. »Ach du dummer Junge. Wie süß du bist!«, hört er sie in Gedanken sagen, und ärgert sich. Ist er nur das Spielzeug einer hohen Frau? Er weiß es nicht.

Er bringt das Fest so gut hinter sich, wie es für ihn nur gehen kann: Er steht als oberster Vorschneider den Tischdienern vor, er ist der erfolgreichste Turnierteilnehmer – gegen Reingards Bruder muss er gar nicht antreten –, er unterhält die Damen zwischendurch als Vorleser und freundet sich mit den Musikanten und Sängern an, deren Darbietungen das Fest umrahmen.

Dabei lernt er ein paar Verse Hartmanns von Aue kennen, die ihm einfach nicht mehr aus dem Kopf gehen.

»Ze frowen habe ich einen sin: Als sî mir sint als ich bin in, wand ich mac baz vertrîben die zît mit armen wîben – Was Frauen angeht, habe ich meine feste Einstellung: Was sie mir sind, das bin ich ihnen. Denn ich kann meine Zeit besser mit armen Weibern verbringen.«

Aber wo sind die armen Weiber in seiner Umgebung? In der Küche? Im Stall? Will er sich mit Mägden im Stroh wälzen? Nein, die einfachen, armen Weiber ziehen ihn nicht an, nur die hohen Frauen. Und so besucht er weiterhin Reingard in ihrer Kammer. Versteckspiel und Maskerade gehen weiter, obwohl es längst kein Geheimnis mehr ist, wer da nächtens in Reingards Kammer geht. Man schweigt darüber.

Jörg ist über einundzwanzig, und es wäre Zeit, dass er den Ritterschlag empfängt. Es ist aber kein großes Fest in Aussicht, bei dem der Adel des Reichs zusammenkäme, sodass ein Anlass für eine Schwertleite gegeben wäre, bei der er mit anderen Anwärtern zusammen den Ritterschlag empfangen könnte. Zwar wird von einer Heirat Sigismunds geredet. Doch findet die Trauung nicht einmal in Innsbruck statt, sondern in Meran im Rahmen einer bescheidenen Zeremonie. Dabei gehört die Braut dem Hochadel an: Die sechzehnjährige Eleonore von Schottland ist die Tochter Jakobs I. von Schottland, eine Königstochter. Sie ist zwar in Schottland aufgewachsen, lebte aber die letzten drei Jahre, nach dem Tod ihrer Eltern, in Tours an der Loire, von wo sie auf einer beschwerlichen Reise nach Meran kam. An die feinen höfischen Sitten des französischen Adels gewöhnt, begibt sie sich mit ihrer Heirat in ein Land, dessen Sitten nicht ganz so verfeinert sind.

Die Bilder gleichen sich, der Einzug der Neuvermählten wiederholt in vielen Zügen den des neuen Herzogs vor zwei Jahren. Anders als damals steht Jörg diesmal nicht im Treppenhaus am Fenster, sondern im Spalier der Höflinge, die dem jungen Paar zujubeln.

In stolzer Farbenpracht reitet Sigismund einher: dunkelviolettes Barett mit Pfauenfeder, dunkelblauer Samtumhang mit goldener Borte, rotblau gestreifte Beinlinge und silberne Schnabelschuhe. Mit der einen Hand hält er die Zügel, mit der anderen, über deren silbrig glänzendem Handschuh mehrere juwelenbesetzte Ringe glitzern, winkt er hoheitsvoll der Hofgesellschaft zu, indem er einmal rund um den Burghof reitet. Wo er sein Haus nun mit einer Königstochter schmücken kann, fühlt er sich fast als königliche Hoheit. Aus vollen Kehlen schallt der Jubel, freuen sich doch alle auf das üppige Bankett, das man schon seit Tagen vorbereitet.

Auch Jörg jubelt mit. Bis ihm das Hurra und Bravo im Hals stecken bleiben. In den ersten Momenten ihrer Ankunft hat er die junge Herzogin gar nicht sehen können, weil der massige Körper ihres Gatten sie verdeckte. Als dieser aber, zu seiner Hofrunde ansetzend, etwas schneller reitet und sie ihm auf ihrem weißen Zelter, unsicher wie sie ist, nicht sofort folgen kann, erblickt er sie – und sie ihn.

Schmal und zierlich sitzt sie im Damensitz auf ihrer Schimmelstute, von einem dunkelgrünen Samtumhang umhüllt, über den ihre rotblonden Locken fallen, die ungebändigt unter ihrem Reisehut hervorquellen. Unsicher schweift der Blick ihrer grünblauen Augen über die Hofgesellschaft hin, als suchten sie einen gewissen Halt, etwas, das ihnen in der Flut der neuen Eindrücke einen Fixpunkt bieten könnte. Unstet streift er die jauchzende Menschenmenge – und bleibt an Jörgs Augen hängen. Nur einen kleinen Moment, aber doch so lange, dass sie fast unmerklich den Kopf nach ihm drehen muss, ehe sie, plötzlich betont resolut, nach vorne schaut und zu ihrem Gatten aufschließt. Jörg, der eben noch Vivat gerufen hat, verstummt und starrt sie einen Moment mit offenem Mund an, ehe er bis zur Heiserkeit weiterjubelt. Und niemand hat beobachtet, wie die beiden einander ins Auge gefallen sind.

Noch am selben Tag beginnt das große Fest. Im Saal hat man die große Tafel hergerichtet, an deren erhöhtem Kopf auf einem Podest die thronartigen Polsterstühle für das Herzogspaar aufgestellt sind. Vor ihnen der goldene Tafelaufsatz, die edelsteinbestückten Kannen, die goldenen Trinkbecher, Messer und Löffel, die Blumenpracht und, was Jörg zum ersten Mal sieht, rechts und links davon, sodass sie das Paar umrahmen, lebende Vögel. An der Seite des Herzogs der Steinadler und ein Falke, neben der Herzogin ein Pfau und ein Reiher.

Letzte Vorbereitungen werden getroffen. Die Dienerschaft steht schon bereit. Jörg hat vor die Tafel des Herzogspaares ein Podest aufstellen lassen, damit er hoch genug steht, wenn er den Herrschaften vorschneiden muss. In Gedanken geht er noch einmal die Speisefolge durch. Bei der Eiersuppe, der Eichelhähersuppe, dem Hasenpfeffer und dergleichen ist sein Geschick nicht gefragt, umso mehr aber, wenn es gilt, die mit Zwetschgen, Honig und Nelken gebratenen Perlhühner vorzulegen und den gebackenen Hecht so zu filetieren, dass nicht die kleinste Gräte auf die Teller der Herrschaften gelangt.

Als er gerade mit dem Mundschenk zusammen prüfen will, ob der Malvasier und der Gewürztraminer die richtige Temperatur haben, legt sich ihm federleicht eine Hand auf die Schulter. Hinter ihm steht ein Mädchen, das der Herzogin sehr ähnlich sieht, Gwendolyn, ihre jüngere Schwester, wie er später erfährt. Sie hat Eleonore nach Tirol begleitet und soll in der ersten Zeit an ihrer Seite bleiben.

144

»Cum with me, cum with me«, sagt sie mehrmals, macht ein paar Schritte zur Treppe hin und winkt Jörg zu. Er schaut sie verdutzt an. Erst als er sieht, dass zwei Zofen aus Eleonores Gefolge verdeckte Schüsseln die Treppe hochtragen, versteht er, dass er in seiner Eigenschaft als Vorschneider gerufen wird, und folgt ihr.

Als er Eleonores Gemach betritt, schlägt ihm das Herz bis zum Hals. Schräg fällt die Nachmittagssonne durch ein hohes Fenster auf den mit blauem Brokat verhängten Alkoven. Davor nimmt eine Tafel die ganze Breite des Raums ein. An ihrer Mitte sitzt die junge Herzogin und lächelt ihm erwartungsvoll entgegen.

Er muss ihrem Blick ausweichen und ist froh, dass er sich als Vorschneider natürlich nur das ansehen muss, was hier vor ihr steht: ein würzig duftendes Gericht aus Lammfleisch mit Zwiebeln, Äpfeln, Weintrauben und Zimt. Und die beiden Zofen, die ihm vorausgegangen sind, stellen die Schweinelenden in Pfefferrahm und den ingwergewürzten Mandelpudding dazu. Dann setzen auch sie sich an die Tafel.

Da steht er nun auf der einen Seite, und auf der anderen sitzt Eleonore, von vier Zofen flankiert, und wartet darauf, bedient zu werden. Als Jörg sich einen Moment nach irgendwelchen Vorspeisen umschaut, sagt Gwendolyn: »On mange maintenant«, und gibt ihm durch eine Handbewegung zu verstehen, dass er mit dem Vorlegen nicht länger warten soll. Er macht sich ans Werk.

Eleonore verfolgt jeden der Schnitte, mit denen er das Lammfleisch von den Knochen löst, und lässt ihn auch nicht aus den Augen, als er ihre jungen Zofen bedient.

Es schmeckt ihnen. Sie essen mit großem Genuss, lassen sich mehrmals von allem eine kleine Portion vorlegen, und scheinen sehr vergnügt zu sein. Sie schwatzen durcheinander und kichern wie Küchenmägde, die leicht beschwipst nach einem Bankett den Abwasch machen. Jörg versteht kein

Wort und wird das Gefühl nicht los, dass er ihr Thema ist. Immer wieder ertappt er die eine oder andere, die ihn von der Seite mustert. Er wird leicht rot, was das Schwatzen und Kichern nur noch mehr befeuert. Aber er tut, als würde er nichts davon bemerken, stellt sich wie ein Wachsoldat neben die Tafel und schaut geradeaus, wenn alle für den Moment versorgt sind.

Da beobachtet er aus dem Augenwinkel, wie Eleonore sich Gwendolyn zuwendet und ihr etwas ins Ohr flüstert.

»Wuii hais du?«, fragt diese dann laut. Alle Stimmen verstummen. Jörg versteht die Frage nicht sofort.

»Wuii hais du?«, wiederholt Gwendolyn etwas intensiver.

»Jörg. Jörg von Ehingen.«

»York von Eingen?«

»Jörg. Jörg von Ehingen.«

»Jorg von Aingen. Du must be her personal Essendiener.«

»Zu Diensten«, antwortet Jörg, verbeugt sich und will ihr noch eine Portion vorlegen. Aber Eleonore schüttelt lächelnd den Kopf und macht eine ablehnende Handbewegung.

»Non. Merci beaucoup.«

»Not now«, versucht Gwendolyn zu erklären. »All Tag.«

Jörgs Herz klopft, als würde er gerade an der Turnierschranke auf einen Gegner zureiten.

Das Mahl ist beendet. Mägde werden herbeigerufen, die die Tafel aufheben und in die Küche tragen. Jörg verbeugt sich und eilt in den Saal, wo er nach dem Rechten sehen will. Unnötig. Die Vorschneider für die Herrschaften niedrigeren Rangs haben alles bestens vorbereitet. Es fehlt nur noch die Tischgesellschaft.

Während die Diener, die Wein und Bier nachschenken müssen, sich mit ihren Krügen entlang der Tafel aufstellen, formieren sich am unteren Ende der Tafel die Musikanten. Von draußen erklingt ein Fanfarenstoß, sie beginnen zu spielen, und die farbenfrohe Festgesellschaft hält Einzug.

Zu Jörgs Verwunderung nehmen Eleonores Zofen direkt neben ihrer Herrin ganz oben an der Tafel Platz. Ihnen gegenüber sitzen Hedwig von Sachsen, Rosalind, Reingard und ihr Bruder Hans. Daneben weitere Grafen mit ihren Frauen.

Und nun wird gespeist. Während die junge Herzogin und ihre Zofen alles ablehnen, was über winzige Portionen hinausgeht, an denen sie in vornehmer Genügsamkeit naschen – ein winziges Bisschen von diesem, ein winziges Bisschen von jenem – und anerkennend mit den Köpfchen nicken, hat Jörg alle Hände voll zu tun, um dem Herzog und den Herrschaften gegenüber vorzuschneiden. Sigismund, Hedwig, Rosalind, Reingard und Hans und die übrige Tischgesellschaft genießen das Essen in vollen Zügen, langen beherzt zu und spülen die Köstlichkeiten mit viel Wein hinunter. Die Zofen hingegen begnügen sich mit gewürztem Wasser. Sie präsentieren sich in Schönheit und Anstand.

Sigismund begreift es nicht. Ein paar Mal schiebt er ein schönes Stück Fleisch, das Jörg genau nach seiner Anweisung zuschneiden musste, Eleonore zu.

»Hier, iss. Das ist ein besonders gutes Stück.«

Sie aber kostet nur und signalisiert mit eleganter Geste, dass für sie der Köstlichkeiten schon genug sei. »Merci beaucoup, mon amour«, haucht sie, und schiebt das Filetstück von sich.

»Verstehe einer diese Schotten«, sagt Sigismund laut zu der Gesellschaft zu seiner Linken, schüttelt den Kopf, führt den goldenen Becher an den Mund und leert ihn mit einem Zug. »Lasst uns ein rauschendes Fest feiern und genießen. Greift zu, esst und trinkt, so viel ihr könnt. Das Leben kann sehr kurz sein«, ruft er aus und winkt den Dienern zu, damit sie allen die Becher füllen. »Kommt, trinkt mit mir«, fordert er seine Gäste lautstark auf und stürzt auch diesen Becher hinunter. Er setzt ihn so kraftvoll ab, als wollte er damit ein Loch in die Tafel schlagen. Eleonore zieht etwas verwundert die Brauen hoch, was Jörg nicht entgeht.

Je ausgelassener das Fest wird, umso steifer sitzt Eleonore – kerzengerade, als hätte sie einen Stock verschluckt – neben ihrem Angetrauten. Zu den Darbietungen der Musikanten wird laut auf den Tisch geklopft. Der Gesang wird immer lauter, und zwischendurch werden Trinksprüche ausgebracht, die ihren Applaus in röhrendem Gelächter finden.

»Auf dass der Tiroler Spund gut ins schottische Fässlein passt.«

»Auf dass viel Tiroler Wein im schottischen Fässlein reife.«

»Auf dass das schottische Rösslein unseren Fürsten ins Paradies tragen möge.«

»Auf dass die schottischen Pflaumen und Äpfelchen nicht zu sauer seien.«

Nach jedem Spruch schlägt man zudem mit der flachen Hand auf den Tisch, dass Becher und Krüge hüpfen. Und schließlich spielt einer aus Sigismunds Gefolge zu allem Überfluss auf die Korpulenz des Herzogs und die Zartheit der angetrauten Herzogin an: »Zum Glück hat man noch nie gehört, dass eine Maus unter einem Heuschober verreckt ist, auch keine schottische.«

Das Gelächter geht fast in Gebrüll über.

Die schottischen Damen verstehen kein Wort, nehmen aber die Rauheit der Sprache wohl wahr und schließen aus dem kreischenden Gelächter und den aufdringlichen Blicken, dass es ihnen nur recht sein kann, wenn sie nichts begreifen. Nur Gwendolyn scheint das eine oder andere wenigstens teilweise zu verstehen. Immer wieder flüstert sie ihrer Schwester etwas zu, bis die sich plötzlich, mitten in dem Stimmgewirr, erhebt und wortlos den Saal verlässt. Die zarten schottischen Damen folgen ihr im Gänsemarsch.

Sigismund winkt ihnen nicht einmal nach. Er ruft nur in den Saal: »Die Hochzeitsnacht ist längst vorbei. Heute muss gefeiert werden«, was die Diener mit den Weinkrügen wieder herbeieilen lässt.

Es werden weitere Gänge aufgetragen, es wird gegessen und getrunken, als wollten Gastgeber und Gäste zeigen, dass sie an der Tafel von niemandem zu schlagen sind.

Bis zum Morgengrauen dauert das Festmahl, und schon am Abend desselben Tages beginnt ein neues Bankett. Erst am dritten Tag verlieren die Festlichkeiten an Turbulenz. Eleonore und ihre Zofen nehmen kaum mehr Anteil daran. Sie bewahren ihre vornehme Zurückhaltung.

Die gegensätzlichen Charaktere und Sitten des Paars bestimmen auch ihren Alltag. Eleonore sitzt in der Innsbrucker Burg und geht vor allem ihren kulturellen Interessen nach, während Sigismund, seine wirtschaftlichen Ziele verfolgend, ständig im Land auf und ab reitet. Gleichsam vom Sattel aus regierend, kümmert er sich um die vielen ertragreichen Bergwerke seines Landes – in Kitzbühel, Pfunds, Imst, Lienz, Rattenberg – vor allem aber um das große Silberbergwerk in Schwaz. Er sorgt dafür, dass die Tiroler Bergindustrie, die wichtigste in Europa, genügend Arbeitskräfte hat, die zum Teil im Ausland angeworben werden müssen, und er kümmert sich um den Ausbau der Münze in Meran. Tiroler Kupfer, Blei, Zink, Silber und Salz verschaffen ihm und seinem Land großen Reichtum, was ihm den Beinamen »der Münzenreiche« einbringt. Da er außerdem erkannt hat, wie einträglich Wegzölle sind, lässt er die Alpenpässe in seinem Herrschaftsgebiet ausbauen, wodurch er den Handelsverkehr mit den oberitalienischen Städten durch Tirol lenkt. Auch das spült Gold in seine Truhen.

Wenn er längere Zeit in Innsbruck ist, liebt er es, wie einst sein Vater in den Auwäldern des Inntals auf Hetzjagd zu gehen. Weder die stille Jagd im Hochgebirge, die Geduld verlangt, ist seine Sache noch die Beizjagd. Genauso wenig ist er an Turnieren interessiert.

Und damit erweist sich Jörgs frühere Befürchtung, einst als Knappe hinter Sigismund herreiten und seine Waffen schleppen zu müssen, als unbegründet. Sigismund braucht keine Knappen. Als junger Fürst, der sich gegen manchen Machtanspruch seitens des Adels und der Kirche wehren muss, braucht er politisch erfahrene Ratgeber und keine Helfer im Kampf mit Waffen.

Durch seine häufige Abwesenheit wird das Hofleben weiterhin von Frauen bestimmt, und das umso mehr, als Eleonore als neue Herrin an die Seite Hedwigs von Sachsen tritt, die als die ältere und erfahrene Frau den Hof weiter führt. Eleonore überlässt ihr die erste Position nur allzu gerne. Macht ist nicht ihr hauptsächliches Interesse. Sie drückt lieber dem kulturellen Leben ihren Stempel auf.

Es wird musiziert, mehr gelesen und auch geschrieben, und in dem Maß, wie sie die Landessprache lernt, gibt sie etwas von ihrer Muttersprache und dem erlernten Französisch an die Höflinge weiter, die daran interessiert sind. So auch an Jörg.

Während Sigismunds häufiger Abwesenheit speist Eleonore mit ihren Zofen in ihrer Kammer. Küchenmägde und Diener tragen auf, entfernen sich mit höflicher Verbeugung, und Jörg, der herzogliche Vorschneider, tritt an die Tafel und zerteilt den Braten – immer mit klopfendem Herzen und heißen Wangen. Es bleibt so aufregend wie beim ersten Mal.

Dass Eleonore ihn zu ihrem persönlichen Vorschneider auserkoren hat, hat die anderen Damen, allen voran Reingard, verstimmt.

»Hoffart ist das, sündige Hoffart, dass dieses junge Ding nicht mit uns speist. Und wenn sie zehnmal eine Königstochter ist. Wenn es ihr hier nicht passt, hätte sie Sigismund nicht heiraten sollen, diese überhebliche Gans«, sagt sie zu Rosalind.

»Und Ihr seid ganz sicher, dass es Euch um der Herzogin Gesellschaft bei Tisch geht und nicht um ihren Vorschneider?«, fragt Rosalind spitz.

»Die Schottin kann sich auswählen, wen sie will. Aber wie kann sie es wagen, unserer Gesellschaft aus dem Weg zu gehen?«

Da hüstelt Rosalind nur und zieht die Brauen hoch.

Nur wenn der Herzog zu Hause tafelt und sich dabei mit seinem gesamten Hofstaat schmückt, kann Reingard bei Tisch das kleine Zeichen aussenden, das Jörg in der Nacht in ihre Kammer ruft. An anderen Tagen muss sie versuchen, seinen Weg zu kreuzen, was ihr nicht immer leichtfällt und sie deshalb verärgert. Wer ist sie denn, um einem Junker nachzulaufen? Aber sie will auf den Junker in ihrem Bett auch nicht verzichten. Und ihn einfach bestimmen zu lassen, wann sie zusammen sind, ist unter ihrer Würde. Schließlich ist sie eine Gräfin und er nur ein Junker.

Jörg schwärmt und träumt von Eleonore, sucht aber weiterhin Reingard auf. Doch mit dem Bild der jungen Herzogin in Herz und Auge fühlt er deutlicher als je zuvor, dass Reingard zu alt für ihn ist, ja, dass sie für eine ledige Frau überhaupt recht alt ist. Seine Leidenschaft lässt mehr und mehr zu wünschen übrig, und sein Liebesspiel verliert an Hitze. Sie ruft ihn zu sich, und er tut, was sie begehrt. Sie spürt seine Veränderung, und in der Angst, ihn zu verlieren, versucht sie, ihn enger an sich zu binden, indem sie ihn häufiger zu sich ruft und manchmal über ihren Schatten springt und höchstselbst zu ihm schleicht.

Solange Jörg nicht gleichzeitig beiden Frauen gegenübersteht, berührt ihn der Gegensatz von Fühlen und Handeln wenig. Wenn Reingard seinen ganzen Leib mit Küssen überzieht und ihn ihre Leidenschaft spüren lässt, kann er Leonore für ein paar Augenblicke vergessen, und wenn er von Eleonore träumt oder mit ihr direkten Kontakt hat, ist Reingard aus seinem Sinn. Nur bleibt es nicht dabei. Oft sitzen all die hohen Frauen in der Kemenate beisammen und wollen unterhalten werden. Und da Jörg nun ein erwachsener Junker ist, spricht nichts mehr dagegen, ihn als Ersatz für einen fahrenden Sänger Liebeslieder vortragen zu lassen. Vor allem die moderneren, die vom Tiroler Landsmann Oswald von Wolkenstein, der die Dinge recht offen beim Namen nennt.

»In kurzer Frist, da werd ich wiederkommen. Mein lieber Nickl, halte dein Versprechen. Ach Nickl, Nickl, liebes Kläuschen, umarm mich, küss mich, streck mir her dein Kerlchen.«

Das fröhliche Gelächter, mit dem solche Verse quittiert werden, ist ihm peinlich. Soll er mit einstimmen? Darf er mit einstimmen? Vor allem weiß er nicht, wo er hinschauen soll. Er spürt Reingards Blick auf sich ruhen und mag ihm nicht begegnen. Auf der anderen Seite sitzt Eleonore mit ihren Zofen und lässt sich das, was sie noch nicht versteht, von Gwendolyn übersetzen. Und lächelnd schaut auch sie auf ihn, während sie leicht zur Seite geneigt ihrer Schwester das Ohr hinstreckt.

Er hält solche Abende kaum aus, und wenn es Reingard dann gelingt, ihren Balzruf hören zu lassen, ist er völlig aufgewühlt und schleicht in ihre Kammer, sobald es in der Burg still ist.

So geht es geraume Zeit. Jörg führt das Leben eines Höflings, wie er es sich nie vorgestellt hat. Statt Schwerterklang hört er Flöten und Schalmeien, und anstatt einem Ritter tapfer in den Kampf zu folgen, dient er den Frauen. Es ist wie in den alten Gedichten: Sein niederer Stand verbietet es ihm, der Frau, in die er verliebt ist, den Hof zu machen. Zwar schnei-

det er ihr vor, liest ihr vor, hilft ihr beim Erlernen der Landessprache, aber bei all dem traut er sich kaum, ihr in die Augen
zu sehen oder gar ihre Hand zu berühren.

Bis ihn eines Tages Bernhard, der Falkner, zu sich ruft.

»Die Herrin will zur Beizjagd ausreiten.«

»Hedwig?«

»Wo denkst du hin? Eleonore. Sie will es versuchen, hat
aber noch nie einen Falken auf der Hand gehabt. Du sollst
uns begleiten. Sie möchte, dass wir den Adler und beide Falken mitnehmen.«

»Und was soll ich dabei tun?«

»Du trägst einen Falken und zeigst ihr, wie man ihm die
Kappe abnimmt.«

Jörgs Herz schlägt höher. Er fühlt, wie ihm die Röte aus
dem Hemd steigt, fragt aber betont ruhig: »Und wann soll die
Jagd stattfinden?«

»Morgen bei Sonnenaufgang reiten wir los.«

In dieser Nacht folgt er zum ersten Mal Reingards Ruf
nicht.

In den ersten Sonnenstrahlen überqueren sie den Inn, reiten
ein kleines Stück flussaufwärts und biegen dann in ein enges Tal ein. Steil geht es bergauf. Bernhard reitet voran. Auf
seinem Handschuh sitzt der Steinadler. Eleonore folgt ihm
direkt, Jörg dicht hinter ihr mit einem Falken. Gwendolyn
und ein Knappe, der den anderen Falken trägt, schließen die
Gruppe ab.

Jörg kommt sich vor wie im Traum. Er sieht das Wandbild
von Hohenentringen in allen Einzelheiten vor sich, er hat die
Verse des Falkenlieds im Ohr – *Ich zôch mir einen valken*
mêre danne ein jâr – und fühlt sich auf einmal Eleonore ganz
nah. Traum und Wirklichkeit fließen ineinander.

Auf einer felsigen Kuppe mit guter Aussicht halten sie an.

»Zuerst dieser«, sagt Eleonore und zeigt auf Jörgs Falken.

Sie warten, bis sie eine Amsel entdecken, die sich am Rand eines Baches in einer Pfütze badet. Jörg nimmt dem Falken die Kappe ab. Seine Augen erfassen die Beute, er fliegt los und stürzt auf die Amsel hinunter, die mit hastigem Geflatter entkommen will. Jörg steigt hinab und holt den Falken und seine Beute. Er setzt ihm die Kappe wieder über die Augen und fordert Eleonore auf, ihren Handschuh anzuziehen. Dann übergibt er ihr den Raubvogel.

Wieder warten sie. Lange Zeit regt sich nichts. Dann endlich zeigt sich ein Birkhuhn am Rand des Bachbetts. Eleonore streckt Jörg ihre Hand mit dem Falken hin, er nimmt die Kappe ab, und schneller, als man zusehen kann, ist das Birkhuhn geschlagen. In kindlicher Freude klatscht Eleonore in die Hände, und Jörg und sie strahlen einander an.

Dann reiten sie das Tal weiter hinauf. Den ganzen Tag verbringen sie auf der Beizjagd, setzen alle drei Vögel mehrmals ein und kommen am Abend mit ansehnlicher Beute zurück.

Es bleibt nicht bei dieser einen Beizjagd. Eleonore empfindet diese spannenden Ausritte als wohltuenden Ausgleich zu dem hochkultivierten, manchmal aber auch künstlichen Leben im Schloss, und so kommt es, dass Jörg immer wieder mit ihr ausreiten darf, anfangs noch unter der Aufsicht Bernhards, dann aber nur in Begleitung Gwendolyns. Er schaut in Eleonoras grünblaue Augen, er berührt sie an der Schulter, wenn er ihr den Falken auf die Hand setzt, er scherzt und lacht mit ihr so unbefangen, als sei er ihr ebenbürtig.

Schließlich verliert er seine Bedenken, fasst sich ein Herz und ist entschlossen ihr mitzuteilen, dass er sie liebt, dass er sie begehrt und ohne sie verzweifeln würde. Aber wie sagt man so etwas? Reingard hat ihn sich einfach gegriffen, um sie musste er nicht werben. Wie aber wirbt man um eine Frau, auf deren Zuneigung man zwar hoffen darf, der man aber, wenn sie ledig wäre, allein schon aus Standesgründen nie einen Heiratsantrag machen könnte?

Nun weiß er aber, dass sie die Texte, die er den Damen vorliest, immer eifrig studiert und sie sich mit Gwendolyns Hilfe übersetzt. Ein Liebeslied will er für sie abschreiben, in dem seine Gefühle versteckt sind. Wenn sie für ihn auch etwas empfindet, wird sie herauslesen, wie es um ihn steht. Und sollte sie es zu direkt finden, könnte er immer noch sagen, dass es sich um ein berühmtes Lied Oswalds von Wolkenstein handle, den sie als Herzogin von Tirol unbedingt genauer kennenlernen müsse.

»Kluges Kind von achtzehn Jahren – bringt zum Schweigen allen Spaß, lässt mich nicht mehr von sich los, seit ichs sah mit meinen Augen. Gönnt mir wirklich keine Ruh: Früh und spät bannt mich ihr Mund, der sich lieblich öffnet, schließt, zart gelenkt von Wörtern …

Könnt sie nur Gedanken lesen: Liebeskummer macht mich krank, … weiblicher war nie ein Weib – makellos, verführerisch … Muss ich da sie nicht begehren? Wenn sie nur Erbarmen hätte …«

Er verschafft sich ein Stück frisches Pergament, zieht sich in seine Kammer zurück und schreibt ihr, Buchstabe für Buchstabe, in allerschönster Schrift, das Liebeslied an eine Achtzehnjährige auf. »Für Eleonore« traut er sich nur auf die Rückseite zu schreiben.

Als nach dem Abendessen die Tafel aufgehoben wird, reicht er der überraschten Gwendolyn das zusammengerollte Pergament.

»Gib das Lady Eleonore. Damit sie die Landessprache gut lernt«, sagt er lächelnd und zieht sich zurück.

Es ist eine bewölkte Neumondnacht. Stockdunkel. Ein starker Wind pfeift um die Burg, und als er sich schlafen legt, fängt es leise an zu regnen. Jörg wickelt sich in seine Decke und schläft ein. Dann, er weiß nicht, wie lange er geschlafen hat, erwacht er durch einen Luftzug. Hat er seine Tür nicht richtig zugemacht? Da knarrt eine Diele unter leichtem Schritt. So leise schleicht Reingard nicht, denkt er und richtet sich gespannt auf. Sacht ertastet eine Hand seine Schulter, fährt federleicht an seinem Arm hinunter und ergreift sein Handgelenk. Ohne gezogen zu werden, folgt er der Hand, die ihn aufstehen lässt, ihm einen leichten Mantel um die Schultern legt und ihn über die kühlen Gänge und Treppen in den schottischen Flügel der Burg führt.

»Just go in«, flüstert Gwendolyn ihm ins Ohr und öffnet die Tür zum Gemach der Herzogin.

Der blaue Vorhang des Alkovens ist aufgezogen. Auf dem Fenstersims brennt eine Kerze, und in ihrem Schein, nackt mit offenen Haaren, sitzt Eleonore und streckt ihm lächelnd ihre Arme entgegen.

»At last you have got the courage«, ist das Einzige, was sie zu ihm sagt, bis er sie im ersten Morgengrauen wieder verlässt.

Jörg glüht vor Leidenschaft. Aber er weiß nicht, wann er wieder zu ihr kommen darf, zu seiner Königin, wie er sie im Stillen nennt. Warum hat sie nicht mit ihm geredet? Sie hat ihm nicht gesagt, dass sie ihn liebt. Er ihr aber auch nicht, muss er sich eingestehen. Es war, als hätte ihm die Leidenschaft die Sprache verschlagen. Und nun kann er sie nicht aufsuchen, er kann ihr nicht nachgehen, noch sie ansprechen. Er sieht sie nur bei Tisch. Wenn er sie bedient, wagt er nicht einmal, ihr in die Augen zu schauen, so nervös ist er. Es braucht seine ganze Konzentration, dass er das Fleisch so gekonnt zuschneidet, wie man es von ihm gewohnt ist, und dass er vor Aufregung nichts verschüttet, wenn er ihr zwischen den Gängen die Silberschale zum Händewaschen reicht.

So geht es ein paar Tage lang. Jörg hat inzwischen schon zweimal mit Reingard geschlafen. Da holt ihn Gwendolyn abends in die Kemenate. Zu seiner Überraschung sitzen dort nur Eleonore und ihre Zofen. Das Feuer knistert im Kamin, zwei Fackeln brennen.

»Read to us«, sagt sie, lächelt ihn an und reicht ihm ein paar Stücke Pergament. Er muss sich neben eine Fackel stellen, um genug zu sehen. Da steht er nun vor den jungen Frauen, liest ein Liebeslied nach dem anderen vor, die meisten kann er halb auswendig. Er spürt, wie ihm die Wangen glühen, und hofft, dass man es bei dem schwachen Licht nicht sieht.

Als er zum letzten Blatt kommt, das Eleonore ihm gereicht hat, spürt er seinen Herzschlag im Hals.

»*Kluges Kind von achtzehn Jahren*«, liest er und zögert einen Moment.

»Please, recite it for us. I'm afraid, I cannot read it myself«, fordert sie ihn auf, als hätte sie das Lied nicht schon oft gelesen.

Er trägt es vor. Und während er das Lied rezitiert – er kann es auswendig – blickt er vom Blatt auf und schaut in Eleonores strahlende Augen. Da endlich weiß er, was sie für ihn fühlt.

Wie es der Sitte entspricht, wird er mit Dank aus der Kemenate entlassen und zieht sich in seine Kammer zurück. Er legt sich auf sein Bett, ohne ein Auge schließen zu können, und wartet. Und er wartet nicht umsonst.

Immer wieder holt ihn Gwendolyn aus seiner Kammer, und manchmal, wenn er Eleonore nach Tisch das Wasser reicht, schaut sie ihm in die Augen und nickt ihm fast unmerklich zu. Dann schleicht er im Dunkeln durch die Gänge der Burg, um seine Geliebte aufzusuchen.

Aber wenn er dann im Morgengrauen zurückschleicht, wird ihm jedes Mal klar, welch gefährliches Spiel er da treibt. Was würde denn passieren, wenn Sigismund von ihren Liebesnächten erfahren sollte? Er mag es sich gar nicht ausmalen, und manchmal quält ihn der Gedanke. Aber mit Eleonore kann er nicht darüber sprechen. Sie mahnt ihn nicht einmal zur Vorsicht. Dass er äußerste Diskretion wahrt und vorsichtig genug ist, um nicht bemerkt zu werden, scheint für sie selbstverständlich zu sein.

Da Sigismund mit seinem Gefolge meist außer Haus ist, ist die Burg halb leer. Da ist es nicht schwer, unbemerkt in den schottischen Flügel zu gelangen. Jörg brauchte kaum Angst haben, ertappt zu werden, wäre da nicht Reingard, nach wie vor. Immer wieder ruft auch sie ihn und wird ungehalten, wenn er ab und zu ihrem Wink nicht folgt. Seine Ausrede, er sei so müde gewesen, dass er ihre Verabredung verschlafen habe, lässt sie nicht gelten.

»Du warst schon anders zu mir«, versucht sie ihn auszuforschen.

»Ich weiß nicht, was du meinst.«

»Du bist immer länger bei mir geblieben als in unseren letzten beiden Nächten.«

»Das glaube ich nicht.«

»Doch. Streite es nicht ab. Ich weiß es.«

Jörg schiebt seinen Arm unter ihren Kopf, dreht sich ihr zu und will sie küssen.

Aber sie wendet ihr Gesicht ab.

»Was ist?«, fragt er. »Soll ich jetzt gehen?«

»Nein, bleib.«

»Dann sei nicht so.«

Er umarmt und küsst sie. Er legt sich auf sie, und sie lässt es geschehen.

Dann liegt er wach neben ihr, während sie schon eingeschlafen ist, und wartet auf den Morgen.

Jörg fürchtet vor allem, dass ihn Reingard eines Nachts im Gang zum schottischen Flügel ertappt und dem Hof den Ehebruch der Herzogin verrät. Dass dann alle Tiroler des Hofs gegen die Nicht-Tiroler zusammenhalten würden, ist keine Frage. Eleonore würde verstoßen. Was mit ihm selbst geschehen würde, stellt er sich lieber gar nicht vor. Aber obwohl er weiß, worauf er sich einlässt, obwohl er sich in klaren Momenten sagt, dass das nicht ewig gutgehen kann, genießt er jeden Moment in den Armen seiner Geliebten und kann nicht widerstehen, wenn sie ihn zu sich ruft. Denn er fühlt sich hochgeschätzt wie der Falke auf der Hand einer Königin. Ob bei Tisch, beim Vorlesen oder auf der Beizjagd – er versieht seinen Dienst in stolzem Selbstbewusstsein und genießt die besondere Stellung, die er unter dem Gesinde einnimmt.

Denn auch Hedwig von Sachsen, die alte Herrin, nimmt am liebsten seine Dienste in Anspruch, ebenso gerne wie Eleonore. So könnte das Leben weitergehen. Er denkt nicht im Entferntesten daran, wie ein freier Falke in ein anderes Land zu fliegen.

Dann aber, an einem frühen Morgen lange vor Sonnenaufgang – im ersten grauen Licht heben sich die Türen, an denen er vorüberschleicht, von den weiß gekalkten Wänden ab – kehrt er in seine Kammer zurück, und es liegt jemand in seinem Bett. Reingard.

Ein Mordsschrecken fährt ihm durch die Glieder. Sein Herz krampft sich wie eine Faust zusammen. Einen Moment steht er völlig ratlos da und kann sich nicht rühren. Dann, um das Beste aus der Situation zu machen, hebt er beherzt die Decke hoch und steigt ins Bett. Wortlos umarmt er Reingard, die ihm den Rücken zudreht. Sie ist hellwach.

»Lass mich. Es ist aus«, sagt sie tonlos.

Er antwortet nicht. Sie hat ihn ertappt. Wie sollte er sich auch rechtfertigen? Auch wenn er wüsste, was er sagen sollte, brächte er kein Wort heraus. Die Spannung nimmt ihm die Stimme.

»Wir wissen es alle. Nur der Herzog weiß es nicht, und er soll es auch nicht erfahren. Es ist aus, mit ihr ist es aus und mit uns.«

Jörg richtet sich auf und schaut auf Reingard hinunter. Ohne sich ihm zuzuwenden, redet sie weiter.

»Dein Abschied ist entschieden. Die Herrin und ich haben beschlossen, dass du gehst. Sie hat alles vorbereitet. Der Herzog kommt in ein paar Tagen. Du wirst ihm sagen, dass du den Eindruck hast, dass du an seinem Hof nichts werden kannst. Als letzten Dienst bietest du ihm an, der nächste Bote zu sein, der in die schwäbischen Vorlande reitet. Ein Knappe wird dich begleiten und dein Saumpferd führen. Man wird dich bei Erzherzog Albrecht gnädig aufnehmen.«

Ohne seine Antwort abzuwarten, steigt sie aus dem Bett.

»Schade – es war schön mit dir«, flüstert sie mit gebrochener Stimme unter der Tür und verschwindet aus seinem Leben.

Er sieht sie nie mehr wieder. Auch Eleonore nicht. Hedwig von Sachsen beordert ihn nach wie vor als Vorschneider an ihren Tisch und lässt sich schweigend von ihm bedienen, bis zu seinem letzten Tag. Er wird nicht mehr in die Kemenate gerufen, es gibt keine Beizjagd mehr. Der Falke muss in ein anderes Land fliegen, ob er will oder nicht.

Keine zwei Wochen später hält er auf der Höhe des Arlbergs sein Pferd an, blickt noch einmal zurück in das Land Tirol, wo er so glücklich gewesen ist, und wendet ihm dann den Rücken zu, für immer.

III.

In den österreichischen Vorlanden 1451–1452

Wie klein kommen ihm die Berge und Hügel vor, als er über die Alb reitet, und wie bescheiden findet er das Uracher Schloss, wo er die letzte Nacht unterwegs verbringt, ehe er seinen Vater im Kilchberger Schloss aufsucht. Alles ist so eng und klein in Schwaben. Als er kurz vor Tübingen durch das Neckartal reitet, denkt er an das breite Inntal zwischen den hohen Bergen und an die Aussicht auf die schneebedeckten Gipfel. Hier sieht er nur bewaldete Anhöhen, die das Tal und den Blick begrenzen. Sein Herz ist schwer. Er ist noch trauriger als bei seinem Ritt hinaus in die Welt. Damals, als er noch ein Kind war, setzte ihm der Abschiedsschmerz einen dicken Kloß in den Hals, aber die Welt lag vielversprechend vor ihm, wie man ihm sagte. Alle Möglichkeiten waren offen, und er brauchte nur zu tun, was man ihm sagte. Und was hat er daraus gemacht? Er hat sich am Hof eines Herzogs, der nur ein Jahr älter ist als er, beliebt gemacht und ist als Liebhaber einer Gräfin und einer Herzogin königlicher Herkunft nachts wie ein Dieb durch die Gänge der Burg geschlichen. Oft hat er dabei gedacht, dass das nicht ewig so weitergehen konnte. Warum hat er nur diesen Gedanken immer wieder verworfen? Er hat sich nicht als Kämpfer bewährt, sondern ist ein weicher Höfling geworden, den man zum Abschied gezwungen hat. Einem Abschied, der nur ehrenvoll aussah, weil die Herrin, um einen Skandal zu vermeiden, ihm gnädig eine befreiende Lüge in den Mund gelegt hat: »Ich möchte mich an einem anderen Hof bewähren und einen höheren Rang erwerben.« Dazu wäre es ohnehin Zeit gewesen. Doch aus eigener Kraft hätte er sich kaum dazu entschließen können.

Wehmütige Erinnerungen an Hohenentringen erwachen, Erinnerungen an das schlichte Schloss seiner Kindheit, wohin er nicht zurückkehren kann, auch wenn er wollte. Er muss am Hof von Erzherzog Albrecht, dem Cousin Sigismunds, um Aufnahme bitten, und das als völlig mittelloser Junker.

Als sein Vater seinerzeit aus Österreich nach Schwaben heimkehrte, war er zum Abschied reich beschenkt worden und konnte schon etliche Güter sein eigen nennen. Und er? Er besitzt nichts als das Pferd, auf dem er sitzt, und die paar Habseligkeiten, die das eine Saumtier tragen kann, das der Knappe hinter ihm herführt. Nicht ein verdienter Ritter kehrt zurück, sondern der arme Junker Jörg, der auf die Gnade eines Erzherzogs angewiesen ist, den er noch nicht einmal kennt.

Er weiß nicht, wie sein Leben weitergehen soll. Zwar führt er ein Schreiben an Erzherzog Albrecht, den Regenten der österreichischen Vorlande, mit sich, in dessen Hofstaat er aufgenommen werden soll. Aber welche Empfehlung hat man ihm mitgegeben? Welche Stellung wird man ihm beim Erzherzog zuweisen? Mit stumpfem Blick ins Leere sitzt er auf seinem Pferd, das er kaum antreibt, und lässt sich an Tübingen vorbeitragen. Und je näher er dem Kilchberger Schloss kommt, umso bedrückter wird er. Wie soll er seinem Vater gegenübertreten, zu dem er nach so vielen Jahren mit leeren Händen zurückkehrt? Er sei »ein richtiger Ehinger«, pflegte sein Vater hoffnungsvoll zu sagen, und nun wird er ihn enttäuschen. Er grübelt und grübelt, ohne sich darüber klar zu werden, wie viel er seinem Vater verschweigen darf, ohne zu lügen.

Zu seinem großen Glück lösen sich diese düsteren Gedanken in Wohlgefallen auf.

»Jörg, mein Sohn! Endlich sehe ich dich wieder!«

Voller Freude umarmt Rudolf seinen erwachsenen Sohn, den er als Siebenjährigen das letzte Mal sah. Er drückt ihn an sich, hält ihn auf Armlänge wieder von sich weg und betrachtet ihn strahlend.

»Du siehst genauso aus wie ich, als ich in deinem Alter war«, sagt er voller Freude und drückt ihn erneut an sich. »Wie glücklich bin ich, dass du wieder hier bist.«

Als Jörg von zu Hause fortgeschickt wurde, war sein Vater achtundfünfzig Jahre alt, ein korpulenter Mann mit vollem braunem Haar. Inzwischen ist er sichtlich gealtert. Er hat etwas von seiner Korpulenz verloren, und die Jahre haben ihre Furchen in sein Gesicht gezogen. Sein Haar ist ergraut und etwas schütter geworden, nur sein Bart hat noch dieselbe Farbe wie früher, und die braunen Augen glänzen wie eh und je.

»Komm und iss mit mir. Teil mit mir mein bescheidenes Mahl.«

Jörg schaut sich in dem kleinen Zimmer um, in dem sich sein Vater eingerichtet hat. Die Wände sind kahl. Nur über dem Bett hängt ein Kruzifix. Es gibt einen grob gezimmerten Tisch, eine kleine Bank und zwei Stühle. Ein mächtiger, dunkel gebeizter Schrank neben der Tür verdunkelt das Zimmerchen, in das ohnehin nur wenig Licht fällt.

»Hier wohnst du nun also«, sagt Jörg, indem er sich umsieht.

»Ja, und es reicht mir. Was sollte ich nach dem Tod deiner Mutter noch auf Hohenentringen? Ich habe mein Teil gut verkaufen können und fühle mich hier nun sehr wohl.«

»Aber du bleibst doch nicht hier in diesem kleinen Zimmer? Wann lässt du das große Haus renovieren?«

»Das hat Zeit. Eins ums andere. Jetzt lasse ich erst die Kirche neu bauen.«

»Welche Kirche?«

»Die Kirche, die du seit deiner Kindheit kennst, wo wir jeden Sonntag zum Gottesdienst gingen.«

»Die Entringer Kirche!«

»Ja, die. Das Langhaus und den Turm habe ich abreißen lassen. Das Langhaus wird gerade gebaut, und der Turm wird nächstes Jahr begonnen.«

»Und du selbst wohnst in diesem elenden Zimmer!«

»Es reicht mir. Ich muss nicht frieren, ich habe ein Dach überm Kopf, mein kleines Gesinde versorgt mich. Was will ich mehr?«

Jörg schüttelt verständnislos den Kopf.

»Vater, du darfst doch auch an dich denken.«

»Ich denke schon an mich, mein Sohn. Aber es steht auch geschrieben, dass Geben seliger ist als Nehmen. Ich gebe. Das ist gottgefällig.«

Dann setzen sie sich an den Tisch und essen Roggenbrot mit Speck und gekochten Eiern.

»Wenigstens gönnst du dir das«, sagt Jörg, als sein Vater ihm Wein in den Becher schenkt.

Jörg muss von seiner Pagenzeit erzählen, von seinen Lehrern, von seiner ehrenvollen Position als Vorschneider der Herrinnen und von den Beizjagden mit der jungen Herzogin. Lange ergeht er sich in farbigen Schilderungen, bis sein Redefluss schließlich abebbt.

Da blickt ihm sein Vater mit lächelndem Spott in die Augen und sagt: »Du erzählst wie ein junger Knappe von sechzehn Jahren. Aber du bist bald vierundzwanzig. Sag mir also: Gab es auch Frauen?«

Jörgs Gesicht wird ernst. Er beißt sich sogar kurz auf die Lippen. Dann nickt er stumm.

»Der Abschied war wohl nicht sehr glücklich?«

»Nein. Aber es war für mich der richtige Augenblick, meinen Abschied zu nehmen. Es wird Zeit, dass ich mich einem streitbaren Fürsten anschließe und als Ritter bewähre. Ich durfte mich nicht länger zu Innsbruck in Vergnügen und Wohlleben verliegen.«

Rudolf lächelt verständnisvoll und sagt nur den erlösenden Satz: »Deine Mutter war auch nicht meine Erste. Ich will nicht weiter in dich dringen. Jeder junge Mann hat Geschichten erlebt, die er seinem Vater nicht unbedingt erzählen muss. Ich hoffe nur, du hast der Herzen nicht zu viele gebrochen.«

Darauf antwortet Jörg nur mit einem unsicheren Achselzucken. Er ist heilfroh über die weise Gelassenheit seines Vaters.

Als er berichtet, dass man ihn an den Hof von Erzherzog Albrecht schickt, nickt Rudolf anerkennend.

»Dann hat man es mit dir gut gemeint. Albrecht ist ein gnädiger Fürst, der aber ein schwieriges Land zu regieren hat, weit zerstreute Besitzungen zwischen Freiburg und dem Arlberg und zwischen hier und Günzburg. Er sitzt ständig im Sattel. Wenn er aber in Rottenburg weilt, dann hält er prächtig Hof. Du wirst dich bei ihm wohl bewähren können.«

»Wo hält er sich gerade auf?«

»Hier nicht, soviel ich weiß. Er wird in Freiburg sein. Du wirst dich bald auf den Weg machen müssen.«

Jörg schaut nachdenklich vor sich hin.

»Was ist? Woran fehlt es?«

»Wie soll ich in Freiburg auftreten, ohne mich schämen zu müssen? Ich weiß nicht, was in dem Brief steht, den man mir mitgegeben hat, und ich besitze nichts als das eine Ross, auf dem ich hergeritten bin.«

Da lacht Rudolf laut und greift nach Jörgs Arm.

»Hast du etwa gedacht, dass dein Vater dich mit leeren Händen weiterziehen lässt? Du bekommst drei Pferde und was du an Ausrüstung brauchst. Ein Ehinger soll sich nicht schämen müssen. Da sei Gott vor!«

Neu eingekleidet, gut ausgerüstet und mit drei stattlichen Reitpferden macht sich Jörg auf den Weg nach Freiburg. Sein Knappe führt nun zwei Saumpferde, die weit mehr beladen sind als das eine, mit dem er bei seinem Vater angekommen ist.

Sein Weg führt ihn neckaraufwärts von einer österreichischen Stadt zur nächsten: von Rottenburg über Horb nach Oberndorf. Dann geht es durch den Schwarzwald nach Triberg, und von dort über Waldkirch nach Freiburg.

Dort wird er sehr freundlich aufgenommen, was ihn nach seinem Abgang in Innsbruck angenehm überrascht. In dem Schreiben an den Erzherzog muss viel Gutes über ihn zu lesen sein, und so kann er sich in das Hofgesinde und die Streitmacht einreihen, mit denen der Erzherzog Staat macht, wenn er durch die österreichischen Vorlande zieht. In Offenburg, Freiburg, Rheinfelden, Rottenburg, Günzburg, Tettnang, Bregenz, Bludenz und anderen Städten muss Albrecht nach dem Rechten sehen und dafür sorgen, dass die Erträge der Besitzungen in seine Truhen und die seines Vetters Sigismund fließen. Als reisender Regent muss er ständig seine Macht und seinen Reichtum demonstrieren. Und je mehr verlässliche Streiter er um sich scharen kann, desto besser. Denn die Zeiten sind unsicher, die Wege gefährlich.

Wenn er nicht herumreisen muss, hält sich Erzherzog Albrecht gerne in Rottenburg auf. Denn die Stadt ist gut befestigt, das Schloss ist für seinen Hofstaat geräumig genug, und durch seine Lage ist es ein guter Ausgangspunkt für die Reisen an die verschiedenen Orte, die aufgesucht werden müssen. Der Platz vor der Martinskirche taugt für Turniere, und auf den ebenen Wiesen vor den Stadtmauern lassen sich große Reiterspiele und Schaukämpfe veranstalten, was in das

Leben des Hofstaats und der Bürger eine willkommene Abwechslung bringt.

Jörgs Leben verändert sich in seinem ersten Jahr in den Vorlanden nur insofern, als er im Gefolge des Erzherzogs viel im Sattel sitzt und so das Land kennenlernt. Gelegentlich bedient er seinen Herrn bei Tisch. Er nimmt an Jagden und Ritterspielen teil wie andere Edelleute auch und freut sich seines Lebens. Eine besondere Stellung nimmt er aber nicht ein, er ist einer unter vielen. Damit wäre er auch noch länger zufrieden. Aber da kündigt Sigismund von Tirol, sein ehemaliger Herr, seinen Besuch in Schwaben an, was ihn in Bedrängnis bringt.

Hat er nicht gesagt, er wolle von Innsbruck weggehen, um an einem anderen Hof eine höhere Stellung zu erwerben? Und was ist er jetzt? Ein Junker unter vielen, der keinen Schritt vorangekommen ist. Man wird ihn verachten und hinter vorgehaltener Hand höhnisch lachen, befürchtet er. Und das bedrückt ihn.

Sobald es ihm möglich ist, schwingt er sich aufs Ross und galoppiert zu seinem Vater. Er sucht seinen Rat. »Wie schaffe ich es, am Hof zu einer besseren Stellung zu kommen? Es gibt so viele verschiedene Leute aus vielen Ländern, sodass man als Einzelner kaum auffällt. So viele haben dieselben Pflichten wie ich und erfüllen sie ebenso gut. Was soll ich tun?«, fragt er, nachdem er seine Befürchtung offengelegt hat. »Was kann ich tun, damit sie mich nicht verachten, wo ich inzwischen nichts Besseres geworden bin?«

Rudolf hört sich die Sorgen seines Sohns in aller Ruhe an. Er kennt den jungen Erzherzog, der nur zehn Jahre älter als Jörg ist, und er kann einschätzen, wie man sich ihm am besten nähert.

»Mein lieber Sohn, ich verstehe dich nur allzu gut. Wie du mir erzählt hast, hat dich Sigismund deutlich spüren lassen, dass du nur der Sohn eines Ritters bist. Und wenn du am Ende zu ihm gesagt hast, dass du denkst, du kannst an seinem Hof nichts mehr werden, dann hast du in gewisser Weise seine Ehre verletzt. So ein junger Fürst meint doch, sein Hof sei der vornehmste, und du hast ihn fühlen lassen, dass du anderer Ansicht bist. Da musst du jetzt schon sehen, dass du etwas darstellst, wenn er hier ankommt.«

»Und wie soll ich das machen?«

»Ich glaube, es ist einfacher, als du denkst. Nach allem, was ich gehört habe, kommt Sigismund nicht, um seinem Vetter Albrecht einen freundschaftlichen Verwandtenbesuch abzustatten, sondern es geht um Geld. Er will mit ihm über die Einkünfte aus den Vorlanden streiten. Die beiden sind sich nicht grün. Und das kannst du ausnutzen. Geh einfach hin und rede ganz offen über dein Problem. Albrecht ist ein guter Mensch. Er wird dich verstehen. Aber du solltest ihn nur ansprechen, wenn er gute Laune hat, am besten nach einer guten Mahlzeit, wenn er sich am Wein erfreut. Da hat er bestimmt ein offenes Ohr für dich.«

»Hoffentlich auch ein offenes Herz.«

»Sicher. Du hast alles, was ein junger Edelmann braucht. Bitte ihn um eine Stellung in seiner Nähe. Er wird sie dir sicherlich gewähren. Also sei unbesorgt.«

Wenige Tage danach, nach einer erfolgreichen Jagd im Rammert, sitzt Erzherzog Albrecht hochgestimmt mit seinen Kammerherrn bei Tisch und lässt sich von Jörg vorschneiden. Jörg bedient ihn geschickt und winkt, sobald er sieht, dass der Wein im Becher des Fürsten zur Neige geht, den Diener mit dem Weinkrug herbei. Albrecht schwelgt im Genuss, macht Späße und lacht ausgelassen über jede witzige Bemerkung, die in der Runde gemacht wird. Jörg beobachtet ihn genau und lauert auf eine passende Gelegenheit, ihm sein Anliegen auseinanderzusetzen.

Schließlich wird die Tafel aufgehoben. Statt dass Jörg, wie gewohnt, den Saal verlässt, bleibt er einfach an der Tür stehen und schaut Albrecht abwartend an, der das Verhalten seines Vorschneiders zu deuten weiß.

»Von Ehingen, was hat er auf dem Herzen?«, fragt er gutmütig.

»Gnädiger Fürst«, antwortet Jörg schüchtern, »ich möchte Euer Gnaden um etwas bitten.«

»Nur zu, heraus damit«, fordert Albrecht ihn freundlich auf.

»Ich bin vor einiger Zeit an Eurer Gnaden Hof gnädig aufgenommen worden, nachdem ich vom Hof meines gnädigen Herrn, des Herzogs Sigismund und seiner gnädigen Gemahlin, mich verabschiedet hatte. Ich war in der Zuversicht, das, was der Würde und Ehre eines Edelmanns ziemt, an Eurer Gnaden Hof zu erlernen und habe gesagt, dass ich deshalb Innsbruck verlassen möchte. Jetzt erfahre ich, dass der gnädige Herzog Sigismund Euer Gnaden besuchen wird. Und sollte er dann sehen, dass ich mich inzwischen durch kein noch so kleines Amt bei Euer Gnaden verdient gemacht habe, würde er mich verachten und ich müsste mich vor seinem ganzen Hofstaat schämen. Deshalb bitte ich Euer Gnaden, mir ein Amt nahe bei Eurer gnädigen Person zuzusprechen. Ich würde geloben, das Amt zu Eurer Gnaden höchstem Gefallen zu versehen.«

Albrecht mustert ihn schelmenhaft lächelnd, bricht in lautes Gelächter aus und ruft, indem er mit der flachen Hand auf die Armlehnen seines Stuhls schlägt: »Bei Gottes hinkender Gans! Das soll sein.«

Sofort lässt er einen seiner Kämmerer kommen und befiehlt: »Geh und hol die Schlüssel zu meinen Gemächern und gib sie dem von Ehingen. Er soll von nun an mein oberster Kammerherr sein.«

So wird Jörg ständiger Begleiter seines Herrn. Er achtet auf Ordnung in seinen Gemächern, er ist ihm beim An- und Auskleiden behilflich, er sorgt dafür, dass seine Garderobe gut gepflegt wird und versieht, als einer der wenigen Edelleute, die lesen und schreiben können, mitunter auch das Amt eines Sekretärs.

Sein Vater ist hochzufrieden, als er ihm davon berichtet, und rät ihm, seine Zeit nicht mehr in unnützer Gesellschaft zu vergeuden, sondern Anschluss an Herrschaften zu suchen, die seine Fähigkeiten erkennen und ihn voranbringen können.

Kaum ist Jörg in Amt und Würden, da kommt Sigismund mit seinen Mannen an. Schon beim Festmahl, das zum Empfang der Tiroler veranstaltet wird, stößt der Tiroler Herzog auf den armen Junker, der vor nur einem Jahr seinen Abschied nahm und, wie er sagte, sich einem feinen Fürstenhof anschließen wollte, um voranzukommen. Und nun begegnet ihm dieser Junker nicht mehr als Vorschneider, sondern speist bereits als oberster Kammerherr seines Cousins Albrecht an derselben Tafel, an der er, sein ehemaliger Herr, bewirtet wird, erhebt sein Glas zu denselben Trinksprüchen und winkt mit gewandter Hand die Tischdiener herbei. Und jedes Mal, wenn er sich erhebt, fällt Sigismunds Blick auf den Schlüsselbund, den Jörg als Zeichen seiner Würde am Gürtel trägt. Er würde ihn am liebsten ignorieren. Aber bei jedem Trinkspruch, der ausgebracht wird, wenn man sich von den Stühlen erhebt, um auf Erzherzog Albrecht oder ihn selbst zu trinken, wenn man seinen Zechgenossen in die Augen schauen muss, fängt Sigismund, ob er will oder nicht, Jörgs selbstbewussten Blick auf und muss ihm standhalten. Zwei Augenpaare treffen sich dann, das eine unsicher flackernd, das andere triumphierend. Und mancher von Sigismunds Höflingen muss, weil Jörg weiter oben an der Tafel sitzt als er, seinen Ärger mit einem extra Schluck Wein hinunterspülen.

Erzherzog Albrecht entgeht die Reaktion der Tiroler nicht.

»Manch einer hat dreingeschaut, als hätte man ihm Essig zu trinken gegeben«, sagt er lachend, als Jörg ihm nach dem Mahl beim Auskleiden hilft.

Dieselbe ärgerliche Verwunderung lässt Sigismund sich anmerken, als Jörg bei allen finanziellen Verhandlungen an Albrechts Seite steht. Mühelos macht er wichtige Notizen und erstellt für seinen Herrn im Handumdrehen die eine und andere Rechnung, die die Innsbrucker Ansprüche schmälert. Auf einen solchen Sekretär kann Sigismund sich nicht stützen und fühlt denselben Stich wie damals, als Jörg, der um ein Jahr jüngere Page, schon auf Pergament schreiben durfte, während er, der Fürstensohn, noch ungelenk auf dem Wachstäfelchen herumkritzelte.

Die Stimmung bleibt geschäftsmäßig kühl. Zwar zecht man zusammen und lässt sich von Musikanten und Gauklern unterhalten, aber Ritterspiele oder ein Turnier finden nicht statt. Wohl hat man die Turnierschranke vor der Martinskirche schon aufgebaut und die Balken für die Zuschauertribüne zurechtgelegt. Aber das Wetter macht nicht mit. Tagelang zieht ein Gewitter nach dem anderen herauf, immer wieder regnet es in Strömen, sodass manche Wiese im Neckartal unter Wasser steht, was ein großes Kampfspiel unmöglich macht. Der Blick an den grauen Himmel ist hoffnungslos.

Auch deswegen hat Sigismund den Aufenthalt in Schwaben bald satt. Er schützt dringende Geschäfte in Tirol vor, verzichtet auf ritterliche Festlichkeiten zu seinen Ehren und reitet mit seinem Gefolge nach Innsbruck zurück. Bei diesem Besuch sind die beiden Vettern einander nicht ans Herz gewachsen.

IV.

Prag 1453

Monate sind vergangen, seit Sigismund mit seinem Gefolge nach Tirol zurückgeritten ist. Der Winter ist vorüber, das Land wird grün, und Erzherzog Albrecht ist im Begriff, wieder durch die österreichischen Vorlande zu reiten, um nach dem Rechten zu sehen. 1453 scheint ein Jahr zu werden, das sich von den vorausgegangenen kaum unterscheidet.

Da aber schickt der Hohenzollernfürst Albrecht zu Brandenburg, der seinen Hof in Ansbach hat, einen Boten nach Rottenburg. Der Erzherzog ist überrascht, denn mit den Hohenzollern hat er noch nie zu tun gehabt. Er empfängt den Boten mit hohen Ehren im großen Saal. Links und rechts von seinen Kammerherrn flankiert, erhebt er sich und tritt ihm drei Schritte entgegen.

»Nehmt gnädig den Brief entgegen, den mein Herr, Markgraf Albrecht zu Brandenburg, Euch von seiner Residenz in Ansbach schickt«, sagt der Bote laut, verbeugt sich und übergibt den Brief. Mit gerunzelter Stirn erbricht Erzherzog Albrecht das Siegel, überfliegt ihn und reicht ihn Jörg.

»Lese er das laut vor!«

Jörg kommt seiner Aufforderung nach, versteht wohl, was da steht, kann aber den Sinn nicht erkennen: Der Hohenzollernfürst fordert Erzherzog Albrecht dazu auf, mit seinen Reitern in prachtvollem Zug den böhmischen Thronanwärter Ladislaus von Wien nach Prag zu begleiten, wo er zum König von Böhmen gekrönt werden soll. Gleichzeitig versichert er, dass der ganze österreichische Adel und Fürsten aus Kroatien und Ungarn ebenfalls an dieser Krönung teilzunehmen versprochen haben.

Man dankt dem Boten und entlässt ihn in seine Unterkunft mit der Aussage: »Bleibt zwei Tage bei uns. Dann werden wir Eurem Herrn antworten.«

Als der Bote den Saal verlassen hat, werden Fragen laut.

»Wer ist Ladislaus? Wer hat je von ihm gehört?«

»Er ist der König von Ungarn und Kroatien, gerade mal dreizehn Jahr alt«, erklärt der Erzherzog mit leichtem Spott in der Stimme.

»Ladislaus von Ungarn, ein Kind von dreizehn Jahren, soll zum König von Böhmen gekrönt werden? Und da reiten Fürsten aus allen Ländern hin? Wer soll das verstehen?«

»Ich will es euch erklären«, beginnt Erzherzog Albrecht und macht es sich in seinem Sessel bequem. »Es geht eigentlich gar nicht um diesen jungen Ladislaus, sondern um meinen machthungrigen Bruder, seine kaiserliche Hoheit Friedrich III. Ladislaus ist der rechtmäßige Thronerbe von Kroatien, Ungarn und Böhmen. Leider ist der Arme aber seit seinem fünften Lebensjahr Waise. Und wer hat sich seiner angenommen? Kein anderer als mein Bruder Friedrich hat die Vormundschaft an sich gerissen.«

»Aber der war doch schon Vormund von Sigismund von Tirol, oder nicht?«, wirft Jörg ein.

»Natürlich, das war er. Er hat versucht, über Vormundschaften Macht zu erlangen, wo immer sich eine Gelegenheit bot. Die Welt sollte ihn für den großen Beschützer der Witwen und Waisen halten! Doch den Gefallen hat ihm niemand getan, am wenigsten die Kroaten und Ungarn. Und manche Österreicher auch nicht. Denen gefiel seine rührende Fürsorge schon lange nicht mehr. Die haben ihn durchschaut. Sie forderten, dass er ihnen Ladislaus übergibt. Was er natürlich nicht getan hat! Lieber hat er in Kauf genommen, dass man ihn und sein Mündel in Wiener Neustadt fast zwei Jahre lang belagert hat. Dann erst, als seine Lage letztes Jahr aussichtslos wurde, hat er nachgegeben. Er hat sich ergeben und vorgetäuscht, dass er Ladislaus den Ungarn überlassen will. Aber kaum war die Belagerung aufgehoben, da zog er mit seinem Mündel nach Rom und hat sich zum Kaiser krönen lassen. So eine Frechheit! Und wenn er jetzt könnte, würde er sich die Länder seines ehemaligen Mündels aneignen. Genau darum geht es: Wir, die Fürsten, müssen zeigen, dass wir hinter Ladislaus stehen und seine Souveränität garantieren. Die Kaiserliche Hoheit soll sehen, mit wem sie es zu tun kriegt, wenn sie ihre Finger nach Ungarn oder Böhmen ausstreckt.«

»Wenn das so ist, dann auf nach Prag«, erklingt es begeistert in der Runde, verspricht doch eine solche Reise Abwechslung und Abenteuer. Man berät darüber, wie groß die Abordnung aus den österreichischen Vorlanden sein soll.

Nach zwei Tagen wird der Bote entlassen. In dem Brief, den der Erzherzog ihm mitgibt, kündigt er an, dass er mit fünfhundert Pferden nach Wien ziehen wird, wo er auch den Markgraf treffen wird, um sich dort mit ihm und den anderen Fürsten in den Zug einzureihen, der Ladislaus nach Prag geleitet.

Jörg sieht seine Chance, endlich zum Ritter geschlagen zu werden. Er hat alles, was es dazu braucht, wie sein Vater zu ihm sagt. Doch an Gelegenheiten, in den Ritterstand aufgenommen zu werden, hat es in den letzten Jahren gefehlt. Es hat keine großen Feste des Adels gegeben. Nun aber kann er hoffen, anlässlich dieser Krönung endlich den Ritterschlag zu empfangen.

Aber er erkennt auch, dass er zu dieser prächtigen Machtdemonstration des Adels mit nur einem Knappen und drei Pferden nur wenig beisteuern kann. Mehr hat er nicht. Da sucht er nach langer Zeit seinen Vater wieder auf.

»Sei mir gegrüßt, mein lieber Sohn. Ich habe dich lange nicht gesehen. Wie geht es dir?«

»Wie geht es Euch, Vater? Ihr lebt ja immer noch in diesem kleinen Zimmer.«

»Lass nur, mir geht es gut. Ich bin gesund und zufrieden«, lenkt er von seiner bescheidenen Umgebung ab. »Nur fehlt mir deine Mutter, meine Frau«, fügt er hinzu und weicht Jörgs Blick aus, indem er aus dem Fenster schaut.

»Habt Ihr keine Gesellschaft? Seid Ihr denn immer allein?«

»Ich gehe in die Messe, ich gehe zur Beichte, ich habe mein kleines Gesinde. Und wenn ich nach Entringen reite und mir anschaue, wie der Bau der Kirche vorangeht, dann habe ich meine stille Freude. Man beginnt mit dem Turm. Du solltest es dir einmal ansehen. Aber erzähl mir doch, was es Neues beim Erzherzog gibt.«

»Eine große Reise steht bevor, ein Zug nach Prag mit fünfhundert Pferden, zu einer Königskrönung.«

Rudolf ist hocherfreut, als er das hört. Auch er denkt sofort daran, dass bei diesem Fest möglicherweise eine Schwertleite stattfinden und sein Lieblingssohn von der Reise als Ritter zurückkehren könnte.

»Ziehe mit deinem Herrn nach Prag. Da wirst du viele Fürsten kennenlernen. Zeig dein Geschick bei den Turnieren, damit du bekannt wirst, und schließe Freundschaft mit den besten Kämpfern für die Christenheit.«

»Das möchte ich gerne tun, Vater. Nur, ich weiß nicht, ob ich dem prächtigen Zug, der da geplant ist, genug beisteuern kann. Drei Pferde und meine Rüstung sind mein ganzer Besitz.«

Da lächelt sein Vater gutmütig.

»Es macht mir große Freude, dass du Kammerherr geworden bist und bei deinem Herrn eine Vertrauensstellung einnimmst. Und für das, was dir nun zu dieser Reise zur

Königskrönung fehlt, komme ich gerne auf. Ich will dich zu diesem Zug ausrüsten, sodass es zu deiner und deines Herrn Ehre gereicht. Du sollst so ausgestattet sein, wie es einem Ritter ziemt. Aber zeige auch deine Stärke und deine Fähigkeiten, wo immer die Gelegenheit sich bietet. Und wenn eine Schwertleite abgehalten wird und man jungen Edlen wie dir anbietet, in den Ritterstand erhoben zu werden, so nimm dies an. Ich wäre überglücklich, wenn du als christlicher Ritter aus Prag zurückkehrtest.«

Er beschenkt seinen Sohn mit einer vollständigen Rüstung und prächtigen Waffen – darunter der Zweihänder aus der Hohenentringer Waffenkammer, den er als Kind bestaunte –, mit ein paar Hengsten und Stuten, einer reichen Garderobe und nicht zuletzt einer vollen Börse, sodass er sich ein Gefolge von Knechten und Knappen leisten kann.

Erzherzog Albrecht nimmt dies mit Wohlgefallen wahr, kann er doch nun auf seinen Kammerherrn Jörg von Ehingen besonders stolz sein.

Ende August ziehen sie los. Über die Alb reiten sie nach Ulm und folgen dort der Donau. Wo immer es möglich ist, dass wenigstens ein Teil der großen Truppe zu Schiff vorankommt, nutzt man dies und schont seine Kräfte. Man trennt sich und vereint sich immer wieder, bis man schließlich gemeinsam in Wien ankommt.

Wien hat noch nie so viele Fremde auf einmal gesehen. Von allen Seiten strömen Herzöge, Erzherzöge, Markgrafen und Kurfürsten mit ihrem Gefolge herbei, zehntausend Reiter insgesamt, sodass Wien und sein Umland die Menge der Hofgesellschaften kaum aufnehmen können. Und es wird gefeiert. Solange man wartet, bis sich alle zusammen zum geplanten Triumphzug formieren können, vergnügt man sich mit Ritterspielen. In den Donauauen ist mit rotweißen Fahnen ein Spielfeld abgesteckt, wo sich die Ritter in fairem Wettkampf messen können, solange sie auf den Abmarsch nach Prag warten. Hier lernt man einander kennen. Oft hat man schon viel voneinander gehört, man hat über Boten miteinander Kontakt gehalten, aber getroffen hat man sich noch nie, wenn man nicht gerade einmal am selben Feldzug teilgenommen hat. Und so lernt hier nun manch ein Ritter einen Kämpfer kennen, dessen Ruhm ihm weit vorausgeeilt ist. So mancher will sich vielleicht mit dem Ruhmreichen messen, um noch berühmter zu werden als dieser. Aber zunächst geht es darum, den möglichen Gegner zu beobachten und einzuschätzen. Bunt im feinsten Zeug gekleidet hält man sich am Rand des Spielfelds auf, lässt seinen Reichtum glänzen, freundet sich an und fordert einander zu fairem Kräftemessen heraus.

Mit und ohne Rüstung läuft man um die Wette, man reitet Pferderennen, nachdem man sich in voller Rüstung ohne Steigbügel aufs Pferd geschwungen hat, man übt sich im Ringstechen und Armbrustschießen und fordert sich gegenseitig zur Tjost, dem Reiterkampf mit der Lanze, wo es gilt, den anderen mit einem wohlgezielten Lanzenstoß unsanft hinter sein Ross zu setzen. Es ist ein raues Spiel, das nicht ohne Blessuren abgeht. Aber wer gesehen und bekannt werden will, muss sich darauf einlassen. Der Markt der Eitelkeiten ist von morgens bis abends belebt, man kommt, um zu sehen und gesehen zu werden.

Dort trifft Jörg auf einem Erkundungsgang gleich nach seiner Ankunft auf eine Gruppe von Edelmännern, die er von Rottenburg her kennt: das Gefolge Sigismunds, das ihn, den damals frischgebackenen Kammerherrn, so kritisch beäugt hat.

Mit einem Bierkrug in der Hand steht er am Eingang eines der Zelte, in denen Erfrischungen angeboten werden, und schaut dem Treiben zu. Soll er schon mitmachen oder sich lieber erst von den Strapazen der Reise erholen? Er weiß, dass das vernünftig wäre. Aber es fällt ihm schwer. Trotzdem entschließt er sich, ein paar Tage zu warten.

Da aber gehen ein paar Männer aus Sigismunds Gefolge an ihm vorbei, so bunt gekleidet wie ein Schwarm Papageien. Die einen halten die Nase hoch und ignorieren ihn, die anderen tun so, als würden sie sich ganz schwach an ihn erinnern – ach ja, der von damals –, indem sie ihm wie beiläufig zunicken, ohne Freundlichkeit oder Interesse an den Tag zu legen. Nur einem von ihnen reicht das nicht. So laut, dass Jörg es hören muss, sagt er spöttisch: »Was man in Rottenburg ins Wasser fallen lassen musste, kann man hier ja nachholen. Wenn da mal keiner mit einem großen Schlüsselbund am Gürtel in der Donau ersäuft.«

Lautes Gelächter. Ein paar wenden sich Jörg zu, aber nicht alle. Jörg tut zunächst, als hätte er diese Spottrede überhört. Er führt gemächlich seinen Krug an den Mund und schaut zu, wie sich die bunte Gruppe Bier reichen lässt.

»Lassen wir es krachen«, ruft der Stichler dann mit einem höhnischen Blick auf Jörg. »Trinken wir auf eine erfolgreiche Tjost. Prost!«

Prost rufen auch die anderen, sie heben die Krüge, nehmen, mit Blick auf Jörg, einen großen Schluck und wischen sich den Schaum vom Mund.

»Ja. Prost. Auf eine erfolgreiche Tjost«, sagt Jörg in den stillen Moment hinein und hebt seinen Bierkrug, als wollte er mit ihnen anstoßen.

Der Stichler tritt herausfordernd auf ihn zu. Aber ehe er den Mund aufmacht, fragt ihn Jörg gelassen: »Wann soll es denn sein? Morgen oder übermorgen?«

»Wann Ihr wollt. Wir sind hier.«

»Das ist ein Wort.«

Ehe Jörg weggeht, mustert er seinen künftigen Gegner. Er ist kräftig gebaut und ungefähr so groß wie er selbst. Er muss sich vorsehen.

Einen Tag lässt er verstreichen. Dann aber, schon am frühen Morgen, lässt er sich zum Kräftemessen rüsten. »Leg dem Schimmelhengst den Turniersattel auf, und die schwarzgelbe Schabracke«, weist er seinen Knappen an.

Er lässt sich von seinen Knappen die Rüstung anlegen, setzt sich selbst den schwarzgelb geschmückten Turnierhelm auf und reitet dann zum Turnierplatz.

Von den Tirolern ist noch nichts zu sehen. Da trabt er locker auf und ab, macht sich und seinen Hengst warm und beobachtet dabei, wer auf den Turnierplatz kommt. Mehrere Ritter, ebenso gerüstet wie er, beleben nach und nach den Plan, indem sie wie ziellos über die Turnierbahnen ziehen und auf einen Herausforderer warten.

Jörg erweckt Aufsehen, ist er doch als Erster da gewesen und tut so, als sei er allein auf dem Platz. Er schenkt ihnen keinen Blick, womit er ihnen Rätsel aufgibt. Aber dann spornt er plötzlich seinen Hengst an und sprengt auf einen Reiter zu, der auf den Platz geritten kommt. Gelbgrün sind dessen Farben. Sein Schild zeigt drei Bäume. Außer von seinen Knappen wird er von ein paar farbenprächtigen Höflingen begleitet, die ohne Rüstung im Sattel sitzen.

»Ihr habt gesagt, Ihr seid immer hier. Nun warte ich schon recht lange«, ruft Jörg ihnen entgegen.

»Dann lasst uns sofort beginnen. Ringstechen, Tjost, Pferderennen?«

»Pferderennen«, schlägt Jörg vor. Sein Gegner stimmt zu.

Am Rand des Spielfelds formiert sich ein Publikum. Wer vorher noch sein Ross ziellos auf- und abstolzieren ließ, steigt ab und übergibt die Zügel seinen Knappen, damit er ungehindert das Schauspiel verfolgen kann.

Auch Jörg und sein Gegner steigen ab. Ihre Knappen entfernen die Steigbügel und halten die Pferde am Zaumzeug fest. Dreißig Schritte entfernt warten die beiden Ritter auf das Kommando. Dann laufen sie los, schwingen sich gleichzeitig auf ihre Rösser und hetzen die Turnierschranke entlang. Ihre Waffenröcke, schwarz-gelb und grün-gelb, blähen sich im Wind. Die Hufschläge dröhnen. Jörgs Gegner hat von Anfang an einen Pferdehals Vorsprung und kann ihn bis zum Wendepunkt halten. Dann aber hat Jörg seinen Hengst besser im Griff, schafft eine kürzere Wende und rast im gestreckten Galopp der Zielmarke zu. Aus dem Augenwinkel sieht er den Kopf des gegnerischen Pferds genau neben sich. Überlegen lächelnd wendet er sich seinem Gegner zu, streckt den Arm aus und fährt mit seiner Hand dem Pferd über die Blesse, wodurch es nur kurz den Kopf zur Seite bewegt, was aber schon dafür reicht, dass es die nächsten zwei Schritte ein kleines bisschen kürzer macht und aus Jörgs Gesichtsfeld verschwindet. Er hört nur noch sein Schnauben und erreicht das Ziel mit einer halben Pferdelänge Vorsprung. Dröhnender Applaus.

»Und was soll der nächste Gang sein?«, fragt Jörg.

»Ringstechen. Denn dazu werdet Ihr nach der Tjost nicht mehr fähig sein.«

»Habt Dank für Eure Fürsorge.«

Die Steigbügel werden wieder angeschnallt, Ringe werden an die Galgen gehängt, sechs Stück in je zwanzig Schritten Abstand.

»Der Verlierer beginne. Bitte«, reizt Jörg seinen Gegner.

Der grüngelbe Ritter gibt seinem Pferd die Sporen, hält die Kurzlanze frei am ausgestreckten Arm und sticht in rasendem Galopp alle sechs Ringe herunter. Lauter Applaus von der Menge, die sich inzwischen verdoppelt hat.

»Macht das nach, wenn Ihr könnt«, wird Jörg herausgefordert.

Auch er galoppiert mit ausgestrecktem Arm heran, erwischt den ersten, den zweiten, den dritten, auch den vierten und den fünften Ring. Dann aber senkt sich die Spitze seiner Lanze um eine Winzigkeit – genug, um den sechsten Ring zu verfehlen. Dennoch wird auch ihm applaudiert.

Ohne einander auch nur anzusehen, rüsten sich die beiden zur Tjost. Sie ziehen sich die geschlitzten Visiere vors Gesicht, ihre Knappen stecken den Lanzen die schützenden Krönlein auf, stumpfe Enden, die den Gegner vor Stichverletzungen schützen. Die Seiten werden ausgelost, die Gegner nehmen ihren Startpunkt ein und warten auf das Signal.

Die Trompete ertönt.

Jörg hört, dass sein Gegner einen Wahlspruch in seinen Helm brüllt. Er versteht ihn aber nicht. Er spürt die Kraft seines Hengstes in den Schenkeln, mit denen er sich eisern festklammert. Er drückt mit dem Ellbogen seine Lanze gegen die Rippen und umschließt sie mit festem Griff. Durch den Sehschlitz beobachtet er seinen Gegner, der mit hoch erhobener Lanzenspitze auf ihn zugerast kommt. Sein Gegner dreht sich ihm leicht zu und versucht, mit dem Schild seinen Oberkörper abzudecken. Damit hat er seinen Schwerpunkt aus dem Sattel verlagert, was Jörg erkennt. Er rückt sich im Bocksattel noch einmal zurecht und fühlt sich eins mit seinem Ross. Er setzt den Stoß tief an. Er will den Schild an der unteren Kante treffen, sodass er umschlägt wie ein Blatt im Wind und seine Lanze den Gegner in die Rippen trifft. Sein ganzes Gewicht legt er in den Stoß und reißt den Kopf, wie er es eingebläut bekommen hat, im letzten Moment hoch. Er sieht nur den blauen Himmel über sich.

Krachen, Splittern, Dröhnen. Er fühlt, dass seine Lanze zerfasert. Ein höllisch starker Stoß gegen seine rechte Brust kippt ihn etwas nach hinten, er fühlt sich plötzlich ganz leicht, wird aus dem Sattel gehoben, schwebt in der Waagerechten und landet mit einem ohrenbetäubenden Schlag schwer wie ein Bleiklotz auf der Erde. Es scheppert und dröhnt, dann Stille. Und plötzlich erhebt sich donnernder Applaus aus der Menge. Hat er verloren? Ist dieses Tiroler Großmaul tatsächlich stärker als er? Er will es sehen. Er versucht sich zu rühren. Alles schmerzt, aber er kann Arme und Beine bewegen. Zuerst streift er seinen Helm ab. Er blinzelt gegen den Sonnenschein an. Wie er sich auf den Ellbogen gestützt leicht aufrichtet, traut er im ersten Moment seinen Augen nicht. Auf der anderen Seite der Turnierschranke, keine fünf Schritte von ihm entfernt, liegt sein Gegner auf dem Rücken. Regungslos. Jörg ist bestürzt. Er hat doch niemand töten wollen! Als er auf die Beine kommt und zu ihm hin will, sind schon zwei Knappen da, die seinem Gegner den Helm abziehen. Er rührt sich, Gott sei Dank! Man hilft ihm auf. Keuchend steht er da, stützt sich an der Turnierschranke und nickt Jörg mit erstauntem Gesicht zu.

»Ich bin so froh, dass …« Jörg kann den schlimmen Gedanken nicht aussprechen.

Sein Gegner streift sich den Handschuh von der Rechten und hält sie Jörg entgegen.

»Ausgeglichen. Lass uns Freunde sein. Georg von Ramseiden.«

Jörg ergreift die Hand und drückt sie fest.

»Ja. Lass uns Freunde sein. Georg von Ehingen.«

Von Ramseiden lacht.

»Georg mag ich dich nicht rufen. Ich rufe dich Ehinger.«

»Abgemacht. Und ich dich Ramseider.«

Die Knappen haben ihre Pferde eingefangen, und die Edelleute, die mit Ramseider gekommen sind, bringen jedem einen Krug Bier. Sie begießen ihre neue Freundschaft.

Jörg von Ehingen, Erzherzog Albrechts Kammerherr, hat seine Schlagkraft bewiesen und einen Freund gewonnen.

Wie eine riesige Raupe frisst sich der Zug der Reiter durch das Land. Schon beim Aufbruch in Wien zählt er weit mehr als zehntausend Mann. Die beispiellose Menschenmasse, die sich Richtung Prag voranwälzt, will versorgt sein. Sie verspricht Bauern, Marketendern, bürgerlichen Händlern und

Huren einmalige Geschäfte. So strömen sie von allen Seiten herbei und vereinen sich mit dem Zug, der sich träge nach Norden bewegt. Wo seine Spitze ankommt, dauert es mehr als einen ganzen Tag, bis auch der letzte Reiter vorübergezogen ist, und in den zahlreichen Sumpfgebieten des von vielen Wasserläufen durchzogenen Landes noch viel länger.

Südböhmen schlachtet seine Schweine und Rinder, es verkauft seine Pferde zu noch nie erzielten Preisen. Es fischt seine reichen Gewässer leer, macht aus seinen Vögeln Appetithäppchen und versucht alles, was zu klingender Münze zu machen ist, den edlen Herrn anzubieten. Selbst die Töchter der Bauern und Bürger, die nicht direkt an der Route des Zugs zu Hause sind, werden oft zur Ware.

Dieser gewaltige Aufmarsch des Adels zieht ein breites Band ausgezehrten Landes durch den Herrschaftsbereich des künftigen Königs, und es wird lange dauern, bis diese breite Spur verwischt ist. Die adligen Reiter schert das freilich wenig. Sie genießen den friedlichen Ritt als ein einziges Fest, das sie in Vorfreude auf ein noch bombastischeres erleben.

Die meisten der vielen Reiter haben Ladislaus noch nicht einmal gesehen, Jörg aber schon. Als sie mitten im Waldviertel ihr erstes Lager aufgeschlagen hatten, drängte es Erzherzog Albrecht, endlich das zu erreichen, was ihm in Wien wegen der vielen Gesandten aus Ungarn und Kroatien nicht möglich gewesen war, nämlich von Ladislaus wahrgenommen zu werden. Er ließ sich bei dessen Haushofmeister zu einer Audienz anmelden und wurde zu seinem Verdruss nur zu einer äußerst kurzen Begegnung zugelassen. Der junge Ladislaus müsse geschont werden, bedeutete man ihm. Die Reise nach Prag und die Krönung würden ihn sehr viel Kraft kosten, weshalb man um Verständnis bitte, wenn die Begegnung nur sehr kurz sein könne.

»Nur ein kurzes Gespräch! Was glaubt der Knabe, wer er ist?«, äußerte sich Erzherzog Albrecht ärgerlich. »Mir, dem

Bruder des Kaisers, nur ein paar Minuten zuzugestehen! Ich werde ihm zeigen, wer ihm da seine Aufwartung macht.«

Er rief seine zwölf edelsten Begleiter zusammen.

»Rüstet euch zu einem Besuch beim Kindkönig. Kleidet euch in voller Pracht. Und wer Orden hat, lege sie an! Mag er uns auch nur kurz sehen, soll er doch begreifen, wer wir sind! Und nicht zu unterwürfig!«

Erhobenen Hauptes schritt der Erzherzog ins königliche Zelt, baute sich ein paar Schritte vor Ladislaus auf und begnügte sich damit, eine Verbeugung kurz anzudeuten. Hinter ihm, steif wie Statuen, verdeckten seine zwölf Edelleute den Eingang.

Man hatte dem jungen König ein stattliches Zelt aufgebaut, wo er, in einem mit dunkelrotem Samt bezogenen Lehnstuhl sitzend, Hof hielt. Klein und zerbrechlich wurde er von diesem Prachtmöbel eingerahmt, das für einen korpulenten Regenten ausgelegt war. Seine zarte Gestalt steckte in dunkelbraunen Beinlingen und einer rot-goldenen Schecke, deren Stehkragen bis unters Kinn geschlossen war, was seine Bewegungsfreiheit einschränkte. Ein dunkelbrauner Umhang schützte den Knaben gegen die Kälte des Oktoberabends. Sein schmales Gesicht mit dem spitzen Kinn war bleich und wurde von vollen blonden Locken eingerahmt, die vom Mittelscheitel auf seine schmalen Schultern fielen. Mit großen Augen schaute er in ernster Konzentration dem Erzherzog entgegen, versuchte ein hoheitsvolles Nicken, das durch seine Ruckartigkeit ungelenk wirkte, und streckte ihm zum Gruß die Rechte entgegen, wobei er sich halb aus dem Lehnstuhl drehte, als würde er nach etwas Unerreichbarem greifen. Der Erzherzog trat heran, ließ die zarten Finger des Jungen seine Hand berühren, und trat wieder zwei Schritte zurück. Ladislaus redete nichts. Der Haushofmeister an seiner Seite stellte ihm seinen Gast vor, worauf seine Lippen ein Lächeln versuchten.

Seine Augen lächelten nicht. Ihr unsicheres Geflacker zeigte nur, dass er sich vom Land seines Gastes absolut kein Bild machen konnte.

Man reichte Albrecht ein Glas Wein, damit er auf das Wohl von Böhmens künftigem Regenten trinken konnte. Er hob es hoch und sagte mit markiger Stimme: »Auf dass der König von Ungarn und Kroatien ein mächtiger Regent Böhmens werde, zum Wohl des ganzen Landes, und den Frieden wahre.«

Dann nippte er an dem Glas und gab es einem Diener zurück. Der Haushofmeister dankte ihm im Namen seines Herrn. Der zarte Knabe nickte Albrecht wieder ruckartig zu und streckte ihm zum Abschied noch einmal seine Rechte hin, wobei er sich mit der Linken an der Armlehne festhielt, um nicht Gefahr zu laufen, aus dem Lehnstuhl zu fallen. Albrecht verbeugte sich ein letztes Mal, drehte ihm dann den Rücken zu. Der Vorhang seiner Begleiter öffnete sich, er schritt hinaus, der Vorhang schloss sich wieder und grußlos verließen die Edelleute das Zelt.

Jörg und einige andere Begleiter schauten einander mit hochgezogenen Brauen an.

»Wer wird denn nun wirklich zwischen Agram, Budapest und Prag regieren?«

Achselzucken.

»Dieser bleiche Knabe sicher nicht«, sagte der Erzherzog.

»Ein schwächlicher Junge, der noch keine Lanze halten kann, soll nun über viele von denen herrschen, die sich für ihn auf den Weg gemacht haben?«, fragte Jörg.

»Genau darum geht es: dass er das gar nicht kann. Der Junge wird das kaum begreifen. Aber mein Bruder wird erkennen, dass er sich mit den Fürsten und Königen anlegen würde, wenn er die Schwäche dieses Kindkönigs ausnutzen sollte. Da würde ihm sein Machtstreben zum Verhängnis.«

Seinen neuen Freund, Georg von Ramseiden, sieht er zunächst nicht wieder. Er kann nicht einmal sagen, wo sich die Tiroler in den Zug eingereiht haben. Das Gefolge des ungarischen Kindkönigs führt ihn an. Und wie ein Ameisenvolk, das seine wehrlose Königin aus einem zerstörten Bau in Sicherheit bringen will, folgen die Adligen mit ihrem wehrhaften und prächtigen Gefolge. Erzherzog Albrecht und die Seinen bewegen sich ungefähr in der Mitte des Zugs.

Albrecht hatte das nicht anders erwartet und deshalb in kluger Voraussicht schon von Wien aus seinen Quartiermeister losgeschickt, damit dieser ihm in Prag eine standesgemäße Unterkunft sichere.

Prag ist noch nicht in Sicht, aber man reitet schon eine Weile durch das Tal der Moldau, da kommt der Quartiermeister angeritten.

»Wir bekommen ein stattliches Quartier. Ein reicher Kaufmann lässt es sich zur Ehre gereichen, den Erzherzog und seine Kammerherrn in seinem geräumigen Hause zu beherbergen. Und das nicht weit vom Hradschin entfernt, auf derselben Seite der Moldau. Ihr werdet den Feierlichkeiten ganz nahe sein.«

Die vielen Reiter, die den Erzherzog begleiteten, würden allerdings in der riesigen Zeltstadt untergebracht, die man moldauabwärts rechts des Flusses bereits aufgebaut habe.

Das alles sagt Jörg nicht viel. Schon Wien war für ihn eine Stadt, deren Ausdehnung er sich nie hätte vorstellen können und die ihn sprachlos machte, und nun sagt man ihm, dass Prag noch größer sei, die größte Stadt im ganzen Abendland mit der ältesten Universität und unvorstellbarem Reichtum. Er ist gespannt.

Vom ersten Blick auf den Hradschin bis zur Ankunft in der Stadt dauert es fast einen ganzen Tag. Als sich die Umrisse der Burg und des St.-Veits-Doms in dunklem Blaugrau vom

Horizont abheben, scheint der Zug ins Stocken zu kommen. Man könnte zwar schneller vorankommen, könnte das Tal der Moldau verlassen, könnte über die nur teilweise bewaldeten Hügel reiten – nur würde man sich dann an einer anderen Stelle wieder einreihen müssen, vorausgesetzt, das würde einem gewährt. Also bleibt man geduldig in seinem Glied und hat Zeit zu betrachten, wie sich die Stadt nach und nach dem Blick entfaltet. Die Burg mit ihren Mauern und darunter die großen, dicht stehenden Häuser hüllen sich allmählich aus dem Dunst, und rechts davon, auf der anderen Seite der Moldau, wird, soweit das Auge reicht, ein Meer von Mauern, Türmen und Häusern über den sacht ansteigenden Hügeln sichtbar.

Jörg ist begeistert, er staunt nur so. Und die Aussicht, dass er möglicherweise in dieser stolzen Stadt zum Ritter geschlagen wird, erfüllt ihn mit einer Mischung aus Neugier, freudiger Erwartung und Spannung, wie er sie noch nie gespürt hat. Seine Gefühle überwältigen ihn, er zittert fast vor Anspannung.

So macht er sich auch zunächst nichts daraus, als sie in den engen Gassen der Kleinseite kaum vorankommen und ihren Quartiermeister immer wieder aus den Augen verlieren. Dieses Prag scheint ein einziger Ameisenhaufen zu sein.

Alles läuft und reitet in den Gassen wie ziellos hin und her. Da und dort stehen ganze Gruppen von Reitern und Knechten zu Fuß vor dem Quartier, das sie beziehen wollen, und erzwingen einen Halt. Ein babylonisches Sprachgewirr – Ungarisch, Kroatisch, Italienisch, Böhmisch, Polnisch, Deutsch – hallt zwischen den Häuserfassaden, und Jörg ist jedes Mal gottfroh, wenn er in diesem Gewimmel den Quartiermeister wieder auftauchen sieht und sie seinen richtungsweisenden Winken folgen können.

Ihr Quartier ist von beachtlicher Größe. Jörg hätte nicht erwartet, dass ein Bürgerhaus, und sei es auch das eines der reichsten Städter, so groß, bequem und prächtig ausgestattet sein könnte wie dieses. Seit er mit seinem Vater im Sommerrefektorium des Klosters Bebenhausen war, hat er solche Pracht nicht mehr gesehen: holzvertäfelte Säle, Deckenbemalungen, in Blei gefasste Butzenscheiben und in jedem großen Gemach ein Kachelofen oder wenigstens ein Kamin, der für wohlige Wärme sorgt. Hier ist gut sein.

Dass der Hausherr seine Gäste zu üppigen Banketten einlädt, scheint in einem solch prächtigen Haus selbstverständlich zu sein.

Während der Zug des Adels von Süden her nach Prag kriecht, bewegt sich von Osten her ein kleiner, aber ebenso prachtvoller Zug in flottem Tempo auf die Stadt zu: der Bischof von Olmütz mit seinem Gefolge.

Ihm, dem streng katholischen Geistlichen, dessen Glaube von keinen hussitischen Reformgedanken angekränkelt ist, obliegt es, den jungen Ladislaus zu krönen. Keiner ist würdiger als er, den Papst zu vertreten, hat sich doch seine Diözese von Anfang an den Versuchungen des Prager Reformators widersetzt und mit dafür gesorgt, dass er vor 36 Jahren in Konstanz auf dem Scheiterhaufen endete.

Von allen Seiten her, durch alle Straßen und Gassen, über alle Brücken strömt es zum Hradschin hin. Tausende – Männer, Frauen mit und ohne Kinder, Reiche, Arme, Bürger, Bettler, Mönche, Ganoven und Huren – alle wollen der Festlichkeit des Jahrhunderts nahe sein und, wenn es schon aussichtslos ist, einen Blick zu erhaschen, wenigstens so nah an das Zentrum des Geschehens herankommen, dass sie etwas davon hören können, dass der Widerhall des historischen Ereignisses zu ihnen dringt, in den sie dann lauthals einstimmen können.

Stundenlang hat sich alles von allen Seiten her auf den Hradschin zubewegt, wie Ameisen zu ihrem Haufen strömen – und ist mit einem Mal zum Stillstand gekommen. Nichts bewegt sich mehr, nichts kann sich mehr bewegen.

Alles lauscht dem vollen Geläut vom Turm. Mit dem Verklingen des letzten Glockenschlags schmettern die Fanfaren, und durch die schmale Gasse in der Menschenmenge, die den ganzen Burghof einnimmt, wird Ladislaus barhäuptig, aber schon im Königsgewand, in den Dom geführt.

Dort, zwischen Hunderten von Adligen, die so eng stehen, dass sie kaum niederknien können, steht Jörg Schulter an Schulter mit seinen Gefährten aus Rottenburg. Noch als sie schon vor Stunden von der Kleinseite heraufstiegen und er die Menschenmassen in der Stadt erneut wahrnahm, hat er über diesen Auftrieb in skeptischem Spott den Kopf geschüttelt, war ihm doch bereits ihre lange Anreise zwischendurch fragwürdig gewesen. Nun aber zieht ihn das Ereignis unwiderstehlich in seinen Bann.

Dabei sieht und hört er kaum etwas vom eigentlichen Geschehen. Über den Schultern und zwischen den Köpfen derer, die günstiger stehen als er, sieht er nur den blonden Scheitel des Thronanwärters vorbeiziehen, und vom Bischof erblickt er nicht mehr als die Mitra. Er hört lateinische Litaneien, er hört Böhmisch, das in feierlichem Tonfall gesprochen wird, aber er versteht kein Wort. Aber er macht mit, was die anderen tun, kniet mit ihnen nieder, bekreuzigt sich mit ihnen zusammen und spricht seine paar auswendig gelernten Liturgiephrasen, wenn er die anderen sie sagen hört.

Aber die bloße Schönheit und Weite des Kirchenraums nehmen ihm fast den Atem: das himmelhohe Gewölbe des Langhauses, in dessen filigrane Rippengewölbe die starken Säulen auslaufen, alles von dem bunten Licht getönt, das die flach stehende Oktobersonne durch die farbigen Fenster hereinwirft. Weihrauchnebel hüllt ihn ein und macht ihm einen angenehmen Schwindel. Und die Gewalt der Musik: das Fanfarengeschmetter, das Dröhnen der Orgel, der hallende Gesang der Mönche – das alles zusammen versetzt ihn in einen nie zuvor erlebten Taumel. Ihm ist, als hätte er getrunken, und er ist doch so nüchtern wie bei der Beichte. Würde er schwanken, wenn dazu Raum wäre? Er weiß es nicht. Er spürt nur etwas von einer Gemeinschaft, die er nie gekannt hat. Er fühlt sich eins mit allem, was ihn umgibt, mit dem hohen Gewölbe über ihm, dem Gotteshaus, mit den Menschen, die ihn umgeben, und sogar mit Ladislaus, dem Kindkönig, der nun als Gekrönter unter Trompetengeschmetter aus dem Dom schreitet.

Dieses Erlebnis, dieses überwältigende Gefühl, das ihn als Einzelnen klein macht und ihn doch mit der geballten Kraft aller zu beseelen scheint, das – dessen ist er sich gewiss – das ist die Christenheit, für die er als Ritter kämpfen will.

Erzherzog Albrecht kann es nur recht sein, dass fünf Junker aus seinem Gefolge reif und bereit sind, den Ritterschlag zu empfangen – und zwar von keinem Geringeren als Kaiser Friedrich III., der bei dem großen Fest des Adels auch eine Rolle spielen muss. Er wird eine ganze Reihe von Junkern – nicht nur diese fünf aus dem Gefolge seines Bruders – zu so genannten Reichsrittern schlagen, die keinem Landesherrn, sondern nur ihm, dem Kaiser, unterstellt sind.

Erzherzog Albrecht hat doppeltes Wohlgefallen daran: Es gereicht ihm zu Ruhm und Ehre, dass er künftig fünf Reichsritter zu seinem Gefolge zählen kann, und außerdem kostet ihn diese Bereicherung seines Hofstaates nichts. Jeder der Anwärter hat Vermögen genug und kann für die Kosten seiner Erhebung in den Ritterstand selbst aufkommen. Der weiß-rote Mantel für das Ritual, die vergoldeten Sporen und vor allem das mit Juwelen bestückte Schwert, der Zweihänder mit der gravierten Klinge, sind sehr teuer, bedeuten aber für ihn keine Kosten. Und für Jörg sind sie kein Problem, hat ihn doch sein großzügiger Vater großzügig ausgestattet.

Wie bei allen anderen wird das Ritual von Junker Jörgs Erhebung in die mystische Gemeinschaft christlicher Ritter in aller Ausführlichkeit zelebriert.

Schon am Vorabend der Schwertleite wird er in eine nüchtern-kahle Zelle geführt, wo er in Begleitung eines Priesters und eines Genossen schweigend und betend die Nacht mit der so genannten Waffenwache zubringen muss. Barfuß in weißer Kutte geht der Priester vor ihm her und hüllt, das Weihrauchgefäß schwenkend, schon den Weg in die Zelle in betäubenden Duft. Sein Genosse, der als sein Taufzeuge auf Lebenszeit mit ihm verbunden sein wird, kniet bereits auf den Sandsteinfliesen und scheint ins Gebet vertieft zu sein. Doch als Jörg neben ihm niederkniet, fühlt er, wie er ihm sein Gesicht zuwendet. Er wagt einen verstohlenen Seitenblick, und die Überraschung könnte nicht schöner sein. Er blickt ins Gesicht seines neuen Freundes Ramseider. Die Feierlichkeit des Rituals verbietet jedes Wort. Aber so kurz sie sich anschauen, nimmt doch jeder das fast unmerkliche Lächeln der Freude wahr, das um die Augen des anderen spielt.

Kalt drücken die harten Fliesen gegen Jörgs bloße Knie. Er fürchtet, dass er diesen Schmerz nicht lange aushalten kann. Aber er ist nicht allein, ein Freund kniet an seiner Seite und leidet ebenso. Das gibt ihm die Zuversicht, dass er diese Nacht durchstehen wird.

Stundenlang knien die beiden nebeneinander vor dem Priester, spüren anfangs noch Schmerzen in Knien und Rücken, aber auch die Nähe des anderen. Sie sprechen die Gebete des Priesters nach und sind immer wieder in stilles Gebet versunken. Sie stimmen in die Litaneien ein, die der Priester vorsingt.

Der Weihrauch wird immer dichter. In regelmäßigen Abständen schwingt der Priester das Gefäß durch die Zelle. Der Duft liegt schwer auf Jörgs Lungen. Zusammen mit Gebet, Gesang und Meditation enthebt er ihn der Zeit. Er fällt in Trance, vergisst alles um sich herum, er singt und betet wie im Traum und ist geradezu überrascht, als die Nacht vorbei ist. Als nehme er einen Schleier von seinen Augen, holt ihn der Priester im Morgengrauen in die Wirklichkeit der Zelle zurück. Er führt ihn mit Ramseider zusammen hinaus. Jetzt schmerzen ihm die Knie, jetzt spannt der Rücken und es macht Mühe, die ersten Schritte geradeaus zu gehen.

Sie reden kein Wort, sie nicken sich nur leicht zu. Jeder weiß, was den anderen beseelt: erstauntes Erwachen aus einer tiefen Meditation und die Bereitschaft, sich weiteren Ritualen völlig hinzugeben.

Der erste Weg führt sie in den Dom. Nach der kargen Enge der Zelle wird die Weite des Kirchenschiffs zu einem erhebenden Erlebnis. Die Morgensonne scheint und farbige Lichtstrahlen durchfluten die Kathedrale. Jörg fühlt sich erhoben wie am Ende der Krönungsfeier. Als alle Junker zusammen die Kommunion nehmen, ist er wieder eins mit etwas Größerem, das er gar nicht benennen kann.

Dann aber trennen sich ihre Wege für die nächsten Stunden. Zwei Mönche führen Jörg in einen großen kahlen Raum, dessen Gewölbe von dicken Säulen gestützt wird. Im Kamin brennt ein großes Feuer aus Buchen- und Eichenscheiten. Wortlos entkleiden sie ihn, was er ohne Frage geschehen lässt, und setzen ihn in das warme Wasser einer großen Holzwanne. Sie übergießen ihm Kopf und Rücken mit warmem Wasser. Wohlig streckt er sich in der Wanne aus und fühlt, wie seine in der Nacht steif gewordenen Gelenke geschmeidig werden. Er wird gewaschen. Er lässt es geschehen, genießt es und lächelt in sich hinein, als er sich an sein erstes warmes Bad in Innsbruck erinnert. Aber für diese Erinnerung bleibt kein Raum. Schon reiben weiche Tücher ihn warm und trocken, und mit den Worten: »Du bist von Sünden gereinigt, du gewinnst das Paradies« wird er in ein prächtiges Bett gelegt. Nach den harten Steinfliesen der Nacht durchströmt ihn ein beispielloses Wohlgefühl, als er nun weich gebettet unter einem großen Federbett liegt. Man gönnt ihm eine kurze Ruhe, ehe man ihn einkleidet. Man hüllt ihn in einen weichen, weiß-roten Mantel, weiß als Zeichen des reinen Wandels Christi, rot als Symbol seines vergossenen Bluts. Dazu werden ihm neue Lederschuhe angezogen, schwarze, als Erinnerung an den Tod und das Grab. Er schaut an sich hinunter und kennt sich nicht mehr. So prächtig war er noch nie gekleidet. Nur eine Kopfbedeckung bleibt ihm versagt, denn barhäuptig – zum Zeichen der Demut – wird er in den Dom geleitet, um den Ritterschlag zu empfangen.

Als er durch das Langhaus geführt wird, sieht er die Rücken anderer Junker, die im selben Ornat wie er rechts und links vor dem Altar stehen und auf den Höhepunkt der Feier warten. Seine Augen suchen Ramseider, können ihn aber nicht so schnell unter den anderen ausmachen, weil er seinen Blick doch vor allem auf den Altar und den Kaiser richten muss.

Schließlich kniet er allein vor dem Altar.

»Sei treu und beständig, freigiebig und demütig, sei mutig und voller Güte, achte auf deine Sitten, sei mächtig zu den Herren und barmherzig zu den Armen, umgib dich mit Weisen, fliehe überall die Törichten, vor allem liebe Gott und richte dich nach seinem Gebot«, hört er den Priester sprechen. Dann ergreift dieser Jörgs gefaltete Hände und legt sie auf die Bibel.

»Willst du in Gottes Namen den Ritterorden demütig empfangen, in den Ordo Equestris aufgenommen werden und seine Regeln nach deinem besten Können erfüllen?«

»Ja, ich will es«, antwortet Jörg mit fester Stimme.

Er deklamiert den Schwur, den man ihn gelehrt hat, die Waffe nur zum Schutz des Glaubens und der Gerechtigkeit zu führen und Schirmherr aller Schwachen und Unterdrückten zu sein.

Dann geht alles so schnell, dass er nicht weiß, wie ihm geschieht. Von allen Seiten treten fremde Ritter und Damen auf ihn zu, nehmen ihm den weißroten Mantel ab und streifen ihm ein Kettenhemd über. Jemand ergreift seinen Arm und zieht ihm einen Panzerhandschuh an. Man setzt ihn auf einen Stuhl und verpasst ihm goldene Sporen, erst links, dann rechts. Dann bekommt er den weißen Schwertgurt umgeschnallt. Sein reich geschmückter Zweihänder wird ihm in die Hand gedrückt. Er fasst ihn an der Klinge und trägt ihn wie ein Kreuz vor sich her. In dieser Haltung kniet er vor dem Kaiser nieder, der nun sein Pate wird, und erhält von ihm mit flacher Schwertklinge drei Schläge auf die Schulter.

»Georg von Ehingen, im Namen Gottes, des heiligen Michaels und des heiligen Georgs mache ich dich zum Ritter. Sei tapfer, unverzagt und getreu!«

In seiner neuen Würde erhebt er sich, erhält Helm, Schild und Lanze und schreitet, gefolgt von anderen, gemessenen Schritts als neugeweihter Reichsritter aus dem Dom.

Die letzte Prüfung steht allerdings noch aus. Hier geht es um die Ehre: Vor dem Dom, im Burghof, hält man ein gesatteltes Pferd bereit, auf das er sich in voller Rüstung ohne Steigbügel schwingen muss. Für Georg keine Schwierigkeit; er hat diesen Sprung seit seiner Kindheit oft geübt. Von Applaus umtost, reitet er stolz vom Platz.

Es folgt ein buntes, ausgelassenes Fest von mehreren Tagen. Man feiert es mit Ritterspielen auf dem Turnierplatz, mit Banketten, Tänzen, Karten- und Kegelspiel. Man lernt einander kennen, freundet sich an und genießt das Leben. Dann, nach einer Woche, als man bis zum Überdruss gefeiert hat, bricht man auf und kehrt auf direktem Weg dahin zurück, von wo man vor Wochen aufgebrochen ist.

»Ich muss nach Innsbruck zu Herzog Sigismund zurück«, sagt Ramseider mit Bedauern. »Lieber wollte ich mit dir losreiten und mich irgendwo im Kampf bewähren.«

»Und für mich geht es zurück nach Schwaben. Aber eines Tages sehen wir uns gewiss wieder. Solange Erzherzog Albrecht mein Herr ist und du in Tirol bist, wird unser Band nicht abreißen. Und wer weiß, eines Tages werden wir vielleicht Seite an Seite kämpfen.«

»Für den Glauben und die Gerechtigkeit!«

»So sei es. Für den Glauben und die Gerechtigkeit!«

Mit diesem Gelöbnis im Kopf reitet jeder seiner Heimat zu.

V.

Rhodos und Palästina
1454–1455

Wenige Tage nachdem sie nach Rottenburg zurückgekehrt sind, reitet Georg zum Kilchberger Schloss,
um seinen Vater zu besuchen. Als sie unter großem Jubel in
Rottenburg eingeritten waren, stand sein Vater am Marktbrunnen unter den Bürgern und winkte ihm zu. Georg
machte Anstalten, sein Pferd neben ihm anzuhalten und
abzusteigen. Aber sein Vater hielt ihn lächelnd davon ab. Er
trat dicht heran, tätschelte den Hals des Pferdes und sagte,
während er zu seinem Sohn hochschaute: »Folge nur deinen
Gefährten und komm nach dieser langen Reise und den vielen Erlebnissen erst einmal zur Ruhe. Erhol dich richtig und
besuch mich dann.« Damit drückte er ihm die Hand und gab
dem Ross einen Klaps auf die Hinterhand.

Georg wandte sich noch einmal im Sattel nach ihm um,
ehe der Vater von den nachfolgenden Reitern verdeckt wurde.

Als Georg nun nach Kilchberg kommt, mutet es ihn selt-
sam an, alles immer noch im selben dürftigen Zustand vorzu-
finden, wie er es vor Wochen angetroffen hat. Die baufälligen
Mauern sind noch nicht ausgebessert, die Wirtschaftsgebäude
und das Wohnhaus stehen so mitgenommen da wie eh und je,
und es hat nicht den Anschein, als ob Bauleute im Schloss beschäftigt wären, wie er es eigentlich erwartet hat. Immer noch
haust sein Vater in einem kleinen Stübchen über dem Tor.

Niedere Wolken verdüstern die Atmosphäre an diesem
Novembernachmittag, es fällt kaum noch Licht durch das

kleine Fenster des Stübchens. Auch hier ist alles gleich wie bei seinem letzten Besuch, nur dass neben der Kerze, die den kleinen Raum notdürftig erhellt, ein Gebetbuch liegt und etwas weiter abgerückt eine aus Messing getriebene flache Schale, deren Inhalt unter einem Tuch verborgen ist.

Als Georg eintritt, erhebt sich Rudolf von seinem Stuhl und schließt ihn in die Arme. Fest drückt er ihn an sich, schiebt ihn dann auf halbe Armeslänge von sich weg, betrachtet ihn mit liebevollem Lächeln und küsst ihn auf die Wange. Gleich groß stehen sie sich gegenüber, der Sohn das jüngere Abbild seines Vaters.

»Mein lieber Jörg, oder ich muss nun Georg sagen, wo du jetzt ein richtiger Ritter, sogar ein Reichsritter geworden bist. Ich kann dir nicht sagen, wie sehr mich das freut. Immer habe ich darum gebetet, dass Gott der Herr dich in meine Fußstapfen lenken möge, so dass du die Werke vollendest, die ich begonnen habe.«

Mit aufmerksamem Ernst schaut Georg seinem Vater in die Augen. Die steile Falte über seiner Nasenwurzel verrät, dass er ihn nicht bis ins Letzte versteht.

»Ich will es dir ganz deutlich sagen: Auch ich wurde vor langer Zeit zum Ritter geschlagen, auch ich habe den Schwur eines christlichen Ritters getan. Aber ich habe nur einmal in einem Glaubenskrieg kämpfen dürfen, vor mehr als zwanzig Jahren, als es gegen die Hussiten ging, in Böhmen, wo du jetzt auch warst. Sonst stand ich immer im Dienst verschiedener Fürsten, für die ich eine Aufgabe nach der anderen erledigte. Alle waren wichtig, alle erforderten Mut, aber auch meine ganze Kraft. Und so war es mir nie vergönnt, eine Reise nach christlicher Ritterschaft antreten zu können. Deshalb bitte ich dich, in meinem Namen für die Christenheit zu fechten.«

Mit ernster Miene nimmt Georg auf, was ihm sein Vater eröffnet, und nickt wortlos.

»Es ist nicht mein Wille, dass du es dir nun an einem Fürstenhof bequem machst, in leiblichen Genüssen schwelgst und das Hofleben genießt. Dein Leben wäre nutzlos, wenn es nur ein Höflingsleben wäre, und widerspräche dem Schwur, den wir Ritter bei der Schwertleite ablegen. Meide die Törichten, wurde dir dabei gesagt. Erinnerst du dich?«

Georg nickt.

»Und was ist törichter, als seine Kraft nicht in ernstem Kampf zu nutzen, sondern sie nur in nichtigen Ritterspielen zu erproben? Die Eitelkeit, das weißt du ja, ist eine der sieben Todsünden der Menschheit. Verschwende deine Zeit nicht faul an diesem Hof in Rottenburg, sondern ziehe hinaus und suche die Bewährung in tapferem Kampf.«

Georg nickt zustimmend und denkt an die Waffenbruderschaft, die er mit Ramseider eingegangen ist. Ja, sie wollten zusammen für die Christenheit kämpfen, genauso wie sein Vater es von ihm erwartet. So erwidert er: »Vater, dazu bin ich bereit. Doch hierzulande ist kein Krieg. Die Christenheit ist nirgends bedroht.«

»Hierzulande wohl nicht. Aber die Türken bedrohen uns und versuchen, den Weg zum Heiligen Grab abzuschneiden. Der Kaiser der Türken, der große Sultan, heißt es, plant einen vernichtenden Kriegszug gegen die Insel Rhodos. Er will Rhodos einnehmen, Rhodos, wo die Schiffe christlicher Pilger anlegen, um sich zu versorgen und um den Pilgern eine stärkende Pause nach den anstrengenden Wochen an Bord zu gönnen.«

»Ich soll nach Rhodos?« Georg hat von dieser Insel schon gehört. Aber wo liegt sie? Wie wird er dort hinfinden? »Wie soll ich …?«, setzt er ratlos an.

»Du schließt dich erfahrenen Kämpfern an. Im Frühjahr zieht eine große Streitmacht nach Rhodos. Sie wird von Rittern des Johanniterordens geführt. Denen kannst du dich in Venedig anschließen.«

Mit diesen Worten rückt er die Messingschale heran und legt sie seinem Sohn in die Hände. Georg lässt sie fast fallen, weil er auf so ein beträchtliches Gewicht nicht gefasst ist. Mit einem milden Lächeln zieht Rudolf das Tuch weg. Die Schale ist voller Goldmünzen.

»Nimm diese vierhundert Gulden als Ausstattung für die Reise. Es soll dir an nichts fehlen.«

Von so viel Güte überwältigt, kniet Georg vor seinem Vater nieder, um ihm die Hand zu küssen. Der aber greift ihm unter die Arme und zieht ihn hoch.

»Du sollst das nicht nur als Geschenk betrachten, sondern ich möchte, dass du mir einen Herzenswunsch erfüllst. Mein Lebtag wollte ich nach Palästina pilgern und die heiligen Stätten aufsuchen, an denen unser Herr und Heiland wandelte. Es war mir nicht vergönnt, und jetzt bin ich zu alt dafür. Mach dich an meiner Stelle auf diese Reise, wenn du denn den Krieg gegen die Türken heil überstehst, wozu dir Gott, der Herr, verhelfen möge. Gehe für mich nach Jerusalem, ins Zentrum unserer irdischen Welt. Und du würdest mich glückselig machen, wenn du mir eine Reliquie von dort mitbringen könntest. Und dann möchte ich dich bitten«, und mit diesen Worten streift er sich einen Ring vom Finger, »diesen Ring in der Grabeskirche weihen zu lassen, sodass die Gnade auch über mich komme. Trage ihn auf deiner Reise für mich.«

Georg steckt sich den Ring an und verspricht seinem Vater, ihm seine Bitten zu erfüllen. Er ist ganz von diesem Ziel durchdrungen.

In seinen Wachträumen stellt er sich vor, wie er wohlgerüstet neben einem Zug von Pilgern herreitet, die zu Fuß oder auf Eselsrücken in Palästina von einer heiligen Stätte zur anderen ziehen. Er beschützt sie vor den frechen Angriffen der Sarazenen, indem er gegen diese anstürmt, sie vom Pferd stößt und mit dem Zweihänder erschlägt. Er träumt von ei-

nem Ritt über ein weites Feld, umgeben von einer christlichen Streitmacht, die sich wie beim Buhurt einer feindlichen
Truppe gegenübersieht, die es zu schlagen gilt. Er stellt sich
vor, wie er einen nach dem anderen aus dem Sattel stößt und
die am Boden Liegenden dann durch die Schwerter seiner
Reiter umkommen. Über allem weht die Kreuzesfahne, und
heil, unversehrt und unbeschadet gelangen unzählige Pilger
durch seinen ritterlichen Einsatz ans Heilige Grab.

Er hat den Winter über Zeit, sich auf diesen Kriegszug vorzubereiten. Er verkauft seine überzähligen Pferde, sorgt dafür, dass seine Knechte und Knappen – bis auf zwei, Hänslin
und Ludwig – bei anderen Herren unterkommen, und lässt
seine Ausrüstung, die bei den Ritterspielen in Prag ziemlich
gelitten hat, ausbessern. Er lässt sich einen neuen Harnisch
schmieden, ein neues Kettenhemd anmessen und seinen
Helm verzieren. Ostern feiert er noch mit seinem Vater.
Dann reitet er los.

Eigentlich will er über das Salzkammergut reiten und
Ramseider zur Teilnahme an diesem Kriegszug ermuntern.
Aber sowohl der Erzherzog als auch sein Vater warnen ihn
davor, allein so weit zu reiten.

»Du führst deine ganze Reisekasse mit dir. Da solltest du
dir Reisegefährten suchen, sonst wirst du ein leichtes Opfer
von Wegelagerern.«

Zum Glück wird ihm zugetragen, dass eine Truppe fran-
zösischer Kämpfer sich auf den Weg nach Venedig gemacht
hat und über den Gotthard die Alpensüdseite erreichen will.
Ihrem Schutz will er sich bei Basel anvertrauen. Fast bis dorthin kann er von einer vorderösterreichischen Stadt zur andern reiten, wo er überall Kaufleute oder Boten findet, denen
er sich anschließen kann.

So gelangt er sicher nach Basel. Da aber erfährt er, dass die Franzosen schon vorbeigezogen sind. Er muss ihnen nacheilen. Nur von seinen beiden Knappen begleitet, reitet er quer durch den Jura, und etwas südlich dann, im Aaretal, holt er die Truppe ein. Kein einziger Deutscher ist unter ihnen. Obwohl er in Innsbruck ein paar Brocken Französisch gelernt hat, ist er sehr froh, dass einige Elsässer darunter sind, mit denen er sich in seiner Muttersprache verständigen kann. Für sie ist er »dr Schwob«, die anderen reden von ihm als »l'Allemand«.

Die Franzosen kommen aus verschiedenen Gegenden des Landes, und jede Gruppe führt ihr Fähnlein mit sich und hat ihren eigenen Hauptmann. Die Elsässer werden von einem langen hageren Ritter angeführt, einem Kahlkopf mit rötlichem Bart. Von seinem rechten Jochbein zieht sich eine Narbe quer über seine Wange knapp am Mundwinkel vorbei bis zum Kinn hinunter.

»Das war eine türkische Säbelspitze«, sagt er stolz und fährt mit dem Finger die Narbe nach, als er sieht, dass Georg ihn mustert.

»Jean-Luc de Colmar«, stellt er sich vor. »Ich führe den elsässischen Haufen. Schließ dich uns an.«

Jean-Luc ist schon vor ein paar Jahren auf Rhodos gewesen und hat zu Land und zu Wasser, wie er sagt, gegen die Türken gekämpft.

»Das ging nicht immer glimpflich ab, das kann ich dir sagen. Die Schlacht, als ich diesen Säbelhieb abkriegte, hätten wir fast verloren. Die Türken waren in der Überzahl. Wir können nur hoffen, dass wir Rhodos erreichen, ehe der Sultan angreift.«

»Wie viel Zeit bleibt uns?«

»Das weiß der Herr! Ich weiß nur, dass wir möglichst schnell vorankommen müssen und deswegen den kürzesten Weg über die Alpen nehmen, über den Gotthard. Da muss man nur eine Bergkette überwinden. Aber das wird schwierig genug. Vor allem jetzt, wo zum Teil noch Schnee liegt und es auch noch schneien kann. Später im Jahr wäre alles viel einfacher. Das letzte Mal sind wir erst im Juni über den Gotthard geritten. Aber so lange dürfen wir nicht warten.«

Georg erinnert sich an seine Ritte über den Arlberg. Damals erlebte er nur einen kurzen Schneeschauer, der Schnee war schnell wieder weggetaut, und wenn sie eine Pause einlegten, grasten die Pferde an den Hängen.

»Und wie sieht es mit der Versorgung der Pferde aus?«, fragt er deshalb besorgt.

»Genau das ist jetzt besonders schwierig. Die Weiden geben noch nichts her, und die Bauern verkaufen ihr Heu nicht gerne. Bei manchem ist das Futter so knapp, dass die Kühe fast nicht mehr auf den Beinen stehen können. Es gibt Bauern, die müssen ihre Kühe schlachten, weil sie sie nicht über den Winter bringen können. Wir haben deshalb schon in Basel viel Hafer eingekauft. Aber Heu brauchen wir zwischendurch trotzdem, sonst reichen die Vorräte nicht bis ins Tessin.«

Schon auf ihrem Ritt durchs Alpenvorland schwärmen die Reiter da und dort aus und suchen Gehöfte auf, die sie nahe bei ihrer Wegstrecke liegen sehen. Einige wenige kommen mit Heuballen zurück, die sie an die Pferde ihres Fähnleins verfüttern. Obwohl diese Abstecher nicht viel einbringen, wird täglich versucht, Futter von der Landbevölkerung zu bekommen, damit der Hafer für die Strecke durch höhere Regionen eingespart werden kann.

Kurz bevor sie den Vierwaldstätter See erreichen, reitet Georg mit seinen beiden Knappen und zwei Saumpferden eine Anhöhe hinauf, auf der er ein kleines, einfaches Wohnhaus mit Stall und Scheune liegen sieht. Wo im Sommer das Vieh auf üppiger Weide steht, durchqueren sie braune, kahle Hänge und kleine Waldstücke, ohne unterwegs auch nur einem Menschen oder einem Tier zu begegnen.

Nach fast einer Stunde halten sie vor dem Gehöft an. Der Knappe Hänslin steigt ab und klopft an die Tür. Keine Antwort. Sie rufen. Es regt sich nichts.

Georg steigt vom Pferd und geht an die Tür. Sie lässt sich öffnen. Er tritt in einen halbdunklen Raum, in dem er einen roh gezimmerten Tisch, ein paar Stühle und eine Feuerstelle erkennen kann. Ein paar Stücke Holzkohle glühen noch, ein bisschen Rauch steigt auf. Eine Leiter führt zur Luke ins obere Stockwerk. Georg steigt hoch, sieht ein leeres Lager, ruft, bekommt aber keine Antwort.

»Es muss jemand da sein«, sagt er, als er wieder vor seinen Knappen steht. »Ludwig, bleib du bei den Pferden. Ich schau mit Hänslin in den Stall.«

Knarrend lässt sich die breite Tür öffnen. Ein paar Lichtstrahlen fallen in den niederen Raum und erleuchten ein erbärmliches Bild. Auf der festgetrampelten Erde, ohne Strohunterlage, liegen ein paar abgemagerte Rinder in ihrem Dreck. Sie warten auf Futter und brüllen sofort, als die Stalltür bewegt wird. Zwischen ihnen liegen ein paar Ziegen. Auch ihre Rippen scheinen durchs Fell.

»So etwas habe ich noch nie gesehen«, sagt Hänslin entsetzt und wendet sich ab.

Auch Georg tritt zurück und schließt die Tür. »Aber es muss jemand da sein«, wiederholt er noch einmal und geht auf ein niederes langgestrecktes Gebäude zu, das hinter dem Stall liegt. Er nähert sich leise, bleibt vor der geschlossenen Tür stehen und lauscht. Da hört er etwas rascheln und geht hinein. Soweit Georg es bei dem schwachen Licht erkennen kann, ist die Scheune fast leer. Nur in einer Ecke liegt noch ein Haufen Heu.

Georg winkt Hänslin zu sich und legt den Finger auf den Mund. Regungslos bleiben die beiden mitten im Raum stehen. Da raschelt wieder etwas und man hört jemand niesen. Georg wirft Hänslin einen Blick zu. Dann gehen sie beide leise, Schritt für Schritt, auf den Heuhaufen zu. Georg zieht sein Schwert und sticht damit vorsichtig in den Haufen.

Da spürt er einen Widerstand. »Komm raus. Wir tun dir nichts«, sagt er in friedlichem Tonfall.

Der Heuhaufen bewegt sich. Der Bauer, seine Frau und drei kleine Kinder stehen vor ihm, alle mager und ausgezehrt. Schreckverzerrte Gesichter. Der Bauer fällt vor ihm auf die Knie, umklammert seine Beine und bettelt und klagt. Seine Sprache können Georg und Hänslin nicht verstehen. Aber der Tonfall, das Wimmern und Weinen und die Gesten des Mannes teilen das ganze Elend mit, das diese Bauernfamilie durchmacht.

Georg löst die Arme des Mannes von seinen Beinen, fasst ihn unter die Achseln und zieht ihn hoch. Dann nimmt er eine Münze aus seinem Beutel und drückt sie ihm in die Hand. Er nickt ihm zu und geht mit Hänslin hinaus. Durch seine ernste Miene und sein leises Kopfschütteln begreift Ludwig sofort, dass hier nichts zu holen ist. Sie sitzen auf und reiten ins Nachtlager zurück.

Als sie den Vierwaldstätter See hinter sich haben, erklärt Jean-Luc: »Ab Altdorf muss uns ein Führer vorausreiten. Der Weg kann schwierig werden. Wer weiß schon, wie die Bachläufe und Muren nach diesem Winter aussehen. Es gab schon immer schwierige Stellen, wo der Weg am Abgrund entlang so schmal ist, dass nur einer hinter dem anderen reiten kann. Und da muss uns jemand sagen, wo sich die Truppe hinterher wieder versammeln kann. Solche Plätze kennt nur einer von hier.«

Tagelang reitet man im Schritt durch stellenweise recht schwieriges Gelände. Grundlawinen haben da und dort viel Geröll heruntergebracht, darunter große Felsbrocken, die mühsam umritten werden müssen.

Und es kommt auch zu einem unfreiwilligen Halt. Ein Saumpferd tritt mit beiden Hinterbeinen auf eine Felsplatte, die nicht stabil liegt und wegrutscht. Es wiehert laut, rutscht im Geröll eine Pferdelänge abwärts und stürzt. Der Knappe, der es führt, will es hochziehen. Aber es kommt nicht mehr hoch, es ist verletzt. Beinbruch.

Obwohl es keinen Ausweg gibt, berät man sich kurz. Wer soll es machen? Kein Reiter mag ein Pferd töten. Schließlich steigt Jean-Luc beherzt zu dem Tier hinunter, durchtrennt mit einem Streich seinen Hals und sticht ihm dann sein Schwert ins Herz.

Als es röchelnd verendet, schaut er weg, mit Tränen in den Augen, und weist die Knappen mit einer Handbewegung an, die Lasten von dem Kadaver zu bergen und auf andere Saumtiere zu verteilen.

Das Wetter wird schlecht. Regen- und Graupelschauer lassen Ross und Reiter frieren, und als sich die Truppe kurz vor dem Gotthard in einem engen Tal vereint, fällt Schnee aus den nieder hängenden Wolken.

»Es bleibt uns nichts übrig, als hier zu warten. Ruht euch aus, gönnt euren Pferden eine Pause, denn der Pass wird uns viel Kraft kosten.«

»Können wir nicht irgendwo auf dem Berg lagern?«, möchte Georg wissen.

»Ausgeschlossen. Es gibt am Pass keine Stelle, wo eine größere Gruppe lagern kann. Wir müssen mit einem Mal rüber, ohne Rast. Und die Tage sind auch noch nicht lang genug, um es bei Helligkeit ganz zu schaffen, auch wenn wir noch vor Sonnenaufgang aufbrechen. Ich hoffe, ihr habt genug Fackeln mitgebracht.«

Nach mehreren Tagen, als man sich schon Sorgen macht, dass die Hafervorräte aufgebraucht sind, ehe man die Alpensüdseite erreicht hat, reißt abends der Himmel auf. Das ist das Startsignal. Im Morgengrauen bricht man auf. Der Aufstieg liegt im Schatten. Viele Stellen sind vereist. Der Bergführer reitet voran. In endloser Reihe folgen ihm die Reiter, einer hinter dem anderen, wobei jeder seinen Hintermann auf Eisplatten und andere gefährliche Stellen aufmerksam macht. Besonders schwer haben es die Knappen, die vom Sattel aus die Saumtiere führen, die unter der Last der Futtervorräte und der Ausrüstung an besonders steilen Stellen, oder wenn es durch tiefen Schnee geht, manchmal das Hindernis verweigern wollen. Kehre um Kehre quälen sie sich pausenlos steil hinauf.

Besondere Gefahren begegnen ihnen oben auf der Passhöhe. Ganze Gruppen von Reitern – Kaufleute, die auch Saumpferde mit sich führen – kommen ihnen entgegen, und sogar ein von Ochsen gezogener Schlitten. Wer ausweicht, gerät in tiefen Schnee, und immer wieder muss ein Pferd, das bis zur Brust in den Harsch eingebrochen ist, mit vereinten Kräften herausgezogen werden.

Die Sonne steht schon wieder tief, als die Letzten die Passhöhe erreicht haben und sich an den Abstieg machen. Viele Abschnitte des Wegs liegen längst wieder im Schatten. Wo vor Stunden nasser Schnee lag, bilden sich Harsch und Eis. Vorsicht ist geboten. Man kommt nur sehr langsam voran.

Georg bewegt sich mit seinen beiden Knappen ungefähr in der Mitte des Zuges. Er spürt, wie es von Stunde zu Stunde mehr Konzentration und Kraft kostet, sein Pferd zu lenken. Er reitet nicht einfach seinem Vordermann nach, sondern hat seinen Blick ständig auf den Pfad gerichtet und versucht, im schwachen Abendlicht den Weg zu lesen, um jedes Rutschen zu vermeiden.

Als es so dunkel wird, dass die Fackeln angezündet werden müssen, hat er noch viele Serpentinen vor sich. Über den Kopf seines Pferdes weg nimmt er eine lange Kette von Flammen wahr, die in der Dunkelheit des Talgrunds zu kleinen hellen Punkten werden.

Kälte, Müdigkeit und Hunger fordern eine Rast, doch die muss aufgeschoben werden, bis das Gelände nicht mehr so steil und der Weg nicht mehr so schmal ist. So reitet man die Nacht durch und bleibt auch in der beißenden Kälte der frühen Morgenstunden im Sattel.

Plötzlich hört Georg Unruhe hinter sich. Er dreht sich um und sieht, dass Hänslin mit geschlossenen Augen und hängendem Kopf auf seinem Pferd sitzt, das einfach stehen geblieben ist. Ludwig kommt nicht an ihm vorbei.

»Hänslin, jetzt mach doch voran«, ruft er.

Hänslin erschrickt und fährt hoch. Er reißt versehentlich am Zügel, was sein Pferd ins Tänzeln bringt. Es wiehert und droht auf dem steilen Weg ins Rutschen zu kommen.

Da aber gelingt es Georg, sein Ross zu drehen, sodass er das Halfter des scheuenden Tiers zu fassen kriegt.

»Ho, ho«, redet er ihm gut zu und kann es beruhigen.

Dann geht der Abstieg weiter, sie schließen zu den anderen auf. Erst als die ersten Sonnenstrahlen ins Tal fallen, halten sie an.

Alle sind froh, die schwierigste Stelle der Route ohne einen Unfall hinter sich gebracht zu haben. Der Bergführer spricht in seiner harten Sprache ein lautes Dankgebet. Seinen Wortlaut verstehen die Franzosen nicht, aber sie erfassen seine Bedeutung. Und schon fängt einer von ihnen an, einen Dankchoral zu singen, die anderen fallen ein. Als ihr Gesang von den Felsen des Talgrunds widerhallt, kniet Georg mit den Seinen nieder und dankt Gott dafür, dass er sie alle beschützt hat. Der Bergführer wird reichlich entlohnt und verabschiedet sich.

Das Tessin ist erreicht, allgemeines Aufatmen. Die Luft ist spürbar milder. Den Ritt nach Bellinzona hinunter beflügelt die Vorfreude auf eine eintägige Rast.

Schon nach zwei Tagen ist Mailand erreicht, wo eine Gruppe spanischer Kämpfer zu ihnen stößt, die ebenfalls auf dem Weg nach Venedig ist.

Nach den Anstrengungen der Alpenüberquerung wird den Kämpfern der Ritt durch die oberitalienische Tiefebene zum Genuss. Die Sonne scheint, die Bäume blühen, die Menschen sind offener und die Verpflegung wird geradezu üppig. Die Bauern in den Dörfern und vor allem auch die Kaufleute aus Brescia, Verona und Padua bieten ihren Überfluss nur allzu gern gegen klingende Münze der Truppe an.

Endlich können die Pferde gut gefüttert werden und kommen wieder zu Kräften. Allzu schnell durchreitet man das schöne, reiche Land und Georg findet es fast schade, dass Venedig so bald erreicht ist. Denn nun steht die Schifffahrt nach Rhodos unmittelbar bevor, und jeder ahnt, welche Strapaze sie bedeutet.

Mit den Spaniern zusammen sind sie über vierhundert Mann. Und da es Frühling ist und die Gasthäuser Venedigs bis zum letzten Strohsack von Pilgern belegt sind, die alle ins Heilige Land reisen wollen, müssen die Rhodos-Fahrer in Mestre länger ausharren als erwartet, bis die Seereise organisiert ist. Zwei sprachkundige französische Johanniter lassen sich nach Venedig übersetzen und machen einen Reeder ausfindig, der bereit ist, eines seiner Handelsschiffe für den Truppentransport nach Rhodos zur Verfügung zu stellen.

Nach der ersten Verhandlung kommen die beiden Johanniter zurück und berichten: »Die einzigen Schiffe, in denen wir zur Not Raum finden, gehören Pietro Lando, einem steinharten Geschäftsmann. Er verlangt viel mehr, als wir angenommen haben. Es entgingen ihm viele Einnahmen, wenn er eine Galeere nur bis Rhodos laufen ließe. Dort könne er nichts Lohnendes einkaufen, und wenn sie leer weiterfahren würde, um in Zypern, Jaffa oder gar Alexandria Ladung aufzunehmen, dann sei das ein hohes Risiko für ihn. Das könne er sich nicht leisten. Daher der hohe Preis. Er verlangt von uns mehr, als wenn wir nach Jaffa fahren würden.«

»Hat der Reeder keine Ehre?«, fragt Georg. »Schließlich wollen wir Rhodos verteidigen. Das müsste doch auch im Sinn Venedigs sein.«

Da winkt Jean-Luc ab. »Hmm«, schnaubt er ungehalten. »Schon seit über hundert Jahren haben diese Pfeffersäcke sich daran gewöhnt, mit kaltem Kalkül großen Profit aus den Pilgerreisen zu schlagen. Sie nehmen die Pilger aus wie die Gänse. Und was uns angeht, meinen sie, sie brauchen uns nicht unbedingt, weil sie eine schlagkräftige Kriegsflotte aufgebaut haben. Sich auf die Johanniter zu verlassen, verbietet ihnen ihr Stolz. Sie meinen, sie seien niemandem etwas schuldig. Und daher muss jeder, der in die Levante reist, die harten Bedingungen Venedigs akzeptieren.«

Es geht noch zwei Tage hin und her, bis die Johanniter, weil sie schnell nach Rhodos wollen, sich mit einer teuren Passage einverstanden erklären. Der Reeder stellt zwei Galeeren bereit, von denen jede normalerweise einhundertfünfzig Pilger an Bord nimmt. Mehr Kapazität sei in ganz Venedig nicht so schnell zu finden. Man müsse eben eng zusammenrücken, sagt er. Dafür verspricht er, für zwei ausreichende Mahlzeiten pro Tag und für Wein zu sorgen.

»Das soll glauben, wer will«, schimpft Jean-Luc. »Was der Patron an Bord kochen lässt, würde der Reeder in den Kanal schütten. Von dem schlechten Essen und dem sauren Wein kann jeder Pilger und jeder Johanniter ein Lied singen. Es ist eine Schande, wie diese Pfeffersäcke christliche Ritter ausnützen. Auch wenn sie meinen, dass sie auf uns Johanniter nicht angewiesen sind, könnten sie uns anständigerweise einen guten Preis machen. Wir nützen ihnen ja doch etwas.«

»Gott wird sie strafen«, sagt Georg. »Geiz und Habgier sind schließlich Todsünden.«

»Das zu wissen nützt dir wenig, wenn du wochenlang diesen Fraß vorgesetzt bekommst«, sagt Jean-Luc verärgert. »Wir müssen uns selbst so gut es geht versorgen.«

Schließlich steht die ganze Truppe im Hafen und wartet darauf, endlich an Bord gehen zu können. Wann es so weit ist, weiß niemand genau. Manche vertreiben sich die Zeit mit Karten- und Würfelspiel. Andere dösen in der Sonne und genießen die leichte Brise, die vom Meer her weht.

Georg und seine Knappen haben ihre Pferde in Mestre an einen der vielen Pferdehändler verkauft, die gut davon leben, dass sie den Ausfahrenden für wenig Geld ihre Pferde abnehmen und sie an Rückkehrer teuer verkaufen. Trotzdem hat der Erlös gut dafür gereicht, auf Jean-Lucs Rat hin drei lange, kniehohe Kisten zu kaufen, in denen sie ihre Habseligkeiten an Bord verstauen können: Küchenutensilien, Handtücher, Besteck und Geschirr. Außerdem Kleidung und Schuhe für Hitze und Kälte.

»Ihr braucht so eine Kiste, um darauf zu schlafen und eure Sachen vor Dieben zu schützen. Außerdem schläft man auf feuchten, ächzenden Planken schlecht«, hat Jean-Luc erklärt.

Gemeinsam fanden sie einen Tischler, bei dem sie sich geeignete Kisten aussuchen konnten.

»Und deckt euch gut mit Verpflegung ein«, riet Jean-Luc noch einmal eindringlich. »Von der Kost an Bord werdet ihr nicht satt. Das Fleisch ist zäh, das Brot hart wie Stein und manchmal voller Maden, und der Fisch, den es freitags und samstags gibt, stinkt. Es ist eine Schande, was einem da geboten wird.«

»Und was würdest du kaufen?«

»Ein Fässchen guten Wein, ein Fässchen für frisches Wasser, außerdem Zwieback, harten Käse, Schmalz, Schinken – überhaupt Geräuchertes. Auf meiner letzten Reise hatten ein paar Männer sogar lebende Hühner mitgenommen, die ihnen Eier legten. Die waren gut versorgt.«

»Aber wir müssen uns nicht für die ganze Reise eindecken?«

»Nein. Wir laufen an der dalmatinischen Küste sicher eine Stadt an, wenn nicht zwei, und dann eine Insel, Korfu vielleicht, und dann geht es nach Methoni auf dem Peloponnes. Da können wir uns immer wieder versorgen. Und auf Kreta machen wir noch einmal Halt.«

So haben sie alles Nötige besorgt und sitzen nun auf ihren langen Kisten, die etwas an Särge erinnern und so schwer und unhandlich sind, dass sie einer allein gar nicht tragen kann. Wichtig ist zunächst der warme Mantel für die Nacht wie auch das tönerne Nachtgeschirr, das Harnglas und ein Kübel, den man bei Seekrankheit dringend braucht.

Bislang sind sie so mit den Vorbereitungen beschäftigt gewesen, dass sie das Meer noch gar nicht richtig wahrgenommen haben. Sie sind zwar mehrmals zwischen Mestre und Venedig auf einer Fähre gesessen, aber immer war der Horizont von der Stadt teilweise verstellt. Die Weite des Meers haben sie noch nicht erfahren.

Nun liegt die Galeere vor ihnen, viel länger und höher, als sie sich vorgestellt hatten. Über dreißig lange Ruderstangen hängen vom dem Oberdeck herunter, die Ruderblätter tanzen in der schwachen Dünung. Die beiden Masten schwanken leise hin und her, das Kastell am Heck ist verlassen. Nur der Steg, der auf das Vorderdeck führt, wird von einem dunkelhäutigen Hünen in weißer Pluderhose bewacht.

»Ich möchte jetzt bald an Bord«, sagt Georg ungeduldig.

»Nur Geduld, warte lieber etwas. Lass uns nicht zu früh hineingehen. Wenn wir wirklich alle über den Steg hier gehen sollen, dann weisen sie uns unsere Plätze von hinten nach vorn an. Zuerst füllen sie das untere Deck. Lass uns versuchen, ins Zwischendeck zu kommen. Und dann gilt: die Ersten ganz hinten, die Letzten ganz vorn. Es wäre gut, wenn wir möglichst weit vorn unterkämen. Da ist die Luft nicht so schlecht, und man kommt leichter auf das Oberdeck, wenn man es im Zwischendeck nicht mehr aushält. Vor allem nachts. Und die ständigen Paukenschläge nehmen dir den Verstand, wenn du zu weit hinten untergebracht bist.«

Dann zeigt Jean-Luc auf zwei Stangen, die über einem großen Loch in der Bordwand angebracht sind. »Auf der einen Stange sitzt du, wenn du musst, und an der anderen hältst du dich fest, damit du nicht über Bord gehst. Auf der anderen Seite gibt es diese Vorrichtung noch einmal. Manchmal steht man hier morgens Schlange, und oft ist das eine recht nasse Angelegenheit. Am besten man setzt sich nackt dorthin, die untere Stange in den Kniekehlen, die obere in den Händen.«

Georg zieht kritisch die Brauen hoch und ist froh, dass er ein Nachtgeschirr eingepackt hat.

»Und bei Seegang wirst du dort gleichzeitig gewaschen.« Damit will Jean-Luc das Thema beenden.

»Und wenn einer ins Wasser fällt?«, fragt der Knappe Hänslin entsetzt.

»Dann ist er tot. Vor allem bei Nacht. Da merkt keiner was davon.«

Betroffenes Schweigen.

Endlich gesellen sich zu dem dunkelhäutigen Hünen zwei weitere Gestalten und fordern die ersten Kämpfer auf, an Bord zu kommen. Es bleibt bei dem einen Steg. Wer zu früh an Bord geht, sitzt tatsächlich im Unterdeck oder bestenfalls auf dem Zwischendeck ganz hinten. Als nur noch ein kleiner Haufen an Land ist, sorgt Jean-Luc dafür, dass sie nun an die Reihe kommen. Immer zu zweit schleppen sie ihre Kisten über den Steg, über das Vorderdeck und dann ins Zwischendeck hinunter. Im ersten Moment nimmt ihnen der scharfe Geruch nach Holz, Schweiß und Fäkalien fast den Atem. Es ist stickig warm. Durch ein paar kleine Luken fällt spärliches Licht herein. Es dauert einen Moment, bis sich ihre Augen an die Dunkelheit gewöhnen. Die Decke ist so nieder, dass sie nicht aufrecht stehen können. Gebückt bugsieren sie ihre Kisten an die Stelle, die ihnen zugewiesen wird, nur einen Fuß vom nächsten entfernt, und lassen sich ihren schmalen Bereich mit Kreidestrichen markieren.

»Die Luft wird etwas besser, wenn das Schiff in Fahrt kommt. Wartet es ab: Manchmal wird es hier sogar sehr frisch«, beruhigt Jean-Luc den Knappen Hänslin, der sich im ersten Moment die Nase zuhält.

Wie die meisten an Bord steigen sie dann tief in den Bauch der Galeere hinunter, und graben ihre Fässer mit Wein und Wasser zur Hälfte in den kühlen Sand ein, der den Kiel des Schiffes beschwert.

»Und das säuft uns niemand aus?«, fragt Georg skeptisch.

»Das glaube ich kaum. Auf meiner letzten Reise wurde einer dabei erwischt. Den hätten sie glatt über Bord geworfen, wenn der Kaplan es nicht verhindert hätte. Hier zu stehlen ist fast so schlimm wie Brunnenvergiftung – wenigstens unter ehrbaren Soldaten.«

In der Enge bleibt ihnen nichts übrig, als sich auf ihren Kisten einzurichten. Georg rollt seinen Mantel zusammen und benutzt ihn als Kopfkissen. Entspannt streckt er sich aus. »Jetzt ist es geschafft. Jetzt bringt uns das Schiff nach Rhodos«, sagt er erleichtert.

»Ach, ich wünschte, ich könnte schon wieder aussteigen«, antwortet Jean-Luc mit einem Seufzer.

Georg döst. Er nimmt zwar das Stimmengewirr um ihn herum wahr, aber er achtet nicht darauf, sondern lässt die angenehmen Bilder vom italienischen Frühling an seinem inneren Auge vorbeiziehen. Ein Lächeln spielt um seine Mundwinkel.

Dann aber werden Schritte über ihm laut, sie steigen zu einem höllisch lauten Getrampel an, das das ganze Schiff erschüttert. Die Ruderer setzen sich auf ihre Bänke. Dielen knarren, raue Befehle ertönen, Gemurre wird laut, Ruderstangen reiben in den Dollen. Dann setzt plötzlich die Pauke ein. Rhythmische Schläge erschüttern das Schiff, und mit jedem Schlag hört man, wie die Ruderblätter eintauchen.

Das Stimmengewirr im Zwischendeck schwillt an. Es herrscht Aufregung. Auch Georg steht auf und will hinausschauen. Aber jede Luke und der Aufgang an Deck sind dicht besetzt, sodass ihm nichts bleibt, als sich wieder auszustrecken und zu warten.

Als er später zu einer Luke hinausschauen kann, sieht er nur Wasser und erschrickt. Wasser, Himmel, sonst nichts. Als gäbe es gar kein Land mehr. Die schreckliche Geschichte von der Sintflut und Noahs Arche fällt ihm ein. Es wird ihm eng in der Brust. Wenn man wenigstens Land sehen könnte, eine kleine Insel oder wenigstens einen Vogel! Aber da ist nichts. Er bittet Gott um Schutz auf See und eine unversehrte Landung auf Rhodos.

Er hält es unter Deck nicht aus. Er will etwas entdecken, an dem sich seine Augen festhalten können. Auf dem Vorderdeck schaut er sich um. Das Sonnenlicht blendet ihn. Schützend hält er die Hand über die Augen. Aber wohin er auch schaut, er sieht nur Wasser und Himmel. Lange steht er da, schaut auf die sanften Wellen, die der Schiffsrumpf durchschneidet, was ihn etwas beruhigt. Unbewusst wartet er darauf, dass jetzt, wo das Schiff in Fahrt ist, die Paukenschläge verstummen. Aber sie dröhnen weiter, immer im selben Takt. Denn es regt sich kein Lüftchen; die Segel hängen flau an der Takelage.

Eine Weile presst er die Finger in seine Ohren, um dem Dröhnen zu entkommen. Aber lange schafft er das nicht, lässt seine ermüdeten Hände sinken und ist wieder den gleichmäßigen Schlägen ausgesetzt, an die er sich wohl gewöhnen muss. Seine Angst bewältigt er erst vollends, als am nächsten Tag die Küste Istriens am Horizont auftaucht. Da schickt er ein Dankgebet zum Himmel.

Der Nordwestwind, der die Galeere zügig vorantreibt, kommt auch durch die kleinen Luken herein und verbessert die Atemluft. Die Nächte, wenn die kalte Luft den Niedergang herunterströmt, sind frisch, Georg ist froh an seinem Mantel.

Die Inseln, die backbords zu sehen sind, geben ihm ein Gefühl der Sicherheit. Dennoch sind die ersten Tage schwer zu ertragen. Das ständige Schaukeln des Bodens, die Paukenschläge, die sofort einsetzen, wenn der Wind abflaut, die Geräusche im Zwischendeck und das unbequeme Lager auf seiner Kiste lassen Georg nicht tief schlafen. Immer wieder wacht er auf. Die ersten Landratten werden seekrank und übergeben sich. Jede Nacht wird er mehrmals von Reisegenossen gestört, die an Deck gehen, um frische Luft zu atmen. Um Mittag, wenn es im Zwischendeck besonders warm wird, liegt er im Halbschlaf auf seiner Kiste. Und wenn er wach ist, fühlt er lähmende Übermüdung.

Tagelang hat er nur gesprochen, wenn sie über das schwankende Oberdeck zum Mittelmast balancierten, um ihre Essensration entgegenzunehmen. Die Kost ist so schlecht, wie Jean-Luc angekündigt hat. Das Fleisch ist zäh oder schmeckt ranzig, das Brot kann man kaum beißen. Obwohl sie alle hungrig sind und ihre Vorräte möglichst lange schonen wollen, kippen sie manche Mahlzeit über Bord.

Und dann, nach sechs Tagen, läuft die Galeere im Hafen von Zadar ein. Kaum ist der Landungssteg ausgelegt, hasten die Passagiere an Land. Die meisten von ihnen sind sehr froh, endlich wieder festen Boden unter den Füßen zu haben und gute Luft zu atmen. Besonders ungeduldig sind die Passagiere aus dem Unterdeck.

Split, ihr nächster Halt, hat die Galeere erwartet: Das ganze palmenbestandene Hafengelände gleicht einem riesigen Markt. Würziger Bratenduft liegt über den Ständen, und schnell bilden sich ganze Trauben von Hungrigen und

Durstigen um die Verkäufer. Überall wird gekocht und gebraten – Schweinefleisch, Rindfleisch, Hühner, Wachteln, Tauben, Fische, Muscheln, Schnecken und Kleintiere aller Art. Wasser und Wein und frisches Brot werden angeboten, gekochte Eier, lebende Hühner und Kaninchen. Überall wird gierig gegessen und getrunken, oft mehr, als gut ist.

Georg ist mit Jean-Luc und Hänslin an Land gegangen, während Ludwig zunächst ihre Habseligkeiten bewacht. Sie essen gegrillten Fisch mit Brot und trinken dazu einen kühlen Weißwein.

»Wenn wir nur jeden Tag in einem solchen Hafen anlegen könnten«, meint Hänslin sehnsüchtig.

»Dann wären wir an Weihnachten noch nicht in Rhodos«, klärt Jean-Luc ihn auf.

Nachdem sie sich gestärkt haben, decken sie sich mit Brot, Wein und Schinken ein. Hänslin geht zurück an Bord, um seinen Kameraden Ludwig abzulösen, und nimmt die Vorräte mit, während Georg und Jean-Luc im Schatten einer Palme sitzen, die Szenerie genießen und sich dabei noch einen Krug schweren dalmatinischen Rotwein gönnen.

»Kann man nicht auch hier die Christenheit verteidigen?«, fragt Georg und räkelt sich wohlig.

»Eigentlich schon. Die Türken greifen die Stadt immer wieder vom Landesinneren her an, heißt es. Irgendwann können sie uns hier schon gebrauchen, aber jetzt wohl noch nicht.«

»Ich würde lieber für Zadar kämpfen. Gerne gehe ich nicht auf dieses Schiff zurück«, gesteht Georg.

»Wer schon. Und wenn du so eine Schifffahrt bis Palästina durchgestanden hast, hast du dir allein damit schon das Himmelreich verdient. Da brauchst du die heiligen Stätten gar nicht mehr aufzusuchen und hast Ablass genug.«

Georg schaut ihn fragend an.

»Du warst schon im Heiligen Land?«

Jean-Luc schüttelt den Kopf.

»Ich muss nicht dorthin, nicht als Pilger – und als Ritter schon gar nicht. Das ist nicht nötig. Die Muselmänner greifen uns in Palästina nicht mit Waffen an. Da wären sie schön dumm. Sie nehmen uns lieber bei lebendigem Leib aus. Wir sind ein gutes Geschäft für sie. Was meinst du denn, warum sie christliche Pilger ins Land lassen und auch noch herumführen? Weil Palästina sonst in Armut versinken würde. Wenn sie wollten, könnten sie jedem Christen den Zutritt verwehren. Sie wollen aber nicht. Ich glaube, sie würden die Pilger auch noch ins Land lassen, wenn sie Rhodos eingenommen hätten.«

»Und warum wollen die Türken dann Rhodos angreifen?«

»Das hat mit uns als Ungläubigen gar nichts zu tun. Aber wenn sie Rhodos und Zypern in ihrer Hand hätten, dann hätten sie mehr Gewalt über das Meer und könnten Venedig als Handelsmacht ausschalten. Daher weht der Wind. Es geht um Handel, nicht um die Christenheit.«

Georgs Ideale beginnen zu schwanken wie die Masten der Galeere in der aufkommenden Brise.

»Meinst du, wir kämpfen gar nicht für die Christenheit?«

Jean-Luc zuckt mit den Achseln.

»Doch. Vielleicht schon. Aber nicht nur. Wer weiß das schon.«

Nachdenklich blicken die beiden auf das Meer hinaus.

Noch am selben Abend läuft die Galeere wieder aus. Ein sternklarer Himmel zieht auf, von dem die Passagiere kaum etwas wahrnehmen. Bis auf das Geschnarche ist es still im Zwischendeck. Angetrunken und mit vollen Bäuchen liegen die Kämpfer auf Kisten und Planken, hören die Paukenschläge nicht mehr und spüren nicht, wie die Galeere durch eine leichte Dünung stampft.

Auch Georg ist nach dem ungewohnt üppigen Genuss tief eingeschlafen. Reglos liegt er da, bis ihn seine Blase drückt. Er richtet sich auf und greift, ohne sich umzusehen, nach dem mit Stroh bruchsicher umwickelten Harnglas, das neben dem Kotzkübel am Kopfende seiner Kiste steht. Immer noch mit geschlossenen Augen – es ist ja ohnehin fast nichts zu sehen – erledigt er sein Geschäft. Dann aber, als er entscheiden muss, ob er das halbvolle Gefäß wieder am Kopfende der Kiste abstellt oder lieber gleich über Bord kippt, schaut er zur Treppe hin und bemerkt dabei, dass Ludwig nicht neben ihm liegt. Wo ist er? Georg steht auf und hat Mühe, senkrecht zu bleiben. Sein Kopf ist schwer, er kämpft gegen Schwindel an. Mit kleinen Schritten balanciert er zur Treppe vor und steigt über die schwankenden Stufen aufs Vorderdeck. Im Mondlicht sieht er ihn sofort. Ludwig hängt so weit über der Bordwand, dass nicht einmal seine Schultern zu sehen sind. Als sei er plötzlich nüchtern, ist Georg mit ein paar Sätzen bei ihm, hält sich mit einer Hand fest, packt ihn mit der anderen an der Schulter und zieht ihn hoch.

»Was ist mit dir?«

»Die Fischsuppe … Muscheln«, stöhnt Ludwig.

»Du hast im Hafen Muscheln gegessen?«

»Ich wollte mal …«, bringt er heraus, dann würgt es ihn schon erneut, und wieder hängt er über der Bordwand.

Georg bleibt bei ihm. Mehrmals dreht es Ludwig den Magen um, bis die Krämpfe schließlich abzuklingen scheinen. Da legt Georg sich Ludwigs Arm um die Schultern und versucht, ihn zu seiner Kiste zu bringen, ohne jemanden zu wecken. Was ihm nicht gelingt. Als Ludwig auf dem Zwischendeck plötzlich die Beine wegsacken, strauchelt auch Georg, und sie fallen auf einen Schläfer, der laut aufschreit und sie verflucht. Der Franzose versteht Georgs entschuldigende Erklärung nicht und versetzt ihm einen Tritt, sodass er ein zweites Mal fällt, diesmal im Mittelgang zwischen den Kisten. Um sie herum wachen alle auf und murren über die Störung, sind aber schnell wieder eingeschlafen, als auch sie es auf ihre Kisten geschafft haben. Georg versucht, wach zu bleiben, indem er sich, auf den Ellbogen aufgestützt, Ludwig zuwendet. Er will auf ihn aufpassen. Als Ludwig eingeschlafen zu sein scheint und gleichmäßig atmet, legt auch Georg sich auf den Rücken. Eine ganze Weile kann er die Augen noch offen halten und auf Ludwigs Atem horchen, dann aber fordern der Wein und die Natur ihr Recht. Er schläft ein.

Am frühen Morgen rüttelt Hänslin ihn wach.

»Wo ist Ludwig? Wo ist er?«

Georg fährt hoch und braucht einen kurzen Moment, bis er ganz zu sich kommt. Sein Blick fällt auf die Treppe, über die er Ludwig ins Zwischendeck zurückgebracht hat. Da krampft sich alles in ihm zusammen, und er springt auf.

»An Deck. Warst du schon an Deck?«

Hänslin nickt nur.

Georg stürmt die Treppe hinauf, springt dorthin, wo er Ludwig in der Nacht vorgefunden hat, und da steht er nun. Völlig hilflos. Wohin sollte Ludwig in der Nacht hingegangen sein? Nur hierher. Aber hier ist niemand. Nur sein Kübel rollt verloren hin und her.

Georg beugt sich über die Bordwand, es graust ihm. Er schaut an der Bordwand entlang, sieht die unergründliche blaugrüne Tiefe und die vielen Ruder, die wie ein einziges unheimliches Wesen die Galeere vorantreiben. Für Ludwig kann er nichts mehr tun. Sein Knappe, den er zum Begleiter auf dieser Reise ausgewählt hat, ist in der unendlichen Weite der See verloren gegangen. Ertrunken. Georg wird seinen Eltern nicht einmal sagen können, wo ihr Sohn umgekommen ist. Irgendwann in einer Nacht, irgendwo zwischen Split und Korfu.

Ludwigs Tod stürzt ihn in Gewissensnöte. Er hätte den Jungen nicht im Hafen allein lassen dürfen, wirft er sich vor, hätte verhindern müssen, dass er aus Neugier etwas isst, was vielleicht verdorben ist. Und wie konnte er nur selbst so viel trinken, dass er in der Nacht nicht mehr auf ihn aufpassen konnte, obwohl er wusste, dass es ihm schlecht ging? Und wie soll er nach dem Feldzug vor Ludwigs Eltern treten und berichten, dass ihr Sohn seinen Tod nicht in heldenhaftem Kampf verloren hat, sondern schwach vor Übelkeit über Bord gegangen ist? Diese Gedanken kreisen in seinem Kopf herum und vermengen sich mit Sätzen aus dem Gespräch mit Jean-Luc: Vielleicht kämpfen wir gar nicht für die Christenheit, vielleicht kämpfen wir nur gegen die Türken, damit die Handelswege offen bleiben. Wenn das so wäre, würde der Tod dieses Achtzehnjährigen jeden Sinn verlieren.

Tagelang sitzt Georg zerknirscht auf seiner Kiste und starrt vor sich hin. Jean-Luc und auch Hänslin versuchen ihm zuzureden und ihn von seiner Grübelei abzubringen.

»Du kannst doch nichts dafür. Ludwig war kein Kind mehr, auf das du aufpassen musstest«, versucht ihn Jean-Luc zu trösten. Aber er schafft es nicht.

»Wenn ich nicht zu viel getrunken hätte, wäre ich wach geblieben«, wiederholt Georg immer wieder.

Selbst als sie in Korfu anlegen und alle die Galeere verlassen, bleibt er im Zwischendeck zurück und brütet vor sich hin. Erst an der Küste des Peloponnes erwacht er aus seiner Lethargie. Ein afrikanischer Korsar hält auf sie zu. Da kommt Leben in ihn. Er greift nach Brustpanzer, Helm und Schwert und macht sich auf dem Vorderdeck bereit, dem Feind entgegenzutreten, falls die Galeere geentert werden sollte.

Die Pauke verstummt, die Ruder setzen aus. Langsam läuft ihre Galeere weiter, damit die zweite aufholt und die beiden Schiffe sich gemeinsam gegen den Korsaren verteidigen können.

»Feldschlangen laden! Anzünder bereithalten!«

Georg hört diese Befehle zum ersten Mal. Angespannt beißt er so auf die Zähne, dass ihm der Kiefer schmerzt.

Auf beiden Seiten, bei ihnen wie beim Korsaren, glänzen Lanzen, Schwerter und Schilde im Sonnenlicht. Langsam treibt der Korsar auf sie zu. Gespannte Stille herrscht an

Bord. Dann plötzlich, als er nur noch zwei Schiffslängen entfernt ist, dreht er plötzlich ab. Er hat erkannt, dass die beiden Galeeren keine Handelsschiffe sind, sondern gut bewaffnete Kriegsschiffe.

Danach ist Georg wieder ansprechbar, obwohl ihn die düsteren Gedanken weiterhin plagen. Was sollte ihn auf dieser langweiligen Seereise auch ablenken? Zum Würfeln und Kartenspielen, womit sich viele an Bord zerstreuen, hat er keine Lust, und an Deck gibt es außer ab und zu einer Insel oder einem Küstenstreifen nichts zu sehen. Gelegentlich schnappt er ein paar neue Brocken Französisch auf, die er sich mit Jean-Lucs Hilfe einzuprägen versucht. Das ist alles.

Wochenlang ist die See ruhig gewesen, Aber dann, nördlich von Kreta, wird die Reise unangenehm. Tagelang wühlt ein Sturm die See auf. Die Galeere stampft durch hohe Wellen, schwankt und schlingert. Gleich reihenweise werden die Landratten seekrank. Das ganze Zwischendeck stöhnt, man hört, wie sich einer nach dem andern übergibt, und der saure Gestank von Erbrochenem zieht durch das ganze Schiff. Die Kranken sind unsicher auf den Beinen und trauen sich kaum an Deck, um ihre Kübel auszuleeren. Und immer wieder wird ein Nachttopf umgestoßen, weil jemand auf dem Weg an Deck ins Taumeln kommt.

Georg und Hänslin, deren Gesundheit bisher stabil geblieben ist, liegen mit geschlossenen Augen und bleichen Gesichtern auf ihren Kisten. Sie lauschen dem Sturm und halten sich gegen den Gestank ein Tuch vor die Nase. Jean-Luc scheint das alles nicht zu berühren. Er sitzt auf seiner Kiste, schneidet von einer Wurzel kleine Scheibchen ab und schiebt sie in den Mund.

»Denkt an etwas Schönes. Denkt an zu Hause, an einen schönen Tag im Frühling oder an ein schönes Mädchen«, sagt Jean-Luc grinsend zu ihnen. »Denkt nicht an dieses verdammte Schiff. Ihr müsst vergessen, wo ihr gerade seid.«

Georg versucht, Bilder von Eleonore heraufzubeschwö-
ren, aber sie machen ihn traurig, und auch die Erinnerung
an Reingard ist nicht so glücklich, dass er sich damit wirklich ablenken könnte. Und wenn er es zwischendurch doch
schafft, sich an etwas wirklich Schönes zu erinnern – wie an
die Beizjagd mit Eleonore –, schüttelt eine neue Sturmbö das
Schiff durch, sodass er fast von seiner Kiste rutscht, und holt
ihn in die harte Gegenwart zurück.

»Vergiss halt, wo du bist«, wiederholt Jean-Luc jedes Mal,
wenn Georg verzweifelt zu ihm hinüberschaut.

»Und dir macht das nichts aus?«

»Es geht.«

»Und du kannst sogar essen? Was ist das?«

»Ingwer. Ist gut gegen Seekrankheit.«

Georg streckt einfach die Hand aus. Jean-Luc schneidet
ein Scheibchen ab, schält es und legt es Georg in die Hand.

»Zerkau es langsam. Das hilft.«

Georg verzieht das Gesicht. Der Ingwer ist ihm zu scharf.

»Gewöhn dich daran, das hilft wirklich.«

Tapfer zerkaut Georg den Ingwer und schluckt ihn hinunter. Aber er hilft ihm nicht. Bald schon krümmt er sich erneut
über seinem Kübel. Hänslin geht es ebenso.

Erst als sich das Wetter nach einigen Tagen beruhigt, lassen Magenschmerzen und Schwindel nach. Und nun stehen
sie immer wieder auf dem Vorderdeck und halten sehnsüchtig Ausschau nach Land, nach der Erlösung von Langeweile
und Qual.

Als sich die Galeere der Nordspitze der Insel nähert, stehen Georg und Hänslin gespannt auf dem Vorderdeck und
können keinen Blick von Stadt und Festung lassen, die sich
mit jedem Ruderschlag höher über die Wasserfläche erhe-

ben. Abweisend und uneinnehmbar, dem Augenschein nach absolut verschlossen, ragt die Stadt mit ihrer hohen Mauer und den unzähligen Türmen aus dem Meer. Und die Wellen schlagen an ihre Fundamente.

»Wo ist der Hafen? Ich sehe keinen Hafen. Wo legt man denn an?«, wundert sich Hänslin.

Darauf hat Georg keine Antwort, bis er die Hafenmole endlich als solche erkennt. Lange hat er nur die zwölf Windmühlen bestaunt, die sich zwischen zwei mit Türmen besetzten Felsen auf der Mole aneinanderreihen und vom Weichbild der Stadt kaum abheben. Dann aber, als sie den St.-Kattrin-Turm umfahren, öffnet sich der Hafen vor ihnen. Sie laufen ein und sehen die Windmühlen jetzt von der anderen Seite. Klirrend und rasselnd wird die schwere Kette, die die Hafeneinfahrt sperrt, aus dem Wasser hochgezogen, sobald die beiden Galeeren eingelaufen sind.

Ganz Rhodos jubelt den Ankommenden zu. Viele Männer stehen an der Hafenmauer und eilen auf die Galeeren, um ihren neuen Kampfgefährten beim Ausladen ihrer Habseligkeiten behilflich zu sein. Betäubendes Stimmengewirr. Georg versteht kein Wort und wirft Jean-Luc einen Blick zu, der Überraschung und Freude ausdrückt.

»Was für ein Empfang!« Mehr kann er nicht sagen.

»Ja, man dankt uns schon allein dafür, dass wir hergekommen sind. Jedermann auf der Insel weiß, dass man sich ohne ständige Unterstützung aus dem Abendland schon lange nicht mehr gegen die Türken hätte wehren können. Wenn wir hier auch nicht gerade die ganze Christenheit verteidigen, für diese Leute sind wir zweifellos die Retter in der Not. Und das ist auch etwas.«

Kaum sind die Passagiere von Bord, drängen sich Frauen und Kinder durch die Menge, um den Ankommenden Erfrischungen zu reichen: Wasser und Wein, etwas Obst, einen Happen frisches Brot mit etwas Fleisch oder Fisch.

Viele Männer zeigen durch Gesten, dass sie bereit sind, die Seekisten der Gelandeten zum Schloss der Johanniter hochzutragen.

»Lass sie ruhig deine Kiste nehmen«, sagt Jean-Luc zu Georg. »Die findest du nachher im Schlosshof wieder.«

Das ist Georg sehr recht. Er ist müde, hungrig und durstig, und ohne dass er sich bewegt, fühlt er, wie ihm hier in der prallen Sonne, wo kein Lüftchen mehr weht, der Schweiß über das Gesicht rinnt.

Eigentlich will er neben den beiden jungen Männern hergehen, die seine Kiste vom Boden aufnehmen. Aber da sieht er sich einer schönen jungen Frau gegenüber, die ihn anlächelt und ihm aus einer flachen Schüssel, die sie ihm mit beiden Händen entgegenstreckt, Obst anbietet: Feigen, Trauben, Nüsse, Apfelsinen. Er will zugreifen, öffnet seine Hand, als wollte er sich bedienen, aber dann zögert er. Das Mädchen ist atemberaubend schön. Wenn er sich gleich etwas nimmt, geht sie vielleicht sofort weiter und bietet ihre Erfrischung einem andern an. Wochenlang hat er keine Frau gesehen, und nun sieht er sich plötzlich einer Schönheit gegenüber, deren Anblick ihn nicht loslässt: Klein und zierlich steht sie in einem sauberen, schlichten Kleid vor ihm. Sie ist jung, keine zwanzig Jahre alt. Ihr Anblick wirkt so erfrischend wie das klare Wasser eines Gebirgsbachs. Unter ihrem weißen Kopftuch schaut pechschwarz glänzendes Haar hervor, das leicht in ihre hohe Stirn fällt, und unter schwarzen Brauen lachen ihn dunkle, mandelförmige Augen an. Sie bemerkt sofort, dass sie ihn verwirrt, und lässt ein spöttisches Lächeln um ihre Mundwinkel spielen. Dann lacht sie leise und sagt etwas, was er nicht verstehen kann, und kommt ihm mit ihrer Schüssel noch etwas weiter entgegen. Sein Herz schlägt schneller, er spürt es im Hals. Einen Moment bleibt sein Blick an ihren Augen hängen, dann greift er zu und nimmt zwei Feigen.

»Danke«, will er sagen, bekommt aber das Wort kaum heraus. Sein Mund ist trocken, seine Stimme heiser. Wie lange ist er schon in ihren Anblick versunken? Zu lange? Schaut man schon auf ihn? Sie geht nicht weiter, sondern hält ihre Schüssel nun mit einer Hand und reicht ihm mit der andern eine große Traube. Wieder sagt sie etwas und strahlt ihn an, ehe sie sich plötzlich abwendet, noch einmal schelmisch lächelnd über die Schulter schaut und dann mit wiegendem Gang in der Menge verschwindet.

Er möchte sie zurückrufen. Aber wie sollte er? Er kennt ihren Namen nicht. Und was sollte er ihr sagen, wenn sie vor ihm stünde?

Er hofft, sie wiederzusehen. Und während er nun die beiden Männer einzuholen versucht, die seine Kiste tragen – weit können sie noch nicht gekommen sein – fühlt er denselben Stich im Herzen wie damals, als er erkennen musste, dass er Eleonore nie wiedersehen würde. Habe ich mich so schnell verliebt, fragt er sich, und denkt gleichzeitig an Reingard und Eleonore zurück.

Reingard und Eleonore, ja selbst die Burgl seiner Kindertage, bezauberten ihn mit ihrer vornehmen Blässe, und nun lässt er sich von einem sonnengebräunten Gesicht bezirzen, olivfarben, dunkler als das Gesicht jeder Bauersfrau zu Hause? Eine Dame ist sie nicht, Damen kommen nicht in den Hafen, um Ankömmlingen Erfrischungen anzubieten. Hat er sich in ein Bauernmädchen verliebt? Die Verse Hartmanns von Aue fallen ihm wieder ein: »Denn ich kann meine Zeit besser mit armen Weibern verbringen.«

Aber er mit diesem Mädchen im Stroh? Das kann er sich auch nicht vorstellen. Er kann sich überhaupt nicht vorstellen, wie sie zusammenkommen könnten Er schüttelt über sich selbst den Kopf und nimmt sich vor, diese Begegnung zu vergessen.

Kurz danach versammeln sich alle im Hof des Schlosses, um vom Hochmeister des Johanniterordens begrüßt zu werden, und im Anschluss daran wird eine Messe gefeiert.

Am Abend lädt der Hochmeister die Hauptleute und Adligen zu einem Bankett in den großen Saal des Schlosses ein. Es wird üppig getafelt.

»So gut habe ich lange nicht mehr gegessen«, sagt Georg und greift nach seinem Becher, um das letzte Stück Lammbraten hinunterzuspülen.

»Ja, man lebt hier gut, und ich hoffe nur, dass sich das nicht so bald ändert«, meint Jean-Luc.

Überall an den Wänden hängen bunte Wappen von Rittern aus dem ganzen Abendland.

»Wer hat all diese Wappen aufgehängt?«

»Zeugen der Eitelkeit«, erklärt Jean-Luc lachend. »Wer die Reise ins Heilige Land unbeschadet hinter sich gebracht hat und vielleicht sogar Ritter vom Heiligen Grab geworden ist, der möchte das schon gern die Nachwelt wissen lassen. Da schau, auf vielen Wappen siehst du die fünf Kreuze. All diese Geschlechter sind stolz darauf, dass einer von ihnen zum Ritter vom Heiligen Grab geschlagen worden ist.«

»Und was haben sie dafür getan?«

»Getan? Nichts«, sagt Jean-Luc laut und lacht zynisch. »Sie sind nur dort gewesen und haben sich diese Würde erkauft. An heiligen Stätten kämpft man nicht, dort bezahlt man.«

Georg ist verwundert, kann aber über das, was Jean-Luc gesagt hat, im Moment nicht nachdenken. Denn der Hochmeister erhebt sich und setzt zu einer Rede an, die Georg nur zum Teil versteht. Die Neuankömmlinge aus Frankreich und Spanien werden begrüßt, und dann erklärt der Hochmeister die augenblickliche Lage. Georg lässt sich das Wichtigste von Jean-Luc übersetzen.

Seit Wochen schon seien im Umkreis der Insel keine Sarazenen mehr gesehen worden. Das habe es noch nie gegeben. Immer litt die Bevölkerung der Insel unter den Attacken kleinerer Truppen. Dörfer und Gehöfte wurden überfallen, Handelsschiffe wurden angegriffen. Aber im Moment herrsche eine unheimliche Ruhe. Es könne sein, dass die Türken Kräfte sammelten für einen großen Angriff.

»Wenn man das gewusst hätte, hätte man mit der Alpenüberquerung noch warten können«, bemerkt Jean-Luc.

»Soll der große Angriff kommen! Ich bin bereit«, ereifert sich Georg. »Dazu bin ich hergekommen, um zu kämpfen, und nicht, um es mir gut gehen zu lassen.«

»Aber du wirst die Tafelfreuden und den guten Wein doch nicht etwa verschmähen?«, entgegnet Jean-Luc spöttisch. »Es gibt keinen Grund, ungeduldig zu sein. Schau her, dann siehst du, warum ich gern auf den nächsten Kampf warte.« Dabei zieht er mit dem Finger die lange Narbe in seinem Gesicht nach.

Als Georg nach dem Bankett auf seinem Lager einschlafen will, sieht er das schöne Mädchen wieder vor sich. Er kneift die Augen zusammen und schüttelt so heftig den Kopf, dass Jean-Luc neben ihm darauf aufmerksam wird.

»Was ist? Geht es dir nicht gut?«

»Doch. Mir geht es gut. Mir ist nur etwas im Kopf herumgegangen.«

»Denk einfach an etwas Schönes. Dann kannst du einschlafen«, rät ihm Jean-Luc ahnungslos.

Georg brummt nur etwas und verhält sich dann still. Aber er kann ihr Bild nicht vertreiben und liegt lange wach.

Am nächsten Tag, als der Hochmeister die Neuankömmlinge mit den Örtlichkeiten vertraut macht, erklärt er ihnen die Lage noch genauer.

»Bei einem großen Angriff wird unser wichtigstes Ziel sein zu verhindern, dass uns die Feinde den Weg ins Hinterland abschneiden und uns belagern, während sie die schutzlosen Dörfer und kleinen Städte verwüsten. Diesem Ziel müssen wir unsere ganze Wachsamkeit und Kraft widmen. Dazu brauchen wir eine schlagkräftige Streitmacht zu Land, und deshalb seid ihr hier, wofür wir euch danken. Gott segne eure Waffen.«

In den ersten beiden Wochen lässt man den Neuankömmlingen Zeit, sich einzuleben und zurechtzufinden. Georg reitet mit Jean-Luc aus und lässt sich die Umgebung der Stadt zeigen. Viele kleine Dörfer und Höfe liegen in unmittelbarer Nähe.

»Diese Bauern hier versorgen uns. Die Leute, die uns im Hafen begrüßt haben, sind sicher aus dieser Gegend gekommen. Von ihnen dürfen wir keinesfalls abgeschnitten werden, sonst werden wir schnell ausgehungert. Deswegen liegt auch die Linie, die wir verteidigen müssen, etwas weiter im Süden.«

Diese Bauern versorgen die Stadt, klingt es in Georgs Ohren. Von hier stammten also die Früchte, die man ihnen angeboten hatte. Der Gedanke, dass die Schöne in einem dieser Dörfer lebt, verleiht ihnen einen ganz besonderen Reiz. Georg redet nicht darüber, was ihn umtreibt. Er hofft nur, ihr irgendwo zu begegnen, und reitet in den folgenden Tagen immer wieder durch diese Gegend, manchmal mit Jean-Luc, zunehmend allein. Aber er kann sie nicht entdecken.

Doch dann, eines Morgens, als Hänslin ihm eben sein gesatteltes Pferd übergeben will, sieht er eine Gruppe junger Bauersleute durch das Tor hereinkommen. Sie führen ein paar Maulesel mit sich, die mit schweren Körben beladen sind, und die jungen Frauen und Mädchen tragen Bündel auf dem Kopf. Die letzten beiden Maulesel werden von jungen

Frauen geführt, die sich laut miteinander unterhalten. Und in der einen erkennt er die Schönheit, die ihm seit seiner Ankunft auf der Insel nicht mehr aus dem Sinn geht. Jetzt kann er die Stadt auf keinen Fall verlassen!

»Reite du aus, bewege du das Pferd«, sagt er zu Hänslin, der völlig überrascht ist, aber gehorsam aufsitzt und losreitet.

Er geht den jungen Leuten nach. Ihr Weg führt die Gassen hinauf zum Johanniterschloss, hinein in den Schlosshof bis vor das Wirtschaftsgebäude. Dort werden sie von Knechten und Mägden empfangen, die mit ihnen zusammen die Ladung von den Maultieren nehmen: Gemüse, Obst, geschlachtetes Geflügel und anderes Fleisch.

Georg steht einfach da und sieht zu, wie die Schöne kräftig mit anpackt und sich auch dann noch graziös bewegt, wenn sie einen Korb Gemüse vor sich her trägt: derselbe wiegende Gang, der ihn schon bei ihrer ersten Begegnung bezaubert hat. Er hört sie lachen und sprechen, ergötzt sich am Klang ihrer Stimme und schnappt auf, wie sie gerufen wird: Selina. Welch wohlklingender Name!

Nachdem man die Maultiere abgeladen hat, erscheint eine Köchin mit zwei Mägden im Hof. Sie bringen den jungen Leuten kleine Fleischspießchen mit Brot und Wein.

Selbstvergessen schaut Georg zu, wie sich die jungen Leute zum Teil auf den Boden setzen und die kleine Mahlzeit zu sich nehmen. Auf einmal wird einer der jungen Männer auf den Zaungast aufmerksam. Er sagt etwas zu den anderen, und aller Augen richten sich auf Georg, der nun gar nicht mehr weiß, wie er sich verhalten soll. Der junge Mann steht auf, geht ein paar Schritte auf ihn zu und winkt ihn heran. Er soll sich zu ihnen setzen. Georg empfindet eine Hitze in sich aufsteigen und befürchtet, rot zu werden. Aber er reißt sich zusammen und setzt sich unter die Gruppe, Selina schräg gegenüber. Man reicht ihm einen Becher süßen Wein und prostet ihm zu. Er will rundum blicken und allen in die Augen sehen, wie es höfische Sitte ist. Aber als er mit Selina Blickkontakt hat und sie ein klein wenig das Kinn aufwirft, weil sie ihn wiedererkennt, hält er einen Moment inne, ehe er den Becher zum Mund führt. Daraufhin erhebt sich Selina, macht drei Schritte auf ihn zu und reicht ihm einen kleinen Fleischspieß, den er mit Dank annimmt.

Eine kleine Weile essen und trinken sie, ohne ein Wort zu sagen, bis der junge Mann, der Georg eingeladen hat, sich ihm zuwendet.

»Ioannis«, sagt er mit der Hand auf der Brust, indem er sich leicht vorbeugt.

»Georg.«

Und als Vasileios, Angelos, Eleni, Xenia und Eirini stellen sich die anderen vor. Selina blickt ihn einen Moment schweigend an, ehe sie dann lächelnd ihren Namen nennt.

Nach dieser kurzen Erfrischungspause verabschieden sich die jungen Leute und machen sich auf den Rückweg. Selina und das Mädchen, das sich als Eirini vorgestellt hat, gehen als Letzte. Sie reden aufgeregt und fröhlich miteinander, und Georg hört sie noch lachen, als sie schon in einer Gasse verschwunden sind.

Ein paar Atemzüge lang steht er unentschlossen da. Dann eilt er in den Pferdestall, streift einer Stute ein Halfter über und reitet auf ihr ohne Sattel den jungen Bauern nach.

Er hält Abstand, er will von ihnen nicht wahrgenommen werden. Aber das muss er nicht einmal befürchten. Sie scheinen so gut gelaunt und mit sich selbst beschäftigt zu sein, dass ihnen der Reiter, der ihnen in Sichtweite folgt, gar nicht auffällt. Als sie nach einer guten Stunde in einem größeren Gehöft verschwinden, wendet Georg sein Pferd und reitet zurück. Dass er nun weiß, woher sie kommt und wie sie heißt, versetzt ihn in eine verwirrende Erregung. Einerseits ist er begierig, sie wiederzusehen, andererseits ist ihm auch seine

Stellung bewusst. Er, der Reichsritter, schleicht einem Bauernmädchen nach, mit dem er sich nicht einmal verständigen kann. Sie hat ihm so den Kopf verdreht, dass er sich selbst nicht mehr versteht.

Die Mittagshitze eines Augusttags lastet auf der Stadt Rhodos. Es ist still, die Gassen sind leer, Stadt und Festung scheinen verlassen, es gibt keine Anzeichen dafür, dass die Festung so viele Kämpfer beherbergt, wie sie nur aufnehmen kann.

Mensch und Tier haben sich vor der gnadenlosen Hitze unter die Dächer zurückgezogen. Nur auf den Zinnen der Türme an der Hafeneinfahrt und oben auf der Festung verharren die Wächter und lassen den Blick über das glitzernde Wasser schweifen. Das Meer ist ruhig, kein Schiff zeigt sich auf der glänzenden Fläche, als sei die Insel das einzige Stückchen Land in einem endlosen Ozean.

Der Hafen ist versperrt, und zu beiden Seiten der Hafeneinfahrt sind Feldschlangen aufgestellt, schlanke, lange Kanonen, die eine feindliche Landung in Stadtnähe leicht vereiteln können.

Währenddessen führt Georg an der Ostseite der Insel eine Patrouille an. In leichter Rüstung mit Kettenhemd und Helm reitet er an Jean-Lucs Seite einen langen Sandstrand entlang. Er kann nicht sagen, wie oft er hier schon unterwegs war. Er hat die Einsätze nicht gezählt. Die beiden bilden die Spitze einer Truppe von über hundert Reitern, die auf einem mehrtägigen Streifzug die Küste überwacht. Im Abstand von einem halben Tag folgt ihnen eine weitere Truppe. Und dieser Truppe folgt eine weitere. So könnten sie im Fall eines Angriffs in kürzester Zeit eine starke Streitmacht zusammenziehen, die eine Landung verhindern oder wenigstens aufhalten könnte. Wenn der Feind angreift, so die Überlegung, wird er im nördlichen Teil der Ostküste seine Truppen absetzen und sie nach Süden und Norden ausschwärmen lassen. In diesem Fall werden die Johanniter eine doppelte Strategie anwenden: einen Überraschungsangriff der Reiterei auf die landende Truppe bei gleichzeitigem Angriff der Flotte auf die türkischen Truppentransporter.

In der Mittagshitze lässt Georg den Zug anhalten, und sie ziehen sich etwas landeinwärts in den Schatten eines Pinienhains zurück. Die Ritter legen die Helme ab, die in der Sonne heiß geworden sind, und helfen sich gegenseitig, die Kettenhemden abzustreifen. Wenigstens bei der Rast soll es ihnen leichter sein. Scharfer Schweißgeruch von Pferden und Männern überdeckt den harzigen Geruch der Pinien. Überhitzt und müde sitzen sie da und erfrischen sich mit einem Schluck verwässertem Wein.

Georg starrt zwischen den Pinienstämmen aufs Meer hinaus.

»Ich wollte, sie kämen endlich«, sagt er ganz leise vor sich hin, aber Jean-Luc versteht ihn dennoch.

»Warum willst du nur kämpfen? Es reicht doch, dass wir Rhodos so stark machen, dass der Feind keinen Angriff wagt. Ist das nicht genug?«

»Es geht mir hier so gut, dass ich fett werde. Wir essen gut, trinken köstlichen Wein, leben besser, als ich es jemals erlebt habe, und reiten den Strand auf und ab«, stößt Georg angewidert hervor.

»Das kannst du ändern. Trink halt Wasser und iss trockenes Brot«, entgegnet Jean-Luc und lächelt ihn mit hochgezogenen Brauen an.

Georg knurrt verärgert.

»Wer soll dich bloß verstehen?«, sagt Jean-Luc und schüttelt resigniert den Kopf.

Georg legt sich auf den Rücken und schaut lange stumm in die Kronen der Pinien hinauf. Dann richtet er sich mit einem Mal auf.

»Ich habe bei meiner Schwertleite gelobt, für die Christenheit zu kämpfen. Und damit ich das tun kann, hat mich mein frommer Vater gut ausgerüstet. Ich bin seinem Willen gefolgt und hierhergereist. Dabei habe ich einen Knappen im Meer verloren, weil ich zu viel getrunken hatte und nicht wachsam war. Dann hast du mir erklärt, dass wir hier nicht nur für die Christenheit kämpfen, und nun kämpfen wir nicht einmal, sondern reiten unangefochten am Strand entlang und schauen aufs leere Meer hinaus. Zu allem Überfluss leben wir jeden Tag, als hätten wir einen großen Sieg zu feiern. Dazu bin ich nicht von zu Hause weggeritten.«

Jean-Luc antwortet nicht gleich, sondern starrt mit leichtem Kopfschütteln vor sich hin. Dann wendet er sich plötzlich Georg zu. »Sehnst du dich etwa danach, verletzt zu werden, oder willst du im Kampf gar umkommen?«, fragt er so scharf, dass die anderen wegen seines Tonfalls aufhorchen.

Darauf antwortet Georg nicht.

»Ich jedenfalls will beides nicht. Meinetwegen kann der Feind bleiben, wo er ist. Ich will ihm nicht unbedingt begegnen. Ich bin hier, um die Johanniter zu verstärken. Und das tu ich, auch im jetzigen Moment, ohne mein Leben zu riskieren. Und das noch nebenbei: Dein Leben ist ein Geschenk Gottes. Deshalb solltest du es nicht mutwillig aufs Spiel setzen. Das kann auch dein Vater nicht gewollt haben.«

»Hilf mir in mein Kettenhemd«, ist alles, was Georg sagt, und gibt damit den Befehl zum Aufbruch.

Als sie drei Tage später auf ihrem Rückweg in einem Dorf Rast machen und sich von den Bauern verpflegen lassen, sind es wieder Frauen, Mädchen und Kinder, die ihnen die Speisen und Getränke reichen. Georg erblickt ein Mädchen, das ihn sehr an Selina erinnert. Er kann auch von ihr den Blick nicht lassen und folgt ihr mit den Augen, wie sie sich unbefangen mit einem Krug in der Hand durch die Reihen der Männer bewegt und ihnen einschenkt. Was Jean-Luc nicht unverborgen bleibt.

»Welche Grazie«, sagt er. »Davon kann manche Dame etwas lernen.«

Georg nickt nur geistesabwesend und kann nicht anders, als das Mädchen weiter zu beobachten.

»Leider bleiben die immer unter sich«, bemerkt Jean-Luc.

»Was meinst du?«, fragt Georg, als ob er nicht verstanden hätte, wovon Jean-Luc spricht.

»Sie bleiben unter sich. Da gibt es nichts zwischen Bauernmädchen und Johannitern. Die wissen, wo sie hingehören, und außerdem ist ihnen klar, dass wir alle nur für eine gewisse Zeit hier sind. Die sind zu klug, um sich mit uns einzulassen. Und wenn eines dieser Mädchen mit einem von uns anbändeln würde, dann wäre immer noch ihre Familie im Weg. So etwas könnte nur böse enden.«

»Schade.« Georg blickt verloren vor sich hin.

»Pass auf, dass du dich in keine verliebst, denn daraus kann nichts werden. Es sei denn, du wolltest als Bauer auf Rhodos enden«, sagt Jean-Luc leichthin, als sei das alles völlig außer der Welt.

»Du sprichst aus eigener Erfahrung?«

»Nein. Aber ich habe mit angesehen, wie ein Mädchen aus einem der Dörfer mit einem jungen Ritter angebändelt hatte. Das Ende war furchtbar. Sie wurde aus ihrer Familie ausgestoßen, und ihm blieb nichts anders übrig, als nach Frankreich zurückzugehen und sie mitzunehmen. Ich sehe sie noch vor mir, wie sie sich vor Abschiedsschmerz die Seele aus dem Leib geweint hat. Ich kann mir nicht vorstellen, dass die beiden in Frankreich miteinander glücklich geworden sind.«

»Wann war das?«

»Vor drei Jahren. Kurz bevor ich wieder nach Colmar gegangen bin.«

»Warum bist du nicht hiergeblieben?«

Jean-Luc kaut einen Moment auf seinen Lippen.

»Ich habe in Colmar geheiratet. Sie wartete auf mich. Wir waren uns seit unserer Kindheit versprochen gewesen.«

Dann schweigt er. Georg wartet. Aber Jean-Luc sagt nichts.

»Und bist du noch verheiratet?«

Wieder beißt sich Jean-Luc auf die Lippen und schüttelt den Kopf.

»Nein«, sagt er schließlich. »Sie ist bei der ersten Geburt gestorben. Und deswegen bin ich wieder hier. So ist das.«

Er schaut Georg traurig in die Augen und nickt leicht.

»Lass uns aufbrechen«, sagt er dann in seinem gewohnt entschiedenen Ton.

Sie beenden ihre Mahlzeit und machen sich auf den Weg. Wie sie den Stadttoren immer näher kommen, verfällt Georg ins Grübeln. Wer ist er, wer ist diese Selina? In welcher Welt lebt sie, in welcher lebe ich, fragt er sich. Und je weiter er der Festung entgegenreitet, umso deutlicher erkennt er, was seine Welt ist: die Stadt, die Burg, das Schloss. Und sie ist ein schönes Bauernmädchen aus dem Dorf, das er einfach vergessen muss. Es schmerzt ihn, aber wenn er an Jean-Luc denkt, dann kann er den Stich in seinem Herzen vergessen.

Die jungen Bauersleute kommen weiterhin regelmäßig ins Johanniterschloss und beliefern Küche und Keller. Georg weiß, wann sie kommen, und vermeidet es, ihnen zu begegnen. Er will Selina nicht mehr sehen, er will das Feuer nicht mehr aufflackern lassen.

Der Sommer vergeht ohne einen Zwischenfall. Georg ist inzwischen so oft Patrouille geritten, dass er das Gelände der ganzen Ostküste kennt und auf jedem Abschnitt eine Stelle weiß, an der sich die Reiterei verbergen kann, bis der

günstigste Zeitpunkt für einen Überraschungsangriff gekommen ist.

Die Enttäuschung, dass er seine Kraft und Kampftechnik
nicht einsetzen kann, verdrießt ihn ständig. Er hat aber gelernt, seinen Unmut für sich zu behalten, und unterstellt sich
gehorsam den Befehlen des Hochmeisters. Aber auf dem Ritt
am Spülsaum entlang träumt er mit offenen Augen davon,
wie er mit lautem Kampfschrei sein Pferd ins Flachwasser
jagt und dem Feind die Brust bietet. Im Kampf würde er alles
vergessen, was ihn quält und belastet.

Als hätte Jean-Luc seine Gedanken erraten, sagt er mit
einem Blick aufs Wasser: »Wenn Armbrustschützen die Lan-
detruppen sichern, geht es bei uns nicht ohne Verluste ab.
Ich hoffe, sie kommen bei Wellengang, falls sie überhaupt
kommen.«

Und sie kommen tatsächlich.

Als starke Winde zum Herbstanfang die schlimmste Hitze
vertreiben und ab und zu Wolkenbänke vor die Sonne schieben, befindet sich Georgs Truppe ungefähr einen Tagesritt
von der Stadt entfernt, als am östlichen Horizont zwei Punkte
auftauchen. Sofort werden die vorausreitende und die nach-
folgende Truppe alarmiert, und ein Reiter wird in die Stadt
geschickt, um die Flotte zu verständigen.

Das Meer ist nicht sehr bewegt, und doch bekommen die
Wellen in Strandnähe kleine Schaumkronen, brechen und
laufen über den Spülsaum hinweg in den Sand aus.

Georg zieht seine Truppe vom Strand zurück. Sie verbergen
sich hinter Dünen, die gerade hoch genug sind, um die Reiter
zu verdecken. Noch sind die feindlichen Schiffe nur dunkle
Punkte am Horizont. Noch ist Zeit, sich vor dem Kampf auszuruhen, noch bleibt Zeit, in der sich die alarmierten Truppen
der Kampfstätte ein beträchtliches Stück nähern können.

Die Sonne steht im Westen und scheint dem Feind ins
Gesicht.

»Es sieht gut für uns aus«, beurteilt Georg die Lage.

»Ja, die Sonne steht günstig, und die Schiffe werden schaukeln. Noch mehr Wind und ein bisschen stärkere Wellen, dann schießen sie schlecht, und die, die auf uns zuwaten, sind unsicher auf den Beinen«, stimmt ihm Jean-Luc zu.

Trotzdem knirscht Georg wieder mit den Zähnen. Langsam, allzu langsam werden die Punkte zu Schiffen, viel zu lange dauert es ihm, bis man die Halbmondflagge und die Ruder erkennen kann. Und da die Galeeren mit dem Bug genau auf sie zuhalten, ist ihre Größe schwer einzuschätzen.

»Je später sie landen, umso mehr sind sie geblendet«, bemerkt Jean-Luc.

»Wie viel Mann schätzt du?«

»Mit wirklich großen Galeeren werden sie kaum ins Flachwasser fahren. Ich schätze also ungefähr zweihundert Bewaffnete pro Schiff. Mehr nicht.«

Sie sind gespannt darauf, wie weit die Galeeren hereinkommen und ob sie Landungsboote mit sich führen.

Schließlich, als einzelne Gestalten auf den Vorderdecken schon genau zu unterscheiden sind, bilden sich neben den Schiffen unrhythmische Wellen: Die Galeerensklaven haben die Schiffe abgebremst, indem sie die Ruderblätter quergestellt haben. Die Galeeren schaukeln leicht auf der Stelle.

Eine Weile passiert nichts. Georg befürchtet schon, dass sie wieder abdrehen. Da aber werden Landungsboote zu Wasser gelassen und bemannt, und die kleine Flotte rudert auf den Strand zu.

Die Last drückt die Boote ins Wasser, ihre Bordwand liegt knapp über der Wasserlinie. So kommen sie nicht weit genug an den Strand und laufen auf. Die ersten Soldaten steigen ins Wasser. Sie tragen Pumphosen, leichte lederne Brustpanzer und Helme. Die meisten von ihnen sind mit Rundschild und Krummschwert ausgerüstet. Ihnen folgt eine Gruppe von Bodenschützen.

Georg gibt die Parole aus: »Ausschwärmen und die Bogenschützen zuerst ausschalten. Haut beim ersten Angriff auf die Arme. Macht sie wehrlos.«

Dann wendet er sich seinem Knappen zu: »Und du, Hänslin, reitest als Letzter. Keine Widerrede.«

Er wartet, bis den ersten Feinden nur noch wenige Schritte bis zum trockenen Sand fehlen. Dann gibt er das Kommando zum Angriff und hackt seinem Pferd die Sporen in die Flanken.

Er hört das Schnauben der Pferde und das Kampfgebrüll seiner Truppe hinter sich, vor sich das Geschrei der Türken, unter denen Panik ausbricht: Manche treibt der Fluchtinstinkt zunächst ins tiefere Wasser zurück, bis sie erkennen, dass sie den Rückzug aufs Schiff nicht schaffen, und sich wieder den Angreifern zuwenden. Manche sehen ihre Rettung in der Flucht nach vorn und versuchen, aufs Trockene zu kommen, ehe die Reiter sie erreichen. Durch ihre ungeordneten Bewegungen blockieren sie einander, ganze Gruppen sich unsicher bewegender Gestalten bilden sich, und ehe sie es schaffen, sich zu gemeinsamer Wehr zu organisieren, kommen Georg und seine Reiter über sie, unaufhaltsam und gewaltig wie ein Wirbelsturm.

»Für Ludwig«, denkt Georg und sprengt mit seinem Ross durch eine Gruppe fliehender Türken hindurch, schlägt mit dem Schwert zu, reitet einen nieder und galoppiert mit vorgehaltenem Schild weiter auf die Bogenschützen zu, die fast bis zur Hüfte im Wasser stehen. Sie versuchen, ihre Bogen zu spannen und auf die heranstürmenden Reiter zu zielen. Aber immer wieder rollt ihnen eine Welle in den Rücken und bringt sie aus der Balance. Die wenigen Pfeile, die sie abschießen, zischen über die Angreifer hinweg und landen im Sand.

Georg und die ersten seiner Reiter halten direkt auf sie zu. Hoch spritzt das Wasser neben ihnen auf. Im letzten Moment werfen die Schützen ihre Bogen von sich und versuchen, den Reitern auszuweichen. Die aber kommen in so dichter Phalanx daher, dass ihnen keiner entgeht.

»Haut auf die Arme«, schreit Georg noch einmal mit voller Kraft und stürzt sich ins Massaker. Mit wilden Schwertstreichen hackt er den Fliehenden Arme ab, spaltet Schultern, haut in panisch verzerrte Gesichter und versetzt jedem, der ihm den Rücken zudreht, einen Schwertstreich ins Genick. Dann wendet er und schlägt, nun von der Seeseite her kommend, jeden Feind nieder, der sich noch auf den Beinen halten kann. Seine Reiter folgen seinem Beispiel.

Bald steht kein Türke mehr im blutgefärbten Wasser. Die Wellen überspülen die Leichen und Schwerverletzten, die im Flachwasser liegen, und die auflandige Strömung treibt, Welle um Welle, die Erschlagenen dem Ufer zu.

Die Landungsboote rudern zu den Galeeren zurück. Zwar zischen vereinzelte Armbrustbolzen durch die Luft, aber sie fallen weit hinter den Reitern in die Wellen.

Das Geschrei des Gemetzels ist verklungen. Es ist fast still am Strand. Wind und Wellen übertönen das Stöhnen der Verwundeten, die hilflos im Wasser liegen. Nur noch einzelne Kämpfer reiten im Flachwasser hin und her und versetzen ihnen den Todesstoß.

Georg hat am Strand sein Pferd angehalten. Atemlos sitzt er im Sattel, das Herz klopft ihm von der Anstrengung bis in die Schläfen. Wie besinnungslos starrt er auf sein Schwert, von dem es rot in den Sand tropft. Er hat mit seinen Reitern einen Einfall der Türken abgewehrt. Er hat den Feind besiegt. Aber das Bild, das sich ihm bietet, ist hässlich. Das viele Blut, das aus den Leichen strömt und mit jeder auslaufenden Welle den Spülsaum dunkler einfärbt, ekelt ihn an. Er wendet sich ab.

Hinter ihm am Strand erholen sich seine Reiter von der Attacke. Sie sind abgesessen und haben sich im Sand niedergelassen. Nur wenige haben Blessuren zu beklagen. Keiner ist so verletzt, dass er nicht weiterreiten könnte. Ein paar Pferde sind verletzt worden und müssen versorgt werden.

Georg steigt ab und bemerkt Blutspritzer an Flanke und Brust seines Schimmels. Er übergibt ihn Hänslin, der ihn etwas abseits führen und ihn mit klarem Wasser abwaschen soll. Nach und nach führen auch seine Reiter ihre Pferde ans saubere Wasser und waschen die Kampfspuren ab.

Als sie schon wieder aufsitzen, kommen die alarmierten Truppen den Strand entlanggaloppiert. Einer der Hauptmänner, ein Franzose, gratuliert Georg zu dieser gelungenen Attacke. Georg versteht bei Weitem nicht jedes Wort, wohl aber die Geste. Er winkt ab.

»Das war kein Kampf. Das war ein Abschlachten. Niemand von uns war auch nur eine Sekunde in Gefahr. Keiner. Nicht eine Sekunde«, sagt er mit ernster Miene. Der französische Hauptmann zuckt verwundert mit den Achseln, als Jean-Luc ihm Georgs Worte übersetzt.

»Natürlich war es kein Kampf zwischen Gleichen«, stimmt er dann Georg zu. »Aber ein taktisch guter Überraschungsangriff, strategisch sehr gut. Was denkst du, was passiert wäre, wenn wir die Türken vor dem Angriff hätten an Land kommen lassen?«

Keine Antwort.

»Was denkst du, hätten die Türken mit uns im umgekehrten Fall gemacht? Das mag ich mir nicht vorstellen. Und nun schau deine Reiter an: Alle können aus eigener Kraft in die Festung zurückreiten dank deiner Klugheit. Hättest du zu früh oder zu spät angreifen lassen, wäre die Sache anders ausgegangen.«

Georg runzelt die Stirn und nickt. Dann klärt sich seine Miene etwas auf.

»Sag den Hauptmännern, sie sollen so schnell wie möglich wieder dorthin reiten, wo sie hergekommen sind. Wir müssen uns versichern, dass dieser Angriff nicht nur ein Ablenkungsmanöver war.«

Es war kein Ablenkungsmanöver. Entlang der ganzen Ostküste hat sich keine weitere Galeere gezeigt.

Als sie zwei Tage später die Festung wieder erreichen, ist das Lob über Georgs geschickten Überraschungsangriff längst angekommen. Der Hochmeister ruft ihn zu sich und verleiht ihm einen Orden.

»Ihr habt das Leben vieler Christen gerettet. Solche Banden brennen unsere Dörfer nieder, töten die alten Männer und entführen Frauen und Kinder in die Sklaverei. Und die jungen Männer enden auf den Galeeren. Die Türken brennen unsere Felder ab und verwüsten unsere Weinberge. Auf diese Weise will der Sultan uns schwächen, ehe er zum großen Angriff ansetzt. Habt Dank! Gott segne euch und eure Waffen!«

Das Letzte, was Georg aufnehmen kann, ist, dass sie Frauen und Kinder in die Sklaverei entführen. Sofort spielt sich vor seinem inneren Auge eine furchtbare Szene ab: Eine Rotte Sarazenen packt Selina und schleift sie mit sich fort. Grobe Barbarenhände greifen nach ihrer zarten Gestalt. Krampfhaft schüttelt er den Kopf, um diese Bilder zu verscheuchen, und ist entschlossen, jederzeit wieder einen solchen Überraschungsangriff zu reiten, wenn er Selina und die ihren damit beschützen kann.

So wehrt er in den folgenden Monaten noch einige derartige Angriffe ab. Manchmal ist er mit seinen Reitern als Erster zur Stelle, manchmal werden sie von einer anderen Truppe alarmiert und galoppieren die Küste entlang zur Verstärkung. Manchmal gehört er zur Besatzung einer der Galeeren, die türkische Kriegsschiffe vor der Küste abfangen. Besonders dann denkt er an seinen ertrunkenen Knappen, dessen Tod er im Kampf einen Sinn verleihen will. Im Gedenken an ihn stürzt er sich in jedes Seegefecht, ohne aber je Genugtuung zu fühlen. Überall glänzt er an der Spitze der Streitmacht und wird berühmt und beliebt.

Trotzdem möchte er noch mehr leisten, möchte sich bei der Abwehr des großen türkischen Angriffs selbstlos als christlicher Ritter bewähren. Doch der große Angriff bleibt aus.

Eines Tages bringen Pilger auf der Heimreise die Nachricht, dass der Sultan gestorben sei und man daher in nächster Zeit mit keinem großen Angriff rechnen müsse.

Da betrachtet Georg seine Aufgabe auf Rhodos als erfüllt und rüstet sich zur Pilgerreise nach Palästina. Er hofft, dass bald ein Pilgerschiff einläuft, das ihn mit ins Heilige Land nimmt. Aber das lässt auf sich warten. Immer wieder laufen Galeeren ein: Handelsschiffe der Venezianer, Handelsschiffe der Genueser, Handelsschiffe aus Alexandria. Reger Schiffsverkehr spielt sich um Rhodos herum ab, aber von den vielen Pilgern, von denen er vor seiner Abreise träumte, ist nichts zu sehen. Zweifellos hat er christliche Bauern und Kleinstädter gegen die Türken verteidigt. Aber hat er trotzdem nicht eher für die Sicherheit der Handelsrouten als für die Christenheit, für den Glauben gekämpft? Diese Frage bewegt ihn Tag und Nacht. Als er Jean-Luc gegenüber seine Zweifel äußert, sagt dieser nur: »Ich habe die Pilgerschiffe gezählt, die seit unserer Ankunft hier angelegt haben. Es waren genau drei. Wie viele Handelsschiffe es waren, kann ich dir nicht sagen. Ich bin beim Zählen durcheinandergekommen. Es waren zu viele.«

Endlich, im elften Monat seines Aufenthalts auf Rhodos, legt ein Pilgerschiff an. Da bittet er den Hochmeister um Erlaubnis, seinen Dienst beenden zu dürfen und eine Pilgerreise anzutreten. Der Hochmeister gibt ihn frei und überreicht ihm ein Empfehlungsschreiben an den König von Zypern.

»Und du sollst nicht von der Insel gehen, ohne dass wir dir, dem tapferen Kämpfer für die Christenheit, als Dank für deinen Mut und deine Kampfbereitschaft ein Geschenk verehren. Nimm diesen Dorn aus der Dornenkrone unseres Erlösers zum Dank.«

Seinen Knappen Hänslin kann Georg nicht nach Palästina mitnehmen. Demütige Pilger werden nicht von Knappen begleitet. Und so muss er sich schweren Herzens von Hänslin trennen.

»Bleib hier bei den Johannitern, bis ich zurückkomme. Sieh dich vor im Kampf. Ich möchte dich gesund wiedersehen. Gott schütze dich.«

Beide haben Tränen in den Augen, als Georg sich einschifft.

Die venezianische Galeere, auf der Georg die Weiterreise antritt, ist seit vier Wochen unterwegs. Pilger aus dem ganzen Abendland sind an Bord, Mönche, Adlige und reiche Bürger, darunter etliche ältere. Einigen haben die Mühsale und Entbehrungen der Seereise so zugesetzt, dass sie in Rhodos die Reise unterbrechen, weil sie fürchten müssen, ohne eine längere Erholungspause ihr Leben auf See zu lassen. Dieser Umstand kommt Georg sehr entgegen. Er bekommt einen Platz in der Mitte des Zwischendecks zugewiesen, mehr als doppelt so groß wie der enge Bereich auf der Fahrt nach Rhodos.

Er fühlt sich gut ausgerüstet. Ein Mönch hat ihm eine Kräutermischung mitgegeben, die ihm bei Seekrankheit helfen soll, und da er hofft, in spätestens zehn Tagen den Boden des Heiligen Landes unter seinen Füßen zu spüren, sieht er der Seereise zuversichtlich entgegen.

Er lässt seine Kiste ins Zwischendeck tragen, verstaut routiniert seine beiden Fässchen im Sand des Kielraums und markiert sie mit Kreide. Er ist nicht der Einzige dort unten. Die meisten Pilger haben sich auf Rhodos mit neuen Vorräten eingedeckt, weshalb im Kielraum großes Gedränge herrscht. Er muss sich an vielen Pilgern vorbeidrücken, um für seine Fässchen eine freie Stelle zu finden. Er atmet auf, als er endlich an Deck kann, um von Rhodos Abschied zu nehmen. Dort steht er wieder in der Menge, winkt Hänslin zu, der immer noch der Galeere nachschaut, und betrachtet ein letztes Mal die Festung.

Die Galeere passiert die beiden Türme der Hafeneinfahrt, umrundet die ganze Stadt und entfernt sich dann, von einer frischen Brise aus Nordwest getrieben, schnell von der Insel. Bald schon verschwindet sie am Horizont. Die meisten Passagiere gehen wieder unter Deck. Georg aber bleibt noch eine Weile oben, stützt sich auf die Bordwand auf und genießt die kühle Brise aus Nordwest, die er nach der ständigen Hitze auf Rhodos als erfrischend empfindet. Bei Sonnenuntergang geht er schließlich ins Zwischendeck hinunter und legt sich entspannt auf seine Kiste.

Im schwachen Licht erkennt er rechts neben sich einen bärtigen, korpulenten Mann, den er auf fünfunddreißig bis vierzig Jahre schätzt. Er kann nicht sagen, ob er schläft oder döst oder ihn aus halb geschlossenen Lidern beobachtet. So faltet er seine Hände über der Brust und schließt die Augen.

»Diesen schönen Ring würde ich auf solch einer Reise nicht offen tragen«, redet ihn sein Nebenmann an, kaum dass er zur Ruhe gekommen ist.

Er wendet den Kopf und schaut in ein freundlich lächelndes Gesicht.

»Das ist viel zu gefährlich, habe ich mir sagen lassen. Man darf bei diesen Ungläubigen keinen Neid erwecken. Schon mancher ist schon wegen weit weniger über die Klinge gesprungen.«

Georg freut es, dass er in seiner Muttersprache angesprochen wird, und er antwortet dem Fremden: »Bis jetzt habe ich, soweit ich weiß, keinen Neid erweckt, und die Ungläubigen sind über meine Klinge gesprungen.« Er erzählt ihm von seiner Mission auf Rhodos.

Der Bärtige zeigt sich beeindruckt und stellt sich als Friedhelm Grünberg aus Konstanz vor, Baumeister seines Zeichens, der durch seine Arbeit an Kirchen und Klöstern so reich geworden ist, dass er jetzt alles für ein Jahr zurücklassen und sich einen lang gehegten Wunsch erfüllen kann.

»Ich will nicht nur die heiligen Stätten sehen, sondern auch die Einhörner des Sinai, die Elefanten, Nashörner und Krokodile Ägyptens, all das seltsame Getier, ich will auf Kamelen zu den Pyramiden reiten und mit dem Schiff auf dem Paradiesstrom nach Alexandria fahren«, erklärt er voll Begeisterung und Abenteuerlust.

»Was für ein Paradiesstrom?«

»Wisst Ihr das denn nicht? Der Nil, habe ich mir sagen lassen, kommt direkt aus dem Paradies.«

Das mag Georg nicht glauben, widerspricht aber nicht. Lieber hört er der Erzählung seines Nachbarn zu, Geschichten von der bisherigen Reise, von einem Sturm westlich von Kreta und von einem Kaufmann und einem Ritter, die unterwegs an einer Seuche starben und deren Leichname der See übergeben wurden.

»Und man muss hier auf seine Sachen aufpassen. Manch einer hat schon darüber geklagt, dass ihm etwas weggekommen ist. Meistens Kleinigkeiten: ein Brot, ein Stück Speck, ein Käse. Die Entbehrungen sind eben manchmal stärker als die Frömmigkeit. Im Unterdeck gibt es ein Gefängnis, das ist schon voll«, schließt er seinen Bericht mit einem gewissen Sarkasmus.

Sofort denkt Georg an den köstlichen süßen Wein, den ihm der Hochmeister persönlich verehrt hat, zündet eine Kerze an und steigt in den Bauch der Galeere hinunter. Schon auf den ersten Blick sieht er, dass sein Fässchen nicht mehr so tief im Sand steckt, wie er es eingegraben hat. Er nimmt es hoch und schüttelt es. Leicht ist es geworden, kaum noch halb voll. Im schwachen Licht seiner Kerze sieht er viele eingegrabene Fässchen. Aber in welches hat man seinen Wein abgefüllt? Das herauszufinden ist hoffnungslos. Der Zorn packt ihn. Aber was soll er machen? Er nimmt sein Fässchen mit hinauf ins Zwischendeck. Besser warmen Wein trinken als gar keinen.

»Es sind noch nicht alle Diebe im Gefängnis«, sagt er und setzt das Fässchen lautstark auf den Planken auf. Grünberg liest ihm am Gesicht ab, was passiert ist.

»Ja, seht Euch vor, Ihr seid nicht mehr unter euresgleichen. Edel geht es hier nicht zu«, warnt er ihn. Er schlägt seinen Mantel etwas zur Seite und zeigt den Dolch in seinem Gürtel. »Seid nie unbewaffnet, nicht einmal im Schlaf, auch nicht auf dem Pilgerschiff, habe ich mir sagen lassen.«

Georg und Grünberg verkürzen sich die Tage, indem sie einander von ihrem Leben erzählen, der Baumeister dem Ritter und umgekehrt. Jeder erfährt viel Neues vom anderen, sodass die Zeit schnell vergeht. Als es heißt, dass die Reise bald zu Ende sei, bemerken sie beim Aufwachen, dass etwas anders ist als bisher. Sie werden sanft gewiegt, es ist still und wärmer als bisher, keine Wellen klatschen mehr gegen den Rumpf der Galeere: Das Schiff liegt vor Anker und dümpelt in der leichten Dünung. Sie gehen an Deck. Vor ihnen, so weit das Auge reicht, erstreckt sich die Küste.

»Das ist das Heilige Land«, versucht sie der Schiffskaplan zu belehren. »Und vor uns liegt Jaffa, die alte Hafenstadt, von der sich einst der Prophet Jonas einschiffte, um unserem Herrgott zu entkommen. Und wir wissen ja, wo er landete: im Bauch des Walfischs. Seid also gehorsam und fürchtet Gott.«

Aber seine Worte verklingen schneller als ein Möwenschrei. Die Pilger haben die Seereise satt, und wo nun das Reiseziel greifbar nahe vor ihren Augen liegt, wollen sie den Kaplan samt seinen Predigten schnell hinter sich lassen, um direkt an die Stätte der Gnade zu gelangen, wo sie von ihren Sünden freigesprochen zu werden hoffen.

Doch sie können nicht von Bord. Vom Schiffspatron ist zu erfahren, dass er noch keine Erlaubnis hat, in Jaffa einzulaufen, was niemand verstehen kann.

»Wann denn endlich?«

»In ein paar Tagen. Nur Geduld.«

Alles murrt und schimpft über die Gelassenheit des Patrons. Die Stimmung ist gereizt, während die Galeere still in der Sonne liegt. Es geht kaum ein Lüftchen, und die Hitze unter Deck wird von Stunde zu Stunde drückender.

Dann endlich, als die Mittagssonne das Meer versilbert und vor Jaffas Hafen einen Dunstschleier legt, nähert sich ein schnelles Boot, das von zwölf Mann gerudert wird. Im Bug steht ein prächtig gekleideter Muselmann, der einen Fez trägt. Das Boot kommt längsseits, und er steigt in Begleitung zweier mit Krummschwertern und Dolchen bewaffneter Diener an Bord.

Ohne ein Wort zu verstehen, verfolgen Georg und Grünberg das kurze Palaver zwischen ihm und dem Patron. Dann werden sie aufgefordert, sich mit allen anderen zusammen in Reih und Glied aufzustellen.

»Was soll das? Müssen wir dem gehorchen?«, empört sich Georg.

Mit steinerner Miene geht der Muselmann durch die Reihen und zählt die Pilger, als seien sie eine Viehherde. Dann zeigt er mit einer Handbewegung dem Patron an, dass seine Mission erfüllt ist, steigt ohne ein weiteres Wort in sein Boot und lässt sich zurückrudern.

Grünberg, der etwas Italienisch spricht, drängelt sich zum Patron durch und kommt mit einer Erklärung zurück.

»Das war der Vertreter des Statthalters von Jaffa. Man hat uns gezählt, damit man die Landegebühren berechnen und genügend Eseltreiber und Dolmetscher bestellen kann.«

»Ich setze mich auf keinen Esel. Ich kaufe mir ein Pferd.«

»Den Muselmann, der einem Pilger ein Pferd verkauft, muss man erst einmal finden, hab ich mir sagen lassen. Wir werden alle auf Eseln sitzen und müssen froh sein, wenn uns die Eseltreiber dort hinbringen, wo wir hinwollen.«

Zwischen Georgs Brauen bilden sich tiefe senkrechte Falten.

»Eine Pilgerreise durch Palästina, so sagte der Kaplan in einer Predigt, sei auch ein Exerzitium in Demut. Wir seien auf den Spuren unseres Herrn und Heilands und sollten daran denken, dass es eine Eselin war, auf der er in Jerusalem einritt.« Mit diesen Worten versucht Grünberg Georgs Zorn zu besänftigen.

Doch dem fällt es schwer, sich an diesen Gedanken zu gewöhnen. Noch vor wenigen Wochen ist er auf seinem Ross gegen die Muselmänner geritten, hat sie vom Sattel aus erschlagen, und nun soll er sich auf einem grauen Langohr sitzend einem primitiven Eseltreiber anvertrauen, der nicht einmal seine Befehle verstehen kann. Er schüttelt den Kopf und schweigt.

Erst nach vier Tagen zeigt sich der Vertreter des Statthalters wieder. Er kassiert die Landegebühr, zu der jeder Pilger noch ein paar Dukaten beisteuern muss, was das Geschäft in die Länge zieht und Empörung auslöst. Man hatte doch in Venedig schon alles bezahlt, bis hin nach Jerusalem! Dann, als er von Bord gegangen ist, legen sich die Ruderknechte in die Riemen und treiben das Schiff endlich in den Hafen.

»Man hat mir ja schon viel erzählt, aber das hier überrascht mich doch«, sagt Grünberg missmutig, als sie mit Sack und Pack keinen Steinwurf von der Galeere entfernt an Land stehen und nicht weiterkommen. Ein ganzer Ring finster dreinblickender Sarazenen, die vor Waffen strotzen, umgibt die

Pilgerschar, und man muss den Patron fast bedrohen, um eine Erklärung zu erhalten.

»Die Franziskaner aus Jerusalem sind noch nicht angekommen. Sobald sie da sind, geht es weiter«, entschuldigt er den Verzug.

»Was haben wir mit diesen Bettelmönchen zu tun?«, fragt Grünberg verärgert und muss sich darüber belehren lassen, dass ohne die Unterstützung der Franziskaner kein Christ durch das Heilige Land reisen könne.

»Sie handeln mit den Arabern die Bedingungen aus, zu denen Ihr die heiligen Stätten besuchen dürft. Sie bestellen den Dragoman, den arabischen Pilgerführer. Außerdem sind alle christlichen Kirchen und Spitäler in ihren Händen.«

Als sich das unter den Pilgern herumgesprochen hat, versucht man sich in Geduld zu üben. Aber es wird Abend, die Sonne geht unter, und von den Franziskanern ist nichts zu sehen.

Da taucht der Vizestatthalter wieder auf. In schlechtem Italienisch befiehlt er den Pilgern, seinen Soldaten zu folgen und alles, was sie nicht tragen können, auf dem Platz zurückzulassen.

»Mein Mantel, Brot und Speck müssen mit«, sagt Georg.

»Nehmt genug für uns beide mit. Ich trage das Wasserfass«, antwortet Grünberg.

»Wir müssen nicht bei den Ersten sein. Es wird bestimmt kein schöner Ort sein, wo sie uns hinführen«, mahnt Georg seinen Reisegefährten zu Geduld.

Grünberg nickt nur, und erst, als fast der ganze Pilgerstrom in einer engen Gasse verschwunden ist, schließen sie sich an. Die Gassen werden immer schmaler, es geht leicht bergan.

»Von wegen orientalische Gastfreundschaft! Sie führen uns zur Festung«, empört sich Grünberg. Und er hat Recht. Plötzlich stehen sie vor einem großen Tor, und ehe sie die hohe Festungsmauer recht betrachten können, werden sie grob hineingeschoben. Sie sind die Letzten. Eine schwere Gittertür wird ins Schloss geworfen und verschlossen. Sie sind eingesperrt wie Schafe im Winter.

»Wo ist der Patron?«, fragt Grünberg. »Hat jemand den Patron gesehen?«

Achselzucken, Kopfschütteln. Nur ein Italiener will gesehen haben, wie der Patron mit dem Vizestatthalter in einer Seitengasse verschwunden ist.

»Wie großzügig von den Ungläubigen, uns ein bisschen Licht zu spendieren«, sagt Grünberg und zeigt auf die wenigen Fackeln, die das Gewölbe notdürftig erhellen. An einer Stelle ist es schon eingebrochen, sodass man ein Stück vom Abendhimmel sehen kann.

»Was nun?«, fragt Georg.

»Wenn man in eine so hoffnungslose Lage kommt, muss man sie einfach annehmen und vor allem etwas für sein leibliches Wohl tun, wenn man kann, hab ich mir sagen lassen. Und wir können ja.«

Gleich bei der Gittertür, wo die Luft am besten ist, setzen sie sich auf den Boden und essen sich satt. Dann machen sie sich lang.

»Das einzig Gute ist, dass der Boden nicht mehr schwankt«, sagt Grünberg und schläft bald ein.

Georg hingegen liegt lange wach. Hilflos irgendwelchen Muselmännern ausgesetzt und dann noch auf die Hilfe von Bettelmönchen angewiesen zu sein, das widerstrebt seinem Ritterstolz und weckt seinen Zorn. Diese Gefühle lassen ihn keinen Schlaf finden, umso weniger als er weiß, dass er sündigt, wenn er seinen Stolz nicht ablegt und dem Zorn Raum gibt. Stundenlang versucht er sich im Gebet zu beruhigen und fällt schließlich in einen leichten Schlaf. Als ihn bei Sonnenaufgang der Ruf des Muezzins aufschreckt, wird ihm vollends klar, wo er angekommen ist: nicht im Heiligen Land, sondern im Land der Ungläubigen. Aber er schläft noch einmal ein und erwacht erst, als es im Gewölbe unruhig wird.

Die Sonne steigt, es wird heiß, und wieder passiert nichts. Die Luft wird immer schlechter, übler Gestank verbreitet sich, weil die Pilger sich erleichtern müssen und das Gewölbe nicht verlassen können. Manch einer kann sich nicht mehr setzen, weil er im Urin steht, der sich über die Steinfliesen verbreitet.

Bei vielen gehen Wasser und Brot zur Neige. Wut und Verzweiflung kommen auf. Immer wieder rüttelt jemand an dem Gittertor, ruft, schreit, tobt. Aber in der Gasse draußen bleibt es still. Der Tag vergeht langsam, die Zeit dehnt sich, die Pilger verbringen die zweite Nacht in ihrem Gefängnis unter noch schlimmeren Bedingungen.

»Muss man sich das gefallen lassen?«, fragt Georg, der seinen Zorn nicht bändigen kann.

»Ich befürchte, ja. Ich bin sicher, das könnte alles schneller gehen. Aber zunächst wollen sie uns zeigen, wer hier im Land die Macht hat.«

Gegen Mittag ändert sich die Lage. Wieder erscheint der Vizestatthalter, diesmal mit dem Dragoman, dem obersten arabischen Führer der Pilgertruppe, einem Schreiber und einem Dolmetscher. Eine Gruppe bewaffneter Wächter stellt sich in der Gasse zum Spalier auf. Die Gittertür wird nur so weit geöffnet, dass sich gerade ein Pilger durchdrücken kann.

»Die Letzten werden die Ersten sein«, meint Grünberg gut gelaunt und schiebt sich als Erster hinaus. Sein Name und seine Herkunft werden notiert, und man sagt ihm, er solle in den Hafen gehen und dort warten, bis er einer Gruppe zugeordnet wird.

Als Grünberg schon froh ist, diese Formalität hinter sich zu haben und sein Wasserfässlein vom Boden aufheben will, packt ihn plötzlich ein Soldat am Arm und zeigt auf den Dolch, der sich unter seinem Mantel abzeichnet.

Der Vizestatthalter streckt fordernd die Hand aus, ohne Grünberg auch nur anzusehen. Ihm bleibt nichts übrig, als den Dolch zähneknirschend auszuhändigen.

Der Dolmetscher übersetzt, was der Vizestatthalter völlig tonlos sagt: »Ein demütiger Pilger führt keine Waffe mit sich, und wer eine Waffe mit sich führt, ist kein Pilger, sondern ein Ungläubiger, den wir ins Gefängnis werfen.«

Dann trägt der Schreiber seinen Namen in ein Stück Pergament ein, das arabisch beschriftet ist, und reicht es ihm mit der Aufforderung, es immer bei sich zu tragen. Nur so stünde er unterm Schutz des Sultans. Da jeder Pilger ein solches Visum erhält, dauert es Stunden, bis alle Pilger das Gefängnis verlassen haben.

Als Georg seine Angaben macht, bemerkt er, wie die Muselmänner den Ring seines Vaters mustern, den er an seiner Linken trägt. Der Vizestatthalter macht eine Bemerkung über ihn, die ihm aber nicht übersetzt wird. Trotzdem weiß er eine Lehre daraus zu ziehen: Als demütiger Pilger sollte er keinen Schmuck tragen. Noch auf dem Weg zum Hafen streift er den Ring vom Finger.

Es wird ihnen leicht gemacht, durch die verwinkelten Gassen zurückzufinden. Denn der ganze Weg führt an einem Spalier Bewaffneter vorbei, die darauf achten, dass kein Pilger auch nur einen Schritt von dem schmalen Pfad abweicht, den man für sie vorgesehen hat.

Die Habseligkeiten, die vor zwei Tagen im Hafen zurückgelassen werden mussten, hat man zu einem großen Haufen zusammengeschoben, sodass es Mühe kostet, alles wieder zu finden. Georg und Grünberg hatten gehofft, ihre Kisten samt Essgeschirr und Kochutensilien im Hafen verkaufen zu können. Aber weit gefehlt. Es ist niemand da, dem man etwas verkaufen könnte. Nur ein paar zwielichtige Gestalten in zerlumpten Kaftanen stehen zwischen den Soldaten, die nach wie vor die Pilger überwachen.

»Was machen wir mit den Sachen?«

Grünberg zuckt mit den Achseln. »Der Herr hat's gegeben, der Herr hat's genommen – aber das Lob des Herrn auszusprechen, fällt mir jetzt schwer.«

Es bleibt ihnen keine Zeit, länger über ihre Habseligkeiten nachzudenken. Denn als noch weitere vier Leute auf den Platz gekommen sind, nähert sich ihnen eine dieser zerlumpten Gestalten und winkt sie zu sich. Er führt sie in eine schattige Seitengasse, und dort warten ein paar Esel, die man an Eisenringen in der Mauer angebunden hat.

Georg hat zwar gelernt, sich in voller Rüstung auf ein Pferd zu schwingen, aber mit seinem Kleiderbündel auf einen ungesattelten Esel zu steigen, stellt ihn vor ein Problem. Der Esel ist wesentlich kleiner als ein Ross. Sonst saß er auf seinem Reitpferd, und auf einem Saumtier wurden Sack und Pack mitgeführt. Wie also sollen er und seine Sachen auf dem kleinen Tier Platz finden? Zögernd steht er davor.

Mit einem verschlagenen Grinsen tritt der zerlumpte Eseltreiber an seine Seite und hält seine Hand auf. »Bakschisch.«

Angeekelt, aber ohne mit der Wimper zu zucken, reicht Georg ihm eine Münze. Da nimmt der Treiber sein Bündel und bindet es mit einem schmutzigen Seil dem Esel auf den Rücken. Er stellt sich neben den Hals des Esels und bietet Georg seine Hände als Steigbügel an. Als Georg zögert, zeigt der Eselstreiber auf sein eigenes Gesäß und klopft dann auf den Rücken des Esels. Georg begreift, steigt auf und sitzt nun im Damensitz auf dem Tier. Er macht eine hilflose Geste. So kann er nicht reiten. Da berührt der Eseltreiber das Bein von Georg, das dem Kopf des Tieres zugewandt ist, und deutet auf die andere Seite des Tiers. Georg versteht: Er soll sein Bein anziehen, sodass er sich in die richtige Position drehen kann. Er schafft es mit Mühe und ärgert sich. Künftig will er verlangen, dass er auf dem Esel sitzt, ehe sein Gepäck hinter ihm aufgeladen wird. Sein Bündel, das er hinter sich spürt, ist sein einziger Halt. Zügel, Steigbügel und Sattel gibt es nicht, er muss sich mit seinen Schenkeln an den Eselsrücken klammern und fühlt sich sehr unwohl.

Während Georg unbeholfen auf dem Esel sitzt und wartet, bis den anderen ebenfalls beim Aufsteigen geholfen worden ist, kommt ein Franziskanermönch daher, der sich als Bruder Nicodemus vorstellt. Er sagt: »Ich bin euer Begleiter und Dolmetscher. Vertraut mir, ich werde euch sicher nach Jerusalem geleiten.«

Grünberg, der wegen des Verlusts seines Dolchs immer noch aufgebracht ist, stellt die Frage, die allen auf der Zunge liegt: »Weshalb seid ihr Franziskaner nicht eher gekommen? Zwei Nächte haben wir euretwegen im Gefängnis zubringen müssen.«

»Das ist sehr bedauerlich«, erklärt Bruder Nicodemus, indem er seine Hände vor der Brust faltet und einen Buckel macht. »Es liegt nur am Patron, nur am Patron, nicht an uns. Er wollte dem Vizestatthalter nicht so viel bezahlen, wie dieser verlangte. Nach uns hat man erst geschickt, als die beiden sich geeinigt hatten. Es tut uns immer sehr leid, wenn Brüder im Herrn deshalb leiden müssen.«

Endlich setzt sich die Gruppe in Bewegung. Der Eseltreiber reitet voran, an seiner Seite geht der Franziskaner zu Fuß, dahinter die Pilger, einer hinter dem andern.

»Ruft nur um Hilfe, wenn euer Esel störrisch wird«, sagt der Franziskaner, was aber für Georg kein Trost ist. In brütender Hitze sitzt er mit schmerzendem Gesäß auf dem knochigen Tier, ohne zu wissen, wie lange er das auszuhalten hat. Auch als der Mönch ihnen am zweiten Tag verkündet, sie seien nun auf dem Gnadenweg, denn genau hier sei auch Christus auf einem Esel entlanggeritten, verbessert sich seine Stimmung nicht. Er kann sich einfach nicht daran gewöhnen, keine Gewalt über sein Reittier zu haben und in seinem

Wohlbefinden davon abhängig zu sein, wann es einem lumpigen Heiden gefällt, einmal Halt zu machen.

Bei keiner Rast bleiben sie unter sich. Immer legt der Treiber dort eine Pause ein, wo Menschen sind, in Dörfern oder bei kleinen versprengten Gehöften. Dort wirft er seinen Ledereimer in die Brunnen, zieht Wasser hoch und verteilt es an seine Gruppe, aber nicht ohne zuvor die einnehmende Hand hinzuhalten: »Bakschisch.«

Bakschisch beim Aufsteigen, Bakschisch beim Absteigen, Bakschisch fürs Wasserholen, Bakschisch fürs Brotholen, und jedes Mal fühlt Georg sich erpresst, schluckt aber seinen Ärger hinunter.

Als am zweiten Abend die Sonne schon kurz über dem Horizont steht, zeigt sich der Dragoman bei ihnen. Er reitet auf einem schnellen Kamel, weil er sich um alle kleinen Pilgergruppen kümmern muss, die gerade auf dem Weg nach Jerusalem sind. Er erklärt dem Franziskaner, dass sein Grüppchen im nächsten Dorf über Nacht unterkommen könne, und entfernt sich wieder.

Nach ihrer Ankunft am Rand des Dorfes hilft der Eseltreiber allen von ihren Eseln – Bakschisch, Bakschisch. Sie setzen sich auf dem steinigen Boden nieder, während der Franziskaner ins Dorf geht, um die Einwohner zu finden, bei denen seine Gruppe nächtigen soll.

Froh, endlich auf dem Boden zu sitzen, packen die Pilger ihre Vorräte aus und bitten den Eseltreiber – Bakschisch –, ihnen Wasser zu holen. Sie haben noch keinen Bissen in den Mund gesteckt, da umgibt sie schon eine ganze Schar ärmlich gekleideter Kinder. Sie beäugen die Fremden misstrauisch und schauen gespannt auf das, was da ausgepackt wird. Grünberg greift nach einem hart gewordenen Brot, bricht ein Stück ab und steckt es in den Mund. Ein kleines Mädchen mit großen, hungrigen Augen steht vor ihm und verfolgt jede seiner Bewegungen. Da schneidet er mit dem kleinen Messer, das ihm geblieben ist, ein kleines Stückchen Speck ab, legt es auf einen Brocken Brot und reicht es ihr. Die Kleine nimmt es, betrachtet es einen Moment und will die milde Gabe vorsichtig in den Mund schieben, da ertönt ein Schrei des Eseltreibers, der eben mit dem Wasser zurückkommt. Das Mädchen erschrickt, wirft das Brot und den Speck weit von sich und springt in panischem Schrecken ein paar Schritte zurück, als würde Grünberg Feuer speien. Die anderen Kinder ebenso. Sofort setzt ein hasserfülltes Geschrei ein und die Kinder werfen Steine nach den Fremden, sodass alle aufspringen und das Weite suchen. Glücklicherweise kommt in diesem Moment Bruder Nicodemus zurück und kann beruhigend auf die Kinder einwirken. Er redet geduldig mit ihnen, obwohl sie ihn fast niederschreien. Schließlich kann er sie, auch mit Hilfe des Eseltreibers, zum Abzug bewegen. Schreiend und murrend ziehen sie sich zwischen die Hütten zurück.

»Ihr habt den Ort verunreinigt«, tadelt der Franziskaner Grünberg, der sich keiner Schuld bewusst ist. Er habe nur gesehen, wie das Mädchen ihn angebettelt hat, verteidigt er sich. Er habe nichts Böses gewollt, es sei nur unbedacht gewesen.

»Ein Stückchen Brot hätte gereicht. Sie hätte nur nicht sehen dürfen, dass das Brot aus demselben Sack gezogen wurde wie der Speck«, erklärt Bruder Nicodemus.

»Vor allem aber hätte der verdammte Eseltreiber den Mund halten sollen«, schimpft Grünberg, worauf er aber keine Antwort bekommt.

In schmutzigem Kaftan, aber erhobenen Hauptes erscheint wenig später der Dorfälteste in Begleitung zweier kräftiger Männer, die Krummschwerter in ihren Gürteln tragen. Mit ernstem Gesicht geht er auf den Franziskaner zu, redet leise mit ihm und verneigt sich sogar, während seine Begleiter stolz danebenstehen, als wollten sie ihre Kraft und Wehrhaftigkeit zur Schau stellen. Nach kurzem Gespräch drehen sich die drei ohne einen Gruß um und gehen in ihr Dorf zurück.

»Wir werden hier nicht aufgenommen und dürfen nicht hier bleiben«, erklärt Bruder Nicodemus mit bedauernder Geste. »Der Ort würde sonst weiter verunreinigt, glauben die Leute. Und das würde Unglück und Krankheit über sie bringen.«

»Und jetzt, wohin?«

Der Dragoman ist außer Sicht, der Franziskaner weiß keinen Rat, der Eseltreiber gibt sich wieder verschlagen, fast merkt man ihm Schadenfreude an. Es bleibt nichts, als etwas weiterzuziehen und die Nacht im Freien zu verbringen. Dass der Eseltreiber wieder die Hand aufhält, ehe er den Pilgern auf die Esel hilft, ärgert Grünberg so, dass er trotz seiner Müdigkeit kaum schlafen kann.

Am Nachmittag des dritten Tags erreichen sie eine große franziskanische Pilgerherberge.

»Hier werdet ihr bleiben, bis alle Pilger von eurem Schiff sich versammelt haben. Ihr seid zur Vesper in unsere Kirche eingeladen«, verkündet Bruder Nicodemus. »Bis dahin bleibt noch viel Zeit für die Beichte«, fügt er hinzu.

In der Kirche sucht Georg zuerst den Altar seines Schutzpatrons auf und zündet eine Kerze an. Dann kniet er nieder und bittet den heiligen Georg um Beistand und Fürbitte. Lange verharrt er dort in sich versunken, bis er angesprochen wird.

»Folge mir, mein Sohn, und erleichtere dein Herz.«

Er sieht sich einem älteren Franziskaner gegenüber, der ihm zunickt, sich als Pater Lukas vorstellt und zu einem Beichtstuhl vorausgeht.

»Mein Sohn, du knietest vor dem heiligen Georg nieder, dem Heiligen der Ritter und Glaubenskämpfer. Was hast du auf dem Herzen? Lege es offen dar, und dir kann geholfen werden.«

Georg schüttet sein Herz aus und erzählt von seinem Gelöbnis bei der Schwertleite in Prag und der Segnung seiner

Waffen, von der Aufforderung seines Vaters, als christlicher Ritter für die Christenheit zu kämpfen, und von den Ungläubigen, die er auf Rhodos getötet hat. Er offenbart seine Zerrissenheit und Zerknirschtheit, seinen inneren Kampf um Demut und Gelassenheit, der ihm aussichtslos erscheint.

»Es geht mir gegen die Natur und meine Ritterehre, dass ich mich der Willkür, Hinterlist und Habgier dieser Ungläubigen aussetzen muss, die ich verachte. Ich kann es nicht ertragen, dass ich mich in allem nach denselben Ungläubigen richten muss, die ich meinem Gelöbnis getreu bekämpft habe. Ich kann meinen Zorn kaum zügeln, obwohl ich weiß, dass Zorn und Rachsucht schlimme Sünden sind. Oft zuckt meine Hand, als wolle sie nach dem Schwert greifen, das ich zu Beginn meiner Pilgerschaft bereitwillig abgelegt habe.«

Pater Lukas antwortet sofort, als hätte er eine solche Beichte schon oft gehört. »Beruhige dich, mein Sohn. Unser Herr und Heiland, auf dessen Spuren du hier wandelst, kann in deine Seele sehen und weiß, dass der Widersacher keine Gewalt über dich hat. Wohl versteht er deinen Unmut, aber er wird dir vergeben, weil du als christlicher Ritter nicht anders fühlen kannst.

Aber bedenke auch, die Ungläubigen, gegen die du gekämpft hast, sind nicht dieselben, die dir der Herr auf deinem Pilgerpfad entgegenschickt. Wer dir hier im Heiligen Land begegnet, trägt dazu bei, dass du unsere Heiligtümer besuchen kannst und der Gnade teilhaftig wirst. Betrachte sie also als Werkzeuge Gottes. Sie sind wie Judas Ischariot, der Gottes Werk tat, als er Jesus verriet, damit der göttliche Heilsplan sich erfüllen konnte. Und Jesus hat auch ihn geliebt, obwohl er wusste, dass er von ihm verraten würde.«

»Aber ich kann sie nicht lieben, diese Ungläubigen«, entgegnet Georg verzweifelt.

»Du als schwacher Mensch musst sie auch nicht lieben. Es reicht, wenn du deine Unzulänglichkeit erkennst. Denke an uns Franziskaner, die wir hier im Land dafür sorgen, dass Pilger aus der Christenheit Zugang zu den heiligen Orten haben. Unsere Liebe zu den Muselmännern ist nicht groß, aber wir erdulden sie. Nur so können wir hier unsere Aufgabe erfüllen, in Armut und Demut, wie wir gelobt haben.«

»Dann ist es also gottgefällig, wenn ich die Muselmänner geduldig ertrage und mein Schwert aus der Hand lege?«

Pater Lukas lächelt mild, als machte er ein Kind auf einen verzeihlichen Fehler aufmerksam. »Übe dich hier auf der Pilgerstraße in Sanftmut und Demut. Erfülle aber dein Versprechen, für die Christenheit zu kämpfen, wenn du ins Abendland zurückgekehrt bist. Denn wie du gesagt hast: Deine Waffen sind gesegnet.«

Er gibt ihm auf, während seines Aufenthalts in der Pilgerherberge an den Stundengebeten der Mönche teilzunehmen, und erteilt ihm die Absolution.

Als Georg den Beichtstuhl verlässt, nimmt er wahr, dass es inzwischen in der Kirche lebendig geworden ist. An jedem Seitenaltar kniet jemand, überall werden Kerzen angezündet, und viele Pilger warten auf die Gelegenheit zu beichten. Zwar ist Georg nicht mehr so zerknirscht, als er aus der Kirche tritt, zweifelt aber doch daran, dass er sich wirklich mit der Demut eines Franziskaners gegen die Willkür der Muselmänner wappnen kann.

Zwei Tage warten sie in der Herberge, bis die letzten Gruppen angekommen sind. Es heißt, sie seien von Räubern aufgehalten worden und es sei nur dem Dragoman zu verdanken, dass sie, nachdem sie sich freigekauft hatten, unbeschadet ihre Reise fortsetzen konnten. Glücklicherweise führten sie, wie alle Pilger, nur einen kleinen Teil ihrer Reisekasse mit sich. Den größeren Betrag haben sie wie üblich beim venezianischen Reeder hinterlegt, an dessen Handelsstützpunkten in Jerusalem und andernorts ihnen ihr Guthaben ausgezahlt werden kann.

Solche Überfälle könnten jetzt nicht mehr vorkommen, beruhigt der Dragoman die Pilgerschar, denn auf dem weiteren Weg nach Jerusalem würden sie von einer mamlukischen Reitereskorte und Fußknechten begleitet.

Am selben Abend versammeln sich alle Pilger zur heiligen Messe, die der Abt des Jerusalemer Franziskanerklosters zelebriert. In seiner langen Predigt belehrt er die Pilger, wie sie sich verhalten sollen.

»Macht eure Wallfahrt demütig und fromm und gehorcht euren Führern, auch wenn es Ungläubige sind.«

Dann zählt er eine Reihe von klugen Geboten auf. Die Pilger sollen sich nicht von ihren Führern entfernen, sie sollen keinen Wein in der Öffentlichkeit trinken, nicht unbedacht auf muslimische Gräber treten, nicht in Moscheen gehen und keine weißen Kopfbedeckungen tragen, weil diese allein den Muslimen zukommen. Sie sollen nicht über betende Muslime oder den Ruf des Muezzin lachen oder ihn gar nachmachen. Bei dieser Verhaltensregel schauen sich manche verstohlen an und grinsen.

»Und vor allem, liebe Brüder, widersteht den Verlockungen des Fleisches. Lasst euch von keiner Frau in ein muslimisches Haus locken, damit ihr nicht von ihren männlichen Verwandten ausgeraubt oder gar getötet werdet. Bringt euch nicht in diese Gefahr.

Besucht vor allem die heiligen Stätten mit gebührender Würde, fallt dort nicht durch Gelächter auf, haut keine Brocken von den Gebäuden ab, nehmt keine Steine vom Heiligen Grab mit und besudelt nichts mit eurem Namen. Auch das Einmeißeln von Namen und Wappen ist bei Strafe der Exkommunikation verboten.«

Über diese banalen Selbstverständlichkeiten schütteln Georg und Grünberg lächelnd den Kopf, ist es doch gerade, als verbiete ihnen der Abt, nackt durch die Straßen zu gehen. Dann aber wird ihnen zu ihrer Überraschung eine unerhörte Neuigkeit mitgeteilt.

»Wie ihr alle wisst, liebe Brüder«, schließt der Abt seine Predigt, »wird jeder Christ, der ohne päpstliche Erlaubnis ins Heilige Land aufbricht, exkommuniziert. Wohl weiß ich«, fährt er salbungsvoll fort, »dass euch allen die Gnade des Heiligen Vaters die Erlaubnis erteilt hat. Sollten aber trotz allem noch Brüder unter euch sein, die diese Erlaubnis nicht bekommen haben, so sind wir befugt, sie ihnen mit dem zugehörigen Ablass zu erteilen und sie wieder in den Schoß der heiligen Kirche aufzunehmen, so sie unser Kloster mit einer milden Gabe bedenken. Meine Tür steht ihnen heute offen«, endet er gnädig.

Die aufkommende Unruhe dämpft er schnell ab, indem er die Arme zum Segen erhebt und die Pilger dem Schutz der Dreieinigkeit empfiehlt. Dann verlässt er in so unverhoffter Eile den Altar, dass seine Ministranten plötzlich allein im Altarraum stehen.

Grünberg ist ebenso fassungslos wie Georg. »Davon hat mir mein Beichtvater in Konstanz kein Wort gesagt, als er mir den Reisesegen gab«, empört er sich.

»Und ich habe in den elf Monaten auf Rhodos nie etwas von einer päpstlichen Erlaubnis gehört. Und die Johanniter müssten doch etwas davon wissen, wo so viele Pilgerschiffe bei ihnen anlegen.«

Aber weil sie die Exkommunikation fürchten, reihen sie sich trotz ihrer Zweifel in die endlose Schlange ein, die sich im Nu vor der Sakristei bildet.

Das Refektorium der Pilgerherberge in Jerusalem ist nichts Besonderes: ein großer Speisesaal mit grob gezimmerten Tischen und Bänken, dessen Gewölbe von wuchtigen Säulen gestützt wird. Schon häufig hat Georg nach langen Tagesritten in solcher Umgebung Erfrischung und Ruhe gefunden. Hier aber, inmitten einer Menschenmenge, kommt er sich wie in einer geschäftigen Markthalle vor. Es ist ein ständiges Kommen und Gehen der Pilger, Tische und Bänke werden auf den Fliesen verrückt, um Leute durchzulassen oder unterzubringen, Krüge und Becher klappern, laute Stimmen und Gelächter erheben sich über dem Gesprächswirrwarr und hallen von den kahlen Mauern wider. Die Erregung darüber, nun am Wallfahrtsort angekommen zu sein, scheint weniger zur inneren Einkehr als zu lauter Ausgelassenheit zu führen.

Missmutig lässt sich Georg Brot und Käse geben und füllt seinen Becher aus dem schweren Wasserkrug, den ein Mönch auf den Tisch gestellt hat. Grünberg sitzt an seiner Seite. Aber sie wechseln kein Wort. Übernächtigt und stumpf schauen sie vor sich hin. Die Nacht in dem großen Schlafsaal ist zu unruhig gewesen, unruhiger als auf jeder Galeere. Eine Zelle hatten sie sich gewünscht, in der sie nach dem langen Ritt zur Heiligen Stadt Ruhe finden würden. In einem großen Zug waren sie auf ihren Eseln herbeigeritten, von berittenen Soldaten begleitet, die das Tempo bestimmten und nur ganz kurze Pausen erlaubten, nicht länger, als sie brauchten, um ihre Pferde zu tränken. Die Pilger hatten kaum Zeit gehabt, sich genügend zu verpflegen. Und daran, sich eine Weile auszustrecken und vom unbequemen Sitz auf dem Eselsrücken zu erholen, war nicht zu denken gewesen. Weiter, schnell weiter hatten die Reiter gedrängt, als sei das Geleit dieser Ungläubigen eine lästige Verpflichtung, die sie möglichst schnell hinter sich bringen wollten. Das erhebende Bewusstsein, wie einst Jesus auf einem bescheidenen Esel in Jerusalem einzureiten, war von Leiden und Ärger verdrängt worden. Endlich ankommen, endlich diesen strapaziösen Ritt hinter sich bringen, war der einzige Gedanke gewesen. Und als ihnen dann, steif wie sie waren, vom Esel heruntergeholfen wurde, dämmerte ihnen, dass sie eben den Teil der Nachfolge Christi, den sie sich am lebhaftesten hatten vorstellen können, in erbärmlichster Weise hinter sich gebracht hatten. Es war enttäuschend!

Georg hat keinen Appetit. Er nimmt etwas Brot und Ziegenkäse zu sich und hätte gerne einen Schluck Wein dazu. Aber den gibt es nicht. Am liebsten würde er sofort aufstehen und sich auf den Weg zur Grabeskirche machen, aber das ist nicht möglich. Wieder werden sie in Gruppen eingeteilt, diesmal von den Franziskanern, um geordnet durch die Gassen geführt zu werden. Pilger, die den heiligen Ort zum ersten Mal aufsuchen, getrennt von den anderen, die schon einmal oder zweimal dort waren.

Durch enge, sehr belebte Gassen eilt man zur Grabeskirche, der Franziskaner schnellen Schrittes voran, als müsste er einen Zeitplan einhalten. An der einen und anderen Ecke hält er kurz an, gibt eine Erklärung ab, die man im Lärm der Gasse nicht ganz verstehen kann, und sie streben weiter ihrem Ziel zu, indem sie sich durch die vielen Menschen durchschlängeln, die hier ihren Geschäften nachgehen.

Noch ist der Eingang zur Grabeskirche verschlossen. Eine dichte Traube von Pilgern hat sich um sie herum gebildet. Alle warten darauf, dass der muslimische Wächter endlich aufschließt.

»Ein Ungläubiger lässt uns in die Grabeskirche ein; das ist ja noch einmal schöner«, bemerkt Georg verärgert.

»Das ist schon jahrhundertelang so, habe ich mir sagen lassen«, erklärt Grünberg. »Immer hat es Streit über die Schlüsselgewalt gegeben, zwischen den Kopten, den Orthodoxen, den Armeniern und unseren. Und da hat ihnen der Sultan den Schlüssel einfach weggenommen, damit die Streiterei aufhörte.«

»Und das soll so bleiben?«

»Sehr wahrscheinlich. Du glaubst doch nicht, dass die Ungläubigen uns irgendetwas zurückgeben, was einmal in ihre Hände gefallen ist.«

Es kommt Bewegung in die Menschentraube. Das Tor wird geöffnet, die Pilger strömen ins Heiligtum.

Der verschmierte Marmorpfeiler links neben dem Eingang lässt Georg fassungslos den Kopf schütteln. Besudelt nichts mit eurem Namen, sagte der Abt in der Pilgerherberge, und Georg konnte sich nicht vorstellen, wovon er redete. Und nun steht er davor: ein weißer Marmorpfeiler vom Boden bis über Manneshöhe verschmiert, verkritzelt und verkratzt mit leserlichen und unleserlichen Namen von Pilgern aus aller Herren Länder, an den Kanten sogar beschädigt, weil irgendwelche Frevler unbedingt ein Marmorbröckchen mit in die Heimat nehmen mussten.

Georg wird aus seinen Betrachtungen zurückgeholt, weil er hier nicht stehen bleiben kann. Der Strom der Gläubigen treibt ihn voran ins Vestibül. Und da schließt er zu ihrem franziskanischen Führer auf, der vor einer rötlichen Steinplatte steht.

»Dies ist der Salbungsstein, auf dem Christi Haupt lag, als er vor der Grablegung einbalsamiert wurde«, erklärt der Führer.

Er hat sein letztes Wort noch nicht gesprochen, da fallen schon die Nächststehenden auf die Knie nieder, bekreuzigen sich und drücken ihre Lippen auf den Stein. Kaum stehen sie wieder auf ihren Füßen, leitet der Führer die Gruppe weiter, damit die nächste Pilgergruppe sich um den Stein versammeln kann. Dabei haben Georg und Grünberg den Stein kaum sehen, geschweige denn berühren können.

»Wohl deshalb kommt man mehrmals hierher«, bemerkt Grünberg.

Und so geht es weiter: die Treppe hoch zur elften Station des Leidenswegs, zur Stelle der Kreuzigung, zum Felsen, auf dem das Kreuz gestanden haben soll, die Treppe hinunter zu Adams Grab, dann direkt unter die Kuppel, die sich über der Stelle erhebt, wo Christus begraben wurde und auferstanden ist.

In schnellem Schritt führt sie der Franziskaner durch die anderen Teile des weitläufigen Tempels, an den Altären vieler Heiliger vorbei, und immer müssen sie sich durch eine Menschenmenge drängen, um nicht den Kontakt zu ihrer Gruppe zu verlieren. Am Ende stehen sie erschöpft und vom Weihrauchdunst leicht benommen im Vorhof der Kirche und genießen die frische Luft.

»Erst einmal richtig durchatmen«, sagt Grünberg und atmet laut ein.

»Der Morgen scheint nicht die beste Zeit zu sein«, sinniert Georg.

»Man soll ja zwei Nächte in der Kirche bleiben, habe ich mir sagen lassen. Aber darauf werde ich wohl verzichten. Das stehe ich in dem Dunst nicht durch. Einmal noch bei Tag; das reicht. Dann ziehe ich weiter nach Bethlehem, und nach Nazareth und nach Galiläa will ich auch noch. Und dann auf nach Ägypten an die Ufer des Paradiesstroms. Allzu viel Zeit möchte ich hier nicht verlieren. Zu viel gemeines Volk hier!«

Georg ist von seinem Weggefährten enttäuscht. »Dann werden sich unsere Wege bald trennen. Schade.«

» Wollt Ihr nicht nach Galiläa?«

»Doch, aber zunächst will ich ein paar Tage hierbleiben. Jerusalem ist doch das hauptsächliche Ziel meiner Reise. Dann lebt wohl. Gott schütze Euch.«

»Lebt wohl unter dem Schutz des Herrn.«

Gegen Abend kehrt er in die Grabeskirche zurück in der Hoffnung, dort in der Stille einen Geistlichen zu finden, der den Ring seines Vaters weiht. Aber schon als er das Vestibül betritt, stürzen mehrere kleine Händler auf ihn zu und preisen ihre billigen Waren an: Steine aus dem Ölgarten, Sand vom Ufer des Jordans, wo Christus getauft wurde, Splitter vom Kreuz, Blutstropfen verschiedener Heiliger, allerlei heilige Öle, Kreuze in jeder Größe und Rosenkränze.

Georg drückt sie mit finsterer Miene auf die Seite und geht geradewegs zum Allerheiligsten, der Grabeskapelle. Einen Franziskaner, der eine Pilgergruppe führt, fragt er nach einem Priester. Er möge warten, wird ihm gesagt, man wird ihm einen Priester schicken.

Während Georg ausharrt, werden mehrere Gruppen an ihm vorbeigeführt, und er hört mit Befremden, wie jeder Franziskaner genau dieselben Erklärungen ausspricht. Die geschäftige Art, wie die neu angekommenen Pilger durch die Grabeskirche geschleust werden, stößt ihn fast noch mehr ab als die Unruhe in der Kirche.

Als der Priester sich zeigt, unterdrückt er seinen Unmut und trägt demütig seine Bitte vor. Er erzählt vom Leben seines gottesfürchtigen Vaters, der ihn an seiner statt nach Jerusalem geschickt hat, weil es dem Allmächtigen nicht gefallen hat, ihm eine Pilgerreise zu ermöglichen. Daher bitte er darum, den Ring zu weihen und zu segnen.

»Das will ich gerne tun, mein Sohn. Und sicher ist es ganz im Sinn deines gottesfürchtigen Vaters, dass du dafür unserem Orden eine milde Gabe verehrst.«

Nach allem, was Georg erlebt hat, überrascht ihn diese salbungsvoll verbrämte Forderung nicht. So weiß er seinen Ärger zu verbergen und drückt dem Priester zwei Münzen in die Hand. Dieser schaut das Geld nicht an, scheint es aber blind zu prüfen, indem er die Münzen zwischen den Fingern reibt, ehe er sie unter seinem Gewand verschwinden lässt. Er nickt mit zufriedener Miene und lässt sich den Ring geben, taucht ihn in ein Weihwasserbecken und murmelt ein Gebet über ihn.

»Reich mir deine Hand, mein Sohn.«

Er steckt Georg den Ring an und sagt mit zum Segen ausgebreiteten Händen: »Bewahre ihn wohl auf. Er wird dich schützen, mein Sohn. Gehe hin mit Gottes Segen.«

Noch ehe Georg die Kirche verlässt, streift er den Ring vom Finger und verbirgt ihn unter seinem Gewand, indem er ihn sich an einem Lederband um den Hals hängt.

Mehr als eine Woche lang sucht er jeden Abend seine Andacht in der Grabeskirche, kniet dort lange ins Gebet vertieft, ohne aber die innere Ruhe zu finden, nach der er sich sehnt.

Schließlich hat er genug von dem rastlosen Treiben in der Pilgerherberge und der Betriebsamkeit der Franziskaner, denen er in den Gassen auf Schritt und Tritt begegnet. Er will aufbrechen und ohne Hilfe der Franziskaner mehr vom Heiligen Land kennenlernen als nur die Strecke von Jaffa nach Jerusalem. Er will nach Norden.

In einer Karawanserei findet er eine Gruppe von Kaufleuten, die auf dem Weg nach Damaskus sind. Ihnen kann er sich anschließen. Bei ihnen muss er nicht mehr auf einem Esel reiten, sondern kann sich zwei Pferde kaufen, sodass diese Reise bedeutend angenehmer für ihn wird.

In stetig ruhigem Rhythmus bewegt sich sein Reittier unter ihm. Es bleibt ihm Zeit und Muße, das schöne Land zu betrachten. Er freut sich an der Natur, und der Gedanke, dass er mit jedem Schritt dem Land näherkommt, in dem Jesus aufgewachsen ist, erfüllt ihn mit einer tiefen Zufriedenheit.

Das Erlebnis der Landschaft von Galiläa versetzt ihn in ein nie gekanntes Hochgefühl. Wenn sie abends in einer Karawanserei untergekommen sind oder im freien Feld ihr Zeltlager aufgeschlagen haben, lässt er seine Weggefährten hinter sich und sucht zwischen Olivenbäumen und Weingärten die Stille. Er lässt seinen Blick über das hügelige Land schweifen und stellt sich vor, wie Jesus mit seinen Jüngern umherzog und die Menschen ihm zuströmten. Erst wenn es dunkel geworden ist, geht er zurück, nimmt eine kleine Mahlzeit ein und legt sich erfüllt schlafen.

Am fünften Tag der Reise über die Hügel Palästinas geht es auf einmal bergab, und vor ihnen liegt der See Genezareth, das Galiläische Meer, in dessen Wasser sich der blassblaue Himmel spiegelt. Als spürten Menschen und Tiere plötzlich eine besondere Kraft in sich, verwandelt sich ihr behäbiger Trott schlagartig in eine schnellere Gangart. Die Kamele und Pferde schreiten länger aus, und die Müdigkeit der Reisenden ist wie verflogen. Je näher sie dem See kommen, desto mehr steigert sich ihre aufgeregte Heiterkeit. Als sie schließlich angekommen sind und Mensch und Tier zum Wasser strebt, wird laut durcheinandergeredet und -gerufen, sodass Georg in unangenehmer Weise an die Gassen und Märkte von Jerusalem erinnert wird.

Hier will er sich ohnehin von der Karawane trennen, weshalb er im Sattel bleibt und nun ganz alleine am Ufer entlangreitet. Gegen Abend, als die Sonne schon tief steht und mit ihrem orangenen Licht die Wasserfläche vergoldet, erblickt er ein auslaufendes Fischerboot. Da steigt er ab, setzt sich nieder und beobachtet, wie weit draußen die Fischer ihr Netz auswerfen.

Er vergisst alles um sich herum und heftet seinen Blick auf den See, der nach und nach seine Farbe verändert. Er versenkt sich in den Anblick und vergisst dabei völlig, wo er herkommt und wo er hin will, und fühlt sich eins mit Erde, Wasser und Himmel. Die Fischer, die er bei einbrechender Dunkelheit kaum noch erkennen kann, verwandeln sich in Petrus, den Menschenfischer. Er stellt sich das von hohen Wellen bedrohte Boot vor, in dem Jesus seine Jünger zu Mut und Gottvertrauen ermahnt, und immer wieder meint er, Jesus vor sich zu sehen, wie er über das Wasser geht. Lange verharrt er so. Als ihn bei einbrechender Dunkelheit ein kühler Wind aus seiner Versenkung holt, ist ihm, als ob er aus einem Traum erwacht. Es braucht einen Moment, bis er weiß, wo er ist und wie er hierhergekommen ist. Hat er wirklich alles erlebt, was in ihm nachklingt? Hat er Jesus über das Wasser gehen sehen? Traum und Wirklichkeit sind in eins verschwommen, und er ist für dieses Erlebnis unendlich dankbar. Endlich hat er das Gefühl, auf Jesus' Spuren zu wandeln und die Heiligkeit einer Stätte wirklich erfahren zu haben.

Von aufsteigendem Rauch geleitet, der sich schwach vom Abendhimmel abhebt, gelangt er zu ein paar Fischerhütten. Die Männer sind noch draußen auf dem See, aber die Frauen, Kinder und Alten schauen ihm, sobald sie ihn kommen hören, aufgeregt entgegen. Mit Händen, Füßen und freundlichen Blicken zeigen sie ihm, wie sehr sie sich über fremden Besuch freuen. Aufgeregt reden sie durcheinander, und Georg erfasst, was sie ihm sagen wollen, ohne dass er auch nur ein Wort versteht. Die Frauen bitten ihn ins Haus, geben ihm zu trinken und setzen ihm gebratenen Fisch und Brot vor, während die Alten und die Kinder sich um seine Pferde kümmern.

»Habt herzlichen Dank für eure rührende Gastfreundschaft«, bedankt er sich bei ihnen. Sein freundlicher Blick und sein Tonfall genügen für die Verständigung.

Man zeigt ihm ein bescheidenes Strohlager. In der Gewissheit, dass man seine Pferde gut versorgt hat, lässt er sich vertrauensvoll nieder. Eine Weile liegt er in der Dunkelheit und lauscht dem sanften Wind, der über die Hütten streicht. Dann dankt er Gott für die Erlebnisse dieses Tages und schläft ein.

Als er am Morgen im Begriff ist, auf sein Pferd zu steigen, und eine Münze aus seinem Beutel nehmen will, stößt er auf so deutliche Ablehnung, dass er erschrickt.

Die Männer und Frauen, die um ihn herumstehen – einer hält sein Pferd am Zaum fest –, treten schlagartig einen Schritt zurück und heben die Hände, als wollten sie großen Abstand von ihm halten. Ihre plötzlich verdüsterten Mienen zeigen Georg, wie verletzt sie wären, wenn er ihnen ein Entgelt aufzwingen würde. Schnell legt er seine Hände vor der Brust zusammen, verbeugt sich und sagt: »Gott möge euch eure Güte vergelten. Lebt wohl mit Gottes Segen!«

Damit steigt er auf sein Pferd und reitet los. Als er sich noch einmal umschaut, ehe er hinter einer kleinen Anhöhe verschwindet, stehen seine Gastgeber immer noch vor ihren Hütten und schauen ihm nach. Er winkt ihnen ein letztes Mal zu.

Heiter und lebensfroh setzt er seinen Weg fort, genießt die Ruhe und erfreut sich an der schönen Landschaft. Jeder neue Ausblick erscheint ihm schöner als der vorige, und er reitet einfach weiter, ohne ein besonderes Ziel zu haben. Schon allein, sich durch dieses Heilige Land zu bewegen, ist ihm beglückend genug.

Als er in der Hitze des frühen Nachmittags nach einem schattigen Plätzchen sucht, trifft er auf einen Mönch, der sich unter einer Zeder ausgestreckt hat.

»Gott zum Gruß«, redet er ihn an, und »Gott zum Gruß« kommt es zu seiner Überraschung zurück.

»Setzt Euch hier nieder, hier ist gut sein«, fordert der Mönch ihn auf und stellt sich vor. »Ich bin Bruder Simon aus Basel und bin als Barfüßer unterwegs. Aber jetzt tun mir die Füße weh und ich muss mich ausruhen.«

Georg stellt sich ebenfalls vor und erzählt ihm unter anderem, dass er für seinen Vater durch das Heilige Land zieht und noch viele heilige Stätten besuchen möchte.

Darauf erklärt Bruder Simon, warum er in Palästina unterwegs ist, ganz ohne einen Glaubensbruder. Er komme aus dem Dominikanerkloster in Basel, das Georg kennt, und sei als Bettelmönch im Heiligen Land unterwegs, weil er ein Gelübde abgelegt habe. Sterbenskrank sei er gewesen und habe gelobt, als bettelnder Barfüßer durchs Heilige Land zu pilgern, wenn ihn Gott wieder gesund werden ließe.

»Und hier bin ich durch Gottes Gnade. Ich will um den ganzen See herumwandern und die Orte aufsuchen, an denen Jesus wirkte: das Dorf, wo er die Fünftausend speiste, und den Berg der Seligpreisungen, wo er die Bergpredigt hielt. Und ich will nach Kapernaum.«

»Und dann willst du zurück in die Heimat?«

»Nein, ich will natürlich auch noch andere heilige Orte aufsuchen. Wenn es Euch beliebt, dann schließt Euch mir an, kommt mit mir nach Hebron und berührt mit mir den roten Lehm, aus dem Gott Adam erschaffen hat. Zudem will ich den Berg Sinai sehen und vor allem auch das Katharinen- kloster. Es steht genau an der Stelle, an der Gott sich Moses in einem brennenden Busch gezeigt hat. Kann man Gott ir- gendwo auf unserer Welt näher sein?«

»Das Katharinenkloster möchte ich auch aufsuchen und von dort ans Rote Meer gehen, wo Moses das Wasser teilte.«

»Dann seid mein Weggefährte, haben wir doch dasselbe Ziel.«

Und so wird es beschlossene Sache: Gemeinsam umrun- den sie den ganzen See, Georg hoch zu Ross, Bruder Simon zu Fuß. Georg reitet im Schritt, aber immer wieder muss er anhalten, weil der Mönch zurückgefallen ist.

Als sie den Jordan erreichen, lassen sie sich von einem Fährmann übersetzen und durchqueren auf dem Weg nach Hebron Judäa.

Am frühen Nachmittag, als die Hitze am meisten drückt und Georg nach einem schattigen Platz für eine Pause Aus- schau hält, werden sie von zwei arabischen Reitern einge- holt. In vollem Galopp kommen sie heran und flankieren sie auf beiden Seiten. Ohne etwas zu sagen, reiten sie ein Stück neben ihnen her und mustern sie mit undurchdring- licher Miene von unten bis oben. So passieren sie eine Gruppe schattenspendender Bäume, wo Georg eigentlich gern anhalten würde. Aber er traut sich nicht. Nur wei- ter, nur nicht stehen bleiben, auch wenn er weiß, dass das nicht lange so weitergehen kann. Schon befürchtet er das Schlimmste.

Da aber schnalzt der eine Araber plötzlich mit der Zunge, sie treiben ihre Pferde an und verschwinden in schnellem Galopp hinter den Hügeln.

»Der Kelch ist an uns vorübergegangen«, sagt Bruder Simon aufatmend. »Das sind keine freundlichen Leute.«

»Nein. Die scheinen mir nichts Gutes im Schilde zu führen. Hast du ihre Waffen gesehen?«

»O ja, wie die Räuber. Jeder mit einem langen Säbel und zwei Dolchen im Gürtel, an jeder Seite einen. Ein friedlicher Mensch braucht das nicht.«

»Ja, hoffentlich begegnen sie uns nicht ein zweites Mal.«

»Ich habe alle Heiligen um Schutz angerufen. Ihnen sei Dank dafür, dass sie uns nicht angegriffen haben«, sagt Bruder Simon mit scheinbar großer Zuversicht. Aber schon im nächsten Atemzug fügt er hinzu: »Es wäre mir lieb, wenn jetzt bald ein Dorf käme.«

Aber von einem Dorf ist weit und breit nichts zu sehen. Schweigend ziehen sie weiter, bis sie gegen Abend auf eine Anhöhe kommen.

»Wo sind wir?«, fragt der Mönch.

»Ich schätze, eine gute Tagesreise nördlich von Jerusalem. Wir müssten jetzt eigentlich auf ein Dorf stoßen.«

»Wir haben uns doch nicht verirrt?«, fragt Bruder Simon ängstlich.

»Nein, das glaube ich nicht.«

Sie blicken weit über das gewellte Land mit flachen Hügeln und kleinen Tälern, das die niedrig stehende Sonne in ein zauberhaftes Licht hüllt. Sie bleiben stehen, um den Anblick zu genießen.

»Da! Was ist das?« Bruder Simon zeigt nach Süden, wo sich zwischen den Hügeln eine Staubwolke in ihre Richtung bewegt.

»Reiter, es können nur Reiter sein.«

»Wenn ich nur reiten könnte und ein Pferd hätte …«

»Dann wären wir mit dem Saumpferd trotzdem nicht sehr schnell. Bete, dass es nicht die beiden von heute Mittag sind. Lass uns weitergehen, als ob nichts wäre«, schlägt Georg vor, und sie gehen den Abhang hinunter, wobei sie die Staubwolke aus den Augen verlieren.

Als sie schon im Schatten der Hügel sind, hören sie Pferdegetrappel, und auf dem Rücken der Anhöhe tauchen vor ihnen vier Reiter auf, die direkt auf sie zureiten. Die beiden vom Nachmittag sind schon an ihren Rappen zu erkennen. In vollem Galopp kommen sie heran, reißen ihre Pferde am Zügel herum, sodass sie wiehernd steigen, halten an und springen ab.

Sie umringen Georg und den Mönch. Einer von denen, die sie am Nachmittag gemustert haben, hält Georgs Pferd am Zaum fest und gebietet ihm mit einer herrischen Handbewegung abzusteigen.

Der andere tritt langsam und leise an ihn heran und tastet ihn von oben bis unten ab. Wortlos schneidet er die Börse von Georgs Gürtel, was Georg ohne die geringste Regung geschehen lassen muss. Dann aber, als der Räuber nach dem Lederband greift, an dem der geweihte Ring hängt, verliert er die Beherrschung und greift nach dem Arm des Räubers. Sofort spürt er eine Klinge an seinem Hals und erstarrt. Er traut sich kaum zu atmen. Er spürt, wie das Messer seine Haut verletzt, es schmerzt. Er schickt ein Stoßgebet zum Himmel. Dann endlich, als er seinen Herzschlag in den Ohren hört und ohnmächtig zu werden droht, wird es von seiner Gurgel zurückgezogen und durchschneidet das Lederband. Er schnappt nach Luft und hört gleichzeitig den geweihten Ring auf den Boden fallen.

Dann ziehen die anderen beiden ihre Säbel und setzen den Gefangenen die Säbelspitzen an den Hals, während ihnen die Hände auf den Rücken gebunden werden. So gefesselt heben sie sie auf Georgs Pferd.

Es wird dunkel. Georg versucht, sich irgendwelche markanten Punkte in der Landschaft einzuprägen, um sich vielleicht später orientieren zu können. Aber es gelingt ihm nicht. Er kann sich nur merken, dass es durch ein enges Tal an einem ausgetrockneten Bachbett entlanggeht.

»Wohin bringen die uns?«, fragt Bruder Simon.

»Ich weiß nicht.«

Sofort erklingt ein scharfer Befehl, und zwei Stockschläge sausen auf sie nieder, sodass jeder nun mit seinen Gedanken allein bleiben muss. Plötzlich wird angehalten. Ein Araber reitet an ihre Seite und zieht jedem einen Sack über den Kopf. Dann geht es weiter.

Bald mischen sich andere Laute in das Pferdegetrappel. Ein Esel schreit, ein Hund scheint bellend auf die Reiter zuzulaufen, Stimmen sind zu hören. Und schließlich halten die Pferde an. Die Gefangenen werden gepackt und vom Pferd gezogen. Mit hartem Griff packt man sie an der Schulter und schiebt sie voran. Über gestampften Lehm, über Steinfliesen, ein paar Stufen hinab, um eine Ecke. Da quietscht eine schwere Tür in den Angeln. Ihre Hände werden freigeschnitten, sie werden vorwärtsgestoßen, und die Tür fällt hinter ihnen ins Schloss, dann hören sie, wie zwei Riegel vorgeschoben werden.

Stroh raschelt unter ihren Füßen, es riecht nach Mist. Georg zieht sich den Sack vom Kopf und hilft Bruder Simon dabei, es ihm gleichzutun. Er bleibt so lange ruhig stehen, bis sich seine Augen an die Dunkelheit gewöhnt haben. Im schwachen Mondlicht, das über ihren Köpfen durch eine Lücke in der Lehmwand fällt, erkennen sie, dass sie sich in einem kleinen Stall befinden, vielleicht fünf Schritte lang und breit. Der Boden ist größtenteils mit trockenem Schaf- oder Ziegenmist bedeckt, nur in einer Ecke liegt ein großer Strohhaufen.

Georg schaut zu den kleinen Lücken hinauf und bemerkt: »Hier kommen wir ohne fremde Hilfe nicht mehr heraus.«

»Gott möge uns helfen. Lass uns beten.«

Nach ihrem Gebet streckt sich Georg auf dem Stroh aus und lauscht. Viel hört er nicht. Ab und zu einen Esel, hie und da entfernte Stimmen.

»Hier findet uns niemand«, sagt Bruder Simon leise.

»Wer sollte uns auch suchen? Es weiß doch niemand, dass wir hier unterwegs waren.«

»Ja, wir hätten uns an eine Karawane oder eine Pilgergruppe halten sollen.«

»Ja, hätten wir. Aber jetzt ist es zu spät.«

»Gott straft die Überheblichen«, flüstert Bruder Simon resigniert, dann ist von ihm nichts mehr zu hören.

Georg liegt lange wach. Die Nacht ist absolut still. Er hört nichts außer den Atemzügen des Mönchs.

Aber auch er muss geschlafen haben. Der Schrei eines Esels weckt ihn, wieder hört er Stimmen, und über sich erkennt er ein Strohdach, das auf krummen Hölzern aufliegt. Er ist hungrig und hat vor allem Durst. Die Zunge klebt ihm am Gaumen und: »Ich habe Durst« ist auch das Erste, was er von Bruder Simon hört.

Mehr als zwölf Stunden haben sie nichts getrunken, und es war ein heißer Tag gewesen.

»Sie werden uns schon nicht verdursten lassen«, versucht Georg, sich selbst Zuversicht einzureden. Aber niemand kommt und versorgt sie.

»Mir knurrt der Magen«, klagt Bruder Simon.

»Hungrig bin ich auch. Aber ich wäre schon mit einem Schluck Wasser zufrieden.«

»Wir hätten nicht alleine …«

»Das ist zwecklos«, unterbricht ihn Georg. »Lass uns darüber nachdenken, wie es weitergehen kann. Ich glaube nicht, dass sie uns in diesem Mist hier verschmachten lassen.«

»Wieso? Sie haben doch schon Eure Pferde und Euer Geld.«

»Wenn ihnen das genug wäre, dann hätten sie uns längst umgebracht. Sie wollen noch mehr, und deswegen werden sie uns irgendwann freilassen.«

»Gegen Lösegeld? Ich habe kein Geld. Und Euer Geld haben sie schon.«

»Nicht alles. Ich habe von den Venezianern noch einiges gut.«

»Aber Ihr habt es nicht hier.«

»Und genau das ist unsere Chance.«

Der Tag zieht sich in die Länge, ohne dass sich jemand um sie kümmert.

Die einzige Abwechslung bieten die wenigen Geräusche, die in ihr Gefängnis dringen: Schritte, Stimmen, ein Hahn kräht, manchmal gackert ein Huhn, weiter weg bellt ein Hund. Jeder Laut ist ihnen in ihrer Lage wichtig. Aus den Geräuschen versucht sich jeder ein Bild von dem Dorf hinter der Lehmwand auszumalen. Sonst können sie nur warten, aushalten und beten.

Dann endlich, als es schon wieder dunkel wird, nähern sich Schritte. Die Riegel werden zurückgeschoben. Eine vermummte Gestalt winkt Georg mitzukommen. Durch enge verwinkelte Gänge geht der stumme Wächter voran. Georg versucht, sich den Weg zu merken. Erst links, dann geradeaus, dann rechts, dann wieder links, dann ein paar Stufen hinunter, dann wieder hinauf, und so geht es weiter. Einmal hat er den Eindruck, dass er das zweite Mal an einer Ecke vorbeigeführt wird. Es ist verwirrend, und er gibt auf. Allein wird er hier nicht herausfinden. Als er längst die Orientierung verloren hat, betreten sie einen schönen Raum, der sich an einer Seite zu einem Garten hin öffnet. Auf bunten Teppichen sitzen ein paar Araber, die nun ihr Gesicht zeigen. Vor dem ältesten, einem dunkelhäutigen Mann mit langem weißem Bart, liegt ein Pergament, das Georg sofort als das Empfehlungsschreiben erkennt, das ihm der Hochmeister der Johanniter mitgegeben hat. Offensichtlich haben es die Räuber in seinen Sachen gefunden und daran erkannt, dass sie keinen einfachen Pilger vor sich haben, sondern einen reichen, für den man Lösegeld verlangen kann.

Man lädt ihn ein, sich auf den Boden zu setzen, und reicht ihm einen Krug Wasser und einen Becher. Georg löscht gierig seinen Durst, wobei ihn die Araber interessiert mustern. Sie versuchen einzuschätzen, wen sie vor sich haben.

Man reicht ihm einen Teller mit Feigen und Datteln. Georg bedankt sich höflich, indem er die Hände vor der Brust zusammenlegt und sich leicht verneigt, und greift zu. Er isst langsam. Bei jedem Bissen schaut er sein Gegenüber an, wodurch er deutlich macht, dass er auf Fragen wartet. Aber die Männer beobachten ihn schweigend, bis er nicht mehr zugreift. Dann klatscht der älteste in die Hände, und ein junger Araber taucht auf, den Georg bislang nicht gesehen hat. Auch er setzt sich nieder. Er zeigt auf das Empfehlungsschreiben und fragt: »Was das?«

Sein Akzent ist so stark, dass schon diese beiden Wörter schwer zu verstehen sind.

»Ein Brief an den König von Zypern.«

»Sagt was?«

»Der König von Zypern soll mir Herberge geben.«

»Warum?«

»Er ist ein Freund. Ich bin ein Freund.«

»König dein Freund?«

Georg nickt zustimmend. Dann zeigt der Junge auf das Siegel.

»Wer?«

Georg sagt lieber nicht, dass es das Siegel des Hochmeisters der Johanniter ist.

»Der König von Rhodos, einer Insel.«

Damit hat er die Runde genügend beeindruckt. Die Mienen werden freundlicher, und die Männer stehen auf. Der Araber, der ihn hergeführt hat, füllt den Wasserkrug und winkt Georg zu. In der einen Hand den Wasserkrug, in der anderen eine Fackel geht er ihm voran, wobei Georg auch hinter sich Schritte hört und sich den Säbel vorstellen kann, der ihm sofort im Rücken stecken würde, sobald er sich zur Wehr setzte.

Man bringt ihn in das Gefängnis zurück.

Bruder Simon greift hastig nach dem Wasserkrug und trinkt ihn auf einen Zug halb leer. »Was ist? Lassen sie uns frei?«, fragt er aufgeregt.

»Ich glaube schon. Wir wären ja nicht die ersten Geiseln, mit denen diese arabischen Räuber ihre Taschen füllen. Sie haben mein Empfehlungsschreiben an den König von Zypern gefunden. Das hat sie beeindruckt. Ich glaube, sie halten mich für reich, und das kann uns helfen. Aber ob wir lange hier festgehalten werden oder nicht, das weiß nur Gott, der Herr.«

Eine ganze Woche sitzen sie in diesem Stall, ohne dass jemand mit ihnen redet. Jeden Morgen bringt man ihnen Wasser und Brot, zu wenig zum Leben und zu viel zum Sterben, und mit jedem Tag werden die Hitze und der Gestank unerträglicher. Verlassen sitzen sie in ihrem Kerker und lauschen auf die Geräusche der Außenwelt. An der Wanderung eines Lichtflecks über die Lehmwand verfolgen sie, wie die Tage langsam vergehen.

Erst am Abend des achten Tags, holt man Georg wieder.

Er sieht sich wieder denselben Männern gegenüber. Wieder bietet man ihm Wasser und Früchte an. Nur ist statt des Jungen nun ein ungefähr Dreißigjähriger dabei, dessen scharf geschnittene Züge und lebhafte Augen ihn von den anderen Männern unterscheiden. Zu Georgs Überraschung spricht er etwas Deutsch, das man sogar mühelos verstehen kann.

»Zwanzig Gulden und er ist frei«, eröffnet er ihm.

»Und mein Gefährte?«

»Dreißig Gulden für deinen Gefährten und dich.«

Georg würde alles für ihre Freiheit geben, will das aber nicht offen zeigen. Er nickt ihm nachdenklich zu, als würde er im Kopf überschlagen, ob er noch so viel Geld hat. Er weiß auch, dass die Räuber nur zehn Gulden in seiner Börse gefunden haben.

»Ich habe diese Summe nicht bei mir.«

»Er kann die Summe aber holen lassen?«

»Das kann ich. Aber wie kann ich sicher sein, dass ich freigelassen werde, wenn das Geld da ist? Woher weiß ich denn, dass man mich nicht in dem Kerker sterben lässt oder gleich umbringt?«

»Auch Araber haben eine Ehre«, sagt der Verhandlungspartner scharf, als empörte er sich über Georgs Bedenken, um aber gleich wieder einen sachlichen Ton anzuschlagen. »Wie bekommen wir das Geld?«

»Ihr gebt mir das Schreiben an den König von Zypern und meine anderen Pergamente zurück und bringt uns nach Jerusalem zum Handelsstützpunkt der Italiener. Dort bekommt ihr das Geld. Und ihr verlasst den Handelsstützpunkt ohne uns.«

Georg beobachtet die Araber, wie sie über seinen Vorschlag beraten, kann aber aus ihren verschlossenen Mienen nichts ablesen. Lange geht das Palaver hin und her. Endlich wendet sich sein Gesprächspartner wieder an ihn.

»Gut. Morgen früh nach Jerusalem.«

Kein weiteres Wort. Wie am Abend zuvor wird Georg in seinen Kerker zurückgeführt, vor ihm der Mann mit dem Wasserkrug, hinter ihm der Wächter mit dem Säbel.

»Und? Sagt, was ist?« Bruder Simon bringt vor Aufregung kaum ein Wort heraus.

»Sie wollen dreißig Gulden für uns beide. Sie bringen uns morgen nach Jerusalem.«

»Halleluja, Gott sei gepriesen«, ruft der Mönch aus, fällt auf die Knie und spricht ein endloses Dankgebet.

Am nächsten Morgen holt man sie aus ihrem Kerker und gibt ihnen zu essen und zu trinken. Dann werden sie in einen Hof geführt, wo neben anderen gesattelten Pferden Georgs Reitpferd und das Saumtier stehen.

»Steigt auf«, weist sie der Mann mit den scharf geschnittenen Zügen an.

Wieder sitzen Georg und der Mönch auf demselben Pferd. Flankiert von zwei weiteren Reitern, deren Gesichter Georg bekannt vorkommen, machen sie sich auf den Weg.

»Vielleicht waren wir so lange eingesperrt, weil sie erst einen holen mussten, der sich mit uns richtig verständigen kann«, meint Bruder Simon.

»Und der einen Wechsel lesen kann. Die wollten erst herausfinden, wie viel sie verlangen können.«

Seine Begleiter haben es eilig und treiben die Pferde an. Sie bewegen sich viel schneller voran als an dem Abend, als sie überfallen wurden. Sie erreichen Jerusalem kurz nach Mittag, sodass sie sofort den Handelsstützpunkt der Italiener aufsuchen können.

Der Hof vom Kontor der Venezianer ist sehr belebt. Reich gekleidete Araber gehen ein und aus, reiten auf edlen Pferden mit schmuckem Zaumzeug heran, stehen in kleinen Gruppen beieinander und palavern über ihre Geschäfte. Auch einige Pilger betreten den Hof und verschwinden im Kontor, wie Georg ehemalige Passagiere der venezianischen Galeeren, die ihre Reisekasse wieder füllen müssen.

Am Eingang zum Hof halten Georgs Begleiter die Pferde an. Sie steigen ab. Während der Wortführer der Araber Georg sein Empfehlungsschreiben, sein Visum und seinen Wechsel zurückgibt, laden die anderen sein Gepäck vom Saumtier.

»Nun.« Mehr sagt der Araber nicht.

Während Bruder Simon auf dem Hof wartet, geht Georg mit dem Araber in das Kontor, legt seinen Wechsel vor und weist sich mit seinem Visum aus. Der Kontorist liest die Papiere schweigend durch und verschwindet ohne Kommentar in einen anderen Raum. Er lässt lange auf sich warten. Währenddessen werden um Georg herum Geschäfte abgewickelt: Es wird Geld ein- und ausgezahlt. Georg sieht so große Summen über den Tisch gehen, dass ihm die Summe, über die er noch verfügen kann, auf einmal ganz klein vorkommt. Er fängt an zu kalkulieren. Da ihm die Araber seine Pferde sicher nicht zurückgeben werden, muss er wieder zwei kaufen. Er braucht Unterkunft und Verpflegung für den langen Ritt über den Sinai. Er braucht eine Spende für das Katharinenkloster. Er braucht Reserven für den Weg nach Alexandria und für die Schiffspassage nach Rhodos. Und wenn er sich und seinen Reisegefährten jetzt mit dreißig Gulden freikaufen muss, dann wird sein Geld knapp.

Schließlich kommt der Kontorist zurück, reicht ihm seine Papiere und einen Beutel voller Gulden. Georg öffnet ihn schweigend, zählt dreißig Gulden auf den Tisch und nickt seinem Begleiter zu, der sie zufrieden lächelnd einstreicht.

»Und der Ring?«

»Ein Ring?«

»Der Ring, den man mir abgenommen hat.« Georg zeigt mit einer Geste auf die roten Stellen, die das Messer an seiner Kehle hinterlassen hat, was aber sein Gegenüber nicht beeindruckt.

Sein Begleiter zuckt mit den Achseln.

»Dann frag die anderen.«

Der Mann schaut ihn von oben herunter an und sagt zynisch: »Wenn du Ring hattest, dann ist Teil von Lösegeld. Willst du frei sein?«

Georg beißt auf die Zähne und schweigt.

»Dann gute Reise, Fremder«, sagt sein Begleiter ironisch und verlässt das Kontor.

Georg sieht ihm nach. Schon als er über den Hof geht, steigen die anderen auf ihre Pferde und reiten los. Sein Begleiter folgt ihnen und zieht Georgs gesatteltes Reitpferd und sein Saumtier hinter sich her.

Bruder Simon steht hilflos neben Georgs Gepäck, das die Räuber einfach auf den Boden geworfen haben. Mit gerunzelter Stirn schaut er Georg fragend an. »Was jetzt?«, ist alles, was er sagen kann.

»Ich kenne die Stadt ein bisschen, ich war ja lange genug da. Wir rufen einen Eseltreiber und lassen meine Sachen zur Herberge der Karawanserei bringen. Dort sehen wir dann weiter.«

Nach der Nacht in der Herberge sucht Georg jemand, mit dem sie sich verständigen können. Sie finden einen Ägypter, der etwas italienisch spricht und eine Karawane durch die Wüste Negev nach Ägypten führt. Schon in zwei Tagen will er aufbrechen und ist bereit, sie mitzunehmen.

»Ihr braucht aber jeder ein Reittier«, erklärt der Führer. »Die Karawane bringt Gewürze nach Alexandria, wo die Schiffe auf uns warten. Wir müssen uns sputen. Der Weg wird anstrengend.«

»Dann trennen wir uns hier. Ich danke Euch für alles«, sagt Bruder Simon sofort.

»Nein, wir trennen uns nicht. So viel Geld habe ich noch, dass ich zwei Kamele kaufen kann.«

»Aber mein Gelübde …«

»Bis hierher bist du zu Fuß gegangen, und du wirst schon bald auch wieder zu Fuß gehen müssen. Diese Strecke aber darfst du reiten. Alles andere wäre zu gefährlich. Das hast du doch gehört.«

»Dann sei es so, wie Ihr sagt.«

»Wenn du aber doch zum Katharinenkloster pilgern willst, dann trennen sich unsere Wege. Nach dem, was mir diese Räuber abgenommen haben, muss ich auf schnellstem Weg nach Alexandria reisen. Zu mehr reicht mein Geld nicht. Ich werde den Berg Sinai und das Katharinenkloster nicht sehen können.«

»Dann wollte der Herrgott nicht, dass wir dorthin kommen. Dann bitte ich Euch, nehmt mich mit nach Alexandria.«

»Darum brauchst du mich nicht zu bitten, nach allem, was wir zusammen erlebt haben. Ich habe doch schon gesagt, dass du nun mit mir reiten wirst.«

»Das möge Gott Euch lohnen. Der Herr segne Euch.«

Als sie sich um den Kauf der Kamele kümmern, stellen sie fest, dass auch die ältesten Tiere teuer werden, wenn zwei christliche Pilger Reittiere brauchen. Denn der Händler hat gehört, dass die beiden sich der Karawane anschließen wollen und ihnen wenig Zeit bleibt. Er versucht, ihnen zwei alte bockige Stuten anzudrehen. Als er Georgs skeptischen Blick wahrnimmt, gibt er sich alle Mühe, mit Gesten seine Bedenken zu zerstreuen.

»Er meint wohl, Kamele seien Herdentiere und laufen einfach einander nach«, macht Georg Bruder Simon klar, der völlig verständnislos dabeisteht. Aber ihm gefallen die beiden Stuten nicht. Auch wer nichts von Kamelen versteht, sieht an ihrem struppigen Fell sofort, dass es nicht die besten sind. Aber andere werden ihnen nicht angeboten.

Dann braucht jeder einen neuen Wasserschlauch und einen großen Vorrat an Verpflegung, denn es kann ihnen niemand genau sagen, wie lange sie unterwegs sein werden.

»Ein Sandsturm oder zwei, was immer möglich ist, und wir brauchen eine halbe Woche länger«, sagt man ihnen.

Am Morgen des Aufbruchs zählt Georg hundert Kamele, alle gruppenweise miteinander verbunden mit Schnüren, die den Schwanz des vorderen mit dem Holz verbinden, das dem hinteren in der Nase steckt. So hat man zum Glück auch die ihren angehängt.

Auf dem Höcker seines Dromedars sitzend ist Georg froh, dass die Karawane sich langsam durch die öde Landschaft bewegt, und kann sich an die Bewegungen seines Reittiers gewöhnen. Trotzdem wird ihm der Tag lang, und er atmet auf, als sie bei Sonnenuntergang anhalten. Als die Araber ihre Zelte aufbauen, schauen Georg und Bruder Simon einander fragend an.

»Keine Herberge? Keine Karawanserei?«

»Das wird eine kalte Nacht«, äußert Georg seine Befürchtung, als sie sich im Freien nebeneinanderlegen und notdürftig zudecken. Und es dauert auch nicht lange, da kommt Wind auf und peitscht den Sand bis auf Kniehöhe über den Boden. Sie frieren nicht nur, sondern bekommen den Sand ins Gesicht, ins Haar, in Nase und Ohren.

»Geh und frag, ob uns jemand in sein Zelt lässt.«

Bruder Simon geht zum größten Zelt und ruft: »Salem aleikum.«

Die Zeltplane wird auf die Seite gedrückt, und der Führer der Karawane steht vor ihm.

Mit Händen und Füßen erklärt er ihm seine Bitte. Der Araber lächelt und hält die Hand auf. Er will eine Miete.

Georg hat die Szene beobachtet und tritt hinzu. Er legt dem Führer eine Münze in die Hand. Der betrachtet sie und streckt drei Finger hoch. Zum Handeln ist es schon zu kalt und zu windig. Georg gibt ihm, was er verlangt, und die Araber im Zelt rücken etwas zusammen, damit die beiden Ungläubigen Platz finden.

»Wie lange brauchen wir bis Kairo?«, fragt Georg am nächsten Morgen.

»Wenn alles gut geht, zwei Wochen«, wird ihnen gesagt.

»Eines möchte ich gerne wissen«, sagt Georg, als sie auf ihre Kamele steigen. »Haben wir gestern wohl die Zeltmiete für die ganze Reise bezahlt oder nur für eine Nacht?«

»Ich frage lieber nicht. Wir werden es heute Abend sehen.«

Als sie sich nach Sonnenuntergang dem Zelt nähern, steht der Führer schon in der Zeltöffnung und zeigt wieder drei Finger. Georg bezahlt. Als sie in der Dunkelheit nebeneinanderliegen, rechnet Georg nach.

»Ich dachte, wenn ich nicht zum Katharinenkloster reise, reicht mein Geld. Aber nun, wo wir so viel für einen Schlafplatz im Zelt bezahlen müssen, wird es trotzdem knapp. Ich weiß nicht, wo ich noch sparen kann.«

»Komm mit mir nach Bāblūn ins koptische Kloster. Dort können wir uns dann erholen, und die Mönche werden uns sicher weiterhelfen.«

»Wo ist das?«

»Direkt in Kairo, das koptische Babylon, das die Araber Bāblūn nennen. Ein christliches Kloster mitten in einer arabischen Stadt. Und wir werden im Nil baden, dem Paradiesfluss mit dem heiligen Wasser.«

»Heiliges Wasser?« Davon hat Georg noch nie gehört.

»Heiliges Wasser, das direkt aus dem Paradies kommt. Der Nil kommt aus dem Paradies, und wer in ihm badet, wird besonderer Gnade teilhaftig.«

Schon als Grünberg vom Paradiesfluss redete, wollte Georg ihm nicht glauben. Und nun hört er das wieder. Aber er ist zu müde, um nachzufragen, und schläft schnell ein.

Nach vierzehn Tagen und dreizehn Nächten im Zelt bei den Arabern kommen sie in Kairo an und werden im Kloster Babylon herzlich aufgenommen. Bruder Simon gelingt es, die beiden Kamele zu verkaufen, bekommt aber nur die Hälfte von dem, was sie für sie bezahlt haben. Trotzdem hilft es ihnen, denn für die Fahrt den Nil hinab brauchen sie auch noch Geld.

Im Kloster treffen sie auf eine Gruppe von zehn Pilgern, die ebenfalls nilabwärts nach Alexandria reisen wollen, um dann mit einem Handelsschiff direkt nach Venedig zurückzufahren. Die meisten von ihnen sind Adlige aus Italien und Frankreich, aber auch reiche Bürger aus Verona und Padua sind unter ihnen. Georg und Bruder Simon verständigen sich so weit mit ihnen, dass sie sich ihnen anschließen können.

Die Gruppe steht auch hier unter dem Schutz eines Dragomans, eines muslimischen Führers namens Ibrahim, der seinen Dienst schon lange versieht und verschiedene Sprachen spricht. Wie die Pilger berichten, hat er sie mehrmals gegen die Anfeindungen verteidigt, denen sie als Christen ausgesetzt waren.

Wie schon mehrmals bei Schwierigkeiten weist er auch jetzt, als es darum geht, einen Schiffsbesitzer für die Fahrt den Nil hinunter zu finden, ein Dokument vor, das den Pilgern den Schutz des Sultans garantiert – mit Erfolg. »Ich habe ein Schiff für euch gefunden. Allerdings müsst ihr noch zwei Tage warten, bis es ablegt. So lange bleibe ich bei euch«, verkündet er, als er abends in die Klosterherberge zurückkehrt.

»Lasst uns so lange an den Paradiesfluss gehen«, sagt Bruder Simon sofort auf Latein und schwärmt den neuen Weggefährten so gut er kann von den Gnade bringenden Wunderkräften des Nilwassers vor. »Sein Wasser ist erquickend. Bis zu den Hüften muss man darin stehen und untertauchen. Man kann sich aber auch mit den Händen das Haupt begießen oder sich wie bei der Taufe begießen lassen.«

Ein adliger Veronese versteht ihn und schüttelt den Kopf. Das glaube er nicht, sagt er auf Italienisch. Er verstehe nicht, warum ein Fluss, der aus dem Paradies komme, nicht durch das Heilige Land fließe. Und wenn es einen heiligen Fluss gäbe, dann müsse es der Jordan sein, in dem Christus getauft wurde. Aber er kann Bruder Simon nicht überzeugen.

»Der Nil kommt wirklich direkt aus dem Paradies. Das weiß ich von einer Landkarte, die ich in meinem Kloster gesehen habe.«

»Die muss aber sehr alt sein.«

»Das ist sie auch. Und sie wurde von einem unserer Brüder gezeichnet, der der Gnade der Erleuchtung teilhaftig war. Die Karte ist ein seltenes Kleinod.«

Georg schaut nur zwischen den beiden hin und her und versucht zu verstehen, was sie sagen.

»Ich habe nie eine solche Karte gesehen«, sagt er dann zu Bruder Simon. »Aber steht nicht geschrieben, dass das Reich Christi nicht von dieser Welt ist? Wie soll dann ein irdischer Fluss aus dem Paradies kommen?«

»Da habt Ihr Recht. Nur ist es so: Dort, wo der Fluss herkommt, hört unsere Welt auf.«

Das kann sich Georg nicht vorstellen und ist gespannt darauf, wie der Paradiesfluss aussieht. Vor seinen Augen sieht er die schnell fließenden, klaren Wasser des Inns, an dessen Ufer er oft stand und wo er schwimmen lernte.

Als Bruder Simon den Dragoman Ibrahim bittet, sie an den Fluss zu führen, schaut er ihn verständnislos an.

»Warum? Das Schiff legt erst übermorgen ab.«

»Nicht zum Hafen«, erklärt Bruder Simon. »Einfach an den Fluss, ans Wasser.«

»Ihr wollt wirklich an den Fluss?«, vergewissert sich Ibrahim.

»Ja, zum Baden.«

Ibrahim schüttelt verständnislos den Kopf. Aber wenn die Pilger es wollen, dann zeigt er ihnen auch den Weg an den Fluss. Er führt sie eine ganze Weile durch enge Gassen, durch die der Wind weht und den Staub aufwirbelt. Sie passieren einen großen Markt, auf dem sie sich durch eine fast undurchdringliche Menschenmenge schlängeln müssen und Mühe haben, einander nicht zu verlieren. Sie nehmen köstliche Gerüche wahr, die ihnen völlig neu sind. Kurz danach kommen sie aber an elenden Lehmhütten vorbei, in denen die Eseltreiber, Lasten- und Wasserträger wohnen. Abgezehrte Esel und Ziegen sind an die Hütten angebunden und stehen in ihrem Kot. Der Dreck und der Gestank widern sie an. Sie wollen dieses Elendsviertel schleunigst hinter sich lassen. Aber es scheint endlos. Von einer verwinkelten Gasse geht es in die nächste, bis sie ganz unvermittelt am Flussufer stehen.

Georg ist von der Weite überwältigt. Der Fluss ist so breit wie ein See. Ganz klein erscheinen die Palmen und Hütten am anderen Ufer.

»So einen breiten Fluss habe ich noch nie gesehen!«, ruft er überrascht aus.

»Schaut die braune Brühe an. Die soll heilig sein?«, sagt ein Veronese enttäuscht zu seinen Landsleuten. »Der sieht nicht sauberer aus als der Po und stinkt auch genauso.«

Damit setzt er sich auf einen Stein, und seine Landsleute tun es ihm nach.

Und nun verändert sich auch Georgs Stimmung. Nach allem, was Bruder Simon von erquickendem Wasser gesagt hatte, hat er sich einen Fluss mit klarem Wasser erhofft, kühlend und belebend, so wie er es von den Tiroler Bergbächen kennt. Und nun sieht er braungrüne Wassermassen, die sich so träge voranbewegen, als seien sie dickflüssig. Zudem verläuft zwischen ihnen und dem Wasser selbst ein schmaler Uferstreifen, algengrün, der einen widerlichen Schlammgeruch verströmt.

»In dieses Wasser gehe ich nicht«, sagt Georg und setzt sich ebenfalls.

Bruder Simon aber zeigt sich von der Szenerie unbeeindruckt. Er hebt seine Kutte etwas an und macht zwei Schritte vorwärts. Und schon sinkt er bis zu den Knien in den schmatzenden Schlamm ein. Die Italiener lachen hell heraus. Da steht er, hat Mühe Balance zu halten und kann weder vor noch zurück. Georg erbarmt sich. Er tritt so weit an den Mönch heran, wie er kann, ohne selbst im Schlamm einzusinken, und zieht ihn heraus.

»Gott möge es euch lohnen.«

»Ist das dein Paradiesfluss?«, fragt Georg, ohne Bruder Simon eigentlich verspotten zu wollen.

»Er sieht hier bei diesen armen Hütten nicht schön aus. Da habt ihr Recht. Aber Ihr werdet sehen, was das für ein herrlicher Fluss ist, wenn wir die Stadt hinter uns lassen.«

Daran hat Georg seine Zweifel, behält sie aber für sich.

Am nächsten Tag verabschiedet sich der Dragoman. Er müsse nun eine andere Gruppe zum Sinai führen, erklärt er. Dafür seien sie nun unter der Obhut eines jüngeren Mannes, der ebenso gut für sie sorgen könne.

»Das ist Mehmet. Er ist euer Begleiter bis Alexandria«, stellt er den jungen Mann vor, den er mitgebracht hat. »Er kennt den Schiffer und seine Leute. Die Schiffspassage bezahlt ihr an ihn.«

Mehmet ist ein schlank gewachsener, dunkelhäutiger, schwarzbärtiger Mann, der einen braunen Kaftan trägt und seinen Kopf mit einem weißen Tuch vor der Sonne schützt. Sofort will er das Geld kassieren.

»Nein. Ich weigere mich, jetzt schon zu bezahlen«, meldet sich ein Italiener aus Padua. »Erst einsteigen, dann bezahlen, aber keine Sekunde vorher.«

Dem stimmen alle zu, und Mehmet muss sich damit zufriedengeben. Er erklärt ihnen, dass sie für Wasser und Proviant selbst sorgen müssen.

»Man kann nicht sagen, wie lange man nach Alexandria braucht. Es kommt auf die Strömung und den Wind an. Es kann bei gutem Wind sechs Tage dauern, aber auch zwei Wochen oder länger, wenn der Wind und die Strömung gegen uns sind.«

Viel Platz ist in dem kleinen Schiff nicht, gerade genug für zwölf Passagiere, die eng beieinander zwischen und auf den Kisten und Körben mit ihren Vorräten und Habseligkeiten sitzen, ihren neuen Begleiter Mehmet, den Schiffer und seine vier Sklaven, muskulöse schwarze Männer mit wilden Augen, mit denen sich nur ihr Herr verständigen kann. Dumpf vor sich hinstarrend hocken sie im Bug beieinander. Auch die Passagiere sitzen beengt, so beengt, dass sich keiner von seinem Platz rühren kann. Allein schon die Stellung der Beine zu wechseln, ist ohne Absprache mit den Nebensitzern nicht möglich.

»Warum müssen diese Neger mit? Die machen mir Angst. Wir brauchen die doch nicht«, wendet sich Bruder Simon an Mehmet.

»Der Schiffer braucht sie aber. Ich hoffe, wir nicht. Wenn alles gut geht, müssen sie das Schiff nach unserer Reise wieder stromaufwärts ziehen. Wenn nicht, dann ziehen sie uns stromabwärts.«

Danach sieht es aber zuerst nicht aus. Langsam, aber stetig treibt das Schiff nach Norden. So geht es drei Tage. Dann aber kommt ein starker Nordwind auf, der die Strömung hemmt, so dass das Schiff immer langsamer wird und schließlich nicht mehr vorankommt.

Auf ein kurzes Kommando greifen die Sklaven zu ein paar Stangen, die außen am Schiff befestigt sind, und stochern ans Ufer. Dort steigen sie aus, binden Seile an den Bug und schleppen das Schiff weiter.

»Sie dauern mich, diese geschundenen Männer. Diese Schiffsreise habe ich mir anders vorgestellt«, sagt Georg leise, als die Sklaven schon einen halben Tag ununterbrochen das Boot am Ufer entlanggezogen haben.

»Ihr habt ein gutes Herz«, erwidert Bruder Simon. »Aber denkt auch daran, dass die Neger die Söhne Hams sind, die

Gott wegen ihrer Sündhaftigkeit hat schwarz werden lassen. So steht es in der Schrift. Und die Heilige Kirche hat ernsthafte Zweifel daran, dass sie überhaupt eine Seele haben und bekehrt werden können. Sie sind wohl in dieser und der nächsten Welt verloren. Aber wenn sie uns nun dienen, tun sie doch ein gutes Werk, womit sie vielleicht am Ende die Gnade unseres Schöpfers verdienen.«

»Trotzdem: Jedem Karrengaul würde man eine Pause gönnen, man würde ihn tränken und füttern«, sagt Georg empört.

Da der Wind nicht abflaut, schleppen die Sklaven das Schiff bis zum Sonnenuntergang pausenlos weiter. Auch am nächsten Tag ist es nicht anders. Im Gegenteil: Der Wind hat noch zugelegt.

Gegen Mittag passieren sie einen Palmenhain und erblicken dahinter ein Zeltdorf.

»Araber«, bemerkt Mehmet besorgt, »herumziehende Araber. Aber wir können nicht anhalten und auch nicht umkehren.«

Zuerst kommen nur Kinder herangesprungen. Sie schauen das Schiff und die Passagiere mit großen Augen an, tuscheln miteinander und laufen zum Zeltdorf zurück.

»Jetzt wäre es gut, wenn wir mitten auf dem Fluss wären«, sagt Mehmet.

Auch der Schiffer bekommt es nun mit der Angst zu tun. Er ruft seinen Sklaven etwas zu, worauf sie die Seile fallen lassen, an Bord springen und nach den Stocherstangen greifen. Aber es gelingt ihnen nicht, das Schiff schnell genug vom Ufer wegzubewegen. Die ersten Araber, junge Männer, erwischen noch zwei der Seile, packen sie und ziehen das Boot so gewaltsam ans Ufer, dass sich der Bug in den Uferschlamm bohrt. Dann springen sie auf das Boot, treten mit ihren dreckigen Füßen auf die Kisten und Körbe, stoßen die Passagiere grob zur Seite, sodass sie aufeinander zu liegen kommen, und fallen über die Vorräte her.

Mehmet schreit sie an, worauf sie aber nicht reagieren. Erst als ein paar ältere Männer des Dorfes ans Ufer gekommen sind, kann Mehmet etwas ausrichten. Auf sein Rufen und Schreien hin scheinen die älteren Araber ihre Söhne etwas zur Ordnung zu rufen, worauf die aber nicht reagieren. Trotzdem fühlt sich Georg dadurch zur Gegenwehr ermutigt. Er steht auf, packt einen der jungen Männer und wirft ihn in den Fluss.

Das ist das Signal für die anderen Pilger. Vor allem die Italiener tun sich nun hervor, schlagen die jungen Araber mit Fäusten ins Gesicht und werfen sie aus dem Boot. Sobald aber diejenigen, die man hinausgeworfen hat, am Ufer wieder Fuß gefasst haben, fangen sie an, mit Lehm und Erdklumpen zu werfen, und erheben ein wildes Geschrei, das das ganze Zeltdorf anlockt. Die ganze Jugend kommt angerannt, gefolgt von Frauen, die hasserfüllt auf die Pilger schauen und mit den älteren Männern einen Streit beginnen. Allem Anschein nach wollen sie die Jungen das Boot völlig ausplündern lassen und streiten mit den älteren Männern darüber.

»Gebt ihnen einfach etwas, schnell«, fordert Mehmet die Pilger auf.

Ein Franzose öffnet seine Kiste, nimmt Brot und anderes Gebäck heraus und wirft es den Frauen zu. Sie heben es auf und beruhigen sich.

»Wir geben ihnen einen Gulden«, schlägt Georg vor. Die andern stimmen zu. Er greift in seinen Beutel, nimmt Blickkontakt mit dem ältesten der Männer auf und wirft ihm die Münze zu. Mehr erstaunt als erfreut betrachtet der Araber, was er in der Hand hält. Dann wendet er sich seinen Dorfgenossen zu, und nach und nach ziehen sie ab.

Die Pilgergruppe atmet auf. Noch einmal davongekommen! Jeder öffnet seinen Beutel und gibt Georg seinen Anteil.

Zum Glück legt sich am folgenden Tag der Wind etwas, sodass das Boot im flachen Wasser am Flussrand dahintreiben kann, wobei jeweils zwei Sklaven es abwechselnd mit den Stocherstangen anschieben.

Als sie nach zehn Tagen an einem kleinen Dorf anlegen, um die Nacht dort zu verbringen, sagt ihnen der Schiffer, dass sie am nächsten Tag ihr Ziel erreichen werden. Nur sei das noch nicht Alexandria. Sie hätten noch zwei Tagereisen über Land vor sich. Er werde ihnen die Reit- und Lasttiere besorgen, die sie mieten könnten. Alle sind damit zufrieden und freuen sich, der Enge des Boots und den Gefahren bald entkommen zu können.

Am nächsten Morgen fehlt Mehmet. Er ist nirgends zu sehen. Der Schiffer geht ins Dorf und fragt, ob man einen Fremden gesehen habe. Aber er bekommt keinerlei Hinweis, wohin er verschwunden sein könnte. Weil niemand länger warten will, besteigen alle das Boot und freuen sich auf die letzte Tagesreise. Der Wind ist günstig, die Strömung ist stärker als auf der ganzen bisherigen Reise, und die Aussicht, die Nacht in einer Stadt zuzubringen, versetzt die Pilger in gute Stimmung.

Das Boot legt an. Man will aussteigen. Da aber verstellt der Schiffer mit seinen vier Sklaven ihnen den Weg. »Erst bezahlen«, fordert er.

»Wir haben doch bereits beim Einsteigen bezahlt, für die ganze Reise. Was willst du noch?«, protestiert der Kaufmann aus Verona.

»Mehmet hat kassiert. Aber mir hat er nichts gegeben. Er müsste mich jetzt bezahlen. Aber er ist fort. Also bezahlt mir die Fahrt oder ihr kommt nicht vom Schiff.« Mit ausgebreiteten Armen versperrt er den Weg, die vier Schwarzen stehen drohend hinter ihm. »Man kennt mich hier im Hafen«, fügt er vielsagend hinzu.

Seufzend schauen die Pilger einander an.

»Das haben die Schurken doch miteinander geplant«, sagt der Veronese erbost.

»Wissen wir das denn sicher?«, fragt ein anderer.

»Wie dem auch sei, es bleibt uns nichts anderes übrig. Ich möchte keine weiteren Feindseligkeiten mehr erdulden«, sagt einer der Franzosen.

Also legen sie zusammen und bezahlen dem Schiffer noch einmal so viel, wie ihnen schon Mehmet abgenommen hat.

Als sie auf gemieteten Eseln auf Alexandria zureiten, erinnert sich Georg an das angeblich so erquickende Nilwasser, von dem er weit und breit nichts gesehen hat.

»Glaubst du immer noch, dass wir den Paradiesfluss hinuntergefahren sind?«, will er wissen.

Bruder Simon antwortet zunächst nicht.

»Du hast dein Bad im Paradiesfluss wohl ganz vergessen – dabei hättest du doch unterwegs genug Gelegenheit gehabt«, stochert Georg noch einmal nach.

»Ich habe einmal nachts gebadet, als ihr alle geschlafen habt«, gibt der Mönch nun zu und gerät dabei ins Schwärmen, als hätte er Jesus leibhaftig gesehen. »Und ich habe mir auch Wasser mitgenommen«, sagt er triumphierend. Damit schüttelt er seinen Sack, und Georg hört etwas gluckern.

»Und was willst du damit?«

»Mich erquicken, wenn ich es brauche.«

Dafür hat Georg nur ein spöttisches Lachen übrig, und sie reden nicht mehr davon.

Während die Italiener und Franzosen von Alexandria aus mit einem venezianischen Schiff direkt nach Venedig zurückfahren, schiffen sich Georg und Bruder Simon auf einem ägyptischen Schiff ein, das Zypern und Rhodos ansteuert. Georg freut sich darauf, Jean-Luc wiederzusehen. Außerdem drängt es ihn, die Reliquie abzuholen, was für ihn nun umso wichtiger ist, als ihm der geweihte Ring geraubt wurde.

Die beiden sind die einzigen Passagiere auf dem Handelsschiff. Man hat ihnen einen engen Verschlag im Zwischendeck zugewiesen, den sie nur gebückt betreten können. Links und rechts hat jeder eine Koje, so kurz, dass Georg seine Beine leicht anwinkeln muss, wenn er sich hinlegt. Unter den Kojen und in dem zwei Fuß breiten Raum dazwischen bleibt gerade genug Platz, um die Vorräte und die Kleidung zu verstauen. Um sie herum sind Säcke voller Gewürze gelagert, die einen betäubenden Duft verbreiten.

Endlich sind sie an Bord, endlich können sie sich entspannen, auch wenn die Kojen etwas kurz sind. Und so schlafen sie sich an den ersten beiden Tagen richtig aus. Was ihnen dann aber die Ruhe nimmt, ist der Seegang. Ein steifer Nordwestwind wühlt die See auf, und die Galeere pflügt durch mehr als mannshohe Wellen. Ständig dröhnt die Pauke.

Georg hat von Jean-Luc gelernt und sich mit Ingwer eingedeckt. Auf einen Ellbogen aufgestützt liegt er in seiner Koje und kaut dünne Ingwerscheibchen, deren Schärfe er ab und zu durch einen Schluck Wein abmildert.

»Hier, versuch mal«, bietet er Bruder Simon etwas von seinem Vorrat an.

Der Mönch kostet, verzieht das Gesicht und meint: »Zu scharf für mich. Ich glaube, das tut mir nicht gut.« Er spuckt die Kostprobe in seinen Speikübel.

»Das ging mir am Anfang genauso. Aber ich sage dir, daran kannst du dich gewöhnen.«

Trotzdem lehnt Bruder Simon Georgs Angebot weiterhin ab. Während Georg nach Brot und Käse greift und es sich gutgehen lässt, liegt ihm der Mönch gegenüber, wärmt seinen Magen mit den Händen und wird immer bleicher.

»Geht es dir nicht gut?«

»Mir ist übel. Aber mit Gottes Hilfe werde ich es überstehen.«

Georg wird müde und sagt: »Ich mach jetzt die Augen etwas zu. Hier auf der Kiste liegen die Ingwerwurzel und das Messer. Bedien dich, wenn du möchtest. Gott hilft dir dann schneller.«

Dann schläft er ein. Im Schlaf noch spürt er das Schaukeln und Schlingern des Schiffs. Er träumt von Jean-Luc, der auf seiner Seekiste sitzt und eine armstarke Ingwerwurzel in der Hand hält, in die er hineinbeißt. Er reißt große Fetzen von der Rinde ab, sodass das saftige Innere zum Vorschein kommt.

»Ingwer hält die Türken ab, Ingwer hält die Türken ab«, sagt er grinsend und zeigt mit dem Messer in der Hand hinaus aufs Meer, wo ein großes Korsarenschiff abdreht und mit prall gewölbten Segeln davonfährt.

Als Georg im ersten Morgenlicht erwacht, läuft die Galeere durch ruhigeres Wasser. Aber Bruder Simon geht es schlecht. Er liegt auf dem Rücken in seiner Koje und hält sich den Bauch. Sein Gesicht ist grau und schweißnass.

»Was ist? Immer noch seekrank? Willst du nicht doch probieren?«

»Ich hab …«

Krampfgeplagt beugt er sich über seinen Speikübel und übergibt sich. Als Georg sich aufrichtet, um sich um den Mönch zu kümmern, sieht er dessen Wasserflasche, eine Kalabasse, hinter ihm an der Wand liegen.

»Du hast aber nicht von diesem Dreckwasser getrunken?«
Der Mönch nickt schwach.

»Es wird mir helfen!«, bringt er heraus, ehe er sich wieder über seinen Speikübel beugen muss.

»Glaub das nicht! Wie kannst du nur solches Dreckwasser trinken!«

Er beugt sich über Bruder Simon und greift nach der Kalabasse. Der Mönch hält ihn am Arm fest.

»Lass es mir, bitte!«, bettelt er. »Mein Wasser aus dem Paradiesfluss!«

Georg reißt sich von ihm los, geht mit der Kalabasse auf Deck und wirft sie im hohen Bogen von Bord. Dann kehrt er zu Bruder Simon zurück. Er füllt einen Becher halb mit Wein, stützt mit einer Hand den Kopf des Kranken und flößt ihm den Wein ein. Dann schneidet er ein Scheibchen von der Ingwerwurzel ab.

»Und das kaust du jetzt.«

Bruder Simon nickt fast unmerklich, öffnet den Mund, als wollte er eine Hostie empfangen, und lässt sich den Ingwer auf die Zunge legen. Aber ehe er ihn auch nur zwischen den Zähnen hat, bäumt ihn ein neuer Magenkrampf auf. Er wirft sich zur Seite, und der Wein, den Georg ihm eingeflößt hat, ergießt sich schneller in den Speikübel, als er ihn zu sich genommen hat. Er stöhnt, hält sich den schmerzenden Leib und fällt kraftlos auf sein Lager zurück.

Georg stellt ihm seinen leeren Speikübel hin und geht an Deck, um den des Mönchs zu leeren. Als er zurückkommt, windet sich Bruder Simon in Schmerzen, keucht und wimmert. Ein atemberaubender Gestank erfüllt den Verschlag.

»Ich kann nicht … kann nicht mehr aufstehen.«

Georg kostet es seine ganze Beherrschung, sich nicht auch noch zu übergeben. Von den Seeleuten kann er keine Hilfe erwarten. Angewidert öffnet er die Seekiste des Mönchs und nimmt das Handtuch heraus, zu dessen Kauf er ihn in Alexandria überreden musste. Damit macht er ihn notdürftig sauber, spült das Tuch an Deck mit Salzwasser ab und wischt damit, so gut es geht, das Lager des Kranken aus. Dann nimmt er eines seiner eigenen Handtücher und trocknet ihm die Stirn. Sie ist heiß, und es dauert nicht lange, bis Bruder Simons Zähne klappern und er am ganzen Leib zittert. Georg deckt ihn mit allem zu, was zur Verfügung steht, auch mit seinen eigenen Kleidern, und bleibt lange neben ihm sitzen. Er möchte fragen, ob es auf der Galeere einen Arzt gibt. Aber er traut sich nicht, seinen Weggefährten zu verlassen. Bis der Schüttelfrost nachlässt und der Mönch zu schlafen scheint.

Dann sucht er den Patron im Kastell auf. Hilflos steht er vor ihm und weiß nicht, wie er ihn ansprechen soll. Da hält er sich den Bauch, krümmt sich, macht Würgegeräusche und zeigt mit dem Finger in die Richtung ihres Verschlags. Der Patron nickt verständnisvoll, zeigt ihm ein Säckchen mit Kräutern und gibt ihm zu verstehen, dass er ein Kräutergebräu aufkochen lässt, das Georg dem Kranken eingeben soll. Er werde es ihm bringen lassen.

Als Georg zurückkommt, liegt Bruder Simon schwer atmend unter den Mänteln und Decken, als hätte er sich inzwischen nicht gerührt. Georg fühlt seine Stirn. Das Fieber scheint weiter gestiegen zu sein.

Es dauert nicht lange, bis ein älterer Ägypter zu ihnen kommt und einen Becher mit einem bitter riechenden Gebräu bringt. Es ist handwarm. Er nickt Georg zu, dass er ihm helfen soll. Der richtet den Mönch leicht auf, und der Ägypter sperrt ihm den Mund auf und flößt ihm den bitteren Trank ein. Der Kranke nimmt Schluck für Schluck in sich auf. Sie legen ihn wieder auf den Rücken. Der Ägypter fühlt seine Temperatur, zieht die Augenbrauen hoch und schaut Georg ernst an. Er schüttelt leicht den Kopf und deutet mit einer hilflosen Geste an, dass das alle Hilfe gewesen ist, die man auf See dem Kranken geben kann.

Stundenlang sitzt Georg neben ihm, wischt ihm den Schweiß von Gesicht und Hals, legt feuchtkühle Tücher auf seine Stirn und horcht auf seinen Atem. Lange Stunden liegt Bruder Simon wie tot da, und nur sein inzwischen schwacher Atem zeigt an, dass er am Leben ist. Dann aber, als es schon wieder Nacht ist, schütteln ihn neue Magenkrämpfe. Er übergibt sich, spuckt nur noch Galle und lässt wässerigen Stuhl unter sich. In der Dunkelheit schafft es Georg zwar, ihm den Speikübel hinzuhalten, kann aber das Lager nicht säubern.

Am Morgen liegt Bruder Simon regungslos da, bleich, eingefallen, heiß. Er schwitzt nicht mehr. Georg macht mühevoll sauber, was er sauber machen kann. Dann versucht er, dem Kranken einen Schluck Wein einzuflößen. Aber vergebens: Kaum hat Bruder Simon den Wein in sich aufgenommen, rebelliert sein Magen wieder, und der Wein landet im Speikübel. Brot will der Kranke schon gar nicht mehr zu sich nehmen.

Zwei Tage und zwei Nächte wacht Georg am Krankenlager seines Gefährten. Ob die Galeere glatt läuft oder schwankt und schlingert, nimmt er gar nicht mehr wahr. Er isst nichts und nimmt nur immer wieder einen kleinen Schluck Wein zu sich. Bruder Simons Augen sind geschlossen, aber er schläft nicht immer. Manchmal streckt er suchend seine Hand aus, und wenn Georg sie ergreift, hält er sie fest, bis er wieder eingeschlafen ist und sein Griff sich löst.

Dann, als sie am sechsten Tag auf See sind, schlägt der Mönch die Augen auf und wendet leicht den Kopf, sodass er Georg sehen kann.

»Ich muss sterben«, sagt er deutlich und mit erstaunlich kräftiger Stimme.

»Wir alle müssen sterben, aber jetzt noch nicht«, versucht ihn Georg zu trösten.

»Ich sterbe hier, ich sterbe ohne die … ohne die Sterbesakramente … holt einen Priester … ich will nicht … die Sterbesakramente … ich bin verloren.«

»Halt aus bis Zypern, halt aus«, redet Georg ihm zu.

Aber Bruder Simon schüttelt den Kopf. »Betet mit mir«, fleht er Georg an.

Sie sprechen das Vaterunser und das Ave Maria, einmal, mehrmals, immer wieder, stundenlang, bis Bruder Simons Stimme verstummt. Georg reicht ihm seine Hand, die er fest umfasst.

»Sei getrost. Jesus Christus wird dir gnädig sein. Ich lasse für dich Messen lesen, auf Rhodos und zu Hause in deinem Heimatkloster.«

»Die Sakramente«, sagt Bruder Simon noch einmal. Dann erschlafft seine Hand. Er ist tot.

Georg fällt auf die Knie und bittet Gott um Gnade für Bruder Simons Seele. Lange ist er ins Gebet versunken. Dann überkommt ihn das Gefühl absoluter Hilflosigkeit. Er hat noch nie jemanden bestattet. Wie soll er nun unter lauter Ungläubigen dafür sorgen, dass sein Weggefährte ausgesegnet wird, wie es im Christentum der Brauch ist? Und der Gedanke, dass Bruder Simons Leib ins Meer geworfen wird, dass er von Fischen und Krebsen gefressen wird, ist ihm unerträglich. Wieder kniet er nieder, stützt seine gefalteten Hände und das Gesicht auf seinem Lager auf und bittet Gott um Rat.

Lange verharrt er so, bis er fühlt, dass jemand hinter ihm steht. Er steht auf und sieht sich dem Ägypter gegenüber, der das Kräutergebräu brachte. Er muss schon einmal da gewesen sein, ohne dass Georg ihn bemerkt hat. Der lange Sack, der über seinem angewinkelten Arm hängt, und das Seil in seiner Hand zeigen Georg an, warum er gekommen ist. Jetzt kommen Georg die Tränen. Ein paar Atemzüge lang gibt der Ägypter Georg Zeit, sich zu fassen. Dann bittet er ihn mit einer Handbewegung um Mithilfe. Gemeinsam ziehen sie den Sack über Bruder Simons ausgemergelten Körper und verschnüren ihn.

Dann zeigt der Ägypter mit ausgestrecktem Arm nach oben und beschreibt einen Halbkreis, was Georg als Zeichen deutet, dass Bruder Simons Leiche am Abend dem Meer übergeben werden soll.

Allein bleibt er an der Seite seines toten Weggefährten sitzen, bis kurz vor Sonnenuntergang zwei Seeleute mit einer Planke ins Zwischendeck kommen. Sie winken Georg zur Seite, legen den Leichnam auf die Planke und tragen ihn auf das Oberdeck. Georg folgt ihnen. An Bord findet er den Ägypter, den Kapitän und den Patron, die nahe der Bordwand nebeneinanderstehen. Die Ruder liegen still, die Segel sind gerafft. Die Galeere schaukelt sanft in der Dünung.

Die beiden Seeleute legen die Planke mit dem Leichnam so ab, dass die Füße des Toten schon über die Bordwand ragen. Einen kurzen Moment halten alle inne. Dann fordert der Kapitän Georg mit eindeutiger Geste auf, die Planke anzuheben und den Leichnam ins Wasser gleiten zu lassen. Wie in Trance ergibt sich Georg dem Unausweichlichen, stellt sich ans Kopfende, spricht halblaut ein letztes Vaterunser und lässt den Leichnam ins Wasser gleiten. Die drei Moslems drücken ihm die Hand, nicken ihm ernst zu und lassen ihn allein. Da steht er wie benommen. Er will nicht bleiben, will aber auch nicht weggehen. Das einsetzende Gedröhn der Pauke und die ersten Ruderschläge erlösen ihn aus seiner Starre. Als sich die Galeere in Bewegung setzt, geht er unter Deck und legt sich in seine Koje.

Er ist todmüde und möchte schlafen. Aber immer wenn er die Augen schließt, sieht er dasselbe vor sich: die Planke, auf der der Sack mit Bruder Simons Leichnam liegt, wie sie angehoben wird, wie der Sack von der Planke rutscht und in den Fluten verschwindet. Kein Priester am Grab, kein Weihwasser, kein Ort, den man aufsuchen könnte, um des Toten zu gedenken und für ihn zu beten. Georg wird Bruder Simons Hinterbliebenen nicht einmal sagen können, wo man den Leichnam den Fluten übergeben hat.

Hat er versagt? Oder konnte er hier auf dem Schiff unter lauter Heiden einfach nicht mehr für Bruder Simon tun? Seine Gedanken gehen hin und her und finden kein Ende.

Georg gelangt nach Zypern, wo er sich ein paar Wochen aufhält. In Begleitung venezianischer Kaufleute zieht er von der Küste nach Nikosia, wo er am Königshof sein Empfehlungsschreiben vorweist. Man bereitet ihm einen herzlichen

Empfang und zeigt ihm die ganze Insel. Aber er kann sich an nichts freuen. Die Trauer um Bruder Simon trübt sein Auge. Mit müdem Dank lässt er die Wohltaten, die man ihm angedeihen lässt, über sich ergehen und ist froh, als er seine Reise fortsetzen kann.

Mit einem Pilgerschiff gelangt er nach Rhodos zurück. Der Hofmeister empfängt ihn wie einen Fürsten und lässt sich von der Palästinareise berichten. Zu seinen Ehren veranstaltet er gleich am Tag seiner Ankunft ein Bankett, bei dem Georg den Ehrenplatz an seiner Seite einnehmen soll. Er steht noch hinter seinem Stuhl und will sich eben setzen, da erblickt er seinen Knappen Hänslin, der eben den Saal betritt. Groß ist die Wiedersehensfreude. Schnell geht er zu ihm hin und schließt ihn in seine Arme.

»Welches Glück, dich gesund wiederzusehen! Dem Herrn sei Dank«, bringt er heraus, und Hänslin weiß vor lauter Freude gar nicht, was er sagen soll.

Als Georg gleich darauf neben dem Hochmeister Platz genommen hat, schaut er sich im Saal um und sucht seinen Kampfgefährten Jean-Luc.

»Ich vermisse Jean-Luc. Ist er zurzeit auf Patrouille?«, fragt er beunruhigt.

Der Hofmeister schüttelt ernst den Kopf. »Ich muss Euch leider etwas sehr Trauriges mitteilen. Euer Kampfgefährte aus dem Elsass ist in treuen Diensten gefallen. Ebenso wie Ihr hat er unsere Küste verteidigt. Der große Angriff ist zwar nie gekommen, aber ständig versuchten die Türken, uns durch kleine Einfälle zu schwächen. Und jedes Mal wurden sie von Jean-Lucs Truppe abgewehrt, bis eines Tages das Unglück geschah. Es war nur ein kleines Scharmützel, niemand von unseren Kämpfern war ernstlich in Gefahr. Die Türken waren schon zurückgeschlagen. Wer von ihnen noch konnte, flüchtete in den Landungsbooten Richtung Galeere, und Jean-Luc und seine Männer freuten sich schon über ihren Sieg. Da traf ihn plötzlich ein Armbrustbolzen in den Hals. Seine Männer taten alles, um ihn zu retten. Aber er ist an Ort und Stelle verblutet.«

Damit findet Georgs Freude über den Empfang ein jähes Ende. Ins Leere blickend sitzt er da, isst nichts mehr, trinkt kaum etwas und lässt das Fest, das ihm zu Ehren gefeiert wird, trübsinnig über sich ergehen. Die Trauer um Ludwig, Bruder Simon und nun auch noch Jean-Luc drückt auf sein Gemüt.

Am nächsten Tag sucht er Jean-Lucs Grab auf. Wenigstens hier findet er einen Ort, wo er trauern kann und das Gefühl haben kann, wenigstens einem seiner toten Weggefährten nahe zu sein. Eine Woche lang sucht er täglich das Grab auf, sitzt schwermütig davor, betet und hadert mit Gott, weil er ihm nun schon drei Gefährten genommen hat. Bis er eines Abends mit rasenden Kopfschmerzen ins Schloss zurückkommt. Er legt sich nieder, schläft ein, wacht mehrmals schweißgebadet auf und leidet unter großem Durst. Er fühlt sich so matt und kraftlos, dass er nicht aufstehen kann, um sich selbst zu versorgen.

Erst am Morgen, als man in seine Kammer schaut, weil man ihn vermisst, bekommt er etwas zu trinken. Essen kann er nichts. Das Kräutergebräu, das man ihm reicht, will er nicht zu sich nehmen. Hänslin, der Tag und Nacht an seinem Lager sitzt, flößt es ihm mühevoll ein.

Drei Tage hält das Fieber schon an. Da rötet sich sein Gesicht, sein Zahnfleisch blutet, und als Hänslin ihm einen Becher kräutergewürzten Wein als Heilmittel aufzwingt, übergibt er sich. Was er getrunken hat, ist mit Blut vermischt. Er fällt in eine tiefe Ohnmacht und liegt tagelang wie tot auf seinem Lager. Hänslin weicht nicht von seiner Seite. Er schläft kaum, nickt nur immer wieder kurz ein und lässt kein Auge von seinem Herrn. Dann, als man Georg schon aufgegeben hat und nur noch Hänslin sich an die Hoffnung seiner Genesung klammert, regt er sich wieder und schlägt die Augen auf.

Hänslins Freude ist so groß, dass er sie nicht auszudrücken weiß. Er greift nach der Hand seines Herrn und drückt sie, während Tränen der Freude über seine Wangen rollen.

Am nächsten Morgen sucht der Hochmeister Georg auf und sagt bewegt: »Von Ehingen, wir haben um Euer Leben gebangt. Dankt Gott, dass er Euch geholfen hat, die Seuche zu überwinden. Wir werden alles für Euch tun, damit Ihr wieder zu Kräften kommt. Und wisst, dass Euer Knappe in all den Tagen nicht von Eurer Seite gewichen ist. Seine Treue spricht für Euch.«

Georg fühlt sich wie nach einem furchtbaren Albtraum. Als er erfährt, dass er fünf Tage regungslos dalag, schüttelt ihn das Grauen. Bestürzt erkennt er, dass er nur knapp dem Tod entronnen ist. Er will nicht sterben, er will leben, er will zurück in die Heimat und Rhodos, Zypern, Palästina und Ägypten ein für alle Mal hinter sich lassen.

Vier Wochen erholt er sich von seiner Krankheit. Dann besteigt er mit Hänslin zusammen eine Galeere, die sie nach Venedig bringt. Als er dort nach sechs Wochen Seefahrt endlich auf ein Pferd steigt, fühlt er sich wieder so kräftig wie zu Beginn seiner Reise. Seine Lebensgeister kehren endgültig zurück, und er reitet von seinem Knappen begleitet zuversichtlich über die Alpen nach Hause.

VI.

Frankreich, Spanien, Portugal
1455–1456

Georgs Wiedersehen mit seinem Vater ist ein sehr stilles Fest. Der reiche Rudolf von Ehingen haust nach wie vor in dem kleinen Stübchen über dem Schlosstor des Kilchberger Schlosses, das auf den ersten Blick unverändert scheint. Eine Neuheit gibt es allerdings: Wohl auch in der Erwartung einer Reliquie hat Rudolf sich eine kleine Kapelle bauen lassen, wo der kostbare Dorn aus Christi Dornenkrone nun seinen würdigen Platz findet.

»Du hast mir die größte aller Freuden bereitet, mein lieber Sohn, Gott segne dich und beschütze dich auf allen deinen Wegen«, bedankt sich der Vater bei seinem Sohn, ehe sie zusammen in die Kapelle gehen und sich vor der Reliquie ins Gebet versenken.

Georg bleibt nicht lange in Kilchberg. Es zieht ihn nach Freiburg zu Erzherzog Albrecht, zu dem er sich schon nach ein paar Tagen auf den Weg macht. Er wird freudig empfangen. Voller Stolz auf den jungen Ritter, der nun welterfahren und kampferprobt aus dem Orient an seinen Hof zurückkehrt, veranstaltet der Fürst ein Bankett, zu dem er seinen ganzen Hofstaat zusammenruft.

Ein rauschendes Fest wird vorbereitet. Im großen Saal der Burg soll das Beste aus Küche und Keller aufgefahren werden, Musikanten sollen zum Tanz aufspielen und alle Gaukler, die man herbeirufen kann, sollen die Gesellschaft unterhalten. Jeder Höfling soll Georg die Ehre erweisen und ihn als den weitgereisten und siegreichen Ritter anerkennen, der es verdient hat, die Stellung des obersten Kammerherrn wieder einzunehmen.

Unzählige Kerzen erhellen den Saal. Damen und Herren in farbenfroher Kleidung warten auf den Beginn der Festlichkeiten, während sich ein bescheiden gewandetes Grüpplein mit Schalmeien, Sackpfeifen und Trommeln neben der Tür aufstellt. Den Musikanten schenkt man kaum einen Blick, sondern verbeugt sich respektvoll voreinander, als würde man einander nicht schon lange kennen, man interessiert sich für die feinen Roben und Hauben der Damen, man belächelt die bunten Beinlinge und Schamkapseln der Männer, die bei manch einem sehr groß geraten sind, und überspielt damit seine Neugier. Jeder will den Weitgereisten sehen und hofft, mit ihm sprechen zu können.

Endlich setzt die Musik ein, und zum Klang der Instrumente schreitet der Erzherzog mit stolzgeschwellter Brust in den Saal, an seiner Seite Georg von Ehingen, der Held von Rhodos, der unbeschadet aus dem Heiligen Land zurückgekehrt ist.

Als sie am Kopf der Tafel angekommen sind, verstummt die Musik für einen Moment, um dann die hoheitsvolle Handbewegung, mit der Albrecht seinen Hofstaat an die Tafel dirigiert, mit einem gehörigen Tusch zu begleiten. Die Tischdiener füllen die Becher, einen Moment herrscht gespannte Ruhe, und der Erzherzog erhebt seine Stimme.

»Es ist mir eine große Freude und noch größere Ehre, meinen alten und neuen ersten Kammerherrn, Georg von Ehingen, herzlich begrüßen zu können, nachdem er nach langer Reise, mannigfachen Gefahren und heldenhaften Kämpfen gesund und schlagkräftig wie eh und je an meinen Hof zurückgekehrt ist. Erhebt die Becher mit mir und begrüßt den jungen Helden mit einem kräftigen Trunk.«

Die Gesellschaft erhebt sich.

»Hoch, hoch, Georg von Ehingen lebe hoch!«, erklingt es im Saal. Dann wird ein paar Atemzüge lang getrunken, ehe die vielen Becher energisch laut auf der Tafel abgesetzt werden. Sofort wird es wieder still. Man traut sich nur zu flüstern und blickt auf den Helden, der sich zögernd erhebt.

»Ich danke Euer Gnaden Erzherzog Albrecht von Österreich und Euch Edlen für diesen herzlichen Empfang. Und Gott dem Herrn danke ich dafür, dass er mich auf meiner langen Reise beschützt und wieder hierher geführt hat. Ich freue mich sehr, wieder hier zu sein. Seid alle bedankt.«

Damit trinkt er dem Hofstaat zu, hält den Becher noch einmal hoch und setzt sich wieder. War das alles? Man hat mehr erwartet. Aber die Enttäuschung verfliegt, als der erste Gang aufgetragen wird und die Musik wieder einsetzt. Geräuschvoll wird getafelt.

Als die Tischgesellschaft erwartungsvoll dem zweiten Gang entgegenschaut, ertönt auf einen Wink des Truchsessen hin ein weiterer Tusch. Aller Augen sind auf den Erzherzog gerichtet, der wieder aufsteht.

»Ihr, Georg von Ehingen, habt Euch nicht nur für die Christenheit wacker geschlagen, sondern auch den Namen unseres Hofes weit in die Welt hinausgetragen, über die Alpen, von Venedig über Rhodos bis nach Jerusalem, in die Mitte unseres Erdkreises. Eingedenk Eurer mannigfachen Verdienste ist es mir eine Ehre, Euch mit dem heutigen Tag in den *Ordo Salamandris*, den Drachenorden aufzunehmen.«

Zum Applaus der Hofgesellschaft wird die Tür weit geöffnet, und ein Page, der auf einem schwarzen Samtkissen eine weiße Schärpe trägt, kommt gemessenen Schritts herein.

Der Erzherzog tritt vor die Tafel und winkt Georg zu sich. Im Zentrum des Saals legt er ihm die weiße Schärpe um, die ein gestickter brauner Drache ziert.

»Ich danke Euer Gnaden für diese hohe Auszeichnung und gelobe, mich dieses Ordens würdig zu erweisen«, sagt Georg mit fester Stimme, wieder ertönt tosender Applaus, und das Fest nimmt seinen Lauf.

»Ich hoffe, Ihr werdet mir auf unseren langen Ritten viel erzählen. Wie ist es im Orient? Wie lebt man dort? Man hat ja schon viel von Ungeheuern und allerhand seltsamem Getier in diesen Ländern gehört, aber ich bin gespannt, es von Euch zu erfahren«, wendet sich der Erzherzog Georg zu. Ehe der aber antworten kann, ertönt wieder ein Tusch. Alles verstummt und schaut sich fragend um. Da, ziemlich nahe dem Ende der Tafel, erhebt sich ein grüngelb gekleideter Ritter.

»Trinkt mit mir auf meinen Taufzeugen von der Schwertleite in Prag, auf Georg von Ehingen, der mir Waffenbruderschaft versprochen hat«, ruft er in den Saal. »Ein Hoch auf von Ehingen, den Ritter mit dem Drachenorden!«

Ramseider! Welche Überraschung! Es braucht Georgs ganze höfische Zucht, dass er nicht aufspringt, zu ihm hinüberläuft und ihn umarmt. Stattdessen hält er nur seinen Becher hoch.

»Seid bedankt, Georg von Ramseiden. Es ist mir eine große Freude, Euch hier zu sehen.« Damit trinkt er ihm zu. »Seit wann ist Ramseider hier bei Euch?«, fragt er, immer noch bewegt, den Erzherzog.

»Es mag ein halbes Jahr sein. Er war zuvor in Tirol bei Sigismund und kam als Kurier zu uns und wollte bleiben. Er tut mir gute Dienste. Ihr seid Waffenbrüder?«

»Eigentlich noch nicht. Doch bei unserem Abschied in Prag haben wir einander gelobt, zusammen auf Ritterschaft zu reisen, wenn es irgendwo gilt, sich für die Christenheit zu schlagen.«

»Da kann ich nur froh sein, dass es einen solchen Krieg gerade nicht gibt. Ich mag Euch nicht gleich wieder verlieren, und ihn auch nicht. Auch er ist mir viel wert.«

Als die Hofgesellschaft sich nach und nach zurückzieht und auch der Fürst müde geworden ist, kann Georg sich endlich seinem Freund widmen.

»Welche Überraschung, dich hier zu sehen! Du glaubst nicht, wie es mich freut, dass du hier bist. Ich dachte, du wärst immer noch in Tirol.«

»Nein, da wollte ich weg. Und der nächste Weg führte hierher, wo ich dich zu treffen hoffte.«

»Hat es dir in Innsbruck nicht mehr gefallen?«

»Eigentlich schon. Aber die Verhältnisse wurden etwas kompliziert.«

Georg zieht die Stirn kraus und schaut ihn fragend an.

»Komplizierte Verhältnisse?«

»Ja, die Frauen«, seufzt Ramseider, wobei er aber selbstironisch lächelt. »Ich bin, wie soll ich sagen, zwischen zwei Frauen geraten.«

»Kenn ich sie? Aber du musst es mir nicht sagen.«

»Du kennst sie nicht, sie kamen erst an den Hof, als du schon weg warst, Ailis und Lyann. Als nämlich Gwendolyn nach Schottland verheiratet wurde und eine der Zofen mit ihr wegging, kamen zwei neue, beide blutjung und eine zauberhafter als die andere, Ailils mit kupferrotem Haar, Lyann dunkelhaarig mit einem Paar Augen, ich sage dir! Mein Gott, wie hätte ich mich für eine entscheiden sollen! Ich wollte beide. Aber wie die Weiber nun einmal sind, wollte jede mich für sich allein haben. Dieses Gezerre hättest du auch nicht ausgehalten.«

»Du bist also vor Liebeshändeln geflohen?«, fragt Georg mit verständnisvollem Lachen, ohne aber seine eigene Geschichte zu erzählen.

»Natürlich nicht nur. Ich habe mich doch nicht zum Ritter schlagen lassen, um mit Sigismund landauf, landab zu reiten und nichts als Bergwerke und Baustellen in den Alpen zu sehen. Als Leibwache eines Fürsten, der nie angegriffen wird, kommt man sich nutzlos vor.«

»Aber das ist hier nicht viel anders.«

»Schon. Aber hier treffe ich auf einen, der auch mehr im Schilde führt«, erklärt er sich und klopft Georg dabei auf die Schulter. »Irgendwann werde ich auf Ritterschaft ziehen, und mit keinem andern als mit dir, dem Weitgereisten und Kampferprobten. Und ich sage dir, meine Reisekasse ist gut gefüllt. Es fehlt nur das Ziel.«

Dieses Ziel will sich nicht zeigen. Monatelang begleiten die beiden Ritter den Fürsten auf anstrengenden Ritten durch die österreichischen Vorlande. Und zwischendurch, wenn die Rittergesellschaft sich in Freiburg oder Rottenburg aufhält, genießt sie jeden höfischen Luxus: gute Unterkunft, bestes Essen, köstliche Weine, Tänze und kurzweilige Unterhaltung. Um nicht ganz zum verweichlichten Höfling zu werden, üben sie ihr Kampfgeschick in häufigen Turnieren und Ritterspielen, die der Erzherzog nicht ohne Eigennutz für sein Gefolge veranstaltet. Bald schon sind Georg und Ramseider landauf, landab für ihre Turniersiege berühmt, wobei sich Ramseider durch seine außergewöhnliche Körperkraft besonders hervortut. Keiner schleudert den Stein und die Eisenstange so weit wie er.

Sein Aussehen und Auftreten begeistern die Damenwelt, und wo immer ein Turnier stattfindet, erbittet sich mindestens eine der Edlen die Ehre, dass er sich als ihr Ritter ausgibt, indem er ein Tüchlein mit ihren Farben an seine Lanze heften lässt. Und nach Bankett und Tanz liegt manche so geehrte Dame in seinen Armen.

Trotz all der Turniere, Jagden und Feste wird das Land den beiden zu eng. Im Vollgefühl seiner Kraft sieht sich Ramseider zu anderem berufen, während Georg die mahnenden Worte seines Vaters in den Ohren klingen: Dein Leben wäre nutzlos, wenn es nur ein Höflingsleben wäre, und widerspräche deinem Schwur. So treten sie mit verschiedenen Gedanken, aber einig in ihrem Ziel an ihren Herrn heran und bitten um Urlaub und Empfehlungsschreiben. Der ist keineswegs überrascht, hat er doch aus den Erzählungen seines Kammerherrn deutlich herausgehört, wonach diesem eigentlich der Sinn steht.

»Bei Gottes hinkender Gans, das will ich Euch gewähren«, antwortet er sofort. »Zu meinen Ehren werdet Ihr an andere Höfe ziehen und christlichen Fürsten in ihrem Kampf für den Glauben beistehen. An Empfehlungsschreiben soll es Euch nicht fehlen. Ich werde einen Boten zu meinem Bruder, Kaiser Friedrich, und zu König Ladislaus schicken und euch Empfehlungsschreiben ausstellen lassen.«

Er hält Wort, und nur ein paar Wochen später bringt ein Kurier die Briefe, ausgestellt vom Kaiser und König Ladislaus selbst, adressiert an die Könige von Frankreich, England, Spanien und Portugal.

Auch der Erzherzog will etwas dazu beitragen, dass der Ruhm seines Hofs im Abendland verbreitet wird, und zeigt sich sehr großzügig. Er beschenkt die beiden Ritter mit acht Pferden und stellt ihnen einen Herold und zwei Trossknechte zur Verfügung.

Wolfram, der Herold, spricht Französisch, Niederländisch und Spanisch und ist für den Erzherzog schon weit gereist.

Es fehlt an nichts. Der Westen des Abendlands steht den beiden Rittern offen.

Im Frühjahr 1455 brechen sie auf, Georg, Ramseider, ihre Knappen Hänslin und Gerhard mit Herold und Tross. Wohin? Ein genaues Ziel fehlt ihnen immer noch. Sie wissen nur, dass sie dorthin wollen, wo sie sich als Ritter erproben und bewähren können. Sie reiten den Rhein entlang bis Köln, ehe sie sich entschließen, sich nach Westen zu wenden und den französischen Königshof aufzusuchen. Zwar ist der Hundertjährige Krieg seit zwei Jahren vorüber, nachdem König Karl VII. die Engländer aus seinem Land vertrieben hat, und nur Calais ist noch in englischer Hand. Aber vielleicht soll auch diese letzte Bastion des Feindes bald zurückerobert werden. Das wäre für sie eine Gelegenheit, einen Orden zu verdienen.

»Und falls uns König Karl nicht brauchen sollte, dann können wir doch ein anderes Land erleben, seine Frauen, seine Weine und andere Köstlichkeiten, wie wir sie uns noch gar nicht vorstellen können«, schwärmt Ramseider.

»Das ist aber nicht das, was wir gelobt haben«, entgegnet Georg ernst.

»Stimmt. Das nicht. Aber wenn wir den Kampf suchen und stattdessen etwas anderes finden, etwas Neues, Schönes, widerspricht das nicht unserem Gelöbnis. Oder hast du auf Rhodos zwischen den Kämpfen mönchisch bescheiden und karg gelebt?«

Darauf antwortet Georg nicht.

Dass zwei österreichische Ritter mit kaiserlichem Sendbrief ihm ihre Dienste anbieten, nimmt Karl VII. huldvoll zur Kenntnis. Er bereitet ihnen einen großen Empfang und nimmt sie in seine Pariser Hofgesellschaft auf. Aber als zweiundfünfzigjähriger König, der sein halbes Leben Kriegsherr sein musste, ist er kriegsmüde. Er hat nicht mehr die Kraft, Calais zurückzugewinnen. Seine ganze Sorge gilt seinem geschundenen Land, das wieder gesund und stark werden soll.

»Der König ist alt und müde. Lass uns weiterziehen«, schlägt Georg schon nach einer Woche vor.

»Aber wohin denn? Lass uns hierbleiben, hier ist gut sein. Wozu weiterreiten, solange wir nicht wissen, dass wir irgendwo gebraucht werden? Oder willst du zurück nach Freiburg?«

Das will Georg allerdings auch nicht. Und da sie keinen besseren Plan haben, bleiben sie.

In den ersten Tagen scheint der Hof Karls VII. den beiden Reisenden nicht viel Neues zu bieten. Dann aber erregt ein neuer Maître de Cérémonie y Danse Aufsehen, ein Tanzmeister aus Burgund namens Armand de Poitiers. Man war mit seinem Vorgänger, der in die Jahre gekommen war, nicht mehr zufrieden gewesen, sodass der König, um seine Höflinge bei Laune zu halten, diesen Armand de Poitiers engagiert hat, der dem jüngeren Teil der Hofgesellschaft die Tänze à la mode beizubringen verspricht, Damen und Herren selbstverständlich getrennt.

»Dero elegante Bewegungen werden die Damen überraschen und einen offenen Weg in ihre Herzen bahnen«, verspricht der Maître augenzwinkernd den Herren, und Junker und Ritter, Ehemänner und Ledige strömen zu seinem Tanzunterricht.

Als Georg und Ramseider den Tanzsaal betreten, steht die Musik schon bereit, und alle jüngeren Männer des Hofs warten gespannt darauf, nun die verführerischen Tanzschritte beigebracht zu bekommen.

»Dieser Hänfling will uns lehren?«, sagt Georg geringschätzig angesichts des dünnbeinigen kleinen Mannes, der sie neben den Musikanten erwartet. Pfauenhaft bunt gekleidet, mustert er die jungen Männer und stellt sich mit unterwürfiger Verbeugung als Maître Armand vor.

»Stellt Euch so auf, dass Ihr hüpfen und springen könnt, ohne Eure Nachbarn zu belästigen«, kommt er dann sofort zur Sache. »Worin ich die Edlen heute zu unterweisen versuche, ist die große Sensation der Ballsäle im ganzen Land, ein Tanz von höchster Eleganz und heiterer Bewegung, der Branle de Chevaux, oder einfach der Pferdetanz. Es ist ein reizvoll erotischer Tanz, imitiert er doch das Liebesspiel der Pferde«, erklärt der Maître mit einem komplizenhaften Lächeln. Ramseider dreht sich grinsend nach Georg um, der Maître Armands Erklärungen mit konzentriertem Gesicht verfolgt. Irgendwo im Saal wird gekichert, was der Tanzlehrer aber ignoriert.

»Mit geringer Anstrengung und eleganter Bewegung werden die jungen Herren die Herzen der Damen gewinnen«, buhlt er um die Sympathie der Junker und Ritter.

Ramseider grinst wieder und nickt Georg auffordernd zu.

»Es ist ein Kreistanz, die Damen tanzen im Innenkreis, die Herren außen. Zuerst im Schritt, das ist am einfachsten«, beginnt die Unterweisung. Die Musik setzt ein, und die jungen Herren schreiten in ihren Schnabelschuhen mit hochgebogener Spitze im Kreis herum.

»Brust raus, Bauch rein«, kommandiert Ramseider halblaut und kichert.

»Psst«, macht Georg und schaut lächelnd zu ihm zurück.

»Très bien, très bien. Aber nun üben wir den Galopp. Zu vier Trommelschlägen hüpfen wir auf dem linken Bein, heben dabei das rechte und beschreiben zu jedem Trommelschlag ein Kreislein in der Luft, und bei den nächsten vier Trommelschlägen umgekehrt. Und zwar schnell.«

Die Musik setzt ein, Maître Armand hüpft federleicht vor und beschreibt mit seinen Schuhspitzen einwandfreie Kreislein. Mancher junge Mann zieht skeptisch die Brauen zusammen. Die bisherigen Schreit- und Springtänze waren ja leicht gewesen, die hat man ohne Weiteres gelernt. Aber das hier? Mon Dieu, das ist ja Akrobatik! Ob man damit wirklich glänzen kann oder sich nur lächerlich macht? Doch wenn dieser Tanz aus Burgund kommt, dann muss man sich einfach bemühen, wenn man à la mode sein will.

»Und nun tue man es mir nach, alors, alors«, ruft der Maître.

Die Musik setzt ein, der Maître hüpft elegant auf einem Bein und lässt die Fußspitze des anderen kreisen, während mancher Tanzschüler nach zwei Sprüngen schon zur Seite kippt und sich an der Schulter seines Nachbarn aufstützen muss. Es entsteht ein wildes Durcheinander.

»Aber meine Herren, locker, nur locker bleiben. Der Tanz ist ein Spiel, kein Kampf!«, ruft der Maître, und ein spöttischer Unterton ist nicht ganz zu überhören.

Ein neuer Versuch wird gemacht, der aber immer noch das Gleichgewichtsgefühl vieler überfordert. Auch Georg verliert die Balance und stößt gegen Ramseider, der ihn laut lachend auffängt, worauf sich alles nach ihm umsieht. Dem Österreicher fehlt wohl der notwendige Ernst!

»Nun, meine Herren, dürfen Sie sich an den Schultern Ihres Nebenmannes festhalten. Und nun noch einmal.«

Ein weiterer Versuch, der Georg und Ramseider einigermaßen gelingt, weniger aber den feisteren Gestalten unter den Höflingen.

»Aber Ihre Füße fuchteln ja nur in der Luft herum. Das ist kein Veitstanz! Wo bleibt die Eleganz? Einen Kreis, einen kleinen runden Kreis muss die Fußspitze beschreiben, keinen Blitz.«

Maître Armand sieht sich die Anstrengungen der jungen Edlen mehrmals an. Die Bäuchlein wackeln unter den Schecken, Schweißtropfen glitzern auf mancher Stirn, und überall hört man Gekeuche und Gepuste. Einige der jungen Herren sind für diese Anstrengung einfach zu beleibt.

»Mon Dieu, man transpiriert ja schon! Was sollen da die Damen denken? Locker bleiben, meine Herren!«

Dann aber, als er sieht, wie diese Übung manche Pausbacken allzu sehr errötet, schlägt er einen beschwichtigenden Ton an.

»Nun, bei einem Tanzvergnügen ist die Anstrengung geringer. Und unser Pferdetanz hat auch noch einen dritten und leichteren Teil: Der Herr steht und scharrt mit einem Fuß, während sich die Dame um sich selbst dreht. Dann scharrt die Dame, und der Herr dreht sich, ehe man im Kreis weiterschreitet und eine neue Partnerin sucht.«

Zum Rhythmus der Musik scharren sie nun mit ihren langen Schnabelschuhen über die Dielen. Dabei kommt Gelächter auf, und irgendein Tänzer in den hinteren Reihen fängt an zu wiehern, was Maître Armand allerdings mit strengem Blick als nicht höfisch kritisiert.

»Meine verehrten Herren, es ist also klar, welcher Teil dero besonderes Geschick erfordert. Aber alles lässt sich üben, und üben kann man an jedem Ort zu jeder Zeit. Ich bin sicher, dass mich schon anfangs der nächsten Unterweisung dero Fortschritte erfreuen werden.« Mit diesen Worten beendet er die Tanzstunde und entlässt seine Eleven.

Teils überlegen lächelnd, teils schweißnass mit rotem Gesicht gehen sie auseinander.

»Das ist vielleicht ein albernes Gehüpfe«, bemerkt Georg kopfschüttelnd.

»Albern, ja schon. Aber doch auch lustig. Und wenn du damit die Kammertür einer Dame öffnen kannst ...«

»Dir ist wohl jedes Mittel recht?«

»Kennst du ein besseres? Dieser Pferdetanz kommt doch der Sache sehr nahe. Er soll ein erotisches Vorspiel imitieren, wenn ich den Maître richtig verstanden habe. Und das ist doch, worum es beim Tanzen überhaupt geht. Wozu denn das ganze Gehüpfe und Gewackel, wenn man hinterher allein im Bett liegt? Also streng dich an. Lass uns eine stille Ecke aufsuchen und hüpfen üben.«

»Nicht jetzt gleich. Mir reicht's für heute. Aber ich bin natürlich dabei. Blamieren will ich mich ja auch nicht.«

Wer in den nächsten Tagen durch die Burg geht und von diesem Pferdetanz nichts weiß, bekommt einen seltsamen Eindruck von den jungen Höflingen. In allen Ecken des Burghofs, auf der Mauerkrone und den Bollwerken, in geschützten Ecken außerhalb, selbst auf den Türmen trifft er junge Männer an, die auf einem Bein hüpfen und das andere zappelnd halbhoch von sich strecken, aber sofort wie gelangweilt dastehen, wenn sie jemand kommen hören. Nur ihr schneller Atem und eine frische Wangenröte deuten darauf hin, dass sie ihre gelangweilte Pose erst vor einem kurzen Moment eingenommen haben. Und auch Georg und Ramseider hüpfen eifrig dem nächsten Hofball entgegen.

Diese seltsamen Übungen sind der Damenwelt keineswegs verborgen geblieben. Und überdies haben die beiläufigen Bemerkungen über die kunstvollen Bewegungen der Herren, die Maître Armand bei der Unterweisung der Damen hat fallen lassen, den weiblichen Teil des Hofs in Ungeduld und Spannung versetzt. Da vor allem die Töchter des Königs und ihre Zofen nun ganz begierig sind, die Tanzkünste der Herren in Augenschein zu nehmen, lässt der Ball nicht sehr lange auf sich warten.

So wie die Herren das Kreisen ihrer Fußspitzen zu vervollkommnen suchen, bemühen sich die Damen darum, dem Ereignis mit der allermodernsten Aufmachung gerecht zu werden. Man zeige nun Hals, man dürfe das Kleid nun ausgeschnitten tragen, sogar bis zum Brustansatz, hat die oberste Hofschneiderin verkündet, was die Damen zunächst verblüffte, dann aber zu einer beispiellosen Nachfrage geführt hat. Die Hofschneiderei ist vom frühen Morgen bis spät in die Nacht beschäftigt, denn keine, auch die jüngste Zofe nicht, will hinter den anderen zurückstehen und altmodisch daherkommen.

»Man soll nicht zu viel sehen, aber alles ahnen können«, lautete die Erklärung der obersten Hofschneiderin, und dieser Ausspruch wird bei jeder Anprobe wiederholt und macht die Runde, wo immer von der neuen Mode die Rede ist.

Und so stehen sie sich im Ballsaal gegenüber: die Damen in prächtigen Kleidern aus feinen Stoffen, die aber weniger Aufmerksamkeit erwecken als das, was sie nicht bedecken, die Herren in ihren bunten Beinlingen, Schecken und Schamkapseln.

Zusammen geben sie ein kunterbuntes Bild ab, aus dem Ramseider allerdings heraussticht. Zu einer sattblauen Schecke trägt er silbern glänzende Beinlinge mit hochgebogenen Schnabelschuhen, die ebenso golden glänzen wie die Schamkapsel an seinen Lenden. Manch eine Dame lässt in amüsierter Bewunderung ihren Blick auf ihm ruhen.

Aber auch die Blicke der Männer verfehlen ihre Ziele nicht, auch wenn sie die ungewohnt freizügig gekleideten Damen nur verlegen streifen und es tunlichst vermeiden, an einem Dekolleté länger hängen zu bleiben. Und während die Männer ihre Aufregung hinter einer hoheitsvoll ernsten Maske verbergen, tun sich die Damen zu Zweier- und Dreiergrüppchen zusammen und tuscheln aufgeregt, als ob wichtige Neuigkeiten auszutauschen wären. Manch ein Antlitz, das sonst edle Blässe ziert, zeigt reizvolle Errötung, als sei der Tanz schon in vollem Gang.

Schließlich eröffnet der Zeremonienmeister den Ball, der mit einigen konventionellen Tänzen beginnt.

»Tanz dich warm, umso besser kannst du nachher hüpfen«, raunt Ramseider Georg zu, der in schwarzweißgrauer Eleganz neben ihm steht. »Such dir schon mal eine aus, vor der du nachher scharren willst.«

Weshalb eine aussuchen, denkt Georg, man wird die Partnerinnen doch immer wieder wechseln.

Mit jedem Tanz steigt die Spannung, und jede Ankündigung des Zeremonienmeisters lässt die Damen enttäuscht durch die Nase schnauben, bis endlich – man befürchtet schon, dass die Männer den neuen Tanz noch nicht gut genug beherrschen – ein besonders lauter Tusch erklingt und der Zeremonienmeister den Höhepunkt des Balls ankündigt.

»Verehrte Damen und Herren! Und nun spielt uns die Musik zu dem Tanz auf, dem sie alle gespannt entgegensehen, dem Tanz, den uns Maître Armand dankenswerterweise aus Burgund mitgebracht hat. Auf zum Branle de Chevaux! Die Herrschaften mögen sich in zwei Kreisen aufstellen, die Damen innen, die Herren außen.«

Während die Damen nun in grazilem Charme ihren Innenkreis bilden und einander an die Hand nehmen, um den richtigen Abstand abzumessen, geht unter den Herren ein ungezügeltes Getrappel und Geschubse los, sodass der Zeremonienmeister tadelnd einschreitet.

»Ruhig Blut, meine Herren! Stellen Sie sich gelassen vor den Damen auf. Fortuna wird Ihnen Ihre Favoritin zuspielen.«

Und da er bemerkt, dass mancher sein Auge nicht vom Brustansatz seines Gegenübers lösen kann, fügt er wie beiläufig hinzu: »Und sehen Sie Ihrer Partnerin in die Augen.«

Die Musik spielt auf, und die Herren umschreiten mit stolzgeschwellter Brust den Kreis der Damen, der sich ihnen entgegenbewegt. Man schaut einander im Vorübergehen freundlich lächelnd in die Augen – oder man mustert einander kritisch. Schon bei der zweiten Runde blitzen einladende Blicke hin und her, obwohl man weiß, dass man bei diesem Tanz nur einander gegenüber zu stehen kommt, wenn es Fortuna will. Und so ist die Spannung groß.

Da endlich, man ist schon dreimal herumgegangen, verstummen die Blasinstrumente und laute Trommelschläge signalisieren, dass die beiden Kreise anhalten sollen. Fortuna hat jedem Tänzer seine Partnerin zugespielt.

Der letzte Trommelschlag klingt Georg noch in den Ohren, er ist sich noch nicht einmal klar darüber, ob ihm seine Partnerin gefällt oder nicht – ihre glänzenden Augen strahlen zwar, aber ist sie nicht etwas zu alt für ihn? –, da fühlt er sich von Ramseider an den Schultern gepackt und zur Seite geschoben. Ehe er sich's versieht, steht er vor einer neuen Partnerin.

Verdutzt will er den Mund aufmachen und protestieren, aber da setzt schon die Musik wieder ein und der schwierige Teil, der nun beginnt, erfordert seine ganze Aufmerksamkeit. Er gibt sich alle Mühe, um anscheinend schwerelos zu hüpfen und mit der Schuhspitze schöne Kreislein in die Luft zu malen. Dabei sieht er aus dem Augenwinkel, wie die Dame, die Fortuna eigentlich ihm zugedacht hatte, Ramseider aus ihren blauen Augen anstrahlt.

Ramseider hüpft höher als alle anderen, wobei er fröhlich lacht, was zwischen den vielen angestrengten Männergesichtern besonders auffällt. Georg gelingt zwar ein Lächeln, aber es sieht bei Weitem nicht so nach ausgelassener Fröhlichkeit aus wie die Miene seines Freundes.

Als die Herren schließlich im dritten Teil des Tanzes scharrenderweise den Damen ihre Zuneigung bekunden sollen, ist es nur der Musik zu verdanken, dass man kein Gekeuche hört. Nur wenige, vor allem natürlich Ramseider, scheinen das Gehüpfe mit Leichtigkeit hinter sich gebracht zu haben. Er scharrt weit ausholend mit dem rechten Fuß, wiehert laut und bricht in schallendes Gelächter aus, womit er seine Partnerin ansteckt. Während überall die Herren noch scharren und die Damen sich drehen, stehen sie still, halten sich an den Händen und schütteln sich vor Lachen. Die missbilligenden Blicke, die sich von allen Seiten auf sie richten, nehmen sie nicht einmal wahr.

Der Schlussakkord verklingt. Da klatscht Ramseider begeistert in die Hände, und zögernd fällt die Runde in seinen Applaus ein. So viel Begeisterung wie er will man nicht gerade zeigen, sonst könnte der Zeremonienmeister auf die Idee kommen, den Pferdetanz noch einmal spielen zu lassen, was den feisteren Höflingen den Ball verderben würde. Aber die

Befürchtung ist grundlos. Der Zeremonienmeister hat ein gutes Gespür für die Stimmung der Gesellschaft und ruft zu einem ruhigen Tanz auf, bei dem die Paare hintereinander durch den Saal schreiten.

Gleich beim ersten Takt erwidert Georg das Lächeln, das ihm seine Partnerin schenkt. Er will sich nicht anmerken lassen, wie krampfhaft er darüber nachdenkt, wie er ihr mit den wenigen Brocken Französisch, die er von Innsbruck her parat zu haben glaubt, ein Kompliment machen könnte. Aber was er sich auch zurechtzulegen versucht, immer fehlt ein entscheidendes Wort, und so muss er sich auf galante Gesten beschränken. Wie er gerade wieder Blickkontakt mit ihr aufnehmen will, sieht er Ramseider und seine Partnerin plötzlich aus der Reihe ausscheren und hinter einer Säule verschwinden. Er sieht sie an diesem Abend nicht wieder. Brav tanzt er weiter, bis sich die Damen zurückziehen und der Kreis der zurückgebliebenen Herren die Anstrengungen des Balles mit einem letzten Becher Wein hinunterspülen. Es sind nicht mehr alle dabei.

Als Georg am Vormittag im Schlosshof darauf wartet, dass ihm sein Knappe ein gesatteltes Pferd aus dem Stall bringt, kommt Ramseider gut gelaunt auf ihn zu.

»Eine gute Idee, heute auszureiten. Wenn du ein wenig wartest, begleite ich dich.«

Bald lassen sie Schloss und Stadt hinter sich und reiten durch die Flussauen der Seine.

»Der Pferdetanz war doch trotz allem ein Heidenspaß«, beginnt Ramseider das Gespräch über den Ball.

»Ja, ich habe wohl gesehen, wie du dich amüsiert hast.«

»Und du hast keinen Spaß gehabt?«

»Doch, schon. Wenn ich nur mehr Französisch könnte! Ich habe keinen einzigen richtigen Satz herausgebracht.«

»Aber wozu denn reden, wenn man tanzt?«, sagt Ramseider und lacht laut. »Der Tanz ist doch die Sprache auf dem Ball.«

»Und was kannst du damit ausdrücken?«

»Genug«, sagt Ramseider und grinst. »Genevieve und ich haben uns gleich verstanden. Und glaub nicht, dass ich mehr Französisch kann als du.«

»Kanntest du denn ihren Namen?«

»Nein, ich hab sie danach gefragt. Quel est ton nom?, oder so. Das ist der einzige Satz, den ich einwandfrei sagen kann. Das hat genügt. Mehr haben wir die ganze Nacht nicht gesprochen. Wozu auch?«

Darauf antwortet Georg nicht. Nach einer Weile gibt er zu bedenken: »Sie ist aber älter als du, oder?«

»Scheint mir auch so. Was soll's? Ich will sie ja nicht heiraten, und sie mich sicher auch nicht. Sie ist einfach bezaubernd.«

»Wer ist sie überhaupt?«

»Wenn ich richtig beobachtet habe, gehört sie zu den Zofen der Königin. Und die wird sie schon gut verheiraten, wenn es an der Zeit ist. – Und du warst bis zum Ende auf dem Ball?«

»Ja, bis sich die Gesellschaft aufgelöst hat. Wir haben dann noch einen Schluck getrunken.«

»Na, das können wir auch heute tun. Dazu brauchen wir keinen Ball.«

Ramseider genießt, was immer ihm das Leben am französischen Hof bietet, ohne darüber nachzudenken, dass sie andere Ziele hatten, als sie nach Frankreich ritten.

Wenn Georg ihn daran erinnert und von ihrem Gelöbnis redet, tut er diese Mahnung mit fröhlicher Gelassenheit ab. »Es wird ja nicht lange so weitergehen. Nimm doch einfach mit, was der Tag uns bringt. So gut geht es uns nicht immer.«

Es wird getanzt, gejagt, gezecht, es werden Turniere und Pferderennen veranstaltet, Ramseider ist überall mit Begeisterung dabei und zieht Georg mit, der seine zwiespältigen Gefühle nur Ramseider gegenüber laut werden lässt. Im Umgang mit anderen wirkt er höflich und freundlich, aber doch zurückhaltend und ernst, vor allem im Vergleich zu seinem Weggefährten.

Als sie schon über vier Wochen in Paris sind, öffnet sich ihnen aber von heute auf morgen ein neuer Horizont. Es meldet sich ein Bote aus Pamplona bei König Karl. Juan de Navarra plane einen Feldzug gegen das Emirat von Granada, die letzte maurische Bastion auf spanischem Boden. Man müsse verhindern, dass der Emir von Granada mit Verstärkung aus Fez und Tunis große Teile Andalusiens zurückerobere. Die Truppen aus Afrika seien schon auf dem Marsch. König Enrique erbitte Verstärkung.

Dieser Hilferuf findet aber in Paris kein offenes Ohr. Weder der König noch seine Ritter sind kampfbereit, hat man doch die Schrecken des Hundertjährigen Kriegs noch allzu lebendig in Erinnerung. Allerdings darf Frankreich diesen Hilferuf auch nicht ganz überhören, denn die Zeiten sind unruhig, und wer weiß, wann man selbst die Nachbarn um Hilfe wird ersuchen müssen. Und so kommt es Karl VII. sehr gelegen, dass zwei Ritter, die, wenn auch noch nicht lange, zu seinem Gesinde gehören, ihn um Urlaub bitten, um dem Ruf nach Pamplona zu folgen.

Er ist hocherfreut und beschenkt sie mit Pferden und Harnischen, bessert ihre Reisekasse auf und entlässt sie nach Pamplona, wo sie Frankreich würdig vertreten sollen.

Noch besser ausgestattet als auf dem Weg nach Paris, reiten sie nun nach Süden. Um ihre Pferde zu schonen, pausieren sie zwischendurch an verschiedenen Höfen und gelangen schließlich über die Pyrenäen ins Königreich Navarra.

Mit allen Ehren werden sie in der Hauptstadt Pamplona aufgenommen und sind begierig, nun endlich in einen heiligen Krieg zu ziehen, um die Christenheit wirklich gegen ihre Feinde zu verteidigen. Nur findet auch hier kein Krieg statt. Statt sofort loszuschlagen, zögert König Juan. Er wartet auf weitere Verstärkung von befreundeten Herrschern, die aber ausbleibt. Und als dann Kundschafter auch noch die Nachricht bringen, dass weder von Fez noch von Tunis her Truppen unterwegs sind, wird der Kriegszug abgeblasen.

Wieder eine Enttäuschung. Und wieder stellt sich den beiden Rittern die Frage, ob sie nun bleiben oder weiterziehen sollen. Wieder bleiben sie, weil sich ihnen kein anderes Ziel bietet. Und das Leben in Pamplona gleicht dem Leben in Paris. Man vertreibt sich die Zeit mit Jagen, Tanzen, Banketten und anderen Freuden und hält sich kampfbereit. Denn auch wenn man nicht sofort gegen Granada zieht, herrscht doch keineswegs Frieden auf der iberischen Halbinsel. Ständig flackern im Süden zwischen Mauren und Spaniern kleine Scharmützel auf, und man muss darauf gefasst sein, dass sich daraus eine größere kriegerische Auseinandersetzung entwickelt.

Ganze zwei Monate bleiben sie in Navarra, bis sie, wiederum reich beschenkt, weiterziehen. Denn man hat in Pamplona gehört, dass Portugal ständig mit dem König von Fez streitet, der die Stadt Ceuta, die 1417 von den Portugiesen erobert wurde, zurückgewinnen will.

Georg und Ramseider entschließen sich sofort, nach Portugal zu ziehen, denn dort, so glauben sie, gilt es nun wirklich, die Christenheit zu verteidigen. Vor weniger als einem Jahr hat Papst Nikolaus V. den portugiesischen König zum Souverän von ganz Afrika erklärt und Portugal die alleinigen Seefahrtsrechte an afrikanischen Küsten zugesprochen. Und diesen Willen des Papstes und damit der Christenheit gilt es durchzusetzen.

Wie schon Karl VII. fühlt auch Juan von Navarra sich dadurch geehrt, dass zwei Ritter von seinem Hof sich zum Kampf für die Christenheit aufmachen. Und so steuert auch er etwas zur Ausrüstung und Reisekasse der beiden bei: Jeder erhält einen Hengst, einen Harnisch und Geld. Und den Empfehlungsschreiben, die sie bereits mit sich führen, fügt er noch eines hinzu.

Als sie sich nach der besten Route erkundigen, rät man ihnen davon ab, auf dem Landweg nach Lissabon zu reiten. Diese Strecke sei sehr beschwerlich. Sie führe durch öde und einsame Gebiete, wo es oft schwierig sei, für den ganzen Tross Unterkunft und Verpflegung zu finden. Vielmehr biete es sich an, dem Pilgerweg nach Santiago de Compostela zu folgen und dann von La Coruña aus das Schiff zu nehmen. Entlang des Pilgerwegs gebe es reiche Städte und viele Herbergen, wo sie gut unterkommen könnten. Und außerdem – das könnte für sie als christliche Ritter ausschlaggebend sein – sei 1456 ein Heiliges Jahr, falle doch der Jakobstag, der 25. Juni, auf einen Sonntag. Wer in einem solchen Jahr nach Santiago pilgere, dem sei vom Papst ein Ablass aller Kirchenstrafen gewährt.

»Fragt sich nur, was man für einen solchen Ablass bezahlen muss«, antwortet Georg und erzählt von seinen Erfahrungen im Heiligen Land. Dann fügt er aber hinzu: »Ich freue mich auf diese Pilgerreise durch ein christliches Land, wo man sich nicht vor irgendwelchen Heiden ducken muss.«

»Und gereicht es uns nicht zu besonderer Ehre, wenn wir künftig die Jakobsmuschel im Wappen führen können?«, räsoniert Ramseider.

Bei der Entscheidung für diese segensreiche und dazu noch bequemere Strecke sind sie sich sofort einig und brechen sogleich auf.

Schon ehe sie nach zwei Tagen Puente de la Reina erreichen, wo sich zwei Pilgerwege aus Frankreich vereinen, stellen sie fest, dass sie auf dieser Strecke mehr Menschen begegnen, als sie jemals auf ihren Ritten angetroffen haben.

»Hier wird es uns nicht an Weggefährten fehlen. Die Reise scheint recht kurzweilig zu werden«, bemerkt Ramseider gut gelaunt.

Ihr Tross ist etwas träge. Trotzdem überholen sie viele Pilgergruppen, die zu Fuß unterwegs sind, ebenso viele kommen ihnen entgegen, und immer wieder treffen sie auf einzelne Reiter, die schneller als sie vorankommen, sich aber dann an manchen Orten länger aufhalten, so dass sie sich wieder begegnen. So werden ihnen gute Herbergen empfohlen, und sie freuen sich über die schöne Landschaft und die gute Verpflegung. Die erste Woche der Reise gerät zu uneingeschränktem Genuss. Vor allem der Wein und die köstlichen Speisen der Rioja haben es ihnen angetan.

»Hier könnte ich bleiben«, schwärmt Ramseider, und Georg stimmt ihm zu.

Aber sie ziehen weiter und erreichen bald Burgos mit seiner prächtigen Kathedrale. Hier finden sie eine gute Herberge und beschließen, den Pferden ein paar Tage Ruhe zu gönnen.

Nach der ersten Nacht in Burgos gehen sie alle zusammen in die Kathedrale zur Frühmesse. Als sie danach in ihre Herberge zurückkehren wollen, sitzt ein Bettler am Kirchenportal. Obwohl es noch kalt ist, hat er kaum etwas an. Sein schmutziges Hemd ist so zerfetzt, dass seine knochigen Schultern fast frei liegen. Sein struppiges schwarzes Haar ist mehr als schulterlang. Er beugt sich leicht vor, als er die Ritter kommen sieht, streckt seinen mageren Arm aus und murmelt etwas, was Georg als Bitte versteht. Wie er sich leicht hinunterbeugt, um dem Bettler eine Münze in die Hand zu legen, sieht er ihm direkt ins Gesicht. Unter buschigen Brauen hervor trifft ihn ein flackernder, lauernder Blick, der ihn genauestens mustert. Eine Narbe, die sich vom Nasenrücken aus quer über die linke

Wange zieht, verstärkt den wilden Gesichtsausdruck des Bettlers. Er greift nach der Münze, wobei seine rauen Finger Georgs Hand berühren. Unwillkürlich zieht Georg seine Hand schnell zurück, als hätte er etwas Heißes angefasst.

Im Weitergehen hören sie, wie der Bettler ihnen etwas nachruft, was auch Wolfram, der Herold, nicht verstehen kann.

»Er ist wohl nicht zufrieden«, meint Ramseider.

»Er hat ein paar Kreuzer bekommen. Was will er mehr? Einen Dukaten kann er ja wohl nicht erwarten.«

Sie denken über diese Begegnung nicht weiter nach. Denn auf ihrem Weg begegnen sie noch weiteren Bettlern, an denen sie nicht vorübergehen, ohne ihnen etwas zu geben.

»Seid Ihr in irgendeiner Stadt schon einmal so vielen Bettlern begegnet wie hier?«, wundert sich Hänslin.

»Nein, niemals. Hier am Pilgerweg ist Betteln wohl besonders einträglich, und du wirst sehen, je näher wir unserem Ziel kommen, umso mehr Bettlern werden wir begegnen«, erklärt Georg.

»Geben ist seliger denn Nehmen«, fügt Ramseider etwas ironisch hinzu, »Mit jedem Kreuzer, den er den Armen gibt, vermeint der fromme Pilger seine Zeit im Fegefeuer zu verkürzen. Und davon leben die Bettler hier.«

Georg wirft ihm einen kritischen Blick zu. »Sag nicht solche Sachen.«

Hänslin weiß nicht, was er nun denken soll und schaut zwischen den beiden hin und her. Dann aber, als sie in der Herberge beim Frühstück sitzen, haben sie die Bettler schon wieder vergessen.

Am Nebentisch sitzt ein gut gekleideter älterer Mann, der mit Georg Blickkontakt sucht.

Der nickt ihm freundlich zu, was den Mann veranlasst, sich zu ihnen zu setzen. Er stellt sich als Kaufmann aus Frankfurt vor, der vor einem Monat schon Santiago hinter sich gelassen hat und nun nicht weiterkann.

»Meine Füße machen nicht mehr mit. Sie schmerzen. Ich schaffe den Rückweg nicht mehr zu Fuß. Wollt ihr mir nicht eines Eurer Pferde verkaufen? Als Ihr ankamt, sah ich, dass Ihr mehr Pferde habt, als Ihr braucht.«

Georg wirft Ramseider einen fragenden Blick zu.

»Darüber müssten wir erst einmal reden.«

»Warum habt Ihr Euch nicht längst ein Pferd gekauft?«, fragt Ramseider.

»Weil die Spanier sie nur stark überteuert hergeben. Ich denke, mit Landsleuten ist ein ehrlicheres Geschäft zu machen.«

Nach kurzer Beratung bieten sie ihm einen kräftigen Wallach an und werden schnell handelseinig. Denn sie haben ohnehin die Absicht, die meisten Pferde zu verkaufen, ehe sie sich einschiffen.

Der Frankfurter ist glücklich über den Kauf und lädt die beiden Ritter ins Gasthaus ein.

»Ich habe schon einige Ritter auf Pilgerschaft angetroffen. Aber die waren nicht so ausgestattet wie Ihr. Ihr seid keine Pilger. Wohin reist Ihr, wenn ich fragen darf?«, beginnt er das Gespräch, als sie beim Wein sitzen.

»Ihr habt Recht, unsere Reise hat ein anderes Ziel«, antwortet Georg und erzählt ihm von ihrer bisherigen Reise und ihrem Vorhaben.

»Kämpfer für die Christenheit!«, ruft der Frankfurter respektvoll aus. »Von Schwaben reist Ihr bis nach Portugal. Es ist mir eine Ehre, Euch zu begegnen! Wisst Ihr übrigens, dass Ihr hier in Burgos in der Stadt des größten Helden der iberischen Halbinsel seid? Eines Helden, wie Ihr es seid! El Cid, el campeador, der Held der Zweikämpfe, wurde hier geboren und ist hier aufgewachsen, der große Heerführer, der noch im Tod Valencia den Mauren abgenommen hat.«

Den Namen haben sie zwar einmal gehört, aber mehr nicht. Da erzählt ihnen der Kaufmann die Legende von El Cid, der im Osten Spaniens ein Söldnerheer gegen die Mauren führte und in der Schlacht durch einen Pfeil getötet wurde. Das christliche Heer schien den Krieg zu verlieren, bis man eine List ersann. Man band den Leichnam El Cids aufrecht auf sein Schlachtross und führte es mit in die nächste Schlacht. Als die Mauren den Totgeglaubten gegen sie reiten sahen, ergriff sie die Panik, sodass sie geschlagen werden konnten.

»Und dieser Held liegt nicht einmal eine Tagesreise von hier begraben, im Kloster San Pedro de Cardeña. Das solltet ihr unbedingt aufsuchen. Dort findet ihr nicht nur sein Grab. Auch der Turm steht noch, von dem aus Jimena, seine Frau, in der Hoffnung, er käme zurück, nach ihm Ausschau hielt.«

Georg und Ramseider danken herzlich für diesen Hinweis und machen sich am nächsten Tag zu dem Kloster auf. Der Mönch, der ihnen die Pforte öffnet, erkennt an ihrer Aufmachung, warum sie gekommen sind, und führt sie schweigend ans Grab des Helden.

Lange stehen sie in Gedanken versunken.

»El Cid, der Held der Zweikämpfe«, flüstert Georg ergriffen. »So berühmt und gefürchtet, dass er im Tod noch eine Schlacht entscheiden konnte.«

»Dafür musste er aber zuerst sterben«, fügt Ramseider trocken hinzu. Georg aber ist so in Gedanken versunken, dass er diese Bemerkung nicht einmal hört.

Als sie in die Stadt zurückreiten, ist er recht schweigsam. Er scheint in Gedanken in einer anderen Welt zu sein.

Sie genießen ihre Ruhetage in der Stadt, schlendern über den Markt, suchen die besten Gasthäuser und Tavernen auf und freuen sich, deutsche Pilger zu treffen, die auf dem Rückweg nach Hause sind. Diese erzählen ihnen gern von ihrer Reise und malen ihnen aus, was an Beschwernissen noch auf sie zukommen kann. Vor allem hat man ihnen von der eintönigen Strecke nach León berichtet.

»Da habt ihr was vor euch. Bis nach León habt ihr ein trostloses Stück Weg zu bewältigen. Drei oder gar vier Tage geht es über die Ebene, kaum einmal Schatten, keine Stadt, nur kleine Dörfer, und die Herbergen ärmlich. Ihr werdet froh sein, wenn ihr das hinter euch habt«, sagt ihnen ein deutscher Ritter. »Und für die Strecke die galicischen Berge hinauf wünsche ich euch gutes Wetter.«

Im Gedanken an diese öde Strecke bekommt Ramseider Lust, am letzten Abend in dieser schönen Stadt ein Gasthaus aufzusuchen, das sie noch nicht kennen, und sich noch einmal üppig bewirten zu lassen.

»Wir haben bestimmt noch nicht alles genossen, was diese Stadt zu bieten hat. Und wer weiß, ob wir es auf unserem Ritt noch einmal so gut antreffen wie hier.«

Georg ist gerne mit von der Partie, und so machen sie sich am letzten Abend auf die Suche nach einem Gasthof oder einer Taverne, die gute Kost verspricht. Sie sind zu fünft. Georg und Ramseider mit ihren Knappen Hänslin und Gerhard und Wolfram, ihr Herold.

Als sie durch eine enge Gasse nahe der Stadtmauer gehen, entsteht vor einer Taverne ein Tumult. Raue Männerstimmen schreien durcheinander. Ohne dass sie die Worte verstehen, ist ihnen sofort klar, dass man sich hier grobe Beschimpfungen und Drohungen an den Kopf wirft. Im Näherkommen erkennen sie den Grund des Streits: Ein Wirt und sein Knecht sind dabei, drei völlig Betrunkene aus ihrer Taverne zu werfen. Sie werden eben noch Zeugen, wie der Wirt den dritten Säufer mit einem heftigen Stoß in den Rücken aus der Tür befördert, sodass er bäuchlings im Dreck landet. Fluchend steht er auf und glotzt die fünf Deutschen, die mit dem Rücken an der Hauswand stehen, aus glasigen Augen an, ehe er wie seine Zechbrüder mit unverständlichem Geschimpfe davonschwankt.

»Das sieht fast aus, als sei das ein anständiges Lokal, wenn die Säufer hinausgeworfen werden. Sollen wir hineingehen?«, fragt der Herold.

Die anderen stimmen zu.

»Geh vor und frag, ob wir willkommen sind«, fordert Georg den Herold auf.

Sie sollten nur eintreten, lädt der Wirt sie ein. Etwas zu trinken könnten sie sofort bekommen, nur das Essen würde noch etwas auf sich warten lassen. Der Braten sei noch nicht ganz gar.

»Sag ihm, dass wir keine Eile haben«, sagt Ramseider. »Ich mag jetzt nicht mehr weitergehen, ich brauche etwas zu trinken.«

Damit sind alle einverstanden. Durch eine niedere Tür betreten sie einen dunklen Raum. Er ist lang und schmal und wird von zwei Fackeln und einem Feuer spärlich beleuchtet. An jeder Längswand aus unverputztem Mauerwerk sind grob gezimmerte Bänke und Tische aufgestellt, das Zentrum bildet ein schwerer, viereckiger Tisch. Über dem Feuer unter einem großen Kamin an der Stirnwand wird ein Hammel am Spieß gedreht. Einladender Bratenduft durchzieht die Taverne.

»Noch eine knappe Stunde braucht er«, übersetzt der Herold.

Sie setzen sich an den viereckigen Tisch in der Mitte und bestellen Wein, den der Wirt in einem großen Tonkrug auf den Tisch stellt. Dazu bietet er ihnen etwas Brot und ein paar Nüsse an, was sie gerne annehmen. Und auch zwei Kerzen stellt er ihnen hin.

Zufrieden sitzen sie beieinander, der Wein regt sie an, heiter unterhalten sie sich über das, was sie in den letzten Tagen erlebt haben, und planen den weiteren Ritt.

»Vielleicht schaffen wir es in drei Tagen nach León, wenn die Strecke so eben ist, wie es heißt«, sagt Georg zuversichtlich.

Eben gibt der Wirt ihnen zu verstehen, dass er im Begriff sei, den Hammel anzuschneiden, da öffnet sich die Tür und sechs Männer unterschiedlichen Alters, die sich laut unterhalten, kommen herein. Weder Georg noch die anderen schenken ihnen Beachtung, bis die Neuankömmlinge auf einmal nur noch ganz leise weiterreden. Georg schaut auf und blickt in ein hageres Männergesicht, das ihm bekannt vorkommt. Er braucht einen Moment, um sich zu erinnern.

»Das ist doch der Bettler, der vor der Kathedrale saß und mich beschimpfte«, sagt er dann erstaunt und auch die anderen erinnern sich nun an die morgendliche Begegnung.

Allerdings trägt der Mann, der jetzt vor ihm steht, einfache, aber saubere Kleidung. Sein Haar sieht gepflegt aus, und von der Narbe, die sich über seine Wange zog, ist nichts mehr zu sehen. Auch seine Hände sind sauber. Georg würde an seinem Gedächtnis zweifeln, wenn der Mann nicht durch ein Zucken seiner Brauen verraten würde, dass auch er sich an die Begegnung vor der Kathedrale erinnert. Einen Moment bleibt er zögernd stehen, dann setzt er sich auf die Bank hinter Ramseider, sodass sich ihre Rücken berühren würden, wenn sie sich zurücklehnten. Seine Kumpane nehmen rechts und links von ihm Platz. Auch sie lassen sich Wein bringen, und als der Hammel angeschnitten wird, tafeln sie genau wie Georg und seine Gefährten. Ihre Unterhaltung wird wieder lauter.

Georg ist nicht wohl in ihrer Gegenwart, und da er das Bild des in Lumpen gehüllten Bettlers noch vor sich hat, würde er am liebsten aufstehen und den Betrüger zur Rede stellen. Aber er will den Abend nicht verderben und bleibt ruhig.

»Was reden die?«, fragt Ramseider den Herold. Auch ihn beunruhigt die Gegenwart dieser Leute.

»Ich kann sie nicht genau verstehen. Sie sprechen zu schnell und undeutlich. Aber sie sprechen über uns. So viel habe ich begriffen. Wir sollten vielleicht vorsichtig sein.«

»Wahrscheinlich sind das alles Bettler, die ihre Almosen verprassen«, sagt Georg verärgert. »Und hoffentlich werden sie nicht auch noch frech.«

Trotzdem schmeckt es ihnen. Sie essen sich satt und genießen den guten Wein, das Fleisch und das Brot und wollen den Wirt nach etwas Obst fragen. Da dreht sich der Bettler vom Kirchenportal auf einmal um, hebt seinen Becher und trinkt Georg zu, als seien sie alte Bekannte.

»Salud, caballero«, ruft er durch die Taverne.

»Salud«, erwidert Georg zurückhaltend und erhebt ebenfalls seinen Becher.

Und damit kommt plötzlich Leben in die Gruppe. Immer wieder sucht einer der fremden Männer den Blick von Georg und seinen Gefährten und trinkt ihnen zu. Dann ruft der Hagere, der die Gruppe anzuführen scheint, dem Wirt etwas zu, und dieser stellt einen neuen Krug Wein vor Georg hin.

»Vorsicht! Langsam, langsam. Ich glaube, die wollen uns betrunken machen. Tut nur so, als ob ihr trinken würdet. Und dann sehen wir zu, dass wir hier herauskommen«, warnt Georg die Seinen.

Genau in diesem Moment fährt Ramseider blitzschnell herum, greift hinter sich und schnappt mit seiner Hand den Unterarm des jungen Mannes schräg hinter ihm, der im Begriff ist, ihm seinen Beutel vom Gürtel zu schneiden. Er wendet sich vollends zu ihm um und verpasst ihm rechts und links eine schallende Ohrfeige.

»Verdammtes Diebespack!«, ruft er dabei aus, springt auf und stellt sich schnell mit seinem Knappen zu Georg auf die Gegenseite des Tisches.

Georg, Hänslin und der Herold springen ebenfalls auf, sodass ihre Stühle umfallen. Aber auch die Bettler werfen ihre Bank um. Mit Fleischmessern und Krügen in der Hand treten sie drohend einen Schritt vor. Sechs gegen fünf auf engstem Raum. Wohl tragen Georg und seine Gefährten

Kurzschwerter in ihren Gürteln. Aber damit wehrt sich ein Ritter erst in höchster Not. Ramseider und Georg verständigen sich mit einem kurzen Blick. Dann greifen sie unter die Tischplatte und kippen, mit Hilfe der anderen, den Tisch mitsamt dem Geschirr ihren Gegnern schwungvoll entgegen. Der Anführer der Bettler und der Beutelschneider versuchen zurückzuspringen und fallen rückwärts über ihre umgestürzte Bank. Die beiden Knappen und der Herold ergreifen Stühle und schleudern sie gegen die anderen Gegner.

Der Wirt fängt an zu schreien: »Caballeros, caballeros, tranquilo, tranquilo.«

Aber niemand hört ihn.

»Jetzt raus«, ruft Ramseider, und ehe die Bettler sie daran hindern können, stürmen sie auf die Gasse hinaus. Hänslin ist der Letzte und schreit auf. Ein Krug, den man ihm nachgeworfen hat, hat ihn an der Schulter getroffen.

»Halt. Hier bleiben wir stehen«, kommandiert Georg und zieht sein Schwert. Die andern tun es ihm gleich. Hänslin stöhnt dabei. Aber auch er schafft es. Mit den Schwertern in der Hand formieren sie sich auf beiden Seiten der Tür. Einen Moment lang ist es still. Dann wirft der Anführer einen vorsichtigen Blick aus der Tür.

»Sag ihm, dass sie ihre Zeche bezahlen und abziehen sollen, wenn ihnen ihr Leben lieb ist«, weist Georg den Herold an.

Der Herold übersetzt, was Georg gesagt hat, und der Hagere verschwindet wieder im Innern. Gleich darauf kapitulieren die Bettler, treten einer nach dem anderen auf die Gasse heraus und ziehen ab.

»Und jetzt bezahlen wir, was wir genossen«, sagt Georg und schickt den Herold mit etwas Geld in die Taverne. Die andern bleiben auf der Gasse stehen und horchen, ob jemand näherkommt. Aber es bleibt still.

»Das ist wohl nicht der vornehmste Teil der Stadt«, bemerkt Ramseider. »Wir sollten unsere Schwerter besser in der Hand behalten, bis wir aus diesen engen Gassen heraus sind.«

So gehen sie mit gezückten Waffen zu ihrer Herberge zurück, wobei sie unterwegs viele ängstliche Blicke ernten.

Es ist September, als sie über die Nordmeseta Richtung León reiten. So weit das Auge reicht, abgeerntete braune Felder, verdorrte gelbe Weiden, dazwischen der staubige Weg, der sich als dünner werdende Linie zum Horizont hin verliert. Über allem ein wolkenloser, strahlend blauer Himmel. Wochenlang ist kein Regen gefallen. Jeder Reiter wirbelt eine Staubwolke auf, die der Westwind zu einer Fahne langzieht. Wie aus dem Nichts tauchen in der Ferne Pilgergruppen als dunkle Punkte auf, werden unendlich langsam größer, bis sie schließlich Georgs Tross passieren.

Die Ritter spüren den Staub zwischen den Zähnen und in der Nase und binden sich Tücher vors Gesicht. Als sie am frühen Morgen aufgebrochen sind, war es noch frisch. Jetzt, um die Mittagszeit, wird es so heiß, dass ihnen der Schweiß auf der Stirn steht. Mensch und Tier dürsten. Sie sind froh, als sie im ersten Dorf an einen kleinen Brunnen kommen. Sie steigen ab, waschen sich den Staub von der Stirn, trinken, füllen ihre Wasserflaschen wieder auf und tränken ihre Pferde.

»Weit sind wir noch nicht gekommen«, meint Ramseider.

»Ich kann es nicht abschätzen in dieser ebenen Gegend. Aber du hast Recht: Zwischendurch hat man den Eindruck, dass man kaum vorankommt«, sagt Georg.

Sie schauen sich um. Primitive, strohgedeckte Lehmhütten begrenzen den kleinen Platz mit dem Brunnen. Man sieht keinen Menschen. Wenn nicht vor einer Tür ein Hund liegen würde und ab und zu das Gemecker von Ziegen zu hören wäre, könnte man meinen, das Dorf sei verlassen.

»Ein Glück, dass wir genug zu essen mitgenommen haben«, sagt der Herold und nimmt Brot und Fleisch aus seiner Satteltasche. Die anderen folgen seinem Beispiel.

»Das war ein anderes Leben in der Stadt«, sagt Hänslin und nimmt einen Schluck aus der Wasserflasche. »Gestern noch haben wir um diese Zeit Bier getrunken.«

Alle stimmen ihm nickend zu.

»Wir müssen weiter«, gibt Georg nach einer Weile das Kommando zum Aufbruch.

Bis nach Sonnenuntergang sind sie unterwegs, ohne noch einmal anzuhalten. Dann erreichen sie eine einfache Herberge. Die Pferde, für die es keinen Stall gibt, werden einfach an Pfählen angebunden, die Männer machen sich im Stroh lang, nachdem sie eine habhafte Bohnensuppe mit Speck zu sich genommen haben. Etwas anderes gibt es nicht.

So ziehen sie drei Tage durch dieses endlos scheinende braungelbe Meer von Feldern, bis sich endlich die graublaue Silhouette von León über den Horizont erhebt: zuerst eine Spitze, dann der Turm darunter, dann das riesige Dach einer Kathedrale, umgeben von den Häusern der Stadt, die sie eng umdrängen.

»Wie ein Schiff auf dem Meer«, sagt Georg begeistert.

Und je näher sie der Stadt kommen, umso mehr steigt ihre Stimmung.

Bei Einbruch der Dunkelheit klopfen sie an die Pforte des Augustinerklosters San Marcos und werden eingelassen. Hier endlich werden sie wieder gut verpflegt und nächtigen auf einem bequemen Lager.

Wie schon in Burgos besuchen sie die Frühmesse, als es noch halb finster ist. Danach nehmen sie im Kloster ihr Frühstück zu sich. Ein Laienbruder, der ihnen einen mit Feigen gesüßten Weizenbrei vorsetzt, erzählt dem Herold, wie stolz man hier auf diese prächtige Kathedrale sei. Sie sei viel schöner noch als die in Burgos.

»Ihre ganze Schönheit könnt Ihr nur betrachten, wenn Ihr sie kurz vor Mittag besucht. Dann dringt der hellste Sonnenschein durch die farbigen Fenster. Ihr müsst Euch diesen Anblick gönnen. Vorher solltet Ihr nicht weiterziehen«, empfiehlt er ihnen.

Gerne befolgen sie seinen Rat, zumal sie gehört haben, dass wieder eine öde Strecke vor ihnen liegt. Staunend stehen sie kurz vor Mittag in dem hohen, lichtdurchfluteten Kirchenraum, dessen Wände durch die großen, schmalen Fenster so zierlich wirken, als könnten sie das feine Kreuzrippengewölbe gar nicht tragen.

»Es ist ein Wunder«, flüstert Georg. »So etwas Schönes habe ich noch nie gesehen.«

Von dem unglaublichen Licht bezaubert, gehen sie durch das ganze Kirchenschiff und finden keinen Winkel, dem das Sonnenlicht nicht einen besonderen Glanz verleihen würde.

Als sie auf das Kloster zugehen und immer noch laut ihre Eindrücke austauschen, tritt ihnen ein leicht gebeugter, schmächtiger Mann entgegen.

»Es ist gut, Euch deutsch reden zu hören«, spricht er sie an. »Ein paar Landsleute, die sich einen Schatz im Himmelreich verdienen können.«

Die Ritter bleiben verwundert stehen und mustern den Mann von oben bis unten. Er trägt gutes Schuhwerk, seine Kleidung ist aus teurem Stoff, eine gepflegte Erscheinung. Eine Jakobsmuschel am Hut weist ihn als Pilger aus. Sein Gesicht ist bleich, und dunkle Augenringe zeigen an, dass er erschöpft ist.

»Guntram aus Köln«, stellt er sich vor. »Tuchhändler meines Zeichens. Wie ich weiß, zieht Ihr weiter nach Westen. Ich möchte Euch bitten, mich bis Astorga mitzunehmen. Ich werde auch dafür bezahlen. Setzt mich um Christi willen auf ein Pferd und nehmt mich mit.«

»Was wollt Ihr in Astorga?«

»Ich habe es auf dem Heimweg bis hierher geschafft und komme nicht weiter. Ich hätte es mit einem Schiff versuchen sollen. Aber ich habe gelobt, zu Fuß nach Köln zurück zu pilgern. Aber nun bin ich mit meiner Kraft am Ende. Mein Herz … Ich bitte Euch, bringt mich nach Astorga in das große Spital. Dort werde ich wieder zu Kräften kommen – oder sterben, so es Gottes Wille ist.«

»Und warum wollt Ihr nicht hierbleiben?«

»In Astorga gibt es gute Ärzte. Wenn es für mich noch Hoffnung gibt, dann dort. Viele Erschöpfte, die sich für die Strecke durch die galicischen Berge zu schwach fühlen, suchen dort Hilfe.«

»Könnt Ihr Euch einen Tag lang im Sattel halten?«, fragt Georg.

»Lasst es mich versuchen, ich bitte Euch. Es wird Euch im Himmelreich angerechnet werden.«

Georg blickt ihn prüfend an und wendet seinen Blick dann Ramseider zu.

»Wir haben genug Pferde«, sagt dieser und nickt. Dann machen sie sich zum Aufbruch fertig.

»Aber ohne Sattel wird er nicht reiten können. Gebt ihm meinen Sattel«, sagt Hänslin.

Kurz nach Mittag lassen sie León hinter sich. Ramseiders Knappe Gerhard führt an einem Seil das Pferd, auf dem der Kölner sitzt. Dahinter reitet Hänslin, um den Kölner im Auge zu haben.

Wieder breitet sich eine ausgedorrte Ebene vor ihnen aus. Ein böiger Wind weht ihnen entgegen und treibt ihnen Staub in die Augen. Sie treiben ihre Pferde zu einem flotten Trab an, weil sie Astorga noch vor der Nacht erreichen wollen.

Stundenlang reiten sie über die Ebene, ohne zu reden. Georg und Ramseider drehen sich ab und zu nach ihrem neuen Weggefährten um, der ihnen jedes Mal zunickt. Er schaffe es gut, will er ihnen mitteilen.

Dann aber, nach ungefähr drei Stunden, sieht Hänslin den Kölner plötzlich schwanken und kann gerade noch rechtzeitig neben ihn aufrücken, um ihn zu halten, damit er nicht aus dem Sattel fällt.

Sie halten an.

»Verzeiht, ich muss eingeschlafen sein. Auf einmal wusste ich nicht mehr, wo ich bin. Verzeiht mir. Es wird nicht wieder vorkommen. Bitte lasst mich um Gottes willen nicht hier«, fleht sie der Kölner an.

»Habt keine Angst. Wir lassen keinen Christenmenschen in dieser Einöde zurück«, tröstet ihn Georg.

»Er sollte aber nicht mehr allein aufsitzen«, rät Ramseider.

Also setzen sie den schwachen Mann hinter Gerhard, der der Leichteste von ihnen ist, aufs Pferd und binden ihn locker an Gerhard fest. Der Kölner hält sich an dem Knappen fest, der seinen Griff an den Hüften spürt, und so nehmen sie ihr vorheriges Tempo wieder auf.

Als die Sonne schon tief steht, rutschen die Hände des Kölners von Gerhard ab, sein Oberkörper kippt nach vorn und lehnt sich an den Rücken des Knappen.

»Halt«, ruft Gerhard.

»Ich werde Euch zur Last. Bitte verzeiht. Aber nehmt mich weiter mit. Ich werde Euch gut bezahlen«, bittet sie der Kölner, untröstlich über seine Schwäche.

»Habt keine Angst. Was wir gesagt haben, gilt«, muss man ihm mehrmals versichern, um ihn zu beruhigen.

Sie beschließen, dass der Tross Astorga schnell zu erreichen sucht, während Gerhard, von Hänslin begleitet, mit dem Kölner langsam nachkommt.

»Wir suchen das Spital und sehen uns nach einer Herberge um. Ihr werdet uns schon finden.«

Nach einer Stunde sind Georg und Ramseider mit ihrem Tross in der Stadt angekommen. Sie ist viel kleiner als León, und doch hat sie eine sehr große Kirche, und im Vorüberreiten wundern sich die Ritter über den riesigen Friedhof, der sie umgibt.

»Da liegen also all die Erschöpften, denen man im Spital nicht mehr helfen konnte«, stellt Ramseider fest. »Hoffen wir das Beste für unseren Weggefährten!«

Die Pforten des Spitals sind noch offen. Wolfram, der Herold, wendet sich an einen Mönch, der die Tür zu hüten scheint, und kündigt an, dass in den nächsten zwei Stunden ein völlig erschöpfter Pilger hergebracht wird. Er bittet darum, ihm ein Bett vorzubereiten und einen Arzt zu rufen.

Der Mönch schlägt die Hände über dem Kopf zusammen. Auch das noch, das habe gerade noch gefehlt, das Spital sei bis in den hintersten Winkel überfüllt. Wo solle man da jetzt noch ein Bett hernehmen?

»Es ist kein Armer, den ihr aufnehmen sollt. Er wird euch gut bezahlen«, versucht Wolfram den Mönch umzustimmen, worauf dieser mit einem »Wartet auf mich, ich bin gleich zurück« im Innern des Hauses verschwindet.

Es dauert eine Weile, bis der Mönch zurückkommt. Mit vor dem Bauch gefalteten Händen stellt er sich vor den Herold, verneigt sich und sagt unterwürfig: »Wir wollen auch diesem Kranken helfen. Meine Brüder versuchen, ihn unterzubringen. Es ist schwierig, aber wie immer tun wir, was in unserer Macht steht, wenn es gilt, einen Bruder im Herrn aufzunehmen. Ruft mich, wenn er hier ist.«

Dann weist er den Rittern den Weg zu einer großen Herberge, in der sie sicher unterkommen können. Nur Georg und der Herold bleiben am Kloster zurück und warten auf die Knappen und den Kölner.

»Der Barmherzigkeit hier ist Gottes Lohn doch etwas zu wenig«, bemerkt der Herold ironisch.

Inzwischen ist es dunkel geworden, als die beiden Knappen den Kölner an die Pforte des Spitals bringen. Wie leblos, mit hängenden Armen und seitwärts geneigtem Kopf, hängt er in dem Seil, das ihn eng an Gerhards Rücken hält. Er ist nicht ansprechbar. Sie binden ihn los und heben ihn vom Pferd. Dabei schlägt er seine Augen auf, stammelt etwas von Dankbarkeit und einem Schatz im Himmelreich und schließt die Augen wieder. Erst nachdem man ihn in ein Bett gelegt hat und ein Mönch ihm einen Kräutertrank einflößt, kommt er ganz zu sich. Er macht Anstalten, seine Börse von seinem Gürtel zu lösen, wobei er auf Georg blickt. Der aber legt beruhigend seine Hand auf die seine und sagt: »Behaltet Euer Geld. Es war uns eine Ehre. Wie hätten wir ohne Euch weiterziehen können? Lebt wohl.«

»Habt tausend Dank. Gott schütze Euch. Er möge Euch segnen«, erwidert der Kölner schwach, verabschiedet die Ritter mit einer matten Handbewegung und schließt wieder die Augen.

Noch einen Moment verharren sie an seiner Lagerstatt. Dann sagt Georg: »Mehr können wir nicht für ihn tun. Nun möge Gott ihm helfen.«

Schweigend nicken sie zum Abschied dem Mönch zu, der sich an das Bett des Erschöpften setzt, und verlassen das Spital.

Die schlechten, steilen Wege durch Galiciens Berge strengen die Pferde sehr an. Nur langsam kommt der Tross voran und kämpft zudem mit schlechtem Wetter. Nur einen Tag nachdem sie Astorga verlassen hatten, ist ein kalter Wind aufgekommen, der ihnen eine dunkle Wolkenwand entgegentrieb, und bald setzte starker Regen ein. Nebel und Regengüsse wechseln mit kurzem Sonnenschein, zu kurz, um trocken zu werden oder sich aufzuwärmen. Im Graugrün der nassen und nebelverhangenen Wälder sehnen sich die Reisenden fast nach der Mittagshitze und der ausgetrockneten Ebene der Nordmeseta zurück. Hier wirbelt kein Staub übers Land, stattdessen geht es auf steinigen Wegen steil aufwärts. Die Hufe klappern über Steinplatten, und immer wieder wird ein Stein losgetreten, der den Pferden zwischen die Beine rollt und sie nervös macht.

An den ersten Tagen schaffen sie die Strecke bis zur nächsten Pilgerherberge nicht immer und müssen bei Bauern, die in erbärmlicher Armut leben, um Unterschlupf bitten. Dann nächtigen sie in primitiven runden Bauernhäusern, deren niedere Wände aus grauen Schieferplatten aufgeschichtet sind. Mensch, Vieh und Geflügel hausen zusammen in diesen unwirtlichen Gebäuden, die von einem blakenden Feuer in der Mitte schwach erwärmt werden, das bei ungünstigem Wind den ganzen Raum mit Rauch füllt. Nach einer solchen Nacht erheben sie sich steif von einem notdürftigen Strohlager, sind froh, wenn sie ein Glas Milch oder ein wenig Brot und Speck zu essen kriegen, und setzen kaum ausgeruht ihren beschwerlichen Weg fort.

Auf der Höhe pfeift ihnen kalter Wind entgegen. Erst nach mehr als einer Woche, als es wieder abwärtsgeht und sie sich Santiago de Compostela nähern, wird es wärmer. Und nun schaffen sie auch wieder eine längere Tagesstrecke.

In ganz Galicien sind sie bisher nur durch winzige Dörfer gekommen oder haben einsame Gehöfte passiert. Umso überwältigender empfinden sie Santiago mit seiner riesigen Kathedrale, dem größten Gotteshaus der Welt, mit seinen Klöstern, Herbergen und Gasthäusern. Die

Straßen sind belebter als in jeder anderen Stadt, die sie besucht haben.

Vor allem in den Gassen um die Kathedrale herum drängt sich das Volk. Händler bieten Waren aller Art an: Kleidungsstücke und Schuhe für die Pilger, deren Ausstattung auf der Reise verschlissen ist. Hüte, Muscheln, aber auch Reliquien, Heilwasser, Wundermittel gegen alle erdenklichen Krankheiten und allerhand Essbares werden lautstark angepriesen. Dazwischen strecken unzählige Bettler ihre Hände aus und segnen die Mildtätigen ebenso leichtfertig, wie sie den Geizhälsen Flüche nachrufen.

Nach den Anstrengungen und Entbehrungen der letzten Tage zieht es Georg und seine Weggefährten, sobald die Pferde und das Gepäck untergebracht sind, in ein großes Gasthaus. Sie ergötzen sich an dem leichten Weißwein des Landes. Als sie nach etwas zu essen fragen, nimmt sie der Wirt mit in die Küche und lässt sie in einen großen Kupferkessel schauen, in dem in sprudelnd kochendem Wasser Kraken gegart werden.

»Pulpo gallego«, erklärt der Wirt.

Die Ritter machen große Augen. Mit einem überlegenen Lächeln fischt der Wirt mit einer langen Gabel einen Oktopus heraus, zerschneidet ihn mit einer Schere in Scheiben, die er mit Pfeffer und Öl würzt. Dann ermuntert er seine Gäste, davon zu kosten, und reicht ihnen dazu einen Bissen Brot und etwas Weißwein. Sie kommen auf den Geschmack und lassen sich gerne mehr aus dem Kupferkessel auftischen. Als der Wirt weitere Speisen anbietet, lassen sie sich mit Vergnügen davon überraschen, was die Küche bietet. Bald sitzen sie verlegen vor einer gehäuften Schale von Muscheln, Garnelen und Krebsen aller Art und wissen sich nicht zu behelfen. Der Wirt lacht verständnisvoll und zeigt ihnen gern, wie man an das leckere Fleisch der Krebse und Garnelen herankommt.

Dabei kommt er mit dem Herold ins Gespräch und erfährt, dass sie mit dem Schiff nach Portugal wollen. Da empfiehlt er ihnen, wenigstens ihre Saumpferde schon in Santiago zu verkaufen, wo die Preise besser sind, und dann ein Fuhrwerk zu mieten, das sie mit ihrem Gepäck nach La Coruña bringt. Ein freies Fuhrwerk zu finden, sei sicher nicht schwierig. Da in diesem Heiligen Jahr hier doppelt so viele Pilger als sonst satt zu kriegen seien, müsse die ganze Gegend mit Korn aus allen Teilen Spaniens versorgt werden. Und das werde zum großen Teil per Schiff nach La Coruña gebracht. Die Fuhrleute, die es von dort holen, seien froh, wenn sie nicht leer zum Hafen zurückfahren müssten. Er werde einen Fuhrmann für sie finden. Sie sollten nur wieder bei ihm hereinschauen.

Am nächsten Tag, einem Sonntag, nehmen sie am Gottesdienst teil. Allein der Gedanke, dass sie das größte Gotteshaus der Christenheit betreten, flößt ihnen Ehrfurcht ein. Sie bestaunen das figurengeschmückte Portal, das unglaublich hohe und lange Kirchenschiff, die hoch aufragenden Säulen, und der Anblick der Statue des Heiligen Jakobus, die von jenseits des Querschiffs im Kerzenlicht zu ihnen her strahlt, erfüllt sie mit andächtiger Gottesfurcht. Der riesige Kirchenraum ist voller Pilger, sie stehen Schulter an Schulter, und doch hört man nur ein leises Raunen.

Acht Mönche begeben sich in die Vierung und fassen die offenen Enden des dicken Seils, an dem das große, schwere Weihrauchfass hängt. Ganze Schwaden von Weihrauch strömt es aus, wird mit vereinter Kraft hochgezogen und saust dann leise zischend durch das Querschiff. Im Zentrum berührt es fast den Boden, um dann wieder in große Höhe aufzusteigen. So pendelt es hin und her und schwängert die Luft bis in den hintersten Winkel so sehr mit Weihrauch, dass ihn die Gläubigen bei jedem Atemzug im Hals spüren.

Der Bischof selbst feiert die Messe. Sein festliches Ornat, seine Stimme und die Chöre der Mönche bewegen die Ritter. Für eine Stunde sind sie mit Leib und Seele ganz dem Hier und Jetzt hingegeben.

Nach dem Segen reihen sie sich in die Schlange der Gläubigen ein, die sich zur Hauptkapelle hin bildet. Schritt für Schritt nähern sie sich der Statue des Heiligen, bis auch sie ihn nach langem Warten von hinten umarmen können.

Als sie nach fast zwei Stunden in das helle Sonnenlicht hinaustreten, bläst ihnen ein frischer Wind um die Ohren, und es ist ihnen, als erwachten sie aus einem Traum. Für einen Moment stehen sie wie benommen auf der Treppe und blinzeln gegen die Helligkeit an. Das lärmende Getümmel von Pilgern, Händlern und Bettlern um die Kathedrale herum, ja die ganze Welt außerhalb des Gotteshauses erscheint ihnen unwirklich. Oder ist das die wirkliche Welt und das, was sie eben erlebt haben, ist nur ein Traum gewesen? Ebenso aufgewühlt wie verwirrt stehen sie auf der Treppe. Keiner spricht. Erst nach einer Weile sinniert Ramseider: »Und nun …?«

»Und nun bereiten wir uns auf die Reise nach La Coruña vor«, sagt Georg so entschieden, als wollte er die überwältigenden Eindrücke von sich abschütteln.

»Das mein ich nicht. Und nun sind mir meine Sünden vergeben?«, fragt Ramseider skeptisch. »Ohne Beichte, Kommunion und Buße? Nur weil ich in diesem Heiligen Jahr hier hergekommen bin?«

»So genau weiß das niemand«, antwortet Georg. »Aber denk daran, wir gehören nicht zu diesen Pilgern. Wir sind nur auf unserem Weg in den Kampf hier durchgekommen. Innen der Glaube, außen das Eisen, heißt es bei den Johannitern. Das ist der Weg, der uns zur Seligkeit führen wird. Glaub an das, was wir im Schilde führen. Alles andere gilt nichts.«

Ramseider nickt nachdenklich und scheint sich damit zufriedenzugeben. Dann suchen sie das Gasthaus auf, um nach dem Fuhrmann zu fragen, der sie nach La Coruña bringen wird.

Vier ihrer zehn Pferde haben sie verkauft. Ihre Kleidung, Harnische, Schilde und Waffen haben sie auf einen großen Karren geladen, der von zwei Pferden gezogen wird. Der Fuhrmann, ein schweigsamer Mann, der sich die Frachtkosten sofort nach dem Aufladen hat bezahlen lassen, redet nur das Allernötigste.

»Sehr freundlich ist er nicht«, bemerkt der Herold und zieht die Mundwinkel herunter. »Und er ist doch großzügig bezahlt worden! Er kann sich ja ein halbes Pferd für das Geld kaufen, oder drei Schweine!«

Es geht gemächlich voran. Das Fuhrwerk fährt vorweg, die Reiter folgen ihm. Ohne Saumpferde fühlen sie sich unbeschwerter als auf der ganzen bisherigen Reise. Sie tragen ihre Umhänge über dem Lederwams, die Brustpanzer liegen auf dem Wagen, nur die Kurzschwerter stecken in ihren Gürteln.

Die Straße führt durch eine leicht hügelige Landschaft. An vielen Stellen, wo der Wald gerodet ist, liegen gelbbraune Felder zwischen dem dunklen Grün. Nur die Schatten weißer Wolkenfetzen, die der Wind über den blauen Himmel treibt, dämpfen die Farbenpracht für kurze Momente.

Als sie schon den halben Tag unterwegs sind und an einen Halt denken, biegt der Fuhrmann in einen Weg ein, der zu einer flachen, bewaldeten Anhöhe ansteigt. Der Herold schließt zu ihm auf, um zu fragen, warum er nicht auf der Straße bleibt.

»Más corto«, antwortet der Fuhrmann.

Es sei eine Abkürzung, berichtet der Herold.

»Uns soll's recht sein. Er wird es schon wissen. Aber sag ihm, dass wir anhalten und etwas essen wollen.«

Dafür gäbe es jenseits des Hügels eine geeignete Stelle, antwortet der Fuhrmann und deutet mit seiner Peitsche voraus. In der Vorfreude auf eine Mahlzeit heiter gestimmt, würden die Reiter das Fuhrwerk gern überholen. Aber der Weg wird schmäler. Auf beiden Seiten reicht der Wald fast an ihn heran. Stellenweise müssen sie sich unter tiefhängenden Ästen ducken. So bleiben sie hinter dem Wagen.

Nach der Kuppe fällt der Weg leicht ab, aber der Wald wird nicht lichter. Da plötzlich knallt der Fuhrmann mit der Peitsche und treibt die Pferde an. Im selben Moment schreit Gerhard auf und sinkt vom Pferd. Ein Armbrustbolzen steckt tief in seinem Rücken. Er bleibt mit dem Fuß im Steigbügel hängen. Sein Pferd scheut, steigt und reißt ihn am Bein hoch. Er schreit vor Schmerz und fällt, als sich sein Fuß aus dem Steigbügel löst, mit einem dumpfen Schlag vollends auf den Weg.

»Ein Hinterhalt«, schreit Ramseider. »Weg vom Weg!«

Aber ehe sie zwischen den Bäumen Deckung suchen können, werden sie von allen Seiten angegriffen. Die Angreifer sind mit Messern, Heugabeln und Morgensternen bewaffnet.

»Zusammenbleiben!«, schreit Georg.

Er, Hänslin und der Herold halten ihre Pferde eng nebeneinander, Ramseider und der Trossknecht schützen sie im Rücken.

So viel Wehrhaftigkeit hatten die Angreifer kaum erwartet. Als sie plötzlich dieser Phalanx gegenüberstehen, zögern sie einen Moment. Zeit genug, dass Georg ein überraschender Vorstoß gelingt. Ehe der vorderste Angreifer mit seinem Morgenstern nur zum Schlag ausholen kann, trifft Georgs Kurzschwert seinen Arm. Es gelingt Georg, den Morgenstern an sich zu bringen und damit einem anderen Angreifer die Heugabel aus der Hand zu schlagen. Hänslin an seiner Seite lässt sein Pferd steigen, sodass sein Gegner, der mit einem großen Messer bewaffnet ist, erschrocken einen Schritt zurückweicht und dabei strauchelt. Er reitet ihn einfach nieder. Schnell dreht er sein Pferd und schlägt einem anderen Angreifer sein Kurzschwert ins Genick. Hinter ihnen wiehert Ramseiders Pferd, das, vom Schmerz der Sporen angetrieben, auf die Hinterhand steigt und wild mit den Vorderhufen ausschlägt. Auch Ramseider reitet einen Angreifer nieder, die übrigen ergreift die Panik. Sie fliehen in alle Richtungen.

»Kümmert euch um Gerhard«, schreit Georg und galoppiert dem Fuhrwerk hinterher, das immer noch so schnell unterwegs ist, dass man die Harnische und Waffen weithin klappern hört. Aber schon nach kurzer Strecke steigt der Weg wieder leicht an und die Zugpferde werden langsamer.

Georg kann das Fuhrwerk überholen und lässt sein Ross vor den Zugpferden auf dem Weg tänzeln. Der Fuhrmann drischt mit der Peitsche auf seine Pferde ein, die aber scheuen und zu steigen versuchen, dann dem Reiter seitlich ausweichen wollen und dabei das Gefährt umwerfen. Krachend rutscht die Ladung ins Gebüsch. Georg springt aus dem Sattel, zieht sein Schwert und setzt seine Spitze dem Fuhrmann, der noch am Boden liegt, an den Hals. Er entreißt ihm die Peitsche und versetzt ihm damit einen Schlag übers Gesicht, sodass blutige Striemen quer über seinen Wangen aufbrechen.

Inzwischen hat Hänslin ihn eingeholt.

»Gerhard ist tot, Wolfram verletzt«, sagt er nur. Dann nimmt er ein Seil aus der umgestürzten Ladung, fesselt den Fuhrmann und nimmt ihm seinen Lohn wieder ab.

Ramseider und der Herold holen sie ein. Der Herold blutet am Oberschenkel aus einer Stichwunde. Gerhards Leiche haben sie quer über den Sattel seines Pferds gelegt. Ramseider stehen Tränen in den Augen.

Aber für Trauer bleibt keine Zeit. Sie müssen einen weiteren Angriff fürchten und wollen rasch weiter. Notdürftig versorgen sie die Wunde des Herolds.

»Wie viele waren es?«

»Keine Ahnung. Sieben, acht? Ich weiß es nicht.«

Dann lösen sie die Zugpferde aus dem Geschirr und binden sie an. Unter Aufwendung aller Kräfte richten sie den Karren auf, stellen ihn in umgekehrte Fahrtrichtung und beladen ihn wieder. Sie spannen an, setzen den Fuhrmann mit gefesselten Beinen und einer Schlinge um den Hals auf den Karren und zwingen ihn, so schnell wie möglich auf die Straße zurückzufahren. Hänslin sitzt neben ihm und droht, die Schlinge zuzuziehen, sobald er nicht gehorcht.

Am Stadttor von La Coruña erregen sie Aufsehen und werden angehalten. Der Herold schildert den Wachen den Überfall, worauf ein Bote zum Bürgermeister geschickt wird. Lange stehen sie vor dem Tor und warten, während sich eine ganze Traube von Gaffern um sie herum versammelt. Nach fast einer Stunde kommen drei schwerbewaffnete Stadtsoldaten und nehmen den Kutscher in Gewahrsam. Mit wenigen Worten erklären sie dem Herold, dass es in letzter Zeit immer wieder Überfälle gegeben habe und man diesen Fuhrmann, den man wohl kenne, schon verdächtigt habe, mit den Wegelagerern in Verbindung zu stehen. Man mache kurzen Prozess mit ihm und werde ihn am nächsten Morgen aufknüpfen.

Ein paar von den umstehenden Gaffern haben diese Worte aufgeschnappt. Aufgeregt durcheinanderredend laufen sie in die Stadt, um die sensationelle Nachricht zu verbreiten, sodass Georg und seine Weggefährten plötzlich fast allein am Tor stehen.

»Und der Gastwirt, der uns diesen Schurken empfohlen hat, meinst du, dass der mit den Wegelagerern unter eine Decke steckt?«, fragt Ramseider.

»Das mag ich mir eigentlich nicht vorstellen«, sagt Georg nachdenklich. »Aber wer weiß. Wir sagen dem Magistrat auf jeden Fall, dass er ihn uns empfohlen hat. Der Fuhrmann endet am Galgen. Das genügt mir. Ich will diese üble Geschichte einfach hinter mir lassen.«

Als sie in den Hafen kommen, den eine Halbinsel vor der Brandung des Atlantiks schützt, sehen sie ein paar kleine, dreimastige Schiffe am Kai liegen, nicht länger als ein Steinwurf und kaum breiter als ein Stadttor. Georg sieht sich verwundert um und hält nach einer Galeere Ausschau. Aber eine Galeere oder ein anderes großes Schiff ist nirgends zu sehen.

»Zehn von diesen kleinen Schiffen können nicht so viele Passagiere aufnehmen wie eine einzige Galeere«, erklärt Georg Ramseider, der zum ersten Mal in seinem Leben das Meer sieht. Dann lässt er den Herold fragen, wo die Schiffe seien, die sie nach Lissabon mitnehmen könnten. Hier natürlich, wo sonst sollten sie sein, wird ihnen gesagt, und Georg und Hänslin schütteln ungläubig den Kopf.

»Auf so einer Nussschale sollen wir aufs Meer hinaus?«, fragt Hänslin ängstlich.

»Jetzt verstehe ich auch, warum man hier seine Pferde verkaufen muss«, sagt Georg und erzählt Ramseider und dem Herold von den großen Galeeren, auf denen er gefahren ist. Da wäre es leicht gewesen, Pferde mitzunehmen.

»Mit zweihundert Kämpfern an Bord gegen die Türken«, erinnert er sich. Aber schon diese Galeeren hätten bei rauer See ziemlich geschaukelt. Wie diese kleinen Schiffe hier sich bei Sturm verhalten würden, das wolle er sich gar nicht vorstellen.

Aber man sagt ihnen, dass sie sich mit Sack und Pack einer solchen Karavelle anvertrauen müssten, wenn sie auf dem Seeweg Lissabon erreichen wollten. Größere Schiffe gäbe es hier nicht.

»Wir hätten doch quer durch das Land reiten sollen«, bemerkt Ramseider bitter.

»Aber jetzt können wir nicht zurück«, beendet Georg das Thema für dieses Mal.

Sie müssen sich ein paar Tage gedulden, bis das nächste Schiff nach Lissabon ablegt, und vertreiben sich die Zeit, indem sie die Gegend erkunden. Der Wirt, bei dem sie untergekommen sind, hat von den vielen Pilgern ein wenig Deutsch gelernt. Er schickt sie hinaus auf die Halbinsel. Dort oben, am Turm des Herkules, dem ältesten Leuchtturm ganz Spaniens, könnten sie die Küste auf beiden Seiten der Bucht von einem einzigen Standort aus erkunden und würden da erst einen richtigen Eindruck vom Meer bekommen. Sie machen sich auf den Weg.

In der Nähe des Hafens überqueren sie den Hals der Halbinsel und kommen in eine sandige Bucht, von der aus sie den Leuchtturm schon sehen können. In regelmäßigem Rhythmus rollen die Wellen herein, brechen im Flachwasser und laufen sanft im Sand aus. Und doch hören sie ein donnerndes Brausen. Als sie sich nördlich halten und dem Kopf der Halbinsel näherkommen, nimmt die Windstärke so zu, dass sie auf ihre Barette aufpassen müssen. Sie schlagen ihre Umhänge eng um sich und halten sie fest, damit sie nicht wie Fahnen von ihnen wegflattern. Ramseider zieht kritisch die Stirn kraus.

Schließlich steigen sie auf den Hügel, der den Kopf der Halbinsel bildet. Ohne sich nach den andern umzusehen, geht Georg zielstrebig voran. Als sie hoch über dem Meer stehen, bläst der Wind so stark, dass sie sich dagegen lehnen oder sich in den Windschatten des Turms stellen müssen. Unter ihnen rollt ringsum brüllend die Brandung gegen die Felsen an, sodass die Gischt haushoch aufspritzt. Die See ist aufgewühlt, die Wellen sind hoch.

»Wie hoch schätzt du die Wellen?«, fragt Georg und dreht sich nach Ramseider um. Der ist kreidebleich und sagt kein Wort.

»Kann man von hier aus nicht einschätzen«, schreit Hänslin an seiner statt gegen das Pfeifen des Winds an. »Der Wind wird ja nicht immer so stark sein.«

»Hoffentlich nicht«, antwortet Georg. »Denk nur an die Fahrt nach Rhodos. Einen solchen Wind haben wir da nur einmal erlebt, zwischen Kreta und Rhodos.«

»Ja, das hat mir aber gereicht.«

Sie machen sich auf den Rückweg. Auch als sie schon wieder in der Stadt sind, ist von Ramseider nichts zu hören. Plötzlich ist er verschwunden.

»Wo ist Ramseider?«

Sie schauen sich um und bemerken, dass sie eben an einer billigen Taverne vorübergegangen sind. Als sie eintreten, sitzt ihr Freund schon vor einem Krug und stürzt einen Becher Wein hinunter. Gleich schenkt er sich wieder ein und will auch den zweiten Becher sofort leeren. Da legt ihm Georg die Hand auf den Arm.

»Du willst dich doch nicht betrinken?«

Ramseider schiebt mit einer energischen Bewegung Georgs Hand weg und trinkt auch den zweiten Becher so hastig aus, dass ihm der Wein über die Mundwinkel läuft.

»Was ist mit dir?«

»Ich reite durch das ganze Abendland, damit ich in diesem Meer ersaufe. Mein Ende habe ich mir anders vorgestellt.« Er starrt mit glasigen Augen vor sich hin.

»Es wird uns nichts passieren«, versucht Georg ihm Mut zu machen.

»Woher willst du das wissen?«

»Wenn die Leute von hier mit diesen Schiffen immer nach Portugal fahren, dann können wir das auch. Die Schiffe liegen doch nicht bloß im Hafen. Mit denen fährt man hinaus.«

»Ohne mich.«

»Lass das Trinken jetzt und hör mir zu«, sagt Georg und zieht Ramseider aus der Taverne hinaus, wo ihnen niemand zuhört.

»Willst du weniger Mut zeigen als Hänslin? Und schau dir doch die einfachen Seeleute im Hafen an. Alle waren schon auf diesen Schiffen unterwegs, vor allem von Lissabon her. Hast du weniger Mut als sie?«

Ramseider starrt eine Weile schweigend vor sich hin und schüttelt leicht den Kopf.

»Lieber eine Rotte Türken als das Meer. Im Kampf weiß ich mich zu wehren, aber …«

»Hast du kein Gottvertrauen? Es wird uns nichts passieren.«

»Und du? Hast du wirklich keine Angst? Sei ehrlich.«

»Ich bin ein Ritter und weiß, wohin ich will. Ich unterdrücke meine Angst. Gott wird uns schützen.«

Mit diesen Worten fasst Georg Ramseiders Hand, drückt sie und geht mit ihm in die Taverne zurück. Von Angst wird nicht mehr gesprochen, obwohl jeder nach dem Ausblick auf das Meer eine schlechte Nacht hat.

Georg, Ramseider und Hänslin gehen an Bord der Jacinta, die vor ein paar Tagen aus Lissabon gekommen ist und nun zurückfährt. Gerhard ist in einer Ecke des Friedhofs beigesetzt worden, wo man Fremde, meistens Pilger, beerdigt.

»Wenigstens kannst du seinen Eltern sagen, dass er in geheiligter Erde liegt«, hat Georg seinem Weggefährten über den Verlust hinwegzuhelfen versucht.

»Aber das ist auch schon alles, was ich für sie tun kann.«

So leicht ist Ramseider nicht zu trösten. Er ist so schweigsam, als hätten ihm die Trauer und die Angst vor der Seereise die Sprache genommen. Auch die Vorbereitungen für die Seereise haben ihn nicht ablenken können. Gleichgültig und stumm ist er danebengestanden, als sie ihre Pferde verkauft haben. Und Hänslin hat seine Kleidung und Waffen in der Karavelle verstaut, während er teilnahmslos an Land saß.

Sie haben mit dem Kapitän einen günstigen Preis für die Passage ausgehandelt und sich mit Proviant versorgt. Von Wolfram, ihrem Herold, haben sie sich verabschiedet, auch den Trossknecht lassen sie zurück. Die beiden sollen auf schnellstem Weg zu Erzherzog Albrecht zurückkreiten und ihm von der Reise berichten.

Die Ritter bekommen eine winzige, niedere Koje zugewiesen.

»Auf den Galeeren hatte ich so viel Platz wie wir hier alle zusammen«, bemerkt Georg. »Aber die Fahrt wird ja nicht so lange dauern.«

»Hoffentlich«, murmelt Ramseider, der schon weiß um die Nase wird.

»Komm mit an Deck. Ich möchte sehen, wie wir ablegen.«

Die drei setzen sich so weit vorn aufs Vorderdeck, dass sie die Seeleute nicht behindern, und beobachten, wie das Schiff in Fahrt gebracht wird.

Zwei große Ruderboote werden ausgesetzt und mit je zehn Matrosen bemannt. Dann ertönen die ersten Kommandos. Die Matrosen legen sich in die Riemen und schleppen die Jacinta langsam aus dem Hafen. Es dauert gute zwei Stunden, bis die Karavelle aus dem Windschatten der Halbinsel tritt.

»Dort oben sind wir gestanden«, erklärt Georg und zeigt auf den Hügel mit dem Leuchtturm, der das Ende der Halbinsel bildet. Ramseider antwortet nicht. Er hält sich so verkrampft an der Reling fest, dass die Knöchel seiner Hände weiß werden.

Der starke Wind, der von links kommt, treibt die Jacinta breitseits nach Osten.

Die Matrosen kommen das Fallreep hochgestiegen, die Boote werden eingezogen.

»Nun bin ich gespannt, wo wir bei diesem Wind hinfahren«, sagt Hänslin.

»Wo geht es nach Portugal?«

Georg zeigt nach Westen, gegen den Wind, und zuckt mit den Achseln.

»Wie soll das gehen, wenn der Wind nicht dreht?«

Und dann geschieht das Wunder.

Kaum sind die Matrosen an Bord, ziehen sie die dreieckigen Segel hoch, stellen sie in einen bestimmten Winkel, und schon neigt sich die Karavelle nach Steuerbord und fährt schräg gegen den Wind aufs Meer hinaus.

»Das gibt es nicht! Wir fahren fast gegen den Wind«, ruft Georg erstaunt aus. »Gegen den Wind, das kann doch nicht sein!«

Aber schneller, als sie es sich hatten vorstellen können, liegt die Halbinsel weit hinter ihnen und wird immer kleiner. Bald sehen sie nur noch die Spitze des Leuchtturms und den Qualm seines Holzkohlenfeuers. Da dringen wieder raue unverständliche Kommandos an ihr Ohr, Pfiffe ertönen, und auf Deck setzt neue Geschäftigkeit ein. Die Segel werden gelockert, werden in einen anderen Winkel gestellt, und noch ehe sie wieder ganz hochgezogen sind, wendet die Jacinta nach Südwesten, neigt sich nach Backbord und nimmt Fahrt auf. Am östlichen Horizont zieht die Steilküste an ihnen vorbei. Nach dem Cabo Finisterre verschwindet die Küste für den Rest des Tages.

»Wir sind schräg gegen den Wind gefahren ohne Ruderer. Das ist wie ein Wunder«, schwärmt Georg.

Aber Ramseider hört ihm gar nicht zu. Kreidebleich klammert er sich immer noch an die Reling, und als Georg

sich ihm weiter zuwendet, bemerkt er, dass er die Augen zu-
sammenkneift.

»Was ist? Geht es dir nicht gut?«

Ramseider nickt.

»Komm mit. Wir gehen in die Koje hinab. Kau Ingwer
und leg dich hin. Dann wird dir besser.«

Damit nimmt er seinen Gefährten am Arm und führt ihn
unter Deck.

»Den Kübel. Bring mir den Kübel«, stöhnt Ramseider und
fängt an zu würgen.

Er übergibt sich und scheint dann ruhiger zu werden.
Georg bleibt bei ihm sitzen, bis er eingeschlafen ist. Dann
geht er wieder an Bord und genießt die frische Luft und den
Sonnenuntergang.

Im Morgengrauen lässt der Wind etwas nach. Die See
wird glatter.

»Geht es dir besser?«, fragt Georg, als er bemerkt, dass
Ramseider wach ist.

»Ja, aber ich habe Magenschmerzen.«

»Das wird besser, glaub mir. Siehst du, wir haben eine
Nacht mit starkem Wind überlebt. Du kannst jetzt ganz ruhig sein. Die See wird weniger stürmisch. Iss etwas, trink einen Schluck Wasser, und dann musst du eine Scheibe Ingwer
kauen. Die Schärfe brennt am Anfang ein wenig, aber dann
wird dir besser. Hänslin und ich kauen immer wieder ein
Scheibchen.«

Ramseider erholt sich etwas. Nur ganz kann er die Seekrankheit nicht überwinden. Die meiste Zeit liegt er unter Deck, während Georg und Hänslin im Bug sitzen und gespannt zusehen,
wie die Seeleute jede kleine Veränderung der Windrichtung
ausnützen, um die Karavelle in voller Fahrt zu halten.

Im fast konstanten Westwind pflügt die Karavelle leicht
nach Backbord geneigt durch die Wogen. Am östlichen Horizont taucht ab und zu die Küste auf.

Ramseider traut sich erst am dritten Tag wieder an Deck, als man ihm sagt, dass man nun schon den Hafen ansteuere.

Er ist erst wieder besser gestimmt, als die Jacinta direkt vor dem Wind langsam in die Mündung des Tejo einläuft und sich am Horizont die Burg von Lissabon zeigt.

Dom Afonso V. hat sie nicht lange warten lassen. Schon einen Tag nachdem Hänslin das kaiserliche Empfehlungsschreiben auf der Burg abgegeben hatte, suchte sie ein königlicher Bote, der von einem niederländischen Dolmetscher begleitet wurde, in ihrer Herberge auf. Der König sei hocherfreut über die Ankunft so weit gereister Kämpfer, die ihm sein Schwager Friedrich III., der Kaiser des Heiligen Römischen Reiches deutscher Nation, empfehle, ließ man sie wissen. Er freue sich, zwei Ritter aus dem Land, in dem nun seine Schwester wohne, zu Gast zu haben und bitte sie zu einer Audienz, zu der sie am folgenden Tag gegen Mittag abgeholt würden. Sie mögen sich bitte bereithalten.

Festlich gekleidet, wie seit den Hofbällen in Paris nicht mehr, warten sie. Ramseider und Hänslin vertreiben sich die Zeit mit Würfeln, während Georg unruhig auf und ab geht und immer wieder einen Blick aus dem Fenster wirft. Am liebsten würde er sich vor die Tür stellen und der erwarteten Eskorte entgegensehen. Um seine Würde zu wahren, muss er sich aber rufen lassen und in aller Form gebeten werden, auf die Burg zu kommen.

Endlich hören sie die Hufschläge einer ganzen Reitergruppe näherkommen. Sie werden lauter und verklingen vor der Herberge. Schritte auf der Treppe. Dann klopft es an die Tür. Hänslin öffnet, und herein tritt ein königlicher Herold in Begleitung des niederländischen Dolmetschers, den sie schon kennengelernt haben.

Der Herold verbeugt sich und entrollt ein Pergament, das er so lautstark verliest, als stünde er vor einem großen Publikum. Dann übersetzt Klaas van Utrecht, wie sich der Dolmetscher vorstellt, kurz und knapp: Vor der Tür warte die Eskorte, die sie auf die Burg geleiten solle. Dort mögen sie sich bitte in den Thronsaal der Burg geleiten lassen. Dem König sei es eine Ehre, ihnen zur Begrüßung die drei Pferde zu schenken, die gesattelt auf sie warteten. Je ein Hengst für die Ritter und ein Wallach für ihren Knappen.

Georg und Ramseider nehmen die Botschaft haltungsvoll entgegen und begeben sich gemessenen Schritts, gefolgt von Hänslin, dem Herold und dem Dolmetscher, vor die Herberge. Es bietet sich ein buntes Bild. Zwei Soldaten der königlichen Leibwache sitzen in ihren rotgrünen Uniformen auf prächtigen Pferden, deren schwarzes Fell in der Sonne glänzt. Jeder hält eine königliche Standarte hoch. Vier weitere Reiter in derselben Kluft haben sich auf beiden Seiten der Herbergstür aufgestellt, und zwischen ihnen stehen die gesattelten Pferde für die Gäste, zwei kräftige weiße Hengste und ein Fuchswallach, die von drei Knappen gehalten werden. Der Herold weist ihnen ihre Pferde zu: der ganz weiße Hengst, Almansor, für Georg, der mit der grauen Mähne, Bizarro, für Ramseider und der Fuchs für Hänslin.

Sie sitzen auf. Vorneweg die beiden Soldaten mit den Standarten, gefolgt von zwei Soldaten mit Fanfaren, dann die Gäste, denen die Übrigen folgen. Ein Fanfarensignal erklingt, und die Prozession setzt sich in Bewegung.

Über gepflasterte Gassen geht es steil zur Burg hinauf. Sobald man sie von der Burg sehen kann, schallt ein Fanfarensignal zu ihnen herab, das sich wiederholt, als sie durch das Burgtor reiten.

Man nimmt ihnen die Pferde ab, und der Herold geleitet sie zusammen mit dem Dolmetscher in den Thronsaal.
Wieder ertönt Fanfarengeschmetter. Auch hier erfreut Farbenpracht das Auge: grünrote Fahnen mit goldenen Fransen,
ebenfalls mit Gold verzierte grünrote Uniformen, ein goldener Thron mit rotem Baldachin von Wächtern mit rotgrünen
Standarten flankiert. Die Gestalt des Königs überrascht sie:
Er ist ein schlanker junger Mann, höchstens gleich alt wie sie,
wenn nicht ein paar Jahre jünger. Zu seiner Rechten die junge
Königin, deren Schönheit Ramseider fast den Atem nimmt.
Den Wänden entlang sitzt der gesamte Hofstaat und Adel,
gespannt auf die fremden Ritter.

In gemessenem Abstand bleiben die Gäste stehen und
verbeugen sich. Die Begrüßungsworte des Königs verstehen sie nicht, nehmen aber den freundlichen Tonfall wohl
wahr. Daraufhin tritt Georg vor und reicht dem Monarchen
die übrigen Empfehlungsschreiben. Allein die Siegel der Könige von Frankreich und Navarra veranlassen Dom Afonso
zu einem achtungsvollen Nicken. Dann lässt er alle Empfehlungsschreiben verlesen. Erst im ursprünglichen Latein, was
er selbst nicht versteht, dann in der Übersetzung eines Geistlichen. Daraufhin reicht der König dem Herold eine Schrift-
rolle, die dieser laut verliest. Sein Tonfall hat etwas Offizielles
an sich, Stolz klingt heraus, und da die österreichischen Ritter bisher kein Wort verstanden haben, erscheint ihnen die
Verlesung endlos.

Ramseider kommt nicht umhin, nach allen Seiten kurze
Blicke auf die Hofgesellschaft zu werfen. Nicht nur die Königin ist ein Ausbund an Schönheit, stellt er befriedigt fest und
muss sich beherrschen, um seine Augen nicht zu lange auf
der einen oder anderen Hofdame ruhen zu lassen. Klaas van
Utrechts nüchterner Übersetzung widmet er aber doch seine ganze Aufmerksamkeit. Dieser sagt, er könne nicht genug
betonen, zu welcher Ehre es dem König gereiche, dass solche

Streiter zu ihm gekommen seien und sich ihm zur Verfügung stellten. Aber er gibt ihnen auch zu verstehen, an welch wichtigen Hof sie gekommen seien und wie bedeutungsvoll der Kampf gegen die Ungläubigen sei, ginge es doch nicht nur um die Seeherrschaft an Afrikas Küsten, sondern sogar um die Herrschaft über den ganzen Kontinent, den ihm der Papst zugesprochen habe. Umso dankbarer sei Portugal für die angebotene Unterstützung. Der Kriegszug gegen die Mauren lasse sich noch kurz aufschieben, aber er sei unausweichlich. Daher sei man für die Bereitschaft der habsburgischen Ritter besonders dankbar. Sie seien zu einem Bankett eingeladen, zu dem man sie nun sofort in einen anderen Saal geleiten werde.

»Atemberaubend«, bemerkt Ramseider, sobald die Audienz vorüber ist.

»Die Audienz?«, fragt Georg, den der feierliche Pomp beeindruckt hat.

»Die doch nicht! Die Frauen! Frauen gibt es hier! Hast du die Frau im grünen Kleid direkt neben der Königin gesehen? Von der werde ich wohl träumen.«

»Ja, es gibt schöne Frauen hier. Das habe ich auch gesehen.«

»Ich hoffe, wir bleiben lange genug hier.«

»Lange genug wofür?«, fragt Georg kritisch.

»Um noch einmal richtig zu leben. Weißt du denn, ob du aus Afrika lebend zurückkommst?«

Noch ehe Georg ihm antworten kann, verbeugt sich ein Diener vor ihnen und führt sie in einen mit Palmwedeln und Blumen geschmückten Saal, in dessen Mitte eine lange und breite Tafel aufgebaut ist. Mit Klaas van Utrecht zwischen ihnen sitzen sie dem Königspaar genau gegenüber. Georg gehen die Augen über, als der erste Gang aufgetragen wird: ein riesiger Schwertfisch, länger als ein Zweihänder und so schwer, dass es zwei Diener braucht, um ihn auf der Tafel zu platzieren. Er liegt auf Orangen- und Zitronenscheiben gebettet und ist mit Mandelsplittern bestreut. Fasziniert verfolgt Georg, wie der Vorschneider ihnen große Filetstücke vorlegt und sie mit einem Gemisch aus Öl und Orangensaft übergießt. Dazu essen sie weißes Brot. Als Zwischengang werden Krebse und Muscheln angeboten, ehe schließlich gebratenes Lamm aufgetragen wird. Und zu jedem Gang gibt es Obst und den passenden Wein.

Während des ganzen Banketts lässt sich der König von Georgs Reisen berichten, interessiert sich besonders für Rhodos und Palästina und dafür, was Georg über die Galeeren der Ungläubigen zu berichten weiß. Als es um den Ritt durch Galicien geht, schaltet sich auch Ramseider in das Gespräch ein. Doch die meiste Zeit gilt sein Augenmerk der Hofdame an der Seite der Königin, der Dame im grünen Kleid.

Es braucht nicht lange, bis er ihre Aufmerksamkeit gewonnen hat und immer wieder Augenkontakt mit ihr aufnehmen kann. Ruhig schaut er ihr entgegen, lehnt sich in aller Gelassenheit leicht zurück und lächelt sie an. Ohne sie aus den Augen zu lassen, steckt er sich eine große Weinbeere in den Mund, kaut sie genüsslich. Sie senkt den Blick und lächelt verhalten, als amüsiere sie sich über einen frechen kleinen Jungen, der leicht über die Stränge schlägt. Das ermuntert Ramseider zu weiteren Signalen. Als tue er etwas, was er schon tausendmal getan hat, greift er dann nach einer blauen Feige, schiebt sie mit einer langsamen, selbstbewussten Geste der Dame zu und nimmt sich selbst auch eine. Und dann, immer noch den Blickkontakt haltend, beißt er genüsslich in die Feige hinein, während sie es ihm gleichtut. Lächelnd verzehren sie die Frucht, Aug in Auge.

Schon zwei Tage später wird zu Ehren der Gäste ein Turnier veranstaltet. Als die Fanfaren erschallen und Ramseider zwischen all den Teilnehmern, die sich in ihren Rüstungen und farbenfrohen Waffenröcken auf dem Turnierplan präsentieren, einreitet, erkennt er schon von Weitem die Dame, deren Farben er an seiner Lanze haben möchte. Wie schon beim Bankett hat sie ihren Platz an der Seite der Königin. Hier darf ihm niemand zuvorkommen. Kurzerhand bricht er aus dem Zug aus, galoppiert wild vor die Tribüne, lässt Bizarro steigen und streckt der Dame, noch ehe der Hengst wieder auf allen vieren steht, seine Lanze entgegen. Wieder das amüsierte Lächeln. Sie nimmt ihr grünes Halstuch ab, knotet es an der Lanze fest und winkt ihm hoheitsvoll zu. Ramseider dankt ihr mit einem Kopfnicken und reiht sich wieder unter die Ritter ein, die ihren Einzug feiern, indem sie einmal rund um den Turnierplatz reiten.

Kampflustig stürzen sich Georg und Ramseider in die Wettkämpfe. Schon allein ihre Körpergröße – sie überragen die meisten Portugiesen um wenigstens einen halben Kopf – flößt ihnen Selbstbewusstsein ein. Ramseider allein stößt drei portugiesische Gegner hintereinander vom Pferd, und auch Georg gewinnt seine Kämpfe, indem er einen Gegner nach dem andern beim Schwertkampf entwaffnet. Und im Steinstoßen und Eisenstangenschleudern kommt nur Georg an Ramseider heran. Das Ganze gerät zu einer einzigen Demonstration ihrer Kampfkraft, und sie freuen sich darüber, dass ihnen nicht nur von der Tribüne, sondern auch von ihren Turniergegnern applaudiert wird. Sie haben ihren Empfehlungsschreiben voll entsprochen und hätten keinen besseren Anschluss an die portugiesische Streitmacht finden können.

Das Fest wird bei einem Bankett fortgesetzt. Wieder schwelgen sie in nie gekannten Genüssen und erfreuen sich bei Musik und Tanz. Mitternacht ist schon längst vorüber, als sie aufbrechen. Der Vollmond erhellt den Burghof, als sie das Tor öffnen lassen, um in die Stadt hinunterzureiten. Da aber tritt ein zartes Mädchen, eine Zofe, aus dem Schatten und greift beherzt nach dem Halfter von Ramseiders Pferd. Sie winkt ihm abzusteigen, übergibt seinen Bizarro einem Knappen und führt Ramseider in die Burg zurück. Georg und Hänslin reiten ohne ihn in die Stadt hinunter.

Für beide, Georg und Ramseider, ist der Aufenthalt in Lissabon eine besonders schöne Zeit. Es ist nicht nur die heitere Stadt mit der Burg in herrlicher Lage, sondern vor allem der junge Monarch Dom Afonso, der ihren Aufenthalt zu einem einzigen Fest werden lässt. Es vergehen keine drei Tage, ohne dass er seine Gäste einlädt: zu einem Festmahl, einem Ausritt, einem Pferderennen oder einer Jagd im königlichen Revier. Dabei lässt er sich nur von seinem obersten Kammerherrn begleiten, wobei er sich über die höfische Etikette, der eigentlich auch er zu entsprechen hätte, selbstbewusst hinwegsetzt. Als der Monarch aus eigener Kraft, für den er sich hält, erlaubt er sich das. Schließlich hat er die Königswürde nicht nur von seinem Vater geerbt, sondern sie in einer Schlacht gegen seinen Onkel und Schwiegervater erfolgreich verteidigt.

Aber von so ernsten Dingen ist bei ihrem Zusammensein nie die Rede. Zwar ist sich Dom Afonso bewusst, dass ein Krieg bevorsteht – sonst wären seine Gäste ja gar nicht hier –, aber solange man in Ceuta nicht um Hilfe ruft, kann man nichts Besseres tun, als das Leben zu genießen. Besonders, wenn man sich in der Gesellschaft zweier im ganzen Land anerkannter Recken befindet, die ihm wie zwei ältere, erfahrene Freunde vorkommen. Und bald schon ist man sich der gegenseitigen Sympathie so sicher, dass Dom Afonso die beiden Ritter einlädt, auf der Burg zu wohnen, was sie auch gerne annehmen.

Dom Afonso liebt die Jagd, und so brechen sie schon in den ersten Tagen zusammen zu einer Damwildjagd auf. Die

Jagdgesellschaft ist klein, was Georg besonders gefällt. Der König, Georg und Ramseider mit Hänslin, ein Kammerherr des Königs und zwei Jagdgehilfen, die die Armbrüste tragen und zu spannen haben, machen die ganze Gruppe aus. Und der Dolmetscher darf natürlich nicht fehlen.

Das wird keine Hetzjagd, hier wird anders gejagt. Das erkennt Georg schon, als sie aufbrechen.

Weitab von jedem Dorf und Gehöft binden sie ihre Pferde im Schatten einiger Steineichen an und setzen ihren Weg zu Fuß fort. Es geht durch die Macchie, vorbei an würzig duftenden Zistrosen, Myrte und wildem Rosmarin. Plötzlich hält Dom Afonso seine Hand hoch und sie halten an. Er deutet voraus. Weder Georg noch Ramseider können sofort etwas sehen. Erst allmählich erkennen sie auf dem Hintergrund eines fahl-beigen Hügels das getupfte Fell eines Damhirschs, der mit erhobenem Haupt die Blätter eines Erdbeerbaums anknabbert. Nicht weit um ihn herum äsen weitere Tiere. Mit einer Handbewegung fordert Dom Afonso Georg zum Schuss auf und lässt ihm die Armbrust reichen. Georg kauert nieder, legt die Armbrust auf einem großen Stein auf, zielt und drückt ab. Ein leise pfeifendes Geräusch, dann steigt der Damhirsch auf die Hinterläufe, als wollte er einen großen Sprung machen, und bricht sofort zusammen. Die anderen Tiere, Kälber und Kühe, werfen die Köpfe auf, machen ein paar nervöse Sprünge, bleiben stehen, versuchen Witterung aufzunehmen und äsen aber weiter, da sie keinen Wind bekommen. So kommt auch Ramseider zum Schuss. Er erlegt ein weibliches Tier, womit aber die Jagd noch nicht zu Ende ist. Sie streifen noch länger durchs Revier, und auch Dom Afonso blüht noch das Jagdglück.

Obwohl Dom Afonso das Ausweiden den Jagdgehilfen überlassen möchte, lassen es sich die Gäste nicht nehmen, ihre Jagdbeute selbst aufzubrechen, wie es in ihrer Heimat

Sitte ist. Dom Afonso bewundert ihr Geschick und lässt sich von den Jagderfahrungen der beiden berichten.

Georgs Schilderungen der Beizjagd im Gebirge interessieren den König besonders. Denn auch an seinem Hof werden Greifvögel gehalten, und Königin Isabel und ihre Hofdamen lieben sie und sind von der Falknerei begeistert.

So dauert es auch nicht lange, bis die Königin zur Beizjagd einlädt. Das Königspaar wird von drei Hofdamen begleitet, den Gästen mit ihrem Knappen und dem Dolmetscher. Ihnen folgen in achtungsvollem Abstand zwei Diener, die Erfrischungen bereithalten, Getränke und kleine Leckerbissen.

Mit Falken Rebhühner zu jagen sei der besondere Spaß der Damen, sagt ihnen Klaas van Utrecht, während die Königin die Kaninchenjagd mit dem Steinadler bevorzugt. Und so ist es nicht verwunderlich, dass die Königin selbst ihren Adler auf der Hand trägt und drei Hofdamen jeweils einen Falken bereithalten.

Sie reiten in dasselbe Revier, wo die Damwildjagd stattgefunden hat, in die leicht gewellte, fahl-beige Landschaft. Bald stehen sie auf einem Hügel und sehen in der Senke vor sich eine ganze Anzahl von Kaninchen herumhoppeln, junge Tiere, die große Sprünge machen, während die älteren zwischen den dürren Gräsern die wenigen Kräuter abfressen. Wie das Damwild so sind auch die Kaninchen wegen ihrer Tarnfarbe nicht auf den ersten Blick auszumachen. Es braucht eine gewisse Zeit, ehe man die ganze Kaninchenkolonie überblickt. Die Damen sind ganz aufgeregt, bis die Königin endlich ihrem Adler die Kappe abnimmt. Der hat im Bruchteil einer Sekunde die Kaninchen erspäht. Er rauscht ab, fliegt flach heran und schlägt ein Kaninchen, während die andern sich über verschiedene Röhren in den Bau retten. Die jüngste Hofdame holt den Adler zurück und bringt seine Beute mit. Die Königin nimmt ihn wieder auf ihre Hand und belohnt ihn mit einem Stück Fleisch, ehe ihm dann die Kappe wieder aufgesetzt wird.

Man reitet ein Stück weiter und nähert sich einer anderen Kaninchenkolonie. Wieder dasselbe Spiel, nur dass dieses Mal eine Hofdame den Adler losschickt, aber ihm nicht selbst die Kappe abnimmt, sondern Georg, fast unmerklich nickend, mit einem Augenaufschlag dazu auffordert.

Dann legt die Jagdgesellschaft eine Pause ein. Die Diener kommen herbei und reichen den Herrschaften Wasser und Wein und zu jedem Glas einen leckeren Bissen.

»Wir trennen uns nun«, erklärt der Dolmetscher dann. »Man kann ja nicht vier Vögel gleichzeitig jagen lassen. In zwei Stunden treffen wir uns wieder hier und machen aus, wer am meisten Jagdglück hatte.«

Ganz selbstverständlich gesellt sich Georg zu der Hofdame, der er schon behilflich sein durfte. Langsam reiten sie nebeneinander her. Gerne lässt sie sich das Wanderfalkenweibchen, das sie führt, von der Hand nehmen und scheint sich bei Georg zu bedanken. Er lächelt sie an und zuckt mit den Achseln.

»Schön wär' s, wenn ich dich verstehen könnte«, sagt er laut.

Sie redet einfach weiter.

»Ich verstehe doch kein Wort«, sagt er mit einer hilflosen Geste.

Das aber scheint sie nur zu amüsieren. Sie macht sich einen Spaß daraus, in einem Tonfall, den er zumindest als sehr freundlich empfinden muss, einfach weiterzureden: mal ein kurzer Wortschwall, dann wieder in ungleichen Intervallen einzelne Wörter, die Kosenamen oder auch Spottnamen sein könnten, manches Wort wiederholt sie mehrmals, dann wieder ganze Sätze. Dabei schaut sie ihm in die Augen, kichert schelmisch und lacht. Wie sie Georg aus ihren dunklen mandelförmigen Augen so offen anblickt, würde er sie am liebsten umarmen und küssen. Aber selbst wenn sie nicht auf zwei Pferden sitzen würden, hätte er die Courage nicht. Wenigstens will er wissen, wie sie heißt.

Er deutet auf seine Brust und sagt »Georg«.

»Luisa«, antwortet sie sofort.

Dann aber, als wollte sie Weiteres abwenden, verstummt sie auf einmal und zeigt auf den Falken und erhebt warnend den Zeigefinger. Georg versteht. Sie müssen jagen. Ganz ohne Beute zurückzukommen, würde einen seltsamen Eindruck machen, wo es doch überall so viel Federwild gibt. So lassen sie ein paar Mal den Falken los und können wenigstens drei Rebhühner vorweisen, als sie am Treffpunkt auf die anderen stoßen. Andere hatten mehr Jagdglück. Die Königin und die Dame im grünen Kleid, die von Ramseider begleitet wurde, haben jeweils vier Kaninchen und Dom Afonso vier Rebhühner.

Fröhlich gestimmt tritt die Gesellschaft den Rückweg an. Als Georg neben König Dom Afonso reitet und ihm von der Beizjagd mit dem Steinadler erzählen muss – immer wieder muss er für den Dolmetscher eine Pause machen –, hört er die Damen hinter sich reden, wortreich, heiter, lachend. Vor allem hört er Luisas helle Stimme heraus und fragt sich, was sie wohl den anderen Lustiges zu erzählen hat. Spricht sie über ihn? Macht sie sich über ihn lustig? Das Gespräch mit Dom Afonso kostet ihn so viel Konzentration, dass er darüber kaum nachdenken kann. Aber er hat ein seltsames Gefühl im Rücken.

»Und? Wie war's?«, fragt Ramseider, als sie wieder unter sich sind.

»Sehr schön.«

»Wie war's mit Luisa, mein ich?«

»Woher weißt du ihren Namen?«

»Von Klaas. Woher denn sonst?«

»Interessierst du dich auch für sie?«, fragt Georg verwirrt.

»Nur keine Angst, Georg. Ich komme dir nicht in die Quere. Aber ich wollte doch wissen, wie die Dame heißt, die meinem Freund den Kopf verdreht.«

»Was heißt den Kopf verdreht?«

»Ich habe Augen im Kopf. Das ist doch ganz einfach: Wieso lässt sie dich dem Falken die Kappe abnehmen? Kann sie das nicht selbst tun?«, sagt Ramseider mit etwas Spott in der Stimme. »Wann triffst du dich mit ihr?«

»Ich weiß nicht.«

»Weißt du wenigstens, wer sie ist?«

»Nein.«

»Aber ich.«

»Wer ist sie? Sag schon!«

»Eine Cousine zweiten Grades der Königin und Mafaldas jüngere Schwester.«

»Und Mafalda?«

»Na, wer denn wohl!«

»Dann hoff ich nur, dass wir den schönen Schwestern nicht das Herz brechen.«

»Keine Sorge, Georg. Beide wissen doch ganz genau, wer wir sind und warum wir gekommen sind. Und es wird ihnen klar sein, dass unsere Zeit hier nur kurz sein kann.«

Ein paar Tage vergehen, ohne dass die beiden Ritter die Damen wieder zu Gesicht bekommen. Sie reiten aus und erkunden die Umgebung Lissabons. Aber wo sie auch sind, an den Ufern des Tejo oder draußen am Cabo da Roca, die schönen Bilder ziehen an Georgs Auge vorbei, ohne dass er sie in sich aufnehmen kann. Seine Gedanken sind bei Luisa. Ihre Stimme klingt in seinem Ohr, ihr Lachen, und im Gesicht jeder Frau, die ihnen begegnet, sucht er ihre dunklen Augen und findet sie nicht. Tag und Nacht sieht er ihr Bild vor sich. Die Zeit wird ihm lang.

Da endlich, am vierten Tag nach der Kaninchenjagd, verkündet ihnen Klaas van Utrecht, dass ihnen eine große Ehre zuteilwürde. Am Abend seien sie zum Nachtmahl in die Kemenate eingeladen. Eine Zofe werde sie rufen. Georgs Herz schlägt höher.

Eine wohltuende Brise vom Meer her hat die Schwüle des Nachmittags weggeweht. Als sie die Kemenate betreten, lassen die offenen Fenster die Strahlen der untergehenden Sonne herein, die den kleinen Saal in ein warmes Licht tauchen.

Man hat eine Tafel aufgebaut, an der das Königspaar und die Hofdamen sitzen, und die beiden Ritter bekommen, mit dem Dolmetscher zwischen ihnen, Luisa und Mafalda gegenüber ihre Plätze zugewiesen. Wieder beginnt das Mahl mit einem köstlichen Fischgang, zu dem ein erfrischender Weißwein gereicht wird. Luisa redet nicht, aber sie spricht mit den Augen. Auch wenn sie sich leicht vorbeugt, um einen saftigen Bissen zum Mund zu führen, wendet sie kaum den Blick von Georg. Und als das Fleisch aufgetragen wird, zeigt sie dem Vorschneider ganz genau, welches Stück er Georg vorlegen soll.

»Sie ist ganz verrückt nach dir«, bemerkt Ramseider, als er einen Moment sicher sein kann, dass der Dolmetscher nicht zuhört.

Schließlich wird die Tafel aufgehoben und hinausgetragen, man macht es sich bequem und lässt sich von einem Sänger unterhalten, der außer Liedern auch Gedichte vorträgt. Georg lauscht dem fremden Klang der Sprache und versucht, aus Luisas Miene herauszulesen, welche Gefühle das Gedicht ausdrückt.

Als der Sänger eine Pause macht, wendet sich Luisa an die Königin. Sie scheint etwas zu fragen, und die Königin nickt zustimmend und wendet sich an den Dolmetscher. Ob einer der beiden Gäste nicht die Freundlichkeit hätte, ein Gedicht oder Lied aus seiner Heimat vorzutragen. Man wolle gerne ihre Sprache hören, gibt der ihnen zu verstehen.

»Ich nicht. Das musst schon du machen«, sagt Ramseider sofort.

Georg überlegt. Wie viele Gedichte hat er in Innsbruck vorgetragen, wie viele hat er auswendig gekonnt! Aber so sehr er auch in seiner Aufregung nachdenkt, fällt ihm nur das eine ein, das Tagelied, das Reingard so gut gefallen hat. Er steht auf und beginnt, rot vor Erregung. Mehrmals muss er sich räuspern, weil ihm die Stimme zu versagen droht, schafft es aber doch ohne Stocken bis zur letzten Zeile. Höflicher Applaus von allen Seiten. Dann bittet der König den Dolmetscher um eine Übersetzung, womit er ihn in Verlegenheit bringt.

»Von diesem Tiroler Dialekt habe ich leider kein Wort verstanden«, sagt der Niederländer kopfschüttelnd, sodass Georg ihm zunächst den Text übersetzen muss. Nach jeweils drei bis vier Zeilen unterbricht er, damit Klaas ins Portugiesische übersetzen kann, wobei die Portugiesen schon jede kleinste Regung im Gesicht des Niederländers verfolgen, während Georg noch spricht. Die Frivolität des Gedichts hebt die Stimmung. Ihr Lachen unterdrückend, halten sich die Damen ihre Fächer vors Gesicht, und nach den letzten drei Zeilen, »*Und sie begann zu kosen / ihn aus dem Schlaf zu holen / sich fest an ihn zu schmiegen / voll Lust an ihn zu pressen / dass ihm die Glieder knackten*«, geben sie ihre Zurückhaltung auf. Die ganze Gesellschaft lacht laut und klatscht in die Hände.

Georg, der während seines ganzen Vortrags Luisa nicht angesehen hat, sucht ihre Augen. Sie bedeckt Mund und Nase mit ihrem Fächer, aber ihre Augen lachen über den Rand, und Georg meint, ein fast unmerkliches Zwinkern wahrzunehmen. Und während er noch in ihre Augen schaut, versteckt sie ihr ganzes Gesicht hinter ihrem Fächer. Der Niederländer stößt Georg mit dem Ellbogen an. »Du sollst ihr nachher folgen, heißt das.«

»Was?«

»Dass sie den Fächer vor ihr Gesicht hält.«

Georg schaut ihn ungläubig an.

»Doch. Das heißt das. Das ist Fächersprache. Die kennt hier jeder.«

Und nun versteht Georg auch, was sie sagen möchte, als sie ihren Fächer langsam zusammenklappt und, ohne ihn aus den Augen zu lassen, ihren Mund damit berührt.

Ohne den Blick von ihr zu wenden, fasst er Klaas am Ärmel und zieht ihn näher zu sich heran.

»Was weißt du noch von dieser Sprache?«

»Wenn sie zwei Stäbe von ihrem Fächer zeigt, heißt das zwei Uhr, wenn es drei sind, drei Uhr und so weiter. Und wenn sie ihn auf ihr Herz hält, dann sehnt sie sich nach dir. Da kannst du ganz sicher sein.«

Luisa beobachtet, wie Klaas in Georgs Ohr spricht, während dieser nicht den Blick von ihr lässt, und sie scheint darauf zu vertrauen, dass Klaas ihm verständlich machen wird, was sie ihm signalisiert. Schnell vergewissert sie sich, dass die Hofgesellschaft anderen ihre Aufmerksamkeit schenkt. Da öffnet sie ihren Fächer halb, hält ihn wieder an ihren Mund und klappt ihn so weit zusammen, dass nur noch zwei Stäbe zu sehen sind.

»Zwei Uhr«, sagt Klaas van Utrecht. »Das wird eine kurze Nacht für dich.«

Aber wo soll er sie treffen? Er kann ihr doch nicht einfach nachgehen, wenn sich die Gesellschaft auflöst. In einem unbeobachteten Moment schaut er sie mit etwas zusammengekniffenen Brauen an und zuckt mit den Achseln. Da schaut sie in die Runde und zeigt wie beiläufig mit dem Finger nach unten. Wohin?

Unter der Kemenate liegt der Schlafsaal der Junker, wo Hänslin schläft, so gut kennt er die Burg schon. Dort nicht. Also hier in der Kemenate, wenn alles schläft. Mit einem Lidschlag signalisiert Georg, dass er sie verstanden hat.

Durch die beiden Fenster der Kemenate fällt schwaches Mondlicht herein, das nur zwei schmale Streifen leicht erhellt; sonst liegt der Raum im Dunkeln. Die Mondsichel steht genau über dem südlichen Ufer der Tejomündung. Georg ist durch die Burg geschlichen, hat bei jedem Knarren einer Treppenstufe oder Bodendiele den Atem angehalten. Er hat es geschafft, die Kemenatentür fast geräuschlos zu öffnen und steht jetzt am Fenster. Allein. Er wartet. Er lauscht und hört nichts als das leise Rauschen der Bäume, deren Äste von der sanften Brise bewegt werden, die vom Landesinneren aufs Meer hinausströmt. Von der Stadt herauf tönt der Hornruf des Wächters. Zwei Uhr. Georg ist so gespannt, dass er feuchte Hände bekommt. Seit sich die Gesellschaft gegen Mitternacht aufgelöst hatte, ist er hellwach auf seinem Bett gelegen und hat mit geschlossenen Augen auf die Hornrufe der Wächter gelauscht. Kleine Wolken ziehen über den Himmel und verdecken zwischendurch den Mond. Sonst scheint die Zeit stillzustehen.

Georg wartet. Hat sich Klaas getäuscht? Oder hat ihm Luisa die Narrenkappe aufgesetzt und führt ihn an der Nase herum? Aber er kann auch nicht sagen, wie lange er schon allein am Fenster steht. Warum kommt sie nicht? Was hält sie auf?

Plötzlich hört er eine Diele knarren. Schnell stellt er sich hinter die Tür. Wie kann er sicher sein, dass sie es ist? Leise Schritte nähern sich – und gehen vorbei. Er muss an Ramseider denken. In welchem Bett der wohl jetzt liegt? Wahrscheinlich nicht in seinem eigenen. Was für ein Glück der hat! Er geht ans Fenster zurück und schaut wieder hinaus. Der Mond scheint ein kleines Stück gewandert zu sein, seit er wartet. Er nimmt sich vor auszuharren, bis die Sichel genau über der Mitte der Flussmündung steht – und nicht länger. Er hört ein seltsames Geräusch hinter sich und dreht sich um. Zuerst ist da nichts, dann aber flattert etwas durch das Mondlicht zum Fenster hinaus – eine Fledermaus, die sich verirrt hat.

Der Mond rückt weiter und steht nun fast über der Mitte der Flussmündung. Georgs Stimmung sinkt. Enttäuschung, Ärger, dass er diesen Fächersignalen geglaubt hat, die er allein gar nicht verstanden hätte. Und er hört schon, wie Luisa für diese Geschichte von ihren Freundinnen fröhliches Gelächter erntet. Will sie ihn demütigen? Aber warum sollte sie das tun? Sie ist doch auf ihn zugegangen, er hat doch nur darauf reagiert. Oder wollte sie nur ihren Charme erproben und sehen, ob er sich in sie verlieben würde, wie vielleicht mancher vor ihm, dem sie dann eine lange Nase gedreht hat? Das wird ihr bei ihm nicht gelingen. Länger zu warten ist unter seiner Würde, sagt er sich. Ja, das war's. Noch einmal schaut er aus dem Fenster. Jetzt glänzt die ganze Flussmündung silbern zu ihm herauf. Der Mond steht über der Mitte. Da hatte er gehen wollen. Aber in dem Moment sieht er eine kleine Wolke, die sich auf den Mond zubewegt. Wenn sie ihn bedeckt und dann wieder freigibt, und wenn dann Luisa noch nicht gekommen ist … da aber hört er, wie die Türklinke ganz langsam hinuntergedrückt wird. Luisa! Endlich. Sie schließt die Tür hinter sich.

»Georg«, haucht sie und läuft ihm auf Zehenspitzen mit ausgebreiteten Armen entgegen. Sie wirft sich an seine Brust, umschlingt seinen Hals, lässt sich in seine Arme schließen, legt den Kopf in den Nacken und öffnet ihre Lippen. Durch ihr dünnes seidenes Hemd spürt er ihren zarten Körper. Sie küssen sich, er weiß nicht wie lange, bis sie sich schließlich aus seiner Umarmung löst und ihn an die Hand nimmt. Sie legt den Zeigefinger auf den Mund. Georg ist glücklich. Sie ist gekommen! Sie liebt ihn! Am liebsten würde er sie auf den Arm nehmen und mit ihr in ihre Kammer stürmen. Aber sie schleichen wie die Diebe über die Flure, Schrittchen für

Schrittchen hintereinander, Hand in Hand. Georg kommt es so langsam vor, als würde der Mond schon auf der anderen Seite der Flussmündung stehen, als sie die Kammertür hinter sich verriegeln.

Wochen vergehen, und Georg genießt das Leben. Die Heiterkeit der Landschaft, das milde Wetter, die angenehme Gesellschaft, der Tanz, die Turniere und vor allem die Liebe lassen ihn den ernsten Anlass der Reise vergessen. Und als er im Gespräch mit Ramseider doch einmal ihren eigentlichen Zweck erwähnt, sagt dieser: »Ich bin kein Gelehrter und kann nur zwei Worte Latein: carpe diem. Die aber habe ich begriffen. Beiß in die Frucht, ehe sie fault, und trink das Bier, ehe es schal wird.«

Dem kann Georg, der ab und zu noch an die Worte seines Vaters denkt, nicht aus vollem Herzen zustimmen, führt aber das gleiche Leben wie sein Gefährte. Sie lassen sich schöne Landstriche zeigen, schöne Schlösser, stattliche Klöster, und lernen, ohne die Sprache zu verstehen, den portugiesischen Adel kennen. Keiner der Grafen und Markgrafen will es sich nehmen lassen, die fremden Ritter wenigstens ein paar Tage in seiner Residenz zu Gast zu haben und fürstlich zu bewirten. So sind sie viel unterwegs, immer von Klaas van Utrecht begleitet.

Und wenn sie in Lissabon sind, vergnügen sie sich mit der Hofgesellschaft. Immer wieder finden ritterliche Wettkämpfe statt, die die Damen von der Tribüne aus beobachten. Und Georg und Ramseider tragen jedes Mal die Farben derselben Damen an ihren Lanzen. Georg ist im Tjostieren und Schwertkampf nicht zu schlagen, während Ramseider sich dank seiner Statur bei allen Kraftproben als der Stärkste erweist.

Das größte Vergnügen bereiten ihnen aber die Ausritte und Jagden, zu denen sich nur ein kleiner Teil der Hofgesellschaft aufmacht, und hier in Portugal sind, anders als es Georg von seiner Heimat kennt, auch die Damen mit von der Partie.

Manchmal, wenn er neben Luisa herreitet, die einen Falken auf der Hand trägt, erinnert er sich an das Bild auf Hohenentringen, an die hohe Frau mit der Bänderhaube und dem Falken auf der Hand, und die Verse des Falkenlieds gehen ihm durch den Sinn: »*mere danne ein jâr*«. So lange wird er nicht hierbleiben können, das weiß er. Bald wird der Falke hoch in die Luft steigen und in ein anderes Land fliegen. Der Gedanke macht ihn traurig. Aber trotzdem kann er jeden Moment genießen. Denn es sind vor allem diese Ausritte zur Beizjagd, die es ihnen ermöglichen, am helllichten Tag Luisa und Mafalda ganz zwanglos zu treffen, bei einer Mahlzeit im Freien neben ihnen zu sitzen oder einfach neben ihnen her zu reiten.

Die Sprache lernen allerdings beide nicht. Die wenigen schwierigen Wörter, die sie sich merken können, bringen sie einfach nicht so über die Lippen, dass sie verstanden werden. Die Damen lächeln freundlich oder lachen hell heraus, und die anderen Höflinge reagieren nur achselzuckend, was ihren Eifer dämpft. So beschränken sie sich auf die Zeichensprache. Georg lernt aber immer besser verstehen, was ihm Luisa in kurzen Momenten mit ihrem Fächer zuwinkt: Vorsicht, man beobachtet uns! – Wann kann ich dich sehen? – Komm heute Nacht zu mir!

Das Liebesglück dauert an.

Aber plötzlich fällt ein dunkler Schatten darauf. Ein Eilbote kommt aus der Hafenstadt Lagos und bringt die Nachricht, dass der König von Fez dabei sei, eine ganze Armee zusammenzuziehen, mit der er Ceuta ein für alle Mal zurückerobern wolle. Der Statthalter von Ceuta bitte um schnelle Hilfe.

Die Nachricht geht wie ein Lauffeuer durch Stadt und Land, der ganze streitbare Adel meldet sich, und König Dom Afonso lässt sogleich Georg und Ramseider von der Bedrohung unterrichten. Wie es die Etikette gebietet, treten die beiden Ritter in aller Form vor den König und bitten ihn, ihre Hilfe anzunehmen und sie in den Krieg zu verabschieden. Dom Afonso nimmt ihr Angebot in aller Form dankbar an, schenkt jedem ein weiteres Streitross und Hänslin einen Ringharnisch, damit er ebenso gut geschützt sei wie sein Herr.

Keine Ausritte mehr, keine Beizjagd mehr, sondern Vorbereitungen für den Kampf. Überprüfung der Ausrüstung, Dressurübungen mit den Streitrössern Almansor und Bizarro und Erlernen der wichtigsten Kommandos mit Hilfe des Dolmetschers.

Georg versucht, Luisa seine gemischten Gefühle nicht spüren zu lassen. Aber je näher der Abschied heranrückt, umso leidenschaftlicher sind seine Umarmungen und umso schwerer fällt es ihm, sich im Morgengrauen von ihr zu trennen. Ehe er das letzte Mal ihr Bett verlässt, nimmt sie ihre goldene Halskette mit dem kleinen Medaillon ab, küsst es, schlägt das Kreuz darüber und hängt es Georg um. Es soll ihn beschützen. Diesmal versteht Georg, was sie sagt.

Die offizielle Verabschiedung gleicht dem ersten Empfang im Thronsaal. Dom Afonso und Isabel sitzen auf dem Thron, flankiert von ihrem Hofstaat, und wieder hat Mafalda ihren Platz neben der Königin, Luisa neben Mafalda.

An Georgs und Ramseiders Seite stehen die Adligen des Landes, die ihrem Herrn zu Kriegsdiensten verpflichtet sind. Vor allem ihnen gilt die Rede, mit der Dom Afonso sie zum Krieg aufruft.

Sein Großvater, Dom João I., der mit dem guten Andenken, habe vor fast vierzig Jahren Ceuta genommen, um portugiesischen Schiffen an der afrikanischen Küste mehr Sicherheit gewähren zu können. Und jedermann wisse, welchen Reichtum die Schifffahrt an Afrikas Küsten dem Land gebracht habe. Darauf liege auch der päpstliche Segen. Auch dem Papst sei die Macht Portugals wichtig. Vor nicht einmal einem Jahr habe er ihm, Dom Afonso V., die Souveränität über den ganzen afrikanischen Kontinent zugesprochen. Und so gelte es nun, christliches Recht gegen die Ungläubigen zu verteidigen und sie ein für alle Mal von Ceuta fernzuhalten.

Mit strammer Haltung lauschen die Adligen den Worten ihres Monarchen.

Georg entgeht es nicht, dass ihren beiden Gefährtinnen, deren Gesichter keine Regung zeigen, die Tränen in den Augen stehen.

Als die beiden Ritter den Thronsaal verlassen, sagt Georg halblaut vor sich hin: »*Liep âne leit mac niht sîn.*«

»Was sagst du da?«, fragt Ramseider verwundert.

»Einen alten, weisen Spruch aus einem Gedicht, das ich in Innsbruck oft vortragen musste. Liebe ohne Leid kann nicht sein, heißt das.«

»Das ist wohl wahr. Aber wir kommen hoffentlich zurück.«

»Und wann und für wie lange?«

»Das kann niemand wissen.«

VII.

Ceuta 1456

Georg und Ramseider halten nach einem scharfen Ritt über die Klippen kurz vor der äußersten Spitze des Cabo São Vicente ihre Pferde an. Hundertfünfzig Fuß unter ihnen donnert die Brandung an den Fels. Die silberne Wasserfläche reflektiert die Nachmittagssonne. Die Pferde tänzeln unruhig und versuchen, ihre Köpfe vom starken Westwind abzuwenden. Mit einer Hand müssen die Reiter die Zügel straffen, mit der anderen immer wieder nach ihrem Barett greifen, damit es ihnen nicht vom Kopf gerissen wird.

Vor ihnen liegt die riesige Windrose, die Heinrich der Seefahrer, der Sohn Dom Joãos und Onkel von König Afonso, schon vor Jahren auf einer der wenigen ganz ebenen Flächen in den Kalkstein hat meißeln lassen: zweiunddreißig Speichen, jede mehr als hundert Fuß lang. Daneben, durch eine trotzige Mauer befestigt, erstreckt sich ein niederes, aber doch stattliches Gebäude, die Seefahrerschule.

Sie werfen einen kurzen Blick auf die gigantische Windrose. Dann deutet Georg durch eine Kopfbewegung an, dass er weiterreiten will, und mit Sporeneinsatz und straffem Zügel lenken sie ihre widerspenstigen Pferde hinaus an die Spitze des Kaps.

Eine Weile lassen sie wortlos ihren Blick über die endlose Wasserwüste schweifen, bis sie weit draußen eine Karavelle entdecken, die auf Lagos zuhält.

»Wo mag die herkommen?«, fragt Ramseider.

Georg zuckt nur mit den Achseln.

»Kannst du dir vorstellen, dass du in so einer Nussschale hinaus ins Ungewisse fährst?«, schreit Ramseider gegen eine brüllende Bö an.

»In so einem kleinen Schiff? Nein!«, ruft Georg zurück.

Sie müssen rufen und schreien, um das Heulen des Windes und das Brausen der Brandung zu übertönen. Das Getöse und das Schreien ihrer Reiter lässt die Pferde nervös tänzeln. Ramseider reißt am Zügel und zwingt Bizarro, direkt an Almansors Seite zu bleiben.

»Es soll in deutschen Landen welche geben, die behaupten, dass die Erde eine Kugel ist«, sagt er.

»Und das glaubst du?«

»Ich weiß nicht«, ruft Ramseider skeptisch. »Der Papst sagt, sie sei eine Scheibe.«

»Deswegen würde ich nicht hinausfahren.«

»Den Portugiesen ist das wohl egal. Sie sind schon über das Ende der Welt hinausgefahren.«

»Wer sagt das?«

»Hat mir Klaas gestern erzählt. Von da draußen holen sie ihre Sklaven her.«

»Wie? Das kann doch nicht sein. Wenn man über das Ende der Welt hinausfährt, stürzt man ab, ins Leere, in die Hölle.«

»Sagt der Papst«, ruft Ramseider und lacht spöttisch.

»Aber vielleicht geht es hinter dem, was man für das Ende der Welt gehalten hat, einfach weiter, und der Rand liegt weiter weg?«

»So wird es sein«, schreit Ramseider, dessen Pferd nach der Seite tänzelt.

»Ja, bestimmt. Das Ende der Welt wird eben noch weiter weg sein. Ich wollte trotzdem nicht hinausfahren und über die Kante kippen, direkt in die Hölle. Ein furchtbarer Gedanke! Kannst du dir das vorstellen?«

Ramseider wehrt den Gedanken mit einer energischen Kopfbewegung ab. »An so was denke ich nicht. Zum Glück bin ich Ritter und kein Seefahrer.«

Dem kann Georg nicht so einfach zustimmen. Seine Phantasie gaukelt ihm das Schreckensbild einer Karavelle vor, die Bug voraus über die Kante kippt und in die Flammen des unendlichen Höllenfeuers stürzt. Ihm graust es.

Ohne ein weiteres Wort wendet er der beängstigenden Weite den Rücken zu und gibt Almansor die Sporen. Ramseider schaut ihm einen Moment überrascht nach, dann folgt er ihm in leichtem Trab, zuversichtlich, dass er ihn auch einholen wird, ohne Bizarro zu schinden.

Bald liegt das karg bewachsene Land wieder breit vor ihnen und dehnt sich nach Osten hin aus. Sie fühlen sich wieder in ihrem Element.

Sie waren an zwei Tagen von Lagos über Sagres heraufgeritten, um sich die Zeit vor dem Einschiffen zu vertreiben, nachdem sie schon fast eine Woche untätig gewartet hatten. Es würde noch einmal ein paar Tage dauern, ehe das ganze Heer und die Kriegsflotte versammelt wären, hatte man ihnen gesagt. Einzelne Schiffe vorauszuschicken sei zu riskant. Die würden von den übermächtigen Korsaren sofort gekapert. Daher sei es unbedingt nötig, noch zuzuwarten, bis man das ganze Heer auf einmal übersetzen könne, auch wenn man Kunde habe, dass sich der Heereszug des Königs von Fez schon in Richtung Ceuta in Bewegung gesetzt habe. Für ein ganzes Heer seien es von Fez nach Ceuta aber weit mehr als zehn Tagesmärsche. Wenn man in den nächsten beiden Tagen bei nur halbwegs günstigem Wind sich einschiffen könnte, wäre man immer noch zeitig genug in Ceuta, um sich in Stellung zu bringen. Und da der Westwind zurzeit in der Bucht von Sevilla recht verlässlich sei, werde man in spätestens drei Tagen vor Ort sein.

Sie sind mehr als rechtzeitig zurück und stellen zu ihrer Befriedigung fest, dass die Vorbereitung der Einschiffung in vollem Gang ist. Ein ganzer Wald von Masten schaukelt in der leichten Dünung der Bucht, Galeeren, die auf die Fahrt an die nordafrikanische Küste vorbereitet werden. Im Osten der Stadt ist am Strand eine Zeltstadt entstanden, wo die Soldaten auf ihre Einschiffung warten. Der ganze Ort wimmelt vor Seeleuten, Söldnern, Händlern, Huren und Bauern. Letztere packen die Gelegenheit beim Schopf, für ihre Melonen, Orangen, Eier, Schinken, Käse und Wein etwas mehr zu bekommen als sonst. Georg und Ramseider haben sich gut mit Verpflegung eingedeckt, denn vor allem Georg kennt die dürftige Kost auf See. Sie haben Hänslin losgeschickt, um einen Ziegenschlauch Wein, Brot, Käse und Schinken zu kaufen. Für ein paar Tage sind sie gut versorgt.

Sie stehen im Hafen und beobachten das Treiben. Auf einmal erklingt über dem Stimmengewirr und Lärm rhythmisches Kettengeklirr. Zehn tiefschwarze Gestalten, nur mit einem Lendenschurz bekleidet, deren rechte Füße zusammengekettet sind, werden von einem Sklaventreiber herangetrieben. Sie müssen Gleichschritt halten. Einer stolpert und bekommt sofort einen Peitschenschlag über den Rücken. Die Haut platzt auf, Blut tritt aus. Aber er kann nicht stehen bleiben, er muss weiter mit den anderen, weiter auf eine der Galeeren, wo er auf der Ruderbank angekettet wird wie sie alle. Hänslin reißt fassungslos die Augen auf.

»Auf dieser Reise wird nicht nur gesegelt, das sind unsere Ruderer«, sagt Ramseider sarkastisch. Und kaum hat er ausgesprochen, wird die nächste Gruppe herangetrieben.

»Schau dir die Galeeren an, wie viele Ruder sie haben. An jedem sitzen zwei Sklaven, manchmal sogar drei. Und das ganze Meer ist voller Galeeren, von hier bis ins Heilige Land. Ich hab's erlebt«, erklärt Georg.

»Und die Galeerensklaven sind immer Schwarze?«, fragt Hänslin.

»Wenn die Sarazenen uns erwischen, auch Weiße.«

»Wir würden doch hoffentlich freigekauft«, sagt Ramseider besorgt.

»Ja, wir vielleicht. Aber die Schwarzen kauft niemand frei. Sie haben keinen Namen, sie werden höchstens weiterverkauft. Du hast ja gesehen, wie billig sie sind: zehn Stück für ein Pferd.«

Als sie Lagos erkundet hatten, waren sie an einem Gebäude vorbeigekommen, das einem der zahlreichen Gemüse-, Fleisch- oder Fischmärkte glich, aber noch nicht so alt war: an drei Seiten offen, ein von Arkaden gestütztes Dach. Darunter, an Pfählen angekettet, halbnackte Schwarze, Männer, Frauen, auch Schwangere und Kinder. Um sie herum die Käufer, gut gekleidete Portugiesen, die sie ungehemmt musterten, als seien sie Vieh. Sie betasteten sie, prüften ihre Muskeln, zwangen sie, den Mund zu öffnen und ihre Zähne zu zeigen und griffen ihnen ins Gesicht, um die unteren Augenlider herunterzuziehen, sodass sie ihre Augäpfel besser betrachten konnten.

»Für den Preis eines guten Pferdes bekommt man zehn Sklaven«, hatte ihnen Klaas berichtet, der die Versteigerung verfolgen konnte und ebenso entsetzt darüber gewesen war wie sie.

»Weiß das die Heilige Kirche?«, fragt Hänslin, der noch immer nicht die Augen von den Sklaven lassen kann.

»Schon längst und nur zu gut. Ihr glaubt doch nicht, dass Venedig so reich wäre, wenn es keine Galeerensklaven hätte. Alles Muslime. Der Papst drückt nicht nur ein Auge zu, er hat Dom Afonso sogar das Recht erteilt, Ungläubige zu versklaven.«

»Aber doch nicht für die Galeeren, oder?«

»Natürlich auch dafür. Venedig zum Beispiel hat zwar auch bezahlte Ruderer auf den Pilgerschiffen, aber auch sehr viele Sklaven auf den Handelsschiffen. Das verbilligt die Fracht. Und was die Schwarzen angeht, hat man ja Zweifel, dass sie richtige Menschen sind. Das weiß ich von den Johannitern. Sie haben ja nicht einmal eine Seele, wenn die Kirche Recht hat.«

»Aber sie haben doch eine?«, fragt Ramseider.

»Und der Papst hat nicht Recht?« Hänslin ist völlig verunsichert.

»Das weiß nur Gott.«

Am nächsten Tag soll es losgehen. Schweigend stehen die drei mit Klaas zusammen am Kai und warten. Noch wirft die Morgensonne lange Schatten und es ist kühl. Sie hoffen, an Deck gehen zu können, ehe die pralle Sonne unerträglich wird. Aber es dauert. Ganz allmählich füllt sich der große Platz mit Söldnern. Ihre Schilde, Schwerter und Lanzen glänzen im weißen Morgenlicht. In ihrer farbenfrohen Aufmachung geben sie ein buntes Bild ab. Harnische und Fahnen hat man schon am Vorabend verladen, zusammen mit den Rössern. Hänslin hat bei der Verladung geholfen, um zu wissen, wo ihre Ausrüstung verstaut ist. Man kann nur wenige Rösser mitnehmen, drei oder vier auf jedem Schiff, was schon Probleme schafft. Aber man darf es nicht riskieren, ohne Pferde gegen die Mauren zu ziehen. Wie sollte man denn ohne Pferde einen Ausfall aus der Festung machen? Nur zu Fuß? Das wäre aussichtslos. Aber nur übers Meer kann man Pferde nach Ceuta bringen. Also müssen sie mit an Bord.

Die Sonne steigt, es wird heiß. Endlich, als die vielen Kämpfer, die fast Schulter an Schulter stehen, den ganzen weiten Platz gefüllt haben, sodass kein Durchkommen mehr ist, ertönen Kommandos. Schnell führt sie Hänslin zu ihrer Galeere, damit sie als Erste an Bord gehen können und freie

Platzwahl haben. Wer will, kann sich auf Deck setzen und an die Bordwand lehnen, ist aber der Sonne und dem Wind ausgesetzt, wenn er auf der falschen Seite sitzt.

»Wir bleiben oben«, rät Georg.

»Warum?«

»Die frische Luft tut uns gut, vor allem dir, falls es dir wieder übel wird.«

Damit schneidet er ein Scheibchen von einer Ingwerwurzel und reicht es Ramseider. Der zieht nur besorgt die Augenbrauen hoch.

Sie finden ihre Pferde im Heck, wo sie steuerbords angebunden sind. Man hat ihnen einen Futtersack mit Heu vorgehängt. Aber sie fressen nicht. Vom leichten Schaukeln gereizt, scharren sie mit den Hufen über die Dielen des Decks. Georg tätschelt Almansors Hals und redet ihm beruhigend zu. Aber vergeblich. Der Hengst bewegt sich auf der Hinterhand hin und her und würde steigen, wenn er nicht so kurz angebunden wäre.

Ehe das Deck zu voll wird, lassen sie sich mit der Sonne im Rücken an der Bordwand nieder, ziehen ihre Barette über die Augen und dösen. Das Deck füllt sich, allmählich wird es eng. Um sie herum wird gesprochen, aber sie verstehen kein Wort.

Dann plötzlich wird es laut. Vom Ruderdeck dringen Paukenschläge und scharfe Kommandos herauf, die Galeere setzt sich in Bewegung. Im Windschatten des Kaps läuft das Schiff ruhig auf fast glatter See. Aber schon nach kurzer Zeit, auf dem offenen Meer, knattern scharfe Böen in den prallen Segeln. Das Schiff neigt sich leicht und nimmt Fahrt auf. In rollender Bewegung durchschneidet der Bug die Wogen. Der Wind frischt auf, der Seegang wird rauer. Immer wieder spritzt steuerbords die Gischt an Bord, obwohl die Bordwand hoch über der Wasserlinie liegt. Die Pferde werden wild. Sie wiehern, stampfen und versuchen sich loszureißen. Wohlweislich hat man sie so kurz angebunden, dass sie nicht gegen die Bordwand treten und sich verletzen können. Jedes Mal wenn die Gischt über Bord schwappt, geraten sie in Panik und wiehern noch lauter. Sie sind nicht zu beruhigen.

»Wie lange wird das dauern?«, fragt Ramseider, der besorgt auf die Pferde schaut und bleich um die Nase wird.

»Das Schaukeln oder die Überfahrt?«

»Beides. Mir wird schlecht.«

»Denk nicht daran. Iss etwas.«

Er reicht ihm ein Stück Brot. Ramseider schüttelt den Kopf.

»Ich glaube, ich kriege nichts runter.«

»Dann trink wenigstens etwas.«

Der Wind dreht auf Nordwest, kommt nun von achtern und treibt die Galeere mit vollen Segeln von der Algarve quer über die Bucht auf Cádiz zu. Und die Ruderer machen die Fahrt noch schneller. Georg steht auf, schaut über die Bordwand und genießt den Anblick der vielen Galeeren, die mit ein und derselben Geschwindigkeit einem gemeinsamen Ziel zusteuern. Der Anblick dieser vielen Schiffe, die wie von einer Hand bewegt werden, überwältigt ihn. Wo hätte er dergleichen jemals gesehen?

»Kommt her, das müsst ihr sehen«, ruft er begeistert aus.

Aber nur Hänslin und Klaas stellen sich neben Georg. Ramseider winkt ab. Er mag nicht aufstehen und ist schon froh, wenn er sich nicht übergeben muss.

Bei Einbruch der Dunkelheit wird es kühl und der Wind legt sich. Das Schiff liegt waagerecht im Wasser. Aber die Pauke auf dem Ruderdeck ist nun lauter zu hören. An Schlaf ist nicht zu denken. Gelassen greift Georg nach Käse und Brot und spricht dem Wein zu. Satt und leicht angetrunken schließt er bald die Augen und nimmt seine Umgebung nur noch durch einen dichten Schleier wahr. Ramseider aber leidet wie ein Hund und füttert die Fische, bis sich sein Magen nur noch schmerzhaft zusammenkrampft. Ihm ist in dieser Nacht nicht zu helfen.

Georg wird erst wieder hellwach, als auf Deck Unruhe aufkommt. Das Leuchtfeuer von Cádiz ist in Sicht, die Stimmung an Deck steigt, und eine leichte Brise von achtern beschleunigt die Galeere wieder. Als sie in Cádiz einlaufen, ist es drei Uhr früh. Die Stadt schläft. Es ist sinnlos, von Bord zu gehen. Alle nutzen die Ruhe, um zu schlafen. Auch die Pferde sind endlich still.

Erst als es hell wird, wird es im Hafen lebendig. Manche gehen von Bord, um in den Hafenkneipen etwas zu sich zu nehmen. Georg bleibt an der Seite Ramseiders, der endlich etwas Schlaf findet. Er isst etwas, dann steht er auf und schaut nach den Pferden, die müde die Köpfe hängen lassen.

Um die Mittagszeit laufen sie wieder aus. In Sichtweite der Küste halten sie südlichen Kurs. Wieder bläht der Westwind die Segel und neigt die Galeere leicht nach Backbord. Bis zum Spätnachmittag ist die Reise angenehm. Die Galeere gleitet ruhig durch die leichte Dünung. Dann aber, auf halbem Weg zwischen Tarifa und Tanger, wird die See rauer. Ein östlicher Kurs wird eingeschlagen, und das Schiff schlingert leicht in der Strömung. Die Pferde fangen wieder an zu scharren und zu stampfen, und Ramseider, der sich inzwischen etwas erholt hat, befürchtet einen Rückfall. Aber nun steht er doch auf und betrachtet gebannt die Szenerie. Achtern glänzen die Wellen silbergrau in der Sonne, während die vorausfahrenden Galeeren grünblaues Wasser aufwühlen: Sie sind schon fast im Mittelmeer. Backbords erheben sich die Hügel zwischen Tarifa und Algeciras, steuerbord stehen die blauen Höhen des Atlasgebirges im Dunst. Und backbord voraus hinter der Bucht von Algeciras erstreckt sich am Horizont der Fels von Gibraltar wie ein liegendes Tier. Wenig später, als sie sich südlich von ihm befinden, ragt er schmal und steil wie ein Zuckerhut in den Himmel. Steuerbords haben sie Ausblick auf die gebirgige afrikanische Küste, und voraus nichts als Wasser. Noch immer läuft die Galeere mit Rückenwind genau nach Osten. Dann aber passieren sie ein Vorgebirge, nehmen südlichen Kurs und befinden sich fast schon im Hafen von Ceuta. Im Windschatten des Vorgebirges erschlaffen die Segel, und ruhig laufen die Galeeren in den Hafen ein.

Noch am Abend ihrer Ankunft lässt der Stadtkommandant, Dom Luis da Coimbra, sämtliche Truppen in Waffen aufmarschieren, begrüßt die angekommene Verstärkung und verkündet, dass die Heiden sich in großer Stärke Ceuta nähern. Erst spät in der Nacht beziehen Georg, Ramseider, Hänslin und Klaas ihr Quartier, ohne viel von der Stadt gesehen zu haben.

Schon am nächsten Morgen herrscht Alarmstimmung. Die Vorhut der Sarazenen ist da. Eine ganze Schar gut gewappneter Kämpfer reitet vor den Bollwerken hin und her und erkundet die Befestigungsanlagen.

Die beiden deutschen Ritter sind auf einem Orientierungsgang über die Befestigungsanlagen der Stadt. Die Mauerkrone ist so breit, dass sie nebeneinander von einer Zitadelle zur nächsten gehen können, die nicht sehr weit voneinander stehen. So können alle Angreifer, die sich der Mauer nähern, von der Seite beschossen werden.

Drei Seiten der Stadt sind von einer mit Zitadellen und Bollwerken bewehrten äußeren Mauer umgeben. An ihre Innenseite grenzt ein breiter Zwinger, in dem sowohl Fußvolk als auch Reiterei zur Verteidigung eingesetzt werden kann. Der Zwinger wird zur Stadt hin durch eine zweite Mauer mit Wehrgang begrenzt. Die vierte Seite liegt am Meer und ist nur durch eine Mauer gesichert. Ein Angriff von dort ist nicht zu befürchten. Die paar Schiffe, über die die Sarazenen verfügen, könnten gegen die Übermacht der portugiesischen Kriegsflotte nichts ausrichten. Trotzdem muss auch die Stadtgrenze zum Meer hin bewacht werden.

»Wie groß schätzt du die Stadt?«, fragt Ramseider gegen Ende ihres Rundgangs.

»Schwer zu sagen. Ich vergleiche sie mit Köln, weil die Stadt eine ähnliche Form hat – eine Seite zum Wasser hin und drei Seiten zum Land. Erinnerst du dich? Die Stadt hier ist vielleicht ebenso groß, oder sogar noch größer. Ich kenne sonst keine deutsche Stadt, die dieser hier an Form und Größe gleicht.«

Da erblicken sie eine Reitergruppe, die geradewegs auf die Stadt zureitet, sich dann aber aufteilt, als sollten die einzelnen Reiter verschiedene Teile der Stadtbefestigung genau auskundschaften.

»Schau, wie sie gerüstet sind. Eisenhelme, aber viel Leder am Körper, wenn ich mich nicht täusche«, sagt Georg.

»Stimmt. Aber das sind nur Kundschafter. Die kommen uns bestimmt nicht so nahe, dass sie von unseren Armbrustschützen etwas zu befürchten hätten.«

Und tatsächlich bleiben die feindlichen Spione so weit von den Mauern weg, dass sie kein gutes Ziel bieten.

»Der Graben ist recht breit und die Mauern sind stark. Ich kann mir nicht vorstellen, dass die Mauren hier viel ausrichten können«, bemerkt Ramseider.

»Höchstens mit Kanonen. Aber ich glaube nicht, dass sie so große Kanonen durch die Wüste schleppen, wie sie die Türken bei der Belagerung von Konstantinopel eingesetzt haben. Fast dreißig Fuß soll die größte lang gewesen sein.«

»Solche Kanonen wird dieses Wüstenvolk nicht haben. Vielleicht nicht einmal Schießpulver. Und wenn sich diese Kameltreiber dem Graben nur nähern, dann werden sie von den Zitadellen aus allen Rohren beschossen. Sie werden nichts ausrichten können.«

»Ich hoffe, du hast Recht. Aber es könnte eine sehr lange Belagerung werden. An Lebensmitteln wird es uns nicht fehlen. Vom Meer her kann die Stadt bestimmt versorgt werden,

wenigstens notdürftig. Das große Problem werden die Was-
servorräte sein«, sagt Georg nachdenklich. »Ohne Ausfälle
wird es nicht abgehen. Dom Luis wird sich kaum auf reine
Verteidigung verlassen.«

»Also wie immer? Angriff als beste Verteidigung?«

»Wir werden sehen.«

Rastlos verbringen sie den ganzen Tag damit, sich über die
Befestigungsanlagen und die verschiedenen Truppen ein Bild
zu machen. Da sich im Windschatten des Vorgebirges kaum
ein Lüftchen regt, liegt eine schwüle Hitze über der Stadt, die
sich auch am Abend zwischen den aufgeheizten Mauern nur
wenig abkühlt. Georg wird an Rhodos erinnert, wo er viele
solche Hitzetage erlebt hat.

»Das muss man einfach aushalten«, sagt er.

Doch Ramseider wird damit nicht fertig.

»Lass uns wenigstens in eine Taverne gehen und etwas
trinken. Kühlen Wein wird es ja hoffentlich geben.«

Mit Klaas und Hänslin verlassen sie ihre Unterkunft, und
Klaas lässt sich auf der Gasse den Weg zu einer guten Taverne erklären. Man weist sie zu San Antonio, einer großen
Taverne am Platz der Kathedrale. Das Haus ist nicht zu ver-
kennen, denn viele Gäste stehen mit Bechern in der Hand
vor der Tür. Der Schankraum ist voller Männer und man
muss sich zwischen eng stehenden verschwitzten Söldnern
durchdrängeln, um etwas zu trinken zu bekommen. Georg
gefällt das nicht.

»Lasst uns eine andere Taverne suchen. Hier ist es zu voll.«

Aber das ist nicht so einfach, wie er sich das denkt. Die
Stadt ist voller Männer, und alle haben dieselben Bedürfnis-
se. Als sie eine andere Taverne gefunden haben, die ebenso
überfüllt ist, sagt Ramseider: »Es bleibt wohl nichts anderes
übrig, als sich durchzudrängeln. Sonst bekommt man in der
Stadt wohl nichts zu trinken.«

Er schiebt sich durch das Getümmel, das er um einen halben Kopf überragt, macht laut auf sich aufmerksam und gibt durch Gesten zu verstehen, dass er zwei Krüge Wein und vier Becher haben möchte. Eine junge Frau, die am Fass steht und den Zapfhahn bedient, schaut zu ihm auf und winkt ihm zu, er solle ruhig wieder hinausgehen und warten.

»Sie bringt uns gleich was zu trinken«, sagt er zu seinen Kameraden.

»Wer?«

»Eine sehr hübsche Frau. Aus ihrer Hand wird der Wein besonders gut schmecken.«

Kaum hat er ausgesprochen, bahnt sich die Frau ihren Weg durch die Menge, indem sie zwei Weinkrüge vor sich hochhält. Ihr folgt ein kleiner Junge, der die Becher bringt. Mit freundlichem Lächeln reicht sie Ramseider einen Krug und schaut sich um, wem sie den zweiten geben soll. Klaas streckt sofort die Hand danach aus. Er übersetzt, was sie als Preis verlangt, worauf Ramseider sofort in seinen Beutel greift und sie großzügig bezahlt. Als sie die Münzen in ihrer Hand sieht, huscht ein überraschtes Lächeln über ihr Gesicht.

»Du hast aber zu viel bezahlt«, bemerkt Georg.

»Nein. Für die Bedienung von einer so schönen Frau nicht.«

Georg schüttelt den Kopf. »Kaum bist du hier, da …«, beginnt er.

»Ich weiß schon, was du sagen willst. Spar dir deine Worte.«

Klaas und Hänslin tun so, als hätten sie nichts gehört, schenken ein und trinken auf einen schnellen Sieg über die Heiden. Der kühle Wein erfrischt und belebt sie. Sie tauschen ihre Eindrücke von der neuen Umgebung aus, die sie alle genießen würden, wenn nicht jede Stunde mit dem Beginn der Belagerung gerechnet werden müsste. Die bedrohliche Lage ist allen bewusst. Trotzdem hebt Ramseider seinen Becher und bringt einen Trinkspruch aus: »Auf einen schönen Aufenthalt in dieser beeindruckenden Stadt.«

Als die Krüge leer getrunken sind, meint Georg, nun sei es genug und man könne nun zufrieden in die Unterkunft zurückkehren. Klaas stimmt ihm zu. Aber Ramseider hat noch keine Lust, den Abend zu beenden.

»Geht nur zu, wenn ihr schon zurück wollt. Ich bleibe noch ein wenig. Bis später«, sagt er zu ihnen.

»Bis später.«

In der Unterkunft legt sich Georg müde auf sein Lager. Aber der Wein hat ihn so aufgeputscht, dass er lange nicht einschlafen kann. Er denkt über all die neuen Eindrücke nach, die in den letzten beiden Wochen auf ihn eingestürmt sind, und fragt sich, wie es wohl Luisa inzwischen gehen mag. Er sehnt sich nach ihr. Er flüstert ihren Namen, stellt sich ihr Gesicht vor, und als er eingeschlafen ist, träumt er, sie liege neben ihm.

Im Morgengrauen schreckt er aus seinem Schlaf hoch, weil er einen Alarmruf zu hören glaubt. Aber es ist still. Er hat wohl geträumt. Er sieht sich nach Ramseider um und bemerkt, dass sein Lager leer ist. Er dreht sich wieder zur Seite, schläft schnell ein und erwacht erst wieder, als Ramseider laut schnarchend neben ihm liegt.

Georg steht auf und sieht den Freund erst wieder, als Dom Luis alle Ritter zum Kriegsrat zusammenruft.

Ramseider steht beim Kriegsrat neben Georg, als sei nichts gewesen. Doch der kann sich eine Bemerkung nicht verkneifen.

»Denkst du manchmal an Mafalda?«

Ramseider lächelt und seufzt zugleich.

»Natürlich. So schnell kann ich sie nicht vergessen. Aber sie ist in Lissabon und ich bin in Afrika. Weißt du denn, ob du Luisa je wiedersehen wirst?«

»Nein. Aber ich …« Er weiß nicht, was er sagen soll.

»Was denn?«

Georg sucht nach Worten. Aber ehe er die rechten Worte findet, beginnt Dom Luis seine Rede, die für ihn eine unangenehme Überraschung bringt. Das Heer wird in vier Haufen eingeteilt, und Dom Luis ernennt Georg zum Hauptmann des Haufens, der die Südflanke der Stadt zu verteidigen hat. Georg ist zunächst sprachlos. So großer Verantwortung fühlt er sich in dieser neuen Umgebung nicht gewachsen.

»Warum ich? Wie soll ich Befehle geben, wo ich die Sprache nicht kann?«, fragt er Ramseider und Klaas. Der Dolmetscher erklärt ihm, dass alle Empfehlungsschreiben ihn als vorbildlichen Kämpfer beschreiben und er sich doch auch bei den Turnieren in Lissabon einen hervorragenden Ruhm erworben hat. Und außerdem hätte er in seinem Haufen eine ganze Anzahl von Söldnern aus Brabant, Niederländer, die ihn verstehen könnten. Und er selbst werde nicht von seiner Seite weichen.

Dennoch hat Georg seine Zweifel. Stirnrunzelnd wirft er Ramseider einen fragenden Blick zu.

»Diese Ehrung kannst du nicht ablehnen«, sagt Ramseider mit aller Entschiedenheit. »Klaas kann doch dem Trompeter sagen, welches Signal er blasen muss. Und dann sehen die Kämpfer selbst, was zu tun ist. Jeder will seine Haut retten und kämpft um sein Leben.«

Georg schüttelt den Kopf und fragt leise: »Hattest du gedacht, dass einer von uns hier einen Haufen befehligen müsste?«

»Natürlich nicht. Aber jetzt ist es halt so. Und vielleicht lassen sich ein paar Kommandos auch schnell lernen.«

Das glaubt Georg nicht. Er weiß sehr gut, wie schwer es ihm fällt, portugiesische Wörter auszusprechen, und hofft, sich auf Klaas verlassen zu können.

Die ganze Nacht kann er keinen rechten Schlaf finden. Die Vorstellung, dass er mitten in einem Angriff auf dem Wehrgang steht und seinem Haufen, der unter ihm im Zwinger kämpft, unverständliche Kommandos zuruft und seine Leute niedergemäht werden wie Gras, kann er nicht verscheuchen. Sie quält ihn die ganze Nacht.

Schweißgebadet steht er mehrmals auf, um am Fenster frische Luft zu schnappen, leidet aber auch dort an der drückenden Schwüle und legt sich wieder hin, um von neuen Schreckensbildern geplagt zu werden. Als die Sonne aufgeht, fühlt er sich völlig gerädert.

Dann, am fünften Tag, werden die Hauptmänner auf die Zitadelle gerufen. Der Feind rückt an. Eine wahre Woge von Reitern und Fußvolk ergießt sich über die Hügel in die Ebene vor der Stadt, so zahlreich und dicht, dass kein Boden mehr zu sehen ist. Weit außerhalb der Schussweite von Armbrüsten und Arkebusen, den schweren Steinflinten, mit denen ein Mann allein nicht schießen kann, lassen sich die Heiden nieder und bauen ihre Zelte auf.

Dann macht sich Dom Luis mit den Hauptmännern zum Hafen auf, wo sie von einem schlanken Boot mit mehreren Ruderern erwartet werden.

»Dom Luis will vom Meer aus die Stärke des Feinds einschätzen«, erklärt Klaas.

Sie lassen sich die Küste entlangrudern, um festzustellen, wie weit sich das feindliche Lager ausdehnt.

»Sind es zehntausend Mann oder mehr?«, versucht Dom Luis die Menge zu taxieren.

»Wir sollten die Anzahl der Zelte abschätzen«, schlägt einer der Offiziere vor. »In jedem kommen vier Mann unter, soviel ich weiß.«

Nach der Ausdehnung des Heerlagers rechnen sie mit zehntausend Zelten.

»Vierzigtausend Mann!«, sagt Dom Luis besorgt.

Georg erlebt eine zweite schlechte Nacht. Endlos wälzt er sich hin und her.

In der Dämmerung, noch ehe die Sonne aufgeht, begibt er sich fertig gerüstet mit dem Helm unterm Arm zur Messe in die Kathedrale, die sich mit Rittern und Söldnern füllt. In stillem Gebet ruft er seinen Schutzheiligen an, Sankt Georg, den Drachentöter, und bittet ihn um Hilfe. Er nimmt seine Umgebung kaum wahr, bis das Glöcklein zur Wandlung klingelt und die ersten Ritter den Leib Christi empfangen. Es wird Stunden dauern, bis die Letzten an der Reihe sind. Da aber brüllt plötzlich ein Bote in die Kirche: »Todos a posição! O inimigo ataca.«

Im Geklirr der Rüstungen und Waffen stürzt alles aus der Kirche und jeder begibt sich in atemloser Hast auf seinen Posten. Georg und Ramseider laufen schwer gerüstet zur Südflanke der Stadt, um ihren Mauerabschnitt zu sichern.

Keuchend stehen sie auf der Mauer. Die Lage ist bedrohlich. Die Feinde sind aufmarschiert und haben in sicherem Abstand ihre Truppen rund um die Stadt aufgestellt. Über einer geschlossenen Front von Schilden flattern unzählige Fähnchen und Wimpel im Wind. Dumpfes Pauken- und Trommelgetöse lässt die Luft erbeben.

Noch ehe alle Verteidiger ihre Stellung bezogen haben, schwirrt ein Pfeilhagel heran, dicht wie ein Vogelschwarm. Schlecht gerüstete Söldner werden in Arme, Beine und den Hals getroffen. Aufschreie ertönen. Einige brechen auf der Mauerkrone tot zusammen, andere stürzen rücklings in den Zwinger hinab. Der dumpfe Aufprall ihrer Körper lässt die andern erschaudern.

Georg lässt die Arkebusen laden und positioniert seine Schützen an den Schießscharten der Zinnen. Schnell haken die Schützen ihre Arkebusen ins Prellholz ein, um sich vor dem Rückstoß zu schützen, und schon donnert die erste Salve. Sie zeigt Wirkung. In den vorderen Reihen des Feindes fallen einige Kämpfer. Und ehe der Feind seine Lücken geschlossen hat, sind die Armbrustschützen im Einsatz, und wieder hat der Feind Verluste. Die Verteidiger fühlen sich fast schon überlegen. Da aber flammt zwischen den vorrückenden Mauren Mündungsfeuer auf, da tönen Schüsse herüber. Geschosse schlagen in die Mauer ein und zischen über sie weg.

Feuerwaffen in den Händen der Feinde! Damit hatte man nicht gerechnet.

Aber auf den nächsten Pfeilhagel sind die Verteidiger gefasst. Auf den Warnruf »Atenção, abrigo!« hin pressen sich die Schützen gegen die Mauer, und den Schützenhelfern auf dem Wehrgang und den Bogenschützen im Zwinger gelingt es gerade noch, ihre Schilde schräg über sich zu halten. Ein Pfeilhagel prasselt auf sie nieder, ohne auch nur einen Mann zu verletzen.

Wieder lassen die feindlichen Arkebusiere eine Salve los. Aber ohne Effekt. Da sie nicht auf festem Mauerwerk auflegen können und ohne Prellhölzer gnadenlos dem Rückstoß ihrer eigenen Waffen ausgesetzt sind, fehlt es ihnen an Treffsicherheit. Dafür machen die Armbrustschützen den Verteidigern zu schaffen.

Ein niederländischer Armbrustschütze, den Georg eben noch davor gewarnt hat, die Deckung aufzugeben, will trotzdem einen schnellen Schuss aus einer Lücke zwischen den Zinnen wagen. Ehe er richtig zielen kann, sinkt er Georg vor die Füße. Kein Schrei, nichts. Ein Armbrustbolzen hat sein linkes Auge getroffen und seinen Schädel samt Helm durchschlagen.

Georg bleibt der Atem weg. Er macht Anstalten, sich zu ihm niederzubeugen, und bleibt dabei nicht ganz in Deckung. Da reißt eine Kugel das linke Schulterstück seiner Rüstung weg. Er bleibt unverletzt, aber die Wucht des Geschosses bringt ihn ins Straucheln. Ramseider hält ihn gerade noch am Arm, damit er nicht Gefahr läuft von der Mauer zu stürzen, und zieht ihn hinter die Zinne.

»Steinflintenbeschuss! Das hatten wir uns anders vorgestellt«, sagt Ramseider ernst.

Flach hechelnd geht Georgs Atem, der Angstschweiß tritt ihm auf die Stirn, wie versteinert steht er da und bringt kein Wort heraus.

Ramseider reicht ihm ein Fläschchen. »Nimm einen Schluck. Es wird dir helfen.«

Wortlos, mit starrem Blick ins Leere, greift Georg danach und nimmt einen Schluck. Der stark gewürzte Wein belebt ihn wieder. Er kommandiert die nächste Salve und lässt den Toten von der Mauer holen.

Wenig später steht er mit vor Durst trockener Zunge in der prallen Sonne auf der Mauer, befehligt einen Haufen Schützen und muss zusehen, wie neben ihm ein zweiter seiner Männer direkt an seiner Seite tödlich getroffen wird. Er ist wütend und fühlt gleichzeitig eine nie gekannte Hilflosigkeit. Er kann dem Schützen nicht entgegentreten, ihm nicht im fairen Kampf Brust und Stirn bieten und ihn mit der Kraft seines Zorns niederkämpfen. Dazu ist er erzogen worden, auf solchen Kampf hat er hingelebt. Er hat gehofft, er würde Gegner vom Ross stoßen, mit der Lanze durchbohren oder mit dem Schwert niederschlagen, wie er es gelernt hat. Das wäre ritterlicher Kampf! Aber was macht er hier an dieser Stelle, wo Gott ihn hingeschickt hat, wie er glaubt? Gibt den Schützen Kommandos, damit feindliche Krieger so unvermittelt tot umfallen wie der Niederländer an seiner Seite. Wozu die ganze Kraft, die er sich angeeignet hat? Wozu all das Ritterspiel in Innsbruck, Prag, Rottenburg, Pamplona, Lissabon? Eitles Spiel zur Belustigung der Hofgesellschaft, Scheinkämpfe ohne Lebensgefahr zur Unterhaltung des Hochadels. War man etwas Besseres als der Hofnarr gewesen? Stumm schüttelt er den Kopf.

Die nächste Salve des Feinds verscheucht diese Gedanken. So schnell es geht, lässt Georg zurückfeuern, eine Salve nach der anderen. Er sieht viele Getroffene fallen, und doch hat er den Eindruck, dass sich die feindlichen Reihen nicht lichten. Jede Lücke wird sofort geschlossen. Und entsetzt beobachtet er, wie die maurischen Armbrustschützen die Leichen ihrer toten Kameraden aufeinanderlegen, um dahinter Deckung zu suchen, sodass sie kaum zu treffen sind.

Er verflucht die Hässlichkeit dieses elenden Krieges. Die Leichen der Kameraden als Deckung – einen solchen Frevel hätte er sich in seinen schlimmsten Albträumen nicht vorstellen können.

So geht es stundenlang. Den ganzen Tag glüht die Sonne am Firmament und lässt den Verteidigern den Schweiß in die Augen rinnen. Alle leiden an Durst, der Mund wird ihnen so trocken, dass ihnen die Zunge am Gaumen klebt und fast die Stimme versagt. Ihre Rufe klingen heiser. Es bleibt kaum Zeit, einen Schluck zu trinken. Und der ständige infernalische Lärm der feindlichen Trommeln, Pauken und Hörner betäubt ihre Ohren.

Trotzdem sind die Verteidiger in Georgs Abschnitt zuversichtlich. Ihre Verluste haben sie nicht geschwächt. Auch ihre Lücken konnten bislang sofort geschlossen werden.

Dom Luis ordnet an, dass die Gefallenen sofort geborgen werden, damit die Treppen und Wehrgänge frei und die Luft rein bleiben. Der Gestank der Verwesung würde sonst die Kampfkraft schwächen.

Am Abend flaut der Kampf ab, der Lärm legt sich. Die Nacht bleibt ruhig.

Am nächsten Morgen vor Sonnenaufgang gehen die Ritter wieder in die Kathedrale zur Messe. Als sie die Kirche verlassen, sagt Ramseider: »Schau mal, was ich hier habe«, und zeigt Georg eine Blumenzwiebel.

»Was ist denn das?«

»Der Allermannsharnisch, die Zwiebel einer wilden Gladiole. Wer sie bei sich trägt, wird nicht verwundet. Und wenn doch, heilt die Wunde schneller.«

»Woher hast du denn das?«

»Von einer Frau bekommen.«

Georg zieht die Brauen hoch und wirft Ramseider einen fragenden Blick zu.

»So. Von einer Frau?«

»Ja. Von einer schönen Frau«, antwortet der knapp und fügt nach einer kurzen Pause hinzu: »Carpe diem. Morgen kann ich schon tot sein. Soll ich dir auch einen Allermannsharnisch mitbringen, falls es heute Nacht wieder ruhiger werden sollte, oder kommst du mit?«

»Ich brauche keine Blumenzwiebel und werde mir auch nicht die Nacht um die Ohren schlagen«, weist Georg Ramseiders Einladung schroff zurück, was diesen aber kaum beeindruckt.

»Ich bring dir eine mit, wenn die kommende Nacht einigermaßen ruhig ist. Schaden kann sie auf keinen Fall«, sagt Ramseider, indem er die Blumenzwiebel spielerisch hochwirft und mit einem breiten Grinsen wieder auffängt.

»Tu halt, was du nicht lassen kannst«, sagt Georg und schaut ihn kopfschüttelnd an.

Tags darauf bietet sich ein neues Bild. Die Sarazenen haben ihre Toten geborgen und sind näher herangerückt. Sie haben über Nacht Belagerungsgerät nach vorn gebracht. An drei Stellen schieben sie Belagerungskatzen vor sich her, lange, stabile Holzhütten auf Rädern, die außen mit Eisenblech und

Leder beschlagen sind, zwei bis drei Mann hoch und sehr breit. In ihrem Schutz soll die Mauer untergraben werden. Langsam, Fuß um Fuß, werden die schweren Bauten herangerückt.

»Warum haben wir die gestern noch nicht gesehen? Die können doch nicht so weit weg gewesen sein?«, wundert sich Georg.

»Sie wurden bestimmt erst heute Nacht zusammengesetzt«, vermutet Ramseider.

Sofort lässt Georg die Arkebusiere in Stellung gehen. Sie rasten ihre Gewehre ins Prellholz ein und feuern los. Während nachgeladen wird, werden die Armbrustschützen eingesetzt. Viele Sarazenen, welche die Katzen voranschieben, werden getroffen. Einer nach dem andern bleibt auf der Strecke. Aber auch ohne dass sie ersetzt werden, bewegen sich die Katzen weiter, wesentlich langsamer zwar, aber stetig. Sie werden von innen weitergeschoben und kriechen wie riesige Raupen Schrittchen für Schrittchen auf die Mauer zu.

»Wenn es so weitergeht, sind sie schon kurz nach Mittag an der Mauer«, sagt Georg. »Wir müssen schießen, was unsere Steinflinten hergeben.«

Salve folgt auf Salve. Mit derselben Wirkung wie am Tag zuvor. Unzählige Sarazenen fallen, und doch scheint ihre Masse nicht geringer zu werden.

Georg zweifelt an diesem effektlosen Töten. Aber er hört an den Schüssen, dass die Hauptmänner an den anderen Mauerabschnitten dieselbe Strategie verfolgen. Also unterdrückt er seine Skrupel und lässt weiterfeuern.

Plötzlich kommt neue Bewegung unter den Feinden auf. Aus den bisher gleichmäßigen Reihen laufen die Krieger zu kleineren Gruppen zusammen. Tausende sind es, die sich neu organisieren. Die Verteidiger beobachten sie und können sich auf diese Veränderung zunächst keinen Reim machen. Dann aber, als die ersten Gruppen vorrücken, wird die neue Bedrohung deutlich. Im Schutz ihrer Schilde und ständigen Feuers gegen die Festung tragen sie Eimer mit Sand und Erde heran und füllen den Außengraben dort auf, wo die Katzen an die Mauer gefahren werden sollen. Sie nähern sich in vielen kleinen Gruppen und formen mit ihren Schilden wahre Schildkrötenpanzer. Wer sie nicht in die Beine trifft, kann nichts gegen sie ausrichten. Hunderte dieser Schildkröten bewegen sich vor und zurück, und der Graben wird unendlich langsam, aber stetig aufgefüllt. Die Salven der Verteidiger richten nichts aus.

Da befiehlt Dom Luis, den Beschuss der Schildkröten einzustellen. Er gibt die Anweisung, nur in die Reihen dahinter zu feuern, auch wenn die Wirkung nicht so groß sein sollte. So geht es stundenlang: Die Angreifer füllen den Graben auf, die Verteidiger versuchen, durch ständigen Beschuss aus allen Rohren die Schlagkraft des Feindes zu schwächen.

Kurz vor Sonnenuntergang haben die Katzen die Mauer erreicht, und sofort setzen die Sarazenen in ihrem Schutz Mauerbrecher ein. Im Takt der Trommeln schlagen die Eisenspitzen der starken Balken gegen die Mauer, jeder Stoß von einem gellenden Kampfschrei begleitet. Die ganze Nacht halten sich die Verteidiger für den Fall bereit, dass die Mauren die Mauer durchbrechen. In der Morgendämmerung beobachten sie, wie außerhalb ihrer Schussweite weitere Katzen zusammengebaut werden.

»Dem Herrn sei Dank, dass diese Berber wenigstens keine Kanonen haben«, bemerkt Georg, als wollte er sich selbst Zuversicht einreden.

»Aber auch so werden sie irgendwo durchkommen«, antwortet Ramseider sarkastisch, als die rhythmischen Schläge gegen die Mauer auch an anderen Stellen zu hören sind. »Ob mit oder ohne Kanonen. Die Heiden werden Ceuta erobern, so wie sie Konstantinopel erobert haben. Schau doch nur, wie viele sie sind.«

»Das glaube ich nicht. Denn Gott ist auf unserer Seite«, entgegnet Georg mit Entschiedenheit.

»Und wie war es in Konstantinopel? War Gott dort etwa auf der Seite der Heiden?«

Georg schaut ihn entsetzt an.

»Sei still! So Fragen darfst du nicht laut stellen.«

»Sie kommen mir halt, ob ich will oder nicht.«

»Dann behalte sie für dich. Oder willst du auf dem Scheiterhaufen enden?«

Da ruft der Kommandant die Hauptmänner zu einer Beratung zusammen.

»Die Lage ist ernst. Es gelingt uns nicht, die Heiden von unseren Mauern fernzuhalten«, beginnt er. »Auch wenn wir das Heer weiterhin beschießen, können wir es nicht verhindern, dass unsere Mauern unterminiert werden. Wir müssen Munition sparen. Wir werden zwischen der Innen- und Außenmauer Fußvolk und Reiterei aufstellen und abwarten, bis die heidnischen Mineure Breschen in unsere Außenmauer schlagen, und dann ihre Kämpfer niedermähen. Und alle Toten, Feinde wie Freunde, werden wir von der Mauer in den äußeren Graben werfen. Der Levante wird uns helfen.«

Nicht nur Georg ist entsetzt, auch Ramseider.

»Wer ist der Levante?«

»Der heiße Ostwind, der allmählich aufkommt«, erklärt Klaas. »Auf unserer Seite wird er die Luft fast rein halten und den Leichengestank den Heiden entgegenwehen.«

Georg ekelt so schmutzige Kriegsführung an.

»Und dafür haben wir unsere Kräfte gestählt?«, fragt er Ramseider.

»Dafür natürlich nicht. Aber die Turniere haben doch Spaß gemacht, oder etwa nicht?«

Georg fühlt, dass er niemandem sein Herz ausschütten kann und es sinnlos ist, seine Zweifel und seinen Abscheu auszusprechen. Beim Getöse der Mauerbrecher, bei den Trommelschlägen und dem Geschrei der Feinde kann er keinen klaren Gedanken fassen und findet sich zerknirscht damit ab, dass er sich Dom Luis unterzuordnen hat. Es widerstrebt ihm, in seinem Mauerabschnitt die Leichen der eigenen Leute über die Mauerkante kippen zu lassen. Aber er hat dem Befehl des Statthalters nichts entgegenzusetzen. Er muss diesen Einsatz leiten. Dazu hat man ihn zum Hauptmann gemacht. Die halbe Nacht bittet er Gott um Vergebung für diesen Frevel.

Im Morgengrauen ist von den Mauerbrechern plötzlich nichts mehr zu hören. Dafür quillt an manchen Stellen Rauch über die Zinnen. Die Sarazenen haben die Holzstützen der Stollen angesteckt, die sie unter die Mauer getrieben haben, und es dauert nicht lange, bis sich in der Mauer, wo Georg steht, ein breiter Riss zeigt. Georg reagiert sofort und organisiert den überraschenden Verteidigungsschlag. In weitem Halbkreis um die betroffene Stelle stellt er seine Kämpfer auf, alle mit Schilden, Spießen und Schwertern ausgerüstet, und darüber auf dem Wehrgang der Innenmauer gehen die Armbrustschützen und Arkebusiere in Stellung. Lange Zeit tut sich nichts, dann, mit einem lauten Knirschen, verbreitert sich der Riss. Ein Mauerstück senkt sich um einen halben Fuß. Jeden Moment kann die Mauer einstürzen. Die Schützen bringen ihre Waffen in Anschlag. Es herrscht absolute Stille. Warten, Lauern auf beiden Seiten – und nichts geschieht. Der Rauch ist längst abgezogen.

Georg schickt einen Späher auf die nächste Zitadelle, von wo aus man den Mauerabschnitt gut geschützt von außen überblicken kann. Im Laufschritt kommt er sofort zurück. Die Sarazenen haben ihre Katze etwas zurückgezogen, meldet er, und die Kämpfer stehen im Halbkreis um die beschädigte Stelle der Mauer.

»Sie werden die Mauer sprengen«, meint er.

Sofort lässt Georg seine Kämpfer weiter zurücktreten. Manche bekreuzigen sich. Georg flüstert ein Ave Maria. Plötzlich erschallt ein Horn herüber, dann folgt ein dumpfer Knall und ein dreißig Fuß breiter Mauerabschnitt stürzt in sich zusammen. Eine Staubwolke nimmt ihnen die Sicht. Georg wartet mit dem Kommando, bis sich die ersten Gestalten aus dem Nebel lösen. Zuerst eine Salve der Arkebusen, dann eine Salve der Armbrüste, dann ein Pfeilhagel. Ehe auch nur ein Heide in den Zwinger eingedrungen ist, liegt ein ganzer Wall von Toten und Verwundeten außerhalb der Bresche. Während die Waffen nachgeladen werden, steht Georgs Fußvolk noch tatenlos in Bereitschaft. Dann blitzen draußen Mündungsfeuer auf, Armbrustbolzen schwirren durch die Luft, und ein paar Kämpfer, die der Bresche genau gegenüberstanden, sinken getroffen nieder. Das Feuer wird sofort erwidert. Gleichzeitig steigen die ersten Heiden über den Schuttberg und versuchen, in den Zwinger einzudringen. Ein grausames Hauen und Stechen beginnt.

Georg lässt den Beschuss vom Wehrgang herunter fortsetzen, was auch Wirkung zeigt. Aber es ist wie an den Tagen zuvor: Für jeden gefallenen Feind scheinen zwei andere zum Leben zu erwachen. Die Schusswaffen können nicht schnell genug nachgeladen werden, sodass immer mehr Heiden in den Zwinger gelangen und die Verteidiger zurückdrängen. Voller Entsetzen sieht Georg seine Leute fallen und hofft auf die Reiterei. Er lässt den Trompeter einen Hilferuf blasen und schickt Hänslin los, um Verstärkung anzufordern. Aber die Reiterei kann erst nach einem zweiten Hilferuf anrücken, weil sie auch an anderen Stellen eingreifen muss.

Die Verstärkung sprengt heran und treibt die Eindringlinge zurück. So bleibt einen Moment Zeit, nach der Anweisung des Kommandanten sämtliche Leichen aus dem Zwinger zu entfernen und sie über die Mauer in den Außengraben zu werfen.

Georg graust es davor. Warum bin ich hierhergekommen, fragt er sich. Was hat mich angetrieben? Leichtsinn? Eitelkeit? Hoffart? Habe ich eine Todsünde begangen, für die mich der Herr jetzt schon büßen lässt? Gott kann doch nicht wollen, dass ich diesen Befehl geben muss. Er ist verzweifelt.

Weitere drei Tage und Nächte dauert dieser Kampf an. Die Christen verteidigen ihre Stadt an den Breschen, durch die der Feind einzudringen versucht.

Es gibt keine Sieger, es gibt nur Tote. Die Sonne sticht vom Firmament, der Verwesungsgeruch nimmt auch den Verteidigern den Atem. Aber dann endlich, wie sehnsüchtig erwartet, wird der Levante stärker, er weht vom Meer her, bringt frische Luft in die Stadt, erfrischt die Verteidiger und bläst in kräftigen Böen den Gestank geradewegs den Angreifern entgegen.

»Das Wetter ist auf unserer Seite«, frohlockt Ramseider.

»Nicht das Wetter, Gott selbst«, korrigiert ihn Georg.

Die Angriffe werden schwächer, und schließlich scheinen die Feinde den Rückzug anzutreten. Schnell wird eine Truppe aus vierhundert Reitern und tausend Mann Fußvolk zusammengestellt, die einen Ausfall macht und die Feinde verfolgt.

Georg sprengt voran. Er schlägt Almansor die Sporen in die Flanken, dass er steigt und qualvoll wiehernd seinen Reiter abzuwerfen versucht. Aber der sitzt fest im Sattel. Er hetzt einer dichten Gruppe Fliehender hinterher. Er zwingt sein Pferd, den Ersten einfach niederzutrampeln, holt gleichzeitig mit dem Schwert aus und enthauptet den nächsten mit einem einzigen Streich. Verzweifelte wollen sich ihm zur Wehr setzen und wenden ihm ihre Gesichter zu. Er schlägt nach ihren Hälsen und Köpfen und spaltet sie mit sausenden

Schwertstreichen. Dann galoppiert er weit in das fliehende Heer hinein, überholt viele Feinde, wobei er unzählige von hinten erschlägt. Wütend jagt er vorwärts, spürt im straffen Griff, wenn sein Schwertstreich getroffen hat, und sieht seine Opfer nicht einmal fallen. Schließlich durchbricht er die ersten Reihen der Fliehenden. Da wendet er sein Ross und jagt in vollem Galopp in die dichteste Gruppe der Feinde, die ihm entgegenkommen, hinein und schlägt eine blutige Schneise in das panische Getümmel.

Der Anblick schreckverzerrter Gesichter, in Todesfurcht aufgerissener Augen und die Schreie der Verletzten versetzen ihn in einen Taumel. Alle seine Zweifel und Skrupel schlagen in eine unbändige Wut um, und er mäht die Feinde nieder, als seien sie nichts weiter als die dürren Disteln am Feldrain, die er als Kind geköpft hat. Schließlich hält er inne. Seine Schwertklinge ist rot verfärbt und Almansors Schabracke mit Blut getränkt.

Noch ganz außer Atem schaut er den Fliehenden nach.

Als er eben zu einer neuen Attacke ansetzen will, ertönt von der Stadt her das Signal zum Rückzug. Keuchend sitzt er auf seinem nervös tänzelnden Pferd und sieht sich um, während noch das Blut von seinem Schwert tropft. Viele tote Feinde liegen auf dem Schlachtfeld, aber auch viele portugiesische Söldner.

Langsam reitet er den Hügel hinauf, auf dem sich Dom Luis und die anderen Hauptleute unter der Fahne zusammengefunden haben. Dom Luis schätzt die eigenen Verluste als fatal ein.

»Wenn wir noch einmal so viele Kämpfer verlieren, können wir die Stadt nicht halten«, beschreibt er die Lage.

Daher ist man sich uneins über die weitere Strategie. Soll man nachsetzen und dabei riskieren, dass man in einen Hinterhalt läuft, oder soll man einen neuen Angriff abwarten? In diesem Fall müsste man aber damit rechnen, dass die Sarazenen erst wieder vorrücken, wenn sie Verstärkung bekommen haben, und man hätte es wieder mit einer starken Übermacht zu tun. Ohne genau zu wissen, wie geschwächt der Feind nun wirklich ist, kann man diese Entscheidung nicht fällen, ohne ein großes Risiko einzugehen.

Da wird ihre Beratung unterbrochen. Ein Parlamentär mit weißer Fahne löst sich aus den feindlichen Reihen und reitet von der Anhöhe, auf die sich die Sarazenen zurückgezogen haben, in die Ebene hinunter. Ein Dolmetscher wird ihm entgegengeschickt. Im Galopp reiten sie aufeinander zu und haben ihre Pferde noch nicht recht zum Stillstand gebracht, da kehren sie schon wieder um. Der Dolmetscher verkündet die knappe Nachricht: Der beste Kämpfer der Sarazenen fordert einen christlichen Ritter zum Zweikampf. Der Ausgang dieses Kampfes soll den Kampf um Ceuta entscheiden.

Georg sieht seine Stunde gekommen. Gott hat seine Gebete erhört, Gott schickt ihm einen heidnischen Recken, gegen den er sich als christlicher Ritter bewähren kann. Was er als Hauptmann an Schuld auf sich geladen hat, den Tod vieler Kämpfer, die er in die Bresche und damit in den Tod schicken musste, und die Eitelkeit, die Überheblichkeit und den Leichtsinn, womit er sich auf die Fahrt hierher begeben hat – all dessen kann er sich entledigen, wenn er gegen diesen Heiden zieht und ihn, so Gott es will, in ritterlichem Kampf besiegt. Er lebt innerlich auf.

»Es ist Gottes Wille, dass ich mich diesem Heiden stelle«, verkündet er sofort im Brustton der Überzeugung, womit er den Kommandanten und die anderen Hauptmänner überrascht. »Schickt mich in diesen Kampf.«

Dom Luis betrachtet ihn kritisch. Ja, er ist mit seinem Ringharnisch und seinem Streitross gut gerüstet, besser als die meisten Ritter. Aber ist er wirklich der stärkste Recke unter den vielen? Er weiß es nicht, aber er kennt auch keinen, von dem gesagt würde, dass er der Allerstärkste, der Unbesiegbare sei. Er denkt an die Empfehlungsschreiben, von denen er gehört hat, und weiß auch von dem Ruhm, den Georg auf den Turnieren in Lissabon erworben hat. Aber den hat er nur im Ritterspiel erworben, um Leben und Tod ging es dabei nie. Und während des Ausfalls eben hatte er ihn aus den Augen verloren.

Fragend schaut er in die Runde. Doch da ist keiner, der sich vordrängen würde, und auch keiner, den man für stärker hielte.

»Sollen wir die Herausforderung überhaupt annehmen?«, gibt er vorsichtig zu bedenken. Aber ehe ein anderer das Wort ergreift, meldet sich Georg erneut zu Wort.

»Ich, ich werde sie annehmen«, zerstreut er Dom Luis' Zweifel, furchtlos und entschlossen. »Warum sollen noch viele Christen sterben, wenn die Fehde im Zweikampf beendet werden kann? Es ist Gottes Wille, dass ich in diesen Kampf ziehe. Der heilige Georg ist mein Zeuge.«

Der Nachdruck seiner Rede und die unbeugsame Entschlossenheit seiner Miene verwundern die Ritter in der Runde. Sie schweigen. Keiner mag ihm laut zustimmen und den Anschein erwecken, dass er über Georgs Kampfbereitschaft erleichtert sei. Das hätte einen seltsamen Beigeschmack. Verlegenes Schweigen.

»Was ist aber, wenn der Deutsche im Kampf unterliegt? Werden wir dann die Verteidigung einfach aufgeben?«, wirft ein portugiesischer Hauptmann ein.

Dom Luis weicht seinem Blick aus und schaut nachdenklich vor sich hin. Georg fragt Klaas, warum der Kommandant so unschlüssig wirkt, und bekommt den Einwand übersetzt.

»Darüber sollt ihr nur nachdenken, falls ich unterliege«, beendet er abrupt die Unterredung, steigt ohne ein weiteres

Wort aufs Pferd und reitet dem Feind entgegen. Niemand hält ihn auf. Als er hört, dass Hänslin ihm nachreitet, dreht er sich im Sattel um und weist ihn mit einer entschiedenen Handbewegung zurück.

Dann galoppiert er mit Lanze, Schild und Schwert in die Mitte der Ebene zwischen den beiden Hügeln und kratzt mit seiner Lanze ein Kreuz in den Boden. Hier soll der Kampf stattfinden. Dann reitet er hundert Fuß zurück und wartet. Hinter ihm ertönt das Trompetensignal zur Attacke. Es wird von der Gegenseite erwidert, und schon rast ihm der heidnische Recke auf einem flinken Berberpferd entgegen. Georg erkennt es sofort: Sein Gegner ist ein Hüne, ein wahrer Riese, ihm körperlich weit überlegen. Aber das Streitross, das er selbst reitet, Almansor, das Geschenk des Portugiesenkönigs, ist stärker als das Berberpferdchen. Alles auf die Tjoste setzen, ihn auf dem Pferd mit der Lanze durchbohren, das muss sein Ziel sein. Er schließt das Helmvisier, legt die Lanze auf seinen Schenkel und hakt sie am Sattel ein.

Als der Gegner denselben Abstand von der markierten Stelle hat wie er selbst, haut Georg Almansor mit aller Brutalität die Sporen in die Flanken und prescht los. Er sieht, dass der Feind seine Lanze in der Armbeuge liegen hat, nirgends eingehakt. Das steigert seinen Mut. Er umklammert mit beiden Händen die seine und zielt auf den Schild. Im letzten Moment vor dem Zusammenprall legt er den Kopf in den Nacken und sieht im entscheidenden Augenblick nur den blauen Himmel über sich. Ein fürchterliches Krachen dröhnt in seinen Ohren! Den Rückstoß seiner Lanze kann er nicht auffangen, sie gleitet ihm durch die Hände und schlägt ihm gleichzeitig gegen die Seite. Das Berberross wiehert panisch und laut, er hört seinen dumpfen Aufprall auf dem Boden und wie die Rüstung des Feindes über den steinigen Boden schrappt.

Er will sein Ross wenden und vom Sattel aus den entscheidenden Schwertstreich führen. Aber die Lanze des Gegners hat seinen Ringpanzer getroffen, hat sich in seiner rechten Seite unterm Arm verhakt, und er hat Mühe, sich von ihr zu befreien. Das nimmt ihm kostbare Zeit. Als er sich der Lanze entledigt hat und endlich sein Pferd wenden kann, liegt sein Gegner noch samt Ross am Boden, kann aber mit einem kräftigen Ruck sein gepanzertes Bein unter dem Tier hervorziehen und steht auf. Mit Schild und Schwert bietet er ihm die Stirn. Georg steigt ab und tritt ihm genau gleich gerüstet entgegen.

Gespannt verfolgt er jede Bewegung des Hünen und sieht sich gleichzeitig wieder seinem Bruder Wolf gegenüber, gegen den er sich oft zu wehren wusste, obwohl der stärker und größer war als er selbst. An seinem inneren Auge huscht das Brennnesselfeld am Wegesrand vorbei, und er ist entschlossen, nicht hineinzufallen.

Er greift zuerst an.

Sie liefern sich ein langes, ermüdendes Gefecht, schlagen zu, dass die Schilde dröhnen, stechen aufeinander ein, ohne die Harnische zu durchdringen, und umkreisen einander. Georg gelingt ein starker Schlag auf den schwertführenden Unterarm des Gegners, aber nur mit flacher Klinge. Da kommt der ihm näher, so nahe, dass er mit dem Schwert nichts ausrichten kann. Der Hüne wirft Schwert und Schild ab und versucht Georg niederzuringen. Sie kommen sich so nahe, dass Georg den scharfen Atem und sauren Schweiß seines Gegners riecht, was ihn anwidert. Er spürt seine unbändige Kraft. Das ist nicht nur sein Bruder Wolf, das ist ein Goliath, dem er nichts entgegenzusetzen hat. In panischer Angst schickt er ein Stoßgebet gen Himmel.

»Herrgott, gib mir die Kraft«, schreit er so laut, dass es wie Kampfgeschrei klingt, und fühlt sich im selben Moment hochgehoben. Hilflos klammert er sich an den Hals seines

Feindes und spürt keinen Boden mehr unter den Füßen. Er hat seinen Stand verloren, er hat Angst, zu Boden geschleudert zu werden. Da haut er dem Gegner – er weiß hinterher nicht, wie ihm das eingefallen ist – mit aller Kraft seine Sporen in die Kniekehle. Der Goliath schreit auf, knickt ein, und beide fallen zu Boden.

Georg kommt halb unter seinem Gegner zu liegen, aber es gelingt ihm, sich von ihm zu befreien. Er selbst ist wendig, der Hüne aber durch die schmerzende Kniekehle gebremst. Schnell richtet Georg sich auf den Knien auf, was auch dem Heiden gelingt, der aber leicht schwankt. Georg öffnet sein Visier und sieht sein Schwert rechts neben sich liegen.

Mit seiner Rechten ergreift er es, mit der Linken stößt er seinen Gegner von sich, sodass dieser noch stärker ins Wanken gerät. Gerade in dem Moment, als dieser die Balance wiedergewinnt und das Gesicht ihm zudreht, haut ihm Georg sein Schwert ins Gesicht. Die Schwertspitze fährt ihm durch beide Augen und durchtrennt die Nasenwurzel. Mit einem bestialischen Aufschrei fällt der Heide geblendet auf den Rücken. Georg kommt auf die Beine, macht einen Schritt zu ihm hin und rammt ihm sein Schwert genau durch die verletzte Nasenwurzel in den Schädel. Es knirscht. Er zieht es heraus und, ohne sich bewusst zu sein, dass er den Hünen schon getötet hat, versetzt er ihm einen zweiten Stich durch den Gurgelknoten.

Wie in Trance nimmt er ihm dann Schild und Schwert ab und schaut sich nach den Pferden um. Die stehen friedlich und müde mit blutigen Flanken beieinander und lassen die Köpfe hängen. Mit Hänslins Hilfe, der inzwischen herangekommen ist, befestigt er die Waffen des Getöteten an dessen Pferd, steigt auf Almansor und reitet, seine Beute am Zügel führend, zu den eigenen Reihen zurück.

Jetzt erst nimmt er das Freudengeschrei wahr, einen Jubel, der ihm infernalisch vorkommt, der ihm gilt, aber ihn nicht freuen kann. Er ist zu erschöpft und er denkt, dass dieser Kampf ohne Gottes Hilfe – darin ist er sich absolut sicher – ganz anders hätte ausgehen können. Auf halber Strecke hasten einige Portugiesen an ihm vorüber zur Leiche seines Gegners hin. Sie hacken den Kopf ab, stecken ihn auf seine Lanze und tragen die Trophäe mit stolzgeschwellter Brust zur Stadt hin.

Dom Luis da Coimbra persönlich kommt Georg entgegengeeilt, hält Almansor am Zügel fest und nötigt ihn, abzusteigen. Er umarmt ihn und drückt ihn lange so fest an sich, dass Georg fast die Balance verliert. Fast fühlt er sich wie in der Umarmung des Hünen. Dabei ergießt sich aus dem Mund des Kommandanten ein Redeschwall, von dem er nur das einzige einfache Wort versteht, das immer wieder ertönt: »Obrigado, obrigado, obrigado.« Danke, danke, danke.

Als sich Georg aus der Umarmung lösen kann und wieder aufsteigen will, wird er am Arm festgehalten. Dabei würde er sich am liebsten sofort zurückziehen, ausruhen und mit all dem, was in den letzten Minuten geschehen ist, zurechtkommen. Aber so einfach kommt er nicht davon. Völlig betäubt von den Ereignissen wird er festgehalten und nimmt nur verschwommen wahr, wie der Kommandant den Triumphzug aufstellt: Voraus ein Söldner aus Georgs Haufen, der den aufgespießten Kopf des Heiden voranträgt, dann zwei Trompeter, dann das erbeutete Heidenross mit den Waffen des Hünen, unmittelbar gefolgt von ihm selbst und an seiner Seite der Kommandant, Dom Luis da Coimbra persönlich. Dahinter die übrigen Heeresführer und Ritter, dann das Fußvolk und die Söldner. So soll es durch die Stadt gehen.

Das Tor wird weit geöffnet. Unter tosendem Jubel ziehen sie ein, bewegen sich auf verschlungenen Wegen, durch jede größere Gasse reitend, zum Platz vor der Kathedrale hin, wo Dom Luis eine Dankesrede hält, von der Georg kein Wort versteht, die ihn aber auch nicht interessiert. In seiner Erschöpfung nimmt er nur den Jubel wahr und sieht die Blumen, die die Frauen nach ihm werfen. Aber er ist zu erschöpft, um auch nur eine davon aufzufangen oder gar zu danken. Äußerlich unbeteiligt sitzt er steif auf seinem Streitross. Stolz wirkt er wie ein Heldenstandbild und ist doch so leer wie ein ausgelaufener Weinschlauch. Wie durch einen Schleier nimmt er wahr, wie Frauen und Kinder aus der Menge zu den Rittern und Söldnern springen und ihnen Wasser, Wein und Früchte reichen, wie wildfremde Frauen sich den Kriegern an den Hals werfen und sie abküssen. Er schaut mit starrer Miene zu, als verstünde er nicht, was um ihn herum vor sich geht.

Eine Gasse öffnet sich in der Menge, durch die eine schöne Frau heranstolziert, die einen großen goldenen Becher in der Hand trägt. Sie kommt an seine rechte Seite, lächelt ihn an und hält ihm den Becher hin. Er muss ihn nehmen, muss ihn an den Mund setzen, muss einen langen Schluck nehmen, um die Frau und die Zuschauer nicht zu enttäuschen. Der Wein ist köstlich, steigt ihm aber sofort zu Kopf.

Wie benommen sitzt er auf seinem Ross. Da erscheint Ramseider neben ihm. »Reiß dich zusammen und winke endlich einmal dem Volk zu«, zischt er ihn an.

Endlich hebt er langsam seine Rechte und lächelt verhalten dankend in die Runde. Frenetischer Jubel braust auf, ohrenbetäubendes Freudengeschrei, und er kann es nicht glauben, dass all das Gejauchze ihm gilt, dem Retter in höchster Not.

Als der Freudentaumel etwas abflaut, werden die Tore der Kathedrale weit geöffnet. Schmutzig, verschwitzt und blutbefleckt betreten die Ritter das Gotteshaus, knien vor dem Altar nieder und empfangen die Kommunion. Der Geistliche dankt dem Heiland für seine Hilfe bei der Niederschlagung der Heiden und spricht ein Dankgebet vor, das die Ritter murmelnd wiederholen. Zum Schluss segnet der Priester die Kämpfer und ihre Waffen.

Dann endlich kann Georg mit Hänslin an seiner Seite in seine Unterkunft gehen, wo er wieder zu sich finden will. Aber schon unter der Tür wird er von zwei Frauen empfangen, die ihn rechts und links am Arm nehmen und Hänslin zu verstehen geben, dass er sich an diesem Abend nicht mehr um seinen Herrn zu kümmern braucht. In der einen Frau erkennt Georg die Schöne wieder, die ihm vor der Kathedrale den Becher Wein gereicht hat. Sie lächelt ihn an, als seien sie alte Bekannte, und redet mit ihm. Er versteht sie nicht, kann aber aus ihrem sanften, vertraulichen Tonfall schließen, dass sie und ihre Begleiterin sich um ihn kümmern wollen. Er nickt ihr zu und lässt alles geschehen.

Sie nehmen ihn am Arm und führen ihn in ein vornehmes Haus. Ehe er es sich richtig versieht, schnallen ihm die beiden Frauen den Brustharnisch ab, nehmen ihm die Arm- und Beinschienen ab, lösen seinen Brustharnisch und ziehen ihm das Untergewand aus, sodass er nackt vor ihnen steht. Die Schöne führt ihn an der Hand in ein blau-weiß gekacheltes Badezimmer, so prächtig, wie er es noch nie gesehen hat, und setzt ihn in ein warmes Bad. Zu zweit waschen sie ihn, dann wird sein Kopf trockenfrottiert und mit einem duftenden Balsam eingerieben. Als er meint, dass es nun der Pflege genug ist und sich erheben will, legt sie ihm die Hand auf die Schulter, damit er sitzen bleibt. Warmes Wasser wird nachgegossen. Durch seine wohltuende Wirkung schafft er es endlich, sich fallen zu lassen, und spürt, wie sich sein Körper entspannt. Innerlich und äußerlich gelöst lehnt er sich zurück und schließt die Augen.

Gedanken an sein erstes Bad in Innsbruck melden sich, er sieht sich wieder in Schamesnöten zwischen den beiden Mägden in dem Holzzuber stehen und lächelt über diese Erinnerung. Aber schon schieben sich Bilder des vergangenen Tages dazwischen, Bilder von dem Blutbad und dem Zweikampf, die noch keinen halben Tag her sind, Bilder schreckverzerrter Gesichter, in die sein Schwert blutige Furchen schlägt, Bilder fallender Feinde, der Widerhall von Todesschreien, und er durchlebt noch einmal den Moment, in dem der Hüne ihn hochhob und er keinen Boden mehr unter seinen Füßen fühlte. Seine Muskeln straffen sich erneut, als würde er von Kopf bis Fuß von einem Krampf erfasst. Er kneift die Augen zusammen und schüttelt heftig den Kopf, um diesen Albtraum zu verscheuchen. Da legt sich eine zarte Hand auf seine Schulter. Er zuckt zusammen, öffnet die Augen und sieht sich überrascht einer köstlichen Mahlzeit gegenüber, die man auf einem großen Tablett, das auf der Wanne ruht, vor ihn hingestellt hat: Herrliche Früchte, Brot, Fisch und Fleisch, das mit duftenden Gewürzen zubereitet ist, und zwei Karaffen, eine mit Wasser, eine mit Wein, warten auf seinen Zuspruch. Die Schöne sitzt auf dem Rand der Wanne. Ihre mandelförmigen dunklen Augen lächeln ihm aufmunternd zu. Als er nicht sofort zugreift, pflückt sie eine blaue Weinbeere von der großen Traube und schiebt sie ihm in den Mund. Bedächtig fängt er an zu kauen und spürt jetzt erst, wie hungrig er ist, hat er doch den ganzen Tag nichts als einen Schluck Wasser zu sich genommen. Und sie, die Schöne, ist ihm behilflich. Sie zerteilt das Fleisch, wie er es einst Eleonore vorschnitt. Doch sie legt es ihm nicht nur vor, sondern schiebt es ihm in den Mund. Und immer wieder reicht sie ihm den Weinbecher, so oft, dass er ihn ab und zu zurückweisen muss und nach Wasser verlangt.

Schließlich wird abgetragen. Er steigt aus der Wanne, die Frauen trocknen ihn ab und hüllen ihn in ein weiches Tuch. Die Schöne nimmt ihn mit sanfter Kraft am Arm und führt ihn in ein reich ausgestattetes Gemach, in dessen Zentrum ein großes weiches Bett steht. Er fällt mehr hinein, als dass er sich darauf niederlässt. Gerade noch merkt er verwundert, dass sie sich neben ihn legt und seinen Arm streichelt. Da ist er auch schon eingeschlafen.

Schon bevor er die Augen aufschlägt, spürt er den Schweiß auf seinem Gesicht. Dann blinzelt er gegen das helle Sonnenlicht, das, in dünne Strahlen gebündelt, durch die schmucke Schnitzerei der Fensterläden hereinfällt. Er setzt sich auf und weiß nicht gleich, wo er ist. Dann stellen sich nach und nach die Erinnerungen ein. Neben dem Bett steht eine Wasserkaraffe, aus der er sich bedient. Mit dem Becher in der Hand tritt er nackt ans Fenster und schaut durch einen Spalt hinaus. Es ist ruhig in der Gasse.

Da geht hinter ihm die Tür. Er will sich bedecken und macht einen schnellen Schritt zum Bett hin. Aber vor ihm steht Ramseider und lacht übers ganze Gesicht.

»Bleib ruhig so, wie du bist. Den Damen von gestern Abend würdest du sicher auch bei gedämpftem Sonnenlicht im Adamskostüm gefallen. Und, wie war die Nacht?«

»Was für eine Nacht? Ich weiß kaum noch, wie ich in dieses Bett gekommen bin.«

»Kann ich mir vorstellen. Luna und Susana haben mir erzählt, wie erschöpft du warst.«

»Luna und Susana?«

»Ja. Luna ist die schöne Frau, die uns die wilden Gladiolenzwiebeln verehrt hat, den Allermannsharnisch, du erinnerst dich doch, oder? Ihr Zauber hat dich beschützt.«

»Glaubst du das wirklich?«

»Eine Liebesgabe, die uns jedenfalls nicht geschadet hat«, erwidert Ramseider und lacht leichtfertig.

»Und wer ist Susana?«

»Ihre jüngere Schwester.«

»Und warum haben sich gerade die beiden um mich gekümmert?«

Ramseider lächelt verschmitzt.

»Das bleibt das große Geheimnis. Ich hoffe nur, dass dir ihre Pflege gut getan hat.«

»Meine Schultern und Arme fühlen sich noch an, als hätten mich die Heiden aufs Rad geflochten.«

»Dann solltest du dich noch einmal baden lassen. Soll ich die beiden rufen?«

Georg winkt ab.

»Ich kann das schon aushalten, wo wir uns doch heute ausruhen können.«

»Aber nicht bis in die Nacht. Dom Luis schickt mich nämlich. Du sollst heute mit einem großen Bankett gefeiert werden. Er veranstaltet ein Festmahl zu deinen Ehren.«

»Wann?«

»In zwei Stunden.«

»Ein Bankett um die Mittagszeit?«

»Du irrst dich. Der halbe Nachmittag ist schon um.«

Georg bemerkt die saubere Kleidung, die man auf einem Stuhl bereitgelegt hat, und zieht sich langsam an.

»Ein Bankett zu meinen Ehren? Ich weiß nicht, ob mir das recht ist. Um den Sieg zu feiern, ja, aber meinetwegen? Nein.«

»Natürlich deinetwegen! Wer hat denn den Zweikampf gewagt und gewonnen?«

»Gewagt schon, aber gewonnen hat ihn Gott. Der allmächtige Gott hat mir geholfen. Ich habe wohl gemerkt, dass ich gegen diesen Riesen allein nichts hätte ausrichten können. In solcher Not war ich noch nie, das kannst du mir glauben. Es war Gott selbst, der mir eingegeben hat, ihm mit den Sporen in die Kniekehlen zu hacken. Ich wäre sonst verloren gewesen wie ein Lamm unter den Pranken eines Löwen.«

»Jetzt übertreib mal nicht. Das hat ganz anders ausgesehen, wie du ihn von seinem Pferdchen gestoßen hast.«

»Unsinn! Damit habe ich ihn nicht besiegt. Das müsst ihr doch auch gesehen haben. Ohne Gottes Hilfe …«

»Ja, ich weiß, mit Gottes Hilfe, gut, meinetwegen. Aber denk doch mal: Ohne Gottes Hilfe wären wir alle nicht hier. Wir wären vielleicht zwischen Lagos und Cádiz in einen Sturm gekommen und mit Mann und Maus ersoffen. Oder es wären noch viel breitere Mauerstücke eingestürzt, wenn Gott uns nicht geschützt hätte. Wir stehen alle unter dem Schutz des Herrn. Aber das ist alles kein Grund, warum du dich nicht feiern lassen solltest. Du hast doch den Zweikampf gewagt und sonst keiner. Lass dich also feiern. Es wird ein schönes Fest, und alle haben ein Fest verdient. Sei kein Spielverderber.«

Dabei klopft er ihm freundschaftlich auf die Schulter und lässt ihn allein.

»Ich hole dich dann ab. Bis später!«

Georg kniet nieder und versinkt ins Gebet.

Am Abend freut sich Georg doch über das Bankett und lässt die Lobpreisungen in aller Bescheidenheit über sich ergehen, wie auch alle folgenden Ehrungen. Dom Luis berichtet Dom Afonso in einem Brief, wie Georg in heldenhaftem Zweikampf die Stadt gerettet hat, worauf der König persönlich anreist und Georg sein Dankesgeschenk überreicht: einen Pokal voller portugiesischer Golddukaten. Außerdem lädt er Georg und seinen Gefährten zu einem weiteren Aufenthalt in Lissabon ein und kehrt dorthin zurück.

Georg und Ramseider folgen seiner Einladung nicht sofort, sondern bleiben noch sieben Monate in Ceuta. Da die Befestigung der Stadt stark gelitten hat, muss sie ständig durch Patrouillen vor kleineren Angriffen geschützt werden. Es gibt noch viele kleine Scharmützel mit den Sarazenen, die zwar die Stadt nicht mehr massiv angreifen, aber mit vielen Überfällen ihre Umgebung unsicher machen, und Georg und Ramseider helfen diese Bedrohung gering halten.

Schließlich schiffen sie sich aber doch ein, lassen Afrika hinter sich und erreichen Lagos auf dem Seeweg. Von dort reiten sie nach Lissabon zurück.

Im Thronsaal, wo sie verabschiedet wurden, werden sie auch in Anwesenheit der gesamten Hofgesellschaft wieder empfangen. Unter Fanfarengeschmetter schreiten die beiden Ritter in den Saal und sind von der Farbenpracht fast geblendet. Georg, der rechts von Ramseider geht, versucht, seinen Blick auf Dom Afonso ruhen zu lassen, aber seine Augen suchen Luisa. Wenn die Hofgesellschaft sich so aufgestellt hat wie bei ihrem Abschied, müsste Luisa links von der Königin stehen. Isabel, Mafalda, Luisa, das war die Reihenfolge gewesen. Aber an Mafaldas Seite steht eine andere, die er noch nie gesehen hat. Wo ist Luisa? Suchend lässt er seinen Blick über all die Hofdamen und Höflinge schweifen, die an der Stirnseite des Saales Schulter an Schulter nebeneinanderstehen. Aber er erblickt sie nicht. Der Gedanke, dass Luisa nicht mehr am Hof sein könnte, versetzt ihm einen Stich ins Herz. Wie betäubt steht er da. Von Dom Afonsos gefühlsgeladener Lobrede spürt er nicht mehr als von einer sanften kühlen Brise, und Klaas' Übersetzung nimmt er schon gar nicht mehr wahr.

Erst als Dom Afonso auf ihn zutritt und ihn so herzlich umarmt wie einen Bruder, kommt er wieder zu sich und folgt den Anweisungen des Zeremonienmeisters, der die Hofgesellschaft zum Bankett ruft.

Noch ehe die Gesellschaft sich an die Tafel setzt, gelingt es Mafalda, unauffällig an Georgs Seite zu treten und ihm einen Brief zuzustecken. Sofort bricht er das Siegel, aber der Brief ist auf Portugiesisch geschrieben. Er wird später Klaas bemühen müssen.

So sitzt er geistesabwesend dem König gegenüber, antwortet nur einsilbig auf seine Fragen, die er manchmal sogar überhört, bis dieser seine Zerstreutheit bemerkt und auch richtig deutet.

Luisa sei leider nicht mehr da, sie sei in einem Kloster und werde bald heiraten, lässt er ihm durch Klaas sagen. Das tue ihm leid für seinen Freund. Georg kann nicht verstehen, mit welcher Leichtfertigkeit der König diese Nachricht ausgesprochen hat. Er gibt sich aber nun Mühe, am Tischgespräch teilzunehmen, und ist sehr froh, Ramseider neben sich zu haben, der temperamentvoll und redselig die Aufmerksamkeit auf sich zieht.

Nach dem Bankett bittet er Klaas, ihm in seine Kammer zu folgen und den Brief zu übersetzen.

Mein Geliebter!

Schon als ich noch in Deinen Armen lag, wusste ich, dass unser Glück nicht von Dauer sein konnte. Denn schon seit meiner Geburt bin ich einem Mann versprochen, den ich nicht liebe. Er ist ein Vetter meines Vaters, ein reicher Graf aus Bragança, bei dem ich es gut haben werde. Aber meine Liebe wird er nicht gewinnen.

Ich bin in einem Kloster, wo ich Dein Kind auf die Welt bringen will, ehe ich den Grafen heirate. Ich bin glücklich, dass ich Dein Kind unter dem Herzen trage. Es wird mich mein ganzes Leben lang an die glücklichste Zeit erinnern, die mir vergönnt war. Bitte suche nicht nach mir. Ich bin gut aufgehoben, und ein Wiedersehen könnte nichts ändern.

Lebe wohl, mein Geliebter. Dein Platz ist in meinem Herzen, auch wenn ich Dich nie wiedersehen werde.

Deine Luisa

Klaas muss den Brief mehrmals übersetzen und dann die Übersetzung aufschreiben, während Georg mit leerem Blick auf den portugiesischen Brief starrt.

»Das ist nicht die einzige Hofdame, der es so geht«, versucht ihn Klaas zu trösten.

»Aber für mich ist sie die Einzige«, antwortet Georg, wobei es ihm die Stimme verschlägt.

Dann springt er auf, packt Klaas am Ärmel und zieht ihn hinter sich her zur Kemenate, wo er Mafalda zu finden hofft. Alle guten Sitten vergessend stößt er die Tür auf und stürmt hinein. Die empörten Blicke der Damen nimmt er nicht einmal wahr. Er sieht nur Mafalda, kniet mit vor der Brust gefalteten Händen vor ihr nieder und fleht sie an, ihm zu sagen, wo er Luisa finden könne.

Sie versteht ihn sofort und bringt Klaas mit einer abwehrenden Handbewegung zum Schweigen, als er sich daranmachen will, zu übersetzen. Schon als Georg hereingestürzt ist, hat sie einen tiefen Seufzer ausgestoßen. Nun schaut sie ihm einen Augenblick traurig in die Augen und schüttelt stumm den Kopf. Dann schlägt sie die Augen nieder und sagt leise, aber in bestimmtem Ton, Satz für Satz etwas, das Klaas übersetzen muss.

»Ihr wart sehr lange weg, und inzwischen ist viel geschehen. Eure gemeinsame Zeit ist längst vergangen. Seid klug und seht das ein. Luisa wusste immer, dass eure Liebe nicht von Dauer sein konnte, und es tat ihr weh, von Euch Abschied zu nehmen. Aber sie hat den Schmerz überwunden. Das Leben von Luisa und ihrem Kind ist geregelt. Warum also wollt Ihr die Ruhe stören, die sie inzwischen gefunden hat?«

Dann schweigt sie. Georg schaut mit aufgerissenen Augen zu ihr auf. Was sagt sie da? Was sagt sie noch? Aber Mafalda sagt nichts mehr und blickt ihn nur ernst an. Mit einer fast unmerklichen Bewegung ihrer rechten Hand, die in ihrem Schoß liegt, weist sie zur Tür.

Georg erkennt, dass er seine ritterliche Würde nur wahren kann, wenn er nun Einsehen zeigt. Er steht auf, verbeugt sich förmlich und zieht sich wortlos zurück.

Das Leben im friedlichen Portugal ist erholsam. Nun, da Georg als der Retter Ceutas bekannt ist, lassen es sich die Adligen noch viel weniger nehmen, ihn zu sich einzuladen und wie einen König zu ehren, was ihm im Grunde widerstrebt. Aber die Freundschaft mit dem König, den er sehr bewundert, hält ihn in Portugal. Denn weil er ihn mag und nicht verletzen will, entspricht er seinem Wunsch, ihn möglichst lange als Gast bei sich zu haben.

VIII.

Andalusien und das Emirat Granada 1457

Noch mehrere Wochen genießen Georg und Ramseider die dankbare Gastfreundschaft des portugiesischen Königs und seiner vornehmen Verwandtschaft. Es könnte ein leichtes, genussvolles Leben sein, das sie führen.

Wie bei ihrem ersten Aufenthalt in Lissabon werden Ritterspiele aller Art veranstaltet, bei denen sich beide, Georg so oft wie Ramseider, als Sieger hervortun. Während Ramseider die damit verbundenen Ehrungen mit fröhlicher Miene entgegennimmt, lässt sie Georg über sich ergehen, ohne große Freude zu zeigen. Zwar lächelt sein Mund, aber seine Augen bleiben ernst.

»Wir haben uns in Ceuta verdient gemacht, und wenn es den Portugiesen Freude macht, uns zu verwöhnen, dann soll das wohl so sein«, sagt Ramseider zu Georg, wenn er das Gefühl hat, dass dieser nach einem Fest missmutig gestimmt ist und schweigend vor sich hin grübelt. »Ich sage nur: Es wird nicht ewig so weitergehen, also: Carpe diem.«

Aber Georg kann sich nicht im Hier und Jetzt verlieren, denn ohne Luisa haben der Königshof, Lissabon und ganz Portugal ihre Farben für ihn verloren. Was er beglückend fand, ist nun fad und abgeschmackt.

Den Portugiesen entgeht seine Stimmung nicht. Sie nennen ihn »o alemão sério«, den ernsten Deutschen, und wundern sich über das verschlossene Wesen des Mannes, der so heldenhaft für ein ihm fremdes Volk gekämpft hat.

Als sie im Frühsommer von einem Aufenthalt am Hof von Coimbra nach Lissabon zurückkehren, erfahren sie, dass Enrique IV. von Kastilien zu einem Feldzug gegen Granada aufruft und Dom Afonso V. um Hilfe bittet. Die Truppen des Königs von Tunis sind im Begriff, von Nordafrika aus überzusetzen und mit dem König von Granada zusammen christliches Gebiet zu erobern.

Georg lebt auf. Er ist wie verwandelt, gerade so, als hätte er eine schleichende Krankheit überwunden. »Lass uns nach Spanien ziehen und kämpfen«, fordert er Ramseider mit leuchtenden Augen auf.

»Ich bin dabei«, antwortet Ramseider, obwohl er sich eigentlich auf einen schönen Sommer in Lissabon eingestellt hat. »Wenn uns Afonso so einfach ziehen lässt.«

Das aber ist kein Problem. Dom Afonso, der sie fast schon als seine Höflinge betrachtet, ist hocherfreut, gereicht es ihm doch zur Ehre, dass zwei Kriegshelden, die monatelang bei ihm zu Gast waren, dem Hilferuf aus Spanien Folge leisten wollen. Sofort stellt er ihnen verschiedene Empfehlungsschreiben aus, in denen er ihren Einsatz in Ceuta in den höchsten Tönen lobt. Er stellt ihnen vier Knappen und einen Führer zur Verfügung, der sie in einem dreiwöchigen Ritt zum Sammelpunkt der spanischen Streitkräfte geleiten soll. Und selbstverständlich soll Klaas van Utrecht sie als Dolmetscher begleiten.

Georg sinkt vor dem König auf die Knie und bedankt sich untertänig. Nicht so Ramseider. Stolz bleibt er stehen, hat er doch genau erkannt, dass sie Dom Afonsos Ansehen in Spanien schon allein durch ihre Ankunft dort steigern werden und ihm damit eine Gefälligkeit erweisen. Er bedankt sich mit einer leichten Verneigung.

Ziel der Reise ist Antequera, das nur drei Tagesritte westlich von Granada in befreitem Gebiet liegt. Georg drängt zum Aufbruch. In zwei Tagen sind die Vorbereitungen erledigt, und schon am frühen Morgen des dritten Tages stehen sie mit den Knappen, ihrem andalusischen Führer Joaquín, Klaas van Utrecht, den Packpferden und ihren Streitrössern im Hafen und warten auf die Fähre, die sie über den Tejo nach Barreiro übersetzen soll.

Es ist noch still an der Kaimauer. Trotzdem scharren die Pferde nervös übers Pflaster, schnauben und wiehern, vor allem Almansor. Er ist besonders unruhig.

»Ihm stecken die Reisen nach Ceuta und zurück noch in den Knochen«, meint Georg und versucht ihn durch Zureden und Tätscheln zu beruhigen.

Aber Almansor wirft den Kopf hoch und steigt ein ums andere Mal. Er lässt sich nicht beruhigen, sondern buckelt und schlägt aus, sobald Georg ihn zum Steg zu führen versucht.

»Bringt erst die anderen Pferde an Bord, ich reite so lange auf ihm etwas auf und ab«, sagt Georg und verlässt sich auf den Herdentrieb des Hengsts.

Als die anderen Rösser auf der Fähre angebunden sind und sich beruhigt haben, kann Georg endlich über die Planken reiten.

Nach dem Ablegen steht er im Bug und blickt auf die Anlagestelle von Barreiro hinüber. Er genießt die kühle Brise, die vom Atlantik her weht, lächelt und ballt resolut die Faust. »Endlich fühle ich mich wieder als Ritter«, sagt er, immer mit Blick voraus.

»Ich weiß, es ging dir nicht gut in letzter Zeit«, antwortet Ramseider. »Ich habe es wohl gemerkt. Nicht nur ich, auch die Portugiesen. Den ernsten Deutschen haben sie dich genannt. Du warst ihnen ein Rätsel.«

»Dir auch?«

»Nein. Ich kenne dich. Ich glaube, du kannst es einfach nicht genießen, wenn es dir gut geht.«

»Doch, kann ich. Aber nicht auf Dauer. Genug ist genug. Ich bin ein Ritter und kein Höfling. Um es mir an einem Hof gut gehen zu lassen, hätte ich auch bei Erzherzog Albrecht bleiben können.«

»Ich weiß«, sagt Ramseider ruhig. »Wir haben gemeinsam den Krieg gesucht und sind durch die halbe Welt gezogen, bis nach Nordafrika. Und wie war der Krieg? Grausam, scheußlich, widerlich. Den Kampf für die Christenheit hattest du dir doch auch anders vorgestellt. Und nun noch einmal dasselbe?«

»Du würdest also Spanien den Arabern überlassen? Du wolltest sie nicht zurücktreiben nach Afrika, wo sie hingehören?«, fragt Georg erregt.

»Das meine ich nicht«, antwortet Ramseider ruhig. »Ich denke nur, dass mein Leben auch sinnvoll und gottgefällig sein kann, wenn es keinen Krieg gibt.«

»Aber jetzt liegt wieder ein Krieg vor uns. Und wir sind es doch nicht, die angreifen. Du hast doch gehört, was sich da an der nordafrikanischen Küste zusammenschart. Wir müssen die Verteidigung verstärken und uns bewähren. Du genauso wie ich. Denk an unser Gelübde.«

Eine Weile stehen sie schweigend nebeneinander.

»Dieser eine Krieg noch, aber dann, wenn ich ihn überlebe …« Ramseider beendet den Satz nicht.

»Was dann?«

»Ich weiß nicht.« Ramseider will das Gespräch nicht vertiefen und zeigt seine Handflächen in einer skeptischen Geste. »Vielleicht gehe ich doch nach Tirol zurück.«

»Zu Sigismund?« Georg ist überrascht.

»Ja, zu Sigismund. Ich weiß, dass ich jederzeit zu ihm zurückkommen kann.«

»Und dann lebst du als Höfling?«

»Das glaube ich nicht. In seinem Land gibt es so viel Neues, da muss man sich nicht zwischen einem Leben als Ritter oder als Höfling entscheiden. Da gibt es auch andere Aufgaben.«

Georg runzelt die Stirn und schaut wieder geradeaus.

Die Überfahrt dauert nicht lange. Die Pferde lassen sich willig an Land führen, und schon nach einer starken Stunde sitzen die Männer im Sattel und reiten los.

Drei Tage reiten sie durch die sanft gewellte Landschaft des Alentejo auf die Bischofsstadt Évora zu, an deren Oberhaupt, den Erzbischof, das erste ihrer Empfehlungsschreiben gerichtet ist. Verstreute kleine Bauernhöfe, kleinflächige Anpflanzungen von Olivenbäumen und Weinstöcken, Getreidefelder, die auf eine baldige Ernte warten, dazwischen von Macchie, Kork- und Steineichen bestandene Hügel, auf denen Rinder und Schafe weiden. In Küstennähe, wo die Feuchtigkeit des Westwinds sich in den frühen Morgenstunden als Tau niederschlägt, ist das Land noch grün. Aber je weiter sie nach Osten kommen, umso mehr mischt sich fahles Gelb darunter und geht allmählich in das rötliche Braun der fruchtbaren Erde über.

Mit den Ziegenschläuchen voll leichtem Weißwein und Wasser fühlen sie sich noch gut gerüstet, und immer wieder gelangen sie an ein kleines Rinnsal oder eine Quelle, wo sie ihre Pferde tränken können.

Mit leicht zusammengekniffenen Augen betrachtet Ramseider die Landschaft. »Kein Wölkchen am Himmel, diese Farben und diese Ruhe! Ist die Welt nicht schön?«

Georg antwortet nicht.

»Wenn man es nicht wüsste, käme man nicht auf die Idee, dass sich anderswo die Menschen gegenseitig totschlagen, oder?«, fordert er Georg zu einem Kommentar heraus.

»Ja. Und wir ziehen in den Krieg, damit dieser Frieden überall einziehen kann.«

Damit gibt er Almansor die Sporen und reitet ein Stück voran.

Am dritten Tag liegt sengende Hitze über der Ebene. Der Horizont verschwimmt im Dunst. Kleine lokale Wirbelwinde heben Staub und dürre Halme von dem ausgetrockneten Boden auf, lassen sie in schnellen Spiralen turmhoch aufsteigen und wieder fallen. Den Reitern hängt der Staub in den Lidern, sie spüren ihn auf ihren Lippen und greifen häufiger als bisher zum Wasserschlauch, um sich den Mund auszuspülen und einen Schluck zu nehmen. Niemand spricht. Mit müder Ausdauer geht es ständig voran.

Als sie die Sonne schräg hinter sich haben, deutet Joaquín voraus. »Évora!«, ruft er.

Am Horizont ist der Umriss einer breiten, flachen Erhebung zu erkennen. In dem Maße, wie sie näherkommen, schälen sich die Umrisse einer Burg und mehrerer Kirchtürme aus dem Dunst.

Die Reitergruppe lebt auf. Georg tätschelt Almansors Hals und treibt ihn mit sanftem Schenkeldruck an. In leichtem Trab, einer hinter dem anderen, geht es auf das westliche Stadttor zu, das an seinem hohen Torturm schon von Weitem zu erkennen ist.

Vor dem Tor führt Klaas die Gruppe. Er zieht das Empfehlungsschreiben aus seinem Wams, verliest es laut und zeigt den Wächtern das königliche Siegel. Sofort verneigen sie sich ehrerbietig, und einer bietet an, die Gruppe geradewegs zum Bischofspalast zu geleiten.

Ihr Weg führt durch enge Gassen, die immer steiler ansteigen, bis sie sich unversehens auf einem weiten Platz befinden, dessen Mitte die Reste eines großen Tempels einnehmen. Auf einem mehr als mannshohen rechteckigen Sockel erheben sich korinthische Säulen, die an drei Seiten den vormaligen Tempelbereich markieren. Unwillkürlich halten alle ihre Pferde an und bestaunen die stattliche Tempelruine.

Der Wächter fordert sie mit einer Handbewegung auf, um den Tempel herumzureiten, und da, auf der anderen Seite, wenige Schritte vom Tempel entfernt, teilweise noch im Schatten seines Sockels, stehen sie vor dem schmuckreichen

Portal des Bischofspalasts. Georg will den Wächter belohnen, was dieser aber ablehnt. Es sei ihm eine Ehre gewesen, bedeutet er mit Gesten und zieht sich zurück.

Joaquín klopft ans Tor. Da öffnet sich eine Luke, das Gesicht eines Mönchs erscheint, der das Empfehlungsschreiben in Empfang nimmt. Die Luke wird wieder geschlossen, und eine ganze Weile geschieht nichts. Man hört keinen Laut.

Aber dann, plötzlich, wird das Tor weit geöffnet, mehrere Diener treten heraus, nehmen die Pferde am Zügel und führen sie in einen weiten Innenhof. Dort steigen die Reiter ab.

»Endlich Schatten«, sagt Ramseider und lässt sich mit Vergnügen einen Becher Wein reichen.

Während man ihre Pferde versorgt, wird ihnen ein kleiner, köstlicher Imbiss angeboten: zu jedem Schluck Wein ein Bissen Braten oder Fisch auf einem Stückchen Brot, eine Feige, eine Orange, ein paar Trauben oder Ähnliches. Dann zeigt man ihnen ihre Unterkunft und die blau-weiß gekachelten Bäder, in denen sie sich erfrischen können. Der Erzbischof, sagt man ihnen, würde sie nach Sonnenuntergang zum Nachtmahl holen lassen.

Die Männer bestaunen den Komfort, vor allem das warme Wasser, das reichlich aus dem Wasserhahn fließt. Sie strecken ihre Glieder im warmen Bad, steigen dann in ein eiskaltes Becken und fühlen sich danach wie neugeboren.

»Auf diesen Palast kann jeder Adlige neidisch sein«, bemerkt Ramseider.

Bald klopft ein Diener an ihre Tür und führt sie in den Speisesaal. Von unzähligen Kerzen beleuchtet, erstreckt sich eine reich gedeckte Tafel durch den Raum, dessen polierte Kassettendecke und Holzvertäfelung im Kerzenlicht glänzen. Noch stehen Georg und Ramseider allein vor der farbenfrohen Pracht der Tafel, dann betreten ihre Gefährten den Raum, und noch immer ist vom Gastgeber nichts zu sehen. Ein Diener weist ihnen ihre Plätze an: Georg und Ramseider gegenüber dem besonders kunstvoll gearbeiteten Stuhl mit Lederbezug und Armlehnen, die Gefährten links und rechts neben ihnen. An der Gegenseite nur der Stuhl des Erzbischofs. Daneben stellen sich auf jeder Seite drei Diener an der Wand auf.

Gespannt sitzen sie da und schweigen. Hüsteln, nervöses Hin- und Herrücken auf dem Stuhl, sonst kein Laut. In Erwartung seiner Hochwürdigsten Exzellenz wirft Georg einen Blick nach der Tür. Aber in dem Moment schiebt sich ihm gegenüber die Wandvertäfelung auseinander und eine große, massige Gestalt erscheint, seine Exzellenz, der Erzbischof. Im ersten Moment zuckt Georg die Erinnerung an seinen hünenhaften Gegner von Ceuta durch den Kopf, aber gleich nimmt er die hängenden Backen und fetten Hände des Würdenträgers wahr, der mit schwerem Schritt herantritt und ächzend in seinen Stuhl sinkt. Das rote Scheitelkäppchen sitzt auf einer silbergrauen Lockenmähne, die ein aufgedunsenes Gesicht umrahmt. Die Hängebacken und die fleischige Nase sind leicht gerötet und von blauen Äderchen durchzogen. Unter buschigen Augenbrauen hervor mustern kleine flinke Augen die Gäste. Seine Exzellenz rückt sich seufzend in seinem Stuhl zurecht, achtet darauf, dass er sich nicht auf seinen roten Umhang setzt, und schiebt das goldene Bischofskreuz an die zentrale Stelle auf dem schwarzen Talar, genau über die rote Bauchbinde. Schräg auf der Wölbung des Bauches ruhend, zeugt es von der Würde des Kirchenfürsten. Als er schließlich eine herrschaftliche Pose eingenommen hat, reibt er sich selbstgefällig die Hände und betrachtet seine Gäste.

»Seid in Gottes und Christi Namen herzlich willkommen. Wer ist der Held von Ceuta?«, beginnt er die Begrüßung und reicht Georg, als sich dieser vorstellt, seine weiche, feuchte Hand über den Tisch und lässt sich dann in blumiger Sprache wortreich darüber aus, zu welch großer Ehre dieser Besuch seinem bescheidenen Haus gereiche. Dann klatscht er in die

Hände, womit er seine Diener auffordert, die Gäste zu bedienen. Sie tranchieren allerhand Geflügel, schneiden Lammbraten zurecht, filetieren Forellen, legen gebratene Innereien vor und schenken Wein nach, sobald die Gäste ihre Becher auch nur halb ausgetrunken haben. Die Reisenden sind hungrig und greifen munter zu, sodass lange Zeit kein flüssiges Gespräch aufkommt. Nur seine Exzellenz preist immer wieder die Köstlichkeiten seiner Küche und lässt sich von den Gästen versichern, wie ausgesucht und wohlschmeckend die Speisen seien, worüber er seine Freude äußert.

»Es ist doch herrlich, was uns Gott beschert«, sagt er immer wieder.

Als sich seine Gäste schon gesättigt zurücklehnen, greift er immer noch zu, hier ein Häppchen, da ein Häppchen und redet nun von der schönen Umgebung der Stadt.

»Täglich danken wir dem Herrn für dieses liebliche fruchtbare Land, das seit Menschengedenken bewohnt und bearbeitet wird. Ihr habt ja den Dianatempel draußen gesehen. Kaiser Augustus ließ ihn bauen, womöglich gerade zu der Zeit, als unser Heiland und Retter auf Erden weilte. Wir sind sehr stolz darauf, hier ein Monument zu bewahren, welches davon zeugt, dass dieses Land die westlichste Provinz des römischen Imperiums gewesen ist.«

»Und wer war vor den Römern da?«, fragt Ramseider, womit er den Erzbischof überrascht.

»Die Iberer, ein Keltenstamm, sagt Herodot, der griechische Geschichtsschreiber, von dem wir wissen, wie es ursprünglich hier aussah.«

»Und nach den Römern?«

»Die Ungläubigen, die Araber.«

»Und die Portugiesen sind Iberer, sodass das Land wieder seinen ursprünglichen Bewohnern gehört?«, fragt Ramseider. »Oder haben sie sich sogar mit den Römern und Arabern vermischt?«

Gereizt zuckt der Bischof die Achseln.

»So genau weiß man das nicht«, sagt er verärgert. »Sicher ist nur, dass dieses ganze Land, die gesamte iberische Halbinsel den Christen gehört und wir alles tun müssen, um die letzten Heiden samt den Juden hinauszuwerfen. Von diesen verdammten Christusmördern gibt es viel zu viele, sogar hier in dieser Stadt. Sie sollten sofort vertrieben werden oder brennen.«

Als wolle er seine Aussage bekräftigen, greift er nach dem Becher, leert ihn mit einem hastigen Zug, wobei ihm der Wein über die Mundwinkel trieft, und donnert ihn auf die Tafel. Sofort springt ein Diener hinzu und füllt ihn wieder.

Ramseider liegt die Frage auf der Zunge, warum er denn die Juden dann nicht sofort ausweisen lasse, wo er doch Herr des Landes sei, behält sie aber für sich. Er hütet sich, den machtbesessenen Kirchenfürsten noch mehr zu reizen. Er nimmt sich vor, am nächsten Tag den Dolmetscher zu fragen.

»Dank Gottes Hilfe ist der Kampf gegen die Heiden schon recht erfolgreich gewesen«, setzt der Erzbischof seine Rede fort. »Man bedenke nur, dass Córdoba, Sevilla, Jaén und Murcia wie auch die Algarve schon seit über zweihundert Jahren wieder christlich sind. Da ist es doch höchste Zeit, Granada zu erobern, koste es, was es wolle, und aus der Iberischen Halbinsel wieder das saubere christliche Land zu machen, das es ursprünglich gewesen ist, ein sauberes Christenland, ohne Muslime und Juden. Und Euch wird es im Himmel angerechnet werden, dass Ihr Euch dieser Aufgabe widmet.«

Mit jedem weiteren Satz wird seine Stimme schärfer und sein Gesicht härter. »Auch die Morisken, vor allem die«, ereifert er sich, »diese muslimischen Betrüger, die sich nur zum Schein zu unserem Herrn Jesus bekannt haben und in ihren verdorbenen Herzen Muslime geblieben sind, die gehören ausgewiesen oder eben hochnotpeinlicher Befragung unterzogen, sodass sie sich dabei noch wirklich bekehren und Abbitte leisten können, ehe man sie auf den Scheiterhaufen stellt, wie sie es verdient haben. Dann ist wenigstens ihre Seele gerettet, und die Heilige Kirche kann ihr verbrecherisch erworbenes Hab und Gut einziehen und für Zwecke der Barmherzigkeit verwenden. Jesus Christus selbst möge dazu seinen Segen geben. Amen. Darauf trinkt mit mir!«

Zwar erheben alle mehrmals ihre Becher und trinken mit ihm, sogar weit mehr, als für sie gut ist, aber Frohsinn will nicht aufkommen. Jeder von ihnen hat schon von Ketzerprozessen gehört, jeder hat schon mehreren Hinrichtungen beigewohnt und Ketzer auf Scheiterhaufen brennen sehen, und so ist es ihnen allen bei der Hassrede des Erzbischofs eiskalt den Rücken hinuntergelaufen. Nur Joaquín hängt, wie es scheint, begeistert an den Lippen des Erzbischofs und nimmt eine stramme Haltung an, wenn dieser ihm zuprostet.

In einem unbeobachteten Augenblick stößt Georg Ramseider in die Seite und wirft ihm einen warnenden Blick zu. Halt den Mund an diesem Tisch, Zweifel und Kritik können dich um Kopf und Kragen bringen, will er ihm sagen. Ramseider versteht seine wortlose Botschaft und nickt ihm ernst zu.

Georg sehnt das Ende dieser dumpfen Zecherei herbei und ist geradezu dankbar, als einer der Knappen, ein Junge von gerade sechzehn Jahren, vom Stuhl kippt.

»Ist er betrunken oder nur eingeschlafen?«, fragt Ramseider.

»Egal. Auf jeden Fall ein Grund, jetzt endlich Schluss zu machen«, sagt Georg leise. Schnell helfen die anderen Knappen ihrem jüngsten Kameraden auf und setzen ihn neben Hänslin, der seinen Arm um ihn legt. Kreidebleich im Gesicht sieht sich der Junge um, als wisse er nicht, wo er sich befindet.

»Kümmert euch um den Knappen«, befiehlt der Erzbischof seinen Dienern.

Aber Georg weist dies schroff zurück. »Wir können uns selbst um ihn kümmern«, sagt er scharf, was Klaas aber in versöhnlichem Ton übersetzt.

Er entschuldigt sich in Georgs Namen für den Vorfall. »Der Tag war sehr hart für ihn. Er ist unser Jüngster, erst sechzehn Jahre alt.«

Der Erzbischof zeigt Verständnis. Er legt sein fettes Doppelkinn auf die Brust, faltet die Hände vor seinem Bauch und murmelt etwas Unverständliches, was wohl ein Dankgebet sein soll, und hebt die Tafel auf.

»Ich freue mich darauf, Euch in der Frühmesse zu sehen. Gute Ruhe und Gottes Schutz«, verabschiedet sie der Kirchenfürst.

In der Frühe warten die Knappen mit den gesattelten Pferden und den Saumtieren vor der Kathedrale, während die beiden Ritter, Joaquín und Klaas pflichtbewusst in die Kathedrale gehen.

»Warum reiten wir nicht gleich los? Ich will diesen schrecklichen Menschen eigentlich nicht wiedersehen«, sagt Ramseider zwischen den Zähnen.

»Es geht leider nicht nur um uns, sondern auch um Afonso. Es war sein Empfehlungsschreiben, das uns die Tür zum Bischofspalast geöffnet hat.«

Aber auch ihm verlangt die Messe ein großes Maß an Beherrschung ab.

Denn über die Gestalt im Ornat schiebt sich vor seinem Auge das schwarz-rote Bild des angetrunkenen Hasspredigers. Die unangenehme Erinnerung an das Bankett durchdringt die Feierlichkeit des Gottesdiensts. Wären da nicht die Leibesfülle und die geröteten Hängebacken des Geistlichen, könnte er kaum glauben, dass er denselben Menschen vor sich hat, der sich so beängstigend von blindem Hass angefressen zeigte, und das vor nicht einmal zwölf Stunden. Ehe es Georg gelingt, mit den widersprüchlichen Eindrücken fertig zu werden, sieht er sich dem Erzbischof gegenüber, der, eine Stufe höher stehend, sich zu ihm herunterneigt, um ihm die Hostie auf die Zunge zu legen. Er schluckt sie mit Mühe und bleibt wie benommen stehen, bis ihn, kaum ist das letzte Wort des Segens verklungen, Ramseider am Arm nimmt und ihm »Jetzt aber los« zuflüstert.

Schnelleren Schrittes, als es sich schickt, verlassen sie die Kathedrale und steigen direkt vor dem Portal auf ihre Pferde. Ohne Abschied lassen sie Évora hinter sich.

Erst nach einer Stunde erreichen sie eine Pousada, wo sie kurz absteigen und die erste kleine Mahlzeit des Tages zu sich nehmen.

Das Land östlich von Évora ist eben. Sie kommen gut voran, erreichen um die Mittagszeit des folgenden Tags die Furt über den Guadiana, überqueren dann die Grenze und übernachten schon am fünften Abend ihrer Reise auf spanischem Boden.

Am Tag darauf reiten sie einer Gebirgskette entlang nach Osten auf Jerez de los Caballeros zu, wo sie über Nacht bleiben.

»Wo soll es denn hingehen?«, fragt sie der Herbergswirt, als sie beim Essen sitzen.

»Nach Sevilla«, antwortet Joaquín und erklärt ihm, welche Strecke er einschlagen möchte.

»Ja, das ist der direkte Weg. Aber der ist nicht sicher«, warnt sie der Wirt. »Immer wieder werden Reisende auf dieser Route von Räuberbanden überfallen. Und ich sage Euch, wenn die Euch begegnen, dann geht es nicht nur um Hab und Gut. Sie schießen mit Armbrüsten aus dem Hinterhalt. Ihr hättet Glück, wenn Ihr mit dem Leben davonkämt. Reitet lieber direkt nach Süden.«

»Danke für die Warnung«, sagt Georg. »Wir haben leider schon einmal so etwas erlebt und einen Knappen dabei verloren. Aber sag, welche Route schlägst du vor?«

»Über die Berge bis in die Gegend von Aracena«, übersetzt Klaas. »Dort kommt Ihr in ein breites Tal. Dann geht es weiter nach Südosten, und nach drei bis vier Tagen erreicht Ihr Sevilla. Das ist ein Umweg, und auch nicht ganz unbeschwerlich, aber so kommt Ihr sicher an.«

»Was hältst du davon?«, fragt Ramseider Georg.

»Du meinst wegen dem Gastwirt in Santiago? Ich weiß auch nicht, ob wir ihm trauen sollen. Mal sehen, was Joaquín dazu meint.«

Joaquín räumt ein, dass er diesen Weg nicht kennt, hat aber von den Überfällen, vor denen der Gastwirt warnt, schon gehört.

»Ich traue ihm und bin sicher, dass ich euch gut durch die Berge führen kann.«

Also wenden sie sich nach Süden.

In großer Hitze reiten sie leicht bergauf. Anfangs scheinen die Höhen vor ihnen kein großes Hindernis zu sein. Aber die dichte Macchie und große Gruppen von Steineichen lassen es nicht zu, einfach geradeaus zu reiten. Im Zickzack geht es durch unwegsames Gelände. Hie und da müssen sie kleine Felsmassive umrunden. Joaquín hält mehrmals an und versucht sich am Sonnenstand zu orientieren. Immer wieder greift einer der Knappen nach dem Wasserschlauch, um sich zu erfrischen. Überhaupt bewegt sich die Gruppe nur langsam voran, weil die Knappen mit den Saumtieren immer wieder zurückfallen und man auf sie warten muss.

Wo sie vorankommen können, gibt es keinen Schatten. Sie müssen in der prallen Sonne bleiben. Um die Mittagszeit macht die unerträgliche Hitze den Ritt zur Qual. Die Pferde sind durstig, aber die Bäche sind ausgetrocknet. Sie müssen durchhalten.

»Die Pferde brauchen Wasser«, sagt Hänslin.

»Es gibt hier keines. Wir müssen erst über den Berg. Auf der anderen Seite werden wir sicher einen Bach finden«, erklärt Joaquín.

Aber es sieht nicht danach aus, dass sie das an diesem Tag schaffen. Je weiter sie vorankommen, umso schwieriger und steiler wird das Gelände.

Als sie einmal kurz anhalten, wendet sich Ramseider nach Georg um und zeigt nach oben. Schwarze Silhouetten kreisen über den Höhen: Geier, Gänsegeier, wie der Führer erklärt, Aasfresser mit bis zu zehn Fuß Spannweite.

»Was finden die hier?«, möchte Hänslin wissen.

»Verdurstetes Vieh, Rinder, Kälber, Pferde, halt Aas, das die Wölfe übriggelassen haben.«

»Aber wem gehörte das Vieh? Hier lebt doch niemand!«

»Wer weiß!«, sagt Klaas. »Es gibt immer wieder Menschen in diesem Land, die sich in die abgelegensten Gegenden zurückziehen müssen.«

Gegen Abend zieht sich die Gruppe etwas in die Länge. Die Ritter reiten mit dem Führer vorneweg und müssen gelegentlich anhalten, um die Knappen mit den Saumpferden aufholen zu lassen. Einer der Knappen, ein junger Portugiese namens Tomás, ist so erschöpft, dass er sein Pferd nicht mehr in der Hand hat. An einer Stelle, wo es ein paar Pferdelängen dachsteil bergauf geht, bleibt es einfach stehen, und er hat nicht die Kraft, es zu diesem Anstieg zu zwingen. Als er hart die Hacken einsetzt, wirft es den Kopf hoch, buckelt und wirft ihn ab. Er fällt in dorniges Gestrüpp, schreit auf und bleibt liegen.

Hänslin, der ihm am nächsten ist, ruft laut: »Halt! Tomás ist gestürzt!«

Dann steigt er ab und versucht, ihm auf die Beine zu helfen, während die anderen das Pferd festhalten und beruhigen. Er hat große Mühe, ihn aus dem Gestrüpp zu ziehen, ohne dass er noch mehr verwundet wird. Blut rinnt über sein schockbleiches Gesicht, Hals, Arme und Beine sind zerkratzt, Schürfwunden bluten, überall stecken Dornen in seiner Haut.

Ramseider kommt zu ihnen zurück.

»Setzt ihn da hin, dass er sich anlehnen kann«, sagt er und zeigt auf einen kleinen Felsblock. Er gibt ihm einen Schluck zu trinken. Der Junge bringt kein Wort heraus, greift sich aber mit schmerzverzerrtem Gesicht an die Schulter.

»Er kann so nicht weiterreiten«, sagt Hänslin besorgt.

»Er muss bei uns aufsitzen. Zuerst nehme ich ihn«, erklärt sich Ramseider bereit.

Zunächst aber versuchen sie, seine Wunden zu versorgen, so recht und schlecht es ihnen möglich ist. Sie ziehen die Dornen aus seiner Haut, waschen mit dem wenigen Wein, der ihnen geblieben ist, seine Schürfwunden ab, und zerreißen ein Hemd, um daraus eine Schlinge zu drehen, in die er seinen Arm stecken kann. Dann setzen sie ihn auf Bizarro.

»Wie weit reiten wir heute noch?«, fragt der Junge, als er hinter Ramseider sitzt.

»So weit, bis wir wissen, ob wir irgendwo unterkommen oder die Nacht im Freien bleiben müssen. Sehr kalt wird es hier wohl kaum.«

»Haben wir noch Wasser?«

»Nur wenig. Wenn wir keines finden, steht es morgen schlecht um uns.«

Da die Gruppe nun noch langsamer vorankommt, schickt Georg den Führer voraus. Er soll so schnell vorausreiten, wie er kann, und erkunden, ob es irgendwo eine Siedlung gibt.

Als die Sonne bereits so tief steht, dass sie sich im Schatten flacher Anhöhen ihren Weg bahnen müssen, kommt er mit guten Nachrichten zurück.

»Ich habe ein kleines Gehöft gefunden«, ruft er im Näherkommen. »Freundliche Leute! Ich habe uns schon angekündigt. Auch unserem Verletzten wollen sie helfen. Wir sollen ihn nur zu ihnen bringen.«

»Wie weit ist es bis dahin?«

»Ehe es ganz dunkel wird, sind wir dort.«

Versteckt in einem kleinen Seitental, direkt unter einem Felsabbruch, liegt ein kleines, aus Lehm gebautes Haus mit Strohdach, aus dem Rauch aufsteigt, daneben ein Pferch mit Ziegen und ein paar Schafen, hinter dem, halb unter dem Überhang des Felsens, ein größeres, aber sehr primitives Gebäude mit einer offenen Seite steht, das wohl als Stall und Scheune dient.

Sobald sie in Sicht sind, kommen ihnen ihre Gastgeber entgegen: ein älteres Paar, beide in groben Kutten, gefolgt von vier Kindern verschiedenen Alters, die alle aufgeregt durcheinanderreden. Fremde sehen sie hier wohl nicht alle Tage. Die beiden Alten winken den Reitern mit beiden Händen zu und zeigen auf ihr Haus.

Der Alte klopft auf seine Brust und ruft: »Bartolomé, Bartolomé!« Dann zeigt er auf seine Frau: »Bianca!«

Georg, der an der Spitze reitet, hält an. Mit der rechten Hand vor der Brust verbeugt er sich leicht im Sattel und sagt: »Buenas tardes, pax vobiscum.« Mehr findet er in seinem schmalen fremdsprachlichen Wortschatz nicht. Dann klopft auch er auf seine Brust: »Georg, Georg von Ehingen.«

Bartolomé und Bianca nicken erfreut. Sie zeigen auf die Kinder und sprechen ihre Namen so schnell aus, dass Georg sie weder wiederholen noch in Erinnerung behalten kann. Aber es ist ihm gleichgültig. Er freut sich über den herzlichen Empfang, wendet sich im Sattel um und stellt seine Gefährten vor, wohl wissend, dass auch die beiden Alten sich die neuen Namen so schnell nicht werden einprägen können.

Ein kleiner Junge von vielleicht sechs Jahren mit dunklen Locken, großen schwarzen Augen und staunend offen stehendem Mund tritt an Almansors Seite heran und berührt mit den Fingerspitzen seine Flanke. Er betastet auch Georgs

Sporen und seinen Schuh. Dann dreht er sich zu seinen Geschwistern um und flüstert ihnen begeistert etwas zu, als hätte er gerade etwas entdeckt, was nicht von dieser Welt ist. Vorsichtig treten auch die anderen an die Pferde heran und trauen sich, sie anzufassen. Und nach jeder Berührung strahlen sie einander glücklich an.

Als das älteste Kind, ein Junge von ungefähr zehn Jahren, mit verträumtem Blick den Hals des Pferdes betastet, auf dem Klaas sitzt, fragt ihn dieser: »Und du, willst du einmal ein Ritter werden?«

Als würde ihm bewusst, dass er etwas Unantastbares berührt hat, zieht der Junge schnell seine Hand zurück, schaut mit erschrockenen Augen zu ihm auf und schüttelt den Kopf. Dann tritt er einen Schritt zurück und begnügt sich mit dem Anblick der Reiter.

Bartolomé dreht sich um und winkt den Reitern zu, sie sollen ihm nur folgen. Schnell geht er voran, gefolgt von seiner Frau und den Kindern, die Reiter in gemessenem Schritt nach ihnen.

Als sie das Gehöft erreichen, schlagen zwei große Hunde an, die frei im Pferch zwischen den Ziegen und Schafen laufen. Zottige graue Tiere sind es, deren Größe Georg an die Sauhunde im Zwinger auf Hohenentringen erinnert. Sie schützten das Vieh vor den Wölfen, gibt man ihm zu verstehen.

Während die Knappen die Pferde absatteln und zur Tränke führen, bringt Georg den Verletzten ins Haus. An der Kochstelle hantiert eine junge Frau mit einem großen Topf und lacht die Eintretenden an. Sie deutet auf einen Hocker, auf den sich der Junge setzen soll, und huscht durch eine niedere Tür in den Nebenraum. Gleich taucht sie wieder auf mit einer Tonschale voll grüner Salbe, mit der sie die Wunden des Verletzten bestreicht.

Georg kann den Blick nicht von ihr wenden und beobachtet die flinken, resoluten Bewegungen, mit denen ihre langen, schmalen Hände den Verletzten verarzten. Als sie mit ihren dunkel glänzenden Augen zu ihm aufschaut, merkt er, dass er rot wird, und fragt schnell den Jungen, wie sich diese Salbe auf den Wunden anfühle.

Die junge Frau lächelt ihn offen an und redet mit ihm. Soweit er verstehen kann, erklärt sie, dass sie diese Salbe selbst aus Kräutern hergestellt habe, dass sie vor Infektionen schütze und der Junge zuversichtlich sein könne, dass alle seine Schrammen schnell verheilen würden. Mit vorsichtiger Hand nimmt sie ihm die Schlinge ab und ersetzt sie durch ein langes, leuchtend grünes Tuch, das sie vielleicht selbst als Schal getragen hat. Dann führt sie den Verletzten in den Nebenraum, wo er sich hinlegen kann.

Wenig später lädt Bartolomé seine Gäste zum Essen ein. Während sie zusammen um eine grobe Tafel herumsitzen und Hirsebrei aus flachen Holzschalen löffeln, wozu sie getrocknete Feigen essen, betritt ein junger Mann das Haus und bringt auf einem großen Brett ein gebratenes Zicklein herein. Überrascht sehen die Gäste einander an.

»Er muss das Zicklein gleich geschlachtet haben, als ich unseren Besuch angekündigt habe«, sagt Joaquín. »Was für eine Gastfreundschaft!«

Nun liegt es auf einem Bett aus gebratenen Zwiebeln, Knoblauch und grünem Gemüse vor ihnen. Dankbar greifen sie zu und essen sich satt.

Die Verständigung ist schwierig, da Klaas mit dem Akzent der Gastgeber schlecht zurechtkommt. Man versucht sich mit Händen und Füßen mitzuteilen. Bartolomé entschuldigt sich dafür, dass er ihnen keinen Wein anbieten kann. Sie seien arme Leute, und weit und breit gebe es keine Weinberge.

Aber ihr Wasser, das aus einer kleinen Quelle hinter dem Haus komme, sei wohlschmeckend und gesund. Und die Frauen sammelten die guten Kräuter, die Gott ihnen beschere.

Krankheit sei in diesem Haus unbekannt. Sie alle seien kern-gesund. Dabei zeigt er auf die junge Frau, die Amalia gerufen wird und allem Anschein nach seine Schwiegertochter ist.

Sie trägt denselben groben Bauernkittel wie die Alten, der lose von ihren Schultern fällt und freizügig ihre sonnenver-brannte Haut sehen lässt. Ihr einziger Schmuck ist ein kleines, schwarzes Holzkreuz, das an einem Lederband auf ihrer Brust hängt. Wieder muss Georg sie länger ansehen, als gemeinhin für schicklich gilt, und senkt verlegen seinen Blick, als sie zu ihm herüberschaut. Schnell greift er nach einem Stück Fleisch, obwohl er eigentlich nichts mehr essen möchte.

Bartolomé wird nicht müde, seine Gäste zum Zugreifen aufzufordern, bis die Tafel leergegessen ist. Dann faltet er die Hände und murmelt gesenkten Haupts ein Dankgebet, das keiner der Gäste verstehen kann.

Als es Zeit ist schlafen zu gehen, führt er die Gäste in den einzigen Nebenraum und weist ihnen ihr Lager an. Ganz of-fensichtlich schläft hier sonst die Familie.

»Und ihr?«, fragt Klaas.

Da winkt Bartolomé lachend ab und verlässt mit seiner ganzen Familie schnell das Haus.

Satt, müde und dankbar lassen sich die Gäste auf dem La-ger nieder.

»Wir werden sie reich belohnen«, ist das Letzte, was Ge-org sagt, bevor er in einen tiefen Schlaf fällt.

Der Geruch von frischem Brot weckt ihn auf. Noch ist es früh und der Schatten der flachen Hügel liegt über dem Haus. Aber man hört geschäftige Schritte, es wird etwas umgegossen, leichte Gegenstände auf dem Holztisch hin- und hergerückt, es wird geflüstert. Als Georg aufsteht und in den großen Raum hinaustritt, steht er vor einer gedeckten Tafel: Brot, Ziegenmilch, Käse und Feigen laden zum Früh-stück ein.

Sie sollen sich nur setzen und zugreifen, bedeutet ihm Amalia, die ihn frisch wie der junge Morgen anstrahlt. Sie und ihre Familie hätten schon längst gefrühstückt, gibt sie ihm zu verstehen. Georg ruft seine Gefährten. Sie sitzen um die Tafel herum und stärken sich. Auch der Verletzte genießt das Frühstück. Er habe gut geschlafen, sagt er, obwohl er ab und zu seine Schulter gespürt habe. Er gibt sich ganz zuversichtlich und meint, auf seinem Pferd weiterreiten zu können, solange das Gelände nicht zu unwegsam sei.

Joaquín, der sich am Abend schon nach dem weiteren Weg erkundigt hat, drängt zum Aufbruch. Der Weg nach Aracena sei nicht mehr beschwerlich, dafür aber für einen Tagesritt recht lang.

Die Knappen stehen vom Frühstück auf, füllen an der Quelle die Wasserschläuche und tränken noch einmal die Pferde, ehe sie ihnen die Sättel und Lasten auflegen.

Als Hänslin meldet, dass alles zum Aufbruch bereit ist, ist die ganze Familie angetreten, um den Fremden Lebewohl zu sagen. Georg umarmt Bartolomé und drückt ihm dann einen Golddukaten in die Hand. Der Alte traut seinen Augen nicht. So viel Geld hat er in seinem langen Leben noch nie in der Hand gehabt. Er schüttelt den Kopf und stammelt etwas Unverständliches. Da greift Georg nach seiner Hand und drückt sie zu, sodass sie die Goldmünze umschließt. Dabei nickt er ihm freundlich zu und sagt in seinem Schwäbisch: »Des hend ihr ehrlich verdient.«

Demütig legt Bartolomé seine Hände vor der Brust zusammen, verneigt sich ein paar Mal und sagt schließlich laut und deutlich: »Que Allah les proteja!« Allah möge euch schützen.

Dann erstarrt er und reißt angstvoll die Augen auf.

»Maldito sea! Un jodido morisco!«, entfährt es Joaquín, worauf die ganze Familie erschrocken ein paar Schritte zurückweicht und Bartolomé die Hände wie ein Bettler vor der

Brust zusammenlegt. Als habe man ihm einen Frevel nach-
gewiesen, für den er sich schämen muss, steht er kraftlos vor
ihnen und schaut zu Boden.

Als Georg sieht, dass Joaquín der Familie einen großen
Schrecken eingejagt hat, drückt er das Familienoberhaupt
noch einmal an seine Brust, dann steigt er aufs Pferd, gebietet Abmarsch, und sie verlassen das Gehöft. Als sie sich
auf der nächsten Anhöhe noch einmal umwenden, steht die
ganze Familie immer noch vor ihrem Haus und winkt ihnen nach.

Georg blickt versonnen zurück und verharrt einen Moment länger als die anderen. Dieses Idyll in der Einöde, die
schöne Amalia mit ihrem ungezwungenen Verhalten, die
Hilfe und rührende Gastfreundschaft der Familie und die
fröhlichen Kinder haben ihn so beeindruckt, dass das Wohlleben, an das er sich an all den prachtvollen Höfen gewöhnt
hat, ihm mit einem Schlag wertlos zu werden scheint. Ist
dieses einfache Leben nicht ebenso schön wie das Leben am
Hof? Oder gar noch schöner? Er denkt an das einfache Leben
in seiner Kindheit. Das war diesem Leben hier ähnlicher als
sein Leben an den Höfen in den letzten Jahren. Was ist besser? Er weiß es nicht, aber die Frage treibt ihn um.

Schließlich versucht er, sich solche Gedanken aus dem
Kopf zu schlagen, indem er schnell zu Joaquín aufschließt.

»Was war das vorher? Hat er Allah gesagt? Habe ich das
richtig verstanden?«

»Natürlich hat er Allah gesagt, dieser gottverdammte
Morisco. Habt Ihr gesehen, dass die junge Frau ein Kreuz
trägt? Alles nur zum Schein! Verdammte Heuchler sind sie,
alle zusammen. Sie tun so, als seien sie Christenmenschen,
aber sie sind Heiden geblieben! Denen ist nicht zu trauen.
Und ich sage Euch, die beiden Alten heißen nicht Bartolomé
und Bianca, sondern haben verfluchte heidnische Namen.
Der Teufel soll sie holen! Genau von solchen Ketzern hat der

Erzbischof von Évora gesprochen. Sie gehören verjagt oder verbrannt. Ihr habt ja selbst gehört, was der Erzbischof gesagt hat.«

Georg packt die Wut. Aber er beherrscht sich.

»Sie haben uns geholfen«, antwortet er ruhig. »Wir haben an ihrem Tisch gegessen. Sie haben unseren Verletzten viel besser versorgt, als wir es hätten tun können. Warst du nicht auch von ihrer Gastfreundschaft überrascht? Wie würde es uns heute gehen, wenn wir ihr Gehöft nicht gefunden hätten?«

»Ihr Gehöft? Pah, ihr verdammtes Versteck. Man sollte …« Er spricht den Satz nicht zu Ende.

»Nichts sollte man«, sagt Georg bestimmt. »Man sollte sie in Ruhe lassen. Sie leben friedlich in der Einöde und tun niemandem etwas zu Leide. Ich will nicht, dass du irgendjemandem von dem Versprecher des Alten erzählst.«

Joaquín brummt unwillig.

»Oder wie hättest du denn gemerkt, dass sie vielleicht keine echten Christen sind, wenn der Alte Gott statt Allah gesagt hätte?«

Keine Antwort.

»Und wie kannst du so sicher sein, dass die junge Frau das Kreuz nur zum Schein trägt? Vielleicht ist sie wirklich eine Christin, auch wenn ihre Schwiegereltern vielleicht Muslime geblieben sind.«

»Sie wohnt mit einem alten Heiden zusammen«, schimpft der Führer.

»Mag sein. Aber eines sage ich dir: Vergiss ja nicht, nie, in keinem Moment, dass diese Familie unter meinem persönlichen Schutz steht.«

Dabei klopft er mit der Hand auf sein Schwert.

»Das Beste für dich ist, den Alten ein für alle Mal zu vergessen«, fügt er nach kurzer Pause hinzu.

Schweigend reiten sie weiter.

Die Route nach Sevilla macht ihnen keine Probleme mehr. Überall stoßen sie auf Gehöfte, wo sie sich versorgen oder übernachten können, es gibt Wasser für die Pferde, und obwohl jeden Tag die Sonne gnadenlos vom Himmel brennt und der verletzte Knappe nur im Schritt reiten kann, kommen sie zügig voran.

Nach drei Tagen, von den letzten flachen Anhöhen aus, können sie Sevilla erahnen. Vor ihnen erstreckt sich das breite, fruchtbare Tal des Guadalquivir mit seinen Orangenplantagen und Olivenbäumen, von denen sich der graue Umriss der Stadt abhebt. Etwas über zwei Stunden durchqueren sie das ebene Flusstal, vorbei an weiten Feldern, Rinder- und Schafweiden. Das stille Land strotzt vor Fruchtbarkeit, und jedes Mal, wenn ihr Weg durch eine leichte Senke führt, ist es ihnen, als sei die Stadt noch mehrere Tagesreisen entfernt. Aber schließlich, als sie dem Fluss näherkommen, bleibt die Stadt in ihrem Blick.

Beeindruckt von der gewaltigen Stadtmauer mit ihren Zitadellen und Zinnen reiten sie über die Brücke. Unter ihr fließt träge der Guadalquivir dahin, der nur noch wenig Wasser führt und in wenigen Wochen ganz austrocknen wird. Fuhrwerke kommen ihnen entgegen, Bauern, die Obst, Feldfrüchte und Vieh in die Stadt geliefert haben und sich nun auf dem Heimweg befinden. Einheimische Reiter überholen sie. Die ganze Brücke dröhnt von den Hufschlägen zahlloser Pferde.

Am Tor die immer gleiche Zeremonie: Übergabe des Begleit- und Empfehlungsschreibens, unterwürfiges Katzbuckeln der Wächter, von denen einer sich als Führer anbietet. Die Orientierung wäre auch ohne ihn nicht schwer: Die Giralda, der Turm der Kathedrale, ein ehemaliges Minarett, überragt die Stadt und ist von vielen Punkten aus zu sehen. Direkt daneben, so erklärt der Wächter, liege der Palast des Erzbischofs.

Er geleitet sie durch breite, ebene Straßen, die sehr belebt sind. Und nach kurzer Zeit stehen sie zwischen dem hohen Glockenturm, der Giralda, und einem riesigen Gebäude mit stattlich verzierter Fassade, dem Palast des Erzbischofs. Nach ihrer Anmeldung kümmert sich eine ganze Dienerschar um sie, nimmt ihnen ihre Pferde ab, weist ihnen die Unterkunft zu, bietet ihnen einen ersten Imbiss an und gibt dabei zu verstehen, dass der Erzbischof nicht im Hause sei. Man habe ihm aber ihr Kommen längst angekündigt, und er bitte sie, sich in Sevilla auszuruhen und zwei Tage auf ihn zu warten. Er habe seinem Haushofmeister befohlen, sich um die Gäste zu kümmern und es an nichts fehlen zu lassen.

Georg, Ramseider und Klaas machen sich am Spätvormittag auf einen Gang durch die Stadt auf. Don Manolo, der Haushofmeister, begleitet sie. Jetzt erst, wo sie ausgeruht sind, haben sie den rechten Blick für die Schönheit der Stadt. Schon der Anblick der Giralda überwältigt sie. Wo hätten sie jemals einen so stattlichen und reich verzierten Glockenturm gesehen? Breit, hoch und mächtig erhebt er sich direkt vor ihnen. Sie müssen den Kopf in den Nacken legen, wenn sie ganz an ihm hinaufschauen und all den Zierrat des Mauerwerks bewundern wollen. Die steil einfallenden Sonnenstrahlen werfen Schlagschatten in die Strukturen des Mauerwerks, was sie besonders plastisch werden lässt.

»Ich habe noch nie einen so kunstvoll verzierten Turm gesehen, phantastisch, unsagbar schön!« Georg gerät ins Schwärmen. »Welche göttlichen Baumeister haben diesen Turm errichtet?«, lässt er Don Manolo, den Haushofmeister, fragen.

»Moriscos«, bekommt er zur Antwort. »Muslime, die sich bekehrt haben und im Land geblieben sind. Sie bauen in einem sehr reizvollen Stil, und wir verdanken ihnen viele prächtige Bauwerke.«

»Gotteshäuser?«

»Ja, viele Kathedralen.«

»Moriscos bauen Gotteshäuser?«, sagt Georg erstaunt zu Ramseider gewandt.

»Wieso nicht? Wundert Euch das?«, sagt Don Manolo, der Georgs Erstaunen von dessen Gesicht ablesen kann. »Sie sind gute Baumeister und Handwerker. Sie tun viel Gutes für uns.«

»Denkt Seine Exzellenz ebenso?«

»Natürlich. Hier, beim Bau dieser Kathedrale, arbeiten Hunderte von ihnen. Sie bauen zur Ehre unseres dreieinigen Gottes und werden vom Erzbistum bezahlt.«

»Da denkt der Erzbischof von Évora wohl anders, wie er uns erklärt hat. Er würde die Moriscos am liebsten mit den Juden zusammen aus dem Land jagen. Er traut ihnen nicht, hält sie alle für Heuchler, deren Bekehrung nichts als Verstellung ist.«

»Es gibt auch hier Leute, die so denken. Aber sie denken nicht weit genug. Es wäre ein großer Verlust für unser Land, wenn wir sie verjagen würden. Solange sie so wie wir Christen leben, habe ich persönlich nichts gegen sie.«

»Würdet ihr das überall sagen?«

»Solange der Erzbischof seine schützende Hand über die Stadt hält, ja.«

»Und wenn nicht?«

»Ich hoffe, ich werde das nicht erleben. Glücklicherweise ist der Erzbischof noch kein alter Mann. Er ist noch keine vierzig Jahre alt.«

Sie gehen an dem Turm vorüber und betreten die Baustelle der Kathedrale, auf der ein ganzes Heer von Maurern arbeitet. Die beiden Ritter sind von den Ausmaßen der Anlage überwältigt. Sechs Reihen von je acht mächtigen Säulenstümpfen markieren das riesige Ausmaß des Kirchenraums.

Die Außenmauern hat man teilweise schon hochgezogen. Der Boden ist noch nicht gelegt. Aber trotz des unvollkommenen Zustands, des schmutzigen, staubigen und lärmenden Durcheinanders, ist die großzügige Weite des künftigen Kirchenraums schon zu erkennen.

»Kaum zu fassen«, stößt Georg begeistert aus.

Da erzählt der Haushofmeister von der Geistlichkeit Sevillas, welche die Moschee, die an dieser Stelle gestanden hatte, vor einem halben Jahrhundert abreißen ließ und den Vorsatz fasste: »Bauen wir eine Kirche, die so groß ist, dass alle Welt uns für verrückt hält.«

»Es wird die größte Kirche der Christenheit«, fügt er stolz hinzu.

Ramseider meint, er sei ja kein Baumeister und verstehe nichts davon. Aber er sei ganz sicher, dass dieser Bau schon erstaunlich weit vorangeschritten sei.

»Ja, denn hier sind Baumeister am Werk, die ihre Arbeit verstehen«, bestätigt ihr Begleiter seine Annahme.

»Moriscos?«, fragt Georg noch einmal.

»Die meisten von ihnen.«

Sie schlendern durch die engen Gassen des Barrio de Santa Cruz, und lassen sich hie und da von einem Wirt auf einen Schluck Wein und ein frittiertes Häppchen Fisch oder Fleisch in sein kleines Gasthaus bitten. Wo immer sie gehen und stehen, fallen sie auf und spüren, wie die Leute ihnen nachsehen. Ihre Haarfarbe, ihre helle, gerötete Haut und ihre Körpergröße ziehen die Blicke der schwarzhaarigen Andalusier auf sich. Wie schon in Portugal überragen sie die meisten Einheimischen um mindestens einen halben Kopf, Klaas ebenso wie die beiden Ritter.

Schließlich stehen sie am Platz des Triumphes vor dem Löwentor des Alcázar.

»Ein Schloss? Eine Burg?«

»Ein Juwel! Ein Palast, den die Mauren gebaut haben, lange bevor Sevilla befreit wurde. Die Augen werden euch übergehen«, sagt Don Manolo stolz.

Ohne ein weiteres Wort führt er sie durch die prächtigen Innenhöfe und Räume des Palasts, durch die Bogengänge mit ihrem filigranen bunten Stuckzierrat bis in die lauschige Stille der angrenzenden Gärten. Er gibt keine Kommentare ab, sondern überlässt die beiden Ritter, die vor lauter Staunen und Wundern kein Wort herausbringen, ganz ihren Eindrücken. Nach langem Schweigen sagt Ramseider: »Absolut phantastisch. So etwas Schönes habe ich noch nie gesehen.«

Don Manolo lächelt milde.

»Wir Christen können so etwas gar nicht bauen. Wir haben einfach nicht den Schönheitssinn der Mauren«, erklärt er.

»Wir haben keinen Schönheitssinn? León und Burgos haben Christen erbaut, oder etwa nicht?«, protestiert Ramseider.

»Doch. Natürlich bringt auch das Christentum prächtige Bauwerke hervor. Auch christliche Baumeister verstehen ihr Handwerk. Nicht nur Burgos und León zeugen davon, auch Toledo. Dort waren sogar deutsche Baumeister beteiligt. Ein stolzes, herrliches Bauwerk, das man aber mit maurischen Palästen doch nicht vergleichen kann.«

»Ja, gewiss. So schöne Paläste haben sich christliche Herrscher nie bauen lassen«, stimmt Georg zu, »in Portugal und Frankreich nicht, und in Deutschland erst recht nicht.«

»Dort ist das Leben auch härter, schon allein wegen der harten Winter. Denkt nur daran, was in den kalten Wintern Eurer Heimat aus den Pflanzen und den Wasserspielen würde. Bei Eurem Klima kommt man schon gar nicht auf solche Ideen. Es muss eben alles zusammenwirken: der Schönheitssinn, die Handwerkskunst und das Klima.«

Dagegen hat Ramseider nichts einzuwenden.

Sie setzen sich im Schatten von Maulbeerbäumen und Zypressen auf eine hübsch gekachelte Bank und genießen die Ruhe und den Duft des Gartens. Nur das Plätschern eines kleinen Brunnens ist zu hören.

Nach einer Weile entschuldigt sich Don Manolo. Er habe noch zu tun, weil der Erzbischof morgen zurückkomme. Da sei einiges vorzubereiten. Ob er seine Gäste sich selbst überlassen dürfe? Sie bedanken sich bei ihm und sagen, er möge ruhig zurückgehen, sie könnten ja notfalls den Weg erfragen. Schließlich sei Klaas bei ihnen.

Sie dösen vor sich hin und lassen den Nachmittag verstreichen, bis Georg sich plötzlich aufrichtet, als wolle er zu neuen Taten aufbrechen. Aber er fragt nur: »In was für einen Krieg ziehen wir hier eigentlich?«

»Was für eine Frage! Gegen die Araber, das ist doch klar«, antwortet Ramseider, ohne auch nur eine Sekunde nachzudenken.

»Ja, gegen die Araber«, sagt Georg nachdenklich. »Du kannst sie aber auch Mauren nennen.«

»Ja, ich weiß. Dieselben Mauren, die diese schönen Paläste und Türme gebaut haben.«

»Eben. Genau gegen die. Don Manolo hat von ihnen gesprochen, als seien sie gar nicht unsere Feinde. Er scheint sie ja zu bewundern. Und die Baukunst, die er uns gezeigt hat, bewundere ich auch. Ich bin gespannt darauf, wie der Erzbischof denkt.«

Wieder schweigen sie eine Weile. Ramseider mustert Georg von der Seite und sieht, wie er die Stirn in Falten zieht.

»Was denkst du?«

»Ich frage mich, ob der König von Fez, gegen den wir Ceuta verteidigt haben, auch in einem solchen Palast wohnt.«

»Wahrscheinlich schon. Aber das ändert nichts an der Tatsache, dass er Ceuta erobern wollte«, wirft Ramseider im Brustton der Überzeugung ein.

»Natürlich nicht. Es ist nur so: Bisher habe ich die Heiden als Kameltreiber betrachtet, als primitive Barbaren. Und das sind sie nicht. Und jetzt weiß ich nicht mehr, welches Bild ich mir von ihnen machen soll.«

»Pah! Darüber mache ich mir keine Gedanken. Wer mir als Feind gegenübersteht, ist mein Feind. Was sonst? Oder interessiert es dich wirklich, wie der Heide, den du besiegt hast, zuhause gewohnt hat?«

»Natürlich habe ich mir bis heute darüber keine Gedanken gemacht. Aber ich glaube, ich sehe ihn jetzt doch anders. Ich bin gespannt darauf, was der Erzbischof über unseren Kriegszug denkt.«

»Das werden wir ja morgen erfahren«, sagt Ramseider und zeigt durch seinen Tonfall, dass er über diese Frage nicht länger sprechen will.

»Ja«, stimmt ihm Georg zu. »Vielleicht ist dieser Nachmittag zu schön für Grübeleien.«

Am Abend des folgenden Tages empfängt sie Alonso Fonseca, der Erzbischof von Sevilla, und lädt sie ein – nur Georg und Ramseider mit ihrem Dolmetscher –, mit ihm zu speisen. In einem großen Raum mit hellen Wänden, der hell erleuchtet ist, sitzen sie ihm an der Tafel gegenüber.

Fonseca ist ein zierlicher Mann, in dessen dunklem Haar die ersten grauen Haare aufblitzen. Seine hohen Backenknochen, die leicht eingefallenen Wangen und die schmale Nasenwurzel verleihen seinem Gesicht etwas Zartes, Zerbrechliches, das aber von seiner lebhaften Mimik mehr als aufgewogen wird. Mit seinen schlanken, gepflegten Händen bricht er das Brot in kleine Stücke, die er in eines der vielen Schälchen tunkt, die auf der Tafel stehen, und schiebt sie sich genüsslich in den Mund.

Eine Vielfalt von Speisen hat er auffahren lassen: allerhand Frittiertes, wie es in Sevilla üblich ist, Krebse, Garnelen, kleine Fische, Gemüsescheiben, Geflügelstücke, daneben gebratenes Lamm- und Rindfleisch und Früchte, die Georg und Ramseider noch nie gekostet haben. In Kristallkaraffen stehen Wasser und verschiedene Weinsorten bereit, und Fonseca veranlasst den Dolmetscher, ihnen den jeweils passenden Schluck zu den verschiedenen Tapas zu empfehlen.

»Es ist mir eine Ehre, den Helden von Ceuta und seinen Gefährten bewirten zu dürfen«, beginnt er seine Lobrede auf die beiden Ritter. Er erzählt ihnen, was man ihm vom Kampf um Ceuta berichtet hat, und hört sich interessiert an, was die beiden bestätigen oder auch berichtigen.

»Es ist sehr wichtig, dass Ceuta in christlichen Händen bleibt«, erklärt er. »Die Sarazenen könnten sonst unsere Seefahrt in jener Region unmöglich machen, was für uns einen herben Verlust bedeuten würde. Der Kampf war es wert. Und Euer ganz besonderes Verdienst ist, dass Ihr im Zweikampf mit diesem Riesen weiteres Blutvergießen verhindert habt. Das ganze Land lobt Euer Geschick und Eure Schlagkraft.«

»Es war nicht meine Kraft, die mich siegen ließ. Es war allein Gottes Hilfe«, unterbricht ihn Georg.

»Eure Bescheidenheit und Demut ehren Euch. Aber auch wenn Euch Gottes Hilfe im Kampf geholfen hat, woran kein Zweifel besteht, dann war es doch Euer Mut, der der Christenheit zum Sieg verholfen hat. Es brauchte doch großen Mut, sich auf einen solchen Zweikampf einzulassen. Gott segne Euch dafür.«

Dann erkundigt er sich danach, wie sie die Zeit in Sevilla zugebracht haben und ob die Betreuung durch den Haushofmeister zu ihrer Zufriedenheit gewesen sei. Sie schildern ihre Eindrücke und loben die Schönheit der Stadt in den höchsten Tönen. Vor allem schwärmen sie vom Alcázar.

»Ja, der Alcázar, ein wahres Kleinod, das uns die Mauren hinterlassen haben, ein herausragendes Gebäude, aber bei Weitem nicht das Einzige, was wir den Mauren verdanken.

Don Manolo hat euch sicher von den maurischen Baumeistern und ihrer Kunst erzählt, die uns beim Bau unserer Gotteshäuser zur Seite stehen. Aber diese steinernen Monumente ihrer Kunst sind nur die äußeren Merkmale dessen, was wir den Arabern verdanken. Was wäre unsere Astronomie, die Mathematik, die Navigation, aber auch die Musik und die Philosophie ohne das, was uns die Araber in den vergangenen Jahrhunderten nach Spanien gebracht haben! Ohne sie würden wir zum Beispiel die weisen Schriften der griechischen Antike gar nicht kennen. Wir müssen Gott für ihren Einfluss Dank sagen.«

Während seiner Rede hat Fonseca beobachtet, wie Georgs Miene immer ernster und angespannter wird.

»Ihr schaut so ernst drein. Was bewegt Euch?«

»Eben das, was Ihr eben erklärt habt. Ich muss es ganz offen sagen: Meine Teilnahme an dem Kriegszug, zu dem wir gerade aufbrechen, ist mir nicht so selbstverständlich, wie es der Kampf um Ceuta war. Dort sah ich uns von Barbaren bedroht, die unbedingt besiegt werden mussten, weil sie uns angriffen. Aber jetzt? Greift nicht Enrique IV. Granada an? Und sind die Araber in Granada nicht dieselben, denen Spanien so viel verdankt, wie Ihr eben selbst erklärt habt? Ich glaube nicht mehr, dass ich tatsächlich mit wilden Barbaren kämpfe, wie ich dachte, als wir von Schwaben auszogen.«

Fonseca faltet seine Hände und schaut Georg in die Augen.

»Das ehrt Euch sehr. Ihr seid ein guter Mensch. Allein, Ihr müsst die Dinge anders sehen lernen. Schaut her: Die Kirche liebt den Krieg so wenig wie ich persönlich. Und es wäre mir das Allerliebste, wenn wir weiterhin mit dem Königreich Granada so zusammenleben könnten wie in den letzten Jahren, friedlich und zum Gewinn beider Seiten. Aber, Gott unserem Herrn sei es geklagt, es soll nicht sein. Den Sarazenen jenseits des Meeres gefällt es nicht, dass das Königshaus von

Granada sich mit dem Herrschaftsbereich zufrieden gibt, der ihm seit zwei Jahrhunderten verblieben ist. Sie wollen mehr. Sie wollen christliches Land zurückerobern. Dazu sammelt der König von Tunis Truppen und bedroht unser christliches Land. Daher gibt es für uns keinen Ausweg, als Granada sofort einzunehmen, ehe es sich mit den afrikanischen Truppen vereinigen kann. Ich versichere Euch, dass ich das sehr bedaure, schon weil dieser Krieg das absolute Ende einer Zeit bedeuten könnte, in der wir von den Mauren sehr profitiert haben.«

»Und wenn wir nicht kämpfen?«

»Dann überziehen die Sarazenen unser Land mit Krieg und Verwüstung, reißen unsere Kirchen nieder, töten die Männer und versklaven unsere Frauen und Kinder. Das müsst Ihr mit Gottes Hilfe verhindern.«

Georg nickt stumm, greift nach seinem Glas und leert es auf einen Zug, gerade als wollte er sich betrinken.

»Zweifelt nicht an der Aufgabe, mit welcher der dreieinige Gott Euch betraut hat. Ich werde Euch in meine Gebete einschließen und Messen für Euch lesen. Aber nun denkt nicht mehr daran und genießt, was ich Euch bieten kann.«

Ramseider lässt sich das nicht zweimal sagen. Er isst und trinkt, ist guter Dinge und unterhält den Erzbischof, indem er von ihrer Reise durch Spanien, von den Schifffahrten nach Lissabon und Ceuta erzählt und seine Schilderungen humorvoll und farbenfroh auszuschmücken weiß, was den Erzbischof recht amüsiert. Georg sitzt ernst daneben. Er mischt sich zwar dann und wann ins Gespräch ein, verharrt aber doch in seiner Nachdenklichkeit.

Als Ramseider schildert, wie Georg und er auf dem Cabo São Vicente über die mutigen Portugiesen staunten, die es riskierten, mit ihren Schiffen über das Ende der Welt in die Hölle zu stürzen, breitet sich ein überlegenes Lächeln auf dem Gesicht des Erzbischofs aus.

»Ein Höllensturz ist es nicht, was sie riskieren. Es gibt kein Weltende«, erklärt er freundlich, wobei er den Kopf schüttelt.

Ramseider schaut ihn erstaunt an.

»Unsere Erde ist eine Kugel. Wisst Ihr das nicht? Aus Eurem Land, aus der Stadt Nürnberg, kommen die neuen Weltkarten, die auf eine Kugel gemalt sind. Habt Ihr tatsächlich noch keinen solchen Erdball gesehen?«

Damit lehnt er sich zurück und trägt einem Diener auf, die Weltkugel aus seinem Schreibzimmer zu holen. Dann zeigt er ihnen, wo sie herkommen, wo sie zuletzt gewesen sind, und Georg fährt mit seinem Finger seine Reise ins Heilige Land nach. Wie kurz die lange Stecke nach Palästina und Ägypten auf diesem Globus gegen die Weiten des Ozeans wirkt, erschüttert ihn zutiefst.

Einen Tag noch sind sie Gast des Erzbischofs, dann ziehen sie weiter. Den verletzten Knappen, um den sich die bischöfliche Dienerschaft weiterhin zu kümmern verspricht, lassen sie in Sevilla zurück. Nach seiner Genesung solle er nachkommen, falls er sich einer Gruppe von Kämpfern, die von Sevilla aus in diesen Krieg zieht, anschließen kann, sagt man ihm. Andernfalls würden sie ihn auf dem Rückweg nach Portugal abholen.

Westlich von Antequera, im weiten Tal des Guadalhorce, hat Enrique IV. de Castilla y León sein Feldlager aufgeschlagen und zieht seine Truppen zusammen. Zigtausende Kämpfer aus der gesamten iberischen Halbinsel und Söldner aus anderen Ländern sind bereits um das Lager des Königs versammelt und warten, begierig loszuschlagen, auf die königlichen Befehle.

Noch am Tag ihrer Ankunft werden Georg und Ramseider zum König vorgelassen und präsentieren die Empfehlungen des portugiesischen Monarchen.

Enrique IV. fühlt sich geehrt und ist erfreut, auf die Unterstützung des Helden von Ceuta rechnen zu können. Und wieder wird Georg zum Führer eines großen Haufens ernannt, ungeachtet seiner sprachlichen Schwierigkeiten. Strategisches Kalkül und ein heldenhaftes Vorbild für die Truppe seien wichtiger als die Fähigkeit, sich direkt verständlich zu machen. Er habe ja einen Dolmetscher an seiner Seite, und die Signale der Trompeter würde jeder verstehen, meint der König.

Kurz darauf versammelt er alle Adligen um sich und hält eine Rede.

»Wir danken Euch Edlen von Asturien, Kastilien und Aragón, von Portugal, Frankreich und dem Königreich Neapel für Eure starke Hand, die uns helfen wird, die Ungläubigen, die unser Land mit Krieg überziehen wollen, niederzuringen. Barbaren sind über das Meer gekommen, um unser Land zu verwüsten, unsere Kirchen niederzubrennen und unsere Frauen und Kinder in die Sklaverei zu entführen. Gott der Allmächtige wird das nicht zulassen und wird unsere Hand im Kampf mit den Ungläubigen führen.

Wir haben entschieden, sie sofort anzugreifen und zu besiegen, ehe sie in unser christliches Land eindringen. Wir haben uns entschieden, ihnen ihr Land auf spanischem Boden abzunehmen und sie aus Granada zu vertreiben.

Lasst uns vorrücken und ihre Städte und Dörfer zerstören, lasst uns keinen einzigen Ungläubigen verschonen! Nirgends sollen die afrikanischen Barbaren, die frech in unser Land eindringen wollen, ein Dach über dem Kopf noch ein Stück Brot vorfinden. Wir kämpfen nicht nur mit dem Schwert. Auch der Hunger sei unsere Waffe! Versorgt Euch aus den maurischen Dörfern und Städten! Schleppt alles fort, was Ihr bei den Ungläubigen an Verpflegung findet, und was Ihr nicht wegtragen könnt, das verbrennt!«

»Was für ein stolzer königlicher Befehl!«, sagt Ramseider mit beißendem Spott, als sie wieder unter sich sind. »Was erobert der denn, wenn er alles zerstören lässt?«

»Die Taktik verstehe ich schon, so abscheulich sie ist. Entweder werden wir satt oder der Feind, bedeutet das«, antwortet Georg nachdenklich.

»Was heißt hier Taktik? Fresst das Land leer, ehe es der Feind tut. Das klingt in meinen Ohren, als hätte sein Heer schon jetzt nicht mehr viel zu beißen«, bricht es aus Ramseider heraus.

Für den sofortigen Einfall in das Emirat spaltet Enrique IV. sein Heer auf. Eine kleine Truppe soll an die Küste nach Málaga durchstoßen, um dabei die von dort aufmarschierenden Sarazenen ins Meer zurückzutreiben und gleichzeitig den westlichen Zipfel des Emirats abzuschneiden. Ein anderer Teil soll Granada von Südwesten her angreifen, und ein dritter, den Georg führen soll, bekommt die Aufgabe, die Städte im Nordwesten Granadas, Loja, Íllora und Moclín zu zerstören, um dann von Norden her gegen Granada zu ziehen.

Schon einen halben Tag reiten Georg und Ramseider an der Spitze eines Heereszugs von mehr als zehntausend Mann das Tal des Guadalhorce hinauf, um die Stadt Loja von Südwesten her anzugreifen. Auf beiden Seiten des Flüsschens erstrecken sich fruchtbare Felder, die noch nicht abgeerntet sind, Felder christlicher Bauern, die das vor einem halben Jahrhundert befreite Gebiet bewirtschaften. Die Wege zwischen den Ackerflächen sind für einen Heereszug viel zu schmal. Um keine endlose Reihe bilden zu müssen, rücken die Reiter und Söldner in breiter Front voran. Händeringend stellen sich die Bauern, manche mit Frauen und Kindern, vor ihre Felder und flehen

Georg an, ihre Ernte zu verschonen. Er blickt in verzweifelte Gesichter, sieht weinende Frauen, die flehend ihre Arme gegen ihn ausstrecken, und kann doch nicht anders, als sein Heer eine Schneise der Verwüstung in die Felder treten zu lassen. Fassungslos verfolgen die Bauern, wie die Feldfrüchte, die sie hart erarbeitet haben, vom Heer eines christlichen Königs einfach niedergetrampelt werden. Georg reitet wortlos mit zerknirschtem Gesicht voran. Selbst für Ignacio, den neuen Führer, und Klaas hat er kein Wort übrig. Stumm und verschlossen folgt er dem Weg, den man ihm weist.

»Der Befehlshaber redet heute gar nicht?«

Ramseiders Ironie kommt bei Georg schlecht an. Er schweigt eine Weile, ehe er sich im Sattel umdreht.

»Hast du gesehen, was wir anrichten? Wir sind noch lange nicht bei den Heiden und verwüsten jetzt schon die ganze Gegend. Wovon sollen die Leute hier leben? Wir setzen dieselben Menschen, die wir vor den Ungläubigen retten wollen, dem Hunger aus.«

»Aber du kannst nicht alle hintereinander reiten lassen, wenn wir vorankommen wollen. Ja, wahrscheinlich werden sie hungern, aber in diesem gesegneten Land kaum hungers sterben.«

Georg brummt unwillig.

»Denk an die Worte des Erzbischofs. Wenn wir die Heiden nicht besiegen, überziehen sie das Land mit Krieg, und dann geht es den Bauern hier ans Leben. Oder sie werden auf Ruderbänken angekettet. Einen Preis müssen sie für ihre Freiheit eben zahlen. Man kann ihnen nicht helfen, ohne ihnen Leid zuzufügen.«

Darauf erhält er keine Antwort.

Georgs Miene hellt sich erst auf, als sie nach fast einem Tagesritt das fruchtbare Flusstal verlassen und über ausgedorrte Hänge bergan reiten, um den Höhenzug zu überqueren, der zwischen dem Guadalhorce und Loja liegt.

Bald führt ihr Weg durch ein steiniges Tal, das sich mehr und mehr zu einer schmalen Geländerinne verengt. Der Heereszug staut sich. Mehr als vier Reiter kommen nirgends nebeneinander voran, und stellenweise machen Felsbrocken den Weg noch schmaler.

»Wir müssen durch diese Schlucht«, rechtfertigt sich der Führer Ignacio. »Jeder andere Weg würde viel zu viel Zeit kosten.« Er deutet auf den vorausliegenden Höhenrücken und erklärt: »Dort oben liegt die Grenze. Und dahinter wird das Gelände wieder offener.«

Georg ist die Schlucht nicht geheuer.

»Wir dürfen nicht blindlings in einen Hinterhalt reiten«, gibt er zu bedenken.

»Schick zwei Kundschafter voraus«, rät Ramseider.

Georg hält an, wendet sich im Sattel und ruft den ersten Reitern zu: »Wir brauchen zwei Freiwillige, die als Kundschafter vorausreiten, und zwar einen Trompeter und einen Begleiter.«

Zwei junge Andalusier melden sich.

»Erkundet die Schlucht bis zu ihrem Ende. Ihr müsst herausfinden, ob sich irgendwo Feinde versteckt halten. Sobald ihr etwas Verdächtiges bemerkt, gebt ihr ein Signal und kehrt um«, lässt er Klaas ihnen sagen.

Die beiden reiten los und verschwinden hinter einer Krümmung der Geländerinne.

Die Truppe folgt ihnen langsam. Immer steiler geht es zwischen schroffen Kalkfelsen bergauf, bis sie an eine Stelle kommen, wo der Weg durch ein schmales, ausgetrocknetes Bachbett führt, das auf beiden Seiten von fast senkrechten Felswänden begrenzt wird.

Georg stoppt den Zug und möchte die Meldung der beiden Kundschafter abwarten. Aber die Zeit vergeht, der westliche Hang des Tals liegt schon im Schatten. Kein Signal ertönt, kein Kundschafter kommt zurück.

»Wir müssen vor Einbruch der Dunkelheit die Schlucht hinter uns bringen. Alles andere wäre zu gefährlich«, stellt Georg besorgt fest.

»Du musst einen Teil der Fußsoldaten ausschwärmen lassen. Sie sollen die Schlucht von außen sichern«, schlägt Ramseider vor. »Und wir rücken weiter vor, sobald sie uns signalisieren, dass der Weg unbedenklich ist. Auf der Höhe sollen sie wieder zu uns stoßen.«

Also lässt Georg die Fußtruppen aus dem ersten Drittel des Heereszugs nach beiden Seiten ausschwärmen. Möglichst schnell vorrücken und Signal geben, sobald sie sicher sind, dass der Weg ungefährlich ist, lautet der Befehl.

Die Reiter auf der Talsohle steigen ab, versuchen jede Möglichkeit der Deckung auszunutzen und lassen die Flanken der Schlucht nicht aus den Augen.

Kurz vor Sonnenuntergang sind die Kundschafter noch nicht zurückgekommen, und man hat noch kein Signal zum Vorrücken gehört.

Georg sitzt auf einem Felsbrocken, sein Schild an seine Knie gelehnt, und beobachtet gespannt das Gelände. Er ballt die Fäuste und knirscht mit den Zähnen. Sobald er von irgendwoher einen Laut hört, und sei es nur der Schrei eines Vogels, spürt er sein Herz im Hals schlagen. Immer wieder steht er auf, geht ein paar ziellose Schritte hin und her und setzt sich dann frustriert wieder hin.

»Es kann nicht schneller gehen, in diesem unwegsamen Gelände kommt man nur schlecht voran«, versucht der Führer Georgs Nervosität zu dämpfen.

»Wir müssen es auf die Höhe schaffen, ehe es dunkel wird«, wiederholt dieser seine Sorge.

Dann endlich erscheint auf den Felsen die Fahne Kastiliens und der Hornruf erklingt. Die Reiter sitzen auf und wagen sich durch das Felsentor in die Schlucht. Aber sie sind noch nicht weit vorgerückt, da hören sie auf einmal Schüsse und Kampfgeschrei. An Umkehren ist nicht zu denken, ohne in den eigenen Reihen das absolute Chaos anzurichten. Es bleibt keine andere Wahl, als den Engpass so schnell wie möglich hinter sich zu bringen, um dann nach beiden Seiten auszuschwärmen und in den Kampf einzugreifen.

Im Gefühl absoluter Unsicherheit, in der Angst, jeden Moment von oben beschossen werden zu können, gibt Georg Almansor die Sporen und galoppiert voraus, wo immer das Gelände es erlaubt. Ramseider und Hänslin folgen ihm mit Sicherheitsabstand. Plötzlich sehen sie, wie Georg anhält, absteigt und in die Knie geht. Im Näherkommen erkennen sie, dass die beiden jungen Kundschafter tot am Wegesrand zwischen den Büschen liegen. Sie halten ebenfalls an. Hänslin wird kreidebleich, als er sieht, dass der Trompeter von einem Armbrustbolzen in den Hals getroffen wurde.

»Er ist vorher noch neben mir hergeritten, er ist doch vorher noch neben mir hergeritten«, wiederholt er mehrmals entsetzt.

Der andere junge Kundschafter starb mit dem Schwert in der Hand. Ein Stich durch die Ringe seines Brustpanzers hat ihn das Leben gekostet. Von ihren Pferden fehlt jede Spur.

»Das war die Vorhut des Feindes«, bemerkt Ramseider sachlich.

Georg richtet sich auf, bekreuzigt sich und wendet Ramseider sein aschfahles Gesicht zu.

»Für die beiden können wir nichts mehr tun. Gott sei ihren Seelen und uns gnädig. Hänslin, zieh sie etwas auf die Seite und decke sie mit ein paar Steinen zu. Und dann folge uns.«

Die Reiterei rückt nach, und Georg muss sich beeilen, wenn er weiterhin an der Spitze bleiben will. Hänslin bleibt zurück und tut sein Möglichstes, um die toten Kameraden vor den Krähen zu schützen.

In immer kürzeren Abständen bricht sich der Widerhall von Schüssen an den Felsen, wobei Georg und Ramseider nicht sagen können, ob sie sich schon auf der Höhe der Kämpfe befinden oder sie gar schon hinter sich haben. Der Ritt durch die Schlucht, die vielleicht nur eine halbe Meile lang ist, scheint ihnen nicht enden zu wollen.

Endlich, die Sonne berührt schon den Horizont, da öffnet sich das Gelände. Georg stoppt, hält die ersten nachrückenden Fußsoldaten auf und befiehlt ihnen, nach beiden Seiten auszuschwärmen und die eigenen Kämpfer zu unterstützen, während er mit einer Truppe die Höhe einnimmt, um eventuell nachrückenden Feinden entgegenzutreten. Dort will er nach dem Ende der Kämpfe das Heer wieder vereinen.

Es fallen immer weniger Schüsse, und schließlich, als es schon dunkel wird, erreichen auch die letzten der Kämpfer, die den Vormarsch der Truppe sichern mussten, das Notlager auf der Anhöhe.

Dank ihrer Überzahl haben sie die Sarazenen völlig aufgerieben. Sie haben deren Waffen erbeutet, Steinflinten, Schwerter, Lanzen, Schilde. Sie haben schwer daran zu schleppen, denn sie bringen auch die Waffen der eigenen Gefallenen mit, und es sind nicht wenige. Über hundert Mann sind gefallen.

»Wir haben Loja noch nicht einmal angegriffen und sind jetzt schon geschwächt«, sagt Georg deprimiert.

Die Nacht auf der kahlen Höhe wird kühl. Überall wärmen sich Soldaten an kleinen Feuern und erholen sich von den Strapazen des Tages. Auch die beiden Ritter sitzen an einem Feuer. Georg starrt versonnen in die Flammen.

»Ich weiß nicht, ob das nötig war«, sagt er mehrmals vor sich hin. »Ich weiß nicht, ob ich das nicht hätte vermeiden können.«

»Wie denn? Wir kennen uns in diesem Land nicht aus und müssen unserem Führer vertrauen«, versucht Ramseider, die Last von ihm zu nehmen.

»Genau das ist mein Problem. Wenn ich mich hier aus-kennen würde, könnte ich die Risiken selbst ermessen. So aber bin ich vom Urteil eines Mannes abhängig, den ich zwar für absolut loyal halte, aber dessen Urteilsvermögen ich nicht einschätzen kann. Zum zweiten Mal habe ich mich zum Füh-rer eines Haufens machen lassen, ohne wirklich zu wissen, was auf mich zukommt.«

»Du bist berühmt. Du sollst der Truppe ein Vorbild sein.«

»Meine Berühmtheit wird mir zum Fluch, wenn die-ser Feldzug scheitert«, sagt Georg düster. »Ich werde nicht allein entscheiden, wie es morgen weitergehen soll. Ich rufe die Hauptmänner zu einer Beratung zusammen, und zwar sofort.«

Sein einziger Trost ist, dass Hänslin wieder zu ihnen stößt und berichten kann, dass er die beiden Leichen mit Steinen zudecken konnte.

Wenig später ist er von mehr als einem Dutzend Hauptleu-ten umgeben, die aus verschiedenen Gegenden stammen und von denen nicht einer das Land kennt, das sie erobern sollen. Nur Ignacio, ihr Führer, und zwei Soldaten, die von den Sarazenen vor Jahren versklavt worden waren und ent-fliehen konnten, kennen sich in der Region aus. Von ihrer Ortskenntnis sind sie alle abhängig. In einem Punkt sind sich die drei einig: Diese gebirgige Gegend werde nicht das ganze Heer ernähren können, auch dann nicht, wenn man der Be-völkerung alles nehme. Außerdem könne ein Heer wie das ihre weder in den schmalen Tälern noch an den steilen Hän-gen seine Schlagkraft entfalten.

Georg hält vor den Hauptleuten eine Rede, die Klaas Satz um Satz übersetzt. Er teilt ihnen die Meinung der Ortskun-digen mit und fährt dann fort: »Ihr alle kennt die Befeh-le des Königs und seid gewillt, sie auszuführen. Wir sollen drei Städte einnehmen und uns dann schnell mit den Truppen des Königs vereinen. Das wird uns nur gelingen, wenn wir uns trennen. Eine Hälfte des Heers wendet sich deshalb gegen Loja und zerstört die Stadt. Die andere Hälfte zieht unter meiner Führung weiter zu den kleineren Städten im Gebirge.«

Gemeinsam ernennen sie den Heerführer, der nach Loja ziehen soll und sprechen Georgs Heeresteil die meisten Zugpferde zu, weil sie die Feldgeschütze die steilen Berge hinaufziehen müssen.

Am nächsten Morgen bei Sonnenaufgang schickt Georg eine Abordnung aufs Schlachtfeld zurück, um die Gefallenen begraben zu lassen. Die Gruppe soll nach getaner Arbeit dem Teil des Heeres folgen, der gegen Loja zieht.

Das übrige Heer bricht sofort auf. Im offenen Gelände kommt man gut voran, sodass sich schon um die Mittagszeit das Heer teilt. Georgs Truppe lässt Loja links liegen und erreicht bis zum Abend, ohne angegriffen zu werden, die schmale Straße, die vom Flusstal steil nach Íllora hinaufführt.

In der Gluthitze des Spätvormittags quält sich die Truppe das steinige Sträßchen hinauf, das in wenigen Kurven einen kahlen Südhang der Sierra de Priego erklimmt. Keine Bäume am Wegesrand, nichts Grünes außer den niederen Olivenbäumen, die vereinzelt im Feld stehen und keinen Schatten spenden. Nur braune Erde und graues Gestein, das sich in der prallen Sonne immer mehr aufheizt.

Georg reitet mit Ignacio und Hänslin weit voraus, um einen Überblick über das Gelände zu bekommen. Sie bleiben immer in Sichtweite, halten an, um die Truppe aufholen zu lassen, ehe sie ihren Erkundungsritt fortsetzen.

Als Georg endlich die kleine Stadt von einer Kuppe aus erblickt, wendet er sich ungeduldig um und würde gerne den Aufmarsch seiner Abteilung beschleunigen. Aber das ist aussichtslos. In der Staubwolke, die sie selbst aufwirbelt, kriecht die endlose Kolonne seiner Streitmacht langsam den Berg hoch, voran die Reiterei, dann das Fußvolk, und am Ende, im Dunst kaum zu erkennen, die Zugpferde mit den Feldgeschützen. Der Plan, heute noch um die ganze Stadt herum Stellung zu beziehen, erweist sich als nicht durchführbar. Es wird bis zum späten Abend dauern, bis die gesamte Truppe so weit vorgerückt ist, dass die Belagerung organisiert werden kann.

»Wenigstens sind wir hier vor jedem Hinterhalt sicher«, meint der Führer optimistisch.

Mit Ramseider und einem spanischen Hauptmann zusammen nähern sie sich der kleinen Stadt, die auf einer Kuppe liegt, und reiten außerhalb der Schussweite hin und her, um die besten Positionen für die Feldgeschütze zu finden.

»Stark befestigt ist diese Stadt nicht. Diese Mauern sind leicht zu erstürmen, wenn wir zuvor die Tortürme beschießen«, meint der Spanier. »Und sofort müssen wir von hier aus schon die Moschee zerstören. Das wird den Ungläubigen zeigen, dass ihr Allah sie nicht schützen kann.«

Darauf reagiert Georg nicht, sondern lässt seinen Blick über die Mauern schweifen und stellt fest: »Ich sehe niemanden auf den Wehrgängen. Überhaupt scheint die ganze Gegend tot zu sein. Ich habe auch auf dem ganzen Ritt hier herauf keinen einzigen Menschen gesehen, keine Schafherde, keine Ziegen, nichts. Ist das nicht merkwürdig?«

Der Führer nickt zustimmend.

»Sobald die Reiterei aufgeholt hat, schicken wir einen Parlamentär in die Stadt. Dann wird sich die Lage klären.«

Ramseider erklärt sich bereit, mit Hilfe des Dolmetschers mit der Stadt zu verhandeln. Entweder Übergabe und Verschonung der Bevölkerung oder gnadenlose Zerstörung lauten die Alternativen.

Er wartet, bis die ersten Feldschlangen in Position gebracht sind und reitet dann auf das Stadttor zu. Ständig auf

Beschuss gefasst, lässt er keinen Blick von den beiden Tortürmen. Aber es regt sich nichts.

Ein paar Pferdelängen vor dem Tor halten die beiden an, und der Dolmetscher versucht mit seinen Rufen verständlich zu machen, dass sie mit der Stadt verhandeln wollen. Er bekommt keine Antwort.

Als Ramseider ans Tor heranreitet, um anzuklopfen, steht es einen Spalt offen. Er drückt leicht dagegen und es öffnet sich knarrend. Sie reiten hinein und befinden sich zwischen sauberen, weiß getünchten niederen Häusern in einer schmalen Gasse. Ramseider steigt ab und klopft an eine Tür. Stille. Wieder drückt er leicht dagegen, und sie gibt den Weg in einen kleinen Innenhof frei, in dessen Mitte ein kleines Wasserbecken in den Boden eingelassen ist. Überall schmücken Blumen in irdenen Gefäßen die weißen Wände, von denen sich die dunkelgrünen Fensterläden reizvoll abheben. Ramseider ist von der bunten Schönheit, die er in dieser steinigen Einöde nicht erwartet hätte, absolut überrascht. Er klopft an alle Türen, ohne eine Antwort zu bekommen, und tritt wieder auf die Gasse hinaus.

»Ob die ganze Stadt verlassen ist? Ich trau dem Frieden nicht. Allein sollten wir uns nicht weiter hineinwagen«, meint er, und sie kehren um.

»Die Stadt scheint leer zu sein«, meldet Ramseider, und Georg und die Hauptleute sehen sich stirnrunzelnd an.

»Wie kann das sein? Die Leute müssen gewarnt worden sein«, sagt Georg.

»Hat man von irgendwelchen Soldaten gehört, die sich von der Truppe entfernt haben?«, lässt Ramseider den Spanier fragen. Aber der zuckt nur mit den Achseln.

»Es hat keinen Sinn darüber nachzudenken. Wir hätten die Stadt doch auf jeden Fall zerstört«, gibt er zurück. »Gebt sie für die Truppe frei. Jeder soll sich holen, was er findet. Und morgen früh wird sie niedergebrannt.«

Georg wirft ihm einen kritischen Blick zu.

»So lautet der Befehl des Königs, den wir alle gehört haben.«

Dem kann Georg nichts entgegensetzen.

Die Soldateska strömt in die Stadt und verliert sich im Labyrinth der engen Gassen. Jedes Haus wird bis in den hintersten Winkel durchsucht, aber die Ausbeute ist gering. Die Vorräte an Korn und Öl, die zu dieser Jahreszeit schon stark reduziert sind, reichen für den Tagesbedarf der Truppe bei weitem nicht aus, und was an anderen Lebensmitteln, Vieh und Geflügel vielleicht vorhanden war, haben die Stadtbewohner fortgeschleppt. Selbst die Feigenbäume in den Innenhöfen sind abgeerntet. Außer Wasser ist nichts zu holen. Wenigstens können die Reiter ihre Pferde in den Wasserbecken der Innenhöfe tränken und am einzigen Brunnen, der vor der Moschee steht.

Die Nacht ist die letzte, die die Stadt erlebt. Die Soldaten übernachten in den Häusern, wo sie bequeme Betten oder wenigstens weiche Kissen vorfinden. Was man an Heu und Stroh in den Ställen findet, wird in die Moschee getragen. Dort werden die Pferde eingestellt. Die Rossäpfel sollen die Moschee entweihen.

Kurz nach Sonnenaufgang bläst der Trompeter zum Sammeln. Die Stadt wird verlassen. Als die Truppe sich schon zum Weitermarsch formiert, werden hundert Soldaten in die Stadt geschickt mit dem Befehl, systematisch vom einen Ende der Stadt zum andern jedes Haus in Brand zu stecken und mit Schießpulver die Wasserzufuhr in die Luft zu sprengen.

Georgs Streitmacht zieht langsam weiter. Als nach Stunden die Letzten von ihnen die Stadt aus dem Blickfeld verlieren, steht die schwarze Rauchwolke noch hoch am Himmel.

Zur Festung von Moclín, dem wichtigsten Ziel des Feldzugs, ist es nicht weit. Aber die Straße wird immer schmaler und steiler, was den Vormarsch bremst.

Und wie am Vortag bewegt sich die Truppe in der prallen Sonne. Schon das Fußvolk fällt gegen die Reiterei zurück, und die Pferdeknechte, die die Zugtiere mit den Feldgeschützen führen, dreschen auf die Tiere ein, die die schweren Wagen oftmals kaum über die Unebenheiten des Weges ziehen können.

Der letzte Anstieg, den Georg hochreitet, ist so steil, dass er über der Horizontlinie nur den blauen Himmel sieht. Als er oben ist, sieht er die kleine Stadt mit ihrer Festung vor sich liegen. Moclín liegt in einer flachen Senke. Aber am nördlichen Ende der Stadt erhebt sich ein steiler Berg von der Form eines riesigen Dromedarhöckers, den die zinnenbewehrten Mauern einer großen Festung krönen. Schon der obere Teil des breiten, steilen Hangs, der sich unter der Festung zur Stadt hin neigt, ist mit einer starken Mauer umgeben, die mit so vielen Zinnen, kleinen Zitadellen und Bollwerken versehen ist, dass niemand sich ihr ganz nähern kann, ohne von der Seite beschossen zu werden. Den westlichen Abschluss der Festung bildet ein gewaltiger steiler Fels, der jeden Beschuss aus dieser Richtung unmöglich macht, und im Osten fällt das Gelände steil ab. Insgesamt ist die Verteidigungsanlage so groß, dass sie weit mehr Leute als die Bevölkerung der kleinen Stadt aufnehmen kann, die menschenleer vor ihm liegt.

»Die Bewohner Illoras müssen hierher geflohen sein«, sagt Ignacio. »Es gibt in weitem Umkreis keine andere Befestigung.« Und dass man von Weitem sehen kann, wie sich hoch oben auf dem Berg die letzten Leute mit Sack und Pack in die eigentliche Festung zurückziehen, scheint seine Vermutung zu bestätigen.

»Eine geniale Festung! Die Mauren können nicht nur Kirchen und Paläste bauen. Das muss man ihnen lassen«, sagt Ramseider.

»Ja. Wie nehmen wir diese Festung ein? Das wird nicht einfach«, stimmt ihm Georg nachdenklich zu. »Ich sehe noch keinen Punkt, wo wir unsere Kanonen aufstellen können. In der Stadt kann es nicht sein, und wenn wir über die Stadt wegfeuern, richten unsere Kugeln zu wenig aus. Das wäre viel zu weit, und wir müssten auch noch steil aufwärts schießen.«

»Aber belagern können wir die Festung auch nicht«, stellt Ramseider fest.

Denn direkt um Stadt und Festung herum fällt das Gelände so steil ab, dass jede Annäherung an die Mauern ein absolutes Himmelfahrtskommando wäre. »Wie soll denn die ganze Truppe hier Platz finden?«, fragt Georg. »Hat es überhaupt Sinn, die ganze Streitmacht hier heraufkommen zu lassen?«

Die spanischen Hauptleute sind schnell damit einverstanden, dass der Vormarsch des Heers zunächst angehalten wird. Ehe die gesamte Truppe sich auch nur ein paar Schritte weiter die Straße hochquält, muss über die Strategie beraten werden.

»Welche Möglichkeiten haben wir?«, fragt Georg und bittet die spanischen Hauptleute um Vorschläge.

»Wir müssen absolut jeden Zugang zu der Festung großräumig abriegeln und überall unsere Leute aufstellen, auch in schwierigstem Gelände«, schlägt ein Hauptmann aus Sevilla vor.

»Wir sind hier nicht im Flachland«, widerspricht ihm ein anderer. »Wir können keine Belagerungstruppen an schroffen Steilhängen aufstellen. Wir könnten sie dort nicht einmal mit Wasser und Nahrung versorgen. Nur die Blockade der kleinen Straße, die nordwestlich zum Puerto Lope und damit zur Grenze des Emirats hinaufführt, wäre problemlos.«

Sie kommen überein, einen großen Teil des Fußvolks und die Reiterei zurück ins Tal hinunter zu schicken. Sie sollen dort lagern und auf weitere Anweisungen warten. Der andere Teil, der schon weit vorgerückt ist, soll zu ihnen aufschließen wie auch die Truppe mit den Geschützen. Hänslin und Klaas reiten zurück, um den Hauptleuten den Befehl zu überbringen.

»Wir müssen die Stadt sofort zur Plünderung freigeben«, fordert der Hauptmann aus Sevilla. »Unsere Lebensmittel sind knapp. Solange wir nicht wissen, dass wir mindestens ebenso gut versorgt sind wie die Mauren, können wir mit der Belagerung gar nicht beginnen.«

Das widerstrebt Georg zwar. Aber auch er hofft auf im Städtchen zurückgelassene Vorräte und erlaubt die Plünderung.

Hunderte strömen gierig in die Stadt. Sie füllen die Gassen und kleinen Plätze in engem Gedränge, als böte ein Wunderheiler auf einem Markt ein Zaubermittel gegen Verwundbarkeit oder gar das ewige Leben selbst an.

Aber auch hier ist die Ausbeute gering: ein paar Amphoren voll Öl, etwas Getreide, Hausrat, der im Feld wenig nützt, Decken und Kissen, mit dem der eine oder andere sein Feldlager ein wenig auspolstern kann, sonst nichts.

Georg und die Hauptleute sind auf der Kuppe geblieben, wo ihre Beratung stattgefunden hat, und beobachten von dort, wie die Soldaten, die meisten mit leeren Händen, nach kurzer Zeit wieder aus den Gassen kommen. Manche von ihnen aber schlagen sich rechts und links ins Gelände und verschwinden an den Abhängen zwischen Olivenbäumen, Sträuchern und Felsen.

»Das ist gegen den Befehl. Holt sie zurück oder erschlagt sie«, befiehlt Georg und schickt ihnen ein paar Söldner hinterher.

Wenig später bringen sie drei murrende Männer zurück, die finster dreinschauen.

»Erklärt euch. Warum wolltet ihr euch von der Truppe entfernen?«

Sie gestehen, dass sie in einem Felsenkeller einen gebrechlichen Greis gefunden haben, von dem sie erfahren haben, dass die Schaf- und Ziegenherden beider Städte außerhalb der Sichtweite in großem Umkreis um die Festung verteilt sind.

Georg zieht sein Schwert und setzt einem von ihnen die Spitze an den Hals.

»Freiwillig hat er das nicht verraten. Was habt ihr mit ihm gemacht?«

Der Söldner reißt die Augen auf und macht eine abwehrende Handbewegung. Er will zurückweichen.

»Haltet ihn fest«, befiehlt Georg seinen Knappen.

»Was habt ihr mit ihm gemacht?«

»Feuer, wir haben ein Feuer gemacht.«

»Und?«

»Seine Füße …, wir haben …«

»Seine Füße hineingehalten?«

Er nickt.

Georg sticht zu. Der Söldner fällt zu Boden und stirbt. Die beiden anderen überlässt er vier Kämpfern aus der Reiterei.

»Hängt sie irgendwo auf oder erschlagt sie, wenn ihr keinen Baum findet.«

Aber er kann nicht verhindern, dass Hunderte Soldaten, die nun aus der Stadt strömen, in der Umgebung verschwinden. Wütend muss er zusehen, wie ihm die Befehlsgewalt über die Truppe aus den Händen gleitet, und verfolgt missmutig, wie seine Soldaten sich auf die Suche nach den Herden machen.

»Lasst sie! Sie folgen nur dem Befehl des Königs: Versorgt euch mit dem, was das Land bietet«, schnarrt ihn einer der spanischen Hauptleute an.

»Aber er hat nicht befohlen, dass wir alte Menschen foltern«, fährt Georg ihn an.

Gereiztes Schweigen im Kriegsrat.

Als es Abend wird, dröhnen von jenseits des Río Genil, wo das Land in Richtung Granada ansteigt, Kanonenschüsse herüber. Zwei brennende Dörfer setzen leuchtende Flecken in die schattige Landschaft, und dunkle Rauchsäulen verschleiern die Gipfel der Sierra Nevada, die in den letzten Strahlen der Abendsonne in zartem Orange herüberleuchten.

Schweigend lässt Georg diesen Eindruck auf sich wirken.

»Die Welt könnte so schön sein, wenn es keinen Krieg gäbe«, seufzt er.

»Wir wollten in den Krieg ziehen. Und nun erleben wir ihn«, antwortet Ramseider sarkastisch.

»Ja. Ich weiß, was ich wollte, oder was wir wollten. Aber hast du denn erwartet, dass wir Städte und Dörfer niederbrennen und von unseren Leuten alte Männer gefoltert werden?«

Ramseider schüttelt den Kopf.

»Gibt es einen anderen Krieg? Ich glaube nicht.«

»Wenn ich auch diesen Krieg mit einem Zweikampf entscheiden könnte, würde ich es tun, und wenn es mein Leben kosten würde.«

»Ich glaube, so eine Möglichkeit gewährt Gott nur ganz wenigen Menschen, und das auch nur einmal im Leben. Und sonst treibt uns der Krieg, dieses Ungeheuer, voran und frisst sich unaufhaltsam durch das Land.«

Schüsse aus der anderen Richtung reißen sie aus ihren Gedanken. Die Detonationen kommen aus dem weiten, gebirgigen Gelände, das hinter der Festung liegt, von dorther, wo die Söldner nach den Herden suchen.

»Es hat doch niemand eine Steinflinte mitgenommen, sicher kein einziger«, sagt Ramseider.

»Ich denke nicht. Über diese Hänge schleppt niemand eine schwere Steinflinte, wenn er mit einer toten Ziege oder einem Schaf zurückkommen will. Die Mauren werden ihre Schützen in der Landschaft verteilt haben. Und blind vor

Gier laufen unsere Männer ihnen vor die Flinte. Wieder verlieren wir Soldaten, ohne bisher irgendetwas erreicht zu haben«, meint Georg zerknirscht.

»Doch, haben wir.«

»Was denn?«

»Wir haben eine Stadt niedergebrannt und damit den Feind geschwächt«, erklärt Ramseider zynisch.

»Ein unedler Sieg«, sagt Georg bitter.

»In diesem Krieg gibt es keine edlen Siege. Das habe ich schon begriffen, als der König seinen Befehl gab«, sagt Ramseider mit Nachdruck. »Es gibt überhaupt nichts Edles im Krieg – auch wenn wir für die Christenheit kämpfen.«

»Gott möge uns verzeihen.«

Darauf antwortet Ramseider nicht.

An Schlaf ist in dieser Nacht nicht zu denken. Immer wieder hallt ein Schuss von der anderen Seite des Tals herüber, und gegen Mitternacht kommen die ersten Söldner zurück. Manch einer trägt ein totes Zicklein oder ein Lamm auf seiner Schulter, andere kommen zu zweit und schleppen sich mit einem ausgewachsenen Schaf oder einer Ziege ab.

Aber ebenso viele stützen einen Verletzten, der ohne fremde Hilfe die Rückkehr zur Truppe nicht geschafft hätte. Und nicht jeder Verletzte überlebt die Nacht.

Ein spanischer Hauptmann kommt auf Georg zu. »Wie viele Männer haben wir verloren, Kommandant?«, fragt er.

»Wir wissen es nicht«, lässt Georg ihm sagen. »Wir wissen noch nicht einmal, wie viele sich dieser Gefahr ausgesetzt haben. Wir müssen unsere Männer noch einmal zählen.«

Daran aber ist in der Nacht nicht zu denken. Verwundete müssen versorgt werden, Tote werden auf die Seite geschafft. Und überall, auf beiden Seiten der Bergstraße, häuten die Söldner ihre Beute und suchen nach Feuerholz. Aber da ist nicht genug zu finden. Im Morgengrauen holen sie sich die

Erlaubnis, in die Stadt zu gehen, um Holz zu holen. Dort schlagen sie alles kurz und klein und bringen mit, was an Brennbarem aufzutreiben ist. Am frühen Morgen lodern überall die Feuer.

»Lasst uns die Stadt sofort niederbrennen. Das wird die Besatzung der Festung demoralisieren«, schlägt der Hauptmann aus Sevilla vor.

»Das wäre viel zu früh. Noch gibt es Wasser in der Stadt, was für uns wichtig ist«, widerspricht ihm Georg. »Das Wasser reicht für die Pferde und die Truppe nur aus, solange wir die Wasserversorgung der Stadt nutzen können. Und die Häuser bieten uns Schutz. Wir können durch die Gassen näher an die äußere Festungsmauer herankommen.«

»Wir können uns aber hier oben auch mit dem Wasser aus der Stadt nicht lange halten. Wir können die Festung nicht aushungern. Dafür sind wir zu schlecht versorgt. Wir müssen versuchen, möglichst schnell zu stürmen«, schlägt ein anderer Spanier vor.

Daran zweifelt niemand. Aber eine Strategie muss erst gefunden werden.

»Wir müssen unsere Geschütze an die östliche Flanke des Bergs bringen. Das Tor lässt sich nur von dort beschießen«, schlägt der Sevillano vor. »Nur von dort können wir die Festung sturmreif schießen.«

»Dazu müssen wir sie aber erst ans westliche Ende der Stadt ziehen. Und der Weg quer über den Hang ist ohne jede Deckung. Ich bin mit Euch einer Meinung, dass das Tor einem Beschuss von dort nicht lange standhalten wird. Doch ist der Weg dahin äußerst riskant. Langsame Pferdegespanne bieten ein leichtes Ziel. Bis wir die Geschütze in Position gebracht haben, werden viele unserer Männer ihr Leben lassen müssen«, gibt Georg zu bedenken.

»Seht Ihr eine andere Möglichkeit, den Befehl des Königs auszuführen?«, drängt der Spanier Georg in die Enge.

»Dann werden wir versuchen, die Geschütze im Schutz der Dunkelheit hochzuschleppen. Anders wird es nicht gehen«, bestimmt Georg, was von allen akzeptiert wird.

Am Nachmittag werden die Pferde in der Stadt getränkt. Die übrige Truppe ruht sich aus. Wer etwas hat, verpflegt sich. Überall riecht es nach Gebratenem, sodass man fast meinen könnte, es werde ein Sieg gefeiert.

Georg hat sich sagen lassen, dass der Mond erst lange nach Mitternacht aufgehen wird. Also will er die Geschütze in der ersten Hälfte der Nacht in Stellung bringen und, noch ehe der Mond aufgeht und sie von der Festung aus deutlich zu sehen sind, mit dem Beschuss des Tors beginnen. Währenddessen sollen die Fußtruppen sich den Abhang hinauf dem Tor nähern und jeden Ausfall der Belagerten niederschlagen.

Seit der Abenddämmerung beobachten die Hauptleute die Festung, ohne irgendeine Bewegung hinter den Mauern wahrzunehmen. Beide Mauerringe, der äußere wie der innere, scheinen unbesetzt zu sein, weder auf den Tortürmen noch auf dem Bergfried der Burg sieht man einen Wächter, nichts regt sich. Die Festung wirkt so entvölkert wie die kleine Stadt unterhalb.

»Ich traue dieser Ruhe nicht«, sagt Georg zu den Hauptleuten. »Sie beobachten uns und rühren sich nicht. Sie planen einen Hinterhalt.«

»Im Dunkeln? Wie wollen sie uns hindern, in der Nacht die Geschütze den Weg hochzuziehen? Sie müssten einen Ausfall machen. Und das werden sie bei Nacht nicht wagen, besonders wenn sie unsere Truppenstärke auch nur einigermaßen einschätzen können«, versucht der Sevillano Georgs Bedenken zu zerstreuen.

Dieser aber schüttelt nachdenklich den Kopf. »Es gefällt mir einfach nicht, dass sich dort oben gar nichts regt«, sagt er mehrmals.

Die spanischen Hauptleute unterreden sich halblaut. Dann tritt der Sevillano wieder vor Georg hin.

»Wir Spanier sind entschlossen, den Befehl unseres Königs auszuführen, koste es, was es wolle. Wir fordern Euch auf, die besprochene Strategie zu verfolgen und sofort die entsprechenden Befehle zu geben«, verkündet er laut.

Offensichtlich sind seine Worte nicht nur für Georg bestimmt.

»Und jetzt?«, fragt Ramseider.

»Du siehst doch: Es bleibt mir keine andere Wahl. Sonst bricht das Heer auseinander.«

Er gibt den von ihm geforderten Befehl.

In völliger Dunkelheit führen die Pferdeknechte die Gespanne mit den Geschützen durch die Gassen, jeweils zwei Pferde vor einer Kanone. Es ist mühsam. Die Pferde wollen sich in stockdunkler Nacht nicht durch die engen Gassen führen lassen. Man muss ihnen gut zureden, muss sie mit der Peitsche antreiben oder so an ihrem Kopfgeschirr ziehen, dass ihnen die Trense Schmerzen bereitet. Manches Pferd wiehert laut, man hört Hufe klappern und scharren. Sie werden erst still und gefügig, als sie am westlichen Ende der Stadt die engen Gässchen hinter sich haben. Im schwachen Licht des Sternhimmels ziehen sie die Geschütze den langen Weg hoch, der parallel zur Außenmauer nach Osten hin ansteigt.

Georg hat inzwischen am östlichen Ende der Stadt unterhalb der Kehre Stellung bezogen und schickt die Fußtruppen über das offene Gelände den Berg hoch. Er selbst bleibt mit Ramseider dort stehen und beobachtet die Aktion, soweit es in der Dunkelheit möglich ist. Niemand spricht ein Wort. Leise Schritte sind zu hören, hie und da kommt ein kleiner Stein ins Rollen, und ab und zu klingt von den Pferdefuhrwerken ein Hufschlag herüber, alles sehr gedämpft, aber in dieser stillen, windlosen Nacht doch weithin hörbar.

»Ich hoffe nur, die Pferde sind nicht zu laut«, flüstert Georg.

Sie lassen die Festung nicht aus den Augen. Nur noch wenige Minuten, und die Fuhrwerke haben den gefährlichsten Abschnitt ihrer Strecke hinter sich.

Als die ersten Söldner die Wegkehre erreicht haben, an der die Geschütze aufgestellt werden sollen, haben die Fuhrwerke die halbe Strecke geschafft.

»Die Hälfte ist geschafft. Nur noch einmal so weit, und die schlimmste Gefahr …«

Georg kann nicht ausreden. Plötzlich schallt ein dunkler Hornruf von der Festung herunter, und überall zwischen den Zinnen der äußeren Mauer leuchten mit einem Schlag kleine Feuer auf. Brandpfeile schießen in die Höhe, fallen auf beiden Seiten des Wegs herunter und stecken wie kleine Fackeln in der Erde. Und an mehreren Stellen rollen große Feuerkugeln den Hang heran.

»Strohballen! Mit Pech getränkte Strohballen! Sie haben Strohballen angezündet!«, stößt Georg voller Schrecken aus. Die großen Feuerkugeln erreichen den Weg, zerschellen an den Karren, geraten den Pferden zwischen die Beine und richten ein flammendes Chaos an.

Die Pferde scheuen, sie wiehern panisch und versuchen, samt Geschirr und Deichsel zu steigen. Schreie gellen, Peitschen knallen, Hufeisen scharren und klappern über den steinigen Boden. Es wird geschossen. Ein Pferd stürzt sofort nieder. Ein Pferdeknecht wird getroffen und sinkt tot um. Und ehe die anderen Pferdeknechte auch nur irgendwie wieder Gewalt über die Pferde bekommen, geht ein Hagel von Brandpfeilen auf sie nieder. Die Schützen zielen auf die Pferde. Von Brandpfeilen und Armbrustbolzen getroffen brüllen sie, lassen sich nicht mehr beherrschen und bewegen sich kopflos hin und her.

Das Pferd des ersten Gespanns, das auf der Bergseite zieht, wird von einem Brandpfeil in den Hals getroffen. Es versucht sich aufzubäumen und drückt dabei das andere Pferd auf die Seite. In ihrer Panik zerren sie den Karren mit dem Geschütz über den Wegesrand. Er kippt, rutscht samt Kanone den Hang hinunter und reißt die beiden panisch wiehernden Tiere mit sich. Ihre Panik überträgt sich auf die anderen Pferde.

Aber es kommt noch schlimmer. Ein Brandpfeilhagel folgt dem anderen. Auf beiden Seiten des Konvois flackern Flammen knapp über dem Boden, immer mehr Pferde werden angeschossen und von umstürzenden Karren den Abhang hinuntergezogen. Zwei Kanonen lösen sich aus der Vertäuung und poltern mit großem Getöse den steinigen Hang hinab.

Das Fiasko dauert nur wenige Augenblicke. Da ertönt ein zweiter Hornruf und die Feuer auf der Mauer verschwinden. Die Festung liegt wieder still im Dunkeln.

Georg lässt ein Signal zum Rückzug der Fußtruppen blasen und macht sich mit den Hauptleuten auf, um zu sehen, was noch zu retten ist.

Ein grauenhaftes Bild bietet sich ihnen: Auf dem Weg, rechts und links davon und weit über den Abhang verteilt liegen angeschossene Pferde, zum Teil verendend, zum Teil noch am Geschirr zerrend, manches liegt röchelnd in seinem Blut und zuckt nur noch. Wenigstens ist es den Pferdeknechten gelungen, einigen Tieren die Brandpfeile herauszuziehen. Trotzdem riecht es nach verbranntem Fleisch. Auch unter den Fuhrleuten sind große Verluste zu beklagen. Viele sind verletzt, einige liegen tot an der Seite ihrer Tiere, meist von Armbrustbolzen niedergestreckt.

Schweigend betrachtet Georg das Schlachtfeld, auf dem seine Truppen keinen einzigen Schwertstreich geführt noch einen einzigen Schuss abgegeben haben.

Fassungslos schüttelt er den Kopf.

Der spanische Hauptmann, der vor ihn hingetreten ist und auf die Erfüllung des königlichen Befehls gedrängt hat, sagt zu ihm auf Spanisch: »Das war Pech. Aber wir mussten es versuchen.«

Georg versteht nur seinen selbstgerechten Tonfall und wendet sich von ihm ab.

Als der Mond aufgeht, schickt er Fußsoldaten zu den zerstörten Gespannen.

»Spannt die gesunden Pferde aus, wenn es noch welche gibt. Erlöst die anderen von ihrer Qual«, befiehlt er. »Und bergt die Verletzten.«

Die Kontrolle über diese Aktion überlässt er den spanischen Hauptleuten. Sie sollen sich auch um die Kanonen kümmern. Er selbst zieht sich ins Lager auf der anderen Seite der Stadt zurück.

Im Morgengrauen machen die Inspekteure des Schlachtfelds ihre Meldung. Sie bringen nichts mit. Die Pferde sind tot, die Karren zerbrochen, die Kanonen beschädigt oder nicht zu bergen, weil sie im offenen Schussfeld der Festung liegen geblieben sind. Eine Abordnung mit der Bergung zu beauftragen, hieße sie in den Tod zu schicken. Die wertvollen Kanonen müssen zurückgelassen werden. Ein riesiger Verlust.

Bei Sonnenaufgang führen die Knappen die Reitpferde ein letztes Mal in die Stadt, um sie zu tränken. Dann, die Letzten von ihnen haben die Gassen kaum verlassen, ertönen Detonationen. Die spanischen Hauptleute lassen die gemauerten Wasserrinnen sprengen, durch die das lebenswichtige Nass von verschiedenen Quellen aus in die Stadt floss. Das Städtchen Moclín geht in Flammen auf. Befehl des Königs.

Während die Truppe ihr Lager abbricht und ins Tal hinuntermarschiert, eilt ein Bote voraus, um König Enrique die

Schreckensbotschaft zu überbringen. Am Abend schon kehrt er zurück mit dem königlichen Befehl: »Vereint Eure Truppe mit der des Königs und zieht mit ihm zusammen gegen Granada.«

Das königliche Heerlager liegt einen halben Tagesritt westlich von Granada in einem Flusstal. Schon auf halber Strecke überblicken Georg und Ramseider das Meer von Zelten, das sich in der Ebene ausbreitet.

»Und das soll sich alles aus dem Land versorgen?«, bemerkt Georg skeptisch. »Wenn es in dieser Gegend so wenig zu holen gibt, wie in den Städtchen dort oben, dann verhungert das Heer.«

»Ich glaube nicht, dass die Leute in den Tälern uns so ausweichen können und alles fortschleppen wie die dort oben«, meint Ramseider.

Aber gerade der Gedanke, dass die Bewohner der Dörfer, die man von Moclín aus brennen sehen konnte, sich nicht vor den Soldaten retten konnten, beunruhigt Georg. Sein Gesicht verfinstert sich.

Als er wenig später ein abgebranntes Gehöft erblickt, dessen Trümmer noch rauchen, gibt er Almansor die Sporen und galoppiert dorthin. Schon von Weitem ist zu erkennen, wie bestialisch die Soldateska dort gewütet hat: An einer Steineiche hängen zwei Menschen. Er ist empört. Schnell reitet er vollends hin, um die beiden Leichen abzuschneiden.

Die Frau ist nackt. Man hat ihr die Hände auf den Rücken gebunden. Die Söldner haben sich schlimmer als Raubtiere aufgeführt. Der Mann hängt neben seiner Frau. Ebenfalls mit auf dem Rücken gefesselten Händen. Man hat ihm nur sein Hemd gelassen. Wo seine Geschlechtsteile waren, klafft eine große Wunde. Georg reitet hin und durchtrennt mit seinem Schwert die Seile. Georg fühlt einen unbändigen Grimm in sich aufsteigen. Er steigt ab und versucht, die Leichen zu der Ruine des Hauses hinzuziehen, um sie wenigstens mit etwas zu bedecken, damit sie nicht von Geiern oder Wölfen gefressen werden.

Da entdeckt er die Leichen der Kinder. Die ganze sechsköpfige Kinderschar, vom Kleinkind bis zum halbwüchsigen Jungen, liegt zwischen den Feigenbäumen, geköpft, mit zertrümmertem Schädel, aufgeschlitzt, mit gefesselten Füßen, noch tot im Schmerz gekrümmt.

Georg ist fassungslos, ihm wird übel, er muss sich übergeben. Da rast er zur Truppe zurück und befiehlt sechs Reitern, sich sofort zu dem abgebrannten Gehöft zu begeben und die Leichen zu begraben. In seiner Wut schreit er seine Befehle so laut und scharf hinaus, dass alle um ihn herum erschrocken die Augen aufreißen und einen möglichst großen Bogen um ihn machen.

Ramseider fragt ihn nicht, was er gesehen hat. Er kann es sich denken. »Ich weiß, wir haben damals in Prag etwas anderes gelobt«, sagt er nur.

Georg schaut verzweifelt vor sich hin und nickt bloß.

»Wie kommen wir hier wieder raus?«, fragt Ramseider.

»Gar nicht«, antwortet Georg leise und fügt nach einer nachdenklichen Pause hinzu: »Lebend wohl nicht.«

Schon seit einem Monat versuchen sie, Granada einzunehmen. Aber den Truppen Enriques IV. ist es nicht gelungen, den Mauern der Stadt auch nur nahezukommen. Zwischen ihnen und Granada selbst, an den Abhängen, die sich ihnen von dort sanft entgegenneigen, lagert das vereinte Heer der Mauren: die gesamte Streitmacht Granadas vereint mit den nordafrikanischen Truppen, die der König von Tunis herangeführt hat.

Alle Vorstöße der Spanier wurden abgewehrt. Sie konnten kein Stück Boden gutmachen. Wochenlang belauern die beiden feindlichen Lager einander. Auf die entscheidende große Schlacht hat sich noch keine Seite einlassen wollen, und doch gibt es in den zahllosen täglichen Scharmützeln auf beiden Seiten so viele Tote und Verletzte, als wären die beiden Heere in offener Feldschlacht gegeneinander gezogen.

König Enrique wird ungeduldig und beruft alle Heerführer zu einer Lagebesprechung ein. Er drängt auf eine entscheidende Schlacht. Doch sein engster Ratgeber macht sich zum Sprecher der Offiziere und warnt ihn.

»Majestät, wir sind uns der Notlage bewusst. Dennoch halten wir es für zu riskant, den Mauren in offener Feldschlacht entgegenzutreten. Unsere Kundschafter schätzen das Heer des Feindes auf 50 000 Mann, und etwa 30 000 davon seien Schützen, sagen sie. Und wir können nicht sicher sein, dass nicht noch weitere Verstärkung im Anmarsch ist. Wir stehen einer Übermacht gegenüber.«

»Wir haben das auch bedacht, doch die Zeit drängt«, antwortet Enrique. »Ihr werdet selbst wissen, wie knapp die Rationen für unsere Söldner geworden sind. Sollen wir noch lange warten, um dann mit ausgehungerten Soldaten unsere Feinde anzugreifen? Wir können Granada nicht länger belagern, denn das Land ist schon ausgelaugt und unsere Verpflegung wird knapp.«

Da macht einer der andalusischen Offiziere einen Vorschlag: »Majestät, jetzt ist es an der Zeit, den Feind mit den Mitteln zu bekämpfen, von denen Ihr selbst in Antequera gesprochen habt. Eine Feldschlacht wäre töricht. Lasst uns also Granada und das maurische Heer von seiner Versorgung abschneiden. Umgehen wir es, fallen wir in das östliche Hinterland ein, plündern wir es aus und verwüsten es, überfallen wir sämtliche Karawanen, die Lebensmittel zur Hauptstadt transportieren. Wir können die Stadt selbst nicht belagern, also lasst uns ihre Verteidiger aushungern. Lösen wir uns dafür in kleinere Verbände auf, die kaum angegriffen werden können, weil sie immer in Bewegung sind.«

Diesem Vorschlag stimmt der König zu, auch alle Offiziere halten diese Taktik für Erfolg versprechend. Das Heer wird aufgeteilt, und die einzelnen Haufen werden in verschiedene Gebiete geschickt.

Georg und Ramseider kommt die Aufgabe zu, eine Abteilung nach Süden zu führen und in den Dörfern der Alpujarras, dem fruchtbaren Land an der Südflanke der Sierra Nevada, Lebensmittel zu requirieren und dann alles dem Erdboden gleichzumachen.

An der Spitze von fünfhundert Rittern, die dem Orden des Maurentöters Santiago angehören, und dreimal so vielen Fußsoldaten machen sie sich auf den Weg. Sobald sie außerhalb des Lagers sind, lässt Georg anhalten und wendet sich an die Führer der einzelnen Haufen.

»Wir werden uns tapfer dem Feind entgegenstellen, Aug in Aug mit ihm kämpfen und ihn besiegen. Wir werden Proviant requirieren, Dörfer und Städte zerstören, aber wir werden Frauen, Kinder und Alte verschonen. Kampf heißt unser Befehl, nicht Abschlachten oder Foltern. Wer dagegen handelt, ist des Todes. Gebt den Befehl weiter bis zum letzten Mann.«

Dann reitet er mit Ramseider zusammen voraus.

Als sie nach wenigen Stunden durch einen Sattel zwischen zwei bewaldeten Anhöhen reiten, sehen sie die erste größere Siedlung vor sich liegen: eine kleine Stadt mit Mauern und Türmen. Ringsum steigt gewelltes Gelände leicht an. Ideale Bedingungen für eine Belagerung oder auch die Erstürmung der Stadt.

Georg hält an und lässt die Reiterei aufrücken. Dahinter geht das Fußvolk in Stellung. Er gibt den Befehl, zunächst in möglichst breiter Front auf das Städtchen vorzurücken, um so eine größere Truppenstärke vorzutäuschen.

Noch liegt es außer Hörweite im Dunst der Mittagshitze. Noch ist nicht zu erkennen, ob die Tore offenstehen, ob die Mauern stark besetzt sind oder irgendwelche Truppen die Stadt verlassen. Das fruchtbare Land, das sie umgibt, liegt still und menschenleer vor ihnen.

Ramseider reitet enger an Georg heran. »Weißt du, woran ich denke?«

»An dasselbe wie ich. An Íllora und Moclín. Aber ich kann mir nicht vorstellen, dass auch diese Stadt verlassen ist.«

Indem sie langsam vorrücken, nimmt die Stadt Konturen an. Die Mauer ist nieder, es gibt zwei Tortürme, aber keine Zitadellen, nicht einmal Mauervorsprünge sind zu sehen und auch kein Wassergraben.

Plötzlich zerreißt ein tief dröhnendes Hornsignal die Stille. Das Stadttor springt auf, Reiter stürmen heraus, und gleichzeitig zeigen sich auf beiden Seiten der Stadt weitere Kämpfer zu Ross, die durch die anderen Tore aus der Stadt gekommen sind oder hinter ihr verborgen lagen. Im Nu bilden sie eine breite Front, mehrere Reihen hintereinander. Georg kann nicht abschätzen, wie viele es sind. Aber kurz entschlossen lässt er seinen Trompeter das Angriffssignal blasen und reitet los.

Ramseider, der eben noch die Aufstellung der eigenen Truppen kontrolliert hat, ist auf diesen blitzartigen Start nicht gefasst. Auch er spornt sein Pferd an und folgt Georg, kann ihn aber bei weitem nicht einholen. Er muss zusehen, wie Georg, dicht gefolgt von Hänslin, in halsbrecherischem Wagemut, ohne sich umzusehen, wie schnell ihm die Truppe folgt, geradewegs auf die ersten feindlichen Reiter zugaloppiert. Mit der Linken sein Schild vor seinen Oberkörper haltend, in der Rechten das Schwert über Kopfhöhe erhoben, greift er die Spitze der Feinde an.

Sein Gegner sieht ihn auf sich zurasen und hält ihm sein langes Schwert entgegen, in der Erwartung, Georg werde ihm direkt in die Klinge laufen. Ramseider hält den Atem an, sieht seinen Gefährten schon durchbohrt vom Pferd sinken, da lenkt dieser mit einem leichten Schenkeldruck Almansor in ein Ausweichmanöver, weit genug, um der Schwertspitze zu entgehen, und eng genug, um im Vorbeireiten dem Feind das erhobene Schwert ins Genick zu schlagen. Der Getroffene kippt nach vorn und hängt über dem Hals seines Rosses, das einfach weiterläuft.

Durch die Reihen der Feinde geht ein Aufschrei. Zwei Sarazenen reiten auf Georg zu und versuchen, ihn in die Zange zu nehmen. Da setzt er Almansors Kraft und Masse ein. Er lenkt ihn, als wolle er mitten zwischen seinen Feinden hindurchreiten, schützt dann im letzten Moment seine linke Seite mit dem Schild und lässt sein Pferd auf das schwächere Berberross des Feinds auflaufen. Laut knallt sein Schild gegen die Rüstung seines Feindes, gegen dessen schwachen Schwertstreich – schwach, weil ohne den erforderlichen Abstand geführt – er sich abschirmen kann. Das Berberross wiehert laut und geht zu Boden, während Georg an seinem Gegner zur Rechten vorbeijagt.

Inzwischen ist Ramseider mit den ersten Reitern aufgerückt und greift ins Gefecht ein. Mit seinem ersten Streich streckt er Georgs zweiten Gegner nieder, als dieser im Begriff ist, sein Pferd zu wenden, um Georg zu verfolgen.

Als einen Augenblick später die Maurentöter vom St.-Jakobs-Orden auf die Sarazenen treffen, entbrennt ein höllisches Gemetzel. Die Sarazenen können dem Druck der spanischen Reiterei nicht standhalten, weshalb die Front immer näher an die Stadt heranrückt.

Georg wütet in der ersten Reihe wie ein Löwe. Zielsicher führt er sein Schwert, gewandt lenkt er sein Streitross, schlägt eine blutige Schneise in die Feinde und greift todesmutig immer dort ein, wo seine Reiter sich einer Überzahl von Gegnern gegenübersehen.

Immer näher rücken sie gegen das Stadttor vor. Da setzt plötzlich ein Hagel von Geschossen ein. Es ertönen keine Schüsse, aber faustgroße, spitzgezackte Eisenkugeln werden durch die Luft katapultiert, verletzen die Pferde und werfen manchen Reiter schwer verletzt aus dem Sattel.

Georg und Ramseider kämpfen Seite an Seite. Die Verteidiger der Stadt treten den Rückzug an. Auf einen Hornruf hin wird das Tor geöffnet, und wer von den berittenen Sarazenen nicht unmittelbar ins Gefecht verwickelt ist, versucht sich in Sicherheit zu bringen. Georg zeigt mit seinem Schwert auf das Stadttor und lässt den Trompeter das Signal zum Sturm blasen. Dann reitet er auf das Tor zu. Er will weitere Sarazenen den Weg abschneiden.

Gezackte Eisenkugeln pfeifen an ihm vorbei. Almansor wiehert auf, als seine Hinterhand getroffen wird. Er strauchelt einen Moment, ehe ihn Georg wieder in der Gewalt hat. Da wird er selbst getroffen. Er spürt einen schmerzhaften Schlag unterhalb seines rechten Knies, der sein ganzes Bein betäubt. Im Schmerz ringt er nach Luft. Er kann Almansor nicht mehr per Schenkeldruck lenken, reißt ihn am Zügel herum und lässt ihn durch die eigenen Reihen aus dem Schlachtfeld laufen.

Als Hänslin sieht, dass sein Herr sich aus dem Kampfgetümmel zurückzieht, vermutet er Schlimmes. Er reitet ihm nach, holt zu ihm auf, fasst Almansor am Zügel und bringt das nervöse Pferd zum Stehen. Er muss Georg vom Pferd helfen. Knapp unterm Knie hat eine Eisenkugel sein Schienbein zerschlagen. Der Kampf ist für ihn vorüber. Er hat den Kriegszug hinter sich, nicht tot, wie er meinte, aber schwer verletzt.

Man bringt ihn ins königliche Lager zurück, wo er versorgt und gepflegt wird, während Ramseider mit der Truppe weiter durch die Alpujarras zieht und den königlichen Befehl ausführt.

König Enrique erreicht sein Kriegsziel nicht: Er kann Granada nicht einnehmen. Aber auch die maurischen Truppen aus Nordafrika ziehen unverrichteter Dinge ab: Es ist ihnen nicht gelungen, christliches Gebiet zurückzuerobern.

Georg und Ramseider bleiben zwei Monate in Spanien. Georgs Bein heilt so weit, dass er wieder reiten kann. Dann kehren sie, mit sämtlichen Orden der spanischen Krone dekoriert und reich beschenkt, nach Portugal zurück. Dort verbringen sie den Winter, ehe sie 1458 ihre Rückkehr in die Heimat antreten. Auch Dom Afonso macht ihnen großzügige Abschiedsgeschenke.

Georgs Weg führt aber nicht direkt zurück. Noch mit Ramseider zusammen durchquert er Spanien und Frankreich, um dann nach England überzusetzen. Auch dahin folgt ihm Ramseider noch. Erst als Georg sich nach Schottland aufmacht, um den schottischen König, den Bruder Eleonores, seiner Königin, zu besuchen, trennen sich ihre Wege.

Im Jahr 1459 kehrt Georg im Alter von einunddreißig Jahren als wohlhabender Mann ins Schwabenland zurück.

Nachwort

Bis Georg von Ehingen mit den Spaniern gegen Granada zog, sind die Gründe seiner Reisen eindeutig: Er wollte sich als Ritter im Kampf gegen die Heiden bewähren, wie er in seiner autobiographischen Schrift »Reise nach der Ritterschaft« schreibt. Aber warum er von Portugal nicht direkt heimkehrte, sondern den Riesenumweg über England und Schottland machte, verrät er uns nicht. Was mag ihn zu Heinrich IV. von England gezogen haben, wo er doch wenige Jahre zuvor im verfeindeten Frankreich zu Gast gewesen war? Oder lag der Hof Heinrichs IV. eben am Weg nach Schottland, wohin er eigentlich wollte? Die Tatsache, dass er den schottischen König als den Bruder seiner Königin bezeichnet, kann man vielleicht als Hinweis darauf verstehen, dass sich seine Gefühle für Eleonore immer noch regten. Jedenfalls dürfte er die junge Königstochter, die damals als Sechzehnjährige nach Innsbruck gekommen war, nicht vergessen haben.

Hier lassen sich nur Vermutungen anstellen. Fest steht aber, dass Georgs Heimkehr der große Wendepunkt in seinem Leben war. Zwar machte er noch viele Reisen, aber nicht mehr als Ritter, sondern als Gesandter der württembergischen Grafen, als Diplomat, Schlichter und Verwalter.

Gekämpft hat er nur noch einmal, im Jahr 1462, als er mit seinem Dienstherrn Graf Eberhard im Bart gegen Herzog Ludwig von Bayern ins Feld zog. Die Württemberger verloren damals die Schlacht bei Giengen, und Georg geriet sogar für kurze Zeit in Gefangenschaft. Danach scheint er das Schwert ein für alle Mal aus der Hand gelegt zu haben.

Im selben Jahr (1462) begann seine Karriere als Staatsdiener: Erst wurde er Obervogt und Burghauptmann von
Tübingen und nahm als Gesandter verschiedene Funktio-
nen wahr.

1468 bis 1472 war er Landvogt der württembergischen
Grafschaft Mömpelgard.

In derselben Zeit vertrat er Graf Eberhard in seiner Eigenschaft als Landeshofmeister mit anderen Räten zusammen in der Landesregierung während dessen Pilgerreise
nach Jerusalem. Dabei hatte er den Auftrag, Graf Eberhard
nachzureisen und Nachforschungen über dessen Verbleib
anzustellen, sollte der Graf nicht zurückkommen und ver-
schollen bleiben.

Von dem großen Vertrauen, das der Graf ihm schenkte,
zeugt auch seine Aufgabe als Brautwerber. Er reiste für seinen
Herrn nach Mantua, um dessen Heirat mit Barbara Gonza-
ga zu vermitteln. Die Trauung fand 1474 im Dom zu Mantua
statt, das rauschende Hochzeitsfest im eigens dafür reich aus-
staffierten Uracher Schloss.

Eine wichtige Funktion ganz anderer Art kam ihm zu, als
die Gründung der Universität Tübingen geplant wurde. Er
war derjenige, der im Auftrag des Grafen mit der Stadt Tübingen die finanziellen Vereinbarungen aushandelte.

Derselbe Georg von Ehingen, der als mittelloser Junker aus
Innsbruck zurückgekommen war, war nach seiner Zeit in
Spanien und Portugal ein reicher Mann geworden. Zum einen belohnte man ihn dort mit kostbaren Geschenken, zum
andern übergab ihm sein Vater, noch zu Lebzeiten, ein Vermögen, das er geschickt verwaltete.

Er besaß das Kilchberger Schloss, seine Residenz, die er
1494 neu erbauen ließ, die Ortschaften Wankheim, Kress-
bach und die Hälfte von Bühl und alle mit diesen Ortschaften
verbundenen Güter.

Weitere Güter erwarb er durch Heirat mit einer Bürgerlichen, der Tochter des Bürgermeisters von Reutlingen, die einträgliche Schäfereien als Mitgift in die Ehe brachte. Sie scheint bald gestorben zu sein, denn nur drei Jahre später, 1467, heiratete er die adlige Anna von Richtenberg, deren Bruder Heinrich Hochmeister des deutschen Ordens in Preußen wurde. Zweifellos wurde er durch diese Heirat in der damaligen Standesgesellschaft aufgewertet.

All die Jahre nach seiner Heimkehr, bis er sich 1503 als Fünfundsiebzigjähriger aus der Politik zurückzog, bekleidete er als Staatsdiener eine ganze Reihe ehrenvoller Ämter und war wegen seines reichen Erfahrungsschatzes und umgänglichen Wesens ein sehr gefragter Mann. So lernten ihn seine Nachkommen nur als den Beamten, den Diplomaten, den Friedensrichter, den Obervogt kennen. Aus dem streitbaren Ritter war ein besonnener Staatsdiener geworden. Einzig die Wunde an seinem Schienbein, die in Schwaben wieder aufbrach und ihn zeit seines Lebens plagte, zeugte von seinen Ritterjahren. Und wahrscheinlich wollte er seinen Nachkommen mitteilen, was für ein Kerl er in seinen jungen Jahren gewesen war, als er sich hinsetzte und zu schreiben anfing: *»Ich Jörg von Ehingen, Ritter, bin in meiner jugend geschickt worden, als ain knab, an hoff gen Yszbruck. Da zuo mal hielte hoff da selbst ain junger fürst von Österrych …«*
Er starb 1508 als Achtzigjähriger.

1. Reise

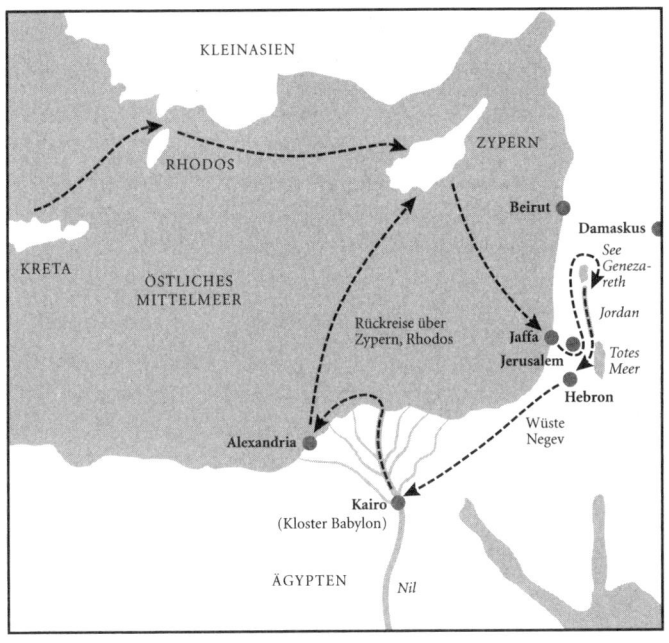

2. Reise

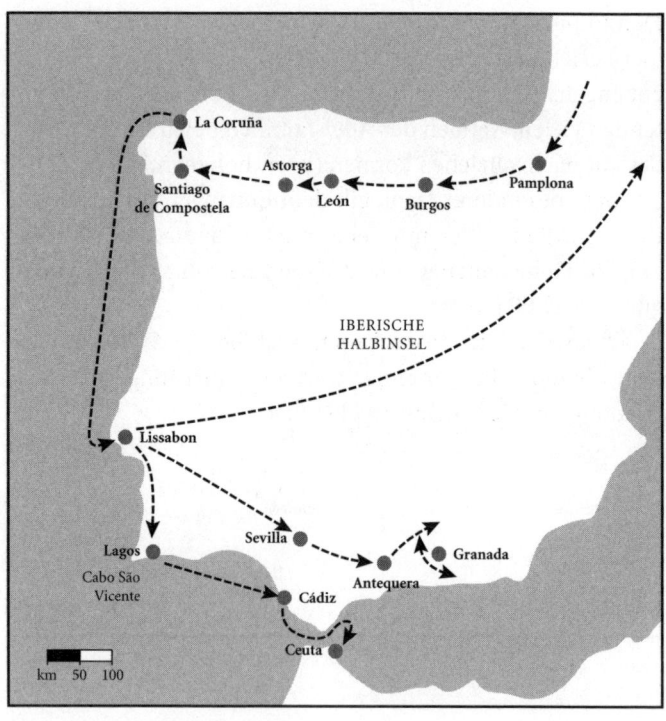

Danksagung

Den Impuls, diesen Roman zu schreiben, gab mir der genius loci beziehungsweise die Atmosphäre des Schlosses Hohenentringen. Wer dort im Biergarten sitzt oder sich im Saal unter den vielen Wappen der Adelsfamilien bewirten lässt, wird das gut nachvollziehen können (www.hohenentringen.de).

Mein besonderer Dank gilt dem Entringer Ortshistoriker Reinhold Bauer, der mir seine reichhaltige Materialsammlung zu Hohenentringen und seinen Bewohnern zur Verfügung gestellt hat.

Ebenso herzlich bedanke ich mich bei der Lektorin Gertrud Menczel, die mir einige wertvolle Anregungen zur Abrundung der Geschichte gegeben hat.

Dietrich Weichold

Reformation